Les rêves de Néfertiti

MICHELLE

MORAN

Les rêves de Néfertiti

ROMAN

Traduit de l'américain
par Danièle Mazingarbe

J'AI LU

Titre original
NEFERTITI

par Baror International, Inc. Armonk, New York, USA

À mon père, Robert Francis Moran, qui m'a transmis son amour de l'écriture et des livres. Tu nous as quittés trop vite, sans pouvoir assister à la publication de cet ouvrage, mais je sais qu'au fond de toi tu étais persuadé que je l'écrirais. Merci pour cette confiance que tu avais en moi, et pour ta vie extraordinaire, qui a été une source constante d'inspiration.

« Prononcer le nom des morts permet de leur rendre la vie. »

Proverbe égyptien

Note de l'auteur

Mon long périple dans le monde antique de Néfertiti a débuté à l'Altes Museum de Berlin, devant son buste légendaire. L'histoire de ce buste est pleine de rebondissements, depuis sa création dans la ville d'Amarna jusqu'à son arrivée en Allemagne, où il devint une attraction majeure, dès sa première exposition en 1923.

Trois mille ans après sa mort, le charme de Néfertiti fascine toujours des dizaines de milliers de visiteurs chaque année. À travers la vitrine, ce furent son sourire mystérieux et son regard déterminé qui m'attirèrent : qui était cette femme, comment était-elle parvenue à occuper ce rôle prédominant dans l'Égypte ancienne ?

Nous sommes en 1351 avant J.-C. Parmi les grands pharaons dont le règne a marqué l'Égypte, on trouve Koufou, Ahmôsis, et une femme, Hatshepsout ; Ramsès et Cléopâtre régneront plus tard. Néfertiti a quinze ans, sa sœur treize, et l'Égypte tout entière s'étend devant elles.

Prologue

Si l'on en croit les récits, Aménophis tua son frère pour s'approprier la couronne d'Égypte.

Au cours du troisième mois d'Akhet, le prince héritier Thoutmosis reposait dans sa chambre du palais de Malgatta. Un vent chaud agitait les rideaux de la pièce, apportant du désert des parfums de zaatar et de myrrhe. Les longues étoffes dansaient au gré de la brise et s'enroulaient autour des colonnes du palais, balayant le carrelage taché de soleil. Alors qu'il aurait dû mener à la victoire les auriges de Pharaon, le prince d'Égypte, âgé de vingt et un ans, gisait dans sa chambre. Sa jambe droite, broyée dans un accident de char, était soutenue par des coussins. Le char fautif avait aussitôt été brûlé, mais le mal était fait. Sous l'effet de la fièvre, le prince s'affaissait peu à peu. Tandis que le dieu de la Mort à tête de chacal s'approchait en silence, Aménophis, assis sur une chaise dorée de l'autre côté de la pièce, regardait sans s'émouvoir son frère Ancien cracher des mucosités couleur de vin qui laissaient craindre une fin prochaine.

Quand le spectacle lui devint insupportable, Aménophis sortit de la chambre et gagna un balcon dominant Thèbes. Les bras croisés sur son pectoral doré, il contempla les fermiers qui fauchaient leur blé dans la torpeur de la journée. Leurs silhouettes se déplaçaient entre les temples d'Amon, principale contribution de son père au pays. Il observa la ville en contrebas, pensant au message qui l'avait fait accourir de Memphis au chevet de son frère ; quand le soleil toucha l'horizon, il se laissa gagner par l'évocation de ce que serait sans doute son avenir. Aménophis le Grand. Aménophis le Bâtisseur. Aménophis le Magnifique. Son destin lui semblait tout tracé. La lune s'était levée quand un claquement de sandales sur le carrelage le fit se retourner.

— Ton frère te prie de revenir dans sa chambre.

— Maintenant ?

— Oui, maintenant.

La reine Tiyi fit promptement demi-tour et il lui emboîta le pas à vive allure.

Les vizirs d'Égypte s'étaient rassemblés à l'intérieur de la chambre de Thoutmosis. Aménophis parcourut la pièce du regard. Ces hommes âgés, restés loyaux à son père, avaient toujours préféré son frère Ancien.

— Vous pouvez disposer, déclara-t-il.

Les vizirs, stupéfaits, se tournèrent vers la reine.

— Vous pouvez disposer, répéta-t-elle.

Mais quand les anciens se furent retirés, elle admonesta son fils.

— Je te prierais de ne pas traiter les sages d'Égypte comme des esclaves.

— Ce sont des esclaves ! Des esclaves des prêtres d'Amon qui possèdent plus de terres et d'or que nous. Si Thoutmosis était devenu roi, il se serait prosterné devant les prêtres comme tous les pharaons avant...

La gifle de la reine Tiyi résonna dans la chambre.

— Je t'interdis de parler ainsi alors que ton frère est encore en vie !

Aménophis reprit son souffle pendant que sa mère s'approchait du chevet de Thoutmosis.

La reine caressa la joue du prince. C'était son fils préféré, celui qui faisait preuve du même courage sur le champ de bataille que dans la vie quotidienne. Ils se ressemblaient, avec la même chevelure acajou et les yeux clairs.

— Aménophis est venu te voir, chuchota-t-elle tandis que les nattes de sa perruque balayaient son visage.

Thoutmosis voulut s'asseoir. La reine s'avança pour l'aider, mais il lui fit signe de s'éloigner.

— Laisse-nous. Nous devons parler seul à seul.

Tiyi hésita.

— Tout se passera bien, promit Thoutmosis.

Les deux princes d'Égypte regardèrent leur mère se retirer, et seul Anubis, qui met en balance le cœur du défunt avec la plume de la vérité, peut témoigner de ce qui arriva après que la reine eut quitté la chambre. De nombreux vizirs estiment qu'au moment du jugement le cœur d'Aménophis, chargé de ses mauvaises actions, pèsera davantage que la plume : alors, Ammit, le dieu crocodile, le dévorera, le condamnant à l'oubli pour l'éternité. Quoi qu'il en soit, cette nuit-là, Thoutmosis mourut, et l'on assista à l'avènement d'un nouveau prince héritier.

1

1351 av. J.-C.
Peret, saison de la germination

Quand le soleil se coucha sur Thèbes, illuminant de ses derniers rayons les falaises de calcaire, une longue procession s'ébranla et serpenta bientôt entre les montagnes. Les vizirs de Haute-Égypte et de Basse-Égypte ouvraient la marche ; venaient ensuite les prêtres d'Amon, suivis par des centaines de fidèles endeuillés. Avec le crépuscule, le sable ne tarda pas à fraîchir. Il s'infiltrait dans mes sandales, entre mes orteils, et je frissonnais quand le vent traversait ma robe de lin. Je m'écartai de la procession pour voir le sarcophage : il était porté sur un traîneau tiré par un attelage de bœufs, pour que le peuple d'Égypte mesure la richesse et la grandeur de notre défunt prince héritier. Néfertiti serait jalouse de n'avoir pu assister à cet événement.

Je lui raconterai tout en rentrant, pensai-je. Si elle est gentille avec moi.

Les prêtres à tête rasée marchaient derrière notre famille, car nous étions d'un rang supérieur aux représentants des dieux. Les vapeurs d'encens qui se dégageaient des boules dorées qu'ils balançaient m'évoquaient une nuée de scarabées géants volant en tous sens et empestant l'air. Quand la procession parvint à l'embouchure de la vallée, le cliquetis des sistres retomba et le silence s'installa. Sur chaque falaise, des familles s'étaient rassemblées pour voir le prince ; à présent, les gens baissaient la tête tandis que le grand prêtre d'Amon accomplissait le rite de l'Ouverture de la bouche, pour redonner à Thoutmosis l'usage de ses sens dans l'au-delà. Bien que le prêtre fût plus jeune que les vizirs d'Égypte, des hommes comme mon père s'effacèrent devant lui en reconnaissance de son pouvoir quand il toucha d'un ankh doré la bouche du portrait figurant sur le sarcophage.

— Le faucon royal s'est envolé vers le paradis, déclara-t-il. Aménophis le Jeune a pris sa place.

Le vent résonna entre les falaises ; je crus percevoir le battement des ailes du faucon tandis que le prince héritier se libérait de son corps et montait vers le ciel. Il y eut un grand brouhaha, et des enfants surgirent de derrière leurs parents pour voir le nouveau prince. À mon tour, je tendis le cou.

— Où est-il ? murmurai-je. Où est Aménophis le Jeune ?

— Dans la tombe, répondit mon père.

Sa tête rasée luisait faiblement dans le soleil couchant. Les ombres du crépuscule donnaient une expression sévère à son visage.

— Il ne veut pas que le peuple le voie ? demandai-je.

— Non, *senit*.

C'était son expression pour dire « petite fille ».

— Pas avant d'avoir obtenu ce qu'on avait promis à son frère.

— De quoi s'agit-il ?

— La corégence, répondit-il.

Quand la cérémonie fut terminée, les soldats se déployèrent pour empêcher le peuple de nous suivre dans la vallée ; notre petit groupe devait continuer le chemin seul. Derrière nous, l'attelage de bœufs peinait à tirer son chargement sur le sable. Tout autour, des falaises se découpaient sur le ciel qui s'assombrissait.

— Nous allons devoir grimper, prévint mon père.

Ma mère pâlit. Nous ressemblions à des chats, elle et moi, terrifiées par les endroits qui nous étaient étrangers, comme ces vallées que les pharaons endormis surveillaient depuis leurs chambres secrètes. Néfertiti, elle, aurait traversé celle-ci sans broncher, tel un faucon, sans la moindre peur, semblable en cela à notre père.

Nous progressions au son lugubre des sistres ; la lumière déclinante se reflétait dans mes sandales dorées. Tandis que nous gravissions la montagne, je m'arrêtai pour contempler le paysage.

— Ne t'arrête pas, dit mon père. Continue à avancer.

La marche était pénible. Les animaux gravissaient la pente rocailleuse en ahanant. Les prêtres nous précédaient, brandissant des torches pour éclairer le chemin. Soudain, le grand prêtre marqua un temps d'hésitation : peut-être la nuit lui avait-elle fait perdre le sens de l'orientation.

— Détachez le sarcophage, et libérez les bœufs, ordonna-t-il.

J'aperçus l'entrée de la tombe, creusée dans la falaise.

Les enfants s'agitèrent tandis que les femmes faisaient tinter leurs bracelets en échangeant des regards. Devant l'escalier étroit qui s'enfonçait dans le sol, je compris leur frayeur.

— Je n'aime pas ça, chuchota ma mère.

Les prêtres délivrèrent les bœufs de leur fardeau et chargèrent le sarcophage doré sur leur dos. À cet instant, mon père me serra la main pour m'encourager, et, à la suite du prince défunt, nous quittâmes le soleil couchant pour entrer dans les ténèbres.

Attentifs à ne pas glisser sur les rochers, nous descendîmes dans les entrailles de la terre, juste derrière les prêtres et leurs torches de roseaux. À l'intérieur de la tombe, la lumière projetait des ombres sur les peintures qui retraçaient la courte existence de Thoutmosis. On y voyait des femmes danser, des nobles chasser, la reine Tiyi servant à son fils Ancien du lotus au miel et du vin. Je serrai la main de ma mère, et, devant son silence, je compris qu'elle priait Amon.

Au-dessus de nous, l'atmosphère étouffante devenait froide et humide ; dans la tombe régnait une odeur de terre fraîchement remuée. Des images apparaissaient et disparaissaient dans la lumière vacillante des torches : des femmes et des hommes joyeux, des enfants confiant des fleurs de lotus aux eaux du Nil. Et, plus terrible, le dieu du monde inférieur au visage bleu, tenant la crosse et le fléau d'Égypte.

— Osiris, murmurai-je sans qu'on m'entende.

Nous traversâmes des chambres funéraires de plus en plus secrètes pour atteindre la pièce voûtée où étaient rassemblés les biens terrestres du prince – barques peintes, chariots dorés, sandales ourlées de léopard – puis l'ultime chambre funéraire. Mon père se pencha vers moi.

— Souviens-toi de ce que je t'ai dit, chuchota-t-il.

À l'intérieur de la chambre vide, Pharaon et sa reine se tenaient côte à côte. À la lumière des torches, on distinguait seulement leurs silhouettes et le long sarcophage du prince défunt. Je tendis les bras en signe d'hommage ; ma tante, qui nous avait rendu plusieurs visites à Akhmin, inclina solennellement la tête. Mon père ne nous emmenait jamais à Thèbes, Néfertiti et moi. Il nous tenait à l'écart du palais, des intrigues et de l'ostentation de la cour. À la lumière vacillante des torches, je remarquai que la reine n'avait pas changé depuis la dernière fois que je l'avais vue, six ans auparavant. Elle était toujours aussi menue, et pâle. Tandis que ses yeux clairs m'examinaient, je me demandai ce qu'elle pensait de ma peau sombre et de ma haute taille. Comme je me redressais, le grand prêtre d'Amon ouvrit le Livre des morts et entonna les paroles que les mourants adressent aux dieux.

— Permettez à mon âme de revenir vers moi, d'où qu'elle se trouve. Venez chercher mon âme, ô gardiens des cieux ! Que mon âme puisse voir mon corps, qu'elle puisse reposer sur mon corps momifié, qui ne sera jamais détruit ni ne disparaîtra…

Je parcourus la chambre du regard, à la recherche d'Aménophis le Jeune. Il se tenait à distance du sarcophage et des vases canopes qui emporteraient les organes de Thoutmosis dans l'au-delà. Il était plus grand que moi, séduisant en dépit de ses cheveux clairs et bouclés ; je me demandai si nous pouvions attendre de grandes choses de sa part, alors que son frère avait été précédemment choisi pour régner. Il s'approcha d'une statue de la déesse Mout : Thoutmosis était un amoureux des chats. Son Ta-Miw bien-aimé l'accompagnerait d'ailleurs dans la mort, enveloppé dans des bandelettes à l'intérieur de son petit sarcophage d'or. J'effleurai le bras de ma mère, qui se retourna.

— Ils l'ont tué ? chuchotai-je en regardant en direction du petit cercueil.

Ma mère secoua la tête.

— D'après eux, il a cessé de manger après la mort du prince héritier, répondit-elle tandis que les prêtres recommençaient à agiter leurs sistres.

Le grand prêtre entonna le Chant de l'âme, un chant à Osiris et au dieu chacal, Anubis. Puis il referma d'un coup sec le Livre des morts et annonça la bénédiction des organes.

La reine Tiyi s'avança. Elle s'agenouilla sur le sol et embrassa chacun des vases canopes. Pharaon fit de même, puis il se retourna, cherchant son plus jeune fils.

— Viens, ordonna-t-il.

Le jeune homme ne bougea pas.

— Viens ! cria alors Pharaon d'une voix qui résonna dans la chambre.

Chacun retint sa respiration. Mon père secoua la tête d'un air sévère.

— Pourquoi devrais-je m'incliner devant lui ? demanda Aménophis. Il aurait livré l'Égypte aux prêtres d'Amon, comme tous les rois avant lui !

Je mis ma main devant ma bouche, persuadée que l'Ancien allait traverser la chambre funéraire pour le tuer. Mais Aménophis était son unique fils survivant, le seul prétendant légitime au trône d'Égypte ; le peuple s'attendait à le voir intronisé corégent, ainsi qu'il était de coutume pour les princes héritiers à l'âge de dix-sept ans. L'Ancien serait pharaon de Haute-Égypte tandis qu'Aménophis régnerait sur la Basse-Égypte depuis Memphis. Si ce fils disparaissait également, la lignée s'éteindrait. La reine se hâta de rejoindre son fils cadet.

— Tu dois bénir les organes de ton frère, ordonna-t-elle.

— Pourquoi ?

— Parce que c'est un prince d'Égypte.

— Tout comme *moi* ! répliqua Aménophis avec violence.

La reine Tiyi plissa les yeux.

— Ton frère a servi ce royaume en s'engageant dans l'armée d'Égypte. Il était grand prêtre d'Amon, *dédié* aux dieux.

Aménophis se mit à rire.

— Et tu le préférais car il pouvait massacrer ce qu'il avait béni ?

Hors d'elle, la reine Tiyi prit une profonde inspiration.

— Va trouver ton père. Demande-lui de t'enrôler dans l'armée. Nous verrons alors quelle sorte de pharaon tu deviendras.

Aménophis se détourna et se jeta aux pieds de Pharaon, au beau milieu des funérailles de son frère.

— Je deviendrai un guerrier comme mon frère, jura-t-il.

Son manteau blanc traînait par terre. Les vizirs hochèrent la tête.

— Toi et moi, ensemble, nous parviendrons à placer Aton au-dessus d'Amon, promit-il. Nous pourrons gouverner comme l'avait autrefois prévu ton père.

Pharaon se cramponnait à sa canne comme si sa vie fragile en dépendait.

— J'ai eu tort de te faire élever à Memphis, déclara-t-il. Tu aurais dû être avec ton frère. Ici. À Thèbes.

Aménophis se releva promptement.

— Tu n'as plus que moi, père.

Il tendit la main au vieil homme qui avait conquis maintes contrées.

— Prends-la. Je ne suis peut-être pas un guerrier, mais je bâtirai un royaume qui durera pour l'éternité.

Quand il devint évident que Pharaon ne prendrait pas la main d'Aménophis, mon père s'avança pour mettre un terme à cette situation embarrassante.

— Permets que ton frère soit enseveli, suggéra-t-il à voix basse.

Le regard qu'Aménophis jeta à l'Ancien aurait glacé Anubis.

Personne n'osa parler avant notre retour en barque sur le Nil, quand les vagues purent couvrir nos voix.

— Il est instable, décréta mon père tandis que nous regagnions Akhmin. Pendant trois générations, notre famille a donné des femmes aux pharaons d'Égypte.

Pourtant, je n'accorderai pas une de mes filles à cet homme.

Je m'enveloppai dans ma cape de laine. En disant cela, il ne pensait pas à moi mais à ma sœur, Néfertiti.

— Si Aménophis devient corégent avec son père, il aura besoin d'une grande épouse, dit ma mère. Ce sera Néfertiti ou Kya. Et si c'est Kya…

Elle s'interrompit, mais chacun d'entre nous savait ce qu'elle voulait dire. Si c'était Kya, le vizir Panahesi tiendrait l'Égypte sous son emprise. En toute logique, sa fille deviendrait reine : Kya était déjà mariée à Aménophis, et enceinte de presque trois mois. Si elle devenait grande épouse, notre famille devrait se soumettre à celle de Panahesi, ce qui était impensable.

Mon père resta plongé dans ses pensées tandis que les serviteurs ramaient en direction du nord.

— Tu as dit à Néfertiti qu'elle deviendrait une épouse royale, ajouta ma mère.

— Quand Thoutmosis était en vie ! Quand la stabilité régnait et que tout indiquait que l'Égypte serait dirigée par…

Mon père ferma les yeux.

Je regardai la lune s'élever au-dessus de la barque.

— Père, qui est Aton ? me risquai-je à demander après un certain laps de temps.

— Le soleil, répondit mon père en se tournant vers ma mère.

Son regard en disait long, mais ils n'échangèrent pas un mot.

— C'est Amon-Rê le dieu du Soleil, dis-je.

— Aton est le soleil lui-même.

Je ne comprenais toujours pas.

— Pourquoi Aménophis voudrait-il bâtir des temples dédiés à un dieu soleil dont personne n'a jamais entendu parler ?

— Parce que, s'il construit des temples pour Aton, les prêtres d'Amon n'auront plus de raison d'être.

— Il veut se débarrasser d'eux ?

— Oui, confirma mon père. Et aller à l'encontre des lois de Maât.

Je retins mon souffle. Personne n'allait à l'encontre de la déesse de la Vérité.

— Mais pourquoi ?

— Le prince héritier est faible, expliqua mon père. Faible et superficiel. Tu dois apprendre à reconnaître les hommes qui craignent ceux qui détiennent le pouvoir, Moutnedjemet.

Ma mère lui jeta un regard inquiet. Les propos de mon père relevaient de la trahison, mais, avec le bruit des rames dans l'eau, personne n'avait pu l'entendre.

Néfertiti nous attendait. Sa fièvre n'était pas encore tombée, mais elle se reposait au jardin, près du bassin aux lotus ; la lune éclairait ses bras minces. Elle se leva en nous voyant. J'éprouvais un sentiment de supériorité d'avoir assisté aux funérailles du prince, alors que la maladie l'avait empêchée de s'y rendre. Mais devant le regret qu'exprimait son visage, j'eus honte de moi.

— Alors, comment était-ce ?

Malgré ma résolution de la laisser me supplier pour obtenir des informations, je fus incapable de me montrer aussi cruelle qu'elle.

— Absolument magnifique, m'exclamai-je. Et le sarcophage…

— Que fais-tu hors du lit ? gronda ma mère.

C'était ma mère, pas celle de Néfertiti. La sienne était morte quand elle avait deux ans ; princesse du Mitanni, elle avait été la première femme de mon père, et c'est à elle que Néfertiti devait son nom, qui signifie *La belle enfant est arrivée*. Malgré notre parenté, nous n'avions aucun point commun : Néfertiti était petite, le teint cuivré, avec les cheveux noirs, des yeux sombres et des pommettes saillantes, alors que j'ai la peau sombre et un visage étroit, sans rien de remarquable. À ma naissance, ma mère ne chercha pas à célébrer ma beauté. Elle me nomma Moutnedjemet, *Douce enfant de la déesse Mout*.

— Néfertiti devrait être couchée, dit mon père. Elle n'est pas encore rétablie.

Au lieu de réprimander ma sœur, c'était à moi qu'il s'adressait.

— Je serai bientôt guérie, promit Néfertiti. D'ailleurs, je vais déjà beaucoup mieux.

Elle lui adressa un sourire, et je me retournai pour voir la réaction de mon père : comme toujours, il la couvait d'un œil attendri.

— Peu importe, intervint ma mère. Tu étais brûlante de fièvre, tu dois regagner ton lit.

Néfertiti finit par accepter de rentrer. Quand nous fûmes étendues sur nos matelas de roseau, Néfertiti se retourna, son profil se découpant parfaitement dans le clair de lune.

— Alors, comment était-ce ?

— Effrayant, avouai-je. La tombe était immense. Et obscure.

— Combien y avait-il de gens ?

— Oh, des centaines. Peut-être même des milliers.

Elle soupira : elle avait manqué une occasion d'apparaître en public.

— Et le nouveau prince héritier ?

J'hésitai.

— Il...

Elle se redressa sur sa couche, m'incitant à continuer.

— Il paraît étrange, chuchotai-je.

Les yeux sombres de Néfertiti brillaient dans le clair de lune.

— Que veux-tu dire ?

— Il est obsédé par Aton.

— Par *quoi* ?

— La représentation du soleil, expliquai-je. Comment peut-on honorer la représentation du soleil, et pas Amon-Rê, qui le contrôle ?

— C'est tout ?

— Il est grand.

— Il ne peut pas être tellement plus grand que toi.

J'ignorai sa pique.

— Il est beaucoup plus grand. Deux têtes de plus que père.

Elle entoura ses genoux de ses bras.

— Cela devrait être intéressant, dit-elle.

— Quoi ?

Elle garda le silence.

— Qu'est-ce qui devrait être intéressant ? répétai-je.

— Le mariage, dit-elle en s'allongeant et en tirant le drap de lin sur sa poitrine. Aménophis va devoir choisir une grande épouse pour son couronnement. Pourquoi pas moi ?

Pourquoi pas, en effet ? Elle était belle, parfaitement éduquée, et fille d'une princesse du Mitanni. Je sentis la jalousie m'envahir, mais aussi la peur : je n'avais jamais vécu sans Néfertiti.

— Naturellement, tu viendras avec moi, dit-elle en bâillant. Jusqu'à ce que tu sois en âge de te marier, tu seras ma première dame.

— Mère ne me laisserait pas aller au palais seule.

— Tu ne serais pas seule. Elle viendrait aussi.

— Au palais ? m'écriai-je.

— Moutny, la famille d'une grande épouse ne la quitte jamais. Notre père est le premier vizir du pays. Notre tante est la reine. Qui oserait refuser ?

Au milieu de la nuit, une ombre longue s'attarda à l'extérieur de notre chambre, puis une servante entra et tint une lampe à huile au-dessus de la tête de Néfertiti. Je m'assis : le visage de ma sœur baignait dans une lumière dorée, parfait jusque dans le sommeil.

— Maîtresse ? appela notre servante.

Néfertiti ne bougea pas.

— Maîtresse ? insista-t-elle en haussant le ton.

Elle me regarda, et je secouai Néfertiti pour la réveiller.

— Maîtresse, le vizir Aÿ veut te parler.

Néfertiti resta silencieuse. Elle passa sa robe et décrocha une lampe à huile du mur en abritant de sa main la flamme vacillante.

— Que se passe-t-il ? demandai-je, mais elle ne répondit pas.

La porte se referma doucement derrière elle.

Je restai éveillée, attendant le retour de ma sœur ; quand elle revint, le cercle jaune de la lune culminait dans le ciel.

— Où étais-tu ?

— Père voulait me parler.

— À toi seule ? m'étonnai-je. En pleine nuit ?

— N'est-ce pas le seul moment où dorment les serviteurs curieux ?

Je compris aussitôt.

— Il s'oppose à ton mariage avec Aménophis, dis-je.

Néfertiti haussa les épaules, jouant les modestes.

— Je n'ai pas peur de Kya. C'est le vizir Panahesi qui l'inquiète. Je veux être grande épouse, Moutnedjemet. Je veux devenir reine d'Égypte comme ma grand-mère était reine du Mitanni.

Elle s'assit sur sa couche, et nous restâmes sans rien dire, à la lueur de la lampe qu'elle avait apportée.

— Que dit père ?

Elle haussa à nouveau les épaules.

— Il t'a raconté ce qui s'est passé dans le tombeau ?

— Il a refusé d'embrasser les vases, et alors ? dit-elle avec dédain. Quelle importance si, en fin de compte, je me retrouve assise sur le trône d'Horus ? Aménophis va devenir le pharaon d'Égypte, ajouta-t-elle comme si cela réglait la question. Et père a dit oui.

— Il a dit oui ?

Je rejetai mon drap.

— Je ne peux pas le croire ! Il a dit que le prince était instable. Il a même juré que jamais il ne donnerait sa fille à cet homme !

— Il a changé d'avis.

Dans la lumière vacillante de la chandelle, je la vis s'étendre et remonter son drap.

— Irais-tu me chercher un peu de jus de fruits aux cuisines ? demanda-t-elle.

— En pleine nuit ? protestai-je.

— Je suis malade. J'ai de la fièvre.

J'hésitai.

— S'il te plaît, Moutny.

Je m'exécutai, mais seulement parce qu'elle avait de la fièvre.

Le lendemain matin, nos précepteurs abrégèrent nos leçons. Néfertiti semblait guérie.

— Il faut la ménager, dit mon père.

Ma mère ne semblait pas de cet avis.

— Ce sont les seules leçons qu'elle recevra si elle se marie bientôt. Elle devrait apprendre pendant qu'elle le peut encore.

Ma mère n'avait pas grandi au sein de la noblesse comme la première femme de mon père : elle attachait beaucoup de prix à l'éducation, car elle avait dû se battre pour y accéder, étant fille d'un simple prêtre de village.

— Que lui reste-t-il à apprendre ? demanda mon père. Elle excelle dans les langues et écrit certainement beaucoup mieux que les scribes du palais.

— Elle ne connaît pas les plantes médicinales comme Moutny, souligna ma mère.

Je relevai le menton, mais mon père ne parut pas impressionné.

— Moutnedjemet a ce don-là. Néfertiti a d'autres talents.

Les regards se tournèrent vers ma sœur, qui, vêtue d'une courte tunique blanche, laissait pendre ses jambes dans le bassin aux lotus. Ranofer, le fils d'un médecin des environs, lui avait apporté un bouquet de lys blancs. Il était supposé être mon professeur, m'enseigner les secrets des plantes médicinales, mais il passait plus de temps à observer ma sœur.

— Néfertiti a le don de charmer les gens, dit mon père d'un ton approbateur, et, quand elle ne charme pas, elle a tôt fait de se montrer plus maligne qu'eux. Quel besoin a-t-elle de connaître les plantes alors qu'elle veut gouverner le peuple ?

Ma mère plissa le front.

— *À condition* que la reine approuve.

— La reine est ma sœur, se contenta de dire mon père. Elle approuvera que Néfertiti devienne grande épouse.

Il paraissait pourtant soucieux. Quel pharaon deviendrait ce prince héritier qui s'était montré capable de profaner la chambre funéraire de son frère sous l'emprise de ses émotions ? Et quel mari serait-il ?

Nous nous levâmes et restâmes un moment à contempler Néfertiti. Quand elle vit que nous la regardions, elle me fit signe de les rejoindre, Ranofer et elle, près du bassin, où ils semblaient s'amuser beaucoup.

— Bon après-midi, Moutnedjemet.

Ranofer me sourit, et j'en oubliai un instant ce que je voulais lui dire.

— J'ai essayé l'aloès ce matin sur les brûlures de notre servante, dis-je enfin. Avec succès.

— Vraiment ?

Ranofer se redressa.

— Quoi d'autre ?

— En le mélangeant à de la lavande, cela a diminué l'enflure.

Il parut enchanté.

— L'élève dépasse le professeur, demoiselle.

Je lui souris à mon tour, fière de ma trouvaille.

— La prochaine fois, j'essaierai…

— Que dites-vous d'intéressant ? soupira Néfertiti en s'allongeant au soleil. Moutny, que disait père à l'instant ?

— À l'instant ?

— Oui. Pendant que vous m'observiez.

Je rougis, me sachant incapable de mentir.

— Il parlait de ton avenir.

Elle se redressa sur son séant, et l'extrémité de ses mèches noires lui caressa le menton.

— Et ?

J'hésitai à poursuivre.

— Et d'une éventuelle visite de la reine, dis-je enfin.

Ranofer reprit aussitôt son sérieux.

— Mais si elle vient, dit-il en haussant le ton, tu quitteras Akhmin.

Néfertiti me jeta un regard de reproche par-dessus la tête de Ranofer.

— Ne t'inquiète pas, promit-elle d'un ton joyeux. Il n'en sortira rien.

Ils se regardèrent en silence, puis Ranofer lui prit la main, et ils se levèrent.

— Où allez-vous ? criai-je.

Néfertiti ne répondit pas.

— Et notre leçon ? ajoutai-je à l'intention de mon précepteur.

— Plus tard.

Il sourit sans quitter ma sœur des yeux.

La nouvelle de la visite de la reine dans notre villa d'Akhmin, le fief de notre famille, fut bientôt confirmée, et les vœux de Néfertiti exaucés : celle-ci avait prié en secret, déposé des coupes de notre meilleur vin de miel aux pieds d'Amon, et fait les promesses les plus folles pour qu'il consente à nous envoyer la reine. À présent qu'Amon avait répondu à sa requête, Néfertiti vivait dans un état d'excitation extrême. Tandis qu'elle s'apprêtait, ma mère courait dans toute la maison, menant à la baguette esclaves et serviteurs.

— Moutny, assure-toi que les serviettes sont propres. Néfertiti, les bols, s'il te plaît. Vois si les servantes les ont lavés. *Tous*, sans exception.

Nos servantes dépoussiérèrent les tentures frangées accrochées aux murs, tandis que ma mère disposait nos plus belles chaises marquetées autour de la salle d'audience, par laquelle entrerait la reine. Sœur de mon père, la reine Tiyi était une femme exigeante qui ne tolérait aucune négligence dans la tenue de la maison. Quoiqu'elle ne risquât pas de s'en approcher, le carrelage de la cuisine fut récuré jusqu'à ce que les carreaux brillent. Des poissons rouges furent installés dans le bassin aux lotus. Néfertiti elle-même prit part à la tâche en consentant à inspecter les bols au lieu de faire semblant. Dans six jours, Aménophis le Jeune serait couronné à Karnak, et nommé corégent de son père. La reine n'était pas venue à Akhmin depuis plus de six ans. Je ne pouvais ignorer la signification de cette visite. Seul un mariage pouvait l'expliquer.

— Moutny, va aider ta sœur à s'habiller, me dit ma mère.

Dans notre chambre, Néfertiti se contemplait dans le miroir. Elle rejeta ses cheveux noirs en arrière, s'imaginant coiffée de la couronne d'Égypte.

— Oui, murmura-t-elle. Je serai la plus grande reine que l'Égypte ait jamais connue.

— Aucune reine ne pourra surpasser notre tante, remarquai-je sur un ton de moquerie.

Elle virevolta.

— Il y a eu Hatshepsout. Et notre tante ne porte pas le pshent.

— Seul un pharaon peut le porter.

— Que lui reste-t-il, alors, à elle qui commande l'armée et rencontre les dirigeants étrangers ? *Rien.* C'est son mari qui récolte la gloire. Quand je serai reine, je veillerai à ce que mon nom passe à la postérité.

Je préférais ne pas discuter avec Néfertiti quand elle était dans cet état d'esprit. Je mélangeai le khôl dans un pot et la regardai l'appliquer. Elle en cerna ses yeux et souligna ses sourcils ; maquillée, elle paraissait bien plus que ses quinze ans.

— Crois-tu vraiment que tu deviendras grande épouse ? demandai-je.

— À ton avis, qui notre tante préférera-t-elle comme mère d'un prince héritier ? Une roturière, dit-elle en fronçant le nez, ou sa nièce ?

J'étais une roturière, mais ce n'était pas moi qu'elle visait. C'était la fille de Panahesi, Kya, née d'une aristocrate, alors que Néfertiti était la petite-fille d'une reine.

— Peux-tu me trouver ma robe de lin et ma ceinture en or ? dit-elle.

— Ce n'est pas parce que tu vas te marier que tu dois me prendre pour ton esclave.

Elle me décocha un grand sourire.

— *S'il te plaît*, Moutny. Tu sais bien que je ne peux pas me passer de toi.

Elle me regarda dans le miroir fouiller ses coffres à la recherche de sa robe de fête. Quand je sortis sa ceinture dorée, elle protesta.

— Celle avec de l'onyx, pas des turquoises.

— Tu n'as pas de servantes à ton service ?

Ignorant ma question, elle tendit la main vers la ceinture. Personnellement, je préférais la turquoise.

On frappa à la porte, et une domestique de ma mère surgit, le visage rouge d'excitation.

— Votre mère vous demande de vous hâter ! La caravane est en vue !

Néfertiti se tourna vers moi.

— Réfléchis, Moutny. Tu seras la sœur de la reine d'Égypte.

— À condition que tu plaises à notre tante.

— Cela ne fait aucun doute, je lui plairai.

Elle contempla son image dans le miroir, ses épaules étroites couleur de miel, et son opulente chevelure noire.

— Je me montrerai charmante et douce. Et quand nous serons installées au palais, pense à tout ce que nous allons pouvoir faire.

— Nous pouvons faire beaucoup de choses ici, protestai-je. Que reproches-tu à Akhmin ?

Elle prit la brosse et acheva de se coiffer.

— Tu n'as pas envie de voir Karnak et Memphis, et d'appartenir à la cour ?

— Père en fait partie. Il dit que les discussions politiques le fatiguent.

— Oui, bien sûr, lui va au palais tous les jours. Nous, qu'avons-nous à faire ici ? Rien, sinon attendre la mort d'un prince pour sortir dans le monde.

— Néfertiti !

Elle éclata de rire. Ma mère apparut alors sur le seuil de la chambre, hors d'haleine. Elle avait mis ses plus beaux bijoux et de nouveaux bracelets imposants que je n'avais encore jamais vus.

— Vous êtes prêtes ?

Néfertiti se leva. Sa robe était faite d'une étoffe arachnéenne, et je ressentis une bouffée d'envie en voyant la façon dont le tissu dessinait ses cuisses et soulignait sa taille fine.

— Attendez, dit ma mère en levant la main. Il nous faut un collier. Moutny, va chercher le collier d'or.

J'en eus le souffle coupé.

— *Ton* collier ?

— Bien sûr. Et dépêche-toi ! Le garde t'ouvrira la chambre forte.

J'étais stupéfaite que ma mère laisse Néfertiti porter le collier que mon père lui avait donné le jour de leur mariage. J'avais sous-estimé l'importance de la visite de ma tante pour elle. Pour nous tous.

La chambre forte était située à l'arrière de la maison ; la sentinelle sourit en me voyant. Je rougis en constatant que je le dépassais d'une tête.

— Ma mère veut le collier pour ma sœur.

— Le collier d'or ?

— De quel autre peut-il s'agir ?

Il rejeta la tête en arrière.

— Bien. Il doit s'agir d'un événement très important. Je sais que la reine arrive aujourd'hui.

Je mis mes mains sur mes hanches en signe d'impatience.

— Très bien, très bien.

Il descendit dans la chambre souterraine, puis réapparut avec le trésor de ma mère, supposé me revenir un jour.

— Alors ta sœur doit se marier, dit-il.

Je tendis la main.

— Le collier.

— Elle ferait une reine parfaite.

— C'est ce que tout le monde dit.

Le vieux renard sourit comme s'il lisait dans mes pensées, puis il me tendit le collier, que je lui arrachai des mains. Je regagnai ma chambre en courant, brandissant la lourde parure comme un trophée.

— Tu es sûre ? demanda Néfertiti en se tournant vers ma mère.

Elle regarda la parure, qui se refléta dans ses yeux.

Ma mère acquiesça. Elle passa le collier au cou de ma sœur, puis nous reculâmes toutes deux pour juger de l'effet produit. L'or dessinait sur la gorge de ma sœur un motif de lotus, puis descendait entre ses seins en gouttelettes de différentes longueurs. Heureusement, elle avait deux ans de plus que moi. Si j'avais été la première à marier, aucun homme n'aurait voulu m'épouser.

— À présent, nous sommes prêtes, dit ma mère.

Elle nous précéda jusqu'à la salle d'audience, où la reine attendait en conversant avec mon père de sa voix rauque et pleine d'autorité.

— Entrez quand on vous appellera, recommanda ma mère. Sur la table, vous trouverez des cadeaux provenant de notre trésor. Apportez-les à la reine. Néfertiti se chargera du plus beau.

Puis elle disparut à l'intérieur de la salle, nous laissant dans le vestibule carrelé.

Néfertiti se mit à marcher de long en large.

— Pour quelle raison ne me choisirait-elle pas pour épouser son fils ? Je suis la fille de son frère, et notre père occupe la plus haute fonction dans le pays.

— Bien sûr, elle te choisira.

— Comme grande épouse ? Je n'accepterai rien d'autre, Moutny. Je ne deviendrai pas une quelconque épouse de rang inférieur au fond d'un palais, à laquelle Pharaon rend visite toutes les deux saisons. Je préfère épouser le fils d'un vizir.

— Elle te voudra.

— En réalité, c'est Aménophis qui décide.

Elle arrêta de faire les cent pas et je compris qu'elle se parlait à elle-même.

— En fin de compte, c'est lui qui choisira. C'est lui qui aura un fils de moi, pas elle.

La crudité de ses propos me fit sursauter.

— Mais je ne parviendrai jamais à l'approcher sans avoir d'abord séduit sa mère.

— Tu y réussiras.

Elle me regarda comme si elle prenait seulement conscience de ma présence.

— Vraiment ?

— Oui.

Je m'assis dans l'un des fauteuils d'ébène de mon père et appelai un chat de la maison.

— Mais comment peux-tu être certaine de l'aimer ? demandai-je.

— Parce qu'il est sur le point de devenir pharaon d'Égypte, répondit-elle avec aplomb. J'en ai assez d'Akhmin.

Peut-être en avait-elle également assez de Ranofer et de son charmant sourire. La servante de ma mère passa les portes de la salle d'audience, et le chat me glissa entre les mains.

— Devons-nous entrer ? demanda Néfertiti d'un ton anxieux.

— Oui, Maîtresse.

Néfertiti me regarda, les joues rouges.

— Marche derrière moi, Moutny. Elle doit me voir la première et tomber sous mon charme.

Quand nous pénétrâmes dans la salle d'audience, les bras chargés de présents, la pièce me parut plus vaste qu'à l'accoutumée ; les fresques murales et le carrelage bleu du sol, plus éclatants. Les servantes avaient bien travaillé ; elles avaient même réussi à effacer la tache sur la tapisserie au-dessus de la tête de ma mère. La reine avait le même visage austère que dans le tombeau de Thoutmosis, encadré par une imposante perruque nubienne. Si Néfertiti devenait reine, elle en porterait une semblable. La reine trônait sur l'estrade, assise dans un fauteuil aux larges accoudoirs, garni d'un imposant coussin de plumes. Un chat noir, avec un collier en lapis et or, était couché sur ses genoux, et elle lui caressait le dos.

Le héraut de la reine s'avança et fit un grand geste du bras.

— Majesté, ta nièce, la demoiselle Néfertiti.

Ma sœur tendit la coupe dorée, qu'un serviteur prit aussitôt. Ma tante désigna un siège vide à sa gauche, invitant Néfertiti à y prendre place. Ma sœur gravit les marches du dais, sous le regard de ma tante, visiblement fascinée par sa beauté.

— Majesté, ta nièce, la demoiselle Moutnedjemet.

Quand je m'avançai, ma tante parut surprise de me voir. Elle regarda la boîte couverte de turquoises que je lui tendais et sourit comme si la présence de Néfertiti lui avait fait oublier mon existence.

— Tu as grandi, remarqua-t-elle.

— Oui, mais pas avec la même grâce que Néfertiti, Majesté.

Ma mère prit un air approbateur. Les regards se tournèrent de nouveau vers ma sœur, qui s'efforçait de cacher sa satisfaction.

— Elle est vraiment belle, Aÿ. Elle tient plus de sa mère, je pense, que de toi.

Mon père se mit à rire.

— Elle est également pleine de talents. Elle chante. Et danse.

— Mais est-elle intelligente ?

— Bien sûr. Et elle a de la force de caractère.

Il baissa la voix.

— Elle saura canaliser les passions d'Aménophis et le contrôler.

Ma tante considéra Néfertiti d'un air dubitatif.

— Mais si elle l'épouse, elle doit devenir grande épouse, ajouta mon père. Elle pourra alors le détourner d'Aton, et le faire revenir à Amon et à une politique moins risquée.

La reine se tourna vers ma sœur.

— Et toi, qu'en dis-tu ? demanda-t-elle.

— Je ferai ce qu'on exige de moi, Majesté. Je distrairai le prince et lui donnerai des enfants. Et je serai la servante dévouée d'Amon.

Son regard croisa le mien et je réprimai un sourire.

— D'Amon, répéta la reine pensivement. Si seulement mon fils était aussi raisonnable.

— Elle est la plus déterminée de mes deux filles, dit mon père. Si quelqu'un est capable de l'influencer, c'est bien elle.

— Kya est faible, reconnut la reine. Elle ne saurait remplir ce rôle. Il voulait la nommer grande épouse, mais je m'y suis opposée.

— Lorsqu'il aura vu Néfertiti, il oubliera Kya, promit mon père.

— Le père de Kya est un vizir, dit ma tante. Il sera mécontent que je préfère ta fille à la sienne.

Mon père haussa les épaules.

— Il fallait s'y attendre. Nous sommes en famille.

Après un instant d'hésitation, la reine se leva.

— L'affaire est donc réglée.

Néfertiti étouffa une exclamation de plaisir. L'entretien était terminé. La reine descendit les marches du dais, petite silhouette indomptable, suivie par le chat au bout de sa laisse dorée.

— J'espère qu'elle se montrera à la hauteur de tes promesses, Aÿ. C'est l'avenir de l'Égypte qui en dépend, dit-elle avec solennité.

Trois jours durant, les servantes coururent à travers la maison pour empaqueter linge, vêtements et bijoux de moindre valeur dans des paniers. Partout, on voyait des coffres béants à moitié vides, avec des vases d'albâtre, de verre et de terre cuite attendant d'être enveloppés et rangés à l'intérieur. Mon père supervisait les opérations avec un plaisir évident. Le mariage de Néfertiti signifiait que nous irions tous vivre à Thèbes avec lui, au palais de Malgatta, et qu'il nous verrait dorénavant plus souvent.

— Moutny, arrête de traîner dans nos jambes, gronda ma mère. Trouve quelque chose à faire.

— Néfertiti aussi traîne dans vos jambes, protestai-je.

À l'autre bout de la pièce, ma sœur était occupée à essayer des vêtements, et à examiner des bijoux de verroterie.

— Néfertiti, dit ma mère d'un ton sec, tu auras tout le temps de t'admirer dans le miroir à Malgatta.

Néfertiti prit un air théâtral, puis se saisit d'une brassée de robes et les jeta dans un panier. Tandis que ma mère secouait la tête, ma sœur sortit dans la cour pour surveiller le chargement de ses dix-sept coffres. Nous l'entendîmes dire à l'esclave de faire attention, expliquer que ses paniers valaient davantage que lui. Ma mère soupira. Aucun d'entre nous n'avait encore réalisé que ma sœur deviendrait reine.

Que notre vie en serait transformée !

Nous allions quitter Akhmin. Nous gardions la villa, mais qui sait si nous la reverrions un jour ?

— Crois-tu que nous reviendrons ? demandai-je.

Ma mère se redressa. Je la revis près des bassins où ma sœur et moi jouions étant enfants, puis au sanctuaire familial dédié à Amon.

— Je l'espère, répondit-elle. C'est notre maison de famille.

— C'est désormais à Thèbes que se trouvera notre maison.

— Oui. C'est ce que veut ton père. Et ta sœur.

— Et toi ?

Elle regarda en direction de la chambre qu'elle partageait avec mon père. Il lui manquait lorsqu'il était absent. À présent, elle ne le quitterait plus.

— Je veux vivre avec mon mari, reconnut-elle, et que mes enfants aient leur chance dans la vie.

Nous regardâmes Néfertiti donner des ordres aux serviteurs dans la cour.

— Elle sera la souveraine d'Égypte, dit ma mère avec un respect mêlé de crainte. Notre Néfertiti, qui a quinze ans seulement.

— Et moi ?

Ma mère sourit, et les rides de son visage s'accentuèrent.

— Tu seras la sœur de la grande épouse royale. Ce n'est pas négligeable.

— Et qui épouserai-je ?

— Tu n'as que treize ans !

Une ombre passa sur son visage. J'étais l'unique enfant que la déesse Taouret lui avait accordé. Quand je serais mariée, elle n'aurait plus personne. Aussitôt, je regrettai mes paroles.

— Je ne me marierai peut-être jamais, ajoutai-je en hâte. Peut-être deviendrai-je prêtresse.

Elle acquiesça, mais je savais qu'elle redoutait le moment où elle se retrouverait seule.

2

Thèbes
Le 19 de Pharmouti

Trois jours après la visite de ma tante à Akhmin, notre barque était prête à appareiller pour Thèbes. Tandis que le soleil se levait au-dessus des temples de notre ville, je contemplai mon petit jardin de plantes aromatiques ; j'arrachai une feuille de myrrhe et fermai les yeux en la portant à mes narines. Je regretterais Akhmin.

— Ne prends pas cet air si triste, dit ma sœur derrière moi. Tu auras tous les jardins que tu veux à Malgatta.

— Comment peux-tu le savoir ?

Je contemplai les plantes que j'avais cultivées amoureusement. Il y avait des bleuets, des mandragores, des pavots, et un petit pamplemoussier que Ranofer et moi avions planté ensemble.

— Tu seras la sœur de la grande épouse royale. S'il n'y en a pas, j'en ferai créer un !

Nous éclatâmes de rire ensemble. Elle me prit le bras.

— Et, qui sait, peut-être bâtirons-nous un temple à ta gloire, et nous te consacrerons déesse du jardin.

— Néfertiti, ne dis pas de pareilles bêtises.

— Dans trois jours, je serai mariée à un dieu : cela fera de moi une déesse, et de toi la sœur d'une déesse. Tu deviendras divine par parenté.

Notre famille était trop proche des pharaons d'Égypte pour que nous puissions croire à leur divinité comme les gens du peuple, à qui on imposait cette religion pour qu'ils ne défient pas leur autorité. Notre père nous l'expliqua un soir, mais il n'alla pas jusqu'à dire qu'Amon-Rê n'existait pas non plus. Certaines croyances étaient simplement commodes, mais d'autres trop sacrées pour qu'on ose les contester.

Malgré les promesses de Néfertiti, j'étais triste de quitter mon jardin. Je mis le plus de plantes possible dans de petits pots pour les emporter et recommandai aux servantes de prendre soin du reste. Je doutais toutefois qu'elles portent assez d'attention au jujube et qu'elles arrosent convenablement les mandragores.

Le voyage entre Akhmin et Thèbes ne devait pas durer longtemps. Notre barque franchit péniblement les étendues de roseaux et les bras morts du Nil avant de déboucher sur les eaux boueuses du fleuve, vers le sud, en direction de la cité des pharaons. Mon père, à la proue, sourit à ma sœur, assise sous un auvent, et elle lui rendit son sourire. Puis il me fit signe d'approcher.

— Au soleil, tu as des yeux de chat, dit-il. Verts comme des émeraudes.

— Comme ma mère, répondis-je.

— Oui, reconnut-il. Moutnedjemet, ta sœur aura besoin de toi dans les jours à venir. C'est une période dangereuse. Chaque fois qu'un nouveau pharaon monte sur le trône, nous vivons une période d'incertitude, aujourd'hui plus que jamais. Tu vas devenir la première dame d'honneur de ta sœur, et tu devras veiller à tes moindres faits et gestes. Je connais ta franchise, continua-t-il avec un sourire, excessive parfois. La franchise n'a pas droit de cité à la cour. Tu devras faire attention à tout dans l'entourage d'Aménophis.

Il tourna son regard vers le fleuve. Des filets de pêcheur séchaient au soleil. À cette heure de la journée, plus personne ne travaillait.

— Il faut aussi que tu refrènes Néfertiti.

Je le regardai avec étonnement.

— Comment ?

— En lui donnant des conseils. Tu as de la patience et tu sais t'y prendre avec les gens.

Je rougis. Jamais il ne m'avait fait un tel compliment.

— Néfertiti s'emporte facilement. Et je crains…

Il secoua la tête, mais ne continua pas.

— Tu as dit à tante Tiyi que Néfertiti pouvait contrôler le prince. En quoi un prince a-t-il besoin d'être contrôlé ?

— Il s'emporte facilement, lui aussi. Et il est ambitieux.

— L'ambition n'est-elle pas une qualité ?

— Pas à ce point.

Il posa sa main sur la mienne.

— Tu verras. Garde les yeux ouverts, petit chat, et tes sens en éveil. Si quelque chose ne va pas, viens me voir d'abord.

Mon père devina à quoi je pensais et sourit.

— Ne prends pas cet air inquiet. Ce ne sera pas aussi pénible. Après tout, ce n'est rien en comparaison de la couronne d'Égypte.

Il se tourna vers la rive.

— Nous y sommes presque.

Les bateaux étaient plus nombreux à l'approche du palais ; c'étaient de longues embarcations avec des voiles triangulaires comme les nôtres. Des femmes se précipitaient au bastingage pour voir qui voyageait à bord de notre barque, dont les bannières dorées flottant au mât identifiaient mon père comme le vizir en chef auprès de l'Ancien : tout le monde saurait bientôt que ce bateau transportait la future reine d'Égypte.

Néfertiti avait disparu dans la cabine. Elle réapparut, vêtue de lin immaculé. Les joyaux laissés par notre tante à son intention ornaient sa gorge et scintillaient au soleil. Elle vint s'asseoir près de moi à la proue, profitant des éclaboussures de l'eau pour se rafraîchir.

— Par le grand Osiris ! Regarde !

Je montrai du doigt les cinquante soldats et les quelque deux cents serviteurs qui attendaient notre arrivée sur la rive.

Père débarqua le premier, suivi par ma mère, puis Néfertiti et moi, par ordre d'importance. Cet ordre allait changer après le couronnement de ma sœur.

— Regarde les litières ! m'exclamai-je.

Elles étaient en or et en lapis, avec des mâts en ébène pour les porter.

— Sans doute celles de l'Ancien, dit Néfertiti, impressionnée.

Chacun prit place dans sa cabine à rideaux, et nous partîmes. J'écartai les tentures pour contempler Thèbes, étincelante au soleil de l'après-midi. Comment Néfertiti pouvait-elle ignorer un tel spectacle ? Sa silhouette se dessinait, fière et droite au milieu de la cabine, imperturbable, alors que nous traversions cette ville où notre père ne nous avait jamais amenées. Des joueurs de flûte nous accompagnaient de leur musique, et nous continuâmes devant les habitations en grès avec leurs centaines de spectateurs. J'aurais préféré voyager dans la litière de ma mère, pour me réjouir avec elle du spectacle des acrobates venus distraire la foule de plus en plus nombreuse. Nous passâmes ensuite devant le temple d'Aménophis le Magnifique, où un couple de statues colossales le représentait comme un dieu. Puis, au milieu du désert, un lac scintilla à l'horizon. Impatiente de découvrir ces lieux, je faillis tomber de la litière. C'était un bassin artificiel, en demi-lune, qui entourait le palais, où naviguaient des bateaux avec de petites voiles, à la place du sable et des palmiers. Mon père m'avait raconté qu'Aménophis le Magnifique avait offert ce lac à la reine Tiyi en témoignage de son amour et qu'il ne ressemblait à aucun autre lac d'Égypte : au soleil, on aurait dit du lapis et de l'argent liquides.

Les foules s'écartaient à mesure que nous approchions des portes du palais. Je me rejetai en arrière sur les coussins et laissai retomber les rideaux. Je ne voulais pas avoir l'air d'une paysanne qui n'était jamais sortie d'Akhmin. Malgré les rideaux fermés, je compris bientôt que nous avions pénétré sur les terres du palais. Des arbres ombrageaient la route et je distinguai les contours de petites chapelles, de villas de fonctionnaires, d'un atelier royal, de constructions ramassées formant le quartier des domestiques.

Les porteurs de litière gravirent une volée de marches et on nous déposa au sommet. Quand nous écartâmes les rideaux, Thèbes s'étendait à nos pieds : le lac en demi-lune, les maisons en brique crue, les marchés et les fermes, et, au-delà, le Nil.

Mon père épousseta son pagne et donna ses instructions aux domestiques.

— Une fois dans nos appartements, nous déferons nos bagages. Après avoir pris un bain et nous être changés, nous irons voir l'Ancien.

Les serviteurs s'inclinèrent devant lui en signe de considération ; ma mère était visiblement impressionnée par le pouvoir dont jouissait son mari à Thèbes. À Akhmin, il était seulement notre père, un homme qui aimait lire près des bassins aux lotus et se rendre au temple d'Amon pour voir le soleil se coucher sur les champs. Ici, au palais, il devenait le vizir Aÿ, l'un des hommes les plus respectés du royaume.

Un serviteur apparut, portant la mèche de côté commune aux jeunes gens. Il était mince, avec une jupe bordée d'or, comme seuls en portaient les domestiques de Pharaon.

— Je suis chargé de vous conduire à vos appartements.

Il ouvrit la marche.

— L'honorable vizir Aÿ et sa femme logeront dans la cour à la gauche de Pharaon. À sa droite, se trouve le prince, à côté duquel seront installées les demoiselles Néfertiti et Moutnedjemet.

Derrière nous, des serviteurs se bousculaient pour rassembler nos dizaines de coffres. Le palais était construit en forme d'ankh ; au centre se trouvait Pharaon, avec ses vizirs occupant les cours tout autour. Dans ces espaces carrés ouverts, des femmes et des enfants s'arrêtaient pour regarder passer notre cortège. Voilà ce que sera notre vie dorénavant, pensai-je. Un spectacle permanent.

Notre guide nous fit traverser plusieurs cours pavées de carreaux de couleurs vives, avec des fresques représentant des champs de papyrus, puis il pénétra dans un vestibule où tout le monde s'arrêta.

— Les appartements du vizir Aÿ, annonça-t-il. Il ouvrit les portes d'un grand geste, et des statues de granit semblèrent surgir de chaque niche de la chambre. C'était une pièce lumineuse à la décoration luxueuse, avec des paniers de roseau et des tables en bois dont les pieds étaient en ivoire sculpté.

— Conduis mes filles à leurs chambres, ordonna mon père, puis, à l'heure du dîner, accompagne-les jusqu'à la grande salle.

— Moutny, veille à t'habiller convenablement ce soir, recommanda ma mère. Néfertiti, le prince sera présent.

— Avec Kya ? demanda-t-elle.

— Oui, répondit mon père. Nous avons veillé à ce que tu disposes de bijoux et de vêtements dans ta chambre. Tu as jusqu'au coucher du soleil. Moutny t'aidera si tu en as besoin.

Mon père me regarda, et j'acquiesçai.

— J'ai également prévu que des femmes de chambre personnelles vous soient attribuées. Ce sont les femmes les mieux formées du palais.

— Formées à quoi ? demandai-je.

Nous n'avions jamais eu de femmes de chambre à Akhmin. Néfertiti devint rouge de honte.

— En matière de cosmétiques et de maquillage, répondit mon père.

Il y avait un vrai lit dans notre chambre. Pas un matelas de roseau ou une paillasse rembourrée comme dans notre maison, mais une vaste plateforme en ébène sculpté, surmontée de rideaux en lin, que nous partagerions, Néfertiti et moi. Un brasero était creusé dans le sol carrelé en prévision des nuits froides ; nous pourrions boire de la bière chaude devant le feu, emmitouflées dans des couvertures. Dans une pièce à part, il y avait même des toilettes en calcaire. Je soulevai le couvercle, sous le regard horrifié de Néfertiti. Notre guide m'observait avec amusement. Dessous, il y avait une cuvette de céramique remplie d'eau de rose. Plus jamais nous n'aurions à nous servir d'un tabouret de toilette et d'une cuvette. C'était une chambre digne d'une princesse d'Égypte.

Notre guide nous interrompit pour nous expliquer que je partagerais le lit avec Néfertiti jusqu'à son mariage ; elle pourrait ensuite, si elle le désirait, disposer de son propre lit.

Partout, on voyait des images symbolisant la vie et l'éternité. Les colonnes de bois étaient sculptées en forme de fleur, et peintes dans diverses teintes de bleu, de vert, de jaune foncé et de rouge. Nés sous le pinceau d'un artiste particulièrement habile, des aigrettes et des ibis prenaient leur envol sur les parois. Et sur le sol carrelé, la mosaïque représentant un bassin aux lotus était si réaliste et si pleine de vie que nous avions l'impression de marcher sur l'eau. Puis notre guide disparut.

— Viens voir, s'exclama Néfertiti.

Elle caressa la surface d'un miroir plus large que nous deux, et nous nous regardâmes. Néfertiti, à la silhouette menue, et moi. Néfertiti sourit à son reflet dans le bronze poli.

— C'est ainsi que nous serons pour l'éternité, chuchota-t-elle. Jeunes et belles.

Jeunes, au moins, pensai-je.

— Ce soir, je dois être resplendissante, dit Néfertiti, faisant promptement demi-tour. Je dois éclipser Kya en tout. Grande épouse est seulement un titre. Aménophis peut me renvoyer si je ne réussis pas à le séduire.

— Notre père ne le permettrait jamais, protestai-je. Tu auras toujours une chambre au palais.

— Si je ne réussis pas à l'impressionner, je serai une potiche, c'est tout. Je passerai mes journées dans ma chambre et ne saurai jamais ce que signifie diriger un royaume.

Je n'aimais pas entendre Néfertiti parler ainsi. Je la préférais débordante de confiance plutôt qu'en train d'envisager une existence où elle ne serait pas la favorite. Quelque chose bougea alors dans le miroir et je me figeai. Deux femmes étaient entrées dans notre chambre. Néfertiti se retourna brusquement, et l'une d'elles s'avança, à peine plus âgée que ma sœur. Elle était vêtue à la dernière mode de la cour, avec des sandales perlées et de petites boucles d'oreilles en or. Quand elle sourit, deux fossettes creusèrent ses joues.

— Nous avons reçu l'ordre de vous conduire aux bains, annonça-t-elle.

Elle nous tendit des serviettes de lin et des peignoirs de bain faits d'une étoffe douce.

— Je m'appelle Ipu.

Ses yeux noirs nous examinaient avec bienveillance ; elle s'attarda sur mes cheveux ébouriffés et la minceur de Néfertiti.

— Voici Merit, dit-elle en désignant l'autre femme.

Merit esquissa un sourire ; je lui trouvai un air un peu hautain. Elle s'inclina pourtant profondément. Quand elle se releva, elle désigna la porte, d'un mouvement de son bras chargé de bracelets, en direction de la cour.

— Les bains sont de ce côté.

Je pensai aux baignoires en cuivre froid d'Akhmin et mon enthousiasme faiblit. Ipu bavardait gaiement en chemin.

— Nous allons devenir vos femmes de chambre, dit-elle. Avant que vous ne quittiez votre chambre, nous devrons nous assurer que votre tenue est parfaite dans le moindre détail. La princesse Kya dispose de ses propres dames d'honneur, qui sont à la fois des femmes de chambre et des suivantes. Les femmes de la cour l'imitent en tout. Elles se maquillent de la même façon. Les femmes de Thèbes se coiffent de même. Jusqu'à présent, du moins, ajouta-t-elle avec un sourire.

Un couple de gardes poussa les portes à deux battants menant aux bains, et, une fois la buée dissipée, le spectacle me coupa le souffle. Des jarres déversaient de l'eau dans un long bassin dallé, entouré par des bancs de pierre et des dalles chauffées par le soleil. Des plantes exubérantes montaient vers la lumière, dont les rameaux vagabonds s'agrippaient aux colonnades.

Néfertiti contempla la salle d'un air satisfait.

— Comment père pouvait-il connaître tout cela et préférer nous élever à Akhmin ?

Elle repoussa sa serviette de lin.

Nous nous assîmes sur les bancs de pierre, mais nos nouvelles femmes de chambre nous recommandèrent de nous allonger.

— Tes épaules sont particulièrement nouées, Maîtresse.

Ipu m'appuya sur le dos pour en soulager la tension.

— Certaines vieilles femmes sont plus souples que toi !

Elle se mit à rire, et je m'étonnai de sa familiarité. Tandis qu'elle me massait, je sentis la tension dans mes épaules se dissiper.

Les perles de la perruque d'Ipu cliquetaient doucement les unes contre les autres, et je sentais le parfum de sa robe de lin, une odeur de fleur de lotus. Je fermai les yeux. En les ouvrant de nouveau, j'aperçus une autre femme dans le bassin. Presque aussitôt, Merit s'avança et enveloppa ma sœur dans un peignoir.

Je me redressai.

— Où… ?

— Chut.

Ipu appuya sur mon dos.

Stupéfaite, je les regardai partir.

— Où vont-elles ?

— Elles retournent à votre chambre.

— Mais pourquoi ?

— Kya est ici, dit Ipu.

De l'autre côté du bassin, une femme agitait sa chevelure perlée dans l'eau. Son visage était petit et étroit, son nez légèrement busqué ; sa physionomie avait quelque chose de saisissant.

Ipu émit un claquement de langue.

— Je n'ai plus de lavande. Reste ici, ne dis rien. Je reviens.

À peine Ipu s'était-elle éloignée que Kya s'avança vers moi tout en drapant une serviette autour de sa taille. Je me redressai et en fis autant.

— Ainsi, tu es celle qu'on appelle Yeux de chat, dit-elle.

Elle s'assit en face de moi et me dévisagea.

— Je suppose que c'est la première fois que tu viens aux bains ?

Elle regarda sous mon banc et je suivis son regard : j'avais plié mon peignoir sur le sol et l'eau l'avait mouillé.

— Au palais, nous avons des *placards* pour cela.

Elle sourit ; je vis l'endroit où elle avait pendu son peignoir et rougis.

— Je ne savais pas.

Elle haussa les sourcils.

— J'aurais pensé que vos femmes de chambre te l'auraient dit. Ipu est célèbre dans Thèbes. Toutes les femmes de la cour la réclament pour ses talents de maquilleuse, et la reine vous l'a attribuée.

Elle se tut pour me laisser répondre.

Quand elle vit qu'elle n'obtiendrait rien de moi, elle se pencha en avant.

— Dis-moi, c'était ta sœur ?

J'inclinai la tête.

— Elle est très belle. Elle devait être la plus belle fleur des jardins d'Akhmin.

Elle me regardait de sous ses longs cils.

— Je parie qu'elle avait de nombreux admirateurs. Cela a dû être difficile de les quitter, dit-elle sur le ton de la confidence, surtout si elle était amoureuse.

— Néfertiti ne tombe pas amoureuse, répliquai-je malgré moi. Ce sont les hommes qui tombent amoureux d'elle.

— Les hommes ? Il y en a donc plus d'un ?

— Non, seulement le précepteur, me hâtai-je de répondre.

— Son *précepteur* ?

Elle se redressa.

— Non, pas le sien. Le mien.

Les pas d'Ipu retentirent dans la cour, et Kya se releva aussitôt, tout sourire.

— Petite sœur, je suis certaine que nous deviserons de nouveau.

En nous voyant, Ipu parut inquiète. Puis Kya s'éclipsa par les portes, vêtue de sa seule serviette mouillée.

— Que s'est-il passé ? demanda Ipu en traversant les bains. Que t'a dit la princesse Kya ?

J'hésitai.

— Que Néfertiti était belle, c'est tout.

Ipu plissa les yeux.

— Rien d'autre ?

Je secouai vigoureusement la tête.

— Rien d'autre.

Dans notre chambre, je trouvai Néfertiti vêtue d'une robe décolletée sous la poitrine. La mienne paraissait identique, mais quand je l'eus revêtue l'effet produit ne fut pas du tout le même. Sur moi, la robe flottait, longue et vague, alors qu'elle soulignait la taille fine de Néfertiti et montait jusque sous ses seins pour les faire pigeonner.

— Attends ! s'exclama Néfertiti quand Merit approcha la brosse de sa tête. Où est l'huile de safran ?

Merit fronça les sourcils.

— Maîtresse ?

— L'huile de safran, répéta Néfertiti en me regardant. Ma sœur dit qu'elle fortifie les cheveux.

— Nous n'utilisons pas d'huile de safran ici, Maîtresse. Veux-tu que je m'en procure ?

— Oui.

Néfertiti se rassit et regarda Merit s'éloigner. Elle hocha la tête d'un air approbateur en voyant ma robe.

— Tu vois ? Tu peux être jolie quand tu veux.

— Merci.

Les préparatifs nous occupèrent jusqu'au coucher du soleil. Ipu et Merit se montrèrent à la hauteur de leur réputation : de leurs mains habiles, elles rougirent nos lèvres, appliquèrent le khôl sur nos yeux, passèrent nos seins au henné, et pour finir nous coiffèrent de perruques nubiennes

— Sur mes cheveux aussi ? protestai-je.

Néfertiti me foudroya du regard ; la perruque paraissait chaude et lourde, pleine de nattes et de perles minuscules.

— Tout le monde en porte ?

Ipu se retint de rire.

— Oui, demoiselle Moutnedjemet. Même la reine.

— Mais comment va-t-elle tenir ?

— Avec de la cire d'abeille et de la résine.

Elle noua ma longue chevelure et plaça la perruque sur ma tête. Le résultat s'avéra étonnamment seyant : les nattes encadraient parfaitement mon visage, et les perles vertes mettaient mes yeux en valeur. Ipu devait avoir choisi la couleur pour moi, car je remarquai que les perles de Néfertiti étaient argentées. Je restai assise sans bouger tandis que ma femme de chambre appliquait une crème sur mes seins. Puis elle ouvrit un pot avec précaution, fit couler dans sa paume une poignée de petits fragments scintillants et souffla doucement : je me retrouvai couverte de poussière d'or. Apercevant mon reflet dans le miroir, j'en eus le souffle coupé.

Puis Néfertiti se leva.

Le voyage en bateau depuis Akhmin n'avait laissé aucune trace sur son visage. Elle paraissait reposée, pleine d'énergie à la perspective de cette soirée. Elle resplendissait comme l'astre solaire. Sa perruque descendait plus bas que ses épaules et dégageait ses oreilles, mettant en valeur ses pommettes et son cou élancé ; chaque mèche de cheveux produisait de la musique quand les perles s'entrechoquaient. Aucun homme dans aucun royaume ne pourrait jamais la repousser. Son corps tout entier scintillait d'or, jusqu'à ses orteils.

Les deux femmes de chambre reculèrent.

— Elle est magnifique.

Chacune voulut alors inspecter le travail de l'autre, et Merit ne put retenir un murmure d'approbation devant mon visage.

— Quels beaux yeux verts ! dit-elle. Je n'avais jamais vu d'yeux aussi verts.

— Je les ai soulignés de malachite, répliqua Ipu, fière de son travail.

— C'est superbe.

Je me redressai, mais à cet instant ma sœur s'éclaircit la gorge, coupant court à mon moment de gloire.

— Mes sandales, ordonna-t-elle.

Merit alla chercher des sandales incrustées d'or, puis Néfertiti se tourna vers moi.

— Ce soir, je fais la connaissance du prince d'Égypte, dit-elle.

Elle tendit les bras, et ses bracelets tintèrent.

— Comment me trouves-tu ?

— Belle comme Isis, reconnus-je en toute honnêteté.

Au coucher du soleil, on nous conduisit jusqu'à la grande salle ; le brouhaha des festivités nous parvint de loin. Les invités étaient annoncés dès leur arrivée, et, alors que nous attendions notre tour, Néfertiti me serra le bras.

— Père est-il déjà là ? demanda-t-elle, pensant que ma grande taille me permettrait de voir par-dessus la foule.

— Je n'en sais rien.

— Monte sur la pointe des pieds, me conseilla-t-elle.

Je ne le vis pas davantage.

— Ne t'inquiète pas. Tout le monde nous verra entrer, lui dis-je.

Nous progressâmes de plusieurs places ; l'Ancien et la reine Tiyi étaient à l'intérieur, ainsi que le prince. Mon père avait eu raison d'insister pour que nous arrivions après tout le monde, car des hommes n'arrêtaient pas de revenir sur leurs pas pour voir ma sœur.

Bientôt, la salle s'étendit sous nos yeux dans sa vastitude. De toutes les pièces que j'avais vues à Malgatta, celle-ci était de loin la plus belle. Le héraut s'éclaircit la gorge et étendit le bras.

— Demoiselle Néfertiti, annonça-t-il solennellement, fille d'Aÿ, vizir d'Égypte, et inspecteur des grands travaux du roi.

Néfertiti s'avança et les conversations s'interrompirent.

— Demoiselle Moutnedjemet, sœur de Néfertiti, fille d'Aÿ, vizir d'Égypte, et inspecteur des grands travaux du roi, poursuivit le héraut.

Je m'avançai à mon tour ; les invités s'étaient retournés pour découvrir les deux filles du vizir, tout juste arrivées de la petite ville d'Akhmin.

Les femmes nous dévisagèrent pendant que nous nous dirigions vers l'estrade. Notre père, installé à une grande table, se leva pour nous accueillir ; nous nous inclinâmes, les bras tendus, et on nous mena jusqu'aux trois trônes d'Horus. Quand l'Ancien s'avança sur son siège, je remarquai ses sandales en bois sculpté. Il braqua son regard sur les seins ronds et passés au henné de Néfertiti.

— Relevez-vous, ordonna la reine.

Quand nous nous redressâmes, le regard du prince Aménophis plongea dans celui de ma sœur. Néfertiti lui sourit ; à côté de lui, Kya nous surveillait. Néfertiti n'étant pas encore reine, on nous conduisit ensuite à une table en contrebas du dais, où mon père était assis avec les autres vizirs.

Sans altérer en rien son sourire radieux, Néfertiti siffla entre ses dents.

— Je trouve insultant de devoir m'asseoir en dessous d'elle.

Mon père caressa le bras doré de ma sœur.

— Dans quelques jours, elle sera à ta place et tu seras reine d'Égypte.

Les hommes à notre table se disputaient déjà pour questionner Néfertiti sur son voyage, curieux de savoir si le temps avait été beau, si le bateau avait fait étape dans une des villes sur le trajet. Aménophis ne quittait pas ma sœur des yeux. Elle devait en être consciente, car, lorsque le séduisant fils d'un vizir s'approcha d'elle pour l'interroger sur sa vie à Akhmin, elle se mit à rire, et, son long cou rejeté en arrière, elle déploya tout son charme. Kya avait beau s'efforcer d'entretenir la conversation avec le prince pour l'empêcher de regarder ma sœur, Aménophis n'entendait visiblement pas être distrait. Je me demandai ce qu'il pensait de sa future femme, et j'étudiai la façon dont Néfertiti exerçait son pouvoir sur les hommes. Elle parlait doucement, de façon à les obliger à se pencher tout près pour entendre. Elle veillait également à ne pas sourire trop souvent, si bien que, lorsqu'elle riait, son interlocuteur était ébloui.

Le spectacle était partout. Sur l'estrade, l'Ancien suivait d'un regard lubrique les femmes nues qui dansaient en se cambrant en arrière, tandis que le prince, parfaitement maître de lui-même, ne laissait rien échapper : il paraissait différent de celui que j'avais vu dans les tombes. Panahesi était assis de l'autre côté de la table. Le vizir avait la tête rasée, comme la plupart des hommes à la cour, et il était grand, comme mon père. Mais les similitudes s'arrêtaient là : mon père avait les yeux bleus, Panahesi, les yeux noirs. Mon père avait des pommettes hautes dont Néfertiti avait hérité, Panahesi un visage plus long et plus plein. Des anneaux d'or brillaient à chacun de ses doigts, tandis que mon père portait rarement des bijoux. Je continuai à étudier le grand rival de ma famille jusqu'à ce que les musiciens commencent à jouer et que chacun se lève de table pour danser, les femmes dans un cercle, les hommes dans un autre. Mon père prit la main de ma mère pour la guider à travers la salle, et Kya regarda d'un œil critique Néfertiti se lever pour se joindre aux femmes.

— Tu ne viens pas ? me demanda Néfertiti.

— Bien sûr que non !

Élevées à Thèbes, les filles des courtisans, toutes ravissantes, connaissaient probablement par cœur les danses de la cour.

— J'ignore les enchaînements. Comment vas-tu faire ?

Elle haussa les épaules.

— J'apprendrai en les regardant.

Merit avait dû lui donner des conseils, car à mon grand étonnement je vis ma sœur sauter et tourner en cadence avec les autres, offrant à l'assistance un déploiement de lapis-lazuli et d'or. Quelques rares femmes étaient restées assises, dont moi. Mais je n'étais pas seule à notre table. Panahesi n'avait pas bougé non plus. Il tenait ses longs doigts croisés sous sa barbe noire ; je notai que c'était le seul vizir qui portait les cheveux longs.

— Ce doit être très excitant pour toi, dit-il quand il surprit mon regard. Une jeune fille d'Akhmin arrivant au palais et découvrant ces réceptions, ces richesses. Pourquoi ne danses-tu pas ?

Gênée, je bougeai sur ma chaise.

— Je ne connais pas les danses, avouai-je.

Il haussa les sourcils.

— Ta sœur a l'air tellement à l'aise, remarqua-t-il.

Effectivement, Néfertiti dansait comme si nous avions toujours fréquenté les soirées de la cour. Panahesi reporta son regard sur moi.

— Vous êtes certainement demi-sœurs.

Espérant que le rouge d'Ipu dissimulerait ma honte, je dus me mordre la langue pour ne pas répliquer.

— Dis-moi plutôt, continua Panahesi, avec une sœur dans le harem du roi, qui épouseras-tu ?

La colère me montait au nez.

— Je n'ai que treize ans.

— Bien sûr, encore une petite fille.

Ses yeux descendirent sur ma poitrine, et soudain Néfertiti surgit à côté de moi. La musique s'était tue.

— Oui, mais mieux vaut une femme en fleur qu'un vieil homme diminué.

D'un air entendu, elle fixa le pagne de Panahesi. Puis notre père apparut et reprit sa place à table.

Panahesi recula sa chaise.

— Tes filles sont charmantes, dit-il d'un ton brusque. Je suis certain que le prince finira par les aimer beaucoup.

Il s'éloigna majestueusement, son manteau blanc traînant sur ses talons.

— Que s'est-il passé ? demanda mon père.

— Le vizir… commençai-je.

Mais Néfertiti m'interrompit :

— Rien.

Mon père la regarda avec insistance.

— Rien, répéta-t-elle.

— Je t'avais recommandé d'être prudente. Le vizir Panahesi a l'oreille d'Aménophis.

Néfertiti serra les dents. Elle devait mourir d'envie de répondre *Plus quand je serai reine,* mais préféra se taire. Puis elle parcourut la salle du regard et s'agita brusquement.

— Où est le prince ?

— Il est parti pendant que tu faisais du charme au vizir.

Néfertiti accusa le coup.

— Je ne ferai pas sa connaissance ce soir ?

— Seulement s'il revient, dit mon père d'une voix inhabituellement sévère.

Nous n'étions plus à Akhmin. Nous étions à la cour d'Égypte, où aucune faute n'était tolérée.

— Peut-être reviendra-t-il, dis-je en vain.

L'odeur musquée du vin remplissait la salle. Kya était toujours entourée par ses suivantes, des dames de la cour, toutes vêtues à sa mode, comme Ipu nous l'avait dit : cheveux longs, robes sans manches, pieds passés au henné. Elles tournaient autour d'elle comme des papillons de nuit. Son petit ventre indiquait clairement que c'était elle, et non ma sœur, qui incarnait l'avenir de l'Égypte.

— Il fait trop chaud ici, dit Néfertiti en me prenant par le bras. Viens avec moi.

— Ne vous éloignez pas, insista notre père.

Néfertiti s'élança d'un pas décidé à travers la salle, et je la suivis.

— Où allons-nous ?

— Ailleurs.

Elle s'enfonça dans le palais.

— Il est parti, Moutny. Il est bel et bien parti sans faire ma connaissance. Sa future reine. L'avenir de l'Égypte !

Nous nous retrouvâmes à la fontaine, passâmes nos mains sous l'eau, puis nous nous aspergeâmes les seins. L'eau qui tombait en cascade sentait le chèvrefeuille et le jasmin. Tandis que Néfertiti enlevait sa perruque, une voix familière perça l'obscurité.

— Ainsi donc, tu es l'épouse choisie par ma mère.

Néfertiti leva les yeux : le prince était devant nous, ceint de son pectoral doré. Malgré sa surprise initiale,

Néfertiti se reprit rapidement et, l'instant d'après, elle jouait de tout son charme et de sa séduction.

— Pourquoi ? Cela te choque ? demanda-t-elle.

— Oui.

Il n'y avait rien de désinvolte dans la réponse d'Aménophis. Il s'assit et examina Néfertiti au clair de lune.

— Le prince d'Égypte est-il fatigué de la danse ?

Une fois de plus, elle se montrait parfaite, réussissant à cacher sa nervosité sous une coquetterie affichée.

— Je suis fatigué de voir ma mère s'incliner devant le grand prêtre d'Amon.

Voyant Néfertiti sourire, Aménophis la considéra avec sévérité.

— Ce que je dis est drôle ?

— Oui. Je pensais que tu étais venu ici faire ta cour à ta nouvelle épouse. Mais si tu préfères parler politique, je t'écouterai volontiers.

Aménophis plissa les yeux.

— Écouter de la façon dont mon père écoute ? Ou de la façon dont tu écoutais ton précepteur à Akhmin quand il te déclarait sa flamme ?

Malgré l'obscurité, je vis ma sœur blêmir ; Kya avait utilisé mes propos. Je me sentis mal, mais Néfertiti fut prompte à réagir.

— Tu passes pour un adepte sincère d'Aton, reprit-elle. On te prête l'intention de construire des temples à sa gloire quand tu seras couronné pharaon.

Aménophis s'assit plus en arrière.

— Ton père te tient bien informée.

— Je me tiens moi-même bien informée, répliqua-t-elle.

L'intelligence de ma sœur était assortie d'un tel charme qu'on pouvait difficilement résister à la gravité de son regard dans la lumière des lampes à huile.

— Je veux devenir le pharaon du peuple, reconnut-il. Je veux bâtir les plus grands monuments d'Égypte pour montrer au peuple ce que peut faire un dirigeant doué de vision. Les prêtres d'Amon n'auraient jamais dû être autorisés à exercer un tel pouvoir. Ce pouvoir était réservé aux pharaons d'Égypte.

On entendit un crissement sur le gravier, et nous nous retournâmes tous les trois.

— Aménophis.

Kya s'avança dans la lumière.

— Tout le monde se demande où est le prince d'Égypte.

Elle lui sourit amoureusement : sa disparition n'était-elle pas aussi pittoresque qu'extraordinaire ? Puis elle lui tendit le bras.

— Retournons-nous là-bas ?

Néfertiti inclina la tête.

— À demain donc, promit-elle d'une voix grave et sensuelle, comme s'il y avait un secret entre eux.

Kya serra le bras d'Aménophis.

— J'ai senti notre enfant bouger ce soir. Un fils, promit-elle assez fort pour que Néfertiti l'entende, tandis qu'elle entraînait le prince. Je le sens déjà.

Nous les regardâmes s'éloigner dans l'obscurité, Kya cramponnée à Aménophis, comme s'il risquait de disparaître à tout moment.

Néfertiti fulminait, faisant claquer ses sandales sur le carrelage de notre chambre.

— Que fera-t-il dans deux jours, quand nous nous marierons devant Amon ? Viendra-t-il avec Kya et m'ignorera-t-il ?

Mon père se leva et alla fermer la porte.

— Parle moins fort. Il y a des espions partout dans le palais.

Néfertiti s'affala sur un coussin, et posa sa tête sur l'épaule de ma mère.

— Maman, j'ai été humiliée. Il me considère comme une épouse de plus.

Ma mère caressa les cheveux sombres de ma sœur.

— Il viendra.

— Quand ?

Néfertiti se redressa.

— Quand ? répéta-t-elle.

— Demain, assura mon père. Sinon, nous nous arrangerons pour lui montrer que tu es bien plus qu'une simple épouse choisie par sa mère.

— Va te coucher. Dans deux jours, tu seras mariée, dit ma mère, puis tu seras couronnée reine d'Égypte…

Elle hésita.

— Si tu le désires toujours.

— Je n'ai jamais rien désiré autant.

3

Le 20 de Pharmouti

Le couronnement du nouveau pharaon d'Égypte et de sa reine devait se tenir le 21 de Pharmouti et mon père mettait tout en œuvre pour que Néfertiti puisse se trouver en présence d'Aménophis.

Un matin, nous franchîmes les grandes portes de bronze menant à l'arène grandiose que l'Ancien avait édifiée pour Amon. Néfertiti me serra la main devant cet édifice impressionnant. Une forêt de colonnes entourait une fosse sablée et les murs peints s'élevaient vers le ciel. La noblesse prenait place au premier rang, tandis que les serviteurs passaient des boissons et des gâteaux au miel. C'est là qu'Aménophis aimait conduire son attelage le matin ; nous regardâmes le prince tourner autour de la piste sur son char doré. Mais Kya était présente, et le vizir Panahesi également, si bien qu'une heure plus tard, lorsque le prince eut fini de jouer les guerriers, ce fut Kya qu'il embrassa et avec laquelle il se mit à rire. Néfertiti devait garder le sourire et paraître heureuse devant sa rivale.

À midi, nous nous retrouvâmes dans le grand hall, assis en contrebas de l'estrade, en train de manger et de bavarder joyeusement comme si tout allait dans le sens de notre famille.

Néfertiti riait et faisait du charme. Aménophis, fasciné, éprouvait de plus en plus de difficulté à détourner les yeux de sa future femme. Kya n'avait pas son éclat. Elle n'attirait pas tous les regards quand elle entrait dans une pièce. Néfertiti, si. Néanmoins, à la fin du repas, le prince et Néfertiti n'avaient toujours pas échangé le moindre mot ; sur le chemin de notre chambre, ma sœur resta silencieuse. Ipu et Merit se précipitèrent à notre rencontre, et j'observai Néfertiti avec un malaise grandissant. Aménophis la considérait comme l'épouse choisie par sa mère : je ne voyais pas comment mon père entendait changer cela.

— Que vas-tu faire ? finis-je par demander à ma sœur.

— Rappelle-moi ce qu'il a dit dans le tombeau.

Merit se raidit et arrêta d'appliquer de l'or sur la poitrine de Néfertiti. Évoquer ce qui arrivait sous terre portait malheur.

J'hésitai.

— Il a dit qu'il ne s'inclinerait jamais devant son frère. Jamais devant Amon.

— Et, près de la fontaine, il a dit qu'il voulait être aimé par le peuple, insista Néfertiti. Qu'il voulait être le pharaon du peuple.

J'acquiesçai lentement.

— Moutny, va chercher père, dit-elle.

— Maintenant ?

Ipu était en train d'appliquer du khôl sur mes sourcils.

— Cela ne peut pas attendre ?

— Attendre *quoi* ? s'impatienta-t-elle. Que Kya ait mis au monde un fils ?

— Que vas-tu lui dire ? m'inquiétai-je.

Je voulais m'assurer que cela valait la peine de déranger notre père.

— Je vais lui dire comment nous pouvons influencer le prince.

Mon père n'était pas dans le hall, ni dans sa chambre, ni dans la salle d'audience. Je le cherchai dans les jardins, explorai les labyrinthes des cuisines, puis me précipitai dans la cour devant le palais, où un serviteur m'arrêta pour me demander ce dont j'avais besoin.

— Je cherche le vizir Aÿ.

Le vieil homme sourit.

— Il est au même endroit que d'habitude, Maîtresse.

— Et où est-ce ?

— Dans le Per Medjat.

— Le quoi ?

— La bibliothèque.

Me voyant perplexe, il me proposa de m'y conduire. Je lui emboîtai le pas, et nous passâmes devant le grand hall en direction de la salle d'audience. Il était alerte pour un homme de son âge. Il s'arrêta net devant une porte en bois à deux battants ; de toute évidence, l'entrée lui en était interdite.

— À l'intérieur ?

— Oui, Maîtresse. C'est le Per Medjat.

Il attendit que je frappe pour entrer. Quand les portes s'ouvrirent, je me figeai : cette pièce était la plus magnifique de Malgatta. Jamais je n'avais vu de bibliothèque. Deux escaliers en bois patiné montaient vers le plafond et partout on voyait des rouleaux reliés en cuir, réunis par de la ficelle ; ils devaient renfermer toute la sagesse des pharaons. Mon père était assis à une table de cèdre. La reine était là également, avec ma mère, et on les entendait discuter âprement. Ils se turent en me voyant approcher. Deux paires d'yeux bleus se focalisèrent sur moi ; jamais la ressemblance entre mon père et sa sœur ne m'avait frappée à ce point.

Je m'éclaircis la gorge.

— Néfertiti voudrait te voir, dis-je à l'intention de mon père.

Aÿ se tourna vers sa sœur.

— Nous en reparlerons. Peut-être les choses changeront-elles aujourd'hui.

Il me regarda.

— Que veut-elle ?

— Te dire quelque chose à propos du prince, dis-je tandis que nous quittions le Per Medjat. Elle pense avoir trouvé un moyen de le faire changer d'avis.

Dans notre chambre, Ipu et Merit avaient fini d'habiller Néfertiti. Des cartouches assortis cliquetaient à ses poignets et elle portait des boucles d'oreilles. Je m'arrêtai un instant, puis, suffoquée, je me précipitai pour voir ce que nos femmes de chambre avaient fait. Elles lui avaient percé les lobes, non pas une fois, mais deux.

— Depuis quand les perce-t-on deux fois ?

— Depuis que je le fais, dit-elle en relevant le menton.

Je me tournai vers mon père, qui la regardait d'un air approbateur.

— Tu as des nouvelles concernant le prince ? demanda-t-il.

Néfertiti jeta un coup d'œil en direction de nos femmes de chambre.

— À partir de maintenant, considérez vos servantes comme vos meilleures amies. Kya dispose de ses dames ; vous, des vôtres. Merit comme Ipu ont été soigneusement sélectionnées. Elles sont d'une loyauté à toute épreuve.

Je regardai Ipu, de l'autre côté de la pièce. Elle souriait rarement, et j'étais reconnaissante à mon père de me l'avoir attribuée.

— Ipu, ordonna mon père calmement, reste près de la porte et parle à voix basse avec Merit.

Il entraîna Néfertiti à l'écart, et seules des bribes de leur conversation me parvinrent. À un moment, mon père parut extrêmement satisfait. Il donna une petite tape sur l'épaule de Néfertiti.

— Très bien. Je pensais la même chose, lâcha-t-il.

Puis ils gagnèrent la porte.

— Viens. J'ai une tâche pour toi, dit-il à Merit.

Et le trio quitta la chambre.

Je dévisageai Ipu.

— Que se passe-t-il ? Où sont-ils allés ?

— Détourner le prince de Kya, dit-elle.

Elle me fit signe de m'asseoir sur le tabouret de cuir pour qu'elle finisse de m'appliquer le khôl. J'obtempérai.

— J'espère qu'ils réussiront, me confia-t-elle.

— Pourquoi ? demandai-je.

Elle sortit sa brosse et ouvrit une fiole de verre.

— Avant qu'elle épouse le prince, Kya et Merit étaient amies.

Je haussai les sourcils.

— Parfaitement. Étant toutes les deux filles de scribe, elles ont été élevées ensemble. Mais Panahesi est devenu grand vizir et il a fait venir Kya au palais. C'est ainsi qu'elle a rencontré le prince. Le père de Merit aurait pu devenir un vizir de moindre rang. L'Ancien voulait le promouvoir. Mais Panahesi lui a affirmé qu'il n'était pas digne de confiance.

— Quelle horrible manœuvre ! dis-je.

— Kya craignait que si Merit s'installait au palais, le prince ne cesse de s'intéresser à elle. Pourtant Merit avait depuis toujours un autre homme en tête. Elle devait épouser le fils du vizir Kemosiri, Heru, dès que son père aurait été promu. Cela ne se produisant pas, Heru déclara à son père qu'il était amoureux de Merit, qu'elle soit ou non la fille d'un scribe. Ils continuèrent à s'écrire, dans l'espoir que l'Ancien reviendrait sur sa décision. Puis un jour elle cessa de recevoir des lettres.

Je me penchai en avant sur ma chaise.

— Qu'est-il arrivé ?

— Merit l'ignorait. Plus tard, elle a découvert que Kya avait détourné Heru d'elle.

— Détourné ?

— Détourné son regard. Cela ne gênait pas Kya d'être sur le point d'épouser le prince.

— C'est cruel.

J'imaginai le sourire charmeur de Kya, comme l'autre jour, avec moi, aux bains. *Toutes les jeunes filles doivent être amoureuses de toi*, lui avait-elle probablement dit.

— Une fois que Kya fut mariée, peu lui importait que Merit vienne au palais, poursuivit Ipu.

— Et son père ?

À cette question, ses fossettes disparurent.

— Il est toujours scribe, dit-elle d'une voix plus dure. Ce qui explique que Merit déteste autant Kya.

— Mais comment Néfertiti peut-elle prendre la place de Kya ?

Ipu sourit.

— La rumeur.

4

Le 21 de Pharmouti

Le matin du mariage de Néfertiti et du couronnement, la rumeur commença à se répandre dans le palais qu'une beauté comme on n'en avait encore jamais vu en Égypte était arrivée à Thèbes pour devenir reine. Ipu soupçonnait que cette rumeur avait été initiée par mon père et impliquait un transfert de deben, ces anneaux en métal précieux : en effet, dès le lever du soleil, Néfertiti ne pouvait aller nulle part sans que les serviteurs l'observent depuis les fenêtres. Certaines dames récemment arrivées à la cour pour le couronnement commencèrent à apparaître sur le seuil de notre chambre sous prétexte de demander si Néfertiti avait besoin de parfum, de linge ou de vin épicé. À la fin, ma mère nous enferma dans sa chambre et tira les rideaux sur les quatre côtés.

Néfertiti était irritable ; incapable de dormir, elle avait passé la nuit à se retourner, à tirer les couvertures à elle, à murmurer mon nom toutes les cinq minutes pour voir si j'étais réveillée.

— Tiens-toi tranquille, je ne peux pas attacher ton collier, dis-je.

— Et montre-toi aimable, recommanda ma mère. Pendant que nous parlons, je parie que tous ces gens sont en train de faire des commentaires à ton sujet… à l'oreille du prince.

Néfertiti acquiesça, pendant que Merit appliquait de la crème sur son visage.

— Moutny, trouve-moi mes sandales, celles avec de l'ambre. Tu devrais d'ailleurs porter les mêmes. Peu importe qu'elles ne soient pas confortables, dit-elle sans attendre ma réaction. Tu pourras les jeter après.

— Mais personne ne verra mes sandales, protestai-je.

— Bien sûr que si, répliqua Néfertiti. Les gens remarqueront tes sandales, tes vêtements et ta perruque de travers.

Elle fronça les sourcils et interrompit Merit pour se pencher en avant et arranger ma coiffure.

— Moutny ! Que deviendrais-tu sans moi ?

Je lui tendis les sandales incrustées d'ambre.

— Je m'occuperais de mon jardin et mènerais une vie paisible.

Elle éclata de rire, et je lui souris à mon tour, bien qu'elle fût insupportable.

— J'espère que tout se passera bien, dis-je avec ferveur.

— Il le faut, sinon notre famille aura fait le voyage jusqu'à Thèbes et changé de vie pour rien.

On frappa à la porte et ma mère se leva pour répondre. Mon père était sur le seuil avec six gardes. Les hommes regardèrent dans la chambre. J'arrangeai mes cheveux, dans l'espoir d'apparaître comme la digne sœur de la grande épouse royale. Néfertiti, quant à elle, ne leur prêta aucune attention, et garda les yeux fermés pour que Merit achève de lui appliquer le khôl.

— Prêtes ?

Mon père s'avança dans la chambre, laissant les gardes à la porte, fascinés par le reflet de Néfertiti dans le miroir. Ils n'avaient même pas remarqué ma présence.

— Presque, annonçai-je.

Les gardes regardèrent enfin dans ma direction, et ma mère fronça les sourcils à mon intention.

— Dans ce cas, ne reste pas là à ne rien faire, m'exhorta mon père. Aide ta sœur.

Je rougis.

— À quoi ?

— N'importe quoi. Les scribes attendent, les barques ne vont pas tarder à appareiller en direction de Karnak et nous aurons un nouveau pharaon.

Je me tournai vers lui, surprise par son ton ironique, mais il me fit signe de me hâter.

— Dépêchez-vous, ajouta-t-il.

Néfertiti était enfin prête. Quand elle se leva, sa robe perlée se répandit jusqu'au sol, tandis que le soleil se reflétait sur son collier et ses innombrables bracelets. Elle considéra les gardes, qui redressèrent les épaules et bombèrent le torse. Puis elle s'avança et prit le bras de notre père.

— Je suis heureuse que nous soyons venus à Malgatta, lui dit-elle d'un air conquérant.

— Ne prends pas trop tes aises. Aménophis restera à Malgatta jusqu'à ce que Tiyi décrète qu'il est temps de partir. Nous nous rendrons ensuite dans la capitale de Basse-Égypte pour gouverner.

— Memphis ?! m'exclamai-je. Nous irons à Memphis ? Définitivement ?

— Définitivement est un grand mot, Moutny, dit mon père.

Nous débouchâmes dans le hall dallé et passâmes sous les colonnes.

— Peut-être pas définitivement.

— Combien de temps, alors ? Quand reviendrons-nous ?

Mon père regarda ma mère pour qu'elle m'explique.

— Moutny, ta sœur sera reine d'Égypte, dit-elle comme si elle s'adressait à une enfant. Quand l'Ancien gagnera l'au-delà, Aménophis rentrera à Thèbes pour gouverner également la Haute-Égypte. Nous ne reviendrons pas ici avant que l'Ancien soit mort.

— Et quand cela se produira-t-il ? Pharaon peut vivre encore vingt ans !

Personne ne releva ma remarque et je devinai à l'expression de mon père qu'il craignait que les gardes ne m'aient entendue.

— La cour est sur le point de se scinder, nous entrons dans une période cruciale où des jeux dangereux vont se jouer, dit mon père en baissant la voix. Qui restera fidèle au vieux roi, qui pariera sur le nouveau ? Panahesi ira avec Kya à Memphis, puisqu'elle porte l'enfant d'Aménophis. Nous irons également, bien sûr. Ta mission sera d'avertir Néfertiti quand il y aura des problèmes.

Nous arrivâmes sur l'esplanade devant le palais, où le cortège attendait, et ma mère conduisit Néfertiti aux côtés de la reine Tiyi. Je pris la main de mon père avant que, lui aussi, il ne s'en aille.

— Et si elle ne veut pas m'écouter ? demandai-je.

Il me serra doucement l'épaule.

— Toi seule lui diras la vérité.

Le cortège devait s'ébranler à midi. L'Ancien et la reine Tiyi voyageraient dans des chariots. À leur suite, la cour serait transportée sur des litières ouvertes abritées par de légers dais de lin. Aménophis et Néfertiti, suivant la tradition, traverseraient quant à eux la ville à pied pour rejoindre la barque de Pharaon, amarrée au quai de Thèbes. Le bateau appareillerait ensuite en direction de Karnak, où le couple royal se rendrait jusqu'aux portes du temple pour être couronné pharaon et reine de Basse-Égypte.

À mesure que la noblesse se massait sur l'esplanade, les gardes devenaient nerveux. Ils se balançaient d'une jambe sur l'autre, conscients que la moindre entrave à la bonne marche du cortège risquait de leur coûter la vie. L'un d'eux attira mon regard, un général avec de longs cheveux et un pagne plissé.

— C'est le général Nakhtmin, me dit Ipu. Il n'a que vingt et un ans. Je peux te présenter…

— Ne t'en mêle surtout pas ! lui soufflai-je.

Elle se mit à rire.

— Huit ans de différence, ce n'est pas tellement !

En nous entendant rire, Néfertiti fronça les sourcils.

— Où est Aménophis ? demanda-t-elle.

— À ta place, je ne m'inquiéterais pas, dit mon père d'un ton ironique. Il ne manquera pas son propre couronnement.

Quand le prince apparut, il avait Kya à un bras, et Panahesi à l'autre. Tous deux chuchotaient à l'oreille du prince ; quand ils arrivèrent à notre hauteur dans la file, Panahesi salua mon père avec froideur. Puis, voyant Néfertiti parée d'un diadème de la reine, il parut piqué au vif. Kya se contenta de sourire et effleura la main d'Aménophis au moment de prendre congé.

— Que Sa Majesté soit bénie en ce jour de bon augure, dit-elle d'une voix doucereuse. Qu'Aton soit avec toi.

Néfertiti croisa le regard de mon père.

Kya venait de bénir Aménophis au nom d'*Aton*. C'était donc ainsi qu'elle le tenait.

Les yeux de mon père brillèrent d'un éclat soudain.

— Ne t'éloigne pas, me recommanda-t-il. Quand nous atteindrons Karnak, nous irons à pied jusqu'au temple, et tu n'imagines pas la foule qui sera massée dans les rues.

— Pourquoi ?

Ma voix se perdit dans le vacarme produit par les chevaux, les chariots et les gardes.

— Parce que la rumeur s'est répandue dans la ville que la réincarnation d'Isis était apparue.

Je me retournai. Le jeune général me souriait.

— Une beauté capable de guérir d'une simple imposition des mains, à entendre les serviteurs du palais.

Il me tendit le bras pour m'aider à m'installer sur ma litière.

— Quel serviteur serait capable de propager ce genre de rumeur ?

— Demande-moi plutôt pourquoi quelqu'un paierait un serviteur pour raconter cela. Si ta sœur parvient à conquérir le cœur du peuple, expliqua-t-il, ta famille y gagnera en importance dans le royaume.

Les litières furent alors soulevées et le général disparut dans un mouvement de foule.

Tandis que le cortège poursuivait son chemin à travers la ville, les gens commencèrent à scander le nom du prince ; dans les rues, sur les marchés, des milliers d'Égyptiens criaient le nom de ma sœur en implorant la bénédiction d'Isis et en chantant : « Longue vie à la reine ! Longue vie, Néfertiti ! »

Voyant les gens se presser contre nos litières, j'imaginai combien de partisans mon père avait dû mobiliser et pris conscience du pouvoir qu'il détenait. Les gardes ne cessaient de repousser les gens ; en me retournant, je remarquai l'air stupéfait d'Aménophis devant l'adulation dont Néfertiti était l'objet. Quand celle-ci leva la main d'Aménophis dans les siennes, une clameur assourdissante monta dans les rues. Radieuse, elle se tourna vers lui, l'air de dire : *Je ne suis pas seulement l'épouse choisie par ta mère.*

En approchant de la barque, on entendait crier partout dans la ville : AMEN-OPHIS. NEFER-TITI.

Le prince semblait ravi de cette manifestation d'amour de la part de son peuple. Une seconde fois, Néfertiti leva la main d'Aménophis dans les siennes, et proclama suffisamment fort pour qu'Osiris puisse l'entendre : « LE PHARAON DU PEUPLE ! » Les foules massées le long du rivage devinrent incontrôlables. Les gardes nous frayèrent difficilement un chemin jusqu'au quai ; nous descendîmes en hâte de nos litières et montâmes à bord de la barque, mais des gens du peuple avaient déjà cerné le bateau. Les gardes furent contraints de les déloger des cordages et de la coque. Quand le navire appareilla, des milliers de gens s'entassaient sur la rive. La foule se mit aussitôt à suivre l'embarcation le long du fleuve et les gens entonnèrent des chants de grâce en jetant des fleurs de lotus dans l'eau. Aménophis ne quittait pas Néfertiti des yeux, sidéré par la tournure qu'avaient prise les événements.

Ma sœur triomphait, le visage empourpré.

— C'est pour cela que le vizir Aÿ a préféré élever ses filles à Akhmin, dit-elle, feignant la timidité. De plus, le vizir ne voulait pas que nous croyions, comme sa sœur, au pouvoir des prêtres d'Amon.

Je réprimai un cri. Je comprenais enfin sa manœuvre : elle avait bien retenu la leçon de Kya.

Aménophis cligna les yeux.

— Alors tu crois que j'ai raison ?

Néfertiti posa la main sur son bras ; j'avais l'impression de sentir la chaleur de sa paume.

— Ce sont les pharaons qui décrètent ce qui est bien, murmura-t-elle. Dans peu de temps, tu seras pharaon et je serai ta reine.

Nous atteignîmes Karnak bientôt. Nous aurions pu faire le trajet à pied entre le palais de Malgatta et le temple d'Amon, mais le voyage sur le Nil faisait partie de la tradition. Notre flottille de barques avec leurs fanions dorés offrait un spectacle saisissant dans le soleil de midi. Quand la passerelle fut abaissée, des milliers d'Égyptiens se massèrent autour de l'embarcation en chantant, et ils tentèrent de franchir le cordon de gardes pour apercevoir le roi et la reine d'Égypte. Aménophis et Néfertiti n'avaient peur de rien : ils plongèrent dans la foule.

Je préférai rester en arrière.

— Par ici.

Le général surgit à mes côtés.

— Reste près de moi.

Je le suivis, et nous nous trouvâmes entraînés dans le flot du cortège. Loin devant, j'aperçus les quatre chariots dorés de la famille royale. Ma mère et mon père étaient autorisés à partager la voiture du pharaon et de sa reine. Nous autres marcherions jusqu'au temple d'Amon. De tous côtés, des femmes et des enfants criaient, s'efforçant de toucher nos vêtements et nos perruques, afin de vivre pour l'éternité.

— Tout va bien ? demanda le général.

— Oui, je crois.

— Continue à avancer.

Le temple se dessinait devant nous, avec la magnifique chapelle en calcaire de Sésostris Ier qui était presque terminée, et les imposants tombeaux de l'Ancien. Le soleil baignait la cour, mais, une fois franchie l'enceinte, le silence retomba et le froid nous saisit. Des oies se dandinaient entre les colonnes et des garçons au crâne rasé vêtus de robes amples apparurent, portant de l'encens et des chandelles. À l'extérieur des murs, la foule chantait toujours le nom de Néfertiti. À l'intérieur, on n'entendait plus que le bruit de l'eau tombant goutte à goutte, et le claquement des sandales sur la pierre.

— Que va-t-il se passer maintenant ? chuchotai-je.

Le général recula d'un pas, et je remarquai ses yeux aux reflets couleur de sable.

— Ta sœur sera conduite au lac sacré et consacrée corégente par le grand prêtre d'Amon. Puis le prince et elle se verront remettre la crosse et le fléau d'Égypte, et ils régneront ensemble.

Mon père apparut soudain.

— Moutny, va près de ta sœur, ordonna-t-il.

Je me rapprochai de Néfertiti. Sa peau luisait comme de l'ambre dans la lumière du temple et les lampes se reflétaient dans l'or autour de son cou. Elle me regarda : nous savions toutes deux que le moment le plus important de nos vies était arrivé. Après cette cérémonie, elle serait reine de Basse-Égypte, et avec elle notre famille connaîtrait l'immortalité. Notre nom serait inscrit dans des cartouches et figurerait sur les bâtiments publics de Louxor à Kouch. Notre souvenir serait perpétué dans la pierre et nous serions assurés de siéger auprès des dieux pour l'éternité.

Aménophis gravit les marches de l'estrade en tenant Néfertiti par la main. Il était plus grand que tous les pharaons antérieurs, et portait plus d'or sur ses bras que n'en recelait le trésor de mes parents à Akhmin. Les prêtres d'Amon fendirent la foule pour rejoindre leurs places sous le dais à côté de moi ; leurs têtes chauves brillaient sous le soleil comme du cuivre.

Je reconnus le grand prêtre à sa tunique de léopard ; quand il se présenta devant le nouveau roi, ma sœur jeta à Aménophis un regard lourd de sous-entendus.

— Amon nous a rassemblés ici pour honorer devant le pays Aménophis le Jeune, proclama le grand prêtre. Amon a nommé Aménophis chef de la Basse-Égypte, pour qu'il applique les lois de son peuple jusqu'à la fin de ses jours.

De l'endroit où je me trouvais, je remarquai que le général regardait ma sœur, et malgré moi je me sentis déçue.

— Depuis la Haute-Égypte, ils sont venus jusqu'à la Basse-Égypte. Le pharaon d'Égypte a décrété que son fils serait couronné pharaon en même temps que lui. Le peuple s'est uni pour célébrer le nouveau pharaon et son protecteur, Amon. D'est en ouest, on se réjouira. Du nord au sud, il y aura des festivités. Venez.

Le grand prêtre éleva une coupe dorée remplie d'huile.

— Amon répand sa bénédiction sur toi, pharaon d'Égypte.

Il versa l'huile sur la tête d'Aménophis.

— Amon répand sa bénédiction sur toi, reine d'Égypte.

L'huile coula le long de la perruque neuve de Néfertiti et tomba goutte à goutte sur sa belle robe de lin.

— Amon vous prend par la main et vous conduit jusqu'aux eaux sacrées qui vous laveront et vous régénéreront.

Il les mena au bassin sacré, où il les fit s'étendre, et l'huile fut nettoyée. Les nobles qui avaient été autorisés à entrer dans le temple se figèrent. Les enfants eux-mêmes avaient conscience de vivre un moment exceptionnel.

— Roi Aménophis et reine Néfertiti... proclama le grand prêtre. Qu'Amon leur accorde longue vie et prospérité.

Le soleil était encore haut dans le ciel quand nous regagnâmes les barques pour revenir à Malgatta. Pendant le trajet, Aménophis observait ma sœur avec fascination : sa façon de parler, de sourire, de rejeter sa tête en arrière pour rire.

— Moutny, viens ici, appela ma sœur d'une voix joyeuse. Aménophis, voici ma sœur, Moutnedjemet.

— Tu as effectivement des yeux de chat, remarqua-t-il.

Il ne m'avait donc prêté aucune attention près de la fontaine, le soir du banquet.

— Ta sœur me l'avait dit, mais je ne la croyais pas.

Je m'inclinai, curieuse de savoir ce que ma sœur avait pu lui raconter.

— Je suis heureuse de faire ta connaissance, Majesté.

— Mon mari a parlé des temples qu'il veut construire, dit Néfertiti.

Aménophis se redressa.

— Plus tard, Moutny, quand je serai pharaon de la Basse et de la Haute-Égypte, je placerai Aton au-dessus des autres dieux. Je construirai des temples à sa gloire qui éclipseront tout ce qui a été construit pour Amon, et débarrasserai l'Égypte des prêtres qui ont détourné son or pour eux-mêmes.

Je regardai Néfertiti, mais elle le laissa continuer.

— Aujourd'hui, un pharaon d'Égypte ne peut prendre aucune décision sans les prêtres d'Amon. Un pharaon ne peut ni faire la guerre, ni élever un temple, ni construire un palais, sans le consentement du grand prêtre.

— Tu veux dire l'argent du grand prêtre, rectifia Néfertiti.

— Oui. Mais cela va changer.

Il se leva et regarda au loin par-delà la proue.

— Ma mère est persuadée que la vénération que je porte à Aton n'aura qu'un temps. Elle se trompe ; mon père lui-même finira par se rendre compte qu'Aton est le dieu qui a fait la gloire de l'Égypte.

Ma tante, cette femme impressionnante, observait sa nouvelle belle-fille d'un œil critique. Puis elle me sourit et me fit signe de venir près d'elle.

— Tu es courageuse d'avoir parlé au général Nakhtmin en présence de mon fils, me dit-elle en tapotant le fauteuil voisin pour que je m'asseye.

— Ils ne s'apprécient pas ?

— Mon fils n'aime pas l'armée, alors que le général lui consacre sa vie depuis son enfance.

J'aurais aimé l'interroger à propos du général Nakhtmin, mais elle aborda un autre sujet.

— Dis-moi plutôt, Moutny, s'enquit-elle d'un ton anodin, de quoi discutait mon fils avec ta sœur ?

— Ils parlaient de l'avenir, Majesté, répondis-je prudemment, des projets que veut réaliser Aménophis.

— Je me demandais si ces projets comprenaient des temples dédiés à Aton.

Je baissai la tête.

— Je m'en doutais, dit Tiyi.

Elle se tourna vers le serviteur le plus proche.

— Va chercher le vizir Aÿ.

Quand mon père arriva, on lui apporta un autre fauteuil avec des accoudoirs en cuir. Néfertiti était à la proue, plongée dans une conversation animée avec son mari. Il était difficile de croire que, six heures auparavant, ils se connaissaient à peine.

— Il parle d'Aton, dit ma tante. À peine revenu du temple d'Amon, il ressasse les mêmes sornettes que son grand-père à propos de quelque chose que celui-ci avait sculpté autrefois, sur ses colonnes de lit et sur ses boucliers.

Jamais je n'avais vu ma tante aussi furieuse.

— Il mènera le pays à la ruine, Aÿ. Mon mari ne vivra pas éternellement ! Ta fille doit le raisonner avant qu'il ne devienne également pharaon de la Haute-Égypte.

Mon père me regarda.

— Que lui a dit Néfertiti ?

— Elle se contentait de l'écouter, dis-je.

— C'est tout ?

Je préférai ne pas répondre pour ne pas avoir à mentir.

Aÿ se tourna vers sa sœur.

— Donne-lui du temps. C'est le premier jour.

— Ptah créa le monde en un jour, répondit-elle.

Elle n'eut pas besoin d'en dire plus pour que nous comprenions ce qu'elle voulait dire : en un jour, son fils pouvait le défaire.

Au palais de Malgatta, on nous déshabilla, Néfertiti et moi, et on nous donna de nouvelles robes pour les fêtes du couronnement. Très affairées, Ipu et Merit trouvèrent des sandales assorties à nos robes et nous maquillèrent les yeux en noir et vert. Sous nos yeux médusés, Merit prit la couronne de Néfertiti avec respect et la plaça sur sa tête. Je m'imaginai un instant en reine d'Égypte avec le cobra autour de mon front.

— Quelle impression cela te fait-il ? demandai-je.

Néfertiti ferma les yeux.

— C'est comme si j'étais une déesse.

— Le verras-tu avant la fête ?

— Bien sûr. J'arriverai à son bras. Crois-tu que je veuille risquer qu'il s'y rende avec Kya ? C'est déjà assez terrible qu'il retourne partager sa couche.

— C'est la coutume, Néfertiti. Père dit qu'il ira la rejoindre tous les quinze jours. Tu n'y peux rien.

— Il y a *beaucoup* de choses sur lesquelles je peux agir.

Elle regarda autour d'elle d'un air furieux.

— Pour commencer, nous n'allons pas rester dans ces chambres.

— Quoi ?

J'avais déjà disposé mes pots sur le rebord de la fenêtre et défait mes bagages.

— Nous restons à Thèbes jusqu'à ce que Tiyi annonce notre départ pour Memphis. Il faudra que je refasse mes bagages.

— Ipu les fera pour toi. Pourquoi le pharaon et la reine devraient-ils dormir séparément ? Nos parents partagent la même chambre.

— Mais ils ne sont pas...

— Le pouvoir.

Elle leva le doigt tandis que nos femmes de chambre faisaient semblant de ne pas écouter.

— Voilà pourquoi. On ne veut pas que la reine ait trop de pouvoir.

— C'est stupide. La reine Tiyi a tous les attributs de pharaon, sauf le titre.

— Parfaitement.

Néfertiti congédia Merit et Ipu d'un geste, et commença à se brosser vigoureusement les cheveux.

— Sauf le titre. Qu'avons-nous d'autre dans la vie ? Comment passerons-nous à la postérité ? Se souviendra-t-on de la robe que je portais, du nom par lequel on me désignait ?

— On se souviendra de tes actes.

— Se souviendra-t-on des actes de Tiyi ou seront-ils attribués à son mari ?

Elle jeta la brosse de côté ; Merit la ramasserait plus tard.

— Hatshepsout portait le titre de roi. Elle s'était fait couronner.

— Ta mission est de le décourager, dis-je. Vous parliez d'*Aton* sur la barque ?

— Père m'a dit de le contrôler.

Elle eut un sourire entendu.

— Il n'a pas dit comment. Viens.

— Où ?

— Dans la chambre du roi.

Je lui emboîtai le pas le long du corridor. Devant la chambre de Pharaon, deux gardes s'effacèrent. Nous nous engouffrâmes dans l'antichambre d'Aménophis et nous arrêtâmes à l'entrée de deux chambres distinctes. L'une était de toute évidence la chambre à coucher d'Aménophis. Néfertiti désigna la seconde pièce.

— Ce sera la tienne après les fêtes.

— Laquelle occuperas-tu ?

— Celle-ci.

Elle poussa les portes de la chambre du roi et j'entendis l'exclamation de surprise d'Aménophis. J'aperçus des murs carrelés, des lampes en albâtre, puis les portes se refermèrent et je me retrouvai seule dans le vestibule. Le silence régna pendant quelques instants, puis un éclat de rire retentit à travers les murs. J'attendis un moment que les rires cessent et que Néfertiti ressorte. Le soleil s'enfonçait de plus en plus bas dans le ciel ; rien n'indiquait le moment où ils sortiraient de la pièce.

Je m'assis et regardai autour de moi. Sur une table, des papyrus étaient griffonnés avec des poèmes à la gloire d'Aton. La porte du roi restant hermétiquement fermée, je commençai à lire : c'étaient des psaumes dédiés au soleil. *Source de vie pour les animaux… Tes rayons brillent au milieu d'une grande mer verte…* Les poèmes couvraient de nombreuses feuilles ; tous chantaient les louanges d'Aton. Plusieurs heures s'écoulèrent ; à l'intérieur de la chambre, on les entendait discuter avec passion. La nuit était tombée ; je me demandai s'ils finiraient par aller à la fête. Puis quelqu'un frappa à la porte : j'hésitais à ouvrir, quand la voix de Néfertiti retentit.

— Moutny peut répondre.

Malgré tout le temps qui s'était écoulé, elle ne doutait pas un instant de ma présence.

Le général Nakhtmin était sur le seuil.

Il recula, stupéfait de me voir dans l'antichambre du roi ; à sa façon de regarder la porte de la chambre, je compris qu'il se demandait si Aménophis avait pris les deux sœurs comme maîtresses.

— Demoiselle, dit-il sans quitter la porte des yeux, je vois que le pharaon est… occupé.

Le rouge me monta aux joues.

— Parfaitement, il est occupé en ce moment.

— Dans ce cas, peut-être pourrais-tu l'avertir que son père et sa mère l'attendent dans le grand hall. La fête en son honneur bat son plein depuis plusieurs heures.

— Peux-tu lui transmettre ce message toi-même ? dis-je. Je… n'aimerais pas les déranger.

Il haussa les sourcils.

— Très bien.

Il frappa à la porte du roi.

— Entrez, dit ma sœur d'une voix douce.

Le général disparut pour réapparaître quelques instants après.

— Ils viendront dès qu'ils seront prêts.

Je m'efforçai de cacher ma déception ; mais le général me tendit le bras.

— Cela ne doit pas t'empêcher de profiter des festivités.

J'hésitai. Néfertiti serait furieuse si je partais. Elle m'accuserait de l'avoir abandonnée. Mais je venais de passer des heures à contempler les mosaïques de l'antichambre, et le soleil était couché depuis longtemps…

Sans plus réfléchir, je lui pris le bras. Le général sourit.

Quatre trônes dorés étaient maintenant disposés sur une estrade dans le grand hall. En contrebas, une longue table avait été dressée, où ma mère et mon père festoyaient en compagnie des vizirs de l'Ancien. Le général m'escorta jusqu'à eux, sous le regard curieux de ma tante.

— Vizir Aÿ.

Le général s'inclina avec courtoisie.

— Demoiselle Moutnedjemet est arrivée.

Un frisson d'excitation me traversa en l'entendant prononcer mon nom. Mon père se leva, et le regarda en fronçant les sourcils.

— Très bien, mais où est mon autre fille ? demanda-t-il d'un ton sévère.

Nous nous regardâmes, le général et moi.

— Ils ont dit qu'ils viendraient dès qu'ils seraient prêts, répondis-je.

— Merci, dit mon père, et le général disparut.

Je m'assis. Des bols apparurent devant moi, avec de l'oie rôtie à l'ail, de la bière d'orge, de l'agneau au miel. La musique retentissait, et avec le bruit de la vaisselle il était difficile d'entendre mes parents. Kya se pencha alors en travers de la table.

— Elle est stupide de croire qu'il va m'oublier, dit-elle d'une voix parfaitement audible. Aménophis m'adore. Il m'écrit de la poésie.

Je pensai aux poèmes que j'avais lus dans l'antichambre d'Aménophis et me demandai s'il en était l'auteur.

— Enceinte la première année, et je sais que ce sera un fils, se réjouit-elle. Aménophis a même déjà choisi son nom.

Je me retins de lui demander lequel.

— Toutankhamon, continua-t-elle. Ou peut-être Nebnefer. Nebnefer, prince d'Égypte, cela sonne bien.

— Et si c'est une fille ?

Les yeux noirs de Kya s'agrandirent. Cernés de khôl, ils paraissaient trois fois plus grands.

— Une *fille* ? Pourquoi serait-ce…

Elle fut interrompue par les trompettes annonçant l'entrée de ma sœur. Nous nous tournâmes pour voir Néfertiti entrer au bras d'Aménophis. Aussitôt, les dames d'honneur de Kya commencèrent à chuchoter, à jeter des regards dans ma direction, puis vers ma sœur.

Du haut de l'estrade, la reine Tiyi apostropha son fils.

— Allons-nous danser, à présent que la nuit est presque passée ?

Aménophis regarda Néfertiti.

— Oui, dansons, dit ma sœur.

Ma tante remarqua aussitôt la déférence avec laquelle son fils la traitait.

De nombreux invités resteraient plongés dans l'ébriété jusqu'au surlendemain ; au lever du soleil, ils seraient alors transportés dans leurs litières. Il faisait glacial dans le couloir dallé menant aux appartements royaux.

— Tu trembles, remarqua ma mère.

— Je suis fatiguée, dis-je. Nous ne nous couchions jamais aussi tard à Akhmin.

Ma mère sourit d'un air nostalgique.

— Oui, bien des choses seront différentes à présent.

Elle scruta mon visage.

— Que s'est-il passé ?

— Aménophis était avec Néfertiti avant les festivités. Elle est allée le voir, et, d'après Néfertiti, il lui a demandé de passer la nuit avec lui.

Voyant mon air triste, ma mère me prit le menton.

— Ne te fais pas de souci. Ta sœur sera dans la cour d'à côté.

— Je sais. Mais c'est la première nuit que je passe sans elle.

Je me mordis la lèvre.

— Tu peux coucher dans notre chambre, proposa ma mère.

Je secouai la tête. À treize ans, je n'étais plus une enfant.

— Non, je m'y habituerai.

— Kya va devoir changer de place, remarqua ma mère. Panahesi sera en colère.

— Cela risque de durer, dis-je tandis que Néfertiti et mon père nous rejoignaient.

— Emmène Néfertiti jusqu'à vos appartements, ordonna mon père. Merit attend.

Il serra l'épaule de ma sœur en signe d'encouragement.

— Tu sais ce que tu as à faire ?

Néfertiti rougit.

— Bien sûr.

Ma mère l'étreignit en lui murmurant à l'oreille des paroles de sagesse que je ne pus entendre. Puis nous quittâmes nos parents et empruntâmes les corridors aux murs peints. Nos pas résonnaient dans les couloirs désertés de Malgatta : les serviteurs participaient aux festivités et en profitaient pour danser. Ce soir marquerait la fin de notre enfance.

— Tu vas coucher dans le lit d'Aménophis ? dis-je.

— Et j'ai l'intention d'y rester jusqu'au matin, assura-t-elle en marchant à grandes enjambées devant moi.

— Mais personne ne passe la nuit entière avec un roi, m'exclamai-je en allongeant le pas. Il dort seul.

— Ce soir, j'ai l'intention de changer cela.

Dans notre chambre, on avait allumé les lampes à huile. Les peintures de champs de papyrus vacillaient sur le mur. Merit nous attendait, comme mon père l'avait promis ; Néfertiti et elle se mirent à chuchoter. Ipu était là également.

— Nous allons donner un bain à ta sœur et la préparer, me dit-elle. Je ne pourrai pas m'occuper de toi ce soir.

— Ce n'est rien.

Merit et Ipu escortèrent Néfertiti jusqu'aux bains. Quand elles revinrent, ma sœur était vêtue d'une tunique toute simple. Elles s'affairèrent ensuite autour d'elle pour lui poudrer les jambes et lui parfumer les cheveux.

— Dois-je porter une perruque ?

C'est à moi que Néfertiti posait cette question, alors que Merit aurait été plus à même de lui répondre.

— N'en fais rien, suggérai-je. Permets-lui de te voir comme tu es, ce soir.

À côté de moi, Ipu approuva, et nous regardâmes Merit appliquer une crème sur le visage de Néfertiti et vaporiser de l'eau de lavande sur ses cheveux. Puis ma sœur se leva et les femmes de chambre reculèrent. Toutes trois se tournèrent pour voir ma réaction.

— Superbe, dis-je avec un sourire.

Ma sœur me serra dans ses bras, et je pris une longue inspiration, consciente d'être la première à profiter d'elle et de son parfum, avant Aménophis. Nous restâmes collées l'une à l'autre dans la faible lumière de la pièce.

— Tu me manqueras cette nuit, dis-je en ravalant mes larmes. J'espère que tu t'es brossée avec de la menthe et de la myrrhe, ajoutai-je.

C'était le seul conseil que je pouvais lui donner.

Néfertiti leva les yeux au ciel.

— Bien sûr.

Je fis un pas en arrière pour la regarder.

— Tu n'as pas peur ?

Elle haussa les épaules.

— Je suis prête. Je suis prête à devenir reine, comme ma mère l'avait prédit.

— Et Ranofer ? demandai-je à voix basse.

— Nous n'avons jamais rien fait.

Je la regardai avec insistance.

— Seulement des caresses. Je n'ai jamais…

J'acquiesçai promptement.

— De toute façon, cela n'aurait pas d'importance. Ce qui compte, c'est que je lui reste fidèle à partir de maintenant.

Elle rejeta la tête en arrière, et sa chevelure sombre tomba sur ses épaules. Elle aperçut son reflet dans le bronze poli.

— Je suis prête. Je suis prête à devenir la reine que ma mère voulait. Elle avait épousé notre père dans l'espoir qu'un jour nous monterions sur le trône : ce jour est venu.

— Comment le sais-tu ?

Je n'avais jamais envisagé le premier mariage de mon père sous cet angle : une princesse du Mitanni pouvait-elle épouser un frère de la reine dans le but de faire accéder son enfant au trône ?

Néfertiti croisa mon regard dans le miroir.

— Père me l'a dit.

— Qu'elle ne l'aimait pas ?

— Si, elle l'aimait. Mais l'avenir de son enfant comptait avant tout.

Elle se tourna vers Merit d'un air décidé.

— Je suis prête.

5

Le 22 de Pharmouti

Néfertiti me surprit au lit le lendemain matin. Elle me secoua pour me tirer du sommeil profond dans lequel j'avais sombré. Je me redressai, craignant une mauvaise nouvelle.

— Quoi ? Que s'est-il passé ?

— J'ai fait l'amour au roi.

Je me frottai les yeux. Son côté du lit n'était pas défait.

— Et tu as passé la nuit avec lui !

Je rejetai mes couvertures.

— Comment était-ce ?

Elle s'assit et haussa une épaule hâlée.

— Douloureux. Mais on s'y habitue.

Je retins mon souffle.

— Combien de fois l'avez-vous fait ? m'exclamai-je.

Elle eut un sourire coquin.

— Plusieurs fois… Nous devrions tout de suite changer de chambre. La reine d'Égypte ne couche pas dans le même lit que sa sœur. À partir de maintenant, je dors avec Aménophis.

Je réussis à m'extraire de mon lit.

— Mais nous sommes à Thèbes depuis seulement quatre jours. Et demain, Tiyi annoncera au conseil la date de notre départ, probablement ce mois-ci.

Néfertiti ignora ma protestation.

— Dis à tes servantes d'emballer tes plantes. Elles pousseront aussi bien quelques pièces plus loin.

Néfertiti ne parla à personne du changement ; je n'avais pas non plus l'intention de le dire à mon père. Il m'avait demandé de venir le trouver s'il y avait un problème, et cet emménagement quelques chambres plus loin ne me semblait pas suffisamment important. En outre, le palais ne tarderait pas à l'apprendre.

— Kya sera hors d'elle.

Tout sourire, Néfertiti entama un pas de danse à travers nos nouveaux appartements, en désignant au passage les tapisseries qu'elle voulait faire déplacer.

— Méfie-toi de Kya, répondis-je. Son père peut nous causer des ennuis. Et si Kya a un fils, Panahesi deviendra le grand-père de l'héritier du trône d'Égypte.

— Je suis certaine d'être enceinte à la fin de Chemou.

Néfertiti avait le ventre plat. Mais elle pouvait parfaitement porter l'héritier d'Égypte.

— Mes fils seront toujours les premiers dans l'ordre de succession. Si j'ai cinq fils d'Aménophis, notre famille aura cinq chances.

Ce serait seulement en cas de décès de tous ses fils qu'un de ceux de Kya pourrait monter sur le trône.

Je la regardai choisir une brosse et commencer à se lisser les cheveux, dont la matière sombre, soyeuse, encadrait son visage. La porte menant à l'antichambre s'ouvrit alors et Aménophis entra d'un pas tranquille.

— Reine d'Égypte et reine de mon…

Il s'arrêta net en me voyant. Son humeur s'assombrit aussitôt.

— De quoi parlent les deux sœurs ?

— De toi, bien sûr.

Sans prêter attention à son air soupçonneux, Néfertiti le prit dans ses bras.

— Dis-moi, demanda-t-elle sur le ton de la confidence, quelles sont les nouvelles ?

Son visage s'éclaira.

— Demain, ma mère annoncera la date de notre départ pour Memphis ; nous y bâtirons des temples d'une splendeur jamais égalée.

— Nous devrions commencer tout de suite, renchérit ma sœur. On ne tardera pas à t'appeler Aménophis le Bâtisseur.

— Aménophis le Bâtisseur, répéta Aménophis, songeur. Quand on verra de quoi je suis capable, on en oubliera Thoutmosis. Quand nous partirons pour Memphis, continua-t-il d'un ton résolu, je veux que l'architecte de mon père vienne avec nous.

Il se dégagea de l'étreinte de ma sœur.

— Je vais écrire à Maya pour qu'il mesure bien le choix auquel il est confronté. Aller dans le sens de l'avenir, dit-il en se dirigeant d'un pas vif vers sa chambre, ou rester dans le passé.

La porte claqua derrière lui ; je regardai Néfertiti, qui détourna les yeux. Puis quelqu'un frappa à la porte donnant sur le couloir, et elle se leva pour ouvrir.

— Vizir Panahesi ! dit-elle d'une voix suave. Ne veux-tu pas entrer ?

Panahesi recula, stupéfait de la voir dans l'antichambre du roi. Il s'avança avec précaution à l'intérieur, comme dans un mauvais rêve.

— Que désires-tu ? demanda-t-elle d'une voix moins aimable.

— Je suis venu voir Pharaon.

— Pharaon est occupé.

— Inutile de jouer au plus fin avec moi, mon enfant. Je le verrai. Je suis le vizir d'Égypte, et toi, une de ses nombreuses femmes. Tu ferais mieux de ne pas l'oublier. Il se peut qu'il brûle de passion pour toi en ce moment, mais à la fin de Chemou son ardeur faiblira.

Je retins mon souffle, curieuse de voir la réaction de Néfertiti. Elle tourna les talons et alla rejoindre Aménophis, me laissant seule avec son interlocuteur.

Le vizir fit un signe de tête en direction de la seconde pièce.

— C'est ta chambre, maintenant ?

— Oui.

— Intéressant.

Aménophis réapparut avec ma sœur, et Panahesi plongea dans un profond salut.

— Tu as été parfait hier, Majesté.

Il s'approcha du prince.

— Il ne te reste plus qu'à gagner Memphis et à monter sur le trône, ajouta-t-il.

— Et aussi attendre la mort de l'Ancien, dit Aménophis. Il refuse de voir la cupidité des prêtres d'Amon.

Panahesi nous regarda, Néfertiti et moi.

— Peut-être devrions-nous parler de cela ailleurs ?

Néfertiti fut prompte à réagir.

— Mon mari a confiance en moi, vizir. Tous tes propos peuvent être tenus en notre présence.

Elle décocha un charmant sourire à Aménophis, tandis que ses yeux lui adressaient une mise en garde manifeste. *Si je cesse de t'aimer, le peuple risque de ne plus t'aduler.*

Elle lui effleura l'épaule.

— N'est-ce pas ?

— Bien sûr. J'ai confiance en ma femme autant qu'en Aton.

Panahesi commençait à s'énerver.

— Peut-être Sa Majesté préférerait-elle ne pas révéler certaines informations devant des femmes trop jeunes, trop fragiles.

— Ma sœur n'est ni trop jeune ni trop fragile, dit Néfertiti aimablement. Peut-être crois-tu être en présence de ta fille au même âge ?

Aménophis se mit à rire.

— Allons, vizir, qu'as-tu à me dire ?

Entre-temps, Panahesi avait perdu le fil de ses idées.

— Je suis venu uniquement pour te féliciter, Majesté.

Il fit demi-tour pour partir, puis, subitement, comme si quelque chose lui revenait à l'esprit, il ajouta :

— Bien que beaucoup aient regretté ton frère hier, je sais que tu gouverneras avec plus de sagesse et de force.

— Qui regrettait mon frère ? Qui aurait souhaité que Thoutmosis monte sur le trône ?

Panahesi avait trouvé un moyen de contourner Néfertiti.

— Certaines factions, mon seigneur, auraient préféré Thoutmosis. Tu sais de qui il s'agit, j'en suis certain. De toute façon, quand nous partirons pour Memphis, nous verrons bien qui choisit de rester.

— L'architecte Maya viendra-t-il avec nous ?

— C'est possible, dit Panahesi. Si nous arrivons à le joindre.

— Et l'armée ?

— Elle sera scindée en deux.

Aménophis resta silencieux, puis il reprit d'un ton venimeux :

— Tu veilleras à ce que la cour soit bien consciente du choix : être avec moi, ou contre moi, quand je partirai pour Memphis. Et qu'ils n'oublient pas quel pharaon vivra plus longtemps.

Panahesi sortit de la pièce en s'inclinant.

— J'agirai selon ta volonté, Majesté.

Néfertiti referma la porte derrière lui, et Aménophis se laissa tomber dans un fauteuil d'or et de cuir.

— Pourquoi ton père ne vient-il pas me féliciter pour mon couronnement ?

— Mon père estime que, dans certains cas, des félicitations ne sont pas nécessaires. Tout le monde sait que tu as été choisi par les dieux pour gouverner en tant que pharaon.

Aménophis lui jeta un regard de sous ses cils épais. C'était un véritable petit garçon, un enfant boudeur.

— Dans ce cas, pourquoi Panahesi a-t-il dit… ?

— Il ment ! s'exclama Néfertiti. Qui serait assez stupide pour regretter le règne de ton frère, alors qu'ils ont la chance de servir un pharaon tel que toi ?

Mais le regard d'Aménophis s'était subitement enflammé.

— Si mon frère n'était pas mort, tu serais sa femme.

— Je n'aurais jamais été l'épouse de Thoutmosis, répliqua Néfertiti.

La conversation prenait un tour dangereux. Aménophis se tourna vers moi.

— On prétend que la sœur de Néfertiti ne ment jamais. Ton père a-t-il jamais mentionné Thoutmosis dans sa maison ?

Néfertiti blêmit, et j'inclinai lentement la tête.

— Avait-il l'intention de lui faire épouser ta sœur ?

Si je ne mentais pas à cet instant, Kya deviendrait la favorite à Memphis, et ma sœur, une des innombrables femmes du roi. Aménophis se pencha en avant, l'air sombre. Un seul mensonge suffirait à changer le cours du temps, à faire que nos noms vivent à jamais sur les glorieux monuments de Thèbes. Je regardai Néfertiti, qui attendait ma réponse. Puis je plongeai mon regard dans celui d'Aménophis, et répondis comme mon père l'aurait souhaité, comme Néfertiti l'espérait.

— Le vizir Aÿ a toujours été persuadé que tu monterais sur le trône d'Égypte. Tu étais encore un enfant que ma sœur t'était déjà destinée.

Aménophis me dévisageait.

— Le destin, chuchota-t-il en s'enfonçant dans son fauteuil. C'était le destin ! Ton père *savait* que je monterais sur le trône d'Égypte.

— Oui, murmura-t-elle en me regardant.

J'avais la gorge nouée. J'avais agi contre ma conscience pour protéger ma famille.

Le pharaon d'Égypte, qui était âgé de dix-sept ans, se leva.

— Aÿ deviendra grand vizir, proclama-t-il. À Memphis, il sera ministre des Affaires étrangères, et je l'élèverai au-dessus de tous les autres vizirs.

Aménophis me regarda de nouveau.

— Tu peux t'en aller, dit-il avec insouciance. La reine et moi-même avons des projets à faire.

Néfertiti tendit la main pour m'arrêter, mais je secouai la tête d'un air inflexible et l'évitai pour gagner la porte. J'essuyai mes larmes avec le dos de ma main. J'avais menti à un roi d'Égypte, le plus haut représentant d'Amon. *Maât sera indignée*, dis-je à voix haute ; heureusement je n'avais aucun témoin dans les couloirs bordés de colonnes.

Ce n'était pas la peine d'aller voir ma mère, car elle dirait que j'avais bien agi. Aussi, je pris le chemin des jardins et m'assis sur un banc de pierre isolé. Je serais punie par les dieux pour ce que j'avais fait. Maât demanderait vengeance.

— Il est rare que la sœur d'une reine se rende seule dans les jardins.

C'était le général Nakhtmin.

Je ravalai mes larmes.

— Pharaon ne sera pas content de me voir en ta compagnie, dis-je d'un ton sévère, m'efforçant de reprendre mon sang-froid.

— Cela n'a pas d'importance. Le nouveau pharaon sera bientôt à Memphis.

Je levai brusquement les yeux.

— Tu n'iras pas ?

— Seuls partiront ceux qui le choisissent. La plus grande partie de l'armée restera à Thèbes.

Sans y être invité, le général s'assit à côté de moi.

— Pourquoi donc es-tu ici, toute seule parmi les saules ?

Mes yeux se remplirent à nouveau de larmes. J'avais défié les dieux.

— Que se passe-t-il ? Un garçon t'a brisé le cœur ? insista-t-il. Veux-tu que je le bannisse pour le punir ?

Je ne pus m'empêcher de rire.

— Aucun garçon ne s'intéresse à moi, dis-je.

Nous restâmes quelques instants silencieux.

— Alors pourquoi ces pleurs ?

— J'ai menti, chuchotai-je.

Le général me regarda attentivement, et un sourire se dessina au coin de ses lèvres.

— C'est tout ?

— Cela peut te paraître anodin, mais cela compte beaucoup pour moi. Je n'avais *jamais* menti.

— *Jamais ?* Pas même pour une assiette cassée ou un collier perdu que tu aurais retrouvé ?

— Jamais depuis que je suis en âge de comprendre les lois de Maât.

Le général ne fit aucun commentaire. Pour un homme qui avait connu la guerre et vu le sang couler, il devait me trouver singulièrement enfantine.

— Cela n'a pas d'importance, marmonnai-je.

— Cela a de l'importance, dit-il avec sérieux. La vérité compte pour toi.

Je restai silencieuse.

— Ne t'inquiète pas, je ne trahirai pas ton secret.

Je me levai, furieuse. Se moquait-il de moi ?

— Je n'aurais jamais dû te le dire.

— Tu crois que je ne te respecterai plus à cause d'un mensonge ?

Il se mit à rire en me regardant avec tendresse.

— Le mensonge règne à la cour d'Égypte. Tu verras… à Memphis.

— Alors je fermerai les yeux.

— À tes risques et périls. Mieux vaut les garder ouverts, demoiselle. Ton père aura besoin de toi.

— Comment sais-tu cela ?

— Allons, si tu ne gardes pas la tête froide, qui le fera ? Ta ravissante sœur ? Le pharaon Aménophis le Jeune ? Ils seront trop occupés à bâtir des tombeaux et des temples. Et aussi, ajouta-t-il, à dissoudre le clergé pour prendre possession de l'or qu'il récolte. Crois-tu que ta famille soit la seule à en avoir conscience ? poursuivit le général devant mon air scandalisé. Tout le monde se tient sur ses gardes avec le nouveau pharaon. Si les prêtres d'Amon tombent, de nombreux riches tomberont aussi, prédit-il.

— Ma sœur n'a rien à voir avec tout cela, affirmai-je en reprenant le chemin du palais.

Je n'aimais pas la façon dont il impliquait ma famille dans les projets d'Aménophis. Mais il m'emboîta le pas.

— T'ai-je offensée, demoiselle ?

— Oui.

— Je suis désolé. Je ferai plus attention à l'avenir. D'ailleurs, tu vas devenir l'une des femmes les plus dangereuses de la cour.

Je m'arrêtai.

— Pour connaître les secrets dont tu seras dépositaire, vizirs et prêtres seront prêts à payer très généreusement des espions.

— Je ne comprends pas, dis-je.

— L'information, Moutnedjemet, et il continua à marcher en direction des écuries.

— Et à ton avis, que peut produire l'information ? criai-je dans sa direction.

— Entre de mauvaises mains, dit-il en se tournant vers moi, n'importe quoi.

Ce soir-là, je me préparai à me coucher dans la pièce contiguë à la chambre du roi ; ma sœur se trouvait à côté, mais je ne pouvais pas aller la voir.

Mes pots étaient alignés sur le bord de ma fenêtre ; ils avaient résisté au voyage depuis Akhmin, puis au déménagement d'une chambre à une autre. Demain, la reine annoncerait la date de notre départ pour Memphis, et les plantes devraient supporter encore un autre déracinement.

Quand Ipu vint me déshabiller, elle remarqua ma tristesse.

— Que se passe-t-il, Maîtresse ?

Je haussai les épaules, comme si cela avait peu d'importance.

— Tu regrettes ta maison, devina-t-elle.

J'acquiesçai.

Elle fit glisser la tunique par-dessus ma tête et j'en enfilai une autre. Puis je m'assis docilement sur le lit pour qu'elle me natte les cheveux.

— Tu ne regrettes jamais la tienne ? demandai-je.

— Seulement quand je pense à mes frères.

Elle sourit.

— J'ai été élevée avec sept frères. C'est pourquoi je m'entends si bien avec les hommes.

Je me mis à rire.

— Tu t'entends bien en général. Je t'ai vue aux festivités. Tu connais tout le monde à Thèbes.

Elle haussa les épaules avec désinvolture mais ne me démentit pas.

— Les gens sont aussi amicaux que les habitants de la ville de Fayoum.

— Ainsi tu es née près du lac Moeris ?

Elle acquiesça.

— Un petit village agricole entre le lac et le Nil.

Elle décrivit de longues étendues de terres fertiles bordées par des montagnes d'un vert sombre, ainsi que des vignobles ponctuant le cours bleu-vert du Nil.

— C'est la région d'Égypte la plus favorable pour le maraîchage, les cultures ou la récolte du papyrus.

— Que faisait ta famille ? demandai-je.

— Mon père était le viticulteur personnel de Pharaon.

— Son viticulteur personnel ? Et tu as quitté ses jardins pour travailler au palais ?

— Quand il est mort. À douze ans, j'étais la benjamine de cinq filles et de sept fils. Ma mère n'avait pas besoin de moi à la maison, et elle m'avait transmis son talent pour le maquillage.

Dans le miroir au-dessus de nos têtes, j'admirai ses yeux lourdement maquillés avec des traits de malachite, qui ne coulaient jamais au soleil.

— L'Ancien me permit d'entrer au service de la reine. Après quelque temps, je devins sa favorite.

Et pourtant, la reine l'avait laissée venir à mon service. Ma tante devait accomplir nombre de gestes désintéressés sans qu'on s'en aperçoive.

— La vie au palais est meilleure que dans les vignobles, continua-t-elle. Vivre dans une ville où les femmes peuvent acheter tout ce dont elles ont besoin...

Elle poussa un soupir de satisfaction.

— Du khôl, du parfum, de vraies perruques, des mets exotiques. Les bateaux qui naviguent sur le Nil font escale à Thèbes. Aucun ne s'est jamais arrêté à Fayoum.

Elle m'apporta ma robe et des chausses de lin. J'imaginai un instant la vie sans bateaux, ni politique. Rien que des jardins. J'enfilai mes chausses et m'assis près du brasero. Je lui désignai un tabouret.

— Dis-moi, Ipu, que raconte-t-on au palais ? dis-je en baissant la voix.

Le visage d'Ipu s'illumina : elle était dans son élément.

— À ton sujet, Maîtresse ?

Je rougis.

— À propos de ma sœur et du roi.

Elle haussa les sourcils.

— Ah... J'ai entendu dire que le nouveau pharaon était obstiné, dit-elle prudemment.

Je me penchai en avant.

— Et puis ?

Elle jeta un coup d'œil à la porte.

— Que la nouvelle reine est belle. Les servantes la surnomment Neferet. *La belle femme*.

— Et Memphis ? Les domestiques ont-ils été prévenus du moment où ils devront entamer les préparatifs pour le voyage ?

Ses fossettes se creusèrent.

— C'est ce que tu veux savoir ?

Elle se pencha très près, et ses cheveux sombres se répandirent sur ses épaules. C'était une femme superbe, aux formes pleines, avec des perles de porcelaine et des paupières brillantes de malachite.

— Aujourd'hui, la reine Tiyi a commandé trois litières et le palefrenier en chef dit que six nouveaux chevaux ont déjà été achetés.

Je me rejetai en arrière.

— Quand seront-elles prêtes ?

— Dans sept jours.

Le lendemain matin, on me convoqua dans la salle d'audience, avant que les dames et les courtisans de la cour s'y rassemblent pour entendre proclamer la date du départ d'Aménophis pour la ville de Memphis. Quand je franchis la porte à deux battants, mon regard fut attiré par la forêt de colonnes aux chapiteaux papyriformes qui se rejoignaient pour former un dais orné de peintures. À mesure que l'on approchait des trônes dorés, les boutons fermés figurant sur les colonnes s'ouvraient progressivement, et laissaient place finalement à des fleurs épanouies : le symbole de Pharaon ouvrant les bras pour embrasser l'Égypte.

Sous le dais où se tenaient ma tante et mon père étaient représentés des prisonniers entravés, des Hittites et des Nubiens : ainsi, quand l'Ancien montait sur son trône, il piétinait ses ennemis. La salle était encore vide ; mon père était assis auprès de sa sœur sur un banc d'ébène, avec des rouleaux de papyrus déployés devant eux.

Je m'inclinai.

— Majesté, père.

La reine Tiyi n'attendit même pas que je m'asseye.

— Ta sœur s'est installée dans les appartements privés de mon fils.

Son visage était impénétrable.

— Oui, Majesté, répondis-je. Elle a séduit le nouveau roi.

— Elle a séduit le palais tout entier, corrigea la reine Tiyi. Les domestiques ne parlent que d'elle.

Je songeai à Ipu qui avait appelé ma sœur *Neferet* et aux propos du général Nakhtmin.

— Elle est très loyale.

La reine Tiyi m'étudiait.

— Loyale, mais à qui ?

Mon père s'éclaircit la gorge.

— Nous voulons savoir ce qu'ils se sont dit ce matin au petit déjeuner.

La situation était claire : on entendait se servir de moi comme d'une espionne. Mal à l'aise, je changeai de place.

— Ils n'ont pas pris de petit déjeuner, répondis-je. Les domestiques ont placé des plateaux garnis de nourriture dans l'antichambre, mais je suis la seule à m'être restaurée.

— Alors, qu'ont-ils fait ? insista la reine.

J'hésitai.

— Il est important que nous le sachions, Moutny, dit mon père d'un ton sévère. Sinon, quelqu'un d'autre l'apprendra.

— Ils ont l'intention de bâtir des temples pour Aton, leur dis-je.

— Il existe des croquis ? demanda mon père.

J'acquiesçai.

Il se tourna vers sa sœur.

— Aménophis ne peut rien faire tant que l'Ancien est en vie. Il ne dispose ni de l'or ni des ressources nécessaires pour construire un temple. Ce sont des paroles en l'air...

— Des paroles *dangereuses* ! s'emporta Tiyi. Des paroles qu'il continuera de répéter jusqu'à ce qu'il devienne pharaon de la Haute-Égypte.

— À ce moment-là, il comprendra qu'il n'est pas facile de gouverner sans le soutien des prêtres. Il ne pourra même pas lever une armée sans leur or. Aucun pharaon ne peut gouverner seul.

— Mon fils pense qu'il en est capable. Il pense qu'il défiera les dieux et élèvera Aton au-dessus de tous, même Osiris. Même Rê. Ta fille devait changer cela...

— Elle le fera.

— Elle est trop ambitieuse ! cria la reine.

Elle sortit sur le balcon et s'agrippa à la rambarde.

— Peut-être me suis-je trompée de fille en choisissant la grande épouse, dit-elle.

Mon père se retourna à demi dans ma direction, mais son visage demeura impénétrable.

— Envoie-le à Memphis, insista mon père. Là-bas, il verra combien il est difficile d'interférer avec Maât.

À midi, dans la salle d'audience, la reine annonça notre départ pour Memphis. Il aurait lieu le 28 de Pharmouti. Nous disposions de six jours pour faire nos bagages.

6

Le 23 de Pharmouti

Quand nous allâmes voir Aménophis conduire son attelage dans l'arène, il nous fit venir dans les écuries et demanda à Néfertiti quel cheval elle préférait. Kya aurait battu des cils et choisi le cheval avec la plus belle crinière. Néfertiti nota la largeur de leur poitrail et leur hauteur au garrot, la puissance de leurs muscles sous la robe, le feu dans leurs yeux, puis répondit d'une voix assurée :

— Le foncé. L'alezan qui piaffe.

— Faites sortir l'alezan ! ordonna Aménophis.

Kya se tourna vers les trois dames qui ne la quittaient jamais, de grandes femmes qui dominaient ma sœur de toute leur taille.

— La prochaine fois, dit l'une d'elles assez fort pour que nous l'entendions, il lui demandera de choisir ses pagnes.

Elles se mirent à glousser, mais Néfertiti se dirigea résolument vers l'endroit où se tenait Aménophis, en compagnie de Panahesi et de mon père, et le regarda attacher ses gantelets de cuir.

— As-tu toujours conduit un attelage ? demanda-t-elle.

— Petit garçon, à Memphis, le pharaon menait déjà ses chevaux, dit Panahesi.

Néfertiti regarda en direction d'un groupe d'hommes qui attendait : les fils d'autres vizirs qui s'entraînaient avec le roi. Aménophis devina sa pensée.

— Ces hommes ne se croient pas obligés de perdre contre moi chaque matin, assura-t-il. Je suis plus rapide que tous les soldats de l'armée de mon père.

Néfertiti s'approcha un peu plus.

— Tu pratiques depuis ton enfance ?

Aménophis attacha son casque.

— J'ai conduit un char dès que j'ai su marcher, répondit-il.

— Alors je pourrais apprendre ?

— Les femmes ne conduisent pas dans l'arène, répliqua Kya, de l'autre côté des écuries.

— J'ai conduit à Akhmin, affirma Néfertiti.

Mon père ne dit rien, visiblement sur ses gardes. Néfertiti prit un casque sur une étagère et s'en coiffa.

— Je veux que tu m'apprennes.

Aménophis ne répondit pas tout de suite, voulant juger de sa détermination.

— Je meurs d'envie de mener les plus beaux étalons d'Égypte, ajouta-t-elle d'un air radieux. Je veux apprendre avec le plus grand conducteur de chars d'Égypte.

Aménophis éclata de rire.

— Allez chercher le chef des palefreniers ! cria-t-il.

— Elle va se tuer ! s'exclama Panahesi.

En réalité, il regrettait surtout que sa fille n'ait pas été suffisamment maligne pour avoir cette idée. À présent, on ne parlerait plus que de Néfertiti dans l'arène. Une manœuvre exquise. Si elle parvenait à imprimer sa marque dans la chambre d'Aménophis, dans sa politique, et maintenant à l'accompagner dans son loisir favori, ils ne se quitteraient plus.

— Mais... dit Panahesi.

Aménophis se retourna et le regarda d'un œil noir.

— *Pas* un mot de plus, vizir. Ma reine veut conduire un attelage, et je vais lui apprendre.

Nous les regardâmes depuis les gradins, abrités par un store de lin.

— À quoi joue-t-elle ? siffla Kya à mon intention.

J'observai ma sœur qui riait, radieuse, en rejetant sa longue chevelure brune au soleil.

— Elle distrait le roi. Que lui reste-t-il maintenant que son professeur n'est plus là ?

— Bravo, complimenta mon père plus tard.

Néfertiti trônait d'un air suffisant sur sa chaise tandis que Merit finissait de mettre des perles dans ses cheveux. Une paire de gants rouges avait été livrée dans sa chambre, cadeau d'Aménophis.

— C'était amusant, dit-elle.

— Pour cette fois, avertit mon père.

— Pourquoi ? Cela m'a plu. Pourquoi ne pourrais-je pas apprendre à conduire un attelage ?

— Parce que c'est dangereux ! m'exclamai-je. Tu n'as pas eu peur ?

— Peur de quoi ?

— Des chevaux. Ou de basculer par-dessus le chariot. Vois ce qui est arrivé au prince héritier Thoutmosis.

Mon père et Néfertiti se regardèrent. Ipu et Merit détournèrent les yeux.

— Thoutmosis est mort au combat, dit Néfertiti d'un ton dédaigneux. Nous ne sommes pas en guerre.

Merit attacha les dernières perles dans les cheveux de Néfertiti, et, quand ma sœur bougea, le verre émit un son creux.

Mon père se leva.

— Je vais dans le Per Medjat écrire aux nations étrangères. Elles doivent savoir où trouver ton mari et où adresser leurs demandes.

Il contempla la pièce dans laquelle rien n'avait changé depuis la veille.

— Nous partons dans cinq jours, rappela-t-il. Vous devriez toutes les deux surveiller vos bagages.

Une fois notre père parti, Néfertiti me tendit le bras, indifférente aux nations étrangères.

— Viens.

— Tu as entendu père, grondai-je. Nos bagages.

— Pas maintenant.

Elle m'entraîna par le bras.

— Arrête. Où allons-nous ? protestai-je.

— Dans ton endroit favori.

— Les jardins ?... Pourquoi ?

— Nous allons y retrouver quelqu'un.

— Aménophis ? suggérai-je.

— Et quelqu'un d'autre.

Nous traversâmes le palais jusqu'aux jardins, avec leurs avenues bordées d'arbres et leurs lacs aux formes irrégulières. Une statue d'Horus trônait dans le bassin aux lotus, entourée d'iris indigo. Des bancs de pierre se cachaient dans l'ombre d'épais rameaux de sycomores, et un sentier planté de jasmins conduisait aux maisons qui abritaient les bains. Au-delà se trouvait le harem où vivaient les femmes de l'Ancien, celles d'un rang inférieur. Sous nos pas, les libellules surgissaient de l'herbe pour y plonger de nouveau, et la lumière du soleil illuminait leurs ailes bleu et or.

— La première chose que nous ferons en arrivant à Memphis sera d'élever le plus grand temple jamais construit en Égypte. Quand le peuple verra la gloire d'Aton, poursuivit ma sœur qui marchait devant, les prêtres d'Amon deviendront inutiles.

— Père dit que c'est une question d'équilibre. Le pouvoir de Pharaon doit être contrebalancé par le pouvoir des prêtres. Même nos tuteurs nous ont enseigné cela.

— Nous ont-ils également appris que les prêtres tiennent les cordons de la bourse de Pharaon ? Trouves-tu cela juste ?

Les yeux de Néfertiti s'assombrirent dans l'ombre d'un sycomore.

— Moutny, les pharaons d'Égypte sont des marionnettes. Aménophis va changer cela. Aton, et non plus Amon, sera au centre de l'attention. Le pharaon et la reine seront les dirigeants du temple. *Nous* contrôlerons le calendrier, décréterons les jours de fête, et serons chargés…

— ... de tout l'or qui affluait autrefois dans les temples d'Amon.

Je pensai au général et à la pertinence de ses propos.

— Parfaitement, dit ma sœur d'un air décidé.

— Néfertiti, tu me fais peur. Tu n'étais pas comme cela à Akhmin.

— Je n'étais pas reine d'Égypte alors.

Je m'arrêtai au bout du sentier.

— Tu ne crains pas d'offenser les dieux ? lui demandai-je.

— C'est le rêve d'Aménophis, protesta-t-elle. Plus je lui suis utile, plus il sera proche de moi et ne laissera personne d'autre l'influencer.

Elle contempla le bassin aux lotus, et sa voix devint presque inaudible.

— Dans deux nuits, il regagne le lit de Kya.

L'inquiétude se lisait sur son visage.

— Peut-être n'ira-t-il pas… dis-je sur le ton de l'espoir.

— Oh, si. C'est la tradition. Tu l'as dit toi-même. Mais ce sont mes enfants qui hériteront de ce pays, insista-t-elle.

— Père trouve que tu es devenue trop ambitieuse.

Néfertiti me regarda soudain avec intérêt.

— Vous avez tenu une réunion de famille sans moi ?

Je ne répondis pas.

— De quoi avez-vous parlé ? demanda-t-elle.

— De toi, bien sûr.

— Qu'est-ce que père a dit ?

— Pas grand-chose. C'est notre tante qui a parlé surtout.

— Elle ne m'aime pas. Elle doute de son choix. J'en suis certaine. Voir une autre belle femme prendre de l'importance au palais…

— Belle et humble par la même occasion.

Elle me jeta un regard mauvais. Nous reprîmes notre marche.

— Ne me dis pas qu'elle ne m'en veut pas.

— Qu'elle ait des *regrets*, peut-être. On t'a fait venir ici pour rétablir l'équilibre, pas pour faire pencher la balance.

— Et comment pense-t-on que je vais y parvenir ? s'emporta-t-elle. Je ne peux pas lui dire qu'il a tort ; il se précipiterait dans les bras de Kya, et je n'aurais plus aucune chance.

À l'extrémité des jardins, nous arrivâmes à une tonnelle. La voix grave et intense d'Aménophis résonnait de l'autre côté des rameaux entremêlés de la vigne vierge. Je voulus faire marche arrière, mais Néfertiti me prit le bras et m'entraîna jusqu'à la clairière. Aménophis se redressa aussitôt. Il était en compagnie d'un général.

— Néfertiti, dit-il avec ravissement.

Puis il me vit et son sourire pâlit.

— Les sœurs inséparables, remarqua-t-il.

Le général s'inclina. Il était jeune, comme Nakhtmin, mais avec l'air sérieux et un regard dur.

— Reine Néfertiti, dit-il comme à regret. Demoiselle Moutnedjemet.

— Le général Horemheb viendra avec nous à Memphis, déclara Aménophis. Il veut repousser les Hittites et récupérer un territoire perdu pour l'Égypte depuis que mon père a quitté l'armée. Je lui ai promis une campagne dans le nord dès que nous atteindrons la Basse-Égypte. Et je lui ai assuré que l'armée pourrait conserver le butin s'il pouvait reprendre notre terre.

— C'est très généreux, répondit Néfertiti tout en observant attentivement Aménophis.

Le général regardait Aménophis de la même façon prudente.

— Libre aux autres soldats de rester avec mon père pour ruiner leurs carrières, Horemheb me suivra jusqu'à la gloire !

Celui-ci ne semblait pas ému par ce genre de discours.

— Sa Majesté a-t-elle prévu le financement de ces campagnes ? demanda-t-il avec franchise. Reconquérir des territoires coûtera cher.

— J'imposerai les temples d'Amon, répliqua Aménophis.

Nous nous regardâmes, Néfertiti et moi, mais le général ne cilla pas.

— Les temples d'Amon n'ont jamais été imposés. Pourquoi seraient-ils disposés à céder leur or ?

— Parce que tu seras là pour les contraindre à se soumettre à ma volonté, riposta Aménophis.

Il était en train de conclure un marché.

Le général Horemheb serra les mâchoires.

— Et comment être certain que, lorsque l'armée aura collecté les impôts auprès des temples, l'or servira bien à financer une campagne dans le nord ?

— Impossible. Mais soit tu me fais confiance, soit tu restes au service d'un pharaon trop âgé pour combattre. N'oublie cependant pas, poursuivit-il d'un ton menaçant, qu'à la fin je serai également pharaon de la Haute-Égypte.

— Je dois donc te croire sur parole, dit Horemheb.

Aménophis tendit la main au général.

— Je me souviendrai de ta loyauté, promit-il.

Horemheb prit la main de Pharaon, mais son regard restait méfiant.

— Permets-moi de me retirer, Majesté.

Il s'inclina, et je frissonnai à la pensée de ce qui pourrait arriver si Aménophis ne tenait pas sa parole. Je n'aurais pas aimé avoir Horemheb comme ennemi.

Aménophis le regarda s'éloigner, puis se tourna vers Néfertiti.

— Plus jamais je ne m'inclinerai devant les prêtres d'Amon.

— Tu seras le plus grand pharaon d'Égypte, promit Néfertiti.

— Avec la plus somptueuse reine d'Égypte, ajouta-t-il, laquelle mettra au monde des pharaons qui occuperont le trône d'Égypte pour l'éternité.

Il posa les mains sur son petit ventre ferme.

— Il se peut que, même maintenant, un petit roi soit en train de grandir à l'intérieur.

— Nous le saurons bientôt. Je suis certaine que lorsque nous atteindrons Memphis cela se verra.

Elle me regardait tout en parlant, comme si je pouvais influencer les dieux : j'étais, il est vrai, la seule à prier chaque soir et à honorer l'autel d'Amon chaque matin.

7

Le 24 de Pharmouti

— Que se passera-t-il si je ne suis pas enceinte et que Kya mette au monde un garçon dans six mois ?

Néfertiti marchait de long en large dans l'antichambre. Le soleil était couché, mais Aménophis n'était pas avec elle. Il était allé retrouver Kya.

— Et combien de temps va-t-il rester dans sa chambre ce soir ? Peut-être y demeurera-t-il jusqu'au matin ? continua-t-elle, prise de panique.

— Les pharaons ne dorment pas dans le lit de leurs femmes.

— Il dort dans le mien ! cria-t-elle, et elle s'arrêta de marcher. Mais qu'il ne compte pas me rejoindre ce soir. Il pense sans doute qu'il peut passer d'un lit à l'autre ? Que je fais partie de ses biens ?

Sa voix monta d'un cran.

— C'est ce qu'il pense ?

Elle s'assit devant son miroir.

— Kya n'est pas plus belle que moi.

— Bien sûr que non.

— Elle est plus habile ?

Je l'ignorais.

Néfertiti se retourna brusquement, le regard brillant.

— Il faut que tu ailles voir ce qu'ils font, décréta-t-elle.

— Quoi ? Tu veux que j'espionne ton mari ?

Je secouai la tête avec véhémence.

— Si je suis surprise, les gardes me conduiront à Pharaon.

— Je *dois* savoir ce qu'ils font ensemble, Moutny.

— Pourquoi ? Quelle importance cela a-t-il ?

— Je dois être meilleure qu'elle !

Elle releva le menton.

— Nous devons tous l'être. Ce n'est pas seulement pour moi, c'est pour notre famille. Notre avenir.

Elle s'approcha et me prit par les épaules.

— Rapporte-moi seulement ce qu'il lui dit.

— C'est trop dangereux ! protestai-je.

— Je peux t'indiquer comment atteindre leur fenêtre.

— *Quoi ? Dehors ?* Tu veux que je rampe par terre ? Et si on me surprend ?

— Il n'y a pas de gardes sous les fenêtres des secondes épouses, dit-elle d'un ton méprisant. Je t'en prie, mets un manteau, insista-t-elle.

Le cœur serré, je revêtis un lourd vêtement de lin, et m'assis devant le miroir pour attacher mes cheveux en arrière.

— Heureusement que tu as la peau sombre, remarqua Néfertiti. Personne ne te verra.

Je lui lançai un regard furieux, mais elle avait déjà tourné la tête. Ses pensées étaient maintenant focalisées sur Kya ; elle ne quittait pas des yeux l'extrémité du couloir, comme si elle pouvait voir ce que faisait son mari. Une fois prête, j'allai jusqu'à la porte. Mon père aurait approuvé que j'agisse ainsi, pour le bien de la famille. D'autant qu'espionner ne contrevenait pas aux lois de Maât. Je n'allais pas voler, juste écouter.

— Je veux savoir tout ce qu'il lui dit, recommanda-t-elle.

Elle passa une longue chemise sur sa tunique et frissonna.

— J'attends ici. Et...

Je fronçai les sourcils.

— Sois prudente.

L'air était chaud dans la cour ; les stores en roseau frappaient doucement les fenêtres du palais au rythme de la brise. La lune formait un croissant dans le ciel ; personne n'était en vue. Il n'y avait aucune raison que l'on me cherche au milieu de la nuit en dehors des portes du palais. Je franchis une succession de cours, les comptant au passage. Je longeai les murs, en lisière des buissons et du lierre. Arrivée dans la cour de Kya, je m'arrêtai pour écouter : on n'entendait rien. Je me faufilai jusqu'à la troisième fenêtre et, ne voyant toujours personne dans la cour, je m'accroupis pour écouter. Des voix me parvenaient maintenant ; je m'aplatis contre le mur, pour entendre ce que disait Pharaon.

Quand tu te couches à l'occident, au pays de la lumière, la terre est dans l'obscurité, comme si elle était morte.

Tous les lions sortent de leur tanière. Tous les serpents mordent. L'obscurité envahit tout, la terre est silencieuse, tandis que le créateur se repose au pays de la lumière.

Il récitait de la poésie.

La terre s'éclaire quand tu te lèves au pays de la lumière. Quand tu brilles comme Aton du jour, quand tu dardes tes rayons, les Deux Pays sont en liesse. Ils sont éveillés, ils se tiennent debout. Tu les as réveillés !

— Laisse-moi lire le reste, dit alors Kya.

J'entendis le froissement du papyrus, puis la voix de la jeune femme.

Les routes se dégagent quand tu te lèves. Les poissons de la rivière sautent devant toi. Tes rayons plongent au plus profond de la mer. Tu es Celui qui fait germer la semence, qui engendre la vie, qui nourrit le fils dans le ventre de sa mère, qui le console quand il pleure. Ô Nourrice de la matrice ! ô Donneur de vie ! tu nourris tout ce que tu crées.

Par la fenêtre me parvint une odeur d'encens. Après un moment, Aménophis commença à lui parler de la vie qu'il mènerait à Memphis, sur les lieux de son enfance.

— Mes appartements seront au centre du palais, dit-il. Je t'installerai à ma droite et te donnerai ce qu'il y a de mieux.

Kya gloussa comme une enfant. Néfertiti ne gloussait jamais, elle ; elle riait d'un rire de femme, un rire de gorge sensuel.

— Viens !

Je les entendis tomber lourdement sur le lit. J'étais horrifiée : comment osait-il prendre une femme enceinte ? Il allait blesser l'enfant !

— Attends, chuchota-t-elle d'un ton sérieux. Et mon père ?

— Le vizir Panahesi ? Il viendra avec nous à Memphis, bien sûr, déclara-t-il. Et je le nommerai au poste le plus important de la cour.

— Lequel ?

— Il aura ce qu'il désire, promit-il. Tu ne dois pas t'inquiéter. Ton père s'est toujours montré loyal envers moi, et il épouse ma cause. Aucun autre vizir en Égypte ne mérite à ce point ma confiance.

À cet instant, je regardai de l'autre côté de la cour : debout, immobile dans la lumière argentée, Panahesi écoutait comme moi. Mon cœur s'arrêta de battre. Voyant que je l'avais reconnu, il me sourit.

Je pris mes jambes à mon cou pour regagner au plus vite la chambre de Néfertiti. À peine avais-je franchi la porte que ma sœur se précipita vers moi.

— Que s'est-il passé ? s'exclama-t-elle en voyant mon visage.

Je n'arrivais pas à reprendre ma respiration. Mes pensées se bousculaient ; je ne savais pas si je devais mentionner Panahesi. Tous les deux, au beau milieu de la nuit, nous nous étions comportés comme des conspirateurs. Ni lui ni moi n'avions dit le moindre mot.

Elle me prit par les épaules et me secoua.

— Tu as été surprise ?

— Non.

Je pris une longue inspiration.

— Ils lisaient de la poésie.

— Mais pourquoi as-tu couru ? Qu'est-il arrivé ?

— Il a dit qu'aucun autre vizir ne méritait plus sa confiance que Panahesi ; il a promis à Kya de le nommer au poste le plus important de la cour.

Sans attendre, Néfertiti alla à la porte ordonner à un des gardes d'aller chercher le vizir Aÿ. Notre père vint aussitôt ; tous les trois, nous nous assîmes autour du brasero.

Ma sœur se redressa.

— Je vais dire à Aménophis qu'il doit se méfier de Panahesi, décida-t-elle.

— Et risquer d'encourir sa colère ? dit mon père. Non. Panahesi peut être contourné. La plus grande menace grandit dans le ventre de Kya.

— Peut-être devrions-nous nous en débarrasser, dit ma sœur.

— Néfertiti ! m'écriai-je.

Ma sœur et mon père me regardèrent.

— Une mixture adéquate de plantes dans son vin... murmura mon père.

C'en était trop pour moi : je refusais de participer à ce genre d'action.

— De toute façon, elle tomberait enceinte de nouveau, conclut-il.

— Et le vizir aurait des soupçons, poursuivit Néfertiti. Il en ferait part à Aménophis et cela signerait notre fin. Il me reste simplement à me montrer plus maligne qu'elle.

— Continue comme tu l'as déjà fait, dit mon père. Il est fou de toi.

Elle haussa un sourcil.

— Tu parles de chanter les louanges d'Aton ?

Mon père prit un air sévère.

— C'est la seule façon de le garder, se hâta d'ajouter Néfertiti.

— Et c'est ce que fait Kya, dis-je.

— Kya ne fait *rien*, s'emporta Néfertiti.

— Elle écoute sa poésie. Il ne t'en lit pas, à toi !

— Une fois à Memphis, il devra prendre des précautions avec les prêtres d'Amon, observa mon père. Il ne doit pas se mêler de leurs affaires.

Je pensais que ma sœur allait mentionner l'accord qu'Aménophis avait passé avec Horemheb dans les jardins, mais elle n'en fit rien.

— S'il prend trop de pouvoir, cela pourrait causer notre perte. L'Ancien a d'autres fils à même de le remplacer s'il devait mourir brusquement.

Ma gorge se serra.

— Les prêtres d'Amon assassineraient un roi ?

Ma sœur et mon père me regardèrent sans rien dire.

— Et que se passerait-il, demanda Néfertiti, s'il *pouvait* reprendre du pouvoir aux prêtres ?

— N'y pense pas.

— Pourquoi pas ? insista-t-elle.

— Pharaon aurait alors le contrôle total de Memphis, et ton mari n'est pas assez sage pour exercer un tel pouvoir.

— Dans ce cas, tu pourrais l'exercer. Tu incarnerais un pouvoir occulte en marge du trône, suggéra-t-elle. Tu deviendrais intouchable.

C'était une idée nouvelle. Un vizir du roi détiendrait effectivement plus de pouvoir s'il en référait seulement à Pharaon, plutôt qu'aux prêtres et aux nobles. Mon père réfléchissait tout en écoutant ma sœur.

— Cela lui conviendrait parfaitement. Et qui gouvernerait le mieux, pendant qu'il est occupé à bâtir ses temples à Aton, toi ou le grand prêtre de Thèbes ?

Mon père l'approuvait visiblement. S'il devait y avoir un changement, pourquoi ne pas en profiter ? Il avait une meilleure connaissance des problèmes aussi bien domestiques qu'extérieurs au pays qu'un prêtre enfermé entre les murs d'un temple d'Amon.

— Tiyi ne sera pas contente, remarqua mon père. C'est un pari qui peut mal tourner.

— Sinon, comment pourrais-je rester la favorite ? demanda Néfertiti, en se levant d'une façon théâtrale. Lui dire qu'il va échouer ? Il continuera dans cette voie, que je le soutienne ou non.

— Ne peux-tu pas le détourner d'Aton ?

— Il ne pense qu'à cela.

Mon père se leva et gagna la porte.

— Ne nous pressons pas de mettre cela en œuvre, conclut-il. Il y a des hommes dans cette cour que ni toi ni ton mari n'aimeriez avoir comme ennemis.

Ses pas résonnèrent sur le carrelage jusqu'à sa propre chambre.

Néfertiti s'affala dans un fauteuil.

— Ainsi, pendant qu'Aménophis récite de la poésie à cette *putain*, la reine d'Égypte passe la nuit avec sa sœur.

— Ne sois pas vindicative, il n'aimerait pas cela, dis-je.

Elle me jeta un regard noir, mais ne protesta pas.

— Je vais rester dormir avec toi ce soir, décida-t-elle.

J'acceptai volontiers. Je n'aurais pas apprécié non plus que mon mari vienne se coucher à côté de moi après avoir passé la soirée avec une autre femme.

Le lendemain, je me réveillai à l'aube, puis je me hâtai de m'habiller pour aller m'incliner devant l'autel d'Amon. Je m'efforçai de faire le moins de bruit possible ; malgré cela, Néfertiti se retourna d'un air grognon.

— Tu ne vas pas encore à l'autel ? demanda-t-elle. Tu n'es pas obligée de lui rendre hommage *tous* les jours.

— J'aime bien parler avec Amon. Quand y es-tu allée la dernière fois ?

Elle ferma les yeux pour faire croire qu'elle dormait.

— Sais-tu seulement où se trouve l'autel d'Amon ?

— Bien sûr. Dans le jardin.

— Bon, mais cela ne te ferait pas de mal de venir. Tu es reine d'Égypte.

— Tu t'y rends assez souvent : tu peux faire des offrandes à ma place. Je suis trop fatiguée.

— Pour remercier Amon ?

— Il sait très bien que je lui suis reconnaissante. À présent, laisse-moi.

Comme chaque matin depuis notre arrivée à Thèbes, je me rendis donc seule aux jardins et cueillis des fleurs pour les déposer aux pieds d'Amon. Je pris les plus belles : des iris d'un mauve profond comme une nuit d'été et des hibiscus avec des pétales rouge sang en forme d'étoiles. Quand je quittai l'autel, il était encore tôt ; des domestiques arrosaient les tamarins avec leurs lourds bols de terre. Néfertiti ne devait pas encore être réveillée : je pris la direction de la cour où habitaient mes parents. Ma mère serait probablement en train de déposer des offrandes aux pieds d'Hathor.

J'appréciai le silence qui régnait dans le palais. Des chats au pelage noir lustré et aux yeux de bronze se faufilaient dans les couloirs sans me prêter la moindre attention, occupés qu'ils étaient à traquer les reliefs du dîner de la veille, une figue au miel entamée qu'un serviteur aurait laissée tomber ou un délicieux morceau de gazelle rôtie.

Je trouvai ma mère assise au jardin, en train de lire un manuscrit portant un sceau de cire familier.

— Des nouvelles d'Akhmin ! s'exclama-t-elle en me voyant.

Le soleil matinal dorait son nouveau collier de lapis.

Je me précipitai pour m'asseoir sur le banc à côté d'elle.

— Que dit l'intendant ?

— Ton jardin est florissant.

Je pensai à mon jujube avec ses fruits roux et au bel hibiscus planté au printemps dernier. Je ne serais pas là pour les voir arriver à maturité.

— Et quoi d'autre ?

— Les vignes poussent vite. À Chemou, ce vignoble pourrait produire soixante tonneaux.

— Soixante ! Les enverra-t-on à Memphis ?

— Certainement. J'ai demandé aussi que l'on me fasse parvenir mes draps de rechange. Dans la précipitation du départ, je les ai oubliés.

Nous échangeâmes un sourire. J'admirai son air innocent et sans arrière-pensées. Mon père lui dissimulait nombre de choses qu'il ne pouvait pas me cacher. Elle ne se rendait pas compte que nous avions perdu la sécurité et gagné des soucis.

— Parle-moi de Néfertiti, dit-elle. Est-elle heureuse ?

Elle roula le manuscrit et le glissa dans sa manche.

— Aussi heureuse que possible. Il est allé chez Kya la nuit dernière.

Je me calai contre la pierre chaude du banc et soupirai.

— Ainsi, nous allons partir pour Memphis.

Ma mère acquiesça.

— Aménophis ne pourrait que s'impatienter ici, à attendre la mort de l'Ancien. Il finirait même peut-être par ne plus vouloir attendre, ajouta-t-elle d'un ton lugubre.

— Tu ne penses pas qu'il précipiterait la mort de l'Ancien ?

Ma mère regarda tout autour de la cour pour voir si nous étions bien seules.

— On raconte qu'il a hâté les funérailles de Thoutmosis. Mais ce sont seulement des rumeurs, ajouta-t-elle promptement. Des bavardages de domestiques.

— Sauf que les domestiques ont généralement raison, murmurai-je.

Elle pâlit.

— C'est vrai.

Ce soir-là, nous dînâmes dans la grande salle, mais une partie de la cour s'était absentée pour assister aux funérailles de l'émissaire à Rhodes. La reine Tiyi y était allée, ainsi que mon père ; l'Ancien était resté au palais en compagnie de son vin et de ses femmes. D'une humeur particulièrement vulgaire, il chantait et éructait sans la moindre retenue. Je le vis empoigner les seins d'une servante pendant qu'elle se penchait pour le resservir de vin ; et, quand Néfertiti prit place à la gauche de son mari, il suggéra qu'elle s'asseye plutôt à côté de lui. Elle refusa sans un mot et je me sentis rougir à sa place, si bien que Pharaon se tourna vers moi.

— Puisqu'il en est ainsi, je pourrais peut-être profiter de la compagnie de la sœur aux yeux verts.

— Assez !

Aménophis tapa du poing sur la table. Surpris, les courtisans se tournèrent vers nous.

— La sœur de la grande épouse royale est parfaitement bien où elle est.

L'Ancien avala une grande rasade de vin et se leva en faisant tomber sa chaise.

— Ce n'est pas ma mauviette de fils qui me donnera des ordres ! cria-t-il en cherchant son sabre.

Il voulut s'avancer, mais ses jambes se dérobèrent sous lui. Il s'effondra, complètement aviné, et une myriade de serviteurs se précipitèrent pour l'aider.

— Aucun de mes fils ne m'apprendra les bonnes manières ! hurla-t-il, furieux.

Aménophis se leva d'un bond.

— Sortez-le d'ici ! ordonna-t-il aux serviteurs. Il est ivre.

Les serviteurs regardèrent alternativement l'Ancien puis son fils.

— Emmenez-le tout de suite ! cria Aménophis.

Les serviteurs se précipitèrent pour mettre son ordre à exécution. Ils soulevèrent Pharaon et se dirigèrent vers la porte. Mais l'Ancien leur échappa et se précipita vers l'estrade dans un état de fureur extrême.

Aménophis dégaina son sabre court. Mon cœur se mit à battre la chamade.

— Néfertiti ! criai-je.

Des gardes accoururent pour retenir le roi.

— Un prince qui écrit des poèmes au lieu de combattre sur le champ de bataille ne gouvernera jamais mon royaume ! hurla l'Ancien. Tu m'entends ? Thoutmosis avait été *choisi* comme prince d'Égypte !

Les gardes le poussaient vers la porte, mais il continuait à hurler.

— Le prince *choisi* !

Puis les portes se refermèrent et le silence retomba. Les convives regardèrent Aménophis, qui rengaina son sabre et jeta sa tasse sur le dallage. Elle se brisa en mille morceaux. Il tendit alors la main à Néfertiti.

— Viens.

Le dîner dans la grande salle était terminé.

Quand nous atteignîmes le vestibule menant à nos chambres, Aménophis était d'une humeur massacrante.

— On dirait un porc, ivre de nourriture et de femmes. Je ne serai *jamais* comme lui ! cria-t-il. Il prêtait plus d'attention à la servante qu'à moi. Si Thoutmosis était vivant, il l'aurait supplié de lui raconter ses histoires. Qu'as-tu tué aujourd'hui ? dit-il en le singeant. Un sanglier ? Non ! Tu t'es battu avec un crocodile ?

Aménophis marchait de long en large de plus en plus vite.

— Pourquoi Thoutmosis a-t-il été *choisi* ? fulmina-t-il. Parce que je ne tue pas comme il le faisait ?

— Tout le monde se moque que tu chasses ou non, dit Néfertiti.

Elle lui caressa la joue et passa la main dans la masse de ses boucles.

— Ne te préoccupe plus de cela, suggéra-t-elle. Demain, nous commençons les préparatifs pour notre départ ; tu deviendras un vrai pharaon et ne seras redevable à personne.

8

Le 27 de Pharmouti

Tout le monde s'affairait. Mes parents s'occupaient de faire préparer les litières et les ânes. Néfertiti faisait irruption dans ma chambre chaque fois qu'elle avait besoin de quelque chose. Devait-elle emporter ses perruques ? Que fallait-il porter pour l'arrivée à Memphis ? Ipu et Merit viendraient-elles avec nous ? Personne ne tenait plus en place dans le palais. Même l'armée était en pleine confusion, tandis que l'Ancien choisissait les hommes qui resteraient avec lui et ceux qui partiraient, les généraux devant prendre leur décision eux-mêmes.

Le calme régnait pourtant dans les jardins du palais ; je descendis l'allée des sycomores ; leur feuillage coloré ombrait la route pavée. Un peu à l'écart, je m'arrêtai pour admirer les myrtes qui poussaient en buissons près de l'oliveraie ; leurs fleurs blanches et fournies servaient à soigner la toux, la mauvaise haleine, ainsi que les rhumes. Le jardinier royal savait-il que le jasmin était bon en cas d'épuisement, et avait-il planté par hasard la vigne près des fleurs de camomille ou connaissait-il les vertus de la camomille, que les médecins de la cour utilisaient pour la tension ?

J'aurais pu rester assise dans les jardins toute la journée sans être remarquée, tout du moins jusqu'à ce que Néfertiti me réclame. Je ramassai un caillou et le jetai dans l'eau ; à cet instant, j'entendis un miaulement aigu. Un chaton surgit des buissons, puis un deuxième, surpris par le bruit de l'eau. Une chatte du palais venait de mettre bas, et les chatons bondirent à la suite de leur mère au pelage noir ; ils roulèrent dans l'herbe en se mordillant la queue. J'en appelai un : le petit animal aux yeux verts, qui était le portrait de sa mère, se recroquevilla sur mes genoux, et se mit à miauler pour que je lui donne à manger.

— Pas étonnant que vous vous plaisiez ici, dis-je avec mélancolie en caressant le chaton sous le menton. Personne pour vous ennuyer ou vous demander quel pagne porter.

Le chaton grimpa le long de ma chemise et vint nicher sa petite tête dans mon cou. Je me mis à rire et l'écartai.

— Viens ici.

Il tendit ses minuscules pattes munies de griffes, à la recherche de quelque chose de stable.

— Ici.

Je posai le chaton dans le creux de mon bras, d'où il ne bougea plus, fasciné par les libellules.

— Moutny ?

Néfertiti m'appelait de l'autre côté du jardin.

— Moutny, où es-tu ?

Elle apparut entre les arbres et fit le tour du bassin aux lotus pour arriver jusqu'à moi. Ses yeux étaient pleins de larmes, mais elle ne pleurait pas. Elle ne pleurait jamais.

— Que s'est-il passé ?

Je me levai précipitamment et abandonnai le chaton.

Elle m'agrippa le bras et m'entraîna vers un banc de pierre.

— J'ai saigné, me confia-t-elle.

— Mais tu n'es sa femme que depuis…

Elle m'enfonça les ongles dans le bras.

— Kya est enceinte de presque quatre mois ! cria-t-elle. Quatre ! Tu connais certainement un remède à me donner, Moutny. Tu as étudié les plantes médicinales avec Ranofer.

— Néfertiti…

— Je t'en prie. Réfléchis à ce qu'il t'a dit. Tu l'écoutais toujours attentivement.

Ranofer était amoureux de Néfertiti, et c'était moi qui buvais ses paroles. En d'autres temps, j'aurais souri à cette évocation, mais la situation risquait de s'aggraver si Kya avait un fils alors que Néfertiti n'était même pas enceinte. Je m'efforçai de rassembler mes connaissances.

— Il y a la mandragore, dis-je.

— Bien.

Elle se redressa et ses joues retrouvèrent un peu de couleur.

— Quoi d'autre ?

— Le miel et l'huile.

— Je peux m'en procurer. Mais la mandragore est plus difficile à obtenir.

— Essaie d'abord le miel.

Il n'était pas la peine de lui faire remarquer que Kya avait mis un an pour être enceinte.

Le 28 de Pharmouti, il n'y avait pas une seule cour du palais qui ne fût encombrée de litières. Des ânes lourdement chargés brayaient de toutes leurs forces, tandis que des esclaves affairés se cognaient les uns contre les autres. Les eaux du fleuve étant basses, notre voyage jusqu'à Memphis durerait plus d'un mois. Le temps risquait de nous paraître long : je demandai à Ipu d'écumer les marchés pour trouver des traités sur les plantes que je lirais pendant le trajet.

— Tu veux lire sur le bateau ?

Elle se tenait sur le seuil de ma chambre, son panier vide à la main. Cet après-midi, elle le rapporterait plein. C'était notre dernier jour à Thèbes ; qui sait quel genre de marchés il y avait à Memphis ? Chacun était pris de panique et courait en ville pour se procurer de l'huile de lotus, du khôl, du baume de noix de coco.

— Comment pourras-tu supporter de lire sur l'eau ? Tu n'auras pas mal au cœur ?

— Je prendrai du gingembre.

Je me levai de mon lit et lui donnai plusieurs deben de cuivre. Je sortis derrière elle, avec l'intention de rejoindre ma sœur.

— Des manuscrits reliés en cuir ou des rouleaux en bon état sur tout ce qui se rapporte aux plantes.

L'Ancien était venu dans notre cour pour surveiller la préparation des bagages d'Aménophis ; il regardait le chargement des articles avec suspicion. À deux reprises, il demanda aux serviteurs de déballer un objet.

— Le vase d'or avec des turquoises est un tribut des Nubiens. Il restera à Malgatta.

Les serviteurs peinèrent pour extraire le vase à pied, puis ils le remirent en place dans les appartements d'Aménophis. Voyant une esclave qui lui plaisait particulièrement, une jeune fille nubile avec de longs cheveux et de petits seins, l'Ancien exigea qu'on la ramène au palais également. La reine observait la scène avec mépris.

— Je ne tolérerai jamais un mari lubrique, dit Néfertiti, furieuse.

Nous contemplions le spectacle de sous un auvent.

— Elle le tolère parce que cela l'occupe, dis-je. Quand il est dans sa chambre à coucher, il ne peut pas être en même temps dans la salle d'audience.

Ma mère se joignit à nous pour regarder le déroulement chaotique des opérations. La chaleur était torride, et des porteurs d'éventail tentaient de nous rafraîchir ; seule Néfertiti ne semblait pas en souffrir. Elle ne tarda d'ailleurs pas à quitter notre refuge pour aller superviser le chargement des effets qui seraient bientôt les siens à Memphis : les serviteurs la dévisageaient tandis qu'elle aboyait ses ordres. Ils n'étaient pas encore habitués à son exceptionnelle beauté, à ses yeux en amande bordés de longs cils papillonnants.

Reine Néfertiti, pensai-je, *souveraine de Basse-Égypte, et, un jour, de Haute-Égypte également. Reine Moutnedjemet*. Je m'imaginai dans ce rôle, puis frissonnai à cette évocation. Je n'en voudrais jamais. À ce moment, une voix grave me tira de ma rêverie : Aménophis se tenait près de notre auvent. Il portait un long pagne avec une ceinture dorée et des bracelets d'argent, les yeux fraîchement cernés de khôl. Le général Horemheb se trouvait non loin, mais un abîme les séparait : il était évident que le général ne respectait pas son nouveau roi.

— Soixante-dix hommes doivent me suivre, et cinquante me précéder. Je ne veux pas risquer d'être assassiné. Si le moindre paysan se glisse à bord des bateaux, il encourra une mort immédiate.

Des esclaves en fuite rejoignaient parfois le cortège d'un roi dans l'espoir de gagner le palais et d'y servir dans des conditions luxueuses.

Le général garda le silence.

— Nous voyagerons du matin jusqu'au crépuscule, jusqu'à ce qu'il fasse trop sombre pour distinguer les courants, ordonna-t-il. Nous naviguerons d'une traite jusqu'à Memphis, sans aucune escale.

Une ombre traversa le visage jusqu'alors imperturbable de Horemheb.

— Majesté, intervint-il avec fermeté, les hommes auront besoin de repos.

— Ils se relaieront pour ramer.

— Compte tenu de la chaleur qui règne dans la journée, les hommes pourraient mourir. Le coût en vies humaines serait important…

— Peu importe, mes ordres seront exécutés !

Le brouhaha retomba dans la cour. Aménophis comprit qu'on l'écoutait et le sang lui monta au visage. Il s'avança vers Horemheb, qui ne broncha pas.

— Remets-tu Pharaon en question ? demanda-t-il d'un ton menaçant.

Horemheb ne détourna pas les yeux.

— Jamais, Majesté. Est-ce tout ?

Un instant, je crus qu'Aménophis ne répondrait pas.

— C'est tout, lâcha-t-il enfin.

Le général s'éloigna d'un pas assuré en direction de ses hommes et Aménophis prit le chemin inverse. Néfertiti regarda ma mère.

— Que s'est-il passé ?

— Aménophis était furieux contre le général, dis-je. Nous devrons naviguer d'une traite jusqu'à Memphis, sans nous arrêter. D'après le général, les hommes risquent de mourir de chaleur.

— Ils peuvent toujours se relayer pour ramer, répliqua-t-elle.

Avec ma mère, nous échangeâmes un regard entendu.

Aucune fête n'était prévue pour célébrer notre départ. Le soleil monta plus haut dans le ciel ; l'heure approchait. Panahesi surgit dans la cour et vint chuchoter quelque chose à l'oreille d'Aménophis. Ils se tenaient à l'écart du brouhaha, loin des braiments des ânes et du vacarme des serviteurs. Néfertiti traversa la cour, m'entraînant à sa suite ; Panahesi s'inclina et battit en retraite. Quand Aménophis nous vit, il parut mal à l'aise.

— Que voulait-il ? demanda Néfertiti.

— Une litière, dit Aménophis en se déplaçant d'un pied sur l'autre.

Ma sœur comprit immédiatement.

— Pour Kya ?

— Elle est enceinte. Il lui faudra six porteurs.

Néfertiti se cramponna à mon bras.

— A-t-elle à ce point grossi qu'elle doive être portée par six hommes ?

Je rougis. Elle osait élever la voix face au roi d'Égypte.

— Je dois satisfaire Panahesi…

— Est-ce Panahesi qui voyage dedans, ou elle ? Seules les *reines* ont six serviteurs pour les porter ! Est-elle reine à présent ? Ai-je été supplantée ?

Le vacarme dans la cour retomba de nouveau. Dans mon champ de vision apparut le général Nakhtmin.

— Je… je vais dire à Panahesi qu'elle n'en aura que cinq, concéda Aménophis.

J'en eus le souffle coupé, mais Néfertiti acquiesça et regarda Aménophis s'éloigner. Le général Nakhtmin s'avança alors près de nous.

— Je suis venu souhaiter bon voyage à la reine d'Égypte, dit-il, ainsi qu'un trajet sans encombre à la sœur de la grande épouse royale. Puisses-tu trouver autant de joie dans les jardins de Memphis que dans ceux de Thèbes, demoiselle Moutnedjemet.

Néfertiti haussa les sourcils, intriguée par ce général aux yeux clairs. Nakhtmin regarda Néfertiti, et je sentis la jalousie me submerger.

— Tu parais bien connaître ma sœur, général.

Néfertiti lui sourit et il lui rendit son sourire.

— Nous nous sommes vus plusieurs fois. Une fois dans le jardin, en fait, où je lui ai prédit son avenir.

Néfertiti accentua son sourire.

— Tu es donc devin en même temps que général ?

Je retins mon souffle. Seuls les prêtres d'Amon connaissaient les volontés des dieux.

— Je n'aurais pas cette prétention, Altesse. Je suis simplement observateur.

Elle s'approcha de lui, au point de pouvoir poser ses lèvres sur sa joue. Ils jouaient un jeu que je n'aimais pas. Ses yeux balayèrent le corps mince et énergique de ma sœur, et revinrent se poser sur la chevelure d'un noir d'encre qui effleurait sa joue. Elle n'aurait pas permis à n'importe qui de la regarder ainsi. Le général fit un pas en arrière, étourdi par son parfum. Aménophis surgit alors, mettant un terme à leur manège. Elle se redressa.

— Viendras-tu à Memphis, général ?

— Malheureusement pas, répondit-il, le regard tourné vers moi. J'attendrai ici votre retour. En revanche, j'accompagnerai ta caravane jusqu'à l'embarcadère.

Néfertiti haussa les épaules avec espièglerie.

— Nous te reverrons alors bientôt.

Elle s'éloigna pour aller interroger Aménophis à propos des porteurs, et le général continua à me fixer.

— Au revoir, général, dis-je froidement.

Puis je tournai les talons et allai rejoindre ma mère sous l'auvent.

La caravane était prête. Les bêtes s'agitaient dans la cour surchauffée ; la nervosité était palpable dans l'air. Les chevaux hennissaient impatiemment, et les serviteurs devaient les caresser pour les calmer. J'avais emballé mes plantes dans un coffre soigneusement aménagé, avec des chiffons entre les pots pour les empêcher d'être secoués pendant le trajet jusqu'à l'embarcadère. Sur le bateau, je pourrais les déballer et les placer dans un endroit ensoleillé. Je n'en avais pris qu'une douzaine. J'avais laissé les autres au palais, après avoir prélevé quantité de feuilles et les avoir rangées à l'intérieur de petits sacs d'étoffe hermétiquement fermés, dans une boîte en ivoire incrusté. Je m'étais ainsi constitué une réserve des plantes les plus utiles.

Le général Horemheb passa l'armée en revue, puis Aménophis s'agenouilla devant son père pour recevoir sa bénédiction.

— Je te donnerai toutes les raisons d'être fier de moi, jura Aménophis. Les dieux se réjouissent en ce jour.

Puis l'Ancien se tourna vers Tiyi ; ils devaient tous deux penser à Thoutmosis, qui aurait dû se trouver là, à la place d'Aménophis. Celui-ci, qui en était conscient, se releva.

— Vous auriez préféré Thoutmosis, dit-il, mais je suis le fils qui dirige la Basse-Égypte. C'est *moi* que les dieux ont choisi, pas lui.

La reine Tiyi redressa les épaules.

— Que les dieux te protègent, dit-elle avec froideur.

Pharaon fit un signe de tête, mais il n'y avait aucun amour dans ses yeux.

Aménophis arrangea sa tunique d'un air emprunté, sous le regard des soldats et des serviteurs.

— En avant ! s'écria-t-il avec force.

Ma servante surgit à son tour.

— À vos litières ! lança-t-elle.

Je grimpai à l'intérieur de ma litière, juste derrière celle d'Aménophis et de Néfertiti, et la caravane s'ébranla. J'écartai les rideaux et agitai la main en direction de ma tante. Elle agita la sienne à son tour. L'Ancien avait l'air grave. Nous nous éloignâmes dans un nuage de poussière, en direction de la baie qui cernait le palais. L'éclat de l'eau agitée transperçait les bandes de tissu qui me protégeaient du soleil. La caravane fit halte devant une impressionnante flotte de bateaux ; nos litières furent déposées à terre, et la famille royale conduite sur les barques. Faisant maintenant partie intégrante de la famille royale, ma mère, mon père et moi devions voyager sur la barque de Pharaon, au mât orné de fanions dorés. Panahesi et sa famille disposaient de leur propre embarcation.

Heureusement : il aurait été difficile de faire voyager Néfertiti et Kya à bord du même bateau.

Cinquante-deux soldats étaient préposés au maniement des rames, pour vingt passagers sur les ponts ou en dessous. Au centre des embarcations, on trouvait des cabines en bois avec deux chambres à l'intérieur. Le bois des cabines était recouvert de tissu.

— Pour protéger de la chaleur, dit mon père.

— Où dorment les soldats ? lui demandai-je.

— Sur le pont. Il fait suffisamment chaud à présent.

Les bateaux avaient fière allure avec leurs rames en ébène incrustées d'argent qui reflétaient la lumière ; le cri d'un ibis appelant sa femelle résonna dans la baie. Depuis les marches, je regardai les esclaves embarquer les trésors du palais de l'Ancien : des bols en cuivre, des coffres à perruques en cèdre, des statues d'albâtre, un autel de granit incrusté de nacre. Les hommes pliaient sous le poids des innombrables paniers ; ils chargèrent en dernier les plus précieux joyaux d'Égypte pour que les gardes puissent les surveiller.

Quand les bateaux eurent appareillé, j'allai dans notre cabine voir mes parents. Ma mère jouait au senet avec la femme de l'architecte le plus célèbre d'Égypte. Aménophis a donc réussi à le persuader de quitter Thèbes, pensai-je.

— Où est père ?

Sans quitter le jeu des yeux, ma mère désigna du menton la poupe du bateau. Comme Néfertiti, elle jouait très bien au senet. Je m'aventurai en direction de la poupe, d'où la voix de mon père me parvint.

— Pourquoi ne me l'as-tu pas dit avant ? demanda-t-il.

— Je savais que cela te mettrait en colère. Mais Horemheb est de notre côté. Il comprend ce que nous faisons.

J'aperçus mon père derrière la porte de la cabine, qui secouait la tête.

— Tu crées des ennemis à cette famille plus vite que nous ne pouvons nous faire des alliés. Les sables de Memphis nous enseveliront tout entiers, et si le peuple se soulève contre vous…

— Je suis certaine qu'il nous aimera ! promit Néfertiti. Nous bâtirons les plus grands temples qu'il ait jamais vus. Nous instaurerons davantage de jours de fête, et nous *donnerons* au peuple. C'est le *rêve* d'Aménophis.

— Et le tien ?

Elle hésita.

— Et toi, tu ne désires pas que ton nom passe à la postérité ?

— Pour quelle raison ? Pour avoir taxé les temples ?

Tous deux restèrent silencieux un moment.

— Tu seras l'homme le plus puissant du royaume, promit-elle. J'y veillerai. Pendant qu'il construira des temples, tu gouverneras. Il ne s'intéresse pas à la politique. Tout sera laissé à tes soins, et Panahesi récoltera le bronze, tandis que toi, tu auras l'or.

9

Chemou, saison de la récolte

Au deuxième jour de Pachons, je commençai à reconnaître les marins à bord de notre bateau. Ils me faisaient un signe de tête quand je passais, mais ils étaient las et abattus à force d'avoir travaillé toute la journée au soleil, avec pour seule pitance de la soupe arrosée d'eau. Pourtant, ils semblaient toujours avoir du temps pour Ipu. Quand elle arpentait les ponts avec ses lourdes boucles en or en balançant les hanches, les hommes s'adressaient à elle comme à leur sœur, et quand personne ne regardait ils se mettaient à rire doucement. À moi, ils ne parlaient jamais, sauf pour marmonner poliment « Maîtresse ».

Au troisième jour du voyage, je m'ennuyais déjà. J'essayai de lire : je me documentai sur les arbres qui poussaient dans le royaume du Mitanni, loin au nord, là où la Khabur et l'Euphrate sortaient de leur lit. Après sept jours de voyage sans mettre pied à terre, j'avais lu les sept traités dénichés par Ipu sur les marchés de Thèbes. Le huitième soir, Aménophis lui-même finit par trouver insupportable ce voyage sans escale, et on nous conduisit à terre pour faire du feu et délasser nos jambes.

Les serviteurs ramassèrent du bois pour faire rôtir les oies sauvages qu'ils avaient attrapées sur le fleuve, et nous mangeâmes tous dans les magnifiques bols en faïence de l'Ancien. Cela nous changeait agréablement du pain dur et des figues qui composaient notre ordinaire ; Ipu me rejoignit près du feu, avec une coupe du meilleur vin de Pharaon. En face de nous, autour d'une dizaine de feux, des soldats s'enivraient et des courtisans jouaient au senet. Ipu regarda dans sa coupe et sourit.

— Je n'ai jamais bu quelque chose d'aussi bon, dit-elle.

— Même le vin du vignoble de ton père ?

Elle acquiesça et se pencha tout près.

— Je crois qu'ils ont ouvert les plus vieux tonneaux.

— Pour *ce soir* ? Et Pharaon ne dit rien ?

Elle regarda en direction d'Aménophis ; pendant que les courtisans s'amusaient et que Néfertiti s'entretenait à voix basse avec notre père, Aménophis avait le regard perdu dans le feu. Ses lèvres serrées ne formaient plus qu'une mince ligne, et les os de son visage apparaissaient en creux dans la lumière vacillante.

— Son seul souci est d'arriver là-bas, répondit Ipu. Plus vite il sera à Memphis, plus vite il pourra arborer la crosse et le fléau d'Égypte.

Panahesi se dirigeait vers notre cercle en compagnie de Kya, dont la grossesse était maintenant évidente. Tandis qu'ils s'approchaient du feu, Néfertiti se retourna et me pinça le bras violemment.

— Que fait-elle ici ? demanda-t-elle.

Je me frottai le bras.

— Elle vient avec nous à Memphis, souviens-toi.

Néfertiti resta indifférente à mon sarcasme.

— Elle est enceinte. Elle devrait retourner sur le bateau.

L'une des dames de Kya étala un coussin de plumes sur le sable ; Kya s'assit en face d'Aménophis et posa la main sur son ventre imposant passé au henné. Elle paraissait douce et fraîche, arborant naturellement sa grossesse, tandis que de l'autre côté du feu Néfertiti brillait de tout l'éclat de la malachite et de l'or.

— Nous sommes à mi-chemin de Memphis, déclara Panahesi. Nous y arriverons dans moins d'un mois et Pharaon sera intronisé dans son palais.

Le petit groupe autour du feu acquiesça, tout en continuant à échanger des propos à voix basse. Mon père le regarda attentivement.

— Les plans pour le bâtiment vont-ils comme tu le souhaites, Majesté ?

Aménophis sortit de sa torpeur.

— Les plans s'annoncent magnifiquement. Ma reine est douée pour le dessin. Nous avons déjà fait le croquis d'un temple avec une cour et trois autels.

Panahesi sourit avec indulgence.

— Si Son Altesse a besoin d'aide...

Il tendit les mains, paumes en l'air, et Aménophis le remercia d'un signe de tête.

— J'ai déjà des projets pour toi, dit-il.

Autour des feux avoisinants, les courtisans interrompirent leur partie de senet.

— Quand nous serons à Memphis, déclara Aménophis, je veux que tu veilles à ce que le général Horemheb s'emploie à collecter des impôts auprès des prêtres d'Amon.

Le feu claqua et siffla ; surpris, Panahesi jeta un rapide coup d'œil à Néfertiti pour voir si elle était au courant et mesurer ainsi la confiance que Pharaon lui accordait. Puis tous les vizirs se mirent à parler à la fois.

— Majesté, intervint l'un d'eux, est-ce bien prudent ?

Panahesi s'éclaircit la gorge.

— Évidemment. Les temples d'Amon n'ont jamais été imposés. Ils accumulent la richesse de l'Égypte et la dépensent comme si elle leur appartenait.

— Parfaitement ! s'exclama Aménophis.

Il frappa la paume de sa main avec son poing, et de nombreux soldats se retournèrent pour entendre ce que disait Pharaon. Mon père affichait le masque sans expression d'un courtisan, mais je savais ce qu'il pensait. *Ce roi n'a pas encore dix-huit ans. Que se passera-t-il dans dix ans, quand le pouvoir reposera sur ses épaules comme un manteau confortable ? Quel tabou fera-t-il tomber alors ?*

Panahesi se pencha.

— Ma fille t'a regretté durant ces huit nuits pendant lesquelles nous voguions, dit-il au roi.

Aménophis jeta un coup d'œil à Néfertiti.

— Je n'ai pas oublié ma première femme, dit-il. Je viendrai de nouveau la voir… quand nous serons à Memphis.

Il regarda Kya, de l'autre côté du feu, qui feignait d'ignorer les propos de son père. Elle lui sourit amoureusement.

— Veux-tu que nous allions marcher le long de la plage ? me proposa Néfertiti.

Elle me prit le bras et m'entraîna rapidement.

Alors que je la croyais folle de rage, elle me parut d'excellente humeur pendant que nous imprimions nos pas sur les rives humides du Nil, suivies par deux gardes. Elle leva les yeux vers la voûte étoilée et huma l'air frais.

— Le règne de Kya sur le cœur d'Aménophis est terminé. Il n'ira plus la voir avant Memphis.

— Cela ne fait que quatorze jours, lui fis-je remarquer.

— Mais *je* suis celle qui dessine son temple avec lui. Je suis celle qui régnera à ses côtés. Pas elle. Et bientôt je porterai son enfant.

Je la regardai.

— Tu es enceinte ?

Son visage s'affaissa.

— Non, pas encore.

— As-tu pris le miel ?

— J'ai fait mieux.

Elle se mit à rire comme si elle avait bu.

— Mes servantes ont trouvé de la mandragore.

— Elles en ont extrait le jus ?

C'était une opération difficile. J'avais vu Ranofer le faire une seule fois.

— Oui. Je l'ai pris hier soir. Maintenant, cela peut se produire à tout moment.

À tout moment. Ma sœur, enceinte de l'héritier du trône d'Égypte. Je la dévisageai dans la lumière argentée, et fronçai les sourcils.

— Ses projets ne t'effraient jamais ?

— Bien sûr que non. Pourquoi aurais-je peur ?

— Les prêtres pourraient se soulever contre vous ! Ils sont puissants, Néfertiti. Et s'ils tentaient de vous assassiner ?

— Sans l'armée, comment le pourraient-ils ? L'armée est de notre côté. Nous avons Horemheb.

— Dans ce cas, *pourquoi* agir ainsi ? Et si le peuple ne vous le pardonnait jamais ? C'est leur or après tout. C'est leur argent.

— Nous le délivrerons de la domination des prêtres d'Amon. Nous rendrons au peuple ce que les prêtres ont pris.

— *Comment ?*

— À travers Aton.

— Un dieu que vous seuls comprenez.

— Un dieu que *toute* l'Égypte finira par connaître.

— Parce que ce dieu est en réalité Aménophis ?

Elle me décocha un regard noir mais ne répondit pas.

Le lendemain, les marins furent longs à s'éveiller. Ils avaient bu trop de vin ; aussi Aménophis donna-t-il l'ordre qu'aucun d'entre eux ne puisse de nouveau descendre à terre. Ma mère et mon père ne réagirent pas ; ils arpentaient le pont pour détendre leurs jambes engourdies. Mais, trois nuits plus tard, la rumeur se répandit entre les navires que six des hommes d'Horemheb étaient morts. Les serviteurs murmuraient que leur décès avait été causé par l'eau teintée et la nourriture.

— À quoi pense Pharaon ? demanda un vizir à mon père. Si nous ne sommes pas autorisés à descendre à terre régulièrement pour nous réapprovisionner en eau fraîche, d'autres hommes mourront.

Cette maladie appelée dysenterie aurait pu être guérie par n'importe quel médecin local, si l'on avait au moins permis aux hommes de descendre à terre.

Deux nuits passèrent et l'on apprit que onze hommes encore étaient morts. Alors le général enfreignit les ordres d'Aménophis. Dans la soirée, il s'approcha de la barque royale en tête de la flotte et monta à bord de notre navire, exigeant une audience immédiate.

Nous levâmes les yeux de nos parties de senet, et mon père s'avança promptement.

— J'ignore s'il peut te voir, général.

Horemheb insista.

— Des hommes sont en train de mourir et la dysenterie se propage.

Mon père hésita.

— Je vais voir ce que je peux faire.

Il disparut dans la cabine. Quand il revint, il secoua la tête avec détermination.

— Le pharaon ne veut recevoir personne.

— C'est d'*hommes* qu'il est question, dit Horemheb en serrant les dents. Ils ont besoin d'*aide*. Il leur faut un médecin. Est-il prêt à sacrifier des hommes pour arriver plus tôt à Memphis ?

— Oui.

La porte de la cabine du fond s'ouvrit et Aménophis surgit, vêtu de son pagne et de sa couronne *nemes*.

— Pharaon ne change pas d'avis.

Il s'avança.

— Tu as entendu ma décision.

Horemheb lui jeta un regard meurtrier. J'avais l'impression qu'il allait lui trancher la gorge d'un coup de dague. Puis il se reprit et fit demi-tour.

— Attends ! criai-je sans réfléchir.

Le général s'arrêta.

— J'ai de la menthe et du basilic. Cela peut guérir tes hommes. Ainsi nous ne serions pas obligés d'aller à terre chercher un médecin.

Aménophis se raidit, mais Néfertiti apparut derrière lui à la porte de la cabine.

— Laisse-la faire, dit-elle.

— Il me faut un manteau, me hâtai-je d'ajouter. Personne ne se rendra compte que je suis partie.

Je regardai Aménophis.

— Le peuple croira qu'on t'a obéi et tes soldats seront sauvés.

— Elle a étudié les plantes médicinales à Akhmin, expliqua Néfertiti. Elle peut les guérir. Et que se passerait-il si la dysenterie se propageait ?

Le général Horemheb attendait la décision de Pharaon.

Pharaon releva le menton et prit un air magnanime.

— La sœur de la grande épouse royale peut y aller.

Ma mère avait son air désapprobateur, et mon père, un regard insondable. Mais il s'agissait de la vie de ces hommes : les laisser mourir alors que nous pouvions les sauver allait à l'encontre de toutes les lois de Maât. Comment nous jugeraient les dieux si, lors de notre voyage à Memphis, au début d'un nouveau règne, nous laissions mourir des innocents ? Je courus à ma paillasse chercher ma boîte à plantes. Puis je jetai un manteau sur mes épaules, et, profitant de l'obscurité, je suivis Horemheb sur le pont. Le vent du Nil agita mon manteau. J'étais nerveuse. J'aurais aimé m'incliner un instant devant Bast, le dieu du voyage, pour m'assurer une traversée sans encombre. Au lieu de cela, je suivis le général qui marchait devant moi, sans rien dire. Quand nous montâmes à bord du vaisseau où se trouvaient les hommes malades, la puanteur me fit suffoquer. Je mis mon manteau devant mon nez.

— Tu es facilement dégoûtée pour une guérisseuse, s'étonna le général.

Je laissai retomber l'étoffe d'un geste de défi.

Il me conduisit jusqu'à sa propre cabine.

— De quoi as-tu besoin ? demanda-t-il.

— D'eau chaude et de bols. Nous ferons tremper la menthe et le basilic pour en faire une infusion.

Il disparut pour aller chercher ce dont j'avais besoin et j'en profitai pour regarder sa chambre. La cabine était plus exiguë que celle que Pharaon et Néfertiti partageaient, avec des murs nus, alors que nous naviguions depuis presque vingt jours. Sa paillasse était soigneusement repliée, et quatre chaises étaient disposées autour d'un jeu de senet. À voir la position des pièces, celui qui avait joué avec les noires avait gagné la dernière partie. C'était probablement Horemheb, sinon il ne les aurait pas laissées en place.

— L'eau chauffe, dit-il en revenant.

Il ne m'invita pas à m'asseoir, aussi je restai debout.

— Tu joues au senet, remarquai-je.

Il acquiesça.

— Tu avais les noires.

Il m'observa avec intérêt.

— On m'avait bien dit que tu étais la plus intelligente.

Il se dispensa de préciser quelle était maintenant son opinion sur moi et se contenta de me désigner une chaise. Il s'assit à son tour, et croisa les bras en attendant que l'eau bouille.

— Quel âge as-tu ?

— Quatorze ans, répondis-je.

— À quatorze ans, je combattais contre les Nubiens pour le compte de l'Ancien. Cela fait huit ans, dit-il pensivement.

Il avait donc vingt-deux ans à présent. Le même âge que le général Nakhtmin.

— Quatorze ans est un âge déterminant, ajouta-t-il. C'est à ce moment-là que l'avenir se décide.

Il me dévisageait d'une façon agaçante.

— Tu seras la plus proche conseillère de ta sœur à Memphis.

— Je ne la conseille en rien, me hâtai-je de préciser. Elle suit sa propre réflexion.

Il haussa les sourcils, me faisant regretter d'avoir parlé. Puis un soldat entra dans la cabine, portant un pot d'eau fumant. Un deuxième suivit avec une douzaine de bols.

Je m'étonnai.

— Combien d'hommes sont malades ?

— Vingt-quatre. Et il y en aura d'autres demain.

— *Vingt-quatre* ?

Comment Aménophis avait-il pu laisser cela arriver ? Il s'agissait de la moitié du bateau. Je m'activai à couper les feuilles de menthe pour les mettre dans chaque bol. Le général observa mon travail sans rien dire. Quand j'eus fini, il s'empara des bols fumants et me fit reprendre le chemin par lequel j'étais venue. Je pensais que nous en avions terminé l'un avec l'autre, mais, quand nous atteignîmes la barque du roi, il s'inclina profondément.

— Merci, demoiselle Moutnedjemet.

Puis il fit demi-tour et disparut dans la nuit.

Les navires de notre flotte étaient amarrés assez près les uns des autres pour qu'un marin puisse se tenir à la poupe de l'un et parler avec un autre à la proue du navire voisin. C'est ainsi que se propagea la nouvelle de ce que j'avais fait pour les hommes d'Horemheb ; désormais, partout où les barques accostaient pour la nuit, on me parlait de femmes cherchant un remède pour soulager leurs douleurs menstruelles, prévenir le mal de cœur, effacer les conséquences malencontreuses d'une brève aventure avec un marin.

— Qui aurait dit, remarqua Néfertiti, qui s'attardait sur le seuil de ma porte, que les interminables discours de Ranofer sur les plantes médicinales seraient utiles un jour ?

Je triai les plantes dans ma boîte et tendis à Ipu de la menthe contre le mal de cœur, ainsi que des feuilles de framboisiers contre les douleurs menstruelles. Prévenir des naissances non désirées serait plus difficile. J'avais étudié avec Ranofer la combinaison acacia et miel, mais la réaliser s'avérait plus compliqué. Ipu emballa les plantes dans de petites bandes de tissu, et écrivit le nom des femmes avec une pointe de roseau et de l'encre. Elle les ferait parvenir aux intéressées.

Néfertiti nous regardait toujours.

— Tu devrais te faire payer. Ces plantes ne poussent pas gratuitement.

Ipu leva les yeux d'un air approbateur.

— J'ai fait la même suggestion, Maîtresse.

Je soupirai.

— Peut-être, si j'avais un jardin à moi…

— Et que se passera-t-il quand tu n'en auras plus ? s'inquiéta Néfertiti.

Je regardai dans ma boîte. Nous étions le 20 de Pachons et je n'avais déjà presque plus de menthe. Demain, il n'y aurait plus de feuilles de framboisier.

— Je reconstituerai ma réserve à Memphis.

Quand nous arrivâmes enfin en vue de la capitale de Basse-Égypte, les femmes se précipitèrent sur les ponts et les hommes se massèrent à côté d'elles pour avoir un premier aperçu de Memphis. La ville était magnifique, avec ses marchés animés qui scintillaient dans le soleil du matin. Les eaux du Nil venaient lécher les marches du temple d'Amon ; on entendait les cris des marchands qui déchargeaient les navires à quai. Les temples d'Apis et de Ptah dominaient les plus grands bâtiments, leurs toits dorés brillaient au soleil. Néfertiti écarquillait les yeux.

— C'est splendide !

Aménophis paraissait ému.

— J'ai été élevé ici, dit-il, avec le trésor abandonné de mon grand-père et les épouses répudiées.

Les serviteurs déchargèrent les bateaux, et des chariots furent amenés à l'intention de Pharaon et de ses courtisans pour faire le court trajet jusqu'au palais. Des milliers d'Égyptiens se pressaient dans les rues ; ils lançaient des pétales, agitaient des rameaux, psalmodiaient les noms du couple royal. Le bruit devint si assourdissant qu'il couvrit celui des chevaux et des chariots.

Aménophis buvait les acclamations du peuple.

— Vois comme ils t'adorent, lui dit Néfertiti à l'oreille.

— Qu'on m'apporte deux coffres d'or ! cria-t-il.

Les vizirs ne l'entendant pas avec le bruit des chevaux et des gens en délire, il se retourna vers Panahesi, qui fit arrêter les chariots.

— Deux coffres d'or ! cria-t-il de nouveau.

Panahesi sauta à terre et courut vers la barque. Il revint avec des gardes portant les coffres, et quand le peuple comprit ce qui allait se passer, il se déchaîna dans les rues.

— Pour la gloire de l'Égypte !

Aménophis prenait des poignées de deben et les jetait dans la foule. Après quelques instants de silence, les Égyptiens se massèrent autour de lui et leurs chants prirent des accents sauvages. Néfertiti rejeta la tête en arrière et se mit à rire. À son tour, elle prit des poignées d'anneaux et les lança au peuple.

Les gens commencèrent à courir après le chariot du pharaon, mais les soldats d'Horemheb leur barrèrent la voie avec leurs lances. Quand nous franchîmes les portes du palais, la foule était devenue incontrôlable. Des milliers de gens nous suivaient à présent, mais les coffres étaient vides.

— Ils en veulent encore ! s'exclama Néfertiti en voyant des femmes se jeter contre les portes.

— Qu'on leur en donne encore ! cria Aménophis.

On apporta un troisième coffre, mais mon père leva le bras.

— Est-ce bien raisonnable, Altesse ? dit-il en regardant Néfertiti. Les gens vont s'entre-tuer dans les rues.

Panahesi s'avança.

— Je te conseillerais plutôt de faire apporter un quatrième coffre, Majesté. Ils t'en aimeront d'autant plus.

Aménophis éclata d'un rire jubilatoire.

— Un quatrième ! cria-t-il.

Un quatrième coffre fut apporté, et les deben d'or, déversés par-dessus les portes. Horemheb ordonna à ses hommes d'arrêter tout citoyen ou tout esclave qui tenterait d'escalader les murs.

— Ils se battent !

Horrifiée, je me cramponnai à la robe de ma mère.

— Oui, constata Aménophis avec un sourire. Mais ils savent à présent que je les aime.

Il traversa les jardins et gagna les salles du palais avec les serviteurs sur ses talons.

— On n'achète pas l'amour du peuple, dit mon père. Il finit par vous mépriser.

Aménophis s'arrêta, et Néfertiti posa la main sur son bras, dans un geste de conciliation.

— Mon père a raison. Trop, c'est trop.

Panahesi s'approcha de lui furtivement.

— Le peuple chantera les louanges du grand pharaon Aménophis pendant des mois.

Aménophis ignora la remarque de mon père.

— Qu'on nous emmène à nos appartements ! ordonna-t-il.

Comme à l'accoutumée, la chambre de Pharaon se trouvait au centre du palais. Les vêtements de Néfertiti furent apportés, sous les yeux étonnés des serviteurs de Memphis, mais ceux de Malgatta savaient ce qu'ils avaient à faire. Le vizir Panahesi et mes parents furent installés dans une cour à la gauche du roi, et moi, à la droite de Néfertiti, dans une chambre séparée de la sienne par un petit couloir. L'armée des fantassins, forte de près de trois mille hommes, arriverait dix jours plus tard et disposerait de ses propres quartiers juste à l'extérieur du palais, mais toujours dans les murs d'enceinte. Parmi les soldats qui avaient voyagé avec nous, près de deux cents étaient morts sur les bateaux.

Dans ma nouvelle chambre située dans la cour du roi, je contemplai le lit doré et ses représentations sculptées de Bès, le dieu nain censé protéger les femmes et les enfants, et tenir les démons à l'écart. La pièce était grande, avec des coussins en plume dans chaque angle et des poteries vernissées de couleurs vives posées sur des coffres bas en cèdre. Le plafond était soutenu par des colonnes en forme de fleur de lotus. Dans un coin, Ipu était déjà occupée à ranger mes affaires tout en chantonnant. Ayant remarqué que, dans ma chambre à Malgatta, j'avais placé ma boîte à herbes dans un endroit frais, elle l'avait disposée de même, prenant la peine de suspendre les feuilles de myrrhe comme je l'avais fait précédemment, pour parfumer la pièce. Néfertiti apparut sur le seuil de ma porte, le sourire aux lèvres.

— Viens voir, dit-elle.

Elle me prit le bras et m'emmena dans la chambre royale. Tandis qu'elle restait en arrière, l'air ravi, je retins mon souffle devant le spectacle. Sa chambre était dallée et peinte avec un goût exquis, meublée de statues en or dédiées aux divinités égyptiennes majeures. Une large fenêtre en arcade ouvrait sur des jardins impeccablement tenus et une grande allée bordée d'arbres descendant vers le Nil. Une pièce embaumant les fleurs de lotus était réservée aux perruques, et une autre était pour Merit. Dans cette deuxième pièce, tous les produits nécessaires à la beauté étaient disposés par avance : boulettes d'encens pour les aisselles, rouleaux pour les cheveux, pinces à épiler, fioles de parfum, pots de khôl déjà mélangé avec de l'huile de palme. Un miroir à main avait été habilement sculpté en forme de ankh, et des coffres à maquillage remplissaient l'espace restant. Sur le balcon, les rideaux flottaient dans la brise, et chaque lampe était incrustée d'ivoire et d'obsidienne.

Assis dans un coin, Aménophis observait ma réaction.

— La sœur de la grande épouse royale approuve-t-elle ? demanda-t-il.

Il se leva et prit le bras de Néfertiti, la forçant à abandonner le mien.

Je m'inclinai.

— C'est magnifique, Majesté.

Il s'assit et attira Néfertiti sur ses genoux. Elle se mit à rire et me fit signe de m'asseoir en face d'eux.

— Demain, dit-elle d'un ton joyeux, le maître d'œuvre Maya va commencer le temple.

Je m'assis.

— Le temple dédié à Aton ?

— Évidemment, dit Aménophis. Le 26 de Pachons, l'armée commencera à lever l'impôt auprès des prêtres. Le 1er de Payni, nous construisons. Quand le temple sera terminé, nous n'aurons plus besoin des grands prêtres. *Nous* deviendrons les grands prêtres.

Il se tourna vers ma sœur d'un air triomphant.

— Toi et moi… et les dieux parleront par notre bouche.

J'eus un mouvement de recul. C'était un blasphème.

Néfertiti ne dit rien et évita mon regard.

Le dîner dans le grand hall se déroula de façon chaotique. Bien que la pièce fût identique à celle de Thèbes, l'imposante salle fut bientôt remplie de gens courant en tout sens, comme dans un marché. Faute de connaître la noblesse thébaine, des serviteurs s'inclinaient devant des scribes et dédaignaient des courtisans. Seuls quelques vizirs d'Égypte étaient présents ; Panahesi lui-même était probablement encore occupé à surveiller le rangement de ses robes et l'installation de ses appartements. Des femmes inconnues vinrent me remercier pour mes plantes, toutes voulant savoir si je continuerais à avoir de l'acacia et des feuilles de framboisier et se disant disposées à payer.

— Tu devrais le faire, m'encouragea Ipu. Je pourrais aller chercher des plantes sur les quais. Même sans jardin, il suffit que tu me dises ce dont tu as besoin…

Je réfléchis quelques instants. Il ne s'agissait pas seulement d'acacia et de framboisier. Les femmes avaient demandé bien d'autres plantes : de l'huile de safran pour les douleurs musculaires et une chevelure saine, de la figue et du saule pour le mal de dents, de la myrrhe pour cicatriser. J'avais certaines de ces plantes en pot, mais Ipu devrait me trouver les autres.

— Très bien, dis-je d'une voix hésitante.

— Et tu te feras payer ?

— Ipu ! suffoquai-je.

Mais elle ne détourna pas les yeux.

— Les femmes du harem de Pharaon vendent le lin qu'elles tissent. Et ton père ne travaille pas gratuitement pour la famille royale.

Je changeai de place, mal à l'aise.

— Je pourrais éventuellement me faire payer.

Elle sourit et me tendit une chaise.

— Je reviens avec ton repas, Maîtresse.

Mes parents étaient de service à la table royale. Néfertiti prendrait dorénavant ses repas avec Aménophis en haut de l'estrade dominant la salle. Ce soir, le placement des convives étant libre, Maya, l'architecte, nous avait rejoints sous les trônes d'Horus. Lui et sa femme paraissaient taillés sur le même modèle, tous deux des Égyptiens typiques, de grande taille, avec des yeux attentifs.

— Pharaon souhaite commencer la construction d'un temple à Aton, prévint Maya.

Mon père soupira.

— Il t'a déjà mis au courant de ses intentions ?

L'architecte regarda nerveusement par-dessus son épaule. Néfertiti et Aménophis considéraient les allées et venues avec indifférence, plus intéressés par leur conversation à propos des temples et des impôts.

— Oui, il m'a tout raconté, dit Maya en baissant la voix. Dans deux jours, l'armée commence à collecter les impôts dans les temples d'Amon.

— Les prêtres ne donneront pas de gaieté de cœur ce qui leur appartient depuis des siècles.

— Dans ce cas, Pharaon les tuera, répliqua Maya.

— Il en a donné l'ordre ?

Le plus grand architecte d'Égypte inclina la tête d'un air solennel.

Mon père repoussa sa chaise, et se leva.

— Il faut avertir l'Ancien.

Il s'éclipsa de la salle d'audience avec ma mère sur les talons, et, pour la première fois, le couple royal sur l'estrade sembla remarquer quelque chose. Néfertiti m'appela d'un signe.

— Où est parti père ? demanda-t-elle.

— Il a appris que vous aviez l'intention de commencer à construire bientôt, dis-je. Il est allé prendre des mesures pour faciliter les choses.

Aménophis reprit place sur son trône.

— Je ne me suis pas trompé en choisissant ton père, dit-il à Néfertiti. Une fois tous les sept jours, décida-t-il, nous arbitrerons dans la chambre d'audience. Le reste du temps, nous laisserons Aÿ traiter avec les envoyés étrangers et les requérants.

Ma sœur me regarda d'un air approbateur.

10

Le 26 de Pachons

Pour mon premier matin à Memphis, mon père et Néfertiti se glissèrent dans ma chambre, refermant la porte derrière eux. Ipu, qui dormait de l'autre côté du couloir, faisant office à la fois de servante et de garde, continuait à dormir sur ses deux oreilles.

J'émergeai de sous les couvertures.

— Que se passe-t-il ?

— À partir de maintenant, c'est ici que nous nous retrouverons, dit mon père.

Néfertiti prit place sur mon lit et je me frottai les yeux pour me réveiller.

— Pourquoi ici ?

— Panahesi habite dans la même cour que père, et si je prends l'habitude de lui rendre visite, il prendra l'habitude d'envoyer des espions.

Je regardai tout autour de la pièce.

— Où est mère ?

Mon père s'assit à son tour.

— Aux bains.

Apparemment, elle ne participait pas à nos réunions. C'était aussi bien.

— Demain, Aménophis commence à collecter des impôts dans les temples, dit mon père, et il nous faut mettre un plan au point au cas où cela se passerait mal.

Je me redressai.

— Que peut-il se passer ?

— Horemheb pourrait trahir Pharaon et les prêtres se révolter, dit ma sœur.

— Pourquoi cela se produirait-il ?

Néfertiti ignora ma question.

— Si quelque chose se passe mal demain, décida mon père, que les membres de notre famille se retrouvent sur le quai derrière le temple d'Amon. Prenez des chariots au nord du palais, là où les portes ne sont pas gardées. Si l'armée se retourne contre Pharaon, les soldats envahiront le palais par le sud. En contrebas des marches, un bateau sera prêt à appareiller. Si Pharaon est tué, nous retournerons à Thèbes.

Néfertiti regarda en direction de la porte pour s'assurer que personne n'écoutait.

— Et s'il est vivant ? demanda-t-elle d'une voix cassée.

— Dans ce cas, nous partirons tous par bateau.

— Et s'il ne veut pas venir ?

— Alors tu devras partir sans lui, dit mon père d'un ton sévère. Il sera devenu une cible et ne vivra pas longtemps.

Je frissonnai. Néfertiti paraissait perturbée.

— *Si* cela se passe mal, répéta-t-elle. Rien n'indique que cela se produira.

— Cela ne nous empêche pas de nous y préparer. Libre à Aménophis de prendre des décisions imprudentes, il n'entraînera pas ma famille avec lui.

Mon père se leva, mais Néfertiti ne bougea pas.

— Vous avez bien compris toutes les deux ce qu'il faudra faire ?

Nous acquiesçâmes.

— Vous me trouverez dans le Per Medjat.

Il ouvrit la porte et disparut en direction de la bibliothèque.

Néfertiti me regardait dans la lumière du soleil levant.

— Le règne d'Aménophis prendra un tour décisif demain, dit-elle. Il a fait à Horemheb quantité de promesses. Une guerre contre les Hittites. De nouveaux chariots, des boucliers plus grands.

— Les respectera-t-il ?

— Lorsqu'il aura collecté les impôts, quelle importance cela aura-t-il ?

— Je n'aimerais pas avoir Horemheb comme ennemi.

— C'est vrai.

Néfertiti inclina lentement la tête.

— Je ne suis pas assez stupide pour nous croire invincibles. Mais Thoutmosis n'aurait jamais eu le courage de remettre les prêtres en question. Si je l'avais épousé, nous serions toujours à Thèbes, à attendre la mort de l'Ancien. Aménophis entrevoit une nouvelle Égypte, une Égypte plus puissante.

— Que reproche-t-il à l'Égypte actuelle ?

— Regarde autour de toi ! Si les Hittites menaçaient notre royaume, qui aurait l'argent pour les combattre ?

— Les prêtres. Mais si un pharaon a tout le pouvoir, ripostai-je, qui lui dira quelles guerres financer ? Et que se passera-t-il s'il veut mener une guerre inutile ? Il n'y aura plus de prêtres pour l'en empêcher.

— Quelle guerre a jamais été inutile ? demanda ma sœur. Toutes ont été menées pour la grandeur de l'Égypte.

Nous nous retrouvâmes à midi dans la salle d'audience. Kya était là, son ventre rond apparent sous sa tunique. Un serviteur l'aida à prendre place en face de moi, sur la première marche en dessous du trône. Il lui restait moins de cinq mois avant la naissance de l'enfant. Sa perruque était neuve, et elle avait passé au henné ses mains et ses seins lourds. Je remarquai qu'Aménophis la fixait avec insistance, alors qu'il n'aurait dû regarder que ma sœur.

Panahesi et mon père s'installèrent au deuxième étage de l'estrade, tandis que des fonctionnaires de moindre rang s'asseyaient en cercle autour de la salle d'audience. Maya, l'architecte, prit place au milieu de la cour. Je n'avais jamais parlé avec lui, mais je le connaissais de réputation. D'après mon père, il ne reculait devant rien. Quand l'Ancien avait souhaité un lac au milieu du désert, il l'avait créé à partir de rien. Quand il avait voulu des statues à son image, plus grandes que toutes les statues jamais sculptées, Maya les avait édifiées. À présent, il s'apprêtait à construire un temple dédié à Aton, un dieu dont personne n'avait entendu parler, un protecteur de l'Égypte connu d'Aménophis seul.

— Es-tu prêt ? demanda Aménophis depuis son trône.

Maya agita le papyrus et la pointe de roseau qu'il tenait à la main.

— Oui, Majesté.

— Il faut que tu prennes note de tout, lui dit Aménophis. Je veux que l'entrée du temple soit bordée par une rangée de sphinx à tête de bélier.

L'architecte inclina la tête et écrivit.

— Il devra y avoir une cour ouverte bordée de colonnes en forme de lotus.

— Et des bassins pleins de poissons, ajouta Néfertiti.

Mon père la regarda d'un air mécontent, mais elle l'ignora.

— Et un jardin. Avec un lac. Comme celui que tu as fait pour la reine Tiyi.

— En plus grand, insista Aménophis.

L'architecte hésita.

— Si ce temple doit être édifié à proximité de l'actuel temple d'Amon, dit-il après un instant de réflexion, il se peut qu'il n'y ait pas de place pour un lac.

— Dans ce cas, nous démolirons le temple d'Amon ! dit Aménophis.

La cour explosa en chuchotements. Le visage de ma mère était devenu couleur de cendre ; elle jeta un coup d'œil à Néfertiti, laquelle détourna les yeux. Comment pouvait-il envisager de démolir le temple d'Amon ? Où le dieu pourrait-il reposer ? Où le peuple se recueillerait-il ?

Maya s'éclaircit la gorge.

— Démolir le temple pourrait prendre des années, prévint-il.

— Dans ce cas, le lac peut venir en dernier. Mais il devra y avoir d'imposants piliers en pierre et de lourdes colonnes. Et des fresques murales à chaque entrée.

— Qui illustreront notre vie à Memphis, ajouta Néfertiti. Les porteurs d'éventail et les gardes, les vizirs et les scribes, les porteurs de santal, les porteurs de parasol, les serviteurs qui arpentent les couloirs, et nous.

— Sur chaque colonne, le pharaon et la reine d'Égypte.

Aménophis prit la main de Néfertiti, oublieux de son épouse enceinte assise en contrebas, et ensemble ils s'abandonnèrent à leur rêve.

Maya posa sa plume de roseau et leva les yeux vers l'estrade.

— Est-ce tout, Majesté ?

— Pour le moment.

Aménophis cogna avec son sceptre sur le sol.

— Faites venir le général.

Les portes s'ouvrirent et le général Horemheb fut introduit dans la salle d'audience. Dès son entrée, je remarquai que les vizirs d'Égypte se figeaient.

— Tout est-il prêt ? demanda Aménophis.

— Les soldats attendent tes ordres, répondit le général.

Et espèrent bien être payés en nature. Je lus sur le visage d'Horemheb que c'était ce qu'il avait ajouté *in petto*, que les soldats espéraient combattre les Hittites pour les empêcher de continuer à empiéter sur nos territoires étrangers.

— Dans ce cas, transmets-leur mes ordres et partez.

Horemheb se dirigea vers les portes. Aménophis se pencha en avant sur son trône.

— Tu auras à cœur de ne pas me décevoir, général, lui dit-il avant qu'il n'atteigne la sortie.

La cour tout entière tendit le cou dans sa direction. Horemheb se retourna.

— Je ne déçois jamais, Majesté. Je suis un homme de parole. Je suis certain que tu le seras aussi.

Quand les lourdes portes de métal se furent refermées, Aménophis quitta son trône précipitamment, à la grande surprise des vizirs.

— La séance est levée !

Les fonctionnaires hésitaient.

— Dehors ! cria-t-il, et les hommes se hâtèrent de se lever.

— Que Aÿ et Panahesi demeurent.

Je me levai également pour partir, mais Néfertiti me fit signe de rester. La salle d'audience se vida, et je regagnai mon siège. Kya resta également à sa place. Au-dessus de nous, Aménophis faisait les cent pas.

— On ne peut pas faire confiance à ce général, décréta-t-il. Il ne m'est pas fidèle.

— Tu ne l'as pas encore mis à l'épreuve, dit mon père.

— Il n'est loyal qu'à ses hommes.

Panahesi acquiesça.

— Je suis de votre avis, Altesse.

Fort de ce soutien, Aménophis trancha.

— Je ne vais pas l'envoyer à la guerre. Je ne vais pas l'envoyer dans le nord combattre les Hittites pour qu'il revienne avec des chariots pleins d'armes et d'or dont il se servira pour mener la rébellion !

— Sage décision, lança Panahesi.

— Panahesi, je t'envoie pour surveiller les temples, dit Aménophis. Tu accompagneras Horemheb pour vérifier que rien n'est volé. Tout ce que l'armée récolte doit me revenir. Pour la gloire d'Aton.

Il se tourna vers mon père.

— Aÿ, tu t'occuperas des ambassadeurs étrangers et de toute affaire venant devant le trône d'Horus. C'est à toi que je fais le plus confiance.

Ses yeux noirs clouaient mon père sur place, et celui-ci s'inclina respectueusement.

— Bien sûr, Majesté.

Pour notre deuxième soir à Memphis, le dîner dans la grande salle se déroula dans un silence presque total. Pharaon était de mauvaise humeur et soupçonnait tout le monde. Personne n'osait mentionner le nom du général Horemheb et les vizirs chuchotaient entre eux.

— As-tu vu les jardins ? demanda ma mère.

Elle se pencha pour donner un morceau de canard à un chat du palais, au grand dam des serviteurs. Elle était bien la seule à se montrer joyeuse à notre table : pendant qu'Aménophis fourbissait ses armes contre le général dès qu'il aurait pillé les temples d'Amon, elle avait exploré les marchés.

Je secouai la tête.

— Non. J'ai défait mes bagages.

— Dans ce cas, nous irons après le dîner, dit-elle d'un ton jovial.

Quand la grande salle se fut vidée, nous traversâmes les cours pleines de gens, afin d'aller nous promener en profitant de la quiétude du soir. Des escaliers du palais descendant vers les jardins, on voyait les dunes balayées par le vent de Memphis. Le sable tournoyait dans le vent capricieux, et la chaleur formait une brume miroitante. Le soleil se couchait, mais il faisait encore chaud, et le ciel était clair. Je tendis la main et arrachai une feuille d'un arbre.

— De la myrrhe.

Je déchirai la feuille, m'en frottai les doigts, puis les fis sentir à ma mère. Elle rejeta la tête en arrière.

— Horrible.

— Pas quand on souffre.

Elle me regarda dans la lumière déclinante.

— Peut-être aurions-nous dû rester à Akhmin, toutes les deux, dit-elle soudain. Tu regrettes tes jardins. Tu as toujours été tellement douée avec les plantes...

Je la regardai à mon tour : pourquoi disait-elle cela maintenant ?

— Ranofer était un bon professeur, répondis-je.

— Ranofer s'est marié, dit ma mère.

— Avec qui ?

— Une jeune fille du village, certainement pas aussi belle que Néfertiti, mais elle l'aimera et lui restera fidèle.

— Crois-tu que Néfertiti l'aimait ?

Le ciel tournait au violet. Ma mère soupira.

— Il y a toutes sortes d'amour, Moutnedjemet. Celui qu'on a pour ses parents, celui qu'on a pour les enfants, celui qui est en réalité le désir.

— Crois-tu que Néfertiti le désirait ?

Ma mère se mit à rire.

— Non, elle a beaucoup trop de contrôle sur elle-même pour se laisser aller au désir. Ce sont les hommes qui la désirent. Mais je pense qu'elle aimait Ranofer à sa façon. Il était là, séduisant, toujours de son avis.

— Comme Aménophis.

Elle esquissa un sourire.

— Oui. Mais Ranofer savait que Néfertiti était destinée à Pharaon. Elle est la fille d'une princesse.

— Et maintenant, il est marié.

— Oui. Son cœur a dû guérir.

Nous échangeâmes un sourire. J'étais heureuse pour Ranofer qu'il ait pris pour femme une jeune fille du village. Une bonne épouse, sans doute, qui arroserait ses plantes et lui servirait à dîner quand il rentrerait de ses visites à ses patients. Je me demandai si mon futur mari connaîtrait quelque chose aux plantes médicinales ou aimerait s'occuper d'un jardin. Nous regagnâmes le palais sous les étoiles. Ma mère entra dans ma chambre ; Ipu, surprise, s'inclina en hâte et alluma les lampes.

— Ravissant.

Ma mère fit courir ses doigts sur les peintures représentant Isis et Osiris. Ma déesse figurait également sur le mur.

— Mout, dit-elle en examinant la tête féline à la lumière de la lampe.

Elle regarda mes yeux verts, puis ceux de la déesse.

— Je me demande si notre nom détermine notre destin ou si le destin nous conduit à choisir certains noms.

Je m'étais moi aussi posé cette question. Ma mère savait-elle que j'aurais des yeux félins avant de me nommer Moutnedjemet ? Et la première femme de mon père pouvait-elle se douter que Néfertiti deviendrait aussi belle quand elle l'appela la Belle Enfant ?

Ma mère laissa tomber sa main sur le côté.

— Demain sera une journée chargée, dit-elle d'un air entendu. L'avenir de Memphis se décidera.

Il sera décidé par un homme que Pharaon a l'intention de trahir. Je me demandai si mon père l'avait mise au courant. Je préférai ne rien dire ; ma mère sourit doucement.

— Tu devrais te coucher.

J'obéis comme une enfant et me mis dans mon lit. Elle m'embrassa sur le front, comme à Akhmin.

Le lendemain matin, je fus réveillée par le soleil qui filtrait dans ma chambre à travers les stores de roseaux. Le monde autour de moi était étrangement silencieux. Je me levai et allai voir à la porte : Ipu était partie. Je regardai dans la cour, mais aucune des servantes ne s'y trouvait. Je m'habillai rapidement, persuadée que quelque chose était arrivé. Horemheb nous avait-il trahis ? Les barques avaient-elles appareillé ? Je me précipitai dans le couloir. Étaient-ils partis sans moi ? Comment avais-je pu dormir si tard ? Je hâtai le pas.

— Où sont-ils tous ? demandai-je à un serviteur dans le couloir.

Le serviteur s'éloigna, enfoui derrière une brassée de rouleaux.

— La grande salle, Maîtresse.

— Pourquoi là ?

— Tout le monde n'aurait pas pu tenir dans la salle d'audience.

À la porte de la grande salle, deux gardes s'écartèrent pour me laisser passer ; en entrant, j'eus le souffle coupé. Les fenêtres avaient été ouvertes en grand pour laisser pénétrer la lumière du matin, mais je ne remarquai ni les carreaux de couleurs vives, ni les tables dorées. Des coffres ouverts s'alignaient les uns à côté des autres, laissant échapper leurs trésors : des sceptres en argent et de l'or ouvragé comme les pharaons d'Égypte ne devaient pas en avoir vu depuis des siècles. Tout était empilé n'importe comment autour de la salle : antiques statues de Ptah et d'Osiris, chaises dorées, écorces laquées, coffrets remplis de bronze et d'or. Néfertiti et Aménophis se tenaient sur l'estrade, tandis que l'armée continuait à apporter des trésors dans la pièce. Ma famille, tout autour, observait la scène.

— Tout l'or d'Égypte doit être rassemblé ici ! m'exclamai-je.

Le général Horemheb, qui passait près de moi, me jeta un regard glacial.

Mon père s'écarta de la foule des fonctionnaires et me prit par le bras.

— Tout s'est bien passé.

— C'est pour cela que vous m'avez réveillée ? demandai-je, vexée que personne n'ait pensé à me faire partager un événement aussi exceptionnel.

— Ta mère avait donné des instructions pour qu'on te laisse dormir si tout se passait bien.

Nous regardâmes ensemble de l'autre côté de la grande salle.

— S'il doit y avoir une bataille, ajouta-t-il, elle se produira avant la tombée de la nuit. Ils ne se sont pas encore rendus auprès du grand prêtre d'Amon.

— Il ne sait pas qu'ils vont venir ?

— Il a été prévenu.

Je baissai la voix.

— Tu penses qu'il risque d'y avoir des violences ?

— Si le grand prêtre est assez stupide pour ne pas se rendre compte de la tournure qu'ont prise les événements.

— Alors tu approuves ?

— On ne peut pas changer le désert. On peut seulement le traverser le plus vite possible. Il ne suffit pas de vouloir qu'il se transforme en oasis pour qu'il le devienne.

Soudain, le silence se fit dans la pièce et je remarquai que les hommes d'Horemheb étaient partis. Néfertiti descendit de l'estrade et s'approcha de nous.

— Les soldats sont partis pour le temple d'Amon, dit-elle avec excitation.

Les trésors brillaient dans le soleil. Il y en avait tellement que je me demandai pourquoi l'armée ne s'était pas contentée de prélever une taxe sur les temples au lieu de tout prendre.

— Il ne peut pas s'agir simplement d'un impôt, remarquai-je. Regardez. Il y en a beaucoup trop.

— Oh, mais il y a des centaines de temples à Memphis, dit Néfertiti gaiement.

Mon père lui jeta un regard sévère.

— Les hommes avaient reçu l'ordre de prélever un quart de l'or des trésors, ajouta-t-elle.

— Et ils suivent ces ordres ?

— Bien sûr, répondit Aménophis.

Aucun d'entre nous ne l'avait entendu approcher. Il s'avança entre ma sœur et moi, et passa son bras autour de sa taille fine.

— Panahesi est là pour s'en assurer.

Il plongea son regard dans les yeux sombres de Néfertiti. Elle posa la tête sur son épaule.

— Pourquoi, depuis que je te connais, tous mes projets se réalisent-ils ?

Néfertiti haussa les épaules d'un air provocant, comme si elle connaissait la réponse mais ne voulait pas la dire.

Le grand prêtre d'Amon doit lui aussi se séparer de ses richesses, pensai-je avec inquiétude.

Nous attendîmes pendant des heures sans qu'aucune nouvelle nous parvienne du grand temple d'Amon ; la cour commençait à s'inquiéter. Aménophis faisait les cent pas. Quand, enfin, la porte s'ouvrit et qu'Horemheb surgit, l'assistance retint son souffle. Le général, vêtu de cuir et en armes, s'avança à grands pas, les mains vides.

— Où est-il ? cria Aménophis. Où est l'or d'Amon ?

— Le grand prêtre refuse toute taxation du temple, se contenta-t-il de dire.

— Dans ce cas, pourquoi es-tu là ? Tu connais les conditions. Il ne se soumet pas à Pharaon, il doit payer le prix !

On entendit des éclats de voix venant des vizirs qui parlaient avec véhémence entre eux.

— Silence ! cria Aménophis.

Le calme retomba aussitôt sur le grand hall.

— Tu dois faire un exemple du grand prêtre, conseilla Panahesi.

Mon père se leva.

— Sa mort pourrait entraîner une rébellion. Le peuple le considère comme le porte-parole des dieux. Il serait plus prudent de l'arrêter.

Aménophis regarda Néfertiti d'une manière qui en disait long sur l'influence qu'elle exerçait sur lui. Elle descendit de l'estrade.

— Tu dois faire ce que tu juges bien. Peut-être serait-ce plus sage de l'arrêter, reconnut-elle, mais il ne rendra pas les armes…

Elle leva la paume de la main. En un instant, elle avait calmé tout le monde et condamné le grand prêtre.

Aménophis fit face à Horemheb.

— Arrête-le ! S'il ne rend pas les armes, tu le tueras.

Horemheb ne bougea pas.

— Mes hommes ne sont pas des assassins.

— C'est un traître à la couronne ! cria Aménophis, furieux. Une tache sur la gloire toute-puissante d'Aton !

— Dans ce cas, je vais l'arrêter et l'amener ici. Sans violence.

On voyait qu'Aménophis mourait d'envie de frapper le général, mais il avait besoin de lui, le travail n'étant pas terminé. Néfertiti s'avança et posa ses lèvres contre l'oreille d'Horemheb.

— Le règne d'Amon est terminé, chuchota-t-elle d'un ton menaçant. C'est Aton qui veille sur l'Égypte, maintenant.

Ils échangèrent ensuite un regard lourd de sens. Puis Horemheb s'inclina et fit demi-tour pour partir.

Aménophis regarda Panahesi.

— Suis-le, ordonna-t-il.

Une réunion se tint dans ma chambre ce soir-là.

— Tu le laisses tuer le grand prêtre d'Amon ! fulmina mon père.

Il allait et venait dans la chambre, et son manteau virevoltait brusquement autour de ses talons.

Néfertiti était assise sur le bord de mon lit, ébranlée.

— Il refuse la taxation, dit-elle. S'il s'était comporté pacifiquement…

— Panahesi ne lui a laissé aucune chance de se *comporter pacifiquement.* C'est contraire aux enseignements de Maât, répliqua mon père.

Néfertiti pâlit.

— La déesse comprend…

— Tu le crois ? Tu es prête à risquer ton *ka* pour cela ?

Tous les deux, nous regardâmes Néfertiti.

— On ne peut plus rien faire, répondit-elle. Il est mort, et… et Aménophis m'attend dans sa chambre.

Sa voix s'éteignit.

— Il y aura une fête ce soir.

Elle jeta un regard à mon père.

— Il vous y attend, se hâta-t-elle d'ajouter. Panahesi y sera aussi.

Notre père ne répondit pas. Horemheb n'avait pas trahi le roi, mais quelque chose de bien pire s'était produit, qui aurait des répercussions longtemps. Ce qu'avait fait Aménophis aurait non seulement un retentissement sur terre, mais les dieux s'en feraient également l'écho. Mon père sortit de la chambre, furieux, et Néfertiti disparut sur ses traces, me laissant seule.

Quand Merit vint me transmettre la consigne de mettre mes plus beaux bijoux pour la fête, je secouai la tête en signe de désaccord.

— La reine l'a demandé expressément, insista-t-elle.

— Tu peux dire à la reine qu'elle sera la seule fille d'Aÿ à paraître resplendissante ce soir. La cour devrait plutôt être en deuil qu'en train de festoyer.

Merit parut intriguée.

— Le grand prêtre a été tué.

Elle comprit aussitôt.

— Oh, oui. Qu'Osiris reçoive son âme, marmonna-t-elle. Je retourne porter ta réponse à la reine, Maîtresse. Mais tu viendras ? insista-t-elle.

— Bien sûr, dis-je d'un ton sec. Je n'ai pas le choix.

Elle me regarda avec curiosité, mais cela m'importait peu. Je savais que même mon père assisterait à la fête. Personne ne pouvait désobéir à Pharaon.

Je restai au milieu de ma chambre et fermai les yeux.

— Ipu, appelai-je.

Elle ne répondit pas.

— Ipu ?

Ma servante apparut.

— Maîtresse ?

— Je dois assister à une fête ce soir.

Pour une fois, elle ne fit aucun commentaire, mais la stupéfaction se lisait sur son visage. Le grand prêtre d'Amon, le plus saint des saints, était mort il y avait de cela sept heures, et on donnait une fête. Nous restâmes silencieuses pendant qu'elle s'occupait de mes cheveux et de mes ongles ; je la laissai même passer mes pieds et mes seins au henné. Quand la porte de ma chambre s'ouvrit brusquement, je devinai de qui il s'agissait.

Sa perruque était plus courte que celle qu'elle portait habituellement. Ses cheveux laissaient voir ses lobes d'oreilles percés à deux endroits, puis descendaient en carré jusqu'à son menton. Elle était très belle mais paraissait d'une humeur exécrable. Elle s'assit à côté de moi, mais je l'ignorai.

— Tu ne boudes pas, j'espère ? Nous avons fait ce qu'il fallait, je te le jure.

— Tuer ? m'exclamai-je. Les dieux puniront cette famille.

— Nous avons fait un *exemple*.

— Quelle *sorte* d'exemple ? Pour prouver que Pharaon devrait être craint ?

— Bien sûr qu'il doit être craint ! Il est le pharaon du plus puissant royaume du monde, et il n'existe que deux manières de diriger. Par la crainte ou par la résistance.

Elle tendit le bras.

— La construction de notre temple commence demain. Quoi que tu en penses, c'est un événement qui mérite d'être célébré.

Elle sourit, et me fit signe de me lever pour l'accompagner.

— Tu savais que l'Ancien avait envoyé son général pour savoir ce qui se passait ici ?

Ma respiration s'accéléra.

— Le général Nakhtmin ?

— Oui.

Nous traversâmes rapidement les grandes salles du palais.

— Que peut attendre l'Ancien de la part du général ?

— Il ne peut rien faire, dit-elle joyeusement. Je suppose que tu as appris que l'Ancien s'était remarié une nouvelle fois. Une petite princesse de Nubie. Douze ans.

Je sursautai.

— Mais en quoi cela m'importe-t-il ? poursuivit-elle. Un nouveau soleil s'est levé et il éclipsera toutes les autres étoiles du ciel. Y compris l'Ancien.

Son discours agressif me laissait pantoise.

— Et notre tante ?

— Tiyi est solide. Elle n'a besoin de personne.

Quand nous arrivâmes à l'immense appartement qu'elle partageait avec le roi, Aménophis sortit de sa chambre, superbement vêtu d'un long pagne près du corps, avec un pectoral doré que je ne lui avais jamais vu. Peut-être venait-il des trésors d'Amon. Je détournai les yeux quand ils s'embrassèrent.

— J'étais certaine que tu réussirais, dit-elle doucement. Et ce n'est qu'un début.

Les portes du grand hall s'ouvrirent devant nous et les trompettes retentirent.

Le festin s'arrêta pour que les convives puissent voir l'entrée de Pharaon. Je suivis ma sœur, et derrière nous trois venaient Ipu et Merit, dont la chevelure était ornée de perles de lapis et d'or. Je parcourus la salle du regard, mais le général ne semblait pas être là. Mes parents étaient à leur table en contrebas des deux trônes ; l'architecte, en compagnie de Kya et de Panahesi. À ma grande déception, je vis qu'Horemheb était également parmi eux.

Je pris place à table tandis qu'Aménophis conduisait ma sœur à son trône. Les gens les regardèrent monter les marches de l'estrade ensemble, pareils à des dieux récemment descendus sur terre. On n'avait probablement jamais vu en Égypte de couple aussi magnifique, avec leurs perles en or et en faïence, leurs sceptres semblables à des joyaux. Un murmure d'admiration traversa la salle. Puis le dîner reprit, et chacun se remit à bavarder gaiement. Jamais on n'aurait dit qu'un meurtre venait de se produire. Je considérai mon assiette vide, et la tendis à Ipu. Seuls à notre table Horemheb et moi restions taciturnes.

— Tu es bien silencieux ce soir, général.

Kya était assise à côté de lui, avec ses beaux seins offerts et son ventre agréablement protubérant.

— Tu ne t'amuses pas ?

Horemheb la regarda d'un air incrédule.

— Je suis ici parce qu'on me l'a ordonné. Autrement, je serais en train de me préparer à combattre les Hittites, qui pillent nos villages et empiètent sur notre territoire.

Kya se mit à rire.

— Les Hittites ? Tu préférerais combattre les Hittites plutôt que de dîner avec Pharaon ?

— Les Hittites sont vraiment en train de voler la terre d'Égypte ? demandai-je.

— Chaque jour que nous les laissons faire, répondit Horemheb.

— Penses-tu qu'il y aura une guerre ? demandai-je encore.

— Si Pharaon tient parole. La sœur de la grande épouse royale a-t-elle un avis sur la question ?

Kya émit un petit bruit de gorge méprisant.

— Que savent les *petites filles* de la guerre ?

Horemheb regarda Kya bien en face.

— Apparemment plus que les épouses de Pharaon.

Il repoussa son siège de la table et s'éloigna. Sans attendre qu'Ipu m'apporte mon dîner, je me levai également et déclarai que je mourais d'envie de voir les jardins.

La pleine lune s'était levée au-dessus du jardin d'Horus. Les lumières en provenance du palais illuminaient la nuit et au loin une fontaine coulait mélodieusement. Des éclats de rire et des bruits de voix parvenaient de la fête à l'intérieur du palais.

— Je pensais bien te trouver ici.

Je me figeai. Un homme sortit de l'ombre. Je n'aurais jamais dû sortir seule dans les jardins. Mais quand il s'avança dans la lumière, je le reconnus.

— Bonsoir, général Nakhtmin, lui dis-je froidement, me remémorant notre dernière conversation.

— Tu n'es pas surprise de me voir ?

Je le regardai dans le clair de lune : il portait un long pagne avec un court manteau de lin épais.

— Non. Je devrais l'être ?

— Je viens d'arriver à Memphis. Même Pharaon ne sait pas que je suis ici.

— Néfertiti a dit...

Il haussa les épaules.

— Oui, ils étaient prévenus de mon arrivée.

— Dans ce cas, tu devrais être à l'intérieur.

Je lui montrai le palais.

— Ils voudront te parler aussitôt.

Le général se mit à rire.

— Penses-tu que Pharaon se soucie le moins du monde de l'opinion de sa mère sur sa politique ?

Je réfléchis un instant.

— Non.

— Dans ce cas, quelle importance cela a-t-il que je sois à l'intérieur en faisant semblant de m'amuser, plutôt que dehors avec une belle minette, dont j'apprécie la compagnie ?

Je me sentis devenir écarlate. Minette était le surnom que me donnait mon père.

— Néfertiti est à l'intérieur. Tu pourrais profiter de la compagnie d'une belle femme.

— Ah, voilà pourquoi tu es en colère contre moi. Je me demandais...

— Je ne suis pas du tout en colère contre toi, protestai-je.

— Très bien. Dans ce cas, tu ne me refuseras pas une promenade dans les jardins.

Il m'offrit son bras, que je pris après un instant d'hésitation.

— Je risque des ennuis si ma sœur nous trouve ici, dis-je.

Mais le contact de son bras contre le mien me plut, et je ne m'écartai pas.

— Elle ne viendra pas jusqu'ici.

Je levai les yeux vers lui.

— Comment le sais-tu ?

— En ce moment précis, elle est beaucoup plus préoccupée par la construction d'un temple.

Il avait raison. D'ailleurs, personne ne devait regretter mon absence au festin.

— Quel est le climat à Thèbes ?

— Comme à Memphis. Empoisonné par la politique, dit-il. Un jour, je laisserai tomber tout cela et me retirerai quelque part dans un village paisible.

Il me regarda dans le clair de lune.

— Et toi ? Quels sont les projets de la sœur de la grande épouse royale ?

À quatorze ans, j'étais en âge de me marier et de tenir ma propre maison. Mais je me retins de lui révéler le fond de ma pensée.

— C'est à mon père de décider pour moi.

Le général resta silencieux. Peut-être était-il déçu par ma réponse.

— On dit que tu sais guérir, remarqua-t-il en changeant de sujet.

— J'ai appris l'usage de quelques plantes à Akhmin.

— Peux-tu me dire alors comment s'appelle celle-ci ? demanda-t-il en se penchant pour arracher une feuille d'une petite plante verte.

Je ne voulais pas répondre, mais il la leva encore un peu plus, bien décidé à connaître ma réponse.

— Du thym. Avec du miel, il guérit la toux.

Nakhtmin se mit à rire. Nous étions arrivés à la lisière du jardin. Quelques pas encore, et nous serions au palais.

— Tu n'es pas à ta place ici, dit-il en regardant les portes grandes ouvertes qui menaient au hall. Tu mérites autour de toi des gens beaucoup plus bienveillants.

— Qu'insinues-tu ?

— Juste que ces jeux ne sont pas faits pour toi, minette.

Nous nous arrêtâmes en bordure de la cour.

— Je pars demain matin, dit-il.

Il se tut un instant, puis ajouta doucement :

— Veille à ce que l'histoire seule retienne ton nom, demoiselle. Si tu veux que tes actes passent à la postérité, il faudra que tu te conformes aux vœux de ta famille.

— C'est-à-dire ?

— Que tu sois une esclave du trône.

Néfertiti m'avait demandé de venir dans sa chambre. Je la regardai se déshabiller et jeter son splendide fourreau sur le sol. Puis elle leva les bras pour que je lui enfile sa robe ; en l'aidant, je m'interrogeai sur la définition d'esclave du trône. Il ne faisait aucun doute que j'étais celle de Néfertiti.

— Moutny ? Moutny, tu m'écoutes ?

— Bien sûr.

— Alors pourquoi ne réponds-tu rien ? Je viens de dire que demain nous allions voir le temple, et tu...

Elle retint son souffle.

— Tu pensais au général, insinua-t-elle. Hier soir, je t'ai vue rentrer dans le grand hall avec lui.

Je me détournai.

— Tu ferais mieux de ne plus y penser, dit-elle sèchement. Il n'est pas dans les bonnes grâces d'Aménophis ; on ne doit pas te voir avec lui.

— Pourquoi cela ? J'ai quatorze ans. De quel droit décides-tu qui je peux voir ou non ?

— Je suis la reine d'Égypte. Ce n'est plus comme à Akhmin, quand nous étions enfants. Je gouverne le royaume le plus riche du monde, et je ne te laisserai pas contribuer à ma perte.

— Alors laisse-moi en dehors de tout cela.

Je me dirigeai vers la porte, mais elle me barra la route.

— Où vas-tu ?

— Je retourne dans ma cour.

— Il n'en est pas question ! s'exclama-t-elle.

Je me mis à rire.

— Et alors ? Tu ne vas pas rester là toute la nuit ?

— Si.

Nous restâmes encore un moment à nous défier, puis ses yeux se remplirent de larmes. Je tendis la main vers elle, mais elle s'écarta, se dirigea vers le lit et se jeta en travers.

— Tu veux que je reste seule ? C'est bien ça ?

J'allai m'asseoir à côté d'elle.

— Néfertiti, tu as Aménophis. Tu as père…

— *Père*. Père m'aime parce que j'ai de l'ambition et que je suis habile. Mais c'est toi qu'il respecte. C'est à toi qu'il parle.

— Il me parle parce que je l'écoute.

— Moi aussi.

— Non. Tu n'écoutes *pas*. Tu attends jusqu'à ce qu'on dise ce que tu veux entendre, et alors seulement tu y prêtes attention. Et tu n'écoutes pas les conseils de père. Tu n'écoutes les conseils de personne.

— Pourquoi le ferais-je ?

Je restai assise sans rien dire.

— Tu as Aménophis, lui rappelai-je de nouveau.

— Aménophis… Aménophis est un rêveur ambitieux. Et ce soir, il sera avec Kya, qui ne voit pas plus loin que son nez busqué.

Je me mis à rire car c'était effectivement la vérité ; elle tendit la main et me toucha le genou.

— Reste avec moi, Moutny.

— Ce soir seulement.

— Surtout, ne me fais pas la moindre faveur !

— Ce n'est pas le cas. Je ne veux pas que tu restes seule, dis-je sérieusement.

Elle sourit d'un air suffisant et versa du vin dans deux coupes. Préférant ignorer son expression satisfaite, je m'assis près d'elle devant le brasero et tirai une couverture sur nos genoux.

— Pourquoi Aménophis n'aime-t-il pas le général ? demandai-je.

— Il a préféré rester à Thèbes plutôt que de venir à Memphis.

Le feu projetait des ombres dorées sur son visage. Elle était superbe, même sans bijoux et sans couronne.

— Tous les généraux ne pouvaient pas venir à Memphis avec nous, protestai-je.

— Quoi qu'il en soit, Aménophis se méfie de lui.

Elle fit tourner le vin dans sa coupe.

— Cela suffit à expliquer qu'on ne doit pas te voir avec lui. Ceux qui étaient loyaux ont suivi Pharaon à Memphis.

— Mais que se passera-t-il si l'Ancien meurt ? L'armée ne se reconstituera-t-elle pas à Thèbes ?

— Je doute que nous retournions à Thèbes.

Je faillis laisser tomber ma coupe.

— Que veux-tu dire ? Un jour, l'Ancien mourra, m'exclamai-je. Peut-être pas demain, mais un jour...

— Eh bien, ce jour-là, Aménophis ne retournera pas là-bas.

— C'est vrai ? Père le sait ?

— Aménophis ne l'a pas dit, mais je commence à le connaître.

Elle regarda les flammes.

— Il veut sa propre ville. Une ville à l'extérieur de Memphis, qui témoignera de notre règne.

— Tu ne veux pas retourner à Thèbes ? lui demandai-je. C'est le centre de l'Égypte. C'est le centre de tout.

— Non, Moutny. *Nous sommes* le centre de tout. Après la mort de l'Ancien, la cour nous suivra où que nous allions.

— Mais Thèbes…

— C'est une ville, rien d'autre. Imagine qu'Aménophis bâtisse une capitale encore plus grande.

Ses yeux s'agrandirent.

— Il deviendrait le plus grand bâtisseur de l'histoire de l'Égypte. Nous pourrions inscrire notre nom sur chaque pilier de porte. Chaque temple, chaque sanctuaire, chaque bibliothèque, même les œuvres d'art témoigneraient de nos vies. De la tienne, aussi.

Sa chevelure noire brillait dans la lumière du feu.

— Tu pourrais avoir ton propre bâtiment, immortaliser ton nom ; ainsi les dieux ne t'oublieraient jamais.

La voix de Nakhtmin résonnait dans ma tête : l'oubli était le plus grand don de l'histoire. Mais cela ne pouvait être vrai. Comment les dieux sauraient-ils ? Nous restâmes silencieuses, plongées dans nos pensées. Puis la flamme qui brûlait au fond des yeux de Néfertiti s'éteignit, et l'inquiétude se lut sur son visage.

— Nous ne sommes pas pareilles, toutes les deux. Ce doit être parce que nous ressemblons chacune à notre mère.

Sa remarque me mit mal à l'aise : je n'aimais pas qu'elle évoque nos origines différentes.

— Je me demande comment était ma mère. Imagine, Moutny, je n'ai aucun souvenir d'elle. Aucune image, aucun vêtement, pas même un rouleau. Juste une poignée de bagues.

— C'était une princesse du Mitanni. Dans son pays natal, elle doit être représentée sur la tombe de son père.

— Oui, mais je n'ai aucune image d'elle en Égypte, dit-elle. Je veillerai en tout cas à ce que cela ne m'arrive pas. Je graverai mon image partout dans ce pays. Je veux que mes enfants se souviennent de moi jusqu'à ce que les sables disparaissent de l'Égypte et que les pyramides s'effondrent.

En regardant ma sœur à la lueur du feu, je me sentis triste pour elle. Je ne connaissais pas cet aspect de sa personnalité.

L'énorme masse des trésors d'Amon avait été mise à l'abri dans des coffres solidement fermés ; ils avaient ensuite été entassés sans soin le long des murs de la salle d'audience. Des sandales dorées, des peaux de léopard, des couronnes ornées de pierres précieuses de la grosseur du poing étaient encore empilées dans les coins ou jetées sur les tables. Où tout cela irait-il ? Aucune sécurité ne pouvait être garantie dans cette salle ouverte au public, malgré la surveillance exercée par trois douzaines de gardes.

— Nous devrions demander à Maya, suggéra Néfertiti, de dessiner une chambre forte.

— La reine a raison, approuva Aménophis. Il nous faut une chambre forte capable de résister aux assauts du temps. Panahesi, trouve-moi Maya.

Panahesi se leva promptement.

— Bien sûr, Majesté. Et si Pharaon le désire, je serais heureux de surveiller sa construction.

Mon père jeta un coup d'œil à Néfertiti.

— Nous avons le temps pour cela, vizir, dit ma sœur d'un ton désinvolte.

Elle regarda Aménophis.

— Trouvons d'abord un sculpteur pour placer ton effigie partout. Aménophis le Bâtisseur, gardien de la richesse et des trésors d'Égypte.

Panahesi jetait des regards noirs.

— Majesté...

Aménophis était parti dans son rêve.

— Il pourra te sculpter aussi, dit-il. Nous serons les plus puissants dirigeants d'Égypte, gardiens de son plus grand trésor.

Panahesi blêmit à la pensée de l'effigie de Néfertiti associée au trésor d'Égypte.

— Veux-tu que nous fassions venir un sculpteur ?

— Oui, ordonna Aménophis. Occupe-t'en tout de suite.

11

Akhet, saison de l'inondation

La construction de la chambre forte éclipsa momentanément celle du temple d'Aton. Au début de Thot, un majestueux pavillon en granit d'un étage se dressait près du palais. La poussière n'était pas encore retombée dans la cour que Maya poussait déjà les lourdes portes de métal. Nous restâmes en admiration devant ce que l'architecte avait réalisé en si peu de temps. Des quatre coins de la chambre forte, Aménophis et Néfertiti nous contemplaient, beaucoup plus grands que nature, plus grands encore que les magnifiques statues de l'Ancien à Thèbes.

— De qui sont-elles l'œuvre ? demandai-je, sidérée.

— D'un sculpteur du nom de Thoutmès.

Les statues étaient immenses, stupéfiantes : auprès d'elles, nous nous sentions comme des arbrisseaux dans une forêt de sycomores. Le groupe de vizirs et de courtisans restait silencieux. Même Panahesi ne trouvait rien à dire. Quand Néfertiti s'approcha d'une des statues, sa tête arriva à la hauteur du pied. La ressemblance était troublante : le nez fin, la petite bouche et les grands yeux noirs sous les sourcils en arc de cercle. Elle passa la main le long du pagne de pierre.

— J'aurais aimé que Kya soit là, chuchota-t-elle à mon intention.

— À présent, nous allons commencer la construction du temple d'Aton, annonça alors Aménophis d'un ton solennel.

Mon père le regardait, incrédule, mais Maya ne paraissait pas surpris.

— Certainement, Altesse.

— Le vizir Panahesi surveillera la construction.

Une nouvelle réunion se tint chez moi. La chambre forte étant terminée, on ne pouvait pas risquer de laisser à Panahesi la responsabilité de cet or. La construction du temple d'Aton commencerait en Thot, mais, quand Panahesi aurait fini de surveiller les travaux, il postulerait de nouveau au poste de trésorier.

— Tu vas devoir faire quelque chose pour l'en empêcher, dit simplement mon père à Néfertiti.

— Nous pouvons lui donner une mission différente. Quelque chose qui le conduirait hors du palais à nouveau. Ambassadeur, par exemple ? Il pourrait aller au Mitanni…

— Il n'acceptera jamais.

— Qui se *soucie* qu'il accepte ou non ?

Mon père hésita.

— Nous pourrions le nommer grand prêtre d'Aton, dit-il.

Néfertiti eut un mouvement de recul.

— De mon temple ? cria-t-elle.

— Préfères-tu qu'il soit nommé trésorier, riposta mon père, en charge de la fortune de l'Égypte, alors qu'un prince risque de naître ? Non, nous le nommerons grand prêtre d'Aton, décida-t-il en se levant. Néfertiti, tu as fait un rêve. Tu as rêvé que Panahesi était devenu grand prêtre d'Aton.

Néfertiti comprit aussitôt sa manœuvre.

— Il était vêtu d'une robe de léopard. Une lumière dorée l'entourait. Ce devait être un signe.

Mon père sourit, elle se mit à rire. Ils formaient un superbe couple de fauves.

L'après-midi, Néfertiti attendit que la salle d'audience soit pleine pour révéler son rêve à la cour.

— Un rêve saisissant, déclara-t-elle.

Panahesi leva brusquement les yeux vers l'estrade.

— Un rêve si réaliste, continua ma sœur, que, à mon réveil, je croyais que cela était vraiment arrivé.

Intrigué, Aménophis se pencha en avant sur son trône.

— Faut-il envoyer chercher un prêtre ? Cela se rapportait-il à moi ?

En bas de l'estrade, Kya et ses dames se rapprochèrent en chuchotant.

Néfertiti jouait les timides.

— Cela concernait toute l'Égypte, expliqua-t-elle.

— Qu'on aille chercher un prêtre ! cria Aménophis.

Mon père atteignit la porte avant que Panahesi ait eu le temps de se lever.

— Un prêtre en particulier, Majesté ?

Aménophis fit la moue. Jusqu'à ce que le temple d'Aton soit construit, il devait se contenter des prêtres du temple d'Amon.

— Un interprète de rêves.

Quand mon père eut disparu, Panahesi, sentant qu'il se passait quelque chose, prit un air sombre.

— Majesté, suggéra-t-il, ne serait-il pas plus sage de connaître d'abord le sujet du rêve ?

Néfertiti éclata de rire.

— Pourquoi, vizir ? Crains-tu que mon rêve soit un sujet d'embarras pour le roi ?

Elle battit de ses longs cils en direction d'Aménophis, et il lui sourit.

— Je fais confiance à ma femme en tout, vizir. Y compris ses rêves.

Mais Kya, fière de son ventre proéminent, refusait de s'avouer battue par Néfertiti.

— Peut-être Son Altesse aimerait-elle entendre de la musique ?

Si Néfertiti pouvait contenter Pharaon avec un rêve, elle en ferait autant avec de la musique. Elle agita un poignet chargé de bracelets en direction des musiciens qui accompagnaient la cour partout où elle allait : ils se mirent à chanter. Personne ne se préoccupait plus des requérants qui faisaient la queue à l'extérieur du palais, ni des vizirs soucieux du sort de Horemheb, des Hittites qui empiétaient sur les territoires de l'Égypte. Le rêve de Néfertiti monopolisait toute l'attention. Le rêve de Néfertiti et la musique de Kya. Le seul moment où on peut être certain que rien ne se passe, pensai-je, c'est quand le pharaon décide de présider la salle d'audience.

Aménophis resta assis sur son trône tandis que les harpistes jouaient ; puis les portes de la salle d'audience s'ouvrirent, et mon père réapparut. Derrière lui, un prêtre d'Amon en grande robe avançait majestueusement sur le dallage.

— Voici l'interprète des rêves, annonça mon père.

Le vieil homme s'inclina.

— Je suis le prêtre Menkhéperrê.

— Voyant, déclara Néfertiti, j'ai fait un rêve, que nous voulons que vous interprétiez.

— Peux-tu le raconter, Majesté, avec tous les détails dont tu te souviens ?

Néfertiti se leva.

— J'ai rêvé de robes de léopard sous le soleil, dit-elle.

À cet instant, Panahesi croisa mon regard, et il comprit aussitôt que quelque chose se tramait.

— Tu as rêvé du grand prêtre d'Aton, annonça solennellement Menkhéperrê.

On entendit alors des murmures dans la salle.

— J'ai également rêvé qu'un vizir revêtait ces robes et que le soleil brillait de plus belle. Ses rayons en étaient presque aveuglants.

Chacun dans l'assistance se figea, et Menkhéperrê laissa échapper un cri de triomphe.

— Un signe ! C'est un signe, sans le moindre doute !

Aménophis se leva de son trône.

— L'homme de ton rêve est-il parmi nous ?

Néfertiti posa alors les yeux sur Panahesi, puis nous nous retournâmes vers le prêtre.

Menkhéperrê étendit les mains ; je me demandai alors quelle quantité d'or il avait dû recevoir de la part de mon père.

— La signification est évidente, Altesse. Aton a choisi.

— Non !

Panahesi faillit tomber en quittant sa chaise.

— Majesté, ce n'était qu'un rêve. Un simple rêve !

Aménophis descendit de l'estrade et posa affectueusement ses mains sur les épaules de Panahesi.

— Aton a choisi.

Panahesi me regarda, puis il regarda mon père, dont le visage était impassible.

— Félicitations, dit mon père avec une ironie que seul Panahesi pouvait comprendre. Le dieu a choisi.

Quand nous sortîmes de la salle d'audience, Kya jubilait.

— Mon père est grand prêtre d'Aton, me dit-elle, inconsciente du rôle de ma famille dans cette nomination. Avec le prince qui va naître, ma famille pourra occuper les postes les plus importants. Sans compter que le grand prêtre d'Aton collecte les impôts, ajouta-t-elle. Ta sœur vient de nous aider à franchir plusieurs marches de l'estrade en direction du trône.

— Non, elle vous a plutôt poussés vers le bas, répliquai-je. Ton père aura beau collecter les impôts, ce sera le mien qui les comptera.

Kya me dévisagea sans comprendre.

— Avant cette réunion, le vizir Aÿ a été nommé trésorier.

12

Le 7 de Thot

Nous nous trouvions au sommet d'une montagne aride surplombant le Nil, à l'endroit où le fleuve traverse impétueusement Memphis. Un vent chaud s'insinuait sous nos fourreaux et soulevait nos capes.

— Le temple aura un étage et s'étendra sur deux collines.

Maya fit un geste en direction des dunes écrasées de soleil. Elles se succédaient, leurs sommets bombés de sable blanc brillaient dans la chaleur.

— D'où viendront les matériaux ? demanda Néfertiti.

— Les hommes utiliseront les rochers de la carrière de l'est.

Aménophis s'impatientait déjà.

— Combien de temps cela prendra-t-il ?

Le vent se leva et couvrit les paroles du maître d'œuvre. Panahesi et mon père se rapprochèrent.

— Huit saisons, si les hommes travaillent tous les jours.

Le visage d'Aménophis s'assombrit.

— D'ici huit saisons, je pourrais avoir été assassiné ! cria-t-il.

C'était son angoisse depuis qu'il avait exécuté le grand prêtre d'Amon. Des mercenaires nubiens l'accompagnaient partout. Les hommes à la peau sombre veillaient devant sa porte pendant son sommeil et rôdaient comme des corbeaux derrière sa chaise pendant ses repas. À présent, ils étaient rassemblés au bas de la montagne, avec leurs lances prêtes à en découdre avec n'importe quel ennemi du roi. Au palais, Néfertiti m'avait confié qu'Aménophis craignait de ne pas être aimé par le peuple.

— Pourquoi ? lui avais-je demandé.

Elle n'avait même pas cru bon de répondre : c'était en raison du sort qu'il avait réservé au grand prêtre d'Amon.

Aménophis percevait la colère du peuple dans la rue, mais aucun de ses vizirs n'était assez courageux pour lui dire la vérité, pas même mon père. Celui-ci avait néanmoins averti Néfertiti.

— Comment peux-tu le savoir ? avait-elle protesté dans ma chambre.

Il lui avait montré un dessin trouvé sur la place du marché : un serpent à l'effigie du roi avalait une statue du grand dieu Amon.

Pour le moment, Aménophis faisait les cent pas au sommet de la montagne ; à sa voix, on comprenait qu'il ne tolérerait aucun argument.

— Huit saisons est un délai inacceptable ! s'emporta-t-il.

— Que veux-tu que je fasse, Majesté ? Les ouvriers capables de construire un temple ne sont pas si nombreux…

Aménophis serra la mâchoire.

— Dans ce cas, nous mettrons l'armée au travail.

Néfertiti s'avança.

— Si les soldats aidaient à construire le temple, dit-elle, quand pourrait-il être terminé ?

Maya fronça les sourcils.

— De combien de soldats parlons-nous, Altesse ?

— Trois mille, répondit Aménophis, oublieux de la guerre qu'il avait promise à Horemheb.

— Trois mille ?

Maya s'efforça de cacher sa surprise.

— Cela pourrait prendre…

Il s'arrêta un instant pour faire ses calculs.

— Avec autant d'hommes, cela pourrait prendre quatre saisons seulement.

Aménophis hocha la tête d'un air décidé.

— Dans ce cas, tous les soldats qui sont venus à Memphis peuvent être employés dès ce soir.

— Et qu'adviendra-t-il des frontières ? demanda mon père. Elles doivent être défendues. Le palais aussi doit être gardé. Prenez-en mille…

Il jeta à ma sœur un regard d'avertissement et elle inclina la tête.

— Oui, mille. Nous ne voulons pas que les frontières de l'Égypte restent sans défense.

Aménophis se rendit à la raison, puis se tourna vers Maya.

— Tu en informeras les hommes dès ce soir.

— Et Horemheb ? rappela mon père. Il ne sera pas content.

— Qu'il reste avec son mécontentement ! dit Aménophis d'un ton brusque.

Mon père secoua la tête.

— Il pourrait retourner l'armée contre vous.

Panahesi se rangea alors du côté d'Aménophis.

— Donne davantage à l'armée pour les dédommager de ce qu'ils pourraient prendre comme butin aux Hittites, suggéra-t-il. Calme-les. Il y a plus d'argent qu'il n'en faut avec les impôts.

— Bien. *Bien*.

Aménophis eut un petit sourire.

— Les hommes ne me quitteront jamais après avoir été si grassement payés.

— Et le général ? demanda une nouvelle fois mon père.

Aménophis plissa les yeux.

— Quel général ?

Le lendemain, la salle d'audience était envahie par des requérants attendant de voir Pharaon. La construction du plus grand temple jamais bâti avait commencé et des messagers arrivaient chargés de rouleaux en provenance du chantier. Tandis que Kya errait en se dandinant à travers les salles du palais, passant péniblement d'une chaise à l'autre comme une grosse vache, pour reprendre l'expression de Néfertiti, des serviteurs entraient et sortaient avec de multiples détails et des mesures de la part du maître d'œuvre.

Soudain les portes s'ouvrirent en grand : Aménophis se figea, les gardes se regroupèrent autour de lui. Horemheb éclata de rire.

— J'ai combattu les Nubiens quand j'étais encore presque un enfant, dit-il d'un air méprisant. Tu crois que quinze gardes peuvent m'arrêter ?

Il avança en direction du trône.

— Tu m'avais *juré* qu'il y aurait une guerre. Je t'ai donné les temples d'Amon !

Aménophis sourit.

— Et je t'en suis très reconnaissant.

À sa place, je ne me moquerais pas de ce général, pensai-je.

Arrivé au pied de l'estrade, Horemheb se redressa.

— Combien de temps as-tu l'intention d'utiliser les soldats d'Égypte comme ouvriers ?

— Quatre saisons, répondit Néfertiti depuis son trône.

Le regard d'Horemheb se reporta sur ma sœur. Elle ne détourna pas les yeux.

— L'Égypte doit défendre ses frontières. Tous les soldats sont nécessaires, prévint Horemheb. Les Hittites...

— Peu importent les Hittites !

Aménophis descendit de l'estrade et vint se placer devant Horemheb, rassuré par la multitude de ses gardes.

Horemheb prit une profonde inspiration, ce qui tendit le cuir de son pectoral en travers de son buste.

— Tu m'as menti.

— J'ai procuré à tes soldats un meilleur travail, moins dangereux.

— Pour construire un temple dédié à Aton ? Alors que *tu* profanes Amon.

La fureur d'Horemheb faisait ressortir les veines de ses bras et de son cou.

— Nous serons attaqués, prévint-il. Les Hittites envahiront l'Égypte, et, quand tes hommes seront meilleurs maçons que soldats, tu le regretteras.

Aménophis s'approcha encore davantage d'Horemheb. De ma place à l'étage inférieur de l'estrade, je devais être une des rares personnes à pouvoir entendre leurs propos.

— Les hommes te suivent comme ils suivaient mon frère. Je ne sais pas pourquoi. Mais tu te rallieras à Aton. Tu le serviras, tu serviras Pharaon, sinon tu seras dégradé et tu te retrouveras sans un ami en Égypte. Horemheb le Sans-Ami, c'est ainsi qu'on t'appellera. Et toute personne surprise à faire alliance avec toi sera tuée.

Il se redressa.

— Tu comprends ?

Horemheb ne répondit rien.

— Tu comprends ? hurla Aménophis.

Horemheb serra la mâchoire.

— Je comprends parfaitement, Majesté.

— Alors va-t'en.

Nous regardâmes le général quitter la salle. Il a fait quelque chose de stupide aujourd'hui, pensai-je.

Le chaos régnait maintenant dans la salle d'audience. Aménophis parcourut l'assistance du regard.

— J'en ai terminé ! déclara-t-il.

Puis il avisa le groupe de vizirs rassemblés en bas de l'estrade.

— Où est Panahesi ? demanda-t-il.

— Sur le chantier du nouveau temple, dit mon père, imperturbable.

— Bien.

Aménophis se tourna vers ma sœur et lui adressa un sourire indulgent.

— Viens. Allons nous promener dans les jardins. Ton père peut s'occuper de tout cela.

Il agita un bras chargé de bracelets en direction de la longue file de requérants qui s'étendait jusqu'à l'extérieur de la salle.

Néfertiti me regarda ; j'étais comprise dans la promenade.

Les fruits des grands sycomores étaient prêts à être récoltés.

— Sais-tu que Moutny connaît les noms de toutes les plantes ? demanda Néfertiti.

Aménophis me considéra d'un air soupçonneux.

— Tu es une guérisseuse ?

— J'ai appris les rudiments à Akhmin, Majesté.

Néfertiti se mit à rire.

— Bien plus que les rudiments. C'est un vrai petit médecin. Te souviens-tu du bateau ?

Aménophis se raidit à l'évocation de cet épisode.

— Quand j'aurai un enfant, je la consulterai, dit Néfertiti d'une voix suave.

Nous nous retournâmes, Pharaon et moi.

— Tu attends un enfant ? murmura Pharaon.

Le sourire de Néfertiti s'accentua.

— Le premier fils d'Égypte.

Je mis ma main devant ma bouche pour ne pas hurler ; Aménophis poussa un grand cri et serra Néfertiti contre sa poitrine.

— Une *famille* ! Aucun enfant ne sera autant adoré que le nôtre, promit-il.

Il posa doucement la main sur le ventre de ma sœur. Je n'arrivais pas à croire qu'à dix-sept ans Néfertiti serait la mère d'un pharaon d'Égypte.

Elle me regarda d'un air radieux.

— Eh bien ?

Je ne savais plus quoi dire.

— Les dieux t'ont bénie, m'exclamai-je.

Je ressentais également de la peur et peut-être un soupçon de jalousie. Dorénavant, elle aurait une famille, un mari et des enfants dont il faudrait s'occuper.

— Tu l'as annoncé à père ?

— Non.

Elle souriait toujours.

— Je veux que mon enfant soit béni dans le temple d'Aton, dit-elle avec enthousiasme.

Je la regardai, stupéfaite, me demandant où elle voulait en venir.

Aménophis prit un air sérieux.

— Dans ce cas, le temple devra être fini dans neuf mois, dit-il. Ils devront avoir terminé à Pachons.

Depuis un certain temps, à l'intérieur du palais, la rumeur allait bon train du côté des servantes. On n'avait pas trouvé de sang sur les draps de Néfertiti, et aucune tache sur ses fourreaux. Mais je n'étais au courant de rien. Nous ne vivions plus dans la même cour, maintenant. Quand je lui en parlai, Ipu ne fut pas surprise.

— Tu le savais, et tu ne me l'as même pas dit ? criai-je.

Ipu m'enleva ma robe et m'en passa une autre pour la fête du soir.

— Je ne savais pas que tu voulais être tenue au courant des commérages, Maîtresse.

— Bien sûr que je le veux !

Le grand sourire d'Ipu laissa apparaître ses fossettes.

— Dans ce cas, il aurait suffi de me le demander.

Les préparatifs de la fête commencèrent officiellement après que Néfertiti eut dit à Aménophis qu'elle était enceinte, mais les dizaines de tables et les lampes à huile semblaient avoir été mises en place bien avant. Une armée de domestiques avait dû œuvrer à la décoration tout l'après-midi et les cuisiniers de Memphis devaient avoir commencé à préparer les plats à l'instant où la nouvelle était parvenue au palais. L'estrade, avec ses trois degrés menant aux trônes d'Horus, était parsemée de fleurs. Sur chaque palier, on avait placé deux chaises hautes abondamment garnies de coussins pour les membres les plus importants de la cour royale, dont je faisais partie, ainsi que ma mère et mon père, le grand prêtre Panahesi et la princesse Kya, si elle venait. La dernière chaise étant réservée pour un hôte de choix.

Au moment du repas, nous monterions tous jusqu'à la table royale où, la plupart du temps, le couple royal mangeait seul au sommet de l'estrade scintillante. Ce soir, nous nous joindrions à eux, puisque cette soirée était donnée en l'honneur de notre famille, la famille royale d'Égypte.

Des trompettes annoncèrent notre arrivée : nous nous avançâmes avec solennité dans la salle. Il importait que les vizirs puissent compter le nombre de mes bracelets d'or et celui des anneaux que portait mon père. Kya avait pris prétexte de sa grossesse pour ne pas nous accompagner, mais Panahesi marcha avec nous jusqu'à l'estrade. En contrebas des trônes d'Horus, ma mère affichait un sourire radieux.

— Ta sœur porte l'héritier du trône d'Égypte, dit-elle d'une voix pleine d'émerveillement. Il sera pharaon un jour.

— Si c'est un garçon, répondis-je.

Mon père eut un petit sourire.

— Il vaudrait mieux. Les sages-femmes disent que Kya va avoir un fils, et notre famille ne peut pas se permettre d'avoir un autre prétendant au trône.

Le grand hall retentissait du bruit des conversations et des rires. Tous les nobles de Memphis étaient venus. Néfertiti descendit de l'estrade et me tendit le bras pour que je l'accompagne dans son tour de la salle. Le triomphe lui donnait un air radieux.

— Tu ne peux pas le faire toute seule ? lui demandai-je.

— Bien sûr, je *peux*. Mais j'ai besoin de toi.

Elle n'avait pas vraiment besoin de moi, mais au fond j'étais ravie. Je lui pris le bras. Tous les regards se tournaient maintenant vers les deux filles de Aÿ ; pour la première fois, j'éprouvai le vertige que donne la certitude d'être à la fois belle et puissante. Les hommes dévisageaient Néfertiti, mais leurs yeux s'attardaient également sur moi.

— Quelle belle petite fille…

Néfertiti caressa le gros bébé d'une femme. Je ne pouvais pas croire qu'elle le trouvait beau. La mère sourit fièrement et s'inclina plus profondément que les autres dames de la cour.

— Merci, ma reine. *Merci*.

Aménophis nous regardait de son trône. Néfertiti et la sœur de Néfertiti, comme elles étaient charmantes, adorables, désirables… Il descendit de l'estrade. Il en avait assez de la regarder faire étalage de ses charmes à d'autres que lui.

— Tu es la plus belle femme d'Égypte, décréta-t-il en l'attirant à lui.

Puis il l'escorta jusqu'à son trône d'ébène. Elle était rayonnante.

Désormais, on n'entendit plus parler que de l'enfant.

Aux bains, dans l'arène, à l'intérieur du grand hall, Néfertiti ne perdait aucune occasion de rappeler à chacun qu'elle portait l'héritier du trône d'Égypte. Vers le milieu de Thot, mère elle-même paraissait fatiguée de l'entendre.

— Elle ne parle de rien d'autre, lui dis-je en confidence.

Assise sur un banc de pierre dans le jardin, je regardais les chats chasser les souris dans l'herbe haute.

— C'est la seule raison de sa venue ici, dit ma mère. Donner un fils à l'Égypte.

— Et prendre de l'ascendant sur le prince, ajoutai-je.

Les fleurs de lotus dansaient sur la surface du lac et se reflétaient dans l'eau.

— Espérons que ce sera un fils, répéta ma mère. Le peuple pardonnera tout s'il y a un prince héritier et s'il peut être certain qu'il n'y aura pas d'effusion de sang pour la conquête du pouvoir. Il risque même d'oublier que, pendant que la famille royale bâtit des temples à Memphis, les Hittites envahissent l'Égypte à Qadesh.

Je la regardai, surprise, mais elle ne dit rien de plus.

— Habille-toi, Moutny. Nous allons au temple.

J'émergeais de mes draps.

— Le temple d'Amon ?

Néfertiti émit un petit reniflement dédaigneux.

— Le temple d'Aton. Ils ont fini la cour ; je veux la voir.

— Ils ont terminé en quinze jours ?

— Bien sûr. Il y a des milliers d'hommes au travail. Dépêche-toi !

Je me hâtai de trouver mon pagne, mes sandales et une ceinture.

— Père vient avec nous ?

— Il reste dans la salle d'audience pour faire appliquer les lois d'Égypte. Nous formons un trio parfait, ajouta ma sœur. Pharaon, sa reine… et son vizir éminemment compétent.

— Et mère ?

J'enfilai mon pagne.

— Elle vient.

— Mais que dira Tiyi ?

Ma sœur hésita.

— Tiyi est en colère contre moi, admit-elle avec un certain regret dans la voix.

Le rouge lui monta aux joues. C'était la reine Tiyi qui avait placé la couronne d'Horus sur sa tête. Mais Néfertiti devait maintenant rester loyale à Aménophis, pas à Tiyi. Je la comprenais et je me doutais des nuits d'insomnie que ce choix avait dû lui coûter ; je la voyais, la tête dans les mains, à regarder la lune et à se demander comment la postérité la jugerait. Pour l'instant, elle était assise sur mon lit et me regardait m'habiller. Autrefois, elle se moquait de moi, de mes longues jambes et de ma peau sombre : désormais, elle n'avait plus de temps à perdre avec ce genre de disputes enfantines.

— Elle lui a même envoyé des messagers pour le menacer. Mais que peut-elle faire ? Il a été couronné. Il deviendra pharaon de Haute et de Basse-Égypte dès la mort de l'Ancien.

— Ce qui pourrait prendre des années, lui rappelai-je en espérant que les dieux ne percevaient pas l'espoir qui naissait dans sa voix quand elle évoquait la mort de Pharaon.

Je suivis Néfertiti dans le hall, jusqu'à la cour. Là, je me retournai vers elle, surprise.

— Qui sont tous ces hommes en armes ?

Aménophis franchit les portes sculptées.

— Je dois m'assurer une protection, me répondit-il, et ta sœur aussi. Je n'ai aucune confiance dans l'armée de mon père.

— Mais ces hommes font partie de l'armée, remarquai-je. Si l'armée n'est d'aucune confiance...

— Les *généraux* ne sont pas des hommes de confiance, dit Aménophis d'un ton brusque. Les soldats, *ces* soldats, feront ce qu'on leur dit.

Il monta sur son char doré et tendit la main pour aider ma sœur. Puis il fit claquer son fouet et les chevaux s'élancèrent.

— Néfertiti ! criai-je.

Je me tournai vers ma mère.

— Est-ce bien prudent pour elle qu'il aille si vite ?

Le rire de Néfertiti domina le bruit des sabots, et elle disparut au loin.

Ma mère secoua la tête.

— Bien sûr que non. Mais qui pourrait l'arrêter ?

Les gardes en armes nous firent monter dans nos chars et nous emmenèrent jusqu'au site du nouveau temple d'Aton. Après un court trajet, nous eûmes l'impression d'entrer dans une ville qui avait soutenu un siège. Des blocs de grès gisaient un peu partout, les soldats se frayaient un chemin à travers les chantiers. On entendait gronder, souffler sous l'effort, crier des ordres. Panahesi, dans sa longue robe vague, se tenait debout, les bras croisés sur la poitrine, et aboyait ses consignes aux hommes. Comme ma sœur me l'avait dit, la cour était déjà terminée, et les piliers, sculptés à l'image de Néfertiti et d'Aménophis, amenés en place. Quand le couple royal descendit de son chariot, Panahesi se précipita à leur rencontre et s'inclina.

— Altesse. Majesté. Comme c'est aimable de votre part d'avoir fait ce trajet pour venir ici.

— Nous avons l'intention de superviser la construction jusqu'à ce qu'elle soit terminée, dit Néfertiti avec fermeté tout en parcourant le site du regard.

Si au premier abord on avait une impression de chaos, ensuite le chantier général apparaissait divisé en quatre secteurs distincts, chacun réservé à un corps de métier : les peintres, les tailleurs de pierre, les transporteurs et les bâtisseurs.

Aménophis rejeta son manteau en arrière et regarda autour de lui.

— Les hommes ont-ils remarqué notre arrivée ?

Panahesi hésita.

— Les hommes ont-ils remarqué notre arrivée ? Personne ne s'incline !

Les ouvriers proches de nous s'arrêtèrent ; Panahesi s'éclaircit la gorge.

— Je croyais que tu voulais que le temple à la gloire d'Aton soit terminé le plus vite possible ?

— *Rien* n'est plus important que Pharaon !

Sa voix résonna dans les cours où chacun s'activait. J'aperçus le général Horemheb en arrière-plan, l'air menaçant. Puis les marteaux retombèrent et les soldats mirent un genou à terre. Un seul resta debout. Aménophis fut pris d'un accès de colère. Il fendit la foule, qui s'écarta maladroitement pour le laisser passer. Néfertiti retint son souffle.

— Que va-t-il faire ? lui demandai-je.

— Je ne sais pas.

Aménophis franchit la distance qui le séparait d'Horemheb. Ils avaient la même taille, mais un seul était aimé de l'armée.

— Pourquoi ne t'agenouilles-tu pas devant le représentant d'Aton ?

— Tu prends ces hommes en otage, *Altesse*. L'élite de la force armée est ici. Des hommes qui conduisent des chars dans la bataille sculptent ton effigie dans la pierre, alors qu'ils devraient défendre nos frontières contre les Hittites. C'est un gâchis d'utiliser ainsi des hommes entraînés.

— C'est à *moi* de déterminer ce qui doit être fait ! Tu es un soldat, alors que je suis pharaon d'Égypte.

Aménophis se raidit.

— Tu dois t'incliner devant moi.

Horemheb restant debout, Aménophis porta la main à la dague qui se trouvait à son côté. Il s'avança d'un air menaçant.

— Crois-tu, demanda-t-il en tirant la lame de son fourreau, que tes hommes se soulèveraient contre moi si je te tuais sur-le-champ ?

L'air agité, il regarda autour de lui, puis poursuivit :

— À mon avis, ils resteraient à genoux, même si ton sang détrempait le sable.

Horemheb prit une profonde inspiration.

— Dans ce cas, pourquoi ne pas essayer, Altesse ?

Aménophis hésita. Autour de lui, les milliers de soldats aux corps puissants étaient sans armes, vêtus de leur seul pagne. Il rengaina alors sa dague et s'écarta.

— Pourquoi ne veux-tu pas m'obéir ? demanda-t-il.

— Nous avons passé un accord, répondit Horemheb. Je t'ai obéi, mais tu as trahi l'Égypte.

— Je n'ai trahi personne, rétorqua Aménophis avec brutalité. C'est *toi* qui m'as trahi. Toi et cette armée. Tu crois que j'ignore l'amitié qui te liait à Thoutmosis ? Que tu lui étais fidèle ?

Horemheb ne dit rien.

— Tu te serais agenouillé devant mon frère, cria Aménophis. Dis-moi que tu ne te serais pas agenouillé devant Thoutmosis.

Horemheb resta silencieux. Brusquement le poing d'Aménophis le frappa à l'estomac. Il en eut le souffle coupé, mais ses jambes ne se dérobèrent pas. Aménophis regarda les soldats autour de lui, qui s'étaient redressés et paraissaient prêts à défendre leur général. Puis il empoigna Horemheb par l'épaule.

— Tu es relevé de ton poste, murmura-t-il d'un ton furieux. Retourne auprès de mon père. Mais n'oublie jamais que lorsque l'Ancien mourra, je deviendrai également pharaon de Haute-Égypte.

La foule s'écarta devant Horemheb, qui se dirigea vers son char. Puis les soldats se retournèrent comme un seul homme vers Aménophis.

— Reprenez le travail ! cria Panahesi. Tout de suite.

Bien qu'il fût encore de bonne heure, le feu crépitait dans le brasero de ma chambre. Néfertiti était assise dans une chaise dorée près de la source de chaleur, et la lumière des flammes se reflétait dans l'œil de lapis entre ses seins. Notre père se carra dans son siège, le menton dans les mains. Le reste du palais dormait encore.

— Ne peux-tu rien faire pour canaliser ses accès de colère ?

Le feu craqua et siffla. Néfertiti soupira.

— Je fais tout mon possible. Il déteste l'armée.

— Ce sont eux qui le maintiennent au pouvoir, dit mon père d'un air sévère. Horemheb n'oubliera pas son geste.

— Horemheb est à Thèbes, rétorqua Néfertiti.

— Et quand l'Ancien mourra ?

— Dix années peuvent encore s'écouler.

Elle reprenait mes paroles, mais je savais qu'elle n'y croyait pas.

— Sans l'armée, l'Égypte est faible. Tu as de la chance qu'à Thèbes il y ait encore des généraux qui entraînent leurs soldats en prévision de la guerre.

— Ils ne seront occupés à construire que pendant quatre saisons, protesta-t-elle.

— *Quatre ?*

Mon père se leva, sous le coup de la colère.

— C'était huit, et maintenant, c'est quatre ? Comment une armée peut-elle achever un temple en un an ?

— J'attends un enfant !

Néfertiti mit ses bras autour de son ventre.

— Il *doit* être consacré sur l'autel d'Aton.

Mon père lui jeta un regard furieux.

— C'est le souhait d'Aménophis, ajouta-t-elle. Si je ne le fais pas, Kya, elle, le fera. Et que se passera-t-il si elle lui donne un fils ? demanda-t-elle d'une voix désespérée.

— Elle devrait s'aliter dans les sept jours à venir, répondit mon père. Si c'est un prince, il voudra célébrer sa naissance. Il y aura des festins et des processions.

Néfertiti ferma les yeux, s'efforçant de se calmer. Mon père secoua la tête.

— Prépare-toi à cela. Ces prochains jours seront consacrés à Kya.

Ma sœur prit un air décidé.

— Ce matin, je vais avec lui à l'arène, déclara-t-elle.

Elle se tourna vers le placard où étaient rangés ses vêtements pour monter à cheval et appela Merit.

— Tu vas conduire le char avec lui ? m'exclamai-je. Mais tu ne t'es pas entraînée depuis des jours !

— Je vais le faire. J'avais tort de penser que je pouvais m'installer dans ma grossesse.

Elle fourragea dans son placard jusqu'à ce que Merit entre. Malgré l'heure matinale, le khôl de la servante était parfaitement appliqué, et sa tunique de lin impeccable.

— Mes gants et mon casque, dit Néfertiti d'un ton brusque. Vite. Avant qu'Aménophis se réveille.

Mon père prit Merit à témoin.

— Met-elle l'enfant en danger ?

Néfertiti jeta un coup d'œil mauvais à Merit.

— C'est encore tôt, vizir, dit Merit. Quelques mois seulement.

Néfertiti resserra la ceinture autour de sa taille.

— Peut-être, si je conduis un char, mon sang coulera-t-il plus vite et en fera-t-il un fils.

Le 28 de Thot, Ipu accourut dans ma chambre, où Néfertiti et moi jouions au senet.

— Le moment de la naissance est arrivé ! cria-t-elle. Kya met l'enfant au monde.

Nous nous levâmes précipitamment et courûmes dans le couloir jusqu'à la chambre de nos parents. Ma mère et mon père étaient assis et parlaient à voix basse.

— Elle va avoir un garçon, chuchota Néfertiti.

Mon père me regarda, comme si je lui avais dit quelque chose que je n'aurais pas dû.

— Pourquoi ?

— J'en ai rêvé la nuit dernière. Elle va donner naissance à un prince d'Égypte !

Ma mère se leva et ferma la porte. Le palais était envahi par des messagers qui attendaient le moment d'aller faire une proclamation au royaume.

Néfertiti était prise de panique.

— Je ne peux pas laisser cela arriver ! Je *ne le laisserai pas* arriver.

— Tu ne peux rien faire, dit mon père.

— Je peux toujours faire quelque chose ! s'exclama-t-elle. Quand Aménophis reviendra, dites-lui que je ne me sens pas bien, ajouta-t-elle d'un air entendu.

Ma mère fronça les sourcils, mais mon père avait compris son manège.

— Pas bien du tout ? demanda-t-il promptement.

— Si mal...

Néfertiti hésita.

— Si mal que je pourrais mourir et perdre l'enfant.

Mon père me regarda.

— Je compte sur toi pour confirmer son histoire s'il te questionne.

Il fit volte-face et donna des instructions à Merit.

— Emmène-la jusqu'à sa chambre et apporte-lui des fruits. Ne quitte pas son chevet avant d'avoir vu Pharaon.

Merit s'inclina.

— Bien sûr, vizir.

Je crus apercevoir un sourire au coin de ses lèvres. Puis elle s'inclina devant Néfertiti.

— Allons-y, Majesté.

Je restai à la porte.

— Que dois-je faire ?

— T'occuper de ta sœur, dit mon père. Fais tout ce qu'elle te demande.

Nous partîmes en cortège jusqu'à la chambre de Néfertiti, de façon que chaque personne rencontrée sache que la reine n'allait pas bien. Puis Néfertiti s'allongea comme une grande invalide.

— Ma robe, dit-elle. Étale-la.

Je la regardai.

— Sur mes jambes et sur les côtés du lit.

— Ce que tu fais est terrible, lui dis-je. Tu as déjà supplanté Kya dans le cœur d'Aménophis. Cela ne te suffit-il pas ?

— Je suis malade, protesta-t-elle.

— Tu veux lui voler le seul moment qui lui appartient !

Mais Néfertiti ne semblait pas éprouver la moindre honte.

Je m'assis à son chevet, tandis qu'Ipu montait la garde devant la porte et harcelait les servantes pour avoir des nouvelles de la chambre de naissance de Kya. Nous attendîmes toute la soirée. Enfin, Ipu revint en courant, le visage grave.

— Alors ? Qu'est-ce que c'est ?

Néfertiti se redressa dans son lit.

— Qu'est-ce que c'est ? répéta-t-elle.

Ipu baissa la tête.

— Un prince. Le prince Nebnefer d'Égypte.

Néfertiti se rejeta en arrière dans ses oreillers, le visage blême.

— Fais dire à Pharaon que sa grande épouse royale est malade. Dis-lui que je suis en danger de mort. Qu'il est possible que je perde l'enfant.

Je serrai les lèvres.

— Ne prends pas cet air-là, ordonna-t-elle.

Aménophis vint dès qu'il eut reçu le message.

— Que se passe-t-il ? Qu'a-t-elle ? cria-t-il.

Je m'étonnai de pouvoir mentir aussi facilement.

— Je l'ignore, Altesse. Elle est tombée malade ce matin et maintenant elle dort sans arrêt.

La peur assombrit son visage et lui fit oublier la joie d'avoir un fils.

— Qu'as-tu mangé ? C'est ta servante qui l'avait préparé ?

La réponse de Néfertiti lui parvint faiblement.

— Oui… oui, j'en suis certaine.

Il pressa sa main contre sa joue et se tourna vers moi.

— Qu'est-il arrivé ? Tu dois savoir. Vous êtes comme les deux doigts de la main. Dis-moi ce qui est arrivé !

Pour une fois, je vis qu'il n'essayait même pas de se montrer menaçant. Il avait peur, sincèrement peur pour sa femme.

Mon cœur se mit à battre plus vite.

— C'est peut-être le vin, me hâtai-je de dire. Ou le froid. Il fait très froid dehors.

Aménophis parcourut la chambre du regard et considéra les fenêtres, puis les draps sur le lit.

— Donnez-moi des couvertures ! hurla-t-il.

Des femmes accoururent.

— Donnez-moi des couvertures de laine. Trouvez-moi le vizir Aÿ. Demandez-lui de faire venir le médecin.

— Non !

Néfertiti se redressa.

Aménophis écarta une mèche de cheveux de son front.

— Tu n'es pas bien. Tu dois voir un médecin.

— Moutny me suffit.

— Ta sœur n'est pas médecin !

Puis il se pencha en travers du lit et lui agrippa le bras désespérément.

— Tu ne *peux pas* être malade. Tu ne *peux pas* me laisser.

Elle ferma les yeux, et ses longs cils vinrent papillonner contre ses pommettes pâles.

— J'ai appris que tu avais un fils, dit-elle doucement, et elle sourit en posant sa petite main sur son ventre.

— Tu es la seule chose qui m'importe. Ensemble, nous allons construire des monuments à la gloire des dieux, promit-il.

— Oui. Un temple à la gloire d'Aton.

Elle souriait faiblement et jouait si bien son rôle que les yeux d'Aménophis se remplirent de larmes.

— Néfertiti !

Son cri d'angoisse était tel que j'en éprouvai de la pitié pour lui. Puis il se jeta sur le lit.

— Arrête ! Arrête, tu vas blesser l'enfant ! m'écriai-je, prise de panique.

Quelqu'un frappa alors à la porte, et mon père apparut, accompagné du médecin. Néfertiti lui jeta un regard inquiet.

— N'aie pas peur, dit mon père. Il ne peut que t'aider.

Elle autorisa le médecin à lui prendre du sang au bras. Il laissa s'écouler le liquide sombre dans un plat pour voir sa couleur et lire les signes. Le vieil homme s'éclaircit la gorge. Il regarda mon père, lui adressant un bref signe de tête, puis Pharaon.

— De quoi s'agit-il ? demanda Aménophis.

Le médecin baissa la tête.

— Je crains qu'elle ne soit très malade, Altesse.

Aménophis blêmit. Son champion, sa femme, son plus ardent supporter, malade alors qu'elle attendait un enfant de lui... Aménophis jeta un coup d'œil à sa Néfertiti bien-aimée, dont la chevelure était répandue sur les oreillers comme de l'encre noire. Sa beauté paraissait éternelle, à jamais sculptée dans la mort. Il se retourna vers le médecin.

— Tu feras *tout ce qui est en ton pouvoir*, ordonna-t-il. Tu feras *tout ce qui est en ton pouvoir* pour la ramener à la vie.

— Bien sûr, dit l'homme. Mais elle doit se reposer. Rien ne doit les déranger, elle et l'enfant. Aucune mauvaise nouvelle, aucun...

— Contente-toi de la guérir !

Le médecin hocha vigoureusement la tête et se précipita vers son sac, dont il sortit plusieurs bouteilles et une fiole d'onguent. Je m'approchai pour voir si je reconnaissais ces remèdes, au cas où ils auraient été dangereux, au cas où ils la rendraient vraiment malade. Le visage de mon père demeurait impassible. Je compris tout à coup que cela devait être de l'eau de romarin.

Le médecin administra la potion et nous passâmes le reste de la soirée à regarder ma sœur sombrer dans le sommeil. Ma mère arriva, puis Ipu et Merit apportèrent des jus de fruits frais et des vêtements. Plus tard dans la nuit, ma mère retourna à sa chambre chauffée, tandis qu'Aménophis, mon père et moi restions au chevet de ma sœur. Tout en la regardant dormir, je commençai à lui en vouloir. Si elle n'avait pas été si égoïste, mon père et moi n'aurions pas eu à participer à une telle mascarade. Nous n'aurions pas été obligés de rester comme des sentinelles autour de son lit et de nous réchauffer les mains au-dessus du feu pendant qu'elle était confortablement bordée sous ses couvertures, veillée tendrement par Aménophis. Au moment de partir, mon père se retourna.

— Surveille-la bien, Moutnedjemet, me recommanda-t-il.

Il referma la porte, et Aménophis s'approcha du lit de Néfertiti.

— Est-elle gravement atteinte ? demanda le roi d'Égypte.

Dans l'ombre, son visage paraissait plus long et anguleux.

Je pris mon courage à deux mains.

— J'ai vraiment peur pour elle, Altesse.

Ce n'était pas un mensonge.

Aménophis contempla sa reine endormie. Elle était d'une beauté parfaite. Je savais que jamais je ne serais aimée avec tant de force.

— Les guérisseurs la remettront sur pied, promit-il. Elle porte notre enfant. L'avenir de l'Égypte.

— Qu'en est-il de Nebnefer, votre Altesse ? lui demandai-je malgré moi.

Il me regarda d'un air étrange, comme s'il avait oublié l'héritier de Kya.

— Elle est seulement ma seconde épouse. Néfertiti est ma reine, et elle m'est fidèle. Elle partage mon rêve d'une plus grande Égypte. Une Égypte guidée par Aton. Nos enfants embrasseront le soleil et deviendront les plus puissants dirigeants jamais bénis par les dieux.

Ma voix s'étrangla dans ma gorge.

— Et Amon ?

— Amon est *mort*, répondit-il. Je ressusciterai le rêve de mon grand-père, avec des pharaons qui ne seront pas effrayés par le pouvoir des prêtres d'Amon. Je lui rendrai hommage et on se souviendra de moi à jamais pour ce que j'ai accompli. Pour ce que *nous* avons accompli, dit-il d'une voix forte en regardant Néfertiti, son épouse envers et contre tous, sa meilleure alliée.

Il resta à son chevet la nuit entière. En l'observant, je me demandai ce qui pouvait pousser un homme à détruire les dieux de son peuple pour élever à leur place un protecteur dont personne n'avait entendu parler. La cupidité, pensai-je. Sa haine des croyances de son père, sa soif de pouvoir. Sans les prêtres d'Amon, il contrôlera tout. Bien installée sur une chaise garnie d'un épais coussin, je le regardai caresser la joue de ma sœur, passer doucement sa main sur son visage, respirer le parfum de lavande de ses cheveux. Quand je m'endormis, il était toujours à son chevet et implorait Aton pour qu'il fasse un miracle.

Le lendemain, j'eus du mal à ouvrir les yeux. À la porte se tenait un messager vêtu de lapis et d'or en provenance de Thèbes.

— Personne ne peut déranger la reine, dit Aménophis avec force.

Panahesi apparut derrière le messager.

— Altesse, c'est au sujet du prince.

Aménophis traversa la chambre.

— Que se passe-t-il ? La reine est malade.

Panahesi fronça les sourcils et entra dans la chambre.

— Je suis navré d'apprendre que son Altesse a pris mal.

Il jeta un regard par-delà l'antichambre, en direction de la chambre de ma sœur, et plissa les yeux.

— La reine Tiyi et l'Ancien envoient leur bénédiction à ton fils, poursuivit-il. La fête de la naissance se tiendra ce soir, avec la permission de Son Altesse.

Aménophis regarda vers la chambre, en direction de Néfertiti. Par la porte ouverte, Panahesi l'aperçut, allongée sur son lit, avec Merit et Ipu qui s'affairaient autour d'elle.

— Va, dit ma sœur depuis la chambre voisine. C'est ton fils.

Aménophis revint dans la pièce et posa la main sur celle de Néfertiti.

— Je ne te quitterai pas.

— Les dieux t'ont donné un fils.

Elle sourit faiblement.

— Va les remercier.

Elle levait vers lui un visage épanoui, tout en beauté, et je compris avec quel art elle avait préparé sa mise en scène. C'était elle qui lui donnait la permission d'y aller.

— Va, chuchota-t-elle.

— Je penserai à toi toute la soirée, promit-il.

Dans l'antichambre, Panahesi m'observait.

— Je suis désolé d'apprendre que la reine a attrapé mal. Quand est-ce arrivé ?

Je sentis la chaleur me monter aux joues.

— Hier soir.

— À peu près au même moment que la naissance du prince, remarqua-t-il.

Je ne relevai pas. Aménophis sortit de la chambre de Néfertiti et Panahesi s'efforça de sourire.

— Allons-nous à la fête, Altesse ?

— Oui, mais je ne suis pas d'humeur à me réjouir de cette célébration, dit-il en guise d'avertissement.

Dès qu'ils furent partis, Néfertiti s'assit dans son lit.

— Panahesi sait, lui dis-je.

— Que sait-il ? demanda-t-elle joyeusement, et elle se leva pour se brosser les cheveux.

— Il sait que tu mens.

Elle se retourna si vite que le bas de sa robe tournoya autour de ses chevilles.

— Qui dit que je mens ? Qui dit que je ne suis pas souffrante ?

Je restai silencieuse. Elle pouvait tromper la cour de Memphis tout entière, mais elle ne pourrait jamais me tromper. Je le regardai enfiler un fourreau propre ; puis elle appela Merit pour qu'elle lui apporte un fruit.

— Combien de temps vas-tu continuer à faire semblant ? demandai-je.

Un sourire se dessina au coin de ses lèvres.

— Jusqu'à ce que le nouveau prince ne présente plus d'intérêt. Et que je sois redevenue le centre de l'Égypte.

L'intérêt porté au nouveau prince ne dura pas longtemps, surtout avec la construction du temple d'Aton, qui occupait tous les esprits. En trois jours, Néfertiti fut rétablie. Le médecin décréta que c'était un miracle. Mon père lui apporta du *shedeh* du vignoble, et ma mère versa quelques larmes pour l'occasion. Je commençais à trouver que nous étions plus des amuseurs publics que la famille régnante d'Égypte.

— Quelle différence y a-t-il ? demanda Néfertiti quand je lui fis part de cette pensée. Tous portent des masques.

— Mais tu as menti. Est-ce que tu l'aimes au moins un peu ?

Elle s'arrêta dans la cour où les chars nous attendaient pour nous emmener sur le site du nouveau temple. Le cobra de sa couronne, blotti dans sa chevelure sombre, scintilla dans le soleil.

— Aucune femme ne l'aimera autant que moi. Tu ne comprends pas qu'aimer veut dire mentir. Tu as seulement quatorze ans.

Aménophis apparut sous les arcades, ma mère à son bras. Ils riaient ensemble, à ma grande stupéfaction.

— Ta mère est une femme charmante, dit Aménophis chaleureusement.

Néfertiti gratifia ma mère d'un grand sourire. *Ma mère.*

— Oui, reconnut-elle. Les dieux m'ont bénie en me donnant une telle famille.

Pharaon l'aida à monter dans mon char et elle rougit de fierté. Puis il tendit le bras à Néfertiti et le cortège s'ébranla. Des cavaliers lourdement armés chevauchaient à nos côtés et le vent frais de Phaophi agitait leurs pagnes. J'aurais aimé demander à ma mère ce qu'Aménophis lui avait dit qui l'avait fait rire. Mais peut-être valait-il mieux que je ne le sache pas.

Nous entamâmes l'ascension d'une colline qui dominait le Nil et l'étendue de terre aride. Aménophis voulait le meilleur point de vue pour admirer son bâtiment. Quand les chars firent halte, des gardes armés se déployèrent en cercle autour de nous. Puis nous mîmes pied à terre.

— Grand Osiris, murmura ma mère, incrédule.

Je restai figée, éblouie par la vaste étendue ponctuée de piliers qui montaient vers le ciel.

— Ils ne doivent jamais s'arrêter.

Des milliers d'ouvriers gémissaient sous le poids de lourdes colonnes qu'ils hissaient avec des cordes. La cour à colonnes du temple d'Aton était terminée, ainsi qu'une chapelle et un autel de granit. Cette fois, étant donné la pénibilité des travaux en cours, Aménophis n'exigea pas qu'on lui rende hommage.

Panahesi apparut et s'inclina très profondément.

— Altesse.

Il sourit d'un air aimable, puis se tourna vers ma sœur.

— Ma reine, dit-il avec un peu moins d'enthousiasme, veux-tu faire la visite du temple du dieu ?

Néfertiti jeta à Aménophis un regard triomphant, comme si c'était un présent de sa part ; et nous descendîmes la colline pour arpenter le chantier. Néfertiti voulait regarder chaque pilier, chaque mosaïque, chaque pierre taillée.

Aménophis s'arrêta dans le secteur des artistes.

— Qu'est-ce que c'est ? demanda-t-il d'une voix glaciale.

Un ouvrier se leva et essuya la sueur de son front. Il était bâti comme un conducteur de char, avec des bras musclés et un large torse.

— Nous travaillons à tes statues.

Il s'inclina.

Aménophis se pencha davantage et reconnut les traits ciselés des pharaons que les artisans reproduisaient depuis des siècles. La mâchoire parfaitement dessinée, la longue barbe, les yeux cernés de khôl. Il se redressa, le visage sombre.

— Ce n'est pas moi.

L'homme chancela. Les pharaons étaient tous représentés de la même façon depuis un millier d'années.

— Ce n'est pas moi ! se mit à crier Aménophis. Mes œuvres d'art devraient me représenter, non ?

L'artisan le dévisagea avec épouvante, puis mit un genou à terre et inclina la tête. Autour de lui, le travail avait cessé.

— Bien sûr, Altesse.

Aménophis fit volte-face et affronta Panahesi.

— Crois-tu que je veuille que les dieux me confondent avec mon père ? Pire, avec Thoutmosis ?

Néfertiti s'avança.

— Toutes les autres sculptures seront faites à notre ressemblance, ordonna-t-elle.

Panahesi inspira profondément.

— Les artisans utilisent des grilles. Ils devront…

— Alors fais-le, ordonna Néfertiti.

Elle enroula son bras autour de celui d'Aménophis, et Pharaon hocha la tête en signe d'agrément. Puis elle le guida à l'écart, à travers les amoncellements de terre et les pierres. Panahesi la suivait d'un regard mauvais. Puis il baissa les yeux vers l'homme aux bras musclés.

— Arrange-le !

— Mais comment ?

— Va chercher les meilleurs sculpteurs de Memphis, cria-t-il. *Tout de suite !*

L'artiste chercha du regard les autres hommes.

— Nous sommes considérés comme les meilleurs, répondit-il.

— Alors vous serez congédiés ! s'emporta Panahesi. Trouve-moi un artiste capable de sculpter Pharaon selon son désir, ou bien tu ne travailleras plus jamais.

L'homme fut pris de panique.

— Il *existe* un sculpteur dans la ville. Il a une bonne réputation. Il est extravagant, mais son travail est...

— Trouve-le et amène-le-moi.

Il regarda l'effigie d'Aménophis semblable à celle des autres pharaons, fit tomber la sculpture par terre et la lacéra avec sa sandale.

— Ne représente plus jamais Son Altesse ainsi. Personne ne lui ressemble. Aucun autre pharaon en Égypte ne peut lui être comparé.

Je me hâtai de rejoindre Néfertiti et Aménophis.

Des ouvriers travaillaient à une cour extérieure ; ils dressaient des piliers avec des effigies du dieu-soleil sculptées dans la pierre jaune. Ces hommes accomplissaient des travaux titanesques. De l'autre côté de la cour, j'aperçus le général Nakhtmin qui me regardait. Puis Aménophis se dirigea vers lui, et il détourna le regard. *Que faisait-il à Memphis ? Sa place était à Thèbes auprès de l'Ancien.* Ma mère, avec son regard perçant, n'avait rien perdu de la scène.

— Le général ne te regardait-il pas ? demanda-t-elle.

Je me hâtai de démentir.

— Non. Je n'ai rien vu.

Elle me considéra attentivement.

— Le roi n'aime pas le général Nakhtmin.
— On m'a prévenue.
— Essaie de ne pas tomber amoureuse d'un soldat.
— Je ne suis pas amoureuse.
— Bien. Quand le temps sera venu, tu épouseras un noble qui aura l'approbation de Pharaon. C'est le prix que nous avons tous à payer pour la couronne, dit-elle.

Je lui jetai un regard de reproche, et la revis en train de rire avec Aménophis. Qu'entendait-elle par *nous* ? Mais je préférai me taire.

Le lendemain matin, Aménophis surgit dans la salle d'audience, à la grande surprise des vizirs et des émissaires du Mitanni installés autour de la table de mon père. Panahesi et Néfertiti le suivaient ; en entrant, Néfertiti lança un regard d'avertissement à mon père. Il se leva aussitôt.

— Altesse, je croyais que tu étais à l'arène.

À leur tour, les vizirs et les émissaires se levèrent promptement pour s'incliner.

— Altesse.

Aménophis monta les marches de l'estrade et s'assit sur son trône.

— Les chevaux venant de Babylone ne sont pas arrivés et je suis las des coursiers égyptiens. Qui plus est, le grand prêtre d'Aton nous a trouvé un sculpteur.

Il parcourut la salle du regard et aperçut les dignitaires étrangers avec leurs barbes bouclées.

— Qui sont-ils ? demanda-t-il.

Mon père s'inclina.

— Ce sont des émissaires du Mitanni, Altesse.
— Que nous importe le Mitanni ? Renvoie-les.

Les hommes échangèrent des regards inquiets.

— Renvoie-les, répéta Aménophis d'une voix plus forte.

Les hommes se levèrent aussitôt et sortirent les uns après les autres.

— Nous nous retrouverons une autre fois, se contenta de leur chuchoter mon père.

Aménophis s'installa confortablement sur son trône. À présent que Pharaon était arrivé, une foule s'était rassemblée dans la salle d'audience, formée par les filles des vizirs et des groupes de musiciens. Panahesi, qui avait quitté le chantier pour présenter le nouveau sculpteur à Pharaon, s'avança devant l'estrade.

— Devons-nous envoyer chercher l'artiste, Altesse ?

— Oui. Fais-le venir.

Les portes de la salle d'audience s'ouvrirent d'un coup et la cour se retourna comme un seul homme. Le sculpteur entra. Il était vêtu comme un roi, avec une longue perruque en perles dorées, et davantage de khôl que la plupart des hommes. Il s'approcha de l'estrade et plongea dans un profond salut.

— Très gracieuse Altesse.

On aurait dit une belle femme, parée de bijoux et passée au henné.

— Le grand prêtre d'Aton prétend que ton palais a besoin d'un sculpteur. Je m'appelle Thoutmès, et si c'est le souhait de Vos Majestés, je rendrai vos portraits célèbres pour l'éternité.

Un murmure d'excitation monta de la cour. Néfertiti s'assit sur le bord de son trône.

— Nous voulons qu'ils ne ressemblent à personne d'autre, dit-elle en guise d'avertissement.

— Ils ne ressembleront à personne d'autre, promit Thoutmès. Car aucune reine n'a jamais eu ta beauté, et aucun pharaon n'a fait preuve d'autant de courage.

Je remarquai qu'Aménophis semblait se méfier de cet homme plus beau que lui. Mais Néfertiti était séduite.

— Nous voulons que tu nous sculptes aujourd'hui, annonça-t-elle.

— Nous verrons si tu es à la hauteur de ta réputation, ajouta Aménophis d'un ton glacial.

La cour se leva ; Panahesi se faufila auprès d'Aménophis pendant que nous traversions les salles du palais.

— Tu pourras constater que c'est le meilleur sculpteur d'Égypte, prédit-il.

Un atelier de fortune avait été préparé dans la perspective de la venue de Thoutmès. Dans une pièce aux fenêtres ouvertes et aux tables encombrées de peintures et de terre glaise, tous les outils nécessaires au travail de l'artiste étaient réunis : plumes de roseau et papyrus, bols de poudre blanche et lapis écrasé pour la teinte. Une estrade avait également été édifiée.

Thoutmès offrit sa main à Néfertiti et l'accompagna en haut des marches jusqu'à son trône. Les vizirs échangèrent des commentaires à voix basse devant tant de familiarité, mais son geste était dépourvu de la moindre ambiguïté.

— Par quoi commençons-nous, Altesse ? Une sculpture dans la pierre, dit-il avec un petit geste de sa main libre, ou une sculpture peinte ?

— Une sculpture, décréta Néfertiti.

Thoutmès acquiesça aimablement.

Près d'une cinquantaine de membres de la cour prirent place, comme s'ils s'apprêtaient à voir une troupe de danse ou une chanteuse avec sa lyre. L'artiste se tourna avec un air interrogateur.

— Et comment Son Altesse aimerait-elle être représentée ?

— Comme Aton sur terre, répondit Aménophis après un instant de réflexion.

Le sculpteur hésita.

— Comme la vie et la mort tout à la fois.

— Comme l'homme et la femme à la fois. Comme le début et la fin. Comme une puissance si grande que personne ne peut atteindre à sa divinité. Et je veux qu'ils connaissent mon visage.

La cour se mit à chuchoter. Pendant un millier d'années, qu'un pharaon ait été gros, petit, ou vieux, il avait été dépeint sur les temples et sur les tombes comme jeune et mince, le regard impeccablement cerné de khôl, sa chevelure parfaitement coiffée. À présent, Aménophis voulait que son propre visage affronte l'éternité, avec ses yeux bridés et son ossature fine, ses lèvres pleines et ses cheveux bouclés.

Thoutmès inclina la tête d'un air pensif.

— Je vais faire un croquis de toi sur un papyrus. Quand j'aurai terminé, tu pourras juger de la ressemblance. Si Votre Altesse est satisfaite, je le sculpterai dans la pierre.

— Et pour moi ? insista Néfertiti.

— Pour toi, je resterai fidèle à la réalité, dit Thoutmès avec un sourire. Rien ne pourrait embellir Son Altesse.

Satisfaite, Néfertiti s'enfonça dans le trône qui avait été préparé pour cette journée.

Nous regardâmes la plume de roseau du sculpteur travailler sur le papyrus, tandis que deux dizaines d'yeux suivaient le moindre de ses gestes sur le large chevalet de bronze au centre de la pièce. Tandis que nous attendions qu'une image apparaisse sur le papier, Thoutmès nous distrayait avec le récit de sa vie. Il commençait par son enfance ennuyeuse à Thèbes, une vie de labeur. Son père était boulanger, et à la mort de sa mère il l'avait remplacée auprès des fours de son père pour façonner les pains et pétrir la pâte. Les femmes qui entraient étaient fascinées par le garçon aux cheveux noirs et aux yeux verts, et les hommes le trouvaient également à leur goût, surtout les jeunes prêtres d'Amon. Puis, un jour, un sculpteur renommé pénétra dans la boulangerie, et quand il vit Thoutmès près des fours, il sut qu'il avait trouvé son prochain modèle pour Amon.

— Le célèbre sculpteur Bek me demanda si je voulais poser pour lui. Quand il me dit qu'il me paierait, mon père m'incita à partir. Avec ses sept autres fils, il n'avait aucun besoin de moi. À peine arrivé dans l'atelier, je trouvai ma vocation. Bek me prit comme apprenti, et deux ans plus tard j'avais mon propre atelier à Memphis.

Il s'éloigna de son papyrus et nous pûmes constater qu'il avait terminé.

Les vizirs assis devant se penchèrent tous ensemble, et je dus tendre le cou pour voir le dessin. Les traits d'Aménophis étaient à moitié dans l'ombre. Ses yeux étaient plus grands que dans la réalité, son menton plus long et plus menaçant. Quelque chose dans son visage le faisait paraître à la fois femme et homme, à la fois furieux et débonnaire, à la fois prêt à se prononcer et prêt à écouter. C'était un visage impressionnant, le visage d'un homme sans égal.

Thoutmès tourna alors le chevalet en direction de Pharaon, qui s'assit au bord du trône ; nous étions suspendus à son verdict.

— C'est magnifique, chuchota Néfertiti.

Aménophis détacha les yeux du portrait sur le chevalet pour regarder le jeune sculpteur.

— Je peux commencer à mettre de la couleur sur le dessin, si cela agrée à Son Altesse.

— Non, dit Pharaon avec fermeté.

La cour retint son souffle.

Aménophis s'était levé de son trône.

— Ce n'est pas la peine de le peindre. Sculpte-le dans la pierre.

Un murmure d'excitation parcourut l'atelier.

— Une paire de bustes, et nous les placerons dans le temple d'Aton, ordonna ma sœur, qui ne se tenait plus de joie.

13

Peret, saison de la germination

Thoutmès était désormais supposé suivre Néfertiti partout. On lui avait demandé de dessiner le couple royal dans tous les aspects de sa vie, et ma mère trouvait choquant qu'il soit même autorisé à s'asseoir près du dais dans la salle d'audience.

— Comment savoir si nous pouvons lui faire confiance ? demanda mon père.

Néfertiti se mit à rire.

— C'est un artiste. Pas un espion !

Pharaon lui-même était enchanté par ce jeune artiste si frêle. Avec ses rouleaux toujours sur ses genoux, Thoutmès étudiait Aménophis pendant que le roi jouait au senet ou conduisait son char dans les arènes de Memphis. Du tunnel de l'arène, je regardais Thoutmès assis près de ma mère : elle souriait pendant qu'il lui faisait des compliments sur ses yeux.

— Y a-t-il un seul endroit où il ne soit pas accepté ? dis-je sur le ton de la provocation.

Néfertiti suivit mon regard. Bien qu'elle fût enceinte de plusieurs mois, Merit était en train de lui fixer une paire de guêtres en cuir aux jambes.

— Seulement notre chambre, admit ma sœur. Mais Aménophis devrait bientôt changer d'avis.

— Néfertiti ! Tu n'es pas sérieuse ?

Elle fit un petit sourire narquois.

— Dans votre *chambre* ?

— Pourquoi pas ? demanda-t-elle d'un air effronté. Qu'y a-t-il à cacher ?

— Dans ce cas, que reste-t-il de privé ?

Elle réfléchit un instant, puis mit son casque.

— Rien. Rien n'est privé sous notre règne, et c'est pourquoi on se souviendra de nous jusqu'aux derniers jours de l'Égypte.

Je suivis ma sœur dans le tunnel menant aux arènes. Un char l'attendait, attelé à deux coursiers massifs. Thoutmès me tendit le bras pour m'aider à monter dans les gradins. J'hésitai puis saisis sa main. Elle était douce pour un artiste qui travaillait avec un burin et du calcaire.

— La sœur de la grande épouse royale, dit-il.

Je crus d'abord qu'il allait me complimenter sur mes yeux, mais il resta silencieux, à m'étudier. Pour une fois, il n'y avait pas une dizaine de dames autour de lui. Aménophis avait été matinal ce jour-là, et le reste de la cour était encore bien au chaud. Je frissonnai. Thoutmès hocha la tête.

— Ainsi tu es venue pour voir Son Altesse.

Il considéra les gradins vides d'un air entendu.

— Tu es une sœur dévouée.

— Ou stupide, marmonnai-je.

Il se mit à rire, puis se pencha vers moi.

— Même moi, je n'avais pas envie de quitter mon lit ce matin, me confia-t-il.

Aménophis, dans son char éblouissant, poursuivait Néfertiti et ses gardes nubiens, particulièrement bien entraînés. Leurs cris de joie dominaient le bruit des sabots et résonnaient bien au-delà de l'arène. Nos respirations formaient de la vapeur dans l'air glacé du matin. Un char s'arrêta soudain devant le mur bas, près de Thoutmès.

— Ce matin, je veux un dessin de moi dans l'arène ! cria Aménophis d'un ton joyeux.

Il ôta son casque ; ses boucles sombres collaient à son crâne.

— Nous reproduirons ce dessin sur un bas-relief en calcaire.

Thoutmès prit une liasse de papyrus et se leva aussitôt.

— Bien sûr, Altesse.

Il désigna les hautes colonnes de l'arène.

— Je dessinerai tes chars dorés dans les rayons du soleil hivernal. Regarde comme il filtre entre les colonnes pour former un ankh…

Aménophis agrippa le bord de son char.

— Vie éternelle, chuchota-t-il.

— Gravée dans le sable. L'or des chariots en électrum, imagina Thoutmès, et en dessous l'ankh de vie éclatant.

Thoutmès était heureusement bien plus qu'un vil flatteur et un bavard impénitent : je regardai le symbole de la vie éternelle créé par l'interaction de l'ombre et du soleil, et me demandai pourquoi je ne l'avais pas remarqué auparavant.

Dans le grand hall, ce soir-là, Thoutmès fut placé à la table royale ; Kya était assise à côté de lui, avec son troupeau de dames, des femmes qui avaient été élevées dans le confort du harem de l'Ancien. Néfertiti et Aménophis regardaient avec satisfaction la cour être aux petits soins avec leur sculpteur, qui vivait maintenant au palais, entièrement à leur service.

— Pouvons-nous voir ce que tu as dessiné aujourd'hui ? suppliaient les femmes.

Mais Kya était de mauvaise humeur.

— Pourquoi nul ne m'a-t-il dit qu'ils allaient à l'arène ?

Thoutmès voulut la calmer.

— Il était trop tôt, noble dame. Tu aurais eu froid.

— Le froid ne me fait pas peur, fit-elle d'un ton brusque.

— Mais il aurait fait pâlir tes joues, et leur couleur est trop belle pour cela, continua-t-il. Ta peau a la teinte d'une terre fertile.

Kya se calma un peu.

— Où sont donc tes dessins ?

Tandis que nous attendions que nos servantes apportent la nourriture, Thoutmès sortit la liasse de papyrus que j'avais vue dans l'arène. Le portrait de Pharaon retenant ses chevaux, avec l'ankh de vie en dessous de lui, s'y trouvait. Thoutmès fit circuler les dessins autour de la table, et tout le monde admira en silence, jusqu'aux vizirs et à mon père.

Kya leva les yeux.

— Ils sont très bons.

— Ils sont même excellents, acquiesça mon père.

Thoutmès inclina la tête et les perles de sa perruque s'entrechoquèrent mélodieusement.

— Leurs Majestés sont des sujets faciles à rendre.

— Je crois que c'est plutôt ton talent qui est en cause, répliqua mon père.

Le rouge monta aux joues de Thoutmès.

— C'est un plaisir pour moi. Et hier, Son Altesse m'a donné l'autorisation d'utiliser mon atelier pour d'autres commandes.

Des questions intéressées s'élevèrent soudain.

— Dans ce cas, dit Kya d'un ton solennel, je vais te commander un buste de moi et du premier fils d'Égypte.

Il y eut un instant de gêne à la table. Mon père regarda ma mère.

— N'importe quel enfant de Son Altesse donnera un beau buste, dit alors Thoutmès avec tact.

— Et toi ? demanda ma mère à côté de moi. Devrions-nous lui commander un portrait de toi ? Ce pourrait être un buste, ou même un bas-relief pour ta tombe. Tu devrais commencer à te demander comment les dieux se souviendront de toi.

Thoutmès fut submergé de demandes ; tout le monde parlait en même temps, même les vizirs. Au milieu de la cacophonie, il remarqua mon silence et me sourit.

— Plus tard, peut-être, dis-je. J'aimerais bien un tableau d'un beau jardin.

Les femmes de la cour virevoltaient autour de Thoutmès comme des papillons sur une fleur. Après trois mois au palais, il était encore considéré comme un nouvel hôte : il était invité à toutes les fêtes et on lui faisait visiter les jardins.

— Je ne comprends pas qu'elles se donnent ce mal, dit Ipu un matin, pendant qu'elle me nattait les cheveux. Ce n'est pas comme s'il s'intéressait aux femmes.

Je le regardai sans comprendre.

— Que veux-tu dire ?

Ipu prit un pot d'encens et me jeta un coup d'œil oblique.

— Il aime les hommes, Maîtresse.

Interloquée, je restai assise sur le bord de mon lit.

— Dans ce cas, pourquoi les femmes l'aiment-elles tellement ?

Ipu appliqua l'huile sur mon visage avec de larges mouvements.

— Probablement parce qu'il est jeune et séduisant, et que son talent à sculpter le calcaire est inimitable. Il m'a félicitée pour mon travail, ajouta-t-elle d'un ton suffisant. Il aurait même entendu parler de moi à Memphis.

— Tout le monde a entendu parler de toi, répondis-je.

Elle se mit à rire.

— Les dames veulent qu'il fasse leur portrait. Même Panahesi lui en a commandé un.

Il y avait du feu dans le brasero. Le temps avait changé ; à présent, nous portions des robes et des pagnes longs. Je me blottis contre la fourrure de mon manteau.

— Il suit Néfertiti partout ; il lui suggère des endroits où graver son image. Il sera ce matin à l'arène, j'en suis sûre.

— Il y va tous les matins ?

Je soupirai.

— Comme nous tous.

Mais ce matin-là, je ne voulais pas aller regarder Pharaon conduire son char. Je savais que ce serait comme au stade, avec les vizirs, Panahesi et Kya, tous agglutinés pour le plus grand plaisir d'Aménophis, à le regarder tourner avec Néfertiti, bien qu'elle fût enceinte de trois mois. Le vent serait glacial, et, même si les serviteurs réchauffaient du *shedeh* et nous l'apportaient, je serais réfrigérée. Ma mère s'inquiéterait de voir Néfertiti conduire dans son état ; c'était l'avenir de l'Égypte qu'elle portait dans son ventre. Et pourtant personne ne dirait rien, pas même père, car il savait que c'était ainsi qu'elle le détournait de Kya.

— Terminé.

Ipu reposa sa brosse et son khôl. Quand je sortis dans le hall, je ne pris pas la direction de la cour. Quitte à passer la matinée à être gelée, je préférais la passer dans les jardins.

Au moment où je m'asseyais sous un vieil acacia, j'entendis la voix décidée de Néfertiti m'appeler.

— Moutny ? Moutny, tu es là ?

Je posai mes pieds sur le banc et restai silencieuse.

— Moutny ?

Elle fit le tour du bassin aux lotus et m'aperçut.

— Que fais-tu ? Nous allons à l'arène.

Elle s'approcha de moi et se pencha, sa chevelure noire tombant des deux côtés de ses joues.

— Je voulais rester là.

— Et ne pas venir me voir conduire ?

— Je suis fatiguée, aujourd'hui. Et il fait froid.

— Il fait froid ici aussi.

— Ipu peut y aller, suggérai-je. Ou Merit.

Néfertiti hésita : elle se demandait s'il fallait continuer à discuter, ou renoncer à me convaincre.

— Thoutmès a fini les bustes, préféra-t-elle dire.

Elle allait donc m'autoriser à rester dans les jardins.

— Il est en train de les peindre.

Je posai mes pieds sur le sol.

— Comment de temps restera-t-il au palais ?

Néfertiti me jeta un regard étrange.

— Pour toujours.

— Mais que peindra-t-il ?

— Nous.

— Tout le temps ?

— Il est libre de faire profiter également les courtisans de son talent.

Elle se tourna.

— Tu le vois ? me demanda-t-elle en se déplaçant de côté de façon que je remarque son petit ventre proéminent au-dessus de sa ceinture de scarabées dorés.

— Il pousse.

J'hésitai.

— Et si c'était une fille ?

— Aménophis aimera l'enfant que je lui donnerai, quel qu'il soit, dit-elle avec emportement.

Je fronçai les sourcils, sachant bien ce qu'elle pensait.

— Vraiment ?

Elle serra les lèvres et les mordilla avec ses dents du bas comme je le faisais souvent.

— Si c'est une fille, Kya sera la mère du prince aîné d'Égypte.

— Mais elle est la deuxième épouse. Si tu donnes un fils à Pharaon, même l'an prochain, il deviendra malgré tout pharaon.

Néfertiti regarda au loin, au-delà de la mare aux lotus, comme si elle pouvait voir jusqu'à Thèbes.

— Si je ne mets pas au monde un garçon, Nebnefer aura plus de temps pour trouver des appuis.

— Il a seulement cinq mois !

— Il ne les aura pas toujours.

Elle se pencha en avant.

— Tu m'aideras, n'est-ce pas ? Tu seras avec moi le moment venu. Et tu prieras la déesse pour que ce soit un garçon.

Je me mis à rire, puis m'arrêtai net en voyant son visage.

— Pourquoi la déesse m'écouterait-elle ?

— Parce que tu es honnête, répondit Néfertiti. Et je suis… je ne suis pas comme toi.

Néfertiti se déplaçait dans le palais avec la main sur le ventre. Personne n'osait faire allusion au prince Nebnefer âgé de six mois qui tétait dans le grand hall, bien qu'on ne pût pas l'ignorer. C'était un beau petit prince, malgré une mère aussi acide que du citron. Aménophis aidait Néfertiti à faire le moindre pas, à monter sur son char et même à s'asseoir sur son trône. Il était aux petits soins pour elle, chantait les louanges de son futur bébé tout en ignorant celui qui était déjà né.

Au cours du mois de Phaménoth, Aménophis annonça sur les rouleaux officiels et les bâtiments publics qu'Aton était le dieu qui régnait dorénavant à Memphis. Une proclamation fut rendue publique selon laquelle les Égyptiens devaient désormais s'incliner devant les prêtres d'Aton comme ils l'avaient fait devant les prêtres d'Amon.

Car Aton protège l'Égypte. Il est tout-puissant.

Il est d'une beauté extrême. Toute science et toute sagesse.

Le rouleau ne finissait pas sur le mot *Amon*. En Égypte, jusque-là, aucun rouleau officiel ne s'était jamais achevé sans le mot *Amon*. Mais aujourd'hui, à Memphis, les choses avaient changé.

Mon père posa le rouleau sur ses genoux.

— C'est un blasphème. L'Ancien ne sera pas content quand il l'apprendra !

Néfertiti haussa les épaules. Mais elle ne chercha pas à se dérober.

— C'est Pharaon qui décide ce qui est blasphématoire ou non, répondit-elle.

— Ton mari n'est pas le seul pharaon !

Mon père se leva et jeta le rouleau dans le brasero.

— L'Ancien est toujours vivant. Prends-en bonne note, Néfertiti. Si ton mari n'est pas plus prudent, ne sois pas étonnée si ma sœur envoie des hommes pour l'assassiner.

Je mis ma main devant ma bouche et Néfertiti devint blême.

— Aménophis porte déjà la couronne Atef ! Elle n'oserait pas !

Mon père resta silencieux.

— Tu ne le permettrais pas.

— Il a dépassé les bornes.

— Mais je porte son enfant !

Il s'approcha d'elle.

— Écoute très attentivement. Il se peut qu'une tentative d'assassinat se produise. Assurez-vous que les hommes que vous avez engagés pour vous protéger sont prêts à mourir.

Le peu de couleur qui restait sur le visage de Néfertiti disparut.

— Tu dois l'en empêcher ! C'est ta sœur ! cria-t-elle.

— Elle est aussi reine d'Égypte, et je suis seulement un vizir.

Néfertiti semblait avoir le cœur au bord des lèvres.

— Mais tu me protégeras, n'est-ce pas ?

Il ne répondit pas.

— Tu le feras ? chuchota-t-elle.

Elle paraissait si petite et si terrifiée que j'aurais voulu la prendre dans mes bras.

Mon père ferma les yeux.

— Bien sûr, je te protégerai.

— Et mon enfant ? Et Aménophis ?

— Je ne peux rien promettre en ce qui les concerne. Il faut que tu le raisonnes. Il faut que tu trouves un moyen. Sinon, jamais je ne parviendrai à vous protéger.

Nous vécûmes désormais comme des chats : nous reniflions notre nourriture avant de la manger, même après qu'elle eut été goûtée par des serviteurs, et ne dormions que d'une seule oreille pour guetter une éventuelle intrusion.

Ipu s'arrêta de plier mon linge pour me regarder.

— De mauvaises nouvelles ?

— Oui, dis-je en croisant les mains sous mes jambes. Tu me dirais si tu entendais des rumeurs au palais ?

Les fossettes d'Ipu disparurent.

— Quel genre de rumeur, Maîtresse ?

— D'assassinat.

Ipu accusa le coup.

— Cela n'aurait rien d'étonnant, murmurai-je. Aménophis s'est fait des ennemis. Tu me le dirais si tu entendais parler de quelque chose, n'est-ce pas ?

— Bien sûr, promit-elle avec conviction.

Dans l'après-midi, Néfertiti m'attira à l'écart, juste avant de partir pour le nouveau temple.

— J'ai l'impression d'avoir entendu quelque chose la nuit dernière, me confia-t-elle.

— En as-tu parlé à père ?

— Non. Je n'en suis pas certaine. C'était à l'extérieur de la fenêtre.

Un frisson me parcourut la colonne vertébrale.

— L'as-tu dit au roi ?

Elle secoua la tête, la main sur le ventre.

— Non, mais je veux que tu couches avec moi ce soir.

Je me souvins qu'Aménophis passait la nuit avec Kya et je reculai d'un pas pour la jauger.

— Quoi ? cria-t-elle. Tu crois que je mentirais ?

Interloquée, je le regardai quelques instants.

— Je t'en prie, insista-t-elle avec ce qui ressemblait à une vraie peur dans les yeux. Pas seulement pour moi. Pour le bébé.

Le bébé qui grandissait depuis six mois dans son ventre.

Ce soir-là, elle s'écarta dans le grand lit qu'elle partageait avec Aménophis ; j'hésitai.

— Viens.

— Mais c'est le lit du roi.

Elle plissa les yeux.

— Pas ce soir. Ce soir, il m'a laissée seule.

Je refusai de m'allonger.

— Arrête de perdre ton temps et couche-toi, dit-elle d'un ton brusque.

La grossesse la rendait irritable.

— Non. Viens dans mon lit, répondis-je.

Elle me regarda sévèrement, la main sur le ventre.

— Je suis *enceinte*.

— Ce sera plus prudent, l'incitai-je.

Elle se tut un instant, et je sus que je l'avais ralliée à ma cause. Elle rejeta les draps et me tendit la main. Je la pris et l'aidai à traverser la chambre. Puis elle s'installa avec précaution sur mes coussins.

— Ton lit n'est pas aussi confortable que le mien, regretta-t-elle.

— Non, mais il est bien plus en sécurité.

Je souris et savourai mon triomphe. Elle ne disait rien. J'arrangeai les oreillers derrière son dos.

— Crois-tu vraiment que quelqu'un pourrait essayer de me tuer ? chuchota-t-elle.

Je me mis à rire, mal à l'aise.

— Certainement pas s'il doit d'abord franchir le barrage des douze Nubiens qui montent la garde devant ma porte.

Malgré mon ton léger, l'humeur de Néfertiti demeura sombre, et elle continua sur le même sujet.

— Pourquoi voudrait-on me tuer ?

— Parce que tu es mariée à Pharaon et que tu portes son enfant. Quelle meilleure façon d'atteindre Aménophis qu'à travers toi ?

— Mais le peuple m'*aime*.

— Le peuple, répondis-je. Pas les prêtres. Pas les hommes qui ont voué leur vie à Amon et dont vous allez détruire les temples…

— C'est l'idée d'Aménophis, dit Néfertiti brusquement.

On entendit alors des pas dans le couloir et nous nous figeâmes. Puis les pas s'éloignèrent. Je retenais mon souffle.

— Je ne peux plus supporter cela ! s'exclama Néfertiti. J'ai peur de tout.

Nous nous endormîmes en nous tenant la main, avec les lampes allumées. Nous nous réveillâmes à l'aube, recroquevillées l'une contre l'autre.

14

Chemou, saison de la récolte

L'enfant de Néfertiti devait naître au cours de Pachons. Elle refusait de mettre au monde l'héritier d'Égypte dans la chambre où Kya avait accouché du prince ; aussi Aménophis ordonna-t-il aux ouvriers du temple de commencer la construction d'un pavillon de maternité près des bassins aux lotus.

— Il doit y avoir des fenêtres ouvrant sur les quatre directions.

Ma sœur étendit les mains pour que les ouvriers comprennent ce qu'elle imaginait, un palais très aéré et ensoleillé.

— Des fenêtres allant du sol au plafond, recommanda-t-elle.

Les soldats s'inclinèrent, et les sculpteurs se mirent au travail pour sculpter des feuilles dans les poteaux de lit et peindre des poissons sur les carrelages bleu et vert du sol.

Quand elle n'était pas occupée à diriger la construction de son pavillon, elle se rendait avec Aménophis au temple pour surveiller l'avancement des travaux, qui n'était plus aussi spectaculaire maintenant que la force de travail avait été scindée.

— Moutny, prends ton manteau, me dit-elle. Moutny, nous partons pour le temple.

Je vis le général Nakhtmin sur le chantier du temple ; il donnait des instructions aux ouvriers, et je me demandai une nouvelle fois ce qu'il faisait à Memphis alors qu'il avait tellement insisté pour rester à Thèbes. Il sourit en me voyant passer, mais je détournai les yeux pour que Néfertiti ne soupçonne pas quelque chose entre nous.

— Pharaon a fait une offre que les soldats ne refuseront pas, chuchota Ipu, qui partageait mon char. Vingt deben d'argent par mois pour construire à Memphis.

Stupéfaite, je me tournai vers elle.

— Le général Nakhtmin est venu ici pour l'argent ?

Elle regarda en direction du général et sourit en montrant ses fossettes.

— À moins que ce ne soit pour autre chose.

Puis, un matin, ma sœur étant trop souffrante pour faire le trajet, elle voulut que j'y aille à sa place.

— Je ne veux pas qu'Aménophis s'y rende avec Kya. Je l'imagine déjà là-bas écrivant un poème à la gloire de son nouvel édifice. Il le graverait probablement pour elle sur le mur du temple.

Loin de me réjouir, ce qu'elle me demandait m'effrayait.

— Tu veux que j'aille sur le chantier ? *Seule ?*

— Mais non, pas seule. Tu emmèneras Ipu.

— Et pour quoi faire ?

Elle posa la main sur son ventre, d'un air las.

— Tu feras ce que j'ai toujours fait, dit-elle d'un ton brusque. Tu manifesteras ta présence au temple pour t'assurer que les ouvriers ne traînent pas. Tu vérifieras qu'ils ne volent pas d'or, ni d'albâtre, ni de calcaire.

— Et s'ils le font ?

— Ils ne le font pas. Ils n'oseraient pas pendant que tu les surveilles.

— Où est Pharaon ? Il ne vient pas ? demanda Ipu pendant que le palefrenier en chef préparait mon char.

— Ma sœur est souffrante, et elle veut qu'il reste auprès d'elle.

— Alors nous partons seules ? Sans gardes ?

— Sans aucun garde.

Quand le palefrenier eut terminé, nous prîmes la route du temple. Là-bas, les soldats cassaient des rochers et les découpaient pour en faire des pierres. Aucun ne semblait en train de chaparder l'albâtre ; mais sur notre passage plusieurs hommes agitèrent la main joyeusement à l'intention d'Ipu. Je haussai les sourcils, et Ipu sourit.

— J'ai des amis dans des endroits étranges, Maîtresse.

Dans la rue, un homme arrêta notre char d'un geste du bras. Les chevaux s'immobilisèrent comme par miracle : Nakhtmin leva les yeux vers nous avec un sourire.

— Général, dis-je en le saluant de la tête.

— Demoiselle Moutnedjemet, dit-il.

Ipu arborait un grand sourire.

— Comment progressent les travaux dans le temple ? demandai-je.

Je faisais mine de surveiller ses hommes. Ils soulevaient en ahanant une lourde colonne de pierre pour la mettre en place.

Un sourire apparut au coin des lèvres du général.

— Comme tu peux le constater, ils travaillent dur pour satisfaire les grandes ambitions de Son Altesse. Mais tu ne te demandes pas pourquoi je suis ici ?

À force de soleil, le général avait pris un teint hâlé, qui contrastait avec ses cheveux longs et ses yeux clairs.

— Je sais pourquoi tu es ici, répondis-je. Pharaon a fait une offre à laquelle aucun soldat ne peut résister. Vingt deben de cuivre par mois.

La lumière crue le fit cligner des yeux.

— C'est ce que tu penses ? Que je me suis vendu pour une poignée d'argent ?

— Pourquoi d'autre serais-tu venu ?

— Quand j'étais adolescent, j'avais mis de côté l'or que j'avais gagné à l'armée pour acheter une ferme à Thèbes ; et quand mon père est mort, j'ai hérité de sa terre. Alors non, je ne suis pas venu pour une poignée de deben.

Je sentis que je l'avais offensé ; il continuait à me dévisager.

— Dans ce cas, pourquoi es-tu venu ?

Il jeta un coup d'œil à Ipu.

— Peut-être pourras-tu le lui expliquer. Quant à moi, je dois retourner vers mes soldats avant qu'ils commencent à chaparder le calcaire. Ou l'albâtre, ajouta-t-il avec un petit sourire.

Je le regardai s'éloigner, puis me retournai vers Ipu.

— Pourquoi aime-t-il tant me faire marcher ?

— Parce que tu l'intéresses. Mais il n'est pas certain que ce soit réciproque.

Je restai muette.

— Surtout, Maîtresse, ne te montre jamais devant ta sœur avec cet air-là, recommanda Ipu.

Le temple d'Aton fut terminé juste à temps pour l'accouchement de Néfertiti. L'enfant devenant lourd, elle avait élu domicile dans un pavillon spécial, décoré avec des portraits d'Hathor et de Bès ; elle restait les jambes surélevées, posées sur des oreillers en plume tandis que des harpistes jouaient de la musique dans l'antichambre. Des porteurs d'éventail se tenaient à chaque coin de la pièce. Ma sœur régentait tout le monde depuis son lit, morigénant ceux qui passaient à proximité, et même notre père.

— Pourquoi ne m'a-t-on pas dit que Kya l'avait accompagné sur le chantier ? M'aurait-elle supplantée, à présent ?

Sa voix monta d'un ton sous le coup de l'indignation.

— *Est-ce le cas ?*

— Ferme la porte, Moutnedjemet, dit mon père.

Il regarda ma sœur sur son lit.

— Il faudra bien que tu t'en accommodes pendant quelques jours. Tu ne peux rien y faire.

— Je suis la reine d'Égypte !

Elle s'efforça de s'asseoir et ses femmes de chambre se précipitèrent pour l'aider.

— Demandez à Aménophis de venir ! ordonna-t-elle.

Les servantes interrogèrent notre père du regard.

— J'ai dit d'aller chercher Pharaon !

La voix de Néfertiti s'était faite cinglante.

Mon père se tourna vers la servante la plus proche et lui fit un signe de tête.

— Tu ferais mieux de t'inquiéter de l'état des affaires de ce royaume, dit-il. T'es-tu jamais préoccupée de ce qui se passe à Thèbes ?

Néfertiti hésita un instant.

— Pourquoi le ferais-je ?

Le visage de mon père s'assombrit.

— Parce que l'Ancien est malade.

Les servantes s'efforcèrent de ne pas se regarder, mais on sentait que, la nuit venue, les bavardages iraient bon train. Néfertiti se redressa sur ses oreillers.

— *Gravement* malade ?

— Il se pourrait qu'Anubis l'emporte bientôt.

Néfertiti réussit à s'asseoir.

— Pourquoi ne m'a-t-on rien dit ?

— Parce que rien ne t'intéressait que le temple d'Aton. Quand Aménophis a-t-il siégé pour la dernière fois dans la salle d'audience ? Quand a-t-il correspondu avec des princes étrangers ? Tous les jours, c'est *moi* qui prends place en contrebas du trône d'Horus et exerce le pouvoir du roi.

— Ce n'est pas ce que tu désirais, avoir le royaume d'Égypte à tes pieds ?

— Pas quand ton mari s'amuse un jour à jouer au pharaon et envoie à ses alliés des statues plaquées d'or au lieu de statues en or massif. Ensuite, c'est à moi de faire amende honorable. Et c'est encore à moi d'expliquer au maire de Qiltu pourquoi l'armée ne peut pas l'aider à repousser les Hittites qui ont attaqué son royaume.

— Il y a une armée à Thèbes. Envoie-le à l'Ancien.

La colère de mon père monta d'un degré.

— Dans combien de temps Aménophis se servira-t-il de ces soldats-là comme ouvriers ? Que prévoit-il ensuite ? Un palais ? Une ville ?

Je jetai un coup d'œil à Néfertiti.

— L'Égypte est divisée, dit-il d'un ton d'avertissement. Les prêtres d'Amon préparent une rébellion.

— Ils n'oseraient jamais se rebeller ! assura Néfertiti, avec un aplomb souverain du haut de ses dix-sept ans.

— Pourquoi ? dit mon père. Avec Horemheb dans leur camp…

— Horemheb deviendrait alors un traître, et Aménophis le ferait tuer.

— Et que se passerait-il si l'armée se ralliait à lui ?

Néfertiti eut un mouvement de recul et posa les mains sur son ventre, comme pour protéger son enfant d'une telle éventualité. À cet instant, la porte de la chambre s'ouvrit, laissant apparaître Aménophis.

— La plus belle reine d'Égypte ! s'exclama-t-il.

— La *seule* reine d'Égypte, dit Néfertiti sèchement. Où étais-tu ?

— Au temple, répondit Aménophis avec un sourire. L'autel est terminé.

— Et tu l'as consacré avec Kya ? accusa-t-elle.

Aménophis se figea.

— Tu l'as fait ? cria-t-elle. Maintenant que je suis réduite au rôle de génitrice, sur le point de donner naissance à un prince, je ne présente plus aucun intérêt ?

Aménophis regarda autour de lui d'un air hésitant, puis se précipita à son chevet et posa les mains sur les siennes.

— Néfertiti…

— C'est *mon* effigie qui contemple le peuple d'Égypte. C'est *moi* qui veille sur ce royaume. Pas Kya !

Aménophis se mit à genoux.

— Je suis désolé.

— Tu n'y retourneras plus jamais avec elle. *Dis* que tu n'iras plus avec elle.

— Je promets…

— Une promesse ne suffit pas. Jure-le-moi. Sur Aton.

— Je le jure sur Aton, dit-il, comprenant qu'elle parlait sérieusement.

Puis ma sœur l'invita à se relever.

— Savais-tu que ton père était souffrant ? demanda-t-elle en s'enfonçant de nouveau dans ses oreillers.

Son numéro était parfaitement au point : quand elle était heureuse, elle redevenait la meilleure alliée d'Aménophis.

Il se leva aussitôt.

— L'Ancien est souffrant ?

— N'est-ce pas vrai ? dit-elle en se tournant vers son père.

Celui-ci s'inclina.

— Altesse, ce sont les nouvelles en provenance de Thèbes.

Aménophis parcourut la pièce du regard et remarqua enfin les femmes qui étaient présentes.

— Partez ! cria-t-il.

Ipu et Merit firent sortir les femmes.

— Combien de temps lui reste-t-il à vivre ? demanda-t-il à mon père.

— Le pharaon d'Égypte peut vivre encore une année.

— Tu as dit qu'il était malade, que l'on envisageait une issue fatale.

— Les dieux peuvent lui accorder de vivre plus longtemps.

— Les dieux l'ont abandonné ! cria Aménophis. C'est *moi* qu'ils protègent, pas un vieil homme décrépi.

Il traversa la pièce en deux enjambées et ouvrit la porte.

— Allez me chercher l'architecte Maya, ordonna-t-il aux gardes.

Puis il se retourna vers mon père.

— Tu vas regagner la salle d'audience et écrire aux princes de toutes les nations pour leur dire que, au cours de la saison, je deviendrai pharaon de la Haute-Égypte.

Les joues de mon père s'empourprèrent sous le coup de la colère.

— Il ne sera peut-être pas mort, Majesté.

Aménophis s'approcha de mon père.

— Tu te trompes, lui chuchota-t-il à l'oreille. Le règne de l'Ancien est terminé.

Il s'avança vers la porte et appela une nouvelle fois les gardes.

— Trouvez-moi Panahesi !

Puis il annonça :

— Le grand prêtre d'Aton se rend à Thèbes. Va tout de suite rédiger une lettre à l'intention des rois des nations étrangères.

Il désigna la sortie, et nous nous retrouvâmes, mon père et moi, dans le couloir. À l'intérieur s'éleva aussitôt un concert de voix surexcitées. Je suivis mon père en direction du Per Medjat ; le claquement de ses sandales sur les dalles en disait long sur sa colère.

— Que manigance-t-il ?

— Il prend ses dispositions, dit-il, furieux.

— Des dispositions pour quoi ?

— Pour précipiter le voyage de l'Ancien dans l'Après-Vie.

Je retins mon souffle.

— Dans ce cas, pourquoi as-tu autorisé Néfertiti à lui parler ?

Mon père ne ralentit pas.

— Quelqu'un d'autre l'aurait fait, sinon.

— La reine est en train d'accoucher !

La servante qui vint me chercher dans les jardins du palais arrivait à peine à parler. Je me levai aussitôt et me frayai un chemin à travers la foule massée autour de la chambre de Néfertiti.

Abrités par des parasols, des messagers et des dames de la cour se pressaient devant le pavillon et discutaient entre eux de ce qui se passerait si Néfertiti mettait au monde un fils. Nebnefer devrait-il aller vivre dans un autre palais ? Et si c'était une fille ? Combien de temps la reine mettrait-elle à retomber enceinte ? J'entrai dans la chambre de naissance et refermai la porte derrière moi, coupant court à tous ces bavardages.

— Où étais-tu ? cria Néfertiti.

— Dans les jardins. Je ne savais pas que le travail avait commencé.

Ma mère me regarda, surprise que j'aie pu l'ignorer.

— Apporte-moi un jus de fruits, gémit Néfertiti.

Je me précipitai vers la servante la plus proche.

— Un jus de fruits, vite !

Je retournai vers ma sœur.

— Où sont les sages-femmes ?

Elle serra les dents.

— Elles préparent la chaise d'accouchement.

Sur le trône d'ébène servant à cet usage, Hathor, Nekhbet et Taouret, les trois déesses de la naissance étaient représentées, les bras tendus. Mais Néfertiti semblait peiner à aider l'enfant à sortir de son ventre. Elle avait du mal à respirer.

Deux sages-femmes apparurent.

— C'est prêt, Altesse.

Elles l'installèrent sur le siège rembourré qui comportait un trou en son centre pour que l'enfant puisse faire son entrée dans le monde. Ma mère plaça un coussin derrière elle ; puis Néfertiti me prit la main, et se mit à pousser des cris à réveiller Anubis. Dehors, le brouhaha retomba ; on n'entendit plus que les cris. Oublieuse des sages-femmes, ma mère se tourna vers moi.

— Pourrions-nous lui donner quelque chose pour la soulager ?

— Malheureusement, non, dis-je, et les sages-femmes acquiescèrent.

La plus âgée agita ses boucles grises.

— Nous lui avons déjà donné son *kheper-wer*.

Je les avais regardées injecter à ma sœur un mélange de la plante nommée *kheper-wer*, avec du miel et du lait, pour déclencher la naissance. La vieille femme ouvrit les mains.

— C'est tout ce que nous pouvons faire.

Néfertiti gémit. Elle fronçait les sourcils, et des gouttes de sueur dégoulinaient sur son cou, collant ses cheveux à son visage. Je demandai à l'une des femmes de les repousser en arrière.

Ipu et Merit approchèrent une cuvette pleine d'eau chaude de la chaise, et la placèrent entre les jambes de ma sœur pour que la vapeur facilite l'accouchement. Alors Néfertiti rejeta la tête en arrière et agrippa la chaise.

— Il vient ! cria ma mère. Le prince d'Égypte !

— Pousse plus fort, conseilla la sage-femme âgée.

Merit bassina le front de Néfertiti avec un linge humide ; la sage-femme se précipita sous la chaise et tendit les mains vers la tête du bébé. Ma sœur se rejeta en arrière en hurlant, puis son corps frêle trembla violemment, et l'enfant apparut dans un déluge de liquide.

— Une princesse ! cria la sage-femme, avant de regarder si le bébé ne présentait aucune difformité. Une princesse en parfaite santé.

Néfertiti leva les yeux.

— Une fille ? murmura-t-elle, cramponnée aux bras de son siège. *Une fille ?*

— Parfaitement !

La sage-femme leva le petit paquet, et nous nous regardâmes, ma mère et moi.

— Que quelqu'un prévienne le vizir Aÿ, dit ma mère d'un ton joyeux. Et qu'on aille porter un message au roi.

Ipu se précipita pour aller annoncer dans tout le palais que la reine avait survécu à l'accouchement. Les cloches retentiraient deux fois pour avertir le peuple qu'une princesse d'Égypte était née. Les sages-femmes réinstallèrent Néfertiti dans son lit, et la garnirent de linges pour arrêter le saignement.

— Une princesse, répéta-t-elle.

Elle était tellement persuadée que ce serait un prince…

— Dis-toi qu'elle est en parfaite santé, répondis-je. Et qu'elle t'appartient. C'est elle qui te relie à l'éternité.

— Mais…

Son regard se perdit dans le vague.

— C'est une fille.

La sage-femme s'approcha et tendit à ma sœur la première princesse d'Égypte. Néfertiti prit l'enfant dans ses bras. Les yeux de ma mère s'embrumèrent : elle était grand-mère, maintenant.

— Elle te ressemble, dit-elle à Néfertiti. Elle a ta bouche et ton nez.

— Et tellement de cheveux, ajoutai-je.

Ma mère caressa la tête duveteuse. L'enfant poussa un cri perçant, et la sage-femme aux cheveux gris se précipita vers nous.

— Il faut la nourrir, décréta-t-elle. Où est la nourrice ?

Une grande femme bien en chair fut introduite dans la chambre de naissance. La sage-femme l'examina du coin de l'œil : elle était à peine plus âgée que Néfertiti, dix-sept ou dix-huit ans sans doute, avec un visage rond, et l'air chaleureux et énergique.

— Tu as été choisie par le vizir Aÿ ?

— Oui, répondit la jeune femme.

À voir ses seins gonflés, on devinait qu'elle aussi venait de mettre un enfant au monde.

— Viens t'asseoir près de la reine, ordonna la sage-femme.

Sitôt installée, la jeune femme sortit son sein de sa robe. La petite princesse se mit à téter goulûment, sous les yeux de Néfertiti, fascinée par sa reproduction en miniature.

La sage-femme sourit.

— Elle est aussi belle que vous, Majesté. Pharaon doit être heureux.

— Malheureusement, ce n'est pas un fils.

Néfertiti baissa les yeux vers la princesse qu'elle venait de mettre au monde, une princesse qui aurait dû être un prince.

— Comment vas-tu l'appeler ? demandai-je.

— Méryt-Aton, dit aussitôt Néfertiti.

Ma mère sursauta.

— Aimée d'Aton ?

— Parfaitement.

Néfertiti se redressa, avec un air déterminé.

— Pour qu'Aménophis n'oublie pas ce qui est important.

Ma mère fronça les sourcils.

— La loyauté, ajouta Néfertiti.

Des cloches retentirent au loin, deux fois, annonçant à Memphis qu'une princesse était née. Néfertiti agrippa ses draps.

— Qu'est-ce que c'est ?

— Les cloches… commença ma mère.

— Pourquoi ne sonnent-elles que deux fois ?

— Elles sonnent trois fois pour un prince, dis-je.

— *Et pourquoi ?* explosa Néfertiti. Une fille seraitelle moins importante qu'un prince ? Les cloches ont sonné trois fois pour Nebnefer, elles sonneront trois fois pour la princesse Méryt-Aton !

À cet instant, la princesse Méryt-Aton se mit à gémir.

— Veux-tu que nous t'emmenions aux bains, Majesté ? intervint Merit.

— Non ! Quelqu'un doit faire taire les cloches, ordonna Néfertiti. Allez chercher Aménophis !

— Commence par prendre ton bain, tu verras Pharaon ensuite, et tu le lui diras, insista ma mère.

— Néfertiti, tu ne peux recevoir personne dans cet état, ajoutai-je.

Bien que ses jambes eussent été nettoyées et ses cheveux brossés en arrière, elle ne ressemblait pas à une reine d'Égypte. Avec sa tunique souillée, l'odeur de sang dont elle était encore imprégnée, elle était avant tout une femme qui venait de mettre un enfant au monde.

— Prends vite un bain, ensuite nous appellerons Pharaon et le lui dirons.

Elle finit par suivre mon conseil ; quand elle fut partie, emmitouflée dans des linges propres, le silence retomba dans la chambre de naissance.

— C'est un beau bébé, dit enfin ma mère.

La nourrice nourrissait toujours la princesse, tandis que la sage-femme s'affairait pour enlever le fauteuil d'accouchement. Une année s'écoulerait avant la naissance d'un prince. Ou peut-être plus.

— Crois-tu qu'il accédera à son désir ? demandai-je.

Ma mère serra les lèvres.

— Ce n'est jamais arrivé.

— Une reine n'a jamais partagé la chambre d'un roi non plus.

Quand Néfertiti revint du bain, toute vêtue de blanc, ma mère hocha la tête d'un air satisfait.

— Beaucoup mieux, dit-elle.

Mais Néfertiti n'était visiblement pas d'humeur à recevoir des compliments.

— Allez chercher Aménophis.

Merit ouvrit la porte de la chambre de naissance et appela Pharaon. À peine fut-il entré que Néfertiti ne lui laissa pas un instant de répit.

— Je veux que les cloches sonnent trois fois, ordonna-t-elle.

Il se précipita à son chevet et lui posa la main sur la joue.

— Tu vas bien ? Es-tu…

— Les cloches doivent sonner trois fois aujourd'hui !

— Mais la naissance…

Il se pencha vers Méryt-Aton.

— Regarde comme elle est belle…

— Je parle des cloches ! cria Néfertiti, au risque de faire peur à la princesse.

Aménophis hésita.

— Mais les cloches sonnent seulement…

— Notre princesse est-elle moins importante qu'un prince ?

Aménophis considéra le visage de sa fille, et des larmes inondèrent ses joues. Elle avait hérité de ses yeux sombres et de ses cheveux bouclés. Puis il regarda Néfertiti, et devant son air résolu se tourna vers Merit.

— Demande aux hommes de sonner les cloches trois fois. La princesse…

Il jeta un coup d'œil à Néfertiti.

— Méryt-Aton est née, dit Néfertiti.

Aménophis s'assit près d'elle.

— Méryt-Aton, répéta-t-il, les yeux fixés sur sa fille. Bien-aimée d'Aton.

Néfertiti releva fièrement le menton.

— Oui. D'après le grand dieu d'Égypte.

— Une princesse.

Aménophis prit le nourrisson vagissant des bras de la nourrice, et le mit contre sa poitrine.

Mon père entra alors et jeta à ma mère un regard poignant.

— Une fille, dit-il doucement.

— Mais un héritier quand même, chuchota ma mère.

Mon père attendit de pouvoir prendre sa petite-fille contre lui, la première princesse royale d'Égypte, puis partit adresser un message aux rois des nations étrangères.

Dans son lit, Néfertiti avait les traits tirés, le teint pâle ; elle s'efforçait de paraître joyeuse devant Aménophis, alors qu'elle aurait dû dormir.

— Comment la trouves-tu ? demandai-je à ma mère.

— Comme une femme qui vient d'accoucher.

Merit apparut alors au chevet de Néfertiti, munie de sa grande boîte de maquillage en ivoire. Ma sœur s'assit docilement ; si j'avais été à sa place, j'aurais exigé que tout le monde sorte de ma chambre. Je contemplai la princesse Méryt-Aton, blottie contre la poitrine de ma sœur, et mon cœur se serra. Étais-je jalouse ? Néfertiti avait un mari, un royaume. À quinze ans, je n'avais encore rien dont j'aurais pu être fière.

La fête de la naissance eut lieu aux derniers jours de Pachons. Des vases précieux magnifiquement ouvragés arrivèrent en provenance de royaumes étrangers, qu'on exposa sur une immense table allant d'un bout à l'autre du grand hall. Des statues d'or nous parvinrent également, ainsi que des coffres en ébène. Le roi du Mitanni envoya une meute de chiens, et les familles nobles de Thèbes, des bracelets en argent et en ivoire.

Dans la chambre d'Aménophis, Néfertiti s'inquiétait de sa tenue pour la fête.

— Une robe ouverte devant, ou une ras du cou ?

Ses seins passés au henné étaient lourds, et particulièrement somptueux, et son ventre si plat que jamais on n'aurait cru qu'elle avait accouché quatorze jours auparavant.

— Celle ouverte devant, dis-je.

J'admirai son corps pendant qu'elle enfilait la minuscule robe, et la regardai, fascinée, passer deux boucles dorées dans les lobes de ses oreilles. Nous nous regardâmes ensuite dans le miroir côte à côte : la Belle et le Chat.

Dès notre arrivée dans le grand hall, les hommes tournèrent leur regard vers elle.

— Elle n'a jamais été aussi splendide, remarqua Ipu en voyant ma sœur s'avancer entre les colonnes et monter les marches de l'estrade à la lumière de centaines de lampes.

La maternité avait effectivement rempli ses joues et avivé son teint. Le silence se fit quand elle prit place sur le trône.

Tous les membres de la cour royale d'Égypte semblaient s'être rassemblés pour célébrer la naissance de Méryt-Aton. Je ressortis pour aller trouver mon père et ma mère, qui profitaient d'un moment de calme avant le dîner. La foule avait envahi la cour ; vêtus de leurs plus beaux atours et couverts de bijoux en or, les gens entraient et sortaient, une coupe de vin à la main. Seul manquait Panahesi.

— Pourquoi tant de monde ? demandai-je.

Les nobles de Thèbes, venus pour fêter l'événement, étaient partis quatorze jours plus tôt, dès que la nouvelle de la naissance imminente de Méryt-Aton leur était parvenue.

— Ils sont venus rendre hommage au nouveau pharaon, dit mon père. L'Ancien est mourant.

— Mais il devait vivre encore une autre saison ! Tu m'avais dit…

Je compris soudain.

— Il a été empoisonné ? chuchotai-je en me penchant vers lui.

Mon père ne répondit pas.

— C'était du poison ? insistai-je.

Le visage de mon père restait impénétrable.

— Panahesi est allé là-bas ?

Mes parents échangèrent un regard et mon père se leva.

— L'Ancien ne vivra pas jusqu'à la fin du mois.

Une cloche retentit dans le grand hall pour appeler les convives à dîner. Mon père prit le bras de ma mère et ils disparurent dans la foule. Je restai clouée sur place, sidérée par ce que je venais d'apprendre.

— À te voir, on pourrait penser que nous allons être envahis, ou que tu viens de manger quelque chose d'amer.

Je me retournai : le général Nakhtmin me tendait une coupe de vin.

— Merci, général. Je suis ravie de te voir.

Il se mit à rire et fit un geste en direction du grand hall.

— Veux-tu m'accompagner ?

Nous franchîmes les portes en arc de cercle et longeâmes les magnifiques colonnes pour rejoindre les invités. Sa place était à la table des militaires de haut rang, la mienne auprès de la famille royale.

— Dis-moi, général, lui demandai-je avant d'arriver à l'estrade, as-tu entendu, à Thèbes, dire quelque chose au sujet de l'Ancien ?

Nakhtmin me regarda d'un air songeur, puis m'attira à l'écart des tables jusqu'à une alcôve où nous pourrions parler sans témoin.

— Pourquoi cette question ?

J'hésitai.

— Je... pensais que tu pourrais savoir quelque chose.

— Il passera sans doute très bientôt dans les bras d'Osiris.

— Mais il n'a que quarante ans ! Il pourrait vivre encore dix ans. On parle de poison, ajoutai-je, en le regardant bien en face.

— Certains le prétendent. Et si on en parle dans la propre famille du roi...

— Ce n'est pas le cas, dis-je aussitôt. Je m'informais.

Il m'observait attentivement.

— Mais si... si le pharaon meurt... Que se passera-t-il alors ?

— Ta sœur deviendra reine d'Égypte, et la reine douairière devra s'incliner devant sa belle-fille. Qui sait, ajouta Nakhtmin d'un air de conspirateur, elle peut même devenir pharaon.

— *Pharaon* ?

— Cela t'étonne ?

— Ce n'est pas possible. Très peu de femmes ont gouverné l'Égypte.

— Et pourquoi pas elle ?

Nous aperçûmes ma sœur à travers les colonnes : un large sceau doré retenait sa chevelure brillante en arrière, faisant paraître ses yeux plus grands encore.

De son trône, elle dominait la salle, mais c'était Aménophis qu'elle surveillait.

— Il lui fait une totale confiance, poursuivit Nakhtmin. Ils partagent la même chambre.

— Qui te l'a dit ?

— Je suis général. C'est mon devoir de tout savoir.

— Elle devra être veuve pour devenir pharaon.

Il ne me démentit pas, comme si la mort d'Aménophis ne l'aurait pas étonné outre mesure. Un frisson glacé courut le long de mon dos, en dépit de la chaleur de la nuit. Les convives prenaient place, et des éclats de rire résonnaient dans le grand hall. La fête de la naissance devait durer toute la nuit, mais je n'aurais peut-être plus l'occasion de parler avec le général.

— Je pensais que tu voulais rester à Thèbes pour mener une vie plus tranquille qu'ici, lui dis-je après un instant d'hésitation.

— Ce n'est pas particulièrement calme à Thèbes. Partout où il y a un palais, ce n'est jamais calme. Mais j'espère un jour trouver quelqu'un qui acceptera de partager une vie tranquille avec moi. Loin de Thèbes, de Memphis ou de n'importe quelle ville royale.

Nous regardâmes tous deux en direction du hall et j'inclinai la tête pour lui signifier que je le comprenais.

— Maintenant que le temple est terminé, les soldats se demandent ce qui va arriver. Pharaon a peur de l'armée. Il ne nous enverra pas faire la guerre, alors que les Hittites envahissent notre territoire un peu plus chaque saison sans rencontrer la moindre résistance. Avec Panahesi au service d'Aton, et Aménophis qui construit des temples à la gloire du règne d'Aton, c'est ton père qui règne sur l'Égypte. C'est lui le pharaon, petit chat, non pas en titre, mais dans les faits. Le moment est venu pour toi de décider ce que tu veux faire de ta vie. Avoir ton nom gravé dans la pierre pour l'éternité ou être heureuse ?

— Comment sais-tu que je ne le suis pas ici ?

— Parce que tu es là, dans un coin, en train de parler avec moi, alors que ta sœur est assise sur le trône d'Horus et que ton père veille à lui épargner tous les obstacles. Si tu étais heureuse, tu serais là-bas avec eux.

Il désigna la table de la famille royale, que présidaient ma mère et mon père, entourés par des hommes chauves richement vêtus.

— Que deviens-tu dans tout cela, petit chat ?

— Je suis la servante de Néfertiti, dis-je brusquement.

— Libre à toi de changer cela. En te mariant, ajouta-t-il sans me quitter des yeux.

— Moutny, trouve-moi ma robe !

Je levai les yeux de ma partie de senet, mais ne bougeai pas.

— Où est Merit ? Elle ne peut pas te la donner ?

Néfertiti, assise près de la nourrice qui donnait le sein à Méryt-Aton, m'observait de ses grands yeux fardés. Elle caressait la tête soyeuse de la princesse.

— Je ne peux pas quitter Méryt-Aton. Ne peux-tu pas aller la chercher ? Elle est juste dans l'autre pièce.

— Vas-y, Moutny, dit ma mère. Elle est occupée.

— Elle est toujours occupée !

Ma mère me jeta un regard suppliant, et je revins avec la robe de ma sœur. Je m'arrêtai pour contempler le minuscule visage de Méryt-Aton : elle avait le teint de sa mère, et les yeux d'Aménophis, noirs comme des olives. Il était encore trop tôt pour savoir si elle aurait la mâchoire de sa mère ou la taille de son père, mais son nez était fin et long comme celui de Néfertiti.

— Elle te ressemble, dis-je, au grand plaisir de ma sœur.

Ma mère se redressa soudainement.

— Vous avez entendu ? demanda-t-elle.

Nous nous figeâmes toutes, jusqu'à la nourrice avec Méryt-Aton dans les bras. On entendait des femmes gémir, et les cloches des temples sonner à toute volée.

Néfertiti se leva.

— Que se passe-t-il ?

La porte de la chambre s'ouvrit brusquement ; Aménophis arborait un tel sourire de triomphe que nous comprîmes aussitôt. Ma mère mit sa main devant sa bouche.

— Il a rejoint Osiris, chuchota Néfertiti.

Aménophis la prit dans ses bras.

— L'Ancien est mort. Je suis pharaon d'Égypte.

Mon père entra avec Panahesi sur ses talons. Toute à sa joie, Néfertiti ne remarqua même pas la présence des hommes dans sa chambre de naissance. Mon père s'inclina.

— Devons-nous nous préparer pour le voyage à Thèbes, Altesse ?

— Il n'y en aura pas, annonça Aménophis. Nous entamons immédiatement la construction de la ville d'Amarna.

Le silence retomba dans la pièce.

— Thèbes ne sera plus la capitale ? demanda mon père.

— Pour la gloire d'Aton, déclara Aménophis, qui exultait.

Mon père jeta un regard furieux à Néfertiti, mais elle détourna les yeux.

15

Thèbes
1349 av. J.-C.
Le 15 de Thot

Aménophis faisait les cent pas.

— Ma mère est dans la salle d'audience. Elle porte la couronne de la reine d'Égypte, alors qu'elle t'appartient maintenant. Veux-tu que je la lui reprenne pour te la donner ?

Ma mère, mon père, Ipu et moi faisions cercle dans la chambre la plus somptueuse de Malgatta. Nous étions venus par bateau à Thèbes pour les funérailles de Pharaon ; à présent, la chambre de l'Ancien était celle d'Aménophis IV. Nous regardâmes Merit maquiller les yeux de Néfertiti. Plus puissante que Tiyi, plus puissante même que notre père, elle ne nous appartenait plus désormais. Du temps de l'Ancien, on pouvait toujours s'adresser à lui en cas de problème. À présent, Néfertiti était notre seul recours.

— Laisse-la garder la couronne, décida ma sœur. Je veux une couronne qu'aucune reine d'Égypte n'aura jamais portée. Une couronne de *ma* création.

Elle regarda Thoutmès, qui nous suivait comme toujours.

Mais Aménophis ne semblait pas satisfait.

— Nous devrions la lui reprendre, insista-t-il. Elle pourrait devenir dangereuse pour nous.

Le regard de mon père croisa celui de Néfertiti, qui se leva brusquement.

— Je n'en vois pas la nécessité, répondit-elle.

— C'était la femme de mon père, rétorqua Aménophis d'un ton menaçant.

— Et c'est la sœur de mon père. Il la surveillera pour toi.

Aménophis regarda mon père longuement, puis haussa les épaules, comme si sa mère était devenue un sujet de moindre importance.

— Je veux quitter cette ville dès que nous aurons trouvé un endroit où construire.

— Nous le ferons, promit Néfertiti en s'approchant pour lui caresser la joue. Mais nous devons d'abord mettre de l'ordre.

— Oui, reconnut-il. Nous devons nous débarrasser des prêtres d'Amon avant qu'ils tentent de m'assassiner...

— Altesse, interrompit mon père.

— Je ne veux plus qu'ils viennent troubler mon sommeil ! J'en rêve toutes les nuits. Ils hantent mes *rêves*. J'enverrai les prêtres aux carrières.

Comment pouvait-il envisager cela ? Néfertiti elle-même paraissait sidérée à cette idée. Ces hommes n'avaient jamais travaillé de leur vie : ils passaient leur temps à prier.

— Peut-être devrions-nous seulement les éloigner, suggéra-t-elle.

— Pour qu'ils aillent comploter ailleurs ? demanda Aménophis. Non, je les enverrai aux carrières.

— Alors ils mourront, m'exclamai-je sans réfléchir.

Aménophis me foudroya du regard.

— Très bien.

— Et ceux qui se soumettront à Aton… Ils pourront être épargnés ? implora Néfertiti.

Aménophis hésita.

— Nous leur laisserons une chance. Ceux qui refuseront seront mis aux arrêts et condamnés.

Il quitta la pièce et on l'entendit crier à ses gardes de marcher sept pas derrière lui.

— L'Ancien est dans sa tombe depuis sept jours à peine que vous projetez déjà la destruction de Thèbes ? lâcha mon père, furieux. Le peuple estimera que cela enfreint les lois de Maât. Il vous en voudra toujours.

— Dans ce cas, nous trouverons quelque chose d'autre pour lui faire plaisir, jura Néfertiti.

Ses yeux étaient maquillés, et elle portait le symbole de vie en or à son cou.

— Apporte-moi ma couronne.

Thoutmès disparut. Néfertiti ôta alors sa perruque, et tous, nous laissâmes échapper un cri.

— Qu'as-tu fait ? s'exclama ma mère.

Néfertiti avait rasé ses cheveux. Les belles tresses noires qui encadraient son visage avaient disparu.

— Il le fallait pour la couronne.

Ma mère porta la main à son cœur.

— Quel genre de couronne ?

— Une couronne qui sera bientôt indissociable de l'Égypte, dit-elle.

Même sans cheveux, Néfertiti n'avait rien perdu de sa beauté : elle paraissait maintenant à la fois menaçante, imposante, superbe. Voyant Thoutmès approcher, elle se regarda dans le miroir : il éleva la couronne à sommet plat pour que nous puissions l'admirer, puis la fixa sur la tête de Néfertiti. Personne d'autre qu'elle n'aurait pu la porter : cette couronne haute et fine, avec un aspic prêt à cracher son venin dans les yeux de ses ennemis, avait été dessinée pour elle. Quand Néfertiti se retourna, je crus un instant qu'une déesse venait de m'apparaître.

La salle d'audience était pleine à craquer. Scribes, marchands, courtisans, diplomates, vizirs et prêtres se tenaient au coude à coude dans cette salle magnifique aux mosaïques majestueuses et aux fenêtres imposantes. Elle éclipsait de très loin celle de Memphis. Quand nous entrâmes, chacun retint son souffle. Néfertiti gravit majestueusement les marches menant à son trône ; la reine Tiyi, sur la deuxième marche de l'estrade, n'était plus la souveraine régnante d'Égypte mais la reine douairière. Tandis que je prenais place sur la troisième marche à côté de mon père, j'entendis chuchoter : personne ne connaissait la signification de la couronne de ma sœur. Néfertiti était-elle reine ? Une reine-roi ? Une corégente ? À qui le peuple devrait-il adresser ses pétitions ? Les vizirs regardaient tour à tour Aménophis, puis Néfertiti, puis mon père. Nous étions la famille la plus puissante d'Égypte. Et même du monde.

Le général Nakhtmin, en grande tenue, se tenait au côté d'Horemheb. Ils observaient d'un œil critique les gardes nubiens derrière nos trônes. Je devinai ce qu'ils pensaient : Aménophis se défiait tellement de son armée qu'il avait engagé des étrangers pour le protéger. Mais ils ignoraient encore qu'Aménophis allait annoncer la construction d'une nouvelle capitale nommée Amarna. Nous n'entrerions pas en guerre contre les Hittites, qui envahissaient pourtant nos territoires.

Panahesi se leva.

— Le pharaon d'Égypte a décrété, annonça-t-il, que dorénavant Aton serait vénéré de préférence à tous les autres dieux !

Un murmure de colère parcourut le groupe des prêtres.

Panahesi éleva la voix pour couvrir le bruit.

— Aton aura des temples dans chaque ville et les prêtres d'Amon devront s'incliner devant lui, sinon ils seront chassés de Thèbes et envoyés aux carrières.

On entendit une exclamation de protestation.

— Les carrières de Wadi Hammamat, poursuivit-il.

Le tumulte s'accentua, et Aménophis se leva de son trône.

— À compter de ce jour et pour la suite des temps, dit-il d'une voix qui résonna dans la salle, je répondrai au nom de pharaon Akhenaton. Bien-aimé d'Aton. Thèbes ne sera pas la capitale du pharaon d'Aton. Je construirai pour Aton une ville plus grande, une ville plus magnifique, et cette cité se nommera Amarna.

À cet instant, un véritable vacarme s'éleva dans la salle d'audience. L'assistance était sous le choc de ce qu'elle venait d'apprendre : Aménophis allait changer de nom, et une nouvelle capitale serait construite pour remplacer la plus grande ville de l'est. Akhenaton regarda Panahesi, qui demanda le silence. La foule était déchaînée. Les prêtres criaient, les vizirs s'efforçaient de calmer les prêtres, et les marchands qui avaient fourni aux temples d'Amon des plantes rares et de l'or s'empressaient de conclure des affaires avec les nouveaux prêtres d'Aton. Ma mère avait blêmi sous sa perruque.

— Gardes ! cria celui qui venait de s'autoproclamer Akhenaton. Gardes !

Deux douzaines de Nubiens en armes s'avancèrent dans la foule. Akhenaton prit la main de Néfertiti. Il se tourna vers les généraux.

— Vous viderez les temples et fondrez les statues d'Amon, d'Isis et d'Hathor, leur cria-t-il par-dessus le vacarme. Vous laisserez aux prêtres et aux prêtresses une chance de se tourner vers Aton.

Akhenaton regarda Néfertiti, qui inclina la tête.

— S'ils refusent, enchaînez-les et envoyez-les à Hammamat.

Le terme *enchaîner* suffit à ramener le silence dans la salle. Des gardes avaient pris position aux portes et aux fenêtres, au cas où des troubles éclateraient à la suite de la déclaration de Pharaon. Akhenaton ne voulait pas se contenter de placer Aton au-dessus d'Amon : il voulait abattre toutes les statues de dieux et de déesses qui protégeaient l'Égypte depuis deux mille ans.

Un vizir se leva, juste en contrebas du trône d'Horus.

— Les prêtres d'Amon font partie de la noblesse. Ils sont les fondations sur lesquelles l'Égypte repose ! cria-t-il.

Un murmure d'approbation parcourut la salle.

— Les prêtres d'Amon se verront offrir une chance, dit Akhenaton lentement. Ils peuvent devenir prêtres d'Aton ou bien renoncer à une vie consacrée à un dieu dont le règne est terminé. Pharaon n'est-il pas l'interprète des dieux ?

Le vieil homme le dévisageait, à court de mots.

— Pharaon n'est-il pas l'interprète des dieux ? cria Akhenaton.

Le vieil homme mit un genou à terre.

— Bien sûr, Altesse.

— Dans ce cas, qui connaît le mieux la volonté des dieux, eux ou moi ? Nous édifierons à Aton une ville plus splendide que toutes celles construites auparavant.

La reine Tiyi ferma les yeux ; le général Horemheb s'avança.

— Les Hittites ont pris le contrôle de Qatna et le gouverneur de Qadesh a demandé par trois fois que nous lui venions en aide. Seul le vizir Aÿ a répondu à ses missives, lui qui ne peut rien faire sans le consentement de Pharaon.

Il leva les yeux vers Akhenaton, furieux.

— Si nous ne lui envoyons pas de renforts, Altesse, nous perdrons le territoire conquis par l'Ancien au prix de la vie de trois mille soldats égyptiens.

Le sang monta au visage d'Akhenaton. Il balaya la salle du regard, cherchant des appuis.

— Tu prétends vouloir combattre les Hittites ? demanda-t-il.

Le général Horemheb perçut la menace dans la voix de Pharaon.

— Mon souhait est de protéger l'Égypte des invasions, et de sauver les territoires que mon père et moi avons gagnés au cours de terribles combats.

— Qui, dans l'assistance, est de l'avis du général ? cria Akhenaton.

Dans la salle, personne ne se manifesta.

— *Qui ?* hurla-t-il.

Cinq conducteurs de chars sortirent du rang et regardèrent autour d'eux. Akhenaton afficha un large sourire.

— Très bien. Voici ton armée, général.

Les gens hésitaient ; personne ne comprenait à quel jeu jouait Akhenaton, qui se tourna vers mon père.

— Expédie-les sur le front de Qadesh : voilà l'armée qui sauvera l'Égypte des Hittites ! Qui d'autre voudrait se joindre à eux ?

Je retins mon souffle : Nakhtmin allait-il se porter volontaire ?

Akhenaton sourit de nouveau.

— Nous avons donc ici cinq guerriers. Levons-nous en l'honneur des héros qui défendront Qadesh des envahisseurs hittites.

Il se mit à les applaudir, et, comme personne ne l'imitait, il applaudit plus fort encore. La salle éclata alors en applaudissements frénétiques.

— Voici vos héros !

Akhenaton se tourna vers ses gardes nubiens.

— Emmenez-les. Escortez-les jusqu'au front de Qadesh !

Stupéfaits, les courtisans regardèrent sans rien dire le général Horemheb et ses cinq hommes sortir. Nul ne bougea. Plus personne n'osait même respirer.

Panahesi arrangea son manteau.

— Pharaon est maintenant prêt à recevoir les requêtes.

Panahesi envahit les sanctuaires avec son armée de Nubiens et les grands temples de Thèbes furent dépouillés de leurs statues. Des effigies d'Isis furent fracassées ou brûlées. Hathor fut renversée de son socle dominant le fleuve, et les statues d'Amon saccagées. Les gens restaient enfermés chez eux, les prêtresses d'Isis pleuraient dans les rues. La nouvelle armée d'Akhenaton déchira les robes trouvées dans les armoires des prêtres d'Amon et on les remplaça par de nouvelles robes ornées du soleil. Ceux qui refusaient de les porter se condamnaient à une mort certaine.

Alors que l'Ancien n'était même pas encore refroidi dans sa tombe, Akhenaton et Néfertiti s'agenouillèrent devant l'autel qui avait été autrefois celui d'Amon, et Panahesi les consacra pharaon et reine de toute l'Égypte. J'étais assise au premier rang, tout en lapis et or, et, tandis que des chœurs de garçons élevaient leurs voix célestes vers le soleil, l'armée de Pharaon dégradait dans Thèbes les effigies de nos plus grands dieux.

Ce soir-là, Néfertiti demanda que nous tenions une réunion. Nous nous assîmes en cercle autour de mon lit, en prenant soin de parler bas. J'avais laissé ma chambre près de celle de Pharaon à la princesse Méryt-Aton et j'en occupais une nouvelle. Quand mon père entra, je le trouvai d'un calme inquiétant.

— Dis quelque chose, ordonna Néfertiti.

— Que veux-tu que je dise ? C'est toi qui as souhaité cette réunion.

— Je voulais ton avis.

— Pourquoi as-tu besoin de mon avis ? Tu ne le suis jamais.

— Que dois-je faire ?

— Sauver Amon ! lança-t-il.

Son regard brillait dans la lumière du feu.

— Arrange-toi pour sauver au moins *quelque chose*. Que restera-t-il de l'Égypte lorsqu'il en aura terminé ?

— Tu crois que je ne m'en rends pas compte ?

Sa voix se brisa.

— Il veut construire une ville dans le désert.

— Dans le désert ?

— Entre Memphis et Thèbes.

— Personne ne peut construire là. C'est un endroit désolé.

— C'est ce que je lui ai dit ! Mais Panahesi l'a persuadé que c'était la volonté d'Aton. Vous lui avez donné le poste de grand prêtre d'Aton, et, à présent, *Akhenaton* pense que Panahesi est l'interprète du dieu.

— Mieux vaut interprète du dieu que trésorier. En fin de compte, ce n'est pas Akhenaton qui décidera du prochain pharaon d'Égypte. Si la mort devait frapper ton mari, ce serait le peuple et ses conseillers qui choisiraient. Panahesi a beau régner sur le temple, je contrôle son or, et l'or gagnera plus de cœurs qu'un dieu invisible.

— Akhenaton veut choisir le site vers la fin d'Athyr. Et il veut emmener Kya !

Mon père la regarda. C'était là le nœud du problème : non que la ville fût au fin fond du désert, mais qu'Akhenaton emmène Kya pour l'aider à en choisir l'emplacement.

Néfertiti était prise de panique.

— Que dois-je faire ?

— Laisse-le agir.

— Que je laisse Akhenaton et Kya choisir notre emplacement ?

— Tu n'y peux rien.

— Je suis la reine d'Égypte.

— Oui, et une des deux cents et quelques femmes dont Akhenaton a hérité avec le harem de son père.

— Akhenaton ne s'intéresse pas à elles. C'étaient les femmes de son père.

— Tout ce que son père a touché est donc impur maintenant ? Y compris cette ville ?

Néfertiti resta assise sans dire un mot.

— Comment trouvera-t-il des ouvriers pour construire Amarna ? lui demanda-t-il.

— L'armée.

— Et comment protégera-t-il nos territoires étrangers quand ils seront envahis par les Hittites ?

— Les Hittites ! Les Hittites ! Qui se soucie des Hittites ? Laissez-les prendre Rhodes, Lakisa ou Babylone. Pourquoi nous en encombrer ?

— À cause des marchandises que nous importons, dis-je. Nous recevons des poteries de Rhodes, des caravanes d'or de Nubie, et chaque année un millier de paniers de verre arrivent sur des navires en provenance de Babylone.

Néfertiti plissa les yeux.

— Comment le sais-tu ?

— J'écoute.

Elle se leva et s'adressa à notre père.

— Envoie des messages au nom d'Akhenaton pour menacer les Hittites d'une guerre.

— Et s'ils envahissent nos territoires malgré tout ? demanda-t-il.

— Alors nous imposerons les temples et leur enverrons l'or pour lever une armée ! rétorqua-t-elle. Akhenaton a déjà fait le serment que notre armée construirait la ville d'Amarna. Il pense que cela inscrira notre nom dans l'éternité. Je ne peux rien faire pour l'en empêcher.

— Et toi ? demanda mon père. Penses-tu que cela inscrira ton nom dans l'éternité ?

Elle s'arrêta au-dessus du brasero ; elle s'était calmée.

— C'est possible.

— Akhenaton a-t-il consulté Maya ? interrogea mon père.

— Maya dit que cela prendra six ans. Ils construiront d'abord une route principale et le palais. Akhenaton veut emménager vers Tybi.

— Dans *un* mois ? s'étonna mon père.

— Oui. Nous installerons des tentes pour pouvoir surveiller la progression des travaux et être là à chaque phase.

Nous la regardions, sidérés.

— Toi, vivre sous la tente ? demandai-je. Toi qui apprécies plus que toute autre le confort du palais ?

— Et les gens âgés ? questionna mon père. Que feront-ils quand il commencera à faire froid pendant l'inondation ?

— Ils pourront toujours rester ici, et venir quand le palais sera terminé.

— Bien. C'est ce que je ferai aussi.

Néfertiti le dévisagea.

— Tu dois venir. Tu es le trésorier.

— Y aura-t-il au moins une chambre forte ? Un endroit suffisamment sûr pour mettre tout cet or en sécurité ?

Néfertiti releva le menton.

— Akhenaton n'apprécierait pas que tu restes loin de nous avec le trésor, dit-elle sur un ton d'avertissement. Et pas seulement toi, mais aussi sa mère.

Mon père se leva.

— Il devra se faire une raison et l'accepter quand même, dit-il avant de se précipiter hors de la chambre.

16

Peret, saison de la germination

On s'affairait à préparer les barques royales pour le voyage vers le sud. Panahesi et Kya disposaient de leur propre bateau, l'*Éblouissant Aton*. Sur le quai, je demandai à ma sœur comment Akhenaton déterminerait l'emplacement idéal pour la construction.

— Ce sera forcément près du Nil, dit-elle. Entre Memphis et Thèbes, à un endroit où aucun autre pharaon n'a jamais construit.

Elle était en colère contre moi, car j'avais refusé de partir, et mon père ne m'y avait pas obligée.

Tandis que les barques s'apprêtaient à appareiller, les fanions du roi à l'effigie d'Aton claquaient dans le vent. Des centaines de soldats et d'ouvriers étaient en partance. Ils resteraient dans le désert pour commencer à construire Amarna. J'agitai la main en direction de Néfertiti, mais elle se contenta de me regarder, refusant de me saluer. Quand les barques eurent disparu à l'horizon, je me rendis dans les jardins en pensant aux semences. Il fallait prévoir des jardins pour la nouvelle ville…

Un ouvrier du palais m'observait de sous un sycomore.

— Puis-je t'aider, Maîtresse ?

Le vieil homme s'approcha ; son pagne était maculé, ses ongles, pleins de terre. Un vrai jardinier.

— Tu es la sœur de la grande épouse royale, dit-il. Celle que les femmes viennent trouver pour obtenir des remèdes.

— Comment as-tu... ?

— J'ai vu les plantes que tu fais pousser dans des pots, reconnut-il. Toutes des plantes médicinales.

— Oui. De temps en temps, des femmes viennent me demander de l'aide.

Il sourit, comme s'il savait que cela ne se produisait pas seulement de temps en temps : certaines femmes venaient jusqu'à six ou sept fois par jour chercher des plantes qu'Ipu se procurait pour moi dans les marchés. Mes pots n'étaient pas suffisants pour contenir toutes celles que j'aurais aimé faire pousser, mais elle trouvait le complément auprès des vendeurs sur le quai. Je contemplai les jardins royaux et soupirai. Il n'y aurait pas la moindre trace de verdure dans la vaste étendue de désert entre Thèbes et Memphis. Combien de temps s'écoulerait-il avant que l'on puisse trouver sur les marchés des feuilles de framboisier ou d'acacia ? À Amarna, nous n'aurions que des mauvaises herbes et des tamarins.

— Pourrai-je emporter des boutures quand je partirai ? demandai-je.

— Pour la nouvelle ville d'Amarna, Maîtresse ?

Je reculai pour mieux le voir.

— Beaucoup de choses parviennent jusqu'à toi au fond de ces jardins.

Le vieil homme haussa les épaules.

— Le général aime venir marcher ici parfois, et nous parlons.

— Le général Nakhtmin ?

— Il vient des baraquements, Maîtresse.

Je suivis son regard en direction d'une rangée de constructions basses.

— Il aime s'asseoir ici, sous les acacias.

— Et que fait-il ?

— Je crois qu'il observe.

Le vieux serviteur me regarda bien en face, comme s'il savait quelque chose qu'il ne voulait pas dire.

— Mais pas tellement ces derniers temps. Le général a été très occupé.

Occupé à fermer les temples d'Amon, pensai-je. J'observai son visage, mais l'expérience l'avait rendu indéchiffrable.

— Comment t'appelles-tu ? demandai-je.

— Ahmose.

— Et tu sais où est le général en ce moment ?

— Avec ses soldats, Maîtresse, dit-il avec un grand sourire. Ils sont devant le palais et font entrer les requérants.

— Pharaon est parti.

— Les requérants voient le grand vizir Aÿ. Aimerais-tu aller les voir, Maîtresse ?

Je réfléchis un instant et imaginai la réaction de Néfertiti si elle apprenait que j'étais allée voir le général.

— Oui, emmène-moi.

— Et les boutures ? demanda-t-il.

— Tu peux les donner à Ipu, ma femme de chambre.

Le jardinier posa ses outils et me guida jusqu'aux portes de Malgatta d'un pas étonnamment alerte pour son âge. Passé une grande arche à l'extrémité du jardin, on se serait cru au marché aux oiseaux d'Akhmin. Les gens les plus divers étaient venus demander une faveur au nouveau pharaon : à côté de femmes avec des enfants, on voyait des vieillards juchés sur des ânes, ou un garçon qui jouait à chat avec sa sœur au milieu de la foule accablée par le soleil.

Je reculai sous l'effet de la surprise.

— Est-ce toujours comme cela ?

Le jardinier secoua la terre de son pagne.

— La plupart du temps. Bien sûr, ajouta-t-il, les requérants sont plus nombreux maintenant que l'Ancien est mort.

Nous traversâmes la cour. La foule s'étendait à perte de vue : des femmes aisées, parées de bracelets en or, côtoyaient des créatures en haillons qui maugréaient quand des enfants gambadaient autour d'elles. Ahmose gagna un coin d'ombre situé sous le toit du palais, où des rejetons dévoyés de la noblesse luttaient ensemble à terre. Un garçon roula sur ma sandale et la macula de poussière.

— Ta robe, Maîtresse ! cria Ahmose.

Je me mis à rire.

— Je m'en moque.

Le jardinier parut étonné, mais je n'étais pas Néfertiti. Je frottai la poussière.

— Pourquoi les riches sont-ils dans une rangée, et les pauvres dans une autre ? demandai-je.

— Les pauvres veulent des choses simples, expliqua Ahmose. Un nouveau puits, un barrage plus efficace. Les riches demandent plutôt à conserver leur poste à la cour.

— Malheureusement, cela n'empêchera pas Pharaon d'en renvoyer la plupart, dit quelqu'un à mon oreille.

C'était le général.

— Pourquoi les renverrait-il ? demandai-je.

— Tous ces hommes ont travaillé pour son père.

— Ah oui, il ne peut pas supporter la moindre chose qui ait un rapport avec lui, ajoutai-je. Même pas la capitale de son père.

— Et Amarna ? dit Nakhtmin en m'observant attentivement. Les vizirs disent qu'il veut que son nouveau palais soit construit dans l'année.

— Oui.

Je me mordis la lèvre, soucieuse de ne rien dire qui puisse compromettre les ambitions de ma famille.

— Quelles nouvelles a-t-on en provenance des temples ? demandai-je à voix basse.

— Partout, les temples d'Amon ont été mis sous scellés.

J'imaginai ces temples datant d'Hatshepsout condamnés, leur eau tarie. Que deviendraient les statues d'Amon, et les prêtres qui les vénéraient ? Comment le dieu saurait-il qu'il était toujours notre guide ? Je fermai les yeux et formulai une prière silencieuse à son intention, lui qui veillait sur nous depuis deux mille ans.

— Et les temples d'Isis ? Et d'Hathor ?

— Détruits.

Je mis ma main devant ma bouche.

— Beaucoup de gens ont été tués ?

— Pas par moi, dit-il d'un ton décidé tandis qu'un soldat s'approchait de nous.

— Général... commença celui-ci.

En me voyant, il parut surpris, et se hâta de s'incliner.

— Dame Moutnedjemet, ton père est dans la salle d'audience. Si tu le cherches...

— Je ne le cherche pas.

Le soldat regarda Nakhtmin avec curiosité.

— Que veux-tu ? lui demanda Nakhtmin.

— Une femme prétend être une cousine de l'Ancien, mais elle ne porte ni or ni argent, et n'a pas de cartouche pour prouver son identité. Je lui ai dit de faire la queue avec les autres, mais elle proteste, disant qu'elle fait partie...

— Mets-la avec la noblesse. Si elle ment, elle sera punie et verra sa demande révoquée. Préviens-la.

Le soldat s'inclina.

— Merci, général. Demoiselle.

Il partit ; je remarquai alors qu'Ahmose, le jardinier, avait disparu.

— Veux-tu que je te raccompagne au palais ? proposa Nakhtmin. Ce genre d'endroit n'est pas convenable pour la sœur de la grande épouse royale.

Je haussai les sourcils.

— Où est ma place, alors ?

Il me prit le bras et m'entraîna dans l'ombre des jardins.

— Avec moi.

Nous nous arrêtâmes sous les acacias.

— Tu es lasse de jouer les servantes auprès de ta sœur. Sinon, tu serais avec elle en ce moment, en train de choisir un site pour Amarna.

— Nous n'avons aucun avenir ensemble, général…

— Nakhtmin, corrigea-t-il en me prenant les mains sans que je lui oppose la moindre résistance.

— Nous allons bientôt partir pour le désert. Nous vivrons dans des tentes.

Il m'attira vers lui.

— Depuis que j'ai douze ans, je n'ai jamais cessé de vivre dans des tentes et des baraquements.

— Mais nous n'aurons pas autant de liberté qu'ici.

— Quoi ?

Il se mit à rire.

— Crois-tu que je me contenterai de rendez-vous clandestins avec toi ?

— Que veux-tu alors ?

— Je veux t'épouser, dit-il simplement.

Je fermai les yeux pour goûter la chaleur de sa peau contre la mienne. Ici, dans les jardins, personne ne pouvait nous voir.

— Elle ne me laissera jamais partir.

— Je suis l'un des généraux les plus haut gradés de l'armée de Pharaon. Mes ancêtres étaient vizirs, et avant ils étaient scribes. Je ne suis pas un mercenaire quelconque. Tous les pharaons ont marié leurs sœurs et leurs filles à des généraux d'armée pour assurer la protection de la famille royale.

— Pas celui-ci, dis-je en pensant à la crainte qu'avait Akhenaton de l'armée. Cette famille royale ne ressemble à aucune autre.

— Dans ce cas, tu n'en fais pas partie.

À l'instant où ses lèvres se posèrent sur les miennes, je ne pensais plus aux centaines de quémandeurs qui attendaient au loin.

Nous restâmes au jardin presque jusqu'au coucher du soleil, au moment où le ciel tourna au violet et au rouge. Je regagnai ma chambre très en retard : Ipu était dans tous ses états.

— J'ai failli envoyer les gardes te chercher, Maîtresse !

Je souris, et jetai mon manteau de lin sur le lit.

— Ce n'était pas la peine.

Je croisai son regard.

— Maîtresse… tu n'étais pas avec le général ?

Je m'efforçai de ne pas rire.

— Si.

— Et Pharaon ? chuchota Ipu.

— Néfertiti devra le convaincre, dis-je.

Ipu trouva une robe propre dans un des paniers, et la drapa sur mes épaules tout en me regardant avec inquiétude.

— J'ai quinze ans maintenant !

Sans me quitter des yeux, Ipu s'assit au bord d'une chaise en ébène et or, et croisa les mains devant elle.

— Je suis certaine que cela ne se passera pas bien, Maîtresse.

Au souvenir des bras puissants de Nakhtmin autour de moi, je me sentis pâlir.

— Je ne peux pas rester *toujours* sa servante ! m'exclamai-je. Elle a un mari, une famille et une centaine de servantes dévouées. Les dames nobles guettent chacune de ses apparitions pour pouvoir copier ses robes, sa coiffure, ses dernières boucles d'oreilles. En quoi a-t-elle encore besoin de *moi* ?

— Elle aura toujours besoin de toi.

— Mais je ne veux pas ! Et je me fiche de cela !

Je désignai les lourdes tapisseries, les lampes d'ivoire éclatantes.

— Non. Elle devra l'accepter. Elle devra le convaincre.

Le visage d'Ipu se crispa.

— Fais attention. Pense à la situation du général.

— Nous attendrons que le déménagement ait eu lieu. Je lui dirai à ce moment-là.

— Et s'il est renvoyé ?

S'il était renvoyé, je saurais qu'il était inutile que je compte sur ma famille.

De retour à Thèbes, Néfertiti se montra d'une humeur exécrable. Elle arpentait ma chambre tout en donnant des coups de pied dans un morceau de charbon de bois jailli du brasero et en se réjouissant des traces noires qu'il laissait sur le sol. Akhenaton avait passé la soirée avec Kya, et il était rentré plus tard que d'habitude.

— Il veut lui construire un palais, dit-elle, furieuse.

— Si c'est le cas, tu le laisseras faire, répliqua mon père.

Ses yeux d'un bleu intense la fixaient, l'adjurant de se calmer.

— Un palais ! s'exclama-t-elle en faisant volte-face. Tout un palais ?

— Laisse-le lui construire un palais, dit mon père. Il ne doit pas être obligatoirement situé dans la ville ?

Néfertiti écarquilla les yeux.

— Il pourrait être au nord. Même à l'extérieur de la ville.

— Mais à l'intérieur des murs, précisa mon père.

— D'accord. Mais les murs seront éloignés, dit-elle.

Elle s'écroula dans un fauteuil et plongea son regard dans les flammes du brasero.

— L'armée est envoyée à Amarna, dit-elle incidemment.

Ma gorge se serra.

— Quoi ? Quand partent-ils ?

Néfertiti me regarda d'un air soupçonneux.

— Demain, répondit-elle. Dès que les domestiques auront bouclé les bagages, nous partirons à leur suite. Je ne fais pas confiance à Panahesi. Je veux m'assurer que tout l'argent passe bien dans la construction.

— Tiyi et moi, nous resterons à Thèbes, reprit mon père d'une voix calme. Nous ne pouvons pas écouter les requérants…

— Renvoyez les requérants ! J'ai besoin de vous là-bas avec moi.

— Impossible. Veux-tu une nation suffisamment riche pour bâtir une nouvelle cité, ou une nation au bord de la famine ?

Néfertiti se leva. Elle ne quittait plus sa couronne à l'intérieur du palais, ni même avec nous, sa propre famille.

— L'Égypte ne sera jamais au bord de la famine. Laisse les requérants attendre. Laisse les gouvernements étrangers venir nous trouver à Amarna, s'ils ont à ce point besoin de nous.

Mon père secoua la tête, et Néfertiti s'affala sans grâce dans le fauteuil.

— Qui aurai-je alors ? gémit-elle.

— Tu auras tes servantes. Tu auras Moutnedjemet.

Elle me regarda.

— As-tu vu les plans des villas ? Tu en auras une, dit-elle. Bien sûr, tu passeras le plus clair de ton temps dans le palais. J'aurai besoin d'aide. Surtout maintenant.

Elle contempla son ventre avec tendresse.

— Maintenant qu'un fils est en route.

Nous nous levâmes aussitôt, mon père et moi.

— Tu es enceinte ? m'exclamai-je.

Néfertiti releva fièrement le menton.

— De deux mois. Je l'ai annoncé à mère. Akhenaton le sait aussi.

Elle plissa les yeux.

— Il peut aller trouver Kya tous les soirs du mois, c'est *moi* qui suis enceinte de son fils. Deux enfants. Kya n'a pu lui en donner qu'un seul.

Mon père ne releva pas son allusion à Kya ; il semblait parfaitement satisfait. J'avais pourtant entendu les servantes s'étonner que, depuis l'arrivée de notre famille à la cour, Kya ne soit pas retombée enceinte.

Chargées de jeux de senet, de trônes massifs, de tables en cèdre, et de dizaines de chaises et de lampes, des barques appareillèrent vers le nord, en direction d'une cité qui n'existait pas encore. Malgatta était dépouillé de ses plus somptueux trésors : que devait ressentir ma tante en voyant les pièces qu'elle et son mari avaient meublées être vidées par le caprice d'un jeune pharaon ? Du balcon du Per Medjat, elle contemplait le chaos en compagnie de mon père. Tous deux se taisaient, mais j'étais troublée par le regard bleu de la reine douairière.

— Tu ne viendras donc pas au nord, Majesté ?

— Non. Je n'ai aucune envie de dormir sous la tente en attendant qu'un palais surgisse du sable. Ton père peut y aller.

— Alors tu viens avec nous ? m'exclamai-je.

— Uniquement pour voir ce qui a été fait jusqu'à maintenant, répondit-il.

— Mais cela fait seulement un mois que les travaux ont commencé.

— Il y a des milliers d'ouvriers au travail. Ils doivent déjà avoir tracé les routes, et construit des maisons.

— Quand on a toute une armée à sa disposition, remarqua ma tante brusquement, c'est étonnant ce qu'on peut faire.

— Et les Hittites ? demandai-je.

Elle jeta un regard furieux à mon père.

— Il ne nous reste plus qu'à espérer que la reine fera comprendre à mon fils l'utilité de défendre nos territoires.

D'après le ton de sa voix, on comprenait qu'elle ne se faisait aucune illusion.

Néfertiti n'a pas fait ce qu'elle aurait dû, pensai-je. Pour ne pas compromettre sa position de grande épouse royale en cherchant à influencer Pharaon, elle a préféré l'encourager à agir selon son gré. Nous aperçûmes Akhenaton en bas, occupé à donner des instructions à ses gardes nubiens ; j'entendis alors ma tante soupirer. Je me demandai si elle regrettait d'avoir choisi Néfertiti comme grande épouse royale. Elle aurait pu choisir n'importe quelle autre fille du palais. Même Kya. Mon père se tourna vers moi.

— Va faire tes bagages, Moutnedjemet, suggéra-t-il.

Je regagnai ma chambre et m'assis sur mon lit, regardant autour de moi. Mes plantes s'alignaient sur le rebord de la fenêtre. Elles avaient beaucoup voyagé : d'abord à Thèbes, puis à Memphis, puis à Thèbes de nouveau, et bientôt à Amarna, la ville du désert.

Le site choisi par Akhenaton pour sa capitale était entouré de montagnes, avec des falaises en surplomb au nord et des dunes couleur de cuivre au sud. Le Nil, par lequel les denrées en provenance de Memphis et de Thèbes pourraient être acheminées, bordait notre nouvelle capitale à l'ouest. Au milieu d'interminables étendues de sable, une route avait été construite, d'une largeur suffisante pour laisser passer trois chars côte à côte. C'était la route royale, annonça Néfertiti ; une fois terminée, elle traverserait toute la ville. C'était une route hors du commun, exactement comme cette ville qui ne ressemblerait à aucune autre, un joyau sur la rive orientale du Nil qui inscrirait le nom de notre famille dans l'éternité.

— Quand les générations futures mentionneront le nom d'Amarna, elles évoqueront Néfertiti et Akhenaton le Bâtisseur, prédit-elle.

Le village des ouvriers était situé à l'est. Comme mon père l'avait supposé, des centaines de maisons ouvrières et des baraquements pour les soldats en lisière de la ville avaient été édifiés. Vers le sud, les villas de la noblesse étaient en cours de construction autour de ce qui deviendrait le palais, et au centre de tout, au milieu de palmiers et de chênes géants, on découvrait le temple d'Aton, à demi érigé. Une avenue bordée de sphinx y menait, que ma sœur emprunterait sur son char chaque matin pour venir rendre hommage à Aton. J'avais du mal à concevoir que tant de travaux aient pu déjà être réalisés, même avec l'aide de l'armée.

— Comment ont-ils pu faire en si peu de temps ?

— Regarde la construction, dit mon père laconiquement.

Je jetai un coup d'œil aux bâtiments.

— Les matériaux sont bon marché ?

— Ce sont des briques crues et du *talatat* de grès. Et au lieu de prendre le temps de créer des reliefs surélevés, ils les ont découpés dans le rocher.

Je me retournai, en rabattant ma robe soulevée par le vent.

— Et tu n'as rien dit ? lui demandai-je.

— Akhenaton ne voudrait rien entendre. C'est sa ville.

Nous contemplâmes le bâtiment en contrebas.

— Non, dis-je pensivement, c'est notre ville maintenant. C'est avec le sien que nos noms passeront à la postérité.

Mon père ne répondit pas. Ce soir, il voguerait sur le Nil en direction de Thèbes et ne reviendrait que lorsque le palais serait terminé. Dans combien de temps ? Cinq mois ? Un an ?

Notre cortège de vizirs, suivi par la noblesse et un millier de domestiques de la cour, pénétra dans la ville de tentes cernée de murs. Puis nous traversâmes à pied l'étendue vallonnée menant aux pavillons de couleurs vives de la cour royale. Les tentes des soldats étaient dressées en cercles à l'extérieur du mur, sur trois rangées ; quand nous franchîmes les portes, je me demandai laquelle occupait Nakhtmin. Nous nous arrêtâmes devant le grand pavillon où la cour d'Amarna devait dîner.

— Qu'en pensez-vous ? demanda alors Néfertiti.

— Ton mari a de grandes aspirations, dit notre père.

J'étais seule à connaître la portée cachée de ses paroles. C'était une ville rapidement bâtie, à peu de frais, un pâle reflet de Thèbes.

Deux soldats écartèrent les tentures du grand pavillon ; des tables fraîchement polies avaient été dressées sur des tapis et des sols carrelés, et les murs étaient couverts de tapisseries. Assis à la plus grande table, Akhenaton se versait du vin. Il leva sa coupe d'un air satisfait.

— Comment le grand vizir trouve-t-il la nouvelle ville ?

Mon père jouait son rôle à la perfection.

— Les routes sont très larges, répondit-il.

— Trois chars peuvent y passer de front, s'enorgueillit Pharaon. Maya dit que, si nous hâtons les ouvriers, le palais sera terminé vers le début de Mesore.

Mon père hésita un instant.

— Malheureusement, tu auras des monuments de mauvaise qualité et à moitié terminés.

— Quelle importance, du moment que le temple et le palais sont construits pour durer ? Les ouvriers peuvent reconstruire leurs maisons. Je veux que cette ville soit terminée avant ma mort.

— Altesse, tu as seulement dix-neuf ans, releva mon père.

Akhenaton frappa du poing sur la table.

— Je suis traqué en permanence ! Me crois-tu vraiment en sécurité parmi les soldats ? Crois-tu que le général Nakhtmin n'essaierait pas de retourner mes hommes contre moi si on lui en donnait l'occasion ? Et les prêtres d'Amon, combien pourraient s'échapper des carrières pour venir me surprendre dans mon sommeil ? Dans mon propre pavillon ? Dans les couloirs de mon palais ?

Néfertiti se mit à rire nerveusement.

— Akhenaton, tes gardes sont les meilleurs de tout le pays.

— Parce que ce sont des Nubiens ! Les seuls hommes qui me soient encore loyaux ne sont pas égyptiens !

Les yeux d'Akhenaton lançaient des éclairs ; visiblement, mon père pensait que le pharaon d'Égypte était devenu fou.

— En qui avoir confiance ? reprit Akhenaton. Ma femme. Ma fille. Le grand prêtre d'Aton. Et toi.

Il fit volte-face en direction de mon père.

— Qui d'autre ?

Mon père plongea son regard dans le sien.

— Une armée attend que tu la conduises. Ils te font confiance, ils croient en ta volonté de conquête, en ton désir de tenir les Hittites en respect. Ils feront ce que tu leur demandes.

— Je leur demande de construire la plus grande cité d'Égypte ! Néfertiti me dit que tu vas retourner à Thèbes. Quand ?

— Ce soir. J'y resterai jusqu'à ce que le palais soit terminé ; c'est ce qui est le plus sage.

Akhenaton reposa sa coupe.

— Ma mère n'est-elle pas à Thèbes ?

Néfertiti jeta un coup d'œil à mon père.

— Je n'aime pas vous savoir tous les deux là-bas, continua Akhenaton. Seuls dans l'ancienne capitale de l'Égypte.

Néfertiti contourna rapidement la table.

— C'est mieux ainsi, Akhenaton. Voudrais-tu que les dirigeants étrangers envoient leurs ambassadeurs ici et que nous les recevions dans des pavillons ? Imagine ce que ces derniers raconteront à leurs rois en rentrant.

Akhenaton regarda sa femme, puis son fidèle vizir.

— Vous avez raison, dit-il lentement. Aucun dignitaire ne doit voir Amarna avant qu'elle soit terminée.

Puis ses yeux sombres plongèrent dans ceux de mon père.

— Tu n'emmèneras pas Moutny.

Mon père sourit de bon cœur.

— Non, répondit-il. Moutny reste ici.

Ainsi, je suis gardée en otage, pensai-je.

Néfertiti changea de couleur à l'idée que mon père me choisisse de préférence à elle. Elle passa promptement devant Akhenaton et noua son bras autour de celui de mon père.

— Viens, dit-elle brusquement. Je t'accompagne.

— Je viens aussi, dit Akhenaton.

Mais Néfertiti le défia du regard.

Une fois sur le quai, mes yeux se remplirent de larmes. Je risquais d'être séparée de mon père pendant des mois ; j'aurais voulu, comme Akhenaton, que le palais soit bientôt terminé.

— Ne sois pas triste, petit chat.

Mon père m'embrassa sur le sommet de la tête.

— Tu restes avec ta mère et ta sœur.

— Tu reviendras, c'est bien sûr, dès que le palais sera fini ? s'inquiéta ma mère, la gorge serrée.

Il la prit par le menton, et écarta les cheveux de son visage à l'aide de son pouce.

— Je te le promets. Je pars travailler. Si je n'étais pas obligé…

Néfertiti s'avança, écourtant leurs adieux.

— Au revoir, père.

Celui-ci jeta un dernier regard à ma mère, puis se tourna vers Néfertiti. Il la prit dans ses bras.

— Ton terme sera proche quand je reviendrai, dit-il.

Elle posa la main sur son ventre.

— Un héritier pour le trône d'Égypte, dit-elle.

Nous regardâmes le navire appareiller. Quand la barque disparut à l'horizon, Akhenaton s'approcha de moi.

— C'est un vizir loyal, dit-il.

Il passa son bras autour de mes épaules ; je me raidis.

— N'est-ce pas, Moutnedjemet ?

J'acquiesçai.

— Je l'espère, murmura-t-il. S'il devait faire le moindre geste pour s'approprier la couronne, ce n'est pas ma femme qui en subirait les conséquences.

— Maîtresse ! cria Ipu. Assieds-toi. Tu trembles.

Je m'assis sur mon lit et passai les mains sous mes jambes.

— Peux-tu me faire du thé ?

Elle alluma le brasero. Quand elle eut fait bouillir de l'eau, elle la versa dans une coupe contenant des feuilles de thé.

— Tu sembles souffrante, me dit-elle.

Je levai la coupe à mes lèvres et bus le breuvage jusqu'à la dernière goutte.

— Ce n'est rien, dis-je.

Il ne s'agissait que d'une menace en l'air, rien de plus. Mon père n'était pas un traître.

— Quelqu'un est-il venu me rendre visite aujourd'hui ?

— Le général, par exemple ?

Je regardai aussitôt la porte, et elle baissa la voix.

— Non. Je suis désolée. Peut-être ne peut-il pas pénétrer dans le camp royal, avec tous ces gardes.

Une ombre s'allongea devant la porte de notre pavillon. On poussa le rabat, et Merit apparut.

— Maîtresse, la reine veut te voir, dit-elle. La jeune princesse a mal aux oreilles, et la reine est souffrante. Pharaon a envoyé chercher un médecin, mais elle ne veut que toi.

— Dis-lui que je viens.

Merit disparut et je fouillai dans mes boîtes. Je sortis de la menthe pour Méryt-Aton. Mais que fallait-il pour Néfertiti ?

— Je m'étonne qu'elle soit malade, marmonnai-je.

Elle était enceinte de deux mois seulement. Elle avait porté Méryt-Aton cinq mois avant de ressentir le moindre trouble.

— C'est peut-être un fils, dit Ipu.

Oui. Peut-être était-ce un signe. Je sortis le fenugrec, et enfouis les herbes séchées dans plusieurs sachets.

Les gardes nubiens s'écartèrent pour me laisser entrer dans le pavillon où couchait le couple royal. Assis au chevet de Néfertiti, Akhenaton la soutenait pendant qu'elle vomissait dans un récipient. C'était un spectacle attendrissant de voir cet homme, pour qui la vie des autres comptait si peu, s'occuper de sa femme malade.

— Moutny, les herbes, gémit Néfertiti.

Akhenaton me regarda déballer les graines.

— Qu'est-ce que c'est ?

— Du fenugrec, Altesse.

Il claqua des doigts par deux fois sans me quitter des yeux, et deux gardes entrèrent dans le pavillon.

— Goûtez.

Ébahie, je regardai Néfertiti.

— C'est ma sœur, dit-elle brusquement. Elle ne va pas m'empoisonner.

— C'est une rivale pour la couronne.

— C'est ma sœur, et je lui fais confiance !

La voix de Néfertiti ne souffrait aucune discussion.

— Et quand elle aura terminé, elle ira dans la tente de la nourrice pour Méryt-Aton.

Les gardes s'effacèrent. Akhenaton resta silencieux pendant que je faisais bouillir l'eau et mettais les herbes à macérer pour l'infusion. Ma sœur la but d'un trait, sous le regard de Pharaon.

— Ce n'est pas la peine de nous surveiller, dit-elle d'un ton sec. Va chercher Maya et examine les plans pour la villa.

Akhenaton me jeta un regard haineux, puis souleva le rabat de la tente. L'instant d'après, il était loin.

— Tu ne devrais pas crier en ma présence, lui dis-je. Il va croire que je suis la cause de ta colère contre lui.

— C'est son obsession de l'assassinat qui me met hors de moi. Il soupçonne tout le monde.

— Même ta propre sœur ?

Elle perçut la critique dans ma voix.

— C'est le pharaon d'Égypte, dit-elle sur un ton défensif. Personne n'est plus vulnérable, car personne n'a de rêves plus grandioses que lui.

Je haussai les sourcils.

— Ou plus coûteux.

— Qu'est-ce que la dépense ? Nous édifions une ville qui durera pour l'éternité. Plus longtemps que toi ou moi.

— Vous construisez une ville à partir de matériaux bon marché, répliquai-je. Une cité aussi bon marché est certes rapide à bâtir.

— C'est ce que dit père ? demanda-t-elle. D'après lui, cette ville a été construite à l'économie ?

— Oui. Et que se passera-t-il si nous sommes envahis ? D'où viendra l'or pour que nous puissions nous défendre ?

— Je ne veux plus entendre cela. Je porte l'avenir de l'Égypte dans mon ventre, et tu continues à parler comme si ce pays allait à la catastrophe.

Sa voix monta d'un cran.

— Tu es jalouse, c'est tout ! Tu m'envies parce que j'ai une belle petite fille, et bientôt un fils, alors que tu as bientôt seize ans et que père n'a même pas encore décidé qui tu allais épouser !

Je reculai, piquée au vif.

— Il n'a pas décidé à cause de toi. Il veut que je reste ici avec toi, que je sois aux petits soins pour *toi*, que je *te* prodigue mes conseils. Si j'étais mariée, rien de cela ne serait possible. Puis-je prendre congé maintenant ?

— Pour aller voir Méryt-Aton. Ensuite tu souperas avec nous, répondit-elle.

Ce n'était pas une question. C'était un ordre.

— Que cherches-tu, Maîtresse ?

— Mon manteau. Je sors.

— Il fait presque nuit. Tu ne peux pas sortir maintenant ! cria Ipu. Cela peut être dangereux.

— Ma sœur a pléthore de gardes. Je vais en prendre un.

Je pris mon panier pour la cueillette des herbes, et Ipu m'emboîta le pas.

— Puis-je venir à la place du garde ?

— Si tu as envie de te promener.

Je ne me retournai même pas pour voir si elle me suivait, mais j'entendis le bruit de ses pas. Elle me rattrapa aux portes.

— Tu ne peux pas pénétrer dans le campement d'un homme…

— Je suis la sœur de la grande épouse royale, rétorquai-je. Je fais ce que je veux.

— Maîtresse, supplia Ipu, Maîtresse…

Elle essaya de m'arrêter.

— Je t'en prie, laisse-moi y aller. Laisse-moi lui porter un message.

À l'extérieur des murs, on avait allumé des bivouacs dans le camp des soldats. L'un d'eux était probablement celui du général. Je m'arrêtai, me demandant quel message je voulais lui faire passer.

— Dis-lui… que j'accepte.

— Tu acceptes quoi ?

— Contente-toi de lui dire que j'accepte, et demande-lui de venir cette nuit.

Ipu écarquilla les yeux.

— Dans ton pavillon ?

— Oui. Il dira qu'il vient voir Pharaon.

— Les gardes risquent de ne pas être dupes.

Ipu jeta un coup d'œil à un soldat proche.

— Peut-être. Mais ceux qui sont à la porte sont des hommes à lui, et ils méprisent Akhenaton. Ils tourneront la tête de l'autre côté. J'en suis certaine.

Amon devait veiller sur moi ce soir-là, car les trompettes et l'orchestre qui accompagnaient habituellement nos repas eurent le bon goût d'écourter leur prestation. Pendant que les convives prenaient du bon temps, échangeant des histoires sur Memphis, imaginant comment serait Amarna quand les travaux seraient terminés, Néfertiti m'ignora. Toutefois, il était prévu que je la raccompagne au pavillon royal ;

elle frissonna quand nous sortîmes dans la nuit froide. Les quatre gardes reculèrent d'un pas, et deux autres soulevèrent le rabat de la tente. Je l'escortai jusqu'au grand lit à baldaquin.

— Viens me frotter le dos, demanda-t-elle.

J'enlevai mon manteau et commençai à lui masser les épaules avec de l'huile. Elles étaient particulièrement nouées, même pour une femme enceinte.

— Je voudrais que père soit là, se plaignit-elle. Il comprendrait combien la construction, la planification, tout cela est difficile.

— Et moi non ?

— Tu n'as pas la moindre idée de ce que cela représente d'être reine.

— Et père le comprend ?

— Père gouverne ce royaume. Bien qu'il n'ait pas la crosse et le fléau, il exerce les fonctions de pharaon d'Égypte.

— Et moi, je me contente de servir de domestique à ma sœur.

Elle se figea.

— Pourquoi es-tu tellement amère ?

— Parce que j'ai bientôt seize ans et que personne ne se soucie de mon avenir !

Je cessai de lui frotter le dos.

— Le tien est écrit. Tu es reine. Un jour, tu seras la mère d'un roi. Et moi, que deviendrai-je ?

— La sœur de la grande épouse royale !

— Et qui aimerai-je ?

Elle se redressa, interloquée.

— Moi.

— Et comme famille ?

— Je suis ta famille.

Elle s'allongea de nouveau, pour que je continue à la frotter.

— Chauffe l'huile. Elle est froide.

Je fermai un instant les yeux, puis m'exécutai. Cela ne servirait à rien de continuer à me plaindre, sinon à prolonger mon séjour dans le grand pavillon. J'attendis que Néfertiti s'endorme, puis je me lavai les mains et me glissai au-dehors, dans la nuit froide de Phaménoth.

Ipu m'attendait dans mon pavillon. Elle se leva en me voyant.

— Tu es sûre ? murmura-t-elle. Tu veux toujours qu'il vienne ?

Jamais je n'avais été aussi sûre de moi.

— Oui.

Ipu agitait les mains en tout sens.

— Dans ce cas, Maîtresse, il faut que je te natte les cheveux.

Je m'installai sur mon coussin en plume mais j'avais du mal à rester tranquille. J'avais déjà rapporté à Ipu les paroles du général. Je lui fis part aussi de mon désir de mener une vie calme.

— Dans un endroit loin du palais où je pourrais cultiver mon jardin d'herbes aromatiques et...

Un crissement de bottes sur le gravier nous fit nous retourner. Ipu laissa retomber mes nattes.

— Il est là.

Je vérifiai mon apparence dans le miroir.

— Comment me trouves-tu ?

Ipu scruta mes traits.

— On dirait une jeune femme sur le point de retrouver son amoureux, dit-elle. Si ton père...

— Chut, protestai-je. Pas maintenant !

Je reposai le miroir.

— Ouvre.

Ipu alla jusqu'à la porte, et la voix du général me parvint, à travers les tentures.

— Tu es certaine qu'elle m'a envoyé chercher ?

— Bien sûr. Elle t'attend à l'intérieur.

Nakhtmin entra. Ipu disparut, comme je le lui avais demandé. Je retins mon souffle : le général s'inclina devant moi.

— Demoiselle.

Soudain, je me sentis affreusement nerveuse.

— Nakhtmin.

— Tu m'as envoyé chercher ?

— J'ai réfléchi à ta proposition, répondis-je.

Il haussa les sourcils.

— Et qu'as-tu décidé ?

— J'ai décidé que j'en avais assez d'être la servante de Néfertiti.

Il me dévisageait dans la lumière du feu. Éclairés par les flammes, ses cheveux avaient pris la couleur du cuivre.

— Tu l'as dit à ton père ?

La chaleur me monta aux joues.

— Pas encore.

— La reine ne sera pas contente.

— Sans parler d'Akhenaton, ajoutai-je.

Je levai les yeux vers lui ; il me fit un grand sourire, et me prit dans ses bras.

— Que se passera-t-il si nous sommes bannis ? lui demandai-je.

— Dans ce cas, nous retournerons à Thèbes. Je vendrai les terres que mon père m'a léguées et nous achèterons une ferme. Une ferme rien que pour nous, petit chat, et nous mènerons une vie tranquille loin de la cour et de ses intrigues.

— Mais tu ne seras plus général, m'inquiétai-je.

— Et tu ne seras plus sœur de la grande épouse royale.

Nous restâmes en silence près du feu, en nous tenant les mains.

— Cela m'est égal.

Nous ne pûmes nous quitter des yeux et il resta jusqu'aux petites heures de l'aube. Il vint me voir pendant tout le mois de Phaménoth, et jusqu'à Pharmouti. Les gardes détournaient les yeux avec un sourire quand il se dirigeait vers ma tente. Certains soirs, nous restions simplement à bavarder auprès du brasero ; un jour, je lui demandai ce que les hommes pensaient d'Akhenaton.

— Ils restent parce qu'ils sont très bien payés, dit-il. C'est la seule chose qui les empêche de se révolter. Ils préféreraient se battre. Mais ils accepteront de construire tant qu'il y aura de l'or à la clé.

— Et Horemheb ?

— Il doit se trouver très au nord.

— Tu penses qu'il est mort ?

— Je l'ignore, dit-il, le regard perdu dans les flammes. En tout cas, il est loin : Pharaon a obtenu ce qu'il voulait.

Je me tus pendant quelques instants.

— Et que disent les hommes de ma sœur ?

Il me jeta un regard de côté, se demandant ce que j'étais disposée à entendre.

— Ils sont sous son charme, tout comme Pharaon.

— Parce qu'elle est belle ?

— Et parce qu'elle est amusante, aussi. Elle se rend dans les villages des ouvriers, et jette des deben d'argent et d'or dans les rues. Elle ferait pourtant mieux de leur jeter du pain, car il n'y a pas grand-chose à acheter ici, même avec tout cet or.

— On manque de quelque chose ? Je l'ignorais.

Dans le camp royal, nous avions de tout en abondance : viande, fruit, pain, vin.

— Jusqu'à ce que la population de Thèbes se déplace vers le nord, la disette perdurera. Il faudrait des boulangers, mais même s'il y en avait davantage il n'y aurait aucun endroit où les abriter.

Une ombre se profila à l'extérieur de la tente ; Nakhtmin se leva et porta la main à son sabre.

— Maîtresse ?

C'était Ipu. Elle écarta le rabat et regarda Nakhtmin. Celui-ci rougit, bien qu'il fût complètement rhabillé.

— La reine te demande, Maîtresse. Elle réclame son thé.

— Elle ne veut pas de thé, dis-je à l'intention de Nakhtmin. Elle veut seulement me faire part de sa joie qu'ils aient presque terminé le palais.

— Elle pourrait devenir notre alliée, remarqua-t-il. Va, nous nous verrons demain.

Il se leva ; les larmes me montèrent aux yeux.

— Ce n'est pas pour toujours, *miw-sher*. Tu as dit toi-même que le palais était bientôt fini. Dans quelques jours, ton père reviendra, et nous le verrons.

Néfertiti ne devait pas accoucher avant Epiphi, mais elle se déplaçait dans le camp comme si l'enfant allait naître d'un instant à l'autre. Chacun devait reculer de trois pas devant elle, et les travaux s'arrêtaient quand elle passait pour que le bruit des marteaux ne perturbe pas l'enfant. Elle était persuadée que ce serait un prince, et Akhenaton veillait à satisfaire le moindre de ses désirs : il commanda pour elle de la laine à Sumer, et les étoffes de lin les plus fines aux tisserands de Thèbes. Puis, voulant tester son pouvoir, elle lui demanda de cesser ses visites à Kya dans le pavillon de l'autre côté de la route, de peur que son inquiétude ne porte préjudice à l'enfant.

— Est-ce possible ?

Akhenaton me surprit un jour au puits.

Nous avions des domestiques préposés au ravitaillement de l'eau, mais j'aimais l'odeur de moisi qui s'en dégageait. Je posai mon seau, et m'abritai les yeux du soleil.

— De quoi parles-tu, Majesté ?

Il regarda de l'autre côté du bassin aux lotus qui avait été creusé au milieu du camp.

— Risquerait-elle de perdre l'enfant si elle était perturbée à cause de moi ?

— Tout peut arriver, Majesté, si elle est trop perturbée.

— Perturbée à quel point ?

Il regrette Kya, pensai-je. Elle l'écoute réciter ses poèmes et le rassure par son calme. Néfertiti ne s'arrête jamais.

— Cela dépend de son degré de fragilité.

Nous aperçûmes alors Néfertiti, débordante d'énergie, qui traversait le camp pour nous rejoindre, suivie par sept gardes.

Elle arriva à notre hauteur, et Akhenaton lui sourit comme s'il ne m'avait jamais parlé de ses visites à Kya.

— Ma reine.

Il lui prit la main et l'embrassa tendrement.

— J'ai des nouvelles.

— De quoi s'agit-il ? demanda Néfertiti, les yeux brillants.

— Maya m'a fait parvenir un message ce matin.

— La ville est terminée ? dit Néfertiti, le souffle coupé par l'émotion.

— Maya jure que d'ici à cinq jours les murs seront peints et que nous pourrons quitter nos pavillons.

Néfertiti poussa un petit cri, mais moi, je pensai aussitôt à Nakhtmin. Où pourrions-nous nous retrouver lorsque nous aurions déménagé ? Il vivrait avec ses hommes dans les baraquements, et je serais prisonnière dans le palais d'Akhenaton.

— Et si nous allions voir ? demanda Akhenaton avec enthousiasme. Montrerons-nous notre ville au peuple ?

— Nous emmènerons tout le monde, décida Néfertiti. Les vizirs, les femmes nobles, les enfants d'Amarna.

Elle virevolta pour me faire face.

— A-t-on des nouvelles de père ?

— Aucune.

— Il ne t'a pas écrit en secret ?

— Bien sûr que non.

— Bon. Je veux lui annoncer moi-même qu'Amarna est terminée. Quand il verra le palais, il s'apercevra qu'Akhenaton avait raison. Nous avons bâti la plus prestigieuse ville d'Égypte.

À midi, on annonça que les portes allaient s'ouvrir et qu'Amarna serait enfin montrée au peuple. L'excitation s'empara du camp. Jusqu'alors, par ordre de Pharaon, seuls les ouvriers et les nobles avaient été autorisés à voir le chantier. Cette fois, le palais serait accessible à tous, en même temps que des centaines de villas blotties dans les collines en arrière-plan.

Le soir venu, la longue procession de chars s'ébranla à travers le désert pour transporter vizirs et nobles, étrangers et roturiers. Assise à côté de moi, Ipu retint son souffle quand les portes de la cité d'Amarna s'ouvrirent.

Le magnifique temple, avec son esplanade chatoyante et ses quartiers étroitement imbriqués, était terminé. Des centaines de villas blanches avaient été bâties pour la noblesse dans les replis des collines. Partout, aux alentours, des chantiers étaient encore en cours, mais la ville elle-même, d'une blancheur aveuglante, resplendissait.

Le cortège se rendit d'abord au temple d'Aton. En contrebas de la cour à colonnes, des prêtres offraient des sacrifices au soleil. Les hommes s'inclinèrent devant Pharaon et ma sœur, et agitèrent des éventails pour dissiper la fumée et nous permettre de découvrir la beauté des lieux. Des moringas et des grenadiers poussaient au pied des murs, et les fleurs de safran, jaune vif, étincelaient dans le soleil couchant. De toute évidence, la lumière jouait un rôle important dans la conception du bâtiment ; Akhenaton annonça d'ailleurs que c'était lui qui avait demandé à Maya de prévoir des fenêtres à claire-voie à l'intérieur.

— Que sont les fenêtres à claire-voie ? chuchotai-je.

Néfertiti sourit d'un air entendu.

— Viens voir.

Dans le sanctuaire, la lumière vespérale tombait du plafond à travers de hautes fenêtres. Je n'avais jamais rien vu de semblable.

— C'est un génie, constata Ipu.

Je préférai m'abstenir de tout commentaire, mais c'était indéniable. On n'avait jamais rien construit de semblable.

Les vizirs et les membres de la noblesse entrèrent dans le temple, et ils examinèrent les tapisseries et les vastes mosaïques tandis que le reste du cortège attendait dans la cour.

Néfertiti triomphait.

— À ton avis, que dira père ? demanda-t-elle.

Que c'est le temple le plus onéreux jamais bâti.

— Que c'est magnifique, préférai-je répondre.

Elle sourit ; c'était ce qu'elle voulait entendre. Je me gardai bien de lui dire qu'il était l'équivalent de l'or d'Amon, ou de la sécurité de l'Égypte et de ses États vassaux.

Akhenaton s'approcha de nous.

— Maya sera généreusement récompensé, annonça-t-il.

Il contempla les piliers cannelés de son temple, le large escalier menant aux balcons avec de petits sanctuaires baignés de lumière. Un air chaud montait de la rivière et flottait à travers la cour.

— Quand les émissaires retourneront en Assyrie et à Rhodes, ils pourront dire quel pharaon règne maintenant sur l'Égypte.

— Et quand ils verront le pont, dit Néfertiti, ils sauront quel visionnaire a conçu cela.

Ouvrant une lourde porte en bois, Néfertiti révéla un pont en arc de cercle qui enjambait la route royale et reliait le temple d'Aton au palais. Jamais je n'avais vu un pont aussi haut, aussi large, aussi ouvragé. Quand nous le franchîmes, j'eus le sentiment de faire une incursion dans l'avenir, de découvrir la vie de mes petits-enfants.

À l'intérieur du palais, on n'avait reculé devant aucune dépense. Les fenêtres allaient du sol au plafond, et, dans l'angle des salles éclairées par le soleil, des fontaines parfumées s'écoulaient en produisant une musique cristalline. On me montra ma future chambre et celle de mes parents, avec des carrelages bleus émaillés et des mosaïques représentant des scènes de chasse.

— Nous l'avons appelé *Palais du rivage*, dit Néfertiti. Le palais de Kya a été construit au nord.

— À l'extérieur des murs ?

Elle sourit.

— Non, mais loin d'ici.

Nous traversâmes le jardin d'eau avec sa fontaine d'albâtre. J'étais de plus en plus sidérée de voir ce qui avait été réalisé en si peu de temps, et j'aurais été curieuse de savoir combien d'or ces travaux avaient englouti. En chemin, Néfertiti désigna les statues qu'il ne fallait pas manquer et les murs peints de couleurs vives où figurait son portrait. La cour nous suivait, toute à sa joie, et les courtisans chuchotaient entre eux, poussant de temps à autre des exclamations.

— Voici le futur atelier royal, dit ma sœur. Thoutmès y sculptera toutes les scènes de notre vie.

— Dans mille ans, notre peuple saura ce que nous mangions et dans quoi nous buvions, promit Akhenaton. Il verra même la garde-robe royale.

Il poussa la porte d'une pièce garnie de coussins en étoffe rouge et de boîtes à perruque. Sur des étagères de cèdre étaient rangés des pots à khôl, des miroirs en cuivre, des brosses d'argent et des fioles de parfum.

— Nous lui offrirons un aperçu de notre palais, et grâce à cela il aura l'impression d'avoir toujours connu les dirigeants d'Égypte.

En contemplant cette chambre d'une richesse insolente, je me demandai si je les connaissais moi-même. Néfertiti avait appauvri l'Égypte pour construire une cité dans le désert. À peine terminée, la cité était d'une beauté à couper le souffle, mais ces murs, ces fresques peintes devaient leur existence au labeur des soldats, tout comme les colosses à l'effigie d'Akhenaton et de Néfertiti érigés pour que le peuple sache qu'ils veillaient sur lui.

— Quand Thoutmès aura terminé, promit Néfertiti, l'Égypte me connaîtra mieux que n'importe quelle autre reine. Dans cinq cents ans, je serai toujours vivante à leurs yeux, Moutny. Je vivrai sur les murs, dans le palais, dans les temples. Je serai immortelle, non seulement dans l'Après-Vie, mais ici même, en Égypte. J'aurais pu bâtir un mausolée où mes enfants et leurs enfants honoreraient ma mémoire. Mais que se serait-il passé après leur mort ? Ceci, dit-elle en levant les yeux vers les murs aux couleurs vives, durera à tout jamais.

Quand nous franchîmes les portes de la salle d'audience, je remarquai qu'on n'apercevait plus de Nubiens enchaînés sur les dalles. À leur place, on voyait le soleil, dont les rayons descendaient sur Néfertiti et Akhenaton en guise de bénédiction. Akhenaton monta au sommet de l'estrade, et étendit les bras.

— Quand les Thébains viendront, proclama-t-il, chaque famille recevra une maison. Nous resterons dans la mémoire de notre peuple comme les monarques qui lui auront apporté la prospérité, et il bénira la cité d'Amarna !

— Maîtresse, tu es malade ?

Ipu courut chercher une cuvette pendant que je me tenais le ventre ; par trois fois, j'évacuai le contenu de mon estomac. Je gémis et posai ma joue contre le cuir de mon tabouret capitonné. Ipu mit ses mains sur ses hanches.

— As-tu mangé quelque chose ?

— Rien depuis la visite du palais. Sinon du fromage de chèvre et des noix.

— Comment sont tes seins ?

Elle tira le coin de ma chemise et pressa le doigt contre ma peau.

— Ils sont plus foncés, sensibles ?

J'écarquillai les yeux, prise d'une crainte soudaine. C'étaient les symptômes que présentait Néfertiti. Comment cela pouvait-il m'arriver, à moi, surtout après toute l'aide que j'avais apportée aux femmes dans ce même camp ? Ipu secoua la tête.

— Quand as-tu saigné pour la dernière fois ? chuchota-t-elle.

— Je ne sais pas. Je ne me souviens pas.

— Et l'acacia ?

— J'en ai pris.

— Tout le temps ?

— Je crois. Tellement de choses se sont produites…

— Ton père sera furieux.

J'enfouis ma tête dans mes bras : au fond de moi, je savais que c'était vrai.

— Je suis la fille unique de ma mère. Elle sera bouleversée, elle se sentira tellement seule si…

Je me mis à pleurer ; Ipu me prit dans ses bras et caressa mes longs cheveux.

— Ce n'est pas si terrible, dit-elle pour me réconforter. Tu connais mieux que personne les moyens de t'en débarrasser.

Je relevai brusquement la tête.

— Non !

Je serrai les mains sur mon ventre. Tuer l'enfant de Nakhtmin ?

— Jamais.

— Que se passera-t-il alors ? Si tu gardes cet enfant, ton père ne pourra jamais arranger un mariage pour toi !

— Parfait. Le seul homme qui voudra alors de moi sera le général.

— Et Pharaon ?

— J'en ai assez fait pour Néfertiti. C'est son tour maintenant. Elle devra le convaincre.

Ipu paraissait sceptique.

— Elle *doit* le faire.

Je fis les cent pas dans la tente tout l'après-midi. Deux femmes vinrent chercher de l'acacia et du miel, et mon cœur se serra quand je leur tendis la mixture en pensant combien j'avais été imprudente. Puis Merit apparut : la reine me demandait.

— Elle veut savoir si tu assisteras au dîner.

— Non, dis-je, me sentant incapable d'affronter ma sœur dans cet état. Va lui dire que je suis malade.

Merit s'éclipsa. Quelques minutes plus tard, Néfertiti écarta les rideaux sans avoir annoncé sa venue.

— Tu es sans cesse malade ces derniers temps.

Elle s'assit, ne me quittant pas des yeux.

J'étais occupée à trier mes plantes et mes mains tremblèrent en touchant l'acacia.

— Surtout le soir, ajouta-t-elle d'un ton soupçonneux.

— Je ne me sens pas bien depuis plusieurs jours.

Elle me regarda plus attentivement.

— J'espère que tu n'as pas fauté avec ce général. Tu sais que notre famille ne peut faire confiance à personne dans l'armée.

— C'est toi qui le dis.

— Il n'est pas venu te voir ?

Je baissai les yeux.

— Il est venu te voir ? hurla-t-elle. Dans le campement ?

— Quelle importance ?

Je refermai brusquement ma boîte à plantes.

— Toi, tu as un mari, une famille, un enfant…

— *Deux* enfants.

— Et qu'ai-je, moi ?

Elle recula sur son siège comme si je l'avais giflée.

— Tu m'as.

Je regardai autour de moi le pavillon où je vivais seule : elle était incapable de comprendre.

— C'est tout ?

— Je suis reine d'Égypte.

Elle se leva promptement.

— Tu es la sœur de la grande épouse royale ! Ton destin est de me servir.

— Qui prétend cela ?

— Maât !

— C'est Maât qui commande de démolir les temples d'Amon ?

— Je te défends de dire cela, siffla-t-elle.

— Pourquoi ? Parce que tu crains la colère des dieux ?

— Il n'y a pas de dieu plus grand qu'Aton ! Je te conseille de ne plus l'oublier. Dans un mois, le temple d'Aton sera terminé et les gens vénéreront Aton comme ils vénéraient Amon.

— Et qui collectera l'argent des offrandes ?

— Père.

— Et à qui donnera-t-il l'argent ?

Le visage de Néfertiti s'assombrit.

— Nous édifions cette cité pour la gloire de notre règne. C'est notre droit d'en disposer.

— Les gens ne veulent pas emménager à Amarna. Ils ont leur maison à Thèbes.

— À Thèbes, ils habitent dans des taudis ! Ici, nous ferons ce qu'aucun pharaon n'a jamais fait ! Toutes les familles qui viendront à Amarna se verront attribuer une maison…

— Tu as vu ces maisons ?

Néfertiti se tut.

— Les as-tu vues, ces maisons ? Tu as visité ton palais, mais tu n'as pas remarqué que les maisons des ouvriers étaient en brique crue et en *talatat*. Quand viendra la saison des inondations, elles s'écrouleront.

— Comment le sais-tu ?

Je ne lui répondis pas. Je ne pouvais pas lui dire que père l'avait prédit, et que Nakhtmin me l'avait confirmé, une nuit.

— Tu n'en sais rien, dit-elle. Viens. Nous sommes en train de dîner.

C'était un ordre.

Avant de partir, elle se retourna à moitié.

— Il est inutile de reparler du général, dit-elle. Tu resteras célibataire, et à mon service, jusqu'à ce que père ou moi te choisissions un mari.

Je me mordis la langue pour ne pas répliquer.

— Et quand as-tu rendu visite à la princesse pour la dernière fois ? demanda-t-elle.

— Hier.

— Tu es sa tante. Il va sans dire qu'elle aimerait te voir plus souvent.

Autrement dit, c'est toi qui veux me voir plus souvent. Puis elle disparut. Je m'assis et contemplai mon petit ventre.

— Que dira ton père quand je lui parlerai de toi, mon tout-petit ? Et comment Néfertiti parviendrat-elle à persuader Akhenaton que tu ne menaces en rien son règne ?

Le dîner dans le grand pavillon dura une éternité ; je n'étais pas d'humeur à écouter Thoutmès avec ses discours sur le henné, les cheveux et les barbes démodées portées par les émissaires d'Ugarit. J'étais obsédée par l'idée que, dans sept jours, Nakhtmin ne pourrait plus venir me voir dans mon pavillon. Il devrait s'introduire dans le palais, au risque de se faire prendre.

Je regardai Néfertiti de l'autre côté de la table ; son enfant serait prince. Sans le consentement de mon père ou celui du roi, le mien serait un enfant sans père qui n'aurait droit à rien. Un bâtard. Je regardai les domestiques la servir, et une grande tristesse m'envahit quand Akhenaton passa son bras autour de ses épaules. « Mon petit pharaon », chuchota-t-il, en regardant son ventre rond.

Je me levai et demandai qu'on veuille bien m'excuser.

— Maintenant ? dit sèchement Néfertiti. Si tôt ? Et si j'ai des douleurs ? Si…

Elle vit mon expression et changea de tactique.

— Reste au moins pour faire une partie de senet.

— Non.

— Même pas une seule partie ?

Les courtisans se retournèrent pour me regarder.

Je consentis à jouer une partie, que ma sœur gagna.

— Tu devrais faire un effort, se plaignit-elle. Ce n'est pas drôle de gagner tout le temps.

— J'essaie, dis-je.

Elle se mit à rire et se leva pour détendre son dos.

— Père est le seul à pouvoir me tenir tête, dit-elle en se dirigeant vers le brasero.

La lumière du feu projetait son ombre sur les parois du pavillon.

— Il arrive bientôt, dit-elle d'un ton dégagé.

— Tu as eu des nouvelles ? demandai-je aussitôt.

Néfertiti perçut l'impatience dans ma voix et haussa les épaules.

— Il sera là dans cinq jours. Malheureusement, il n'assistera pas à notre emménagement dans le palais...

Mais je ne l'écoutais déjà plus. Dans cinq jours, je pourrais lui parler de son petit-enfant.

— Un enfant, mon petit chat. Notre enfant !

Nakhtmin ne se sentait plus de joie. Il m'attira entre ses bras et me serra contre sa poitrine, en prenant soin de ne pas écraser le bébé.

— Tu l'as dit à la reine ? demanda-t-il.

Me voyant devenir livide, il fronça les sourcils.

— Elle doit être contente pour toi ?

— Que je sois enceinte en même temps qu'elle et que j'accapare une partie de l'attention de mon père ?

— Elle finira par l'accepter. Nous nous marierons, et si Pharaon est toujours courroucé, nous quitterons la ville et achèterons une ferme dans les montagnes.

Il me serra une nouvelle fois contre lui.

— Il s'agit d'un enfant. Qui peut refuser un enfant ?

Le lendemain matin, j'allai voir Néfertiti. Elle allait se mettre en colère, mais si j'en parlais d'abord à notre père, elle serait encore plus furieuse. Dans le pavillon royal, la lumière du matin filtrait à travers les murs, éclairant le chaos qui régnait autour d'elle : des serviteurs transportaient des paniers, des hommes remplissaient des coffres imposants, des femmes avaient les bras chargés de cosmétiques et de linge.

— Il faut que je te parle, dis-je.

— Pas ici ! cria-t-elle.

Tout le monde se figea dans le pavillon. Brusquement, elle fit un signe à un serviteur chargé de linge.

— Là-bas !

— Où est Akhenaton ? demandai-je.

— Déjà au palais. Nous déménageons ce soir. Tu devrais être prête, dit-elle.

Il devenait encore plus urgent que je lui parle. Quand nous aurions déménagé, Nakhtmin ne pourrait plus venir dans ma tente. Le palais serait gardé par les Nubiens d'Akhenaton, qui détestaient l'armée.

— Néfertiti.

— Quoi ?

Elle ne quittait pas des yeux les va-et-vient des serviteurs.

— Qu'y a-t-il ?

Autour de nous, les domestiques faisaient beaucoup trop de bruit pour que quiconque puisse nous entendre. Je me résolus à lui parler.

— Je suis enceinte.

Elle resta immobile pendant quelques instants, à tel point que je crus qu'elle ne m'avait pas entendue. Puis elle m'enfonça ses ongles dans le bras et m'attira de force à l'écart.

Le cobra de sa couronne dardait sur moi ses yeux rouge vif.

— J'espère que ce n'est pas l'enfant du général, dit-elle d'un ton menaçant. Dis-moi que ce n'est pas l'enfant du général !

Je ne répondis rien, et elle m'attira encore un peu plus à l'écart derrière une tenture, jusque dans sa chambre.

— Père est au courant ? murmura-t-elle, furieuse.

— Non. Je voulais te le dire d'abord.

Son regard devint méchant.

— Pharaon se sentira outragé.

— Nous ne représentons aucune menace pour lui. Nous voulons seulement nous marier et vivre ensemble…

— Tu as couché avec un simple soldat ! hurla-t-elle. Tu reçois un homme dans ton lit sans ma permission ? Avais-tu l'intention de m'insulter ?

Elle se rapprocha dangereusement de moi.

— Ce que tu fais, tu le fais pour cette famille, et à présent tu as mis cette famille en danger.

— Il s'agit seulement d'un enfant. Mon enfant.

— Qui deviendra une menace pour le trône. Un enfant royal. Le fils d'un général !

Je la fixai, stupéfaite.

— Notre grand-père était général, et sous sa conduite l'armée était entraînée et restait loyale à Pharaon. Seul ton mari peut considérer cela comme une menace. De tout temps, les généraux ont épousé des membres de la cour royale !

— Pas à Amarna ! Akhenaton ne le tolérera jamais.

— Je t'en prie, Néfertiti, tu dois le convaincre. Cet enfant n'est en aucun cas une menace…

— Non. Tu dois te débrouiller pour t'en débarrasser. S'il en est une qui sait comment s'y prendre, c'est toi.

Je la dévisageai, horrifiée. Puis je mis les mains sur mon ventre, comme pour me protéger.

— Tu as un mari, une fille, et un deuxième enfant à naître, et tu me refuses le droit d'en avoir un ? *Un* enfant ?

— Je ne t'ai rien refusé !

Elle écumait de rage. Soudain, on n'entendit plus, venant de derrière la tenture, que le bruit étouffé du déménagement et des bagages en cours.

— J'ai épousé Akhenaton pour te donner ce qu'il y a de mieux, et tu rejettes tout pour un roturier. Tu es la sœur la plus égoïste d'Égypte !

— Parce que j'ose aimer quelqu'un d'autre que toi ?

La vérité était trop difficile à supporter. Elle traversa la pièce d'un air digne.

— Ce soir, tu assisteras au banquet au palais, dit-elle en se retournant à demi.

— Lui diras-tu que nous voulons nous marier ?

Elle s'arrêta, me forçant à répéter ma question.

— Le feras-tu ?

— Ce soir, il se peut que tu aies ta réponse, dit-elle.

Le rideau retomba sur elle, et je me retrouvai seule dans la chambre du roi.

Je retournai à mon pavillon, le cœur serré, ne sachant pas si je devais aller prévenir Nakhtmin sur le chantier.

— Le prévenir de quoi, Maîtresse ? demanda Ipu avec raison. Et comment iras-tu là-bas ?

Elle posa ses mains sur les miennes.

— Il faut attendre la décision de la reine. Elle le lui demandera. Tu es sa sœur, et tu lui as rendu tellement de services !

Ipu me tendit mes vêtements pour les festivités du soir.

— Allons, insista-t-elle. Je veillerai ensuite à ce que tes affaires soient portées au palais.

— Je veux voir ma mère d'abord, lui dis-je. Je veux que tu ailles la chercher.

Ipu attendit quelques instants pour voir si je parlais sérieusement, puis elle inclina la tête et sortit.

Je revêtis la longue tunique et la ceinture dorée, puis attachai un collier de perles à mon cou tout en me répétant ce que j'allais dire à ma mère. Moi, sa fille unique. Le seul enfant que Taouret avait jugé digne d'elle. J'aperçus alors dans le miroir une jeune fille aux cheveux sombres et aux grands yeux verts. J'expirai lentement, et constatai que mes mains tremblaient.

— Moutnedjemet ?

Ma mère contemplait mon pavillon avec désapprobation.

— Moutnedjemet, pourquoi n'as-tu pas encore fait tes bagages ? Nous déménageons ce soir.

— Ipu les fera quand nous serons parties.

Je lui fis de la place sur le banc de cuir pour qu'elle puisse s'asseoir à côté de moi.

— J'ai quelque chose à te dire.

Elle devina aussitôt : ses yeux se portèrent sur mon ventre, et elle mit sa main devant sa bouche.

— Tu es enceinte.

J'acquiesçai, et mes yeux se remplirent de larmes.

Ma mère resta immobile, comme Néfertiti ; je me demandai si elle allait me gifler, ce qui aurait été une première.

— Tu as couché avec le général, dit-elle.

Les larmes débordaient de mes yeux.

— Nous voulons nous marier.

Mais ma mère ne m'écoutait plus. Son regard s'était perdu dans le vague.

— Chaque soir, je le voyais venir dans le campement et je pensais qu'Akhenaton l'avait demandé. J'aurais dû comprendre. Depuis quand Pharaon s'intéressait-il à l'armée ?

Ma mère scruta mon visage.

— Ainsi les gardes détournaient les yeux pour le laisser passer.

Je rougis de honte.

— Ce serait arrivé de toute façon. Nous nous aimons...

— L'*amour* ? Seuls les roturiers se marient par amour. Et ils divorcent tout aussi rapidement ! Tu es la sœur de la grande épouse royale. Nous t'aurions mariée à un prince. Un prince, Moutnedjemet. Tu aurais pu devenir princesse d'Égypte.

— Je ne veux pas devenir une princesse, dis-je en pleurant. C'est le rêve de Néfertiti, pas le mien. Je suis enceinte. J'attends ton petit-enfant, et l'homme que j'aime veut m'épouser.

Je levai les yeux vers elle.

— Cela ne te fait aucun plaisir ?

Elle serra les lèvres. Puis brusquement, elle me prit dans ses bras.

— Oh, Moutnedjemet, ma petite Moutnedjemet. Tu vas devenir mère.

Elle se mit à pleurer doucement.

— Mais que deviendra ton enfant ?

— Un enfant aimé.

— Un enfant que craindra Pharaon et qui offensera ta sœur. Néfertiti ne l'acceptera jamais.

— Il le faudra bien, dis-je avec fermeté, en m'écartant d'elle. Je suis une femme. J'ai le droit de choisir mon mari.

— C'est l'Égypte d'Akhenaton. Si tu étais à Akhmin, peut-être...

Ma mère ouvrit les mains.

— Mais nous sommes dans la ville du roi. C'est lui qui dicte ses choix.

— Et ceux de Néfertiti, ajoutai-je. Quand père arrivera, les villas seront terminées. Néfertiti peut convaincre Akhenaton de nous laisser y vivre.

— Elle sera furieuse.

— Dans ce cas, elle devra faire un effort pour l'accepter.

Ma mère me prit la main et la serra.

— Ton père sera stupéfait quand il reviendra. Deux filles, toutes les deux enceintes.

— Il sera heureux que ses deux filles soient fertiles.

Ma mère eut un sourire amer.

— Il serait plus heureux si tu épousais un prince.

Cette nuit-là, il y eut des festivités dans la nouvelle ville d'Amarna. Partout, on entendait rire ; tout en aidant ma mère à monter dans un char, je pensai : Néfertiti l'a fait exprès. Elle m'a dit qu'elle me donnerait une réponse ce soir en espérant que nous ne pourrions pas nous rejoindre au milieu de cette bousculade.

Dans les cours à l'extérieur du palais, d'innombrables domestiques transportaient des plats débordant de noix au miel, de figues charnues et de grenades. Dans les rues, des milliers d'hommes appartenant à l'armée buvaient sans la moindre retenue, et entonnaient des chansons parlant de guerre, de sexe et d'amour. Au palais, je cherchai Nakhtmin du regard, dans l'espoir d'apercevoir dans la foule ses larges épaules et ses cheveux lumineux.

— Il doit être avec ses hommes, dit ma mère.

Je rougis de me savoir à ce point transparente. Un serviteur nous conduisit au grand hall : les tables étaient occupées par des vizirs et des filles accortes vêtues, comme ma sœur, des lins les plus fins, avec les mains, les pieds et les seins passés au henné. Mais les deux trônes d'Horus installés sur l'estrade étaient toujours vides.

— Où est la reine ? demandai-je, interloquée.

— Dans les rues, Maîtresse ! cria un serviteur en passant. Ils lancent de l'or ! À tout le monde, ajouta-t-il dans un grand sourire.

— Viens.

Ma mère me prit par le bras.

Je la suivis jusqu'à une table d'honneur devant le dais. Panahesi y était installé avec Kya, ainsi que le sculpteur Thoutmès et l'architecte Maya.

Un vieil homme avec des anneaux d'or aux doigts interpella ma mère de l'autre côté de la salle et elle se dirigea vers lui. Un serviteur tira un fauteuil à mon intention, et les dames de Kya m'observèrent de sous leur perruque d'un air vaguement menaçant.

— Bonsoir, demoiselle Moutnedjemet, quel plaisir de te voir ! déclara Kya d'une voix forte tandis que je prenais place. Je pensais que tu allais peut-être manquer les festivités.

— Et pourquoi cela ? demandai-je.

— Il paraît que tu étais souffrante.

Je blêmis et les vizirs se regardèrent, surpris.

— Allons, ne fais pas la timide. Tu dois partager les bonnes nouvelles avec tout le monde, dit-elle avant d'annoncer à la cantonade : Demoiselle Moutnedjemet est enceinte du général.

Le temps s'arrêta. Deux dizaines de visages se tournèrent vers moi, et les yeux du peintre Thoutmès prirent la taille d'une soucoupe.

— C'est vrai ? demanda-t-il.

Je souris et relevai le menton.

— Oui.

Pendant quelques instants, les vizirs stupéfaits observèrent le silence, puis les chuchotements reprirent de plus belle.

De l'autre côté de la table, Kya affichait un sourire satisfait.

— Sœurs, et enceintes exactement en même temps. Je me demande, poursuivit-elle en se penchant en avant, ce que Pharaon en dit.

Je ne répondis pas.

— Tu veux dire, poursuivit Kya, qu'il l'ignore ?

— Je suis certain qu'il sera content, coupa Thoutmès.

— Content ? cria Kya, oubliant qu'elle était en représentation. Elle a couché avec un général ! Un général ! hurla-t-elle.

— À mon avis, Pharaon sera fier, dit Thoutmès. C'est une bonne occasion pour rallier le général à sa cause : Osiris ne sait-il pas que Nakhtmin aspire à autre chose qu'à la construction ?

— Où est-il alors ? questionna Kya.

Thoutmès réfléchit un instant.

— Dans le nord avec les Hittites, j'imagine.

— Dans ce cas, peut-être pourrait-il aller rejoindre Horemheb.

Les dames de Kya se mirent à rire, et Thoutmès posa une main apaisante sur les siennes.

— Allons, personne ne peut lui souhaiter le destin d'Horemheb.

Les traits de Kya s'adoucirent et le sculpteur se tourna vers moi.

— Que Taouret te protège, dit-il doucement. Tu as aidé suffisamment de femmes à la cour pour avoir droit à un peu de bonheur.

Ma mère revint, et les trompettes retentirent pour annoncer l'arrivée de ma sœur et d'Akhenaton. Ils traversèrent le grand hall, souriant à chacun sur leur passage, mais quand ma sœur arriva à ma hauteur elle détourna les yeux. J'entendis à nouveau la voix de Kya : *Sœurs, et enceintes exactement en même temps*.

Toute la nuit, des danseurs tourbillonnèrent dans des flots de lin et des robes en filet ornées de perles de couleurs vives. Des cracheurs de feu étaient venus distraire Akhenaton, mais il n'avait d'yeux que pour ma sœur. Kya dut ronger son frein en voyant les femmes nobles se presser autour de Néfertiti quand elle descendit de l'estrade et daigna parler à l'une ou l'autre.

Je trouvai ma sœur en conversation avec l'épouse de Maya.

— Excuse-nous, dis-je en prenant le bras de Néfertiti.

— Comment oses-tu ?

— Je veux savoir si tu as parlé à Pharaon, demandai-je.

La colère la gagnait.

— Je t'avais prévenue. Je t'ai dit de ne pas…

— Lui as-tu parlé ?

Ma voix était montée d'un ton. Ma mère, installée à la table en contrebas de l'estrade, leva les yeux dans notre direction. Le visage de Néfertiti se durcit.

— Oui. Nakhtmin a été envoyé dans le nord pour combattre les Hittites au côté d'Horemheb.

J'aurais préféré qu'elle me frappe en plein visage. Ma respiration se bloqua.

— Je t'avais prévenue, Moutnedjemet. Je t'avais dit de te tenir à l'écart de lui…

Elle s'interrompit en voyant Akhenaton. Il devait savoir de quoi nous parlions, car il s'approcha de moi, tout sourires.

— Moutnedjemet.

Je me tournai vers lui.

— Tu as envoyé le général combattre les Hittites ? demandai-je d'un ton accusateur.

Son sourire vacilla.

— À force de jouer avec le feu, on finit par se brûler. Je suis certain que ton père t'a appris cela, petit chat.

Il tendit la main pour me caresser la joue, mais je m'écartai. Il se pencha alors tout près.

— Peut-être, la prochaine fois, choisiras-tu un amant plus loyal, murmura-t-il. Ton général a demandé à partir.

Je reculai, me refusant à le croire.

— Jamais !

Je regardai alors Néfertiti.

— Et tu n'as rien fait ? demandai-je. Tu n'as *rien* fait pour l'en empêcher ?

— Il l'a demandé, dit ma sœur d'une voix faible.

— Il ne l'a *jamais* demandé, protestai-je. Je suis enceinte. Je suis enceinte de son enfant, et vous le laissez partir à la *mort* !

Toute conversation avait cessé dans le grand hall. Je laissai retomber les portes à double battant derrière moi et me retrouvai dans la nuit. Je n'avais aucun endroit où aller. Je ne savais même pas où se trouvaient mes appartements dans le palais. Je pleurai en me tenant le ventre. Mes genoux se dérobèrent sous moi, et soudain, je me sentis mal, incapable de rester debout.

— Moutny ! cria ma mère.

Elle se tourna vers Ipu ; toutes deux m'avaient suivie dehors.

— Va chercher un médecin ! Vite !

J'entendais des voix partout, qui criaient des instructions.

J'étais très malade, disait quelqu'un ; il fallait me transporter au temple pour que les prêtresses prient pour moi. Une autre voix demanda si ce serait le temple d'Amon ou celui d'Aton. Je m'enfonçai dans le noir. Quelqu'un évoqua le pouvoir de guérison des prêtres. J'entendis le nom *Panahesi*, et la réponse cinglante de ma mère. On apporta des linges et je sentis une lourdeur entre mes jambes. Mon ventre se contracta. Il y avait de l'eau. De l'eau citronnée avec de la lavande. Quelqu'un dit que mon père était arrivé. Combien de jours s'étaient écoulés ? Quand je me réveillai, il faisait encore nuit ; Ipu n'avait pas quitté mon chevet. Je me souvenais d'avoir senti les mains fraîches de ma mère sur mon front tandis que je gémissais. Et de l'avoir réclamée souvent.

La première chose qui me frappa fut l'odeur des fleurs de lotus.

— Moutnedjemet ?

La lumière du matin me fit cligner des yeux, et je fronçai les sourcils.

— Nakhtmin ?

— Non, Moutnedjemet.

C'était mon père. Je me redressai sur les coudes et regardai autour de moi. Les stores de roseau étaient remontés, laissant entrer le soleil matinal. Le sol carrelé rouge et bleu luisait. Tout me semblait immense. Les tabourets à pieds croisés recouverts de peaux d'animaux, les coffrets incrustés de pierres précieuses, les boîtes à perruques, les lampes d'onyx avec le pied orné de turquoises. Je me sentais perdue.

— Où est Nakhtmin ?

Ma mère hésita. Elle s'assit sur le coin de mon lit, sans quitter mon père des yeux.

— Tu as été très malade, dit-elle enfin. Tu ne te souviens plus de la fête, ma chérie ?

Alors tout me revint. La sentence de mort de Nakhtmin, l'égoïsme de Néfertiti, le moment où je m'étais sentie mal au-dehors. Ma respiration s'accéléra.

— Qu'est-il arrivé ? Pourquoi suis-je malade ?

Mon père s'assit à mon chevet et posa sa grande main sur la mienne.

— Moutnedjemet, murmura ma mère, tu as perdu l'enfant.

J'étais trop horrifiée pour parler. J'avais perdu le bébé de Nakhtmin. J'avais perdu la seule chose qui me reliait à lui, la part de lui que j'aurais gardée avec moi pour toujours.

Ma mère repoussa mes cheveux en arrière.

— Beaucoup de femmes perdent leur premier enfant. Tu es jeune. Tu en auras d'autres. Nous devons remercier les dieux de t'avoir épargnée.

Ses yeux se remplirent de larmes.

— Nous pensions que tu étais partie. Nous pensions que tu étais…

Je secouai la tête.

— Non, je n'y crois pas, dis-je en rejetant les couvertures. Où est Néfertiti ?

— Elle prie pour toi, répondit mon père solennellement.

— Dans le temple d'Aton ? criai-je.

— C'est ta sœur, dit-il.

— C'est une reine jalouse, égoïste, pas une sœur !

Ma mère eut un mouvement de recul et mon père s'enfonça dans son fauteuil.

— Elle a envoyé le général très loin ! criai-je.

— Akhenaton en avait décidé ainsi.

Cette fois, je n'allais pas laisser mon père la défendre.

— Un mot de Néfertiti, et Akhenaton aurait fermé les yeux sur n'importe lequel de nos actes. Aurions-nous insulté Amon en pleine rue qu'il aurait laissé faire si Néfertiti l'avait voulu. Il n'écoute personne d'autre. Elle seule peut l'influencer. Ta sœur l'a constaté, tu l'as constaté toi-même. Elle a permis que Nakhtmin soit envoyé au loin. Elle l'a permis !

Ma mère posa une main apaisante sur mon épaule, mais je l'écartai.

— Il est mort ? demandai-je.

Mon père se leva.

— Il est mort ? répétai-je.

— C'est un soldat valeureux, Moutnedjemet. Les gardes l'auront conduit vers le nord jusqu'aux lignes hittites, et l'y auront laissé. Il sait ce qu'il doit faire.

Je fermai les yeux et imaginai Nakhtmin jeté en pâture aux Hittites. Des larmes inondèrent mes joues ; je sentis le bras réconfortant de mon père autour de mes épaules.

— Tu viens de subir une immense perte, dit-il doucement.

— Il ne reviendra jamais. Et Néfertiti n'a rien fait.

Le chagrin me submergea, et mon estomac se serra de nouveau.

— Rien ! hurlai-je.

Ma mère me prit contre elle pour me bercer.

— Chut, elle ne pouvait rien faire, jura-t-elle.

Mais je savais que ce n'était pas vrai.

Sur ma table de chevet, mon père prit alors un coffret incrusté de lapis et de nacre.

— Elle est venue tous les jours. Elle voulait te donner ceci pour tes herbes.

J'examinai le coffret. Cela ne m'étonnait pas qu'elle ait choisi un tel objet, à ce point ouvragé, et hors de prix.

— Elle pense qu'elle peut m'acheter avec une boîte ?

On entendit alors un bruit de pas traînants à l'extérieur de ma chambre et une servante ouvrit la porte en grand.

— La reine arrive !

Jamais je ne lui pardonnerais.

Elle s'avança dans ma chambre, et la seule chose que je vis d'abord fut son ventre rond sous ses vêtements. Voyant que j'étais réveillée, elle s'arrêta, puis cligna des yeux à plusieurs reprises.

— Moutny ?

Elle était venue avec un ankh turquoise, probablement béni au temple d'Aton.

— Moutny ?

Elle courut vers moi et me serra dans ses bras frêles. Je sentis ses larmes sur mes joues. Pourtant, ma sœur ne pleurait jamais.

Je ne fis pas un geste, et elle recula pour voir mon visage.

— Moutny, dis quelque chose ! supplia-t-elle.

— Maudit soit le jour où les dieux ont décidé que je serais ta sœur.

Ses mains se mirent à trembler.

— Retire ce que tu viens de dire.

Je la regardai en silence.

— Retire ce que tu viens de dire ! cria-t-elle, mais je me détournai.

Mes parents se regardèrent.

— Va-t'en, Néfertiti. Laisse-lui un peu de temps, dit alors mon père.

Ma sœur se tourna vers ma mère, et, voyant qu'elle ne prenait pas sa défense, fit volte-face, et sortit de la chambre en refermant la porte derrière elle.

Je levai les yeux vers mes parents.

— Je veux rester seule.

Ma mère hésita.

— Tu as été tellement malade, protesta-t-elle.

— Ipu prendra soin de moi. Pour l'instant, je veux rester seule.

Ma mère regarda mon père, et ils partirent. Ipu rôdait autour de moi, sans savoir quoi faire.

— Peux-tu m'apporter ma boîte d'herbes ? L'ancienne. Je veux ma camomille.

Quand je soulevai le lourd couvercle, je remarquai aussitôt quelque chose d'anormal.

— Ipu, quelqu'un a-t-il touché à cette boîte ?

Elle fronça les sourcils.

— Non, Maîtresse.

— Tu es sûre ?

Les graines d'acacia enveloppées dans un tissu avaient disparu.

— Ipu, qui aurait pu venir ici ? demandai-je en m'efforçant de me lever.

— Que veux-tu dire ?

— Il manque l'acacia !

Ipu regarda la boîte, puis ses yeux se posèrent sur mon ventre : elle avait compris. Je pris la boîte et sortis de ma chambre. Mes cheveux longs retombaient en désordre sur mes épaules, je n'avais pas de ceinture.

— Où est Néfertiti ? criai-je.

Quelques domestiques reculèrent. D'autres se mirent à chuchoter.

— Dans le grand hall, Maîtresse, en train de souper avec les vizirs.

Ivre de rage, je passai devant les gardes sans m'arrêter et franchis les portes.

— Néfertiti !

Le silence se fit dans l'assistance. Les musiciens en contrebas de l'estrade s'arrêtèrent de jouer ; Thoutmès paraissait stupéfait, tout comme les dames d'honneur de Néfertiti.

Je brandis la boîte.

— Qui a volé mon acacia ?

Je m'avançai en direction de l'estrade, sans quitter ma sœur des yeux. Panahesi se racla la gorge, mon père se leva.

— Quelqu'un a volé mes graines d'acacia et m'a empoisonnée avec pour me faire perdre mon enfant. C'est toi ?

Néfertiti était devenue blanche comme de l'albâtre. Elle regarda Akhenaton, les yeux écarquillés ; je me retournai vers Pharaon.

— C'est toi ? hurlai-je. C'est toi qui m'as fait cela ?

Akhenaton paraissait mal à l'aise.

Mon père me prit par le bras.

— Je veux savoir qui a fait cela !

Ma voix retentit dans la salle. Kya et ses suivantes se tenaient coites : si cela avait pu m'arriver, cela pouvait arriver à n'importe laquelle d'entre elles. Où étaient leurs ennemis ? Où étaient les miens ?

— Allons-nous-en, dit mon père.

Je le laissai me guider vers la sortie, mais, arrivée à la porte, je me retournai.

— Je ne te le pardonnerai jamais ! jurai-je à l'intention de Néfertiti. Tant que le soleil se couchera sur Amarna, je ne te le pardonnerai jamais !

Ma sœur recula dans son fauteuil, comme si on venait de lui voler son trône.

17

Amarna
Le 28 de Payni

— J'ai peur qu'elle ne passe ici le restant de ses jours, à s'occuper de ses plantes. Sans mari, sans enfants…

Du jardin, j'entendais ma femme de chambre. J'avais trouvé cette villa trois mois auparavant, le jour même où j'avais compris qu'on m'avait empoisonnée pour éliminer l'enfant de Nakhtmin : l'édifice venait d'être construit sur les terrasses ensoleillées en surplomb de la cité. Nul ne s'en étant encore porté acquéreur auprès du palais, je pris possession des lieux et décrétai que la villa m'appartenait. Personne n'oserait me mettre à la porte.

Après trois mois passés à semer et à planter, je commençais à voir les résultats. Mon sycomore était couvert de feuilles chaudes et toutes douces. La voix de ma femme de chambre se rapprocha.

— Elle est dehors, comme à l'accoutumée, dit-elle sur un ton de reproche. Elle s'occupe de ses herbes pour en avoir à vendre aux femmes.

Je reconnus aussitôt son parfum de lis et de cardamome.

— Moutnedjemet ?

Je me retournai et m'abritai les yeux de la main. Je ne portais plus de perruque depuis que j'avais quitté le palais. Mes cheveux avaient poussé et tombaient librement sur mes épaules. D'après Ipu, mes yeux ressemblaient à des émeraudes dans le soleil, des pierres si dures qu'elles pouvaient couper le verre.

— Majesté.

Je m'inclinai profondément.

— Comme tu as changé ! s'étonna la reine Tiyi. Tu parais plus grande, avec le teint plus foncé.

— C'est vrai, je passe beaucoup de temps au soleil.

Je posai ma griffe, et nous nous dirigeâmes vers la maison.

— C'est un endroit magnifique, dit-elle en passant près des palmiers dattiers et de la glycine en fleur.

— Merci. Il m'a fallu trois mois pour tout organiser.

Ma tante prit place dans la loggia et je m'installai en face d'elle sur un coussin de plume. Elle, en revanche, était restée la même, avec sa bouche mince, son regard bleu perçant d'une intelligence aiguë. Elle avait accompagné mon père à Amarna, à la demande de celui-ci, après avoir travaillé avec lui au Per Medjat jusqu'à l'aube, à étudier les rouleaux, et écrire des lettres pour nouer des alliances.

Ipu posa du thé devant nous.

— Je ne suis pas ici dans l'espoir de te faire revenir, dit-elle en prenant son bol.

— Je le sais. Tu as compris que je voulais couper les ponts avec le palais, ne plus entendre parler de Néfertiti, de ses statues et ses perpétuelles intrigues.

— J'ai toujours été persuadée que j'avais choisi la mauvaise sœur, dit-elle en esquissant un sourire.

Je secouai la tête, sidérée qu'on puisse me préférer à Néfertiti.

— Certainement pas. Je n'ai jamais souhaité être reine.

— C'est pourquoi tu aurais été parfaite dans ce rôle.

Elle reposa son bol.

— Mais dis-moi, Moutnedjemet, que suggérerais-tu à une vieille femme dont les articulations la font souffrir ?

— Tu es venue me voir pour mes herbes ? m'étonnai-je.

— Je te l'ai dit, je n'ai aucunement l'intention d'essayer de te convaincre de revenir. Je suis beaucoup trop avisée pour cela. D'ailleurs, pourquoi quitterais-tu cette villa ?

Elle contempla les rameaux vagabonds de la vigne vierge, et les hautes colonnes peintes.

— C'est un havre de paix, loin de la ville et de la politique stupide de mon fils.

Elle inclina la tête, et les bijoux de lapis et d'or qu'elle portait au cou s'entrechoquèrent mélodieusement. Puis elle se pencha vers moi.

— Alors, que dois-je prendre ? me demanda-t-elle sur le ton de la confidence.

— Mais les médecins de la cour…

— Ils sont loin d'être aussi avisés en matière de plantes que toi.

Par la porte ouverte, elle admira mon jardin impeccable, avec ses rangées de sénés et de chrysanthèmes aux feuilles vert et jaune. Je cultivais le genièvre pour le mal de tête, l'armoise pour la toux. Et je réduisais toujours de l'acacia en poudre pour les femmes désespérées. J'aimais trop les plantes pour y renoncer.

— Les femmes disent que tu es devenue une vraie guérisseuse. Elles te surnomment le Docteur Chat.

Je pensai alors à Nakhtmin et mes yeux s'embrumèrent. Ma tante me caressa la main.

— Viens. Montre-moi tes plantes.

Le soleil chaud dessinait des taches partout dans le jardin. La rosée ne tarderait pas à sécher avec la chaleur ; je humai l'odeur entêtante de la terre, puis me penchai pour cueillir une baie encore verte sur le genévrier.

— Le genièvre conviendrait.

Je lui tendis la baie.

— Je peux t'en préparer une infusion, mais il faudra la prendre deux fois par jour.

Elle écrasa la baie, puis huma ses doigts.

— Cela me rappelle l'odeur des lettres du Mitanni, dit-elle d'une voix songeuse.

Je l'observai dans la lumière crue : à quarante ans, elle faisait toujours entendre sa voix auprès des nations étrangères et réfléchissait avec mon père à la meilleure façon de gouverner.

— Pourquoi continuer ? demandai-je.

Elle comprit aussitôt.

— Pour l'Égypte.

Le soleil faisait briller ses yeux bleus, et l'or à ses poignets.

— Fut un temps, j'étais le chef spirituel et politique de ce pays. Rien n'a changé, sinon que le trône est occupé par mon imbécile de fils. Ce sont toujours mes dieux, mon peuple. Bien sûr, si Thoutmosis avait été pharaon…

— Comment était-il ? demandai-je doucement.

— Intelligent. Patient. Un chasseur émérite.

Elle secoua la tête, comme pour dissiper ses regrets.

— Thoutmosis était à la fois un soldat et un prêtre d'Amon.

— Tout ce qu'Akhenaton ne supporte pas.

— Quand ta sœur l'a épousé, je me suis demandé si elle n'était pas trop fragile.

Ma tante éclata de rire.

— Qui aurait pu se douter que Néfertiti, la petite Néfertiti, serait si… ?

Elle s'interrompit, cherchant ses mots, et son regard se perdit dans la contemplation de la ville blanche en contrebas, qui ressemblait à une perle posée sur le sable.

— Passionnée, dis-je.

Tiyi acquiesça d'un air contrit.

— Les choses ne tournent pas comme je l'avais prévu.

— C'est vrai pour moi aussi.

Mes yeux se remplirent de larmes.

— Ipu pense que tu es trop seule, dit ma tante en me prenant la main.

— J'ai mes plantes. Et ma mère m'apporte du pain le matin. Du pain au sésame et du bon *shedeh* venant du palais.

— Et ton père ?

— Il vient aussi, et nous discutons des nouvelles.

Elle haussa les sourcils.

— Qu'as-tu appris récemment ?

— Que Qatna suppliait qu'on l'aide à se défendre contre les Hittites, dis-je.

Tiyi prit un air sévère.

— Qatna est notre vassale depuis une centaine d'années. La perdre serait montrer au royaume hittite que nous refusons le combat. C'est le deuxième de nos États vassaux à demander du secours. J'écris des lettres de conciliation, et mon fils réclame qu'on lui envoie davantage de verre coloré. Ils veulent des soldats, continua-t-elle en haussant le ton, et il demande du verre. Que se passera-t-il quand nos alliés seront tombés et que les Hittites seront à nos frontières ?

— L'Égypte sera envahie.

Tiyi ferma les yeux.

— Heureusement, nous avons notre armée à Qadesh.

— Une armée composée d'une centaine d'hommes ! m'écriai-je.

— Oui, mais les Hittites l'ignorent. Il ne faut pas sous-estimer l'habileté d'Horemheb ou de Nakhtmin.

Je me refusais à croire au retour de Nakhtmin. Assise sous le parasol au jardin, je me plongeai dans mes pensées. S'il revient, c'est qu'ils auront été victorieux à Qadesh, ce qui est impossible. Je laissai tomber une feuille de camomille dans mon thé du matin. Malgré le temps qui s'était écoulé, je ne dormais toujours pas bien, et mes mains tremblaient quand je pensais à Nakhtmin.

— Maîtresse.

Ipu apparut sur la terrasse.

— Un cadeau est arrivé en provenance du palais !

— Renvoie-le comme les autres, dis-je.

Je ne voulais pas me laisser acheter. Nous n'étions plus des enfants. Néfertiti n'avait toujours rien compris : pour elle, Nakhtmin était juste un homme, et j'en rencontrerais d'autres. Mais je ne lui ressemblais pas. Je ne pouvais pas embrasser Ranofer un jour et le quitter le lendemain.

Ipu m'observait toujours.

— Pour une fois, c'est peut-être quelque chose que tu aimerais garder.

Je lui jetai un regard renfrogné, posai mon thé et rentrai dans la maison. Il y avait un panier sur la table.

— Par le grand Osiris, qu'y a-t-il dedans ? m'exclamai-je. Ça bouge.

Ipu sourit.

— Regarde.

Je soulevai le couvercle. Un minuscule chaton tacheté, d'une race que seuls les nobles égyptiens les plus riches pouvaient s'offrir, était tapi à l'intérieur, terrorisé.

— Un minet ?

La petite créature leva les yeux vers moi et miaula pour appeler sa mère. Je le sortis sans réfléchir : il tenait dans la paume de ma main. Quand je le mis contre ma poitrine, il commença à ronronner.

— Tu vois ! s'exclama Ipu, toute fière.

Je reposai le chaton.

— Nous n'allons pas le garder.

— Et pourquoi ?

— C'est un cadeau de ma sœur ; elle croit qu'un chaton peut remplacer un enfant.

Ipu ouvrit grand les mains.

— Tu es trop seule.

— Je ne me sens pas seule. Je reçois des clientes tous les jours. Et mes parents.

Je remis le chaton dans le panier et refermai soigneusement le couvercle. Un miaulement ténu passa à travers l'osier : Ipu me jeta un regard glacial.

— Ne me regarde pas de cette façon. Je ne le tue pas. Je me contente de le renvoyer.

Elle resta silencieuse. Le chaton miaulait pitoyablement.

Je levai les yeux au ciel.

— D'accord. Mais c'est toi qui t'en occuperas.

Mon père arriva un peu plus tard, suivi de ma mère ; leur domestique portait un panier plein de denrées superflues en provenance du palais. Il fronça les sourcils en voyant Ipu accroupie près du divan, en train de secouer une ficelle et d'appeler doucement quelque chose qui devait se trouver en dessous.

— Que fait-elle ? demanda-t-il.

La domestique posa le panier sur la table. À cet instant, une patte grise surgit en un éclair, suivie d'un cri de surprise quand la ficelle disparut.

— La sale petite bête ne veut pas sortir ! cria Ipu.

— Qu'est-ce que c'est ?

Ma mère s'approcha pour regarder.

— Néfertiti m'a envoyé un chaton, dis-je.

Mon père m'observait.

— Je l'ai pris pour faire plaisir à Ipu, ajoutai-je.

Le chaton fila dans le hall.

Ma mère sourit.

— Tu lui as donné un nom ?

— Il s'appelle Bastet.

— La déesse des chats, approuva ma mère.

Mon père me regarda, surpris.

— C'est Ipu qui en a eu l'idée.

Ma mère commença à sortir diverses pièces de linge du panier, tandis que mon père et moi allions au jardin.

— Je sais que ma sœur est venue te voir hier.

— Elle croit que nous pouvons vaincre à Qadesh, lui dis-je, curieuse de connaître son avis.

Il posa la main sur mon épaule.

— C'est possible. Mais ne nourris pas de faux espoirs. Il est mort. Osiris nous a pris ceux que nous aimions.

Je refoulai mes larmes.

— Mais pas de cette façon !

— Néfertiti ne le savait pas, expliqua mon père. Elle ne se contrôle plus. L'enfant doit naître à la fin de Thot et, d'après les médecins, si elle refuse de se reposer et de se nourrir convenablement, elle risque de le perdre.

Bien. Qu'elle le perde, pensai-je. Qu'elle sache ce que ça fait de se réveiller privée de ce qui vous est le plus cher.

L'instant d'après, je regrettai d'avoir eu une telle pensée.

— J'espère qu'elle trouvera la paix.

J'inclinai la tête.

— Même si elle n'était pas au courant pour les herbes, elle a laissé capturer Nakhtmin.

Mon père resta silencieux un moment.

— Elle voudra que tu viennes pour la naissance, annonça-t-il.

Je me retins de protester : mon père devait mesurer l'ironie de la situation.

— Quand le moment sera venu, murmurai-je.

La reine Tiyi vint une deuxième fois. Je l'aperçus en train de gravir les marches de la villa, escortée par sept dames d'honneur chargées de grands paniers d'osier.

— Ipu, trouve-moi Bastet ! criai-je. Il ne faut pas qu'il s'en prenne aux chevilles de la reine.

C'était le dernier jeu de Bastet : il se réfugiait sous un meuble, puis en sortait comme une flèche pour aller mordre la cheville de toute personne qui passait.

— Bastet, appela Ipu. Viens ici, Bastet.

Le cortège de la reine se rapprochait.

— Bastet ! appelai-je à mon tour.

La petite boule de poils jaillit de sa cachette et fonça sur moi, comme pour savoir ce que je lui voulais.

— Ipu, enferme-le dans la pièce de derrière.

Je regardai le petit chaton farouche. C'était Ipu qui le nourrissait, mais il se couchait toujours sous ma chaise, et se blottissait sur mes genoux devant le brasero.

On frappa à la porte et le bruit résonna dans toute la maison ; Ipu se précipita pour ouvrir. Deux servantes abritaient ma tante du soleil sous un parasol bleu paon.

Je m'inclinai.

— Quel plaisir de te voir, reine Tiyi !

Ma tante me tendit la main pour que je l'escorte à l'intérieur. Elle portait des bagues magnifiques, en or avec de gros morceaux de lapis incrustés. À peine avait-elle pris place sur un coussin rembourré dans la loggia qu'elle remarqua la tapisserie effilochée au mur.

— C'est le chaton de Néfertiti ?

Elle sourit en constatant ma surprise.

— Le fait qu'il n'ait pas été renvoyé a suscité certains commentaires au palais.

— Quels commentaires ?

— Quelqu'un a pensé que tout était peut-être pardonné, dit-elle en m'observant.

Je me sentis rougir.

— Et ce quelqu'un a-t-il envisagé qu'un cadeau ne pouvait pas compenser un enfant ? Ni la vie d'un homme ?

— Qui oserait dire cela à ta sœur ? Personne ne peut lui tenir tête. Ni moi, ni même ton père.

— Elle agit comme bon lui semble ?

— Comme les reines l'ont toujours fait. Avec, de sa part, une plus grande passion pour la construction.

— Il y a d'autres constructions ?

— Oui, bien sûr. On construira jusqu'à ce que l'armée trouve un chef qui l'incite à la révolte.

— Qui pourrait être assez puissant pour se révolter contre Pharaon ?

Ipu apporta du thé à la menthe et servit la reine.

— Horemheb, affirma-t-elle.

— C'est pourquoi on l'a envoyé à Qadesh.

Ma tante acquiesça.

— Il était trop populaire. Comme Nakhtmin. Mon fils ne voyait que son côté dangereux, et non pas ce qu'il pouvait lui apporter. Il est trop stupide pour comprendre que Nakhtmin, partageant ton lit, ne se serait jamais révolté.

— Même sans moi, Nakhtmin n'aurait jamais fomenté une rébellion, ajoutai-je.

Tiyi haussa ses sourcils soigneusement épilés.

— Il voulait mener une vie paisible.

— Il ne t'avait pas dit qu'à Thèbes, pendant qu'Akhenaton conspirait pour prendre la couronne de son frère, des soldats étaient venus lui demander de prendre la tête de la révolte ? Et qu'il avait accepté ?

Je reposai ma coupe.

— Nakhtmin ?

— Des vizirs et des soldats l'avaient convaincu que c'était la seule façon de rétablir l'ordre de Maât après l'assassinat du prince Thoutmosis.

Je dévisageai ma tante, incrédule : Thoutmosis n'avait donc pas été tué en tombant de son char, il était mort de la main de son propre frère. Elle comprit mon hésitation.

— Moi aussi, j'écoute les bavardages des domestiques.

— Mais sa chute de char...

— Elle aurait pu être mortelle. Mais il aurait également pu s'en relever. Seul celui de mes fils qui est encore en vie connaît la vérité, ainsi qu'Osiris.

Je frissonnai.

— Pourtant, il n'y a pas eu de révolte.

— La cour était persuadée que Néfertiti sauverait l'Égypte des agissements de mon fils.

Je m'enfonçai dans mon fauteuil.

— Pourquoi me dire cela maintenant ?

Ma tante reposa son thé.

— Parce qu'un jour tu retourneras au palais : soit tu choisis alors d'ouvrir les yeux, soit tu les gardes fermés jusqu'à la tombe.

Vingt jours plus tard, installée sur un tabouret en ivoire entre les plates-bandes de mon jardin, Tiyi me questionnait sur les différentes propriétés des plantes, curieuse de connaître notamment celles de la racine de réglisse, dont elle savait seulement qu'elle sucrait le thé. Je lui appris qu'employée à la place du miel elle prévenait les caries, mais que manger de l'oignon à la place de l'ail produisait le même effet. Au même moment, mon père s'approcha entre les graminées ; je n'avais même pas entendu Ipu l'accueillir à la porte.

— Que faites-vous toutes les deux ? demanda-t-il.

Tiyi se leva.

— Ma nièce me montre ce dont les plantes sont capables. Ta fille est une jeune femme très intelligente.

Elle s'abrita le visage de la main. Il était difficile de voir si le regard de mon père exprimait la fierté ou le mécontentement.

— Qu'est-ce qui t'amène ici ?

— Je suis venu te chercher, dit-il avec gravité.

Ma tante ne parut pas s'en émouvoir.

— Il y a des problèmes au palais, devina-t-elle.

— Akhenaton prévoit un tombeau à l'est.

Tiyi leva aussitôt les yeux vers lui.

— Aucun pharaon n'a jamais été enterré à l'est.

— Il prévoit d'être enterré à l'endroit où le soleil se lève derrière les montagnes, et exige que la cour d'Amarna renonce aux tombeaux déjà creusés à l'ouest.

— Que nous abandonnions les tombes que nous avons bâties à l'ouest ? s'écria ma tante. Que nous déplacions les tombes de l'endroit où elles ont toujours été, au pied du soleil couchant, pour les mettre à l'est ?

Je ne l'avais jamais vue aussi furieuse.

— Il n'osera pas !

Mon père étendit les mains.

— Nous ne pouvons pas l'en empêcher. Mais nous pouvons construire une deuxième tombe, tout en gardant celles que nous avons construites dans la vallée…

— Évidemment, nous les garderons. Je ne serai jamais enterrée dans la ville d'Amarna, dit-elle.

— Moi non plus, dit mon père d'une voix solennelle.

Tous deux se tournèrent vers moi.

— Tu dois t'en porter garante, ordonna Tiyi. À notre mort, tu devras veiller à ce que nous soyons enterrés à Thèbes.

— Comment pourrais-je m'opposer à la volonté d'Akhenaton ?

— Je suis certain que tu en seras capable, dit mon père.

— Je ne suis pas aussi habile que vous le croyez. Néfertiti l'est. Elle pourrait le faire.

— Mais elle ne le fera pas. Ta sœur sera enterrée avec Akhenaton dans la tombe qu'ils auront construite. Ils ont abandonné nos ancêtres pour prendre le risque d'être enterrés à l'est. Tu es la seule capable de réaliser notre vœu, ajouta-t-il en me regardant avec gravité.

— Mais comment ? demandai-je en haussant le ton.

— Par la corruption, répondit ma tante. Les hommes qui travaillent comme embaumeurs sont aussi facilement corruptibles que d'autres. Tu n'as jamais entendu parler des femmes qui abandonnent leurs enfants à de nobles dames stériles ? ajouta-t-elle en me regardant avec étonnement. Elles disent à leur mari que l'enfant est mort ; les embaumeurs prennent un singe, et l'enveloppent de bandelettes comme un enfant.

Je reculai, horrifiée ; Tiyi haussa les épaules, comme si c'était de notoriété publique.

— Oui, parfaitement, on peut faire des miracles dans la Cité des Morts. Il suffit d'y mettre le prix.

— S'il fallait en arriver là, dit mon père, tu achèterais les embaumeurs pour qu'ils enterrent un autre corps dans la ville d'Amarna.

Je me mis à trembler.

— Et je vous emmènerais à Thèbes ?

Une telle situation était inimaginable. Mon père et la reine ne mourraient jamais. Mon père me tapota l'épaule, comme si j'étais encore une enfant.

— Quand le jour viendra…

— *S'il* vient, insistai-je.

— S'il vient.

Il me sourit tendrement.

— Alors tu sauras quoi faire.

Il regarda Tiyi.

— Nous nous retrouverons ici demain ?

— Dans mon jardin ?

— La cour d'Amarna pullule d'espions, Moutnedjemet. Ici, nous pouvons parler. Akhenaton n'a confiance en personne, et les créatures de Panahesi rôdent dans tout le palais pour lui rendre des comptes. Certaines se cachent même parmi les dames d'honneur de Néfertiti.

J'imaginai Néfertiti, seule dans le palais, cernée de faux amis et d'espions. Mais je refusai de la plaindre.

On me manda au palais à la fin d'Epiphi. Un héraut me remit une lettre portant l'imposant sceau de mon père et m'incita à l'ouvrir sur-le-champ.

— Le travail a commencé, Maîtresse.

J'ouvris la lettre : Néfertiti était effectivement sur le point d'accoucher. Je repliai les feuillets, bouleversée par cette nouvelle. Le héraut m'observait toujours.

— Que veux-tu encore ? dis-je d'un ton brusque.

— Je veux savoir si tu vas venir, Maîtresse. La reine t'a demandée.

La reine me réclamait pour que j'assiste à la naissance de son deuxième enfant, alors que le mien, le premier, avait été assassiné. Je froissai le papyrus sous les yeux du héraut sidéré.

— Un char t'attend, insista-t-il d'une voix presque suppppliante.

Je le regardai. Il devait avoir douze ou treize ans. S'il ne me ramenait pas, ce serait sans doute la fin de sa carrière. Il ne me quittait pas des yeux, plein d'espoir.

— Attends, je vais chercher mes affaires, lui dis-je.

Ipu s'affairait dans la cuisine.

— Elle a des médecins. Tu n'es pas obligée d'y aller.

— Bien sûr que si.

— Et pourquoi ?

Bastet fit le dos rond contre mon mollet, comme pour me réconforter.

— Il s'agit de Néfertiti ; si elle mourait, je ne me le pardonnerais jamais.

Ipu me suivit dans ma chambre, escortée par Bastet.

Je pris ma boîte de plantes, et, au moment de partir, Ipu me saisit la main et la serra.

— N'oublie pas, tu vas là-bas pour l'enfant uniquement.

Le héraut me conduisit à son char. Il fit claquer son fouet et les alezans à la robe lustrée s'élancèrent au galop sur la voie royale.

Des statues de ma sœur se dressaient sur tous les piliers, à tous les carrefours. Son effigie, parée des vêtements éblouissants d'Isis, étendait les bras au-dessus de la ville du désert qu'elle et son mari avaient bâtie ; son visage et celui d'Akhenaton figuraient sur les portes des temples, à la place des dieux.

— Amon, pardonne leur arrogance, murmurai-je.

Comme à Memphis, un pavillon de naissance avait été édifié. J'y reconnus aussitôt l'influence de Néfertiti : les fenêtres allant du sol au plafond, les sièges rembourrés, les vases débordant de fleurs, et surtout de lis, ses préférées. Des dizaines de chaises étaient disposées autour de la pièce pour les dames de la cour, dont la plupart étaient déjà occupées.

— Demoiselle Moutnedjemet, annonça le héraut.

Les filles des vizirs, qui se pressaient autour de son lit, s'écartèrent et me regardèrent avec de grands yeux envieux.

Je m'approchai. Elle était superbe et paraissait en pleine forme, appuyée contre une pile de coussins.

— Je croyais que tu étais en travail.

— Les médecins disent que c'est pour aujourd'hui ou pour demain.

Je sentis la colère me gagner.

— Ton envoyé a dit que c'était urgent.

Elle se tourna vers ses dames d'honneur, occupées à détailler ma coiffure, mes ongles, mon visage.

— Laissez-nous, ordonna-t-elle.

Je regardai s'égailler toutes ces inconnues comme autant de papillons.

— C'est urgent. J'ai besoin de toi.

— Tu as des dizaines de femmes pour te tenir compagnie. En quoi as-tu besoin de moi ?

— Parce que tu es ma sœur, dit-elle brusquement. Nous sommes supposées rester l'une avec l'autre. Veiller l'une sur l'autre.

Je me mis à rire.

— Je n'ai pas pris ton enfant ! cria-t-elle.

— Mais tu sais qui l'a fait.

Elle ne dit rien.

— Tu sais qui m'a empoisonnée. Tu connais celui qui redoutait que je ne donne naissance à un fils, l'enfant d'un général...

Elle se couvrit les oreilles.

— Je ne veux plus rien entendre !

Je la regardai sans rien dire.

— Moutny, supplia-t-elle.

Elle leva vers moi ses grands yeux noirs, persuadée, sans doute, que je me laisserais prendre à son charme.

— Reste avec moi pendant l'accouchement.

— Pourquoi ? Tu me sembles tout à fait heureuse.

— Faut-il que je porte la peur de la mort sur mon visage, au risque d'effrayer Akhenaton et qu'il ne me donne plus d'enfant ? Au risque que mes dames d'honneur se précipitent pour aller dire à Panahesi que la reine d'Égypte faiblit ? Ce serait l'occasion idéale pour Kya de reprendre l'avantage. Je n'ai pas d'autre choix que de paraître heureuse.

J'admirai qu'elle soit capable de penser à tout cela au moment d'accoucher.

— Reste avec moi, Moutny. Tu es la seule en qui j'aie confiance. Tu pourras vérifier ce que les sages-femmes me donnent.

Je la dévisageai.

— Tu crains d'être empoisonnée ?

Elle me regarda d'un air las.

— Les médecins s'en apercevraient, insistai-je.

— Après ma mort ! À quoi cela servirait-il ?

— Panahesi mettrait sa propre vie en jeu s'il faisait cela.

— Qui sera là pour le prouver ? Qui croirait Akhenaton, à ton avis ? Une sage-femme radoteuse, ou le grand prêtre d'Aton ? Sans oublier les prêtres d'Amon, qui donneraient leur vie pour s'assurer qu'Akhenaton n'aura jamais d'héritier.

Quelqu'un pourrait l'empoisonner, comme je l'avais été. Je l'imaginai se tordant de douleur, hurlant à l'approche d'Anubis, parce que j'avais refusé de rester auprès d'elle pendant la naissance de son enfant.

— Je vais rester. Mais seulement pour la naissance, dis-je à contrecœur.

Elle sourit, et je m'assis à son chevet.

— Comment vas-tu l'appeler ?

— Smenkhkarê, dit-elle.

— Et si c'est une fille ?

Elle releva brusquement ses longs cils.

— Ce ne sera pas une fille.

— Mais si c'en est une ?

Elle haussa les épaules.

— Alors ce sera Maket-Aton.

Bien que Néfertiti fût particulièrement menue, Nekhbet devait avoir béni son ventre, car ses enfants naissaient sans difficulté. Une sage-femme recueillit le minuscule paquet dans ses bras, tout ensanglanté et vagissant, et les autres se pressèrent autour pour voir le sexe de l'enfant. Néfertiti se pencha en avant.

— Qu'est-ce que c'est ? demanda-t-elle, à bout de souffle.

La sage-femme baissa les yeux. Ma mère applaudit, mais, tandis que les servantes aidaient Néfertiti à regagner son lit, je vis qu'elle avait blêmi. Nos regards se croisèrent à travers la pièce. Une autre princesse. Je respirai plus librement. Je suis ravie que ce ne soit pas un fils, pensai-je méchamment. Je pris mon panier et me dirigeai vers la porte.

Ma mère me saisit le bras.

— Tu dois rester pour la bénédiction.

La pièce se remplissait. Un héraut arriva, suivi par Thoutmès, pendant que les servantes s'affairaient autour de Néfertiti pour la laver et lui mettre sa couronne. Ma mère me prit par le coude et me guida vers la fenêtre. Des cloches sonnaient pour annoncer la naissance de la princesse. Trois coups pour une princesse d'Égypte, autant que pour un prince.

— Attends au moins qu'on lui ait donné un nom, supplia ma mère.

Néfertiti nous aperçut.

— Ma propre sœur ne va-t-elle pas me souhaiter longue vie et bonne santé ?

Tout le monde dans la pièce se retourna. Ma mère me poussa en avant. Si mon père avait été autorisé à entrer dans la chambre de naissance, il se serait indigné devant mon manque de respect. J'hésitai, puis me décidai à avancer.

— Qu'Aton veille sur toi.

L'assistance recula quand Néfertiti ouvrit les bras pour m'embrasser. Dans un coin du pavillon aux couleurs vives, la nourrice donnait déjà la tétée à la petite princesse.

— Viens, réjouis-toi pour moi, Moutny.

Chacun avait le sourire. Faute d'être un garçon, c'était un bébé en bonne santé, et l'accouchement s'était parfaitement bien passé. Je lui tendis mon panier.

— C'est pour toi, dis-je.

Elle s'empressa de regarder dedans, et ses yeux s'illuminèrent.

— De la mandragore ?

— Elle n'a pas beaucoup donné cette saison. La prochaine devrait être meilleure.

Néfertiti releva brusquement la tête.

— La prochaine saison ? Que veux-tu dire ? Tu reviens ici.

Je ne répondis pas.

— Tu dois revenir au palais. Ta famille est ici !

— Non, Néfertiti. Ma famille a été assassinée. Un de ses membres dans mon ventre, l'autre à Qadesh.

Je fis demi-tour et m'éloignai pour ne pas subir ses foudres.

— Tu viendras ici pour la bénédiction, ordonna-t-elle.

— Si c'est ce que tu désires.

Je sortis de la chambre de naissance, et les portes se refermèrent derrière moi.

À l'extérieur du palais et dans tout Amarna les villageois festoyaient. La naissance d'un héritier royal signifiait une journée de repos, même pour les ouvriers chargés de la construction des tombeaux au-dessus de la vallée. Je me dirigeai vers la cour où les conducteurs de char attendaient pour raccompagner les dignitaires.

— Emmène-moi au temple d'Hathor, dis-je à l'un d'eux.

Et, avant qu'il puisse dire qu'il n'avait jamais entendu parler de ce temple, je lui mis sept lingots de cuivre dans la main. Il acquiesça promptement. Arrivés sur place, nous restâmes d'abord tous deux à contempler la cour bordée de colonnes creusée dans le flanc de la montagne.

— Es-tu certaine de vouloir rester là, Maîtresse ? Il est abandonné.

— Des femmes s'occupent encore du sanctuaire d'Hathor. Je ne risque rien, dis-je.

— Je peux attendre, proposa-t-il, inquiet.

Je pris mon panier et descendis.

— Ce n'est pas la peine. Je pourrai toujours rentrer à la maison à pied.

— Mais tu es la sœur de la grande épouse royale.

— Et comme la plupart des gens, j'ai deux jambes.

Il éclata de rire et s'éloigna.

Sur la montagne, au milieu des amoncellements de rochers et de pierres sculptées, le silence régnait. Les femmes qui entretenaient le sanctuaire clandestin d'Hathor devaient festoyer au village en contrebas et offrir des libations au nouveau dieu d'Égypte pour le remercier de la naissance d'une princesse.

— Nous ne t'avons pas oubliée.

Je m'agenouillai devant une petite statue d'Hathor dressée sur la montagne et plaçai une offrande de thym entre ses pieds. Bien que les sanctuaires dédiés à Amon fussent interdits à Amarna, certaines femmes n'avaient pas hésité à financer en secret de petits temples aux confins de la ville. Dans des maisons comme la mienne, sa statue se dissimulait souvent dans des niches secrètes où l'on pouvait déposer de l'huile et du pain, en mémoire des ancêtres, et des enfants morts avant la naissance.

Je m'inclinai en signe d'obéissance.

— Je te remercie d'avoir permis à Néfertiti d'accoucher sans problème. Elle ne t'offre ni vin ni encens, mais je le fais en son nom. Protège-la toujours de la mort. Elle t'est reconnaissante pour cette nouvelle vie que tu lui as apportée et pour son prompt rétablissement après la naissance.

Alors que je plaçais les herbes près d'un pot d'huile qu'une autre femme avait apporté, j'entendis le gravier crisser derrière moi.

— Pries-tu parfois pour toi ?

Je ne me retournai pas.

— Non, répondis-je. La déesse sait ce que mon cœur désire.

— Tu ne peux pas continuer ainsi, dit ma tante.

Un brusque coup de vent plaqua les pans de mon pagne contre mes jambes.

— À un moment, il faudra que tu laisses le *ka* de l'enfant en repos. Il ne reviendra pas.

— Comme Nakhtmin.

Tiyi prit ma main dans les siennes, et nous restâmes debout, en haut des marches du temple, à contempler le désert qui s'étendait jusqu'aux roseaux du Nil. Des fermiers en pagne blanc battaient le blé dans les champs, des bœufs tiraient les lourds chariots de grains. Un faucon tournoya au-dessus de nous ; c'était l'incarnation de l'âme. La reine douairière soupira.

— Qu'ils reposent en paix.

18

1347 av. J.-C.
Chemou, saison de la récolte

Chaque jour, les femmes du village me commandaient des herbes médicinales qu'il m'arrivait de livrer moi-même. Dans la ville qui s'étendait en contrebas des colonnes blanches du palais, j'arpentais les ruelles pour me retrouver parfois dans une maison où une mère qui venait d'accoucher était dans un état désespéré. Je me penchais au-dessus du lit pour examiner son ventre et préparais une infusion spéciale à l'huile d'ortie. Les femmes tout autour serraient leurs amulettes interdites, dédiées à Hathor, murmurant des prières à la déesse de la maternité. Un jour, je m'étonnai devant l'une de ces amulettes.

— Elle protège l'Égypte depuis mille ans, se hâta de m'expliquer une servante de la maison.

— Et Aton ? demandai-je, intriguée.

La servante se raidit.

— Aton est le soleil. On ne peut pas le toucher, alors qu'on peut approcher Hathor et lui rendre hommage.

C'est ainsi qu'à dix-sept ans je devins pour elles le Docteur Chat et finis par connaître les villages de la région d'Amarna mieux que Pharaon lui-même.

— Où allons-nous aujourd'hui, Maîtresse ?

C'était un conducteur de char du palais, qui n'était pas en service ; je débouchais justement de la longue route menant à ma villa. Son sourire me rappela Nakhtmin.

— Cueillir des graines, répondis-je.

Le cœur battant, j'accélérai le pas.

— Ton panier paraît lourd. Veux-tu que je t'emmène ?

Il ralentit. En quittant Néfertiti, j'avais insisté pour ne pas avoir de gardes, ce qui m'avait privée d'un char. La route jusqu'au quai était longue : il remarqua mon hésitation.

— Viens.

Il me tendit la main pour m'aider à monter.

— Je m'appelle Djedefhor, dit-il en s'inclinant.

Dès lors, il apparut chaque matin.

— Tu m'attends ici tous les jours ?

— Non, pas tous les jours, dit-il en souriant.

— Tu ne devrais pas, protestai-je.

— Pour quelle raison ?

Il m'offrit le bras et nous partîmes en direction du quai, où, régulièrement, je recherchais des plantes nouvelles auprès de marchands étrangers.

— Parce que je suis la sœur de la première épouse du roi. Il peut s'avérer dangereux d'être vu avec moi. Je n'ai pas les faveurs de Pharaon.

— Tu as celles de la reine.

Seulement quand elle veut quelque chose, pensai-je à part moi.

— Si tu tiens à ta place dans la maison de Pharaon, dis-je, on ne doit pas te voir avec moi. Je ne peux pas t'être utile.

— Alors c'est parfait, car je ne cherche pas à t'utiliser. Simplement à te conduire sur les marchés et à te ramener.

Je rougis.

— Tu dois savoir que l'homme que j'aime est à Qadesh.

C'était la première fois que je parlais de Nakhtmin à un étranger.

Djedefhor baissa la tête.

— Je te l'ai dit, je n'attends rien de toi. Juste le plaisir de te conduire.

La première fois qu'Ipu me vit avec Djedefhor, elle écarquilla les yeux. Pire que Bastet, elle me suivit partout dans la maison, dans l'espoir de m'arracher quelques confidences.

— Où l'as-tu rencontré ? Il te conduit tous les jours ? Il est marié ?

— Ipu, ce n'est pas Nakhtmin.

Le sourire d'Ipu s'estompa.

— Il est pourtant beau.

— Effectivement. C'est un bel homme et un gentil soldat. C'est tout.

Ipu baissa la tête.

— Tu es trop jeune pour rester seule, murmura-t-elle.

— C'est en tout cas ce que veut ma sœur.

— La domination hittite s'étend au nord. Le maire de Lakisa a écrit ce matin pour demander de l'aide.

Mon père sortit un rouleau de sa ceinture et le tendit à Tiyi.

Ma maison était devenue un lieu de réunion. Tiyi et mon père m'autorisaient à les écouter pendant qu'ils débattaient de la manière de gouverner le royaume. Tandis que le roi hittite, Suppiluliuma, déferlait à travers la Judée et approchait des frontières de l'Égypte, Akhenaton et Néfertiti passaient commande de statues, et, tels des dieux, parcouraient les rues sur leur char en lançant des pièces de cuivre à la foule.

Ma tante posa le rouleau sur ses genoux.

— Encore un territoire en danger.

Elle savait que l'Ancien aurait préféré abandonner son *ka* à Ammit plutôt que de voir les Hittites piétiner les terres égyptiennes.

— Comme Qatna.

Elle regarda mon père.

— Nous ne pouvons pas leur envoyer du renfort.

— Non, dit mon père en reprenant le rouleau. Akhenaton risquerait de s'apercevoir qu'on soustrait de l'or aux finances pour défendre Qadesh et…

— On soustrait de l'or aux finances pour défendre Qadesh ? interrompis-je.

— En soustraire davantage pour défendre Lakisa serait dangereux, reconnut Tiyi, ignorant mon éclat.

Mon père acquiesça. Je me demandai alors quelle serait la réaction d'Akhenaton s'il apprenait que le premier vizir d'Égypte détournait de l'or pour soutenir le principal bastion contre les Hittites. Mon père courait un grand risque à gouverner l'Égypte, le royaume le plus puissant du monde, selon les préceptes de l'Ancien. Quand celui-ci avait créé son armée, l'Égypte s'étendait de l'Euphrate au Soudan. À présent, son territoire était progressivement envahi, sans qu'Akhenaton s'y oppose, pas plus que ma sœur. S'il s'était agi de Kya, ou de toute autre femme du harem, Tiyi et Aÿ l'auraient éliminée : un simple meurtre aurait fait l'affaire, ou un empoisonnement, ou même une chute malencontreuse. Mais il s'agissait de Néfertiti, la fille de Aÿ, la nièce de Tiyi, qui se trouvait aussi être ma sœur : nous devions tout lui pardonner.

Tiyi arrangea sa robe.

— Qu'allons-nous faire pour Qadesh ? demanda-t-elle.

— Il nous reste à espérer que les dieux seront avec Horemheb et qu'il sera victorieux, dit mon père. Si

Qadesh tombe, les autres villes suivront et rien ne pourra arrêter les Hittites dans leur marche vers le sud.

Le mois suivant, quand j'allai au marché, Djedefhor insista pour m'accompagner à travers les étals encombrés.

— La sœur de la première épouse du roi n'est pas en sécurité quand elle se promène seule.

— Vraiment ? lui demandai-je avec un sourire espiègle.

Je pensais qu'il voulait se montrer galant avec moi.

— Tu as tort, reprit-il d'un air sérieux. Tu n'es pas en sécurité en ce moment.

Autour de moi, le marché proposant des marchandises venant de l'étranger grouillait de gens. Tout me paraissait normal. Seuls les enfants semblaient me remarquer et regardaient avec curiosité mes sandales et les bracelets en or à mes bras. Je me mis à rire, puis m'arrêtai en voyant son regard. Il me prit par le bras et me guida à travers la foule.

— Pharaon a commis une imprudence aujourd'hui, me confia-t-il.

— Ma famille est en danger ?

Il m'attira dans l'ombre, là où deux marchands de poteries avaient érigé une tente.

— Il a répondu à la demande de troupes du maire de Lakisa en lui envoyant des singes vêtus en soldats.

Je crus qu'il se moquait de moi.

— Tu n'es pas sérieux.

— Je suis très sérieux, Maîtresse.

Je secouai la tête.

— Non ! Mon père ne l'aurait jamais laissé faire.

— Ton père n'est certainement pas au courant. Il comprendra lorsque des Lakisans furieux marcheront sur le palais.

Je regardai autour de moi : aucun des Lakisans à la peau noire n'était à son étal. La chaleur devint soudain accablante.

— Maîtresse !

Djedefhor me tendit la main pour m'empêcher de tomber, puis la retira aussi vite.

— Conduis-moi à ma villa, dis-je.

En traversant Amarna, je remarquai les ouvriers dans les rues et sur les chantiers autour des temples d'Akhenaton : tous étaient des soldats. Du temps de l'Ancien, ces hommes défendaient nos pays vassaux et tenaient les Hittites à distance à Qatna, Lakisa et Qadesh. Aux portes de ma villa, Ipu se précipita à ma rencontre.

— Le vizir Aÿ vient de partir ! cria-t-elle.

Je sautai du char, le cœur serré.

— Qu'a-t-il dit ?

— On prévoit des troubles aujourd'hui. Il a envoyé des soldats au marché pour te chercher.

Prise de panique, je regardai Djedefhor.

— Je vais les retrouver, promit-il.

Il fit faire demi-tour à son char.

Je ne m'étais pas rendue au palais depuis la naissance de la princesse Maket-Aton. Les servantes sortirent pour me regarder passer : les commérages iraient bon train ce soir dans les cuisines. Les enfants eux-mêmes se cachaient derrière les piliers pour me voir. Ma mère m'agrippa le bras, comme si elle craignait que je ne reparte.

— Ta sœur a pris des décisions insensées. Mais nous sommes liés à Néfertiti. Que ce soit dans la vie ou dans la mort, nous serons également tenus pour responsables de ses actes.

Deux gardes nubiens ouvrirent les portes des appartements de mon père ; à l'intérieur, Néfertiti faisait les cent pas, le sceptre à la main.

— Demande à Moutnedjemet ce que pense le peuple, lui ordonna mon père.

Néfertiti me regarda avec colère. Je fus surprise de constater combien la naissance de Meket-Aton l'avait changée. Les traits de son visage s'étaient adoucis, mais ses yeux n'avaient rien perdu de leur détermination.

À présent, je ne la craignais plus.

— Pour le peuple, Aton est beaucoup trop lointain pour être vénéré. Les gens veulent des dieux qu'ils puissent voir, toucher, sentir.

— Ils ne peuvent pas sentir le soleil ?

— Ils ne peuvent pas le toucher.

— Aucun dieu ne doit être touché, rétorqua-t-elle.

— Ce n'est pas tout, ajouta mon père.

— Les gens ont peur des Hittites, dis-je. Ils entendent les marchands raconter qu'ils déferlent par le nord en prenant les femmes en esclavage et en massacrant les hommes, et ils se demandent dans combien de temps ils arriveront ici.

— En Égypte ? cria-t-elle. Le peuple d'Amarna pense que les Hittites vont l'envahir ?

Devant le regard implacable de mon père, elle se tourna vers moi.

— Nous n'avons rien à craindre des Hittites, dit-elle avec suffisance. Akhenaton a signé un traité avec eux.

Mon père laissa tomber les rouleaux qu'il portait.

— Je pense que c'est une sage décision, ajouta Néfertiti.

— Un traité avec les *Hittites* ? rugit mon père.

— Pourquoi pas ? Qu'avons-nous à faire de Lakisa ou de Qadesh ? Pourquoi devrions-nous payer pour les défendre alors que nous pourrions dépenser…

— Parce que ces territoires ont été acquis au prix du sang égyptien !

Mon père tremblait de fureur.

— C'est insensé ! De toutes les décisions que tu as laissé prendre à ton mari, celle-ci…

— C'est une décision que nous avons prise tous les deux.

Elle se tenait très droite, ses yeux noirs pleins de défi.

— Nous avons agi pour le bien de l'Égypte.

Elle tendit la main.

— Je pensais que toi, mieux que quiconque, tu le comprendrais.

Mon père me regarda pour voir ma réaction.

— Ne regarde pas Moutnedjemet ! cria Néfertiti.

— Ta sœur n'aurait jamais été assez stupide pour négocier avec les Hittites. Leur donner Qadesh !

Ses yeux lançaient des éclairs.

— Et quoi d'autre ? Ugarit, Gazru, le royaume du Mitanni ?

Ma sœur avait perdu de sa superbe.

— Ils n'oseraient pas.

— Et pourquoi pas, une fois Qadesh tombée ? Le royaume du Mitanni sera une proie facile. Et quand ils auront razzié les terres du Mitanni, violé ses femmes et réduit ses hommes en esclavage, qu'est-ce qui les empêchera de marcher vers le sud, en direction de l'Égypte ? Qadesh est le dernier bastion avant le Mitanni. Si le Mitanni tombe, continua mon père d'une voix plus forte, il en sera de même pour l'Égypte !

Néfertiti alla à la fenêtre et contempla Amarna, cette ville pleine de soleil et de lumière. Combien de temps les choses resteraient-elles en l'état ? Combien de temps mettraient les Hittites pour parvenir aux frontières de l'Égypte et décider d'attaquer le royaume le plus puissant du monde ?

— Renforcez l'armée, conseilla mon père.

— Je ne peux pas. Pour cela, il faudrait arrêter de construire Amarna. C'est notre maison, c'est dans ces murs que nous deviendrons immortels.

— Nous serons enterrés dans ces murs si nous n'arrêtons pas les Hittites.

Néfertiti ouvrit la fenêtre et sortit sur le balcon. Un vent chaud plaqua sa robe de lin contre son corps.

— Nous avons signé un traité, dit-elle avec détermination.

Le lendemain, un calme apparent régnait sur les marchés ; en me promenant entre les étals, je finis pourtant par percevoir une certaine tension, comme lorsqu'un crocodile promène son regard au ras d'une onde placide.

— Tout le monde parle de ce traité avec les Hittites, me confia Ipu.

Et du ventre de Néfertiti, pensai-je amèrement. Onze mois après la naissance de Maket-Aton, Néfertiti était enceinte de son troisième enfant.

Ipu s'arrêta pour observer alentour.

— Djedefhor n'est pas là, remarqua-t-elle.

Je regardai moi aussi. Habituellement, Djedefhor patrouillait sur le quai, mais aujourd'hui, je ne reconnaissais aucun des soldats. Depuis l'autre côté de la place, le boucher héla Ipu.

— Bonjour, Maîtresse ! La sœur de la grande épouse royale est-elle venue acheter de la gazelle ?

Nous nous dirigeâmes vers son étal, qui était encombré de monde ; des apprentis chassaient les mouches avec des feuilles de palmier.

— Pas de gazelle aujourd'hui.

Ipu sourit et se pencha au-dessus du comptoir, incitant l'homme à la confidence.

— Le marché semble tranquille.

Le boucher haussa ses sourcils épais et acquiesça tout en continuant à nettoyer son couteau.

— Il y a des rumeurs, dit-il. Des rumeurs de...

Il fut interrompu par des cris d'enfants dans les rues. Des femmes désertèrent en hâte les étals, en appelant leurs maris ; le boucher laissa tomber son couteau.

— Que se passe-t-il ? m'exclamai-je.

Mais le boucher avait déjà enlevé son tablier et commençait à fermer son étal, tout en cherchant son apprenti.

— Occupe-toi de tout ! lui cria-t-il dès que le garçon eut resurgi. Je vais voir.

— Voir quoi ? cria Ipu.

Le boucher avait disparu. Des centaines de personnes déferlaient autour de nous. Ipu laissa tomber son panier et me saisit par le bras ; mais nous fûmes emportées par la foule. Je n'avais jamais vu une manifestation aussi désordonnée. Des vendeurs abandonnaient leurs échoppes aux soins de leurs filles. Des femmes arrachaient des branches de palmiers nains et couraient dans la rue en criant des louanges, comme si les dieux eux-mêmes étaient descendus sur Amarna.

— Que se passe-t-il ? criai-je au-dessus du tumulte.

Une femme à côté de moi tendit le bras frénétiquement.

— Horemheb et ses hommes arrivent ! Ils ont vaincu les Hittites à Qadesh !

Ipu me prit par la main et me guida dans la foule. Comme l'avait dit la femme, Horemheb et ses hommes, encore vêtus de leur armure, défilaient dans les rues de la ville sur des chars dorés.

— Il est là ? criai-je.

Ipu joua des coudes pour se retrouver au premier rang, si près qu'elle aurait pu toucher les chevaux. Et soudain, nous le vîmes.

— Il est là, Maîtresse ! Il est là !

Le défilé passa devant nous, mais je hurlai son nom en vain, car les gens acclamaient leurs fils qui rentraient enfin à la maison. Les soldats égyptiens avaient vaincu l'ennemi. C'étaient des héros. Je pensai alors à Akhenaton.

— Ipu ! Nous devons partir. Il faut que nous allions au palais !

La foule accompagnait les soldats le long de la voie royale : les enfants couraient derrière les chars, les femmes jetaient des fleurs aux pieds d'Horemheb.

— Nous devons y aller. Akhenaton les tuera !

Nous nous frayâmes un chemin jusqu'en lisière de la foule ; là, nous aperçûmes Djedefhor qui nous cherchait frénétiquement.

— Maîtresse !

— Djedefhor ! criai-je, presque soulagée. Comment ont-ils fait ? Comment les ont-ils vaincus ?

— Le général Nakhtmin est un grand tacticien. Grâce à l'expérience d'Horemheb, les Hittites ont été massacrés ! Horemheb a rapporté la tête du général hittite.

Je reculai.

— La tête ?

Djedefhor acquiesça.

— Pour la déposer aux pieds de Pharaon.

J'imaginai Horemheb entrant triomphalement sur son char dans le palais, ses soldats sur ses talons, puis dans la salle d'audience, jetant la tête du général devant Akhenaton. J'imaginai son air horrifié, et le regard noir de Néfertiti, imperturbable. Puis la colère d'Akhenaton résonnant dans les couloirs, son ordre de mettre à mort tous les soldats revenant du front de Qadesh.

— Djedefhor, peux-tu m'emmener au palais ? demandai-je.

Il me prit par le bras, je soulevai mes jupes et nous courûmes comme des voleurs par les ruelles d'Amarna jusqu'aux portes du palais, gardées par deux douzaines de Nubiens.

Le cortège était à quelques rues derrière nous ; le vacarme parvenait maintenant jusqu'à la cour où les arbres d'Akhenaton poussaient dans un parfait alignement.

— Ouvrez les portes ! criai-je en montrant ma bague à l'insigne de Néfertiti.

Les gardes se regardèrent, puis le plus grand émit un grognement d'approbation. Les soldats ouvrirent les portes à contrecœur.

— Venez ! criai-je à Djedefhor et à Ipu.

Mais un grand Nubien me barra le chemin.

— Ils restent dehors.

Je regardai Djedefhor : il fit un signe de tête en direction d'Ipu.

— Elle devrait regagner ta villa ; moi, je t'attendrai dans la cour, dit-il.

— Je reviens, promis-je.

Mais compte tenu des événements, je n'étais sûre de rien.

Avant même que les gardes poussent les lourdes portes de la salle d'audience, j'entendis la voix de mon père. Néfertiti était également à l'intérieur, avec les princesses Méryt-Aton et Maket-Aton. Akhenaton se tenait devant les trônes d'Horus, vêtu d'une armure en or, avec une lance. Quand il ouvrit les portes du balcon, les acclamations de la foule montèrent jusqu'à lui.

— HOR-EM-HEB ! HOR-EM-HEB !

Les chants de louange envahirent la salle.

— Mettez-les aux arrêts ! ordonna Akhenaton, dont les veines du cou étaient devenues apparentes.

Sa cape blanche tournoyait autour de ses chevilles.

— Mettez-les aux arrêts, et veillez à ce qu'aucun de ces hommes ne puisse revoir le jour !

Il quitta le balcon, furieux. Il passa sans voir personne.

— Le peuple réclame des héros ? dit-il d'un air méprisant. Aÿ ! cria-t-il. Apporte-moi un coffre plein d'or.

— Altesse…

— *Tout de suite !*

Mon père s'inclina et sortit pour s'exécuter.

Akhenaton se tourna vers ma sœur. Ses yeux étincelaient, froids comme ceux d'une vipère ; il saisit brusquement Néfertiti par les épaules.

— Quand ton père reviendra, nous irons à la fenêtre des apparitions. Le peuple se souviendra alors de celui qui l'aime. Il se souviendra de celui qui a fait surgir du sable une ville à la gloire d'Aton.

Dehors se produisit un mouvement de foule : sous le balcon, Horemheb était monté sur un bloc de granit. Des gardes nubiens l'encerclaient, attendant de voir ce qu'il allait faire. Puis le peuple se mit à l'acclamer, et Horemheb brandit la tête du général hittite. Néfertiti s'approcha du balcon.

— Il a rapporté la tête du général, chuchota-t-elle.

Akhenaton se précipita sur le balcon. En bas, dans la cour, Horemheb exhibait la tête coupée à la foule en délire. Puis le général se retourna, et, reconnaissant Akhenaton, il lança le trophée sanglant pardessus le balcon : celui-ci atterrit juste devant les sandales blanches de Pharaon, lequel recula en chancelant. Il n'avait jamais approché de si près la bataille ; quant à moi, je n'avais jamais vu un spectacle aussi macabre. Je me couvris la bouche pour ne pas crier en voyant le sang éclabousser les jambes d'Akhenaton.

Panahesi se précipita pour le tirer en arrière. Les portes de la salle d'audience s'ouvrirent alors : mon père était revenu, accompagné de sept hommes, dont six portaient un coffre rempli d'or.

Akhenaton saisit le bras de Néfertiti.

— Allons à la fenêtre des apparitions !

Il s'engouffra dans le palais, suivi par la cour.

— Ne t'éloigne surtout pas, et ne dis pas un mot, me recommanda mon père en voyant le sang qui maculait ses pieds.

Nous nous dirigeâmes vers le pont qui reliait le palais au temple d'Aton. À cet endroit, la fenêtre des apparitions ouvrait également sur la cour où se trouvaient Horemheb et ses hommes. Mais, contrairement au balcon de la salle d'audience, cette fenêtre avait une fonction officielle. Quand elle s'ouvrait, l'Égypte tout entière s'arrêtait pour écouter le pharaon. Panahesi se précipita pour l'ouvrir et la foule se tut aussitôt. Akhenaton regarda Néfertiti pour qu'elle le guide. Elle s'avança en levant les bras.

— Peuple d'Égypte, exhorta-t-elle, ce jour est un jour de réjouissance. Car aujourd'hui Aton a donné au puissant pharaon la victoire sur les Hittites !

Une acclamation monta de la foule.

— Aton contemple Pharaon avec fierté, continua-t-elle, et il nous dispense ses bénédictions !

Akhenaton enfonça les mains dans le coffre et commença à jeter des poignées de pièces au peuple. Des femmes se mirent à hurler, des enfants à pleurer de rire, tandis que les hommes sautaient sur place. Pendant ce temps, personne ne remarqua les gardes qui se déployèrent autour des soldats pour les conduire vers les donjons d'Amarna.

Je me précipitai en avant, mais mon père me retint par le bras.

— Tu ne peux rien faire pour Nakhtmin, chuchota-t-il.

Je me débattais pour me libérer lorsque, soudain, Tiyi apparut.

— Ne sois pas stupide, me dit-elle fermement. Ce n'est pas le moment.

— Que va-t-il lui arriver ?

— Soit le peuple se soulèvera, prédit-elle, soit ces soldats seront exécutés.

Nous restâmes en arrière, à regarder Akhenaton jeter des poignées d'or par-dessus le balcon. Dans la bousculade qui s'était ensuivie, les soldats avaient été oubliés. Les gardes avaient donné l'ordre aux hommes de déposer leurs armes, de s'écarter de la foule et de les suivre dans le palais. Tous avaient obéi, y compris Horemheb et Nakhtmin.

— Pourquoi n'ont-ils pas résisté ? demandai-je, en pleurs.

— Ils ne sont qu'une centaine, contre plus de cinq cents gardes nubiens, dit Tiyi.

Mon père se tourna vers moi.

— Va-t'en maintenant, dit-il doucement. Va attendre Néfertiti dans sa chambre.

Une lumière vacillante dispensée par deux dizaines de lampes à huile illuminait les peintures sur les murs de Néfertiti. Un artiste avait représenté Néfertiti et Akhenaton les bras levés vers Aton, et les rayons du soleil se terminaient en petites mains qui caressaient le visage de ma sœur. Ils ressemblaient à des dieux, tous les deux, tandis que Aton, impossible à connaître ou à toucher, était dépeint comme un disque de feu qui disparaissait chaque nuit pour réapparaître à l'aube. Je regardai tout autour de la chambre : aucun des dieux qui avaient fait la grandeur de l'Égypte n'y figurait. Pas même la déesse Sekhmet, qui avait donné à l'Égypte la victoire à Qadesh.

Au grand dam des gardes, je pris une des figurines représentant Néfertiti : mon regard menaçant fit taire les remarques, mais les gardes continuaient à me surveiller, intrigués par ma présence dans les quartiers de Pharaon. J'examinai la sculpture miniature à la lumière des lampes, et fus sidérée de découvrir son visage félin. Alors qu'aucun dieu autre qu'Aton n'avait sa place dans ces chambres, j'avais sous les yeux la déesse-chat, Dame du Ciel, le double d'Amon, la grande mère Mout. Je me retins de crier. *J'ai été cruelle envers Néfertiti. Je l'ai accusée, sans savoir si elle était vraiment au courant des projets d'Akhenaton.*

La porte s'ouvrit, et une silhouette élancée apparut dans la lumière du passage. Mon cœur battit la chamade. *Akhenaton ?* Les gardes étendirent les bras en signe d'obéissance.

— Altesse.

Je repris mon souffle. Sa couronne la faisait paraître plus grande dans la lumière du soir.

— Moutnedjemet ?

En me voyant, elle s'approcha, hésitante.

Je posai la statuette sur une commode.

— Que se passe-t-il pour Nakhtmin ?

Son regard se reporta sur la statue en ébène et elle montra du doigt la déesse Mout.

— Voici celle qui me sert de substitut.

Néfertiti se tourna vers les gardes.

— Allez-vous-en !

Ils s'exécutèrent ; une fois la porte refermée, elle se tourna vers moi.

— Je suis enceinte pour la troisième fois et aucun de mes enfants ne connaît sa tante ; je commence à me demander s'ils la connaîtront jamais.

Mes yeux se remplirent de larmes. Tant mieux si elle était à nouveau enceinte, mais je refusais d'entrer dans son jeu.

— Néfertiti, où est Nakhtmin ?

Elle prit la statuette de Mout et la reposa sur la table.

— Te rappelles-tu quand nous étions enfants ? dit-elle. Nous imaginions notre avenir : nous élèverions ensemble nos enfants, tu serais stricte, et moi, plus indulgente.

Elle promena son regard autour de la chambre, s'arrêtant sur les peintures et les fresques.

— Je regrette cette époque.

— Où est Nakhtmin, Néfertiti ?

Ma sœur détourna les yeux.

— En prison.

Je lui pris les mains. Elles étaient glacées.

— Tu dois le faire sortir.

— J'ai déjà fait le nécessaire pour qu'il soit relâché. Les autres seront exécutés ; seul Nakhtmin sera épargné.

— Comment as-tu fait ?

— J'ai dit à Akhenaton de le libérer. Il ne me refuse rien, Moutnedjemet. Bien sûr, il s'est ensuite précipité dans la chambre de Kya. Et alors ? C'est moi qui suis enceinte de son enfant. C'est moi la reine d'Égypte, pas elle.

On aurait dit une petite fille chantant à tue-tête dans le noir pour conjurer sa peur. Je la pris dans mes bras, et nous restâmes serrées l'une contre l'autre, à la lumière des lampes à huile.

— Tu me manqueras, murmura-t-elle. J'aurais tellement aimé être celle qui comptait le plus pour toi.

Elle recula pour me regarder.

— Mais je n'aurais *jamais* empoisonné ton enfant, chuchota-t-elle. Jamais je…

Je serrai sa main, tout en regardant la petite déesse féline.

— Je sais, lui dis-je.

Elle acquiesça.

— Pars. Pars ce soir.

— Il n'y a pas d'autre chemin, Djedefhor ?

— C'est la seule voie pour monter la colline, Maîtresse.

Les rues grouillaient de monde. Les chars se disputaient la chaussée avec d'innombrables charrettes, et des dizaines de soldats rôdaient partout.

— Que font tous ces gens ?

— Ils discutent, répondit-il. Ils ont appris que le général Nakhtmin s'était évadé.

— Évadé ? Mais ce n'est pas vrai. Ma sœur…

Djedefhor leva une main gantée et baissa la voix.

— Le peuple souhaitait qu'il s'évade. Et d'ici peu les soldats iront lui demander de mener l'armée contre Pharaon, et de prendre le trône d'Horus.

— Il n'acceptera jamais.

Djedefhor ne répondit pas, et le char continua sa route vers les collines et ma villa.

— Il n'acceptera jamais, répétai-je.

— Peut-être. Mais Pharaon enverra des hommes cette nuit.

Des assassins ! Je comprenais pourquoi Néfertiti avait dit que ses enfants ne connaîtraient jamais leur tante, pourquoi elle m'avait poussée hors de sa chambre, m'incitant à me dépêcher.

— Tu crois qu'ils viendront ce soir ? insistai-je, en me penchant tout près de Djedefhor pour qu'il m'entende malgré le vent.

Il acquiesça.

— J'en suis certain, Maîtresse.

Je retins mon souffle lorsque le chariot s'approcha de ma villa. La cour si souvent ensoleillée me parut soudain sombre et menaçante dans la lumière déclinante. Djedefhor me prit la main et nous nous précipitâmes dans la cour. Quand il ouvrit la porte de la villa, j'eus un mouvement de recul : ma loggia était pleine de soldats, avec Nakhtmin au milieu d'eux. Quand il se retourna, le silence se fit dans la salle.

— Moutnedjemet.

Les larmes envahirent mes yeux quand il me prit dans ses bras, en dépit des étrangers présents dans la pièce. Nous nous étreignîmes longuement. Il sentait la sueur, la crasse, la bataille. Je reculai pour contempler son visage : il était hâlé, avec une cicatrice mal refermée en travers de la joue. À la seule pensée de l'épée qui lui avait infligé cette blessure, je sentis à nouveau les larmes me monter aux yeux.

— Il n'y a pas d'enfant, lui dis-je en pleurant.

Il me regarda et essuya mes joues.

— Je sais.

Akhenaton nous avait volé notre enfant et l'avait jeté, lui, en prison. Son regard croisa alors celui de Djedefhor et devint menaçant.

— Que vas-tu faire ? m'inquiétai-je.

— Rien.

— Ma sœur est la reine. Tu ne vas pas te rebeller contre elle ?

— Bien sûr que non. Personne d'autre non plus, promit-il à haute voix.

En l'entendant, les soldats, mal à l'aise, s'agitèrent sous leurs armures.

— Les dieux ont jugé bon de mettre Akhenaton sur le trône d'Horus et il y restera !

— Jusqu'à quand ? cria un soldat. Jusqu'à ce que les Hittites envahissent l'Égypte ?

— Jusqu'à ce que Pharaon comprenne ses erreurs.

Mon père surgit à cet instant du fond de la cour, sa cape blanche traînant sur le carrelage.

— Ma fille, dit-il en me prenant la main.

En regardant autour de moi, je m'aperçus subitement que les hommes étaient en tenue de combat.

— Que font ces soldats ici ? Dans ma maison ?

— Ils sont venus convaincre Nakhtmin de prendre le trône d'Horus, répondit mon père. J'avais fait venir Nakhtmin ici pour qu'il soit en sécurité, mais ces hommes l'ont trouvé. Pharaon ne devrait donc pas tarder à savoir où il se trouve.

Mon père s'approcha de moi.

— Le moment est venu de faire ton choix, Moutnedjemet.

Ma mère rejoignit mon père, et je sentis ma gorge se serrer. Ipu était près de la cuisine, et Bastet, perché sur un pilier, surveillait la pièce. Je me tournai vers Nakhtmin.

— Je quitterai Amarna, dit-il. Et je n'y reviendrai pas tant que Pharaon ne m'aura pas garanti la sécurité.

— Néfertiti t'a libéré. Elle pourrait te la garantir.

Mon père secoua la tête.

— Ta sœur a fait tout ce qui était en son pouvoir. Si tu choisis d'épouser Nakhtmin, tu devras quitter Amarna.

Je regardai d'abord Ipu, puis Bastet, puis mon jardin si bien entretenu.

— Tiyi s'en occupera jusqu'à ton retour, promit-il.

La panique me gagnait à la pensée de ne plus voir mes parents.

— Quand cela sera-t-il possible ?

— Le jour où Néfertiti aura assez de pouvoir pour ordonner ton retour sans le consentement de son mari.

— Cela risque de ne jamais se produire, dit Nakhtmin.

Je regardai une nouvelle fois mes parents, puis Nakhtmin, avant de glisser ma main dans la sienne. Je le sentis soulagé.

— Tu nous rendras visite ? murmurai-je à l'intention de ma mère.

Ma mère acquiesça d'un bref signe de tête sans pouvoir retenir ses larmes.

— Bien sûr.

— Nakhtmin sera en sécurité ?

— Akhenaton finira par l'oublier, prédit mon père. Il ne voudra pas encourir les foudres de Néfertiti en le pourchassant de ville en ville. C'est à Néfertiti que le peuple obéit.

Ipu empilait le linge dans des paniers et les servantes s'affairaient. Les soldats étant partis, mes parents prirent Nakhtmin à part pour lui parler de Thèbes. J'étais gagnée par la peur et l'excitation à la fois. Tiyi surveilla le chargement des ânes depuis le jardin, puis elle s'approcha et me tendit une fleur de lotus.

— Pour la sœur qui aurait dû être reine, dit-elle.

— Je n'aurais jamais pu faire ce qu'a fait Néfertiti.

— Signer un traité avec les Hittites, mettre au monde deux filles successivement, et faire ériger des statues la représentant à chaque coin de rue ?

Ma tante se tourna vers Nakhtmin. Son pagne portait encore la trace du sang de ses ennemis.

— Le destin a été bienveillant envers toi, dit Tiyi. Quant à toi, ajouta-t-elle à mon intention, peut-être es-tu la sœur la plus gâtée par le sort. Celle qui vivra en paix.

Dans la ville en contrebas, la tension était encore palpable. À mesure que la chaleur de la journée devenait plus supportable, les femmes ouvraient leurs volets, les hommes se mettaient en route sur la voie royale.

— Les hommes descendent dans les rues, dis-je, prise de panique, en regardant par le balcon.

— C'est probablement parce qu'ils ont appris que mon fils allait exécuter Horemheb et ses hommes.

— Dans ce cas, pourquoi Horemheb est-il revenu ? Il devait savoir que Pharaon le jetterait en prison.

Tiyi regarda Nakhtmin.

— Peut-être comptait-il sur une révolte, avança-t-elle.

— Je l'ignore, admit Nakhtmin. Peut-être était-ce de la fierté. Horemheb a de grandes ambitions. Personnellement, je sais pourquoi je suis revenu.

Je sentis la chaleur me monter aux joues.

Entre-temps, les rues s'étaient remplies de monde. Ma tante suivit mon regard et haussa les sourcils.

— C'est le début.

Je la regardai.

— Tu n'as pas peur ?

Tiyi rejeta la tête en arrière, à la manière de Néfertiti. À cet instant, un profond regret m'envahit à la pensée que je pourrais m'éclipser dans la nuit et ne jamais revoir ma sœur.

— C'est le prix du pouvoir, Moutnedjemet. Tu le comprendras peut-être un jour.

— Non. Je ne voudrais pas être reine.

Au coucher du soleil, Nakhtmin et moi enfourchâmes des chevaux. Djedefhor devait nous suivre dans une barque avec les serviteurs.

— Nous vous rendrons visite dès que possible, promit ma mère sur le seuil de la villa.

Ipu s'avança, les yeux rouges, et elle embrassa les membres de la maisonnée : le cuisinier, le jardinier, le garçon qui nettoyait les bassins de lotus. Puis elle se dirigea vers Djedefhor, avec qui elle devait partir.

— Tu n'es pas obligée de venir avec nous, lui dis-je une nouvelle fois. Tu peux rester ici pour garder Bastet.

— Non, Maîtresse. Ma vie est avec toi.

Nakhtmin attacha son arc derrière lui.

— Il est temps de partir, dit-il. Cela risque d'être dangereux ce soir.

Mon père serra ma main dans les siennes.

— Et s'ils prennent le palais d'assaut ? lui demandai-je.

— Les soldats les feront reculer.

— Mais ils ne sont pas du côté d'Akhenaton.

— Ils prennent le parti de celui qui a l'argent et l'or.

Je comprenais soudain pourquoi mon père ne s'était pas opposé à mon mariage avec Nakhtmin. Le général étant de notre côté, les soldats n'avaient personne à qui se rallier. Tant qu'Horemheb était en prison, notre famille était en sécurité sur le trône d'Égypte.

Profitant de la nuit, nous partîmes à cheval, suivis par la caravane chargée de nos biens. Dans les rues, la révolte couvait : des hommes, armés de bâtons et de pierres, défilaient en réclamant la libération des soldats qui avaient déjoué les plans du roi Suppiluliuma et vaincu les Hittites. Les slogans retentirent de plus en plus fort, puis on entendit le choc des armes. Un feu gagnait le flanc de la colline où se trouvait ma villa : je me retournai sur ma monture pour scruter la nuit.

— Le feu ne l'atteindra pas, promit Nakhtmin.

En approchant des portes de la ville, il mit son cheval au petit trot.

— Pas un mot, ordonna-t-il.

Il tendit le rouleau que mon père lui avait donné. À la lueur de la torche, je vis le sceau du vizir Aÿ, couleur du sang séché, avec le sphinx et l'œil d'Horus. Le garde nous regarda et fit signe qu'on nous ouvre les portes.

L'instant d'après, nous étions libres.

19

Thèbes
Le 11 de Payni

Notre nouvelle maison dominait le Nil, perchée sur une falaise comme un héron. Le bâtiment paraissait froid et vide au milieu de la nuit, mais le propriétaire ne posa aucune question quand nous surgîmes à sa porte, désireux d'acquérir sa maison sur le rivage.

— Elle a été construite pour la fille du maire, nous expliqua-t-il, mais elle l'a trouvée trop petite à son goût.

Il jaugea mes bijoux et la coupe de ma robe, se demandant visiblement si elle ne risquait pas d'être trop petite pour moi aussi.

— C'est curieux de se présenter pour acheter une maison en pleine nuit, remarqua-t-il.

— Peu importe. Nous la prenons, répondit Nakhtmin.

Le propriétaire haussa les sourcils.

— Comment saviez-vous qu'elle était à vendre ?

Nakhtmin tendit un rouleau que l'homme examina à la lueur de la lampe. Puis il nous regarda à nouveau.

— La fille du vizir ?

Il examina à nouveau le rouleau.

— Ainsi, tu es la sœur de la grande épouse royale ?

— Oui.

Il haussa la chandelle pour mieux me voir.

— En effet, tu as des yeux de chat.

Le propriétaire se mit à rire en voyant Nakhtmin froncer les sourcils.

— Vous ne saviez pas que j'étais en classe avec Aÿ ?

Il roula le document et me le rendit.

— Nous avons grandi ensemble dans le palais à Thèbes.

— Je l'ignorais, dis-je.

— Udjai, cela ne te dit rien ? Le fils de Shalam ?

J'écarquillai les yeux.

— Comment ? Il ne vous a jamais parlé de nos aventures d'adolescents ? Quand nous faisions des farces aux serviteurs de l'Ancien, que nous courions tout nus dans les jardins de lotus, que nous nous baignions dans les bassins sacrés d'Isis ?

Devant mon regard scandalisé, il ajouta :

— Je vois que Aÿ a bien changé.

— J'imagine difficilement le vizir Aÿ courant nu dans les jardins de lotus, admit Nakhtmin en scrutant le vieil homme.

— Ah bon !

Udjai se tapota le ventre et se mit à rire une nouvelle fois.

— Eh bien, c'est ce que nous faisions pendant notre jeunesse, quand j'avais davantage de cheveux sur la tête.

Nakhtmin lui sourit enfin.

— C'est bon de savoir que tu es un ami, Udjai.

— Pour les filles d'Aÿ, toujours.

Il sembla sur le point d'ajouter quelque chose, mais il fit demi-tour en nous enjoignant de le suivre. Dans le couloir, un chien dressa l'oreille à notre approche, sans se donner toutefois la peine de bouger.

— Je devine que vous préférez passer inaperçus, dit-il. À cette heure-ci, sans bagages ni serviteurs…

Cela signifie sans doute que vous avez suscité la colère de Pharaon.

Il regarda le pagne de Nakhtmin avec son lion d'or.

— Quel est ton nom, général ?

— Général Nakhtmin.

Udjai s'arrêta net et se retourna.

— Le général Nakhtmin, celui qui a combattu les Hittites à Qadesh ?

— Les nouvelles vont vite, dit Nakhtmin avec une grimace.

Udjai s'avança vers lui.

— Tout le monde parle de toi, dit-il avec respect. Mais je croyais que tu étais en prison.

— Ma sœur l'a fait libérer.

Udjai comprenait enfin pourquoi nous étions arrivés là en pleine nuit, sans bagages, ni le moindre linge de rechange, ni même une journée de nourriture.

— Il est donc vrai, murmura-t-il, que Pharaon va exécuter le grand général Horemheb.

Nakhtmin se raidit.

— Oui. Je dois ma liberté à la seule entremise de demoiselle Moutnedjemet. Horemheb n'a pas la même chance.

— Sauf si les dieux sont avec lui, répondit Udjai en levant les yeux vers une fresque représentant Amon.

Il croisa mon regard.

— Le peuple n'oublie pas le dieu qui a donné la vie et fait la grandeur de l'Égypte.

Puis il s'éclaircit la gorge, comme s'il regrettait d'en avoir trop dit.

— Avez-vous l'intention de vous cacher de Pharaon ?

— Personne ne peut se cacher de Pharaon, dit Nakhtmin. Nous sommes venus pour fonder une famille et retrouver une vie loin de la cour. Dès demain, ils sauront où nous sommes. Mais Pharaon est prudent. Il n'enverra pas d'hommes ici. Il a trop peur d'une rébellion.

Et de Néfertiti, pensai-je.

Udjai sortit une clé d'une boîte dorée.

— Paiement, le premier de chaque mois. À moins que vous ne préfériez me régler comptant.

— Nous te paierons comptant, dit Nakhtmin.

Udjai s'inclina.

— C'est un honneur de traiter avec un général dont l'Ancien aurait été fier.

Quand nous gravîmes l'allée de pierre, la fraîcheur de la nuit tombée sur le désert me fit frissonner. Heureusement, la main de Nakhtmin était chaude. Dans la maison vide, il alluma le brasero, et des ombres s'animèrent sur le plafond.

Les larmes me montèrent aux yeux. Nous venions de franchir ensemble le seuil d'une maison vide, ce qui signifiait la même chose dans toutes les familles d'Égypte. Je retins mes larmes.

— Nous sommes mariés maintenant, dis-je. Il y a quelques jours, je te croyais mort, et voilà que soudain, dans l'obscurité de la nuit, nous sommes réunis comme mari et femme.

Nakhtmin me serra contre lui et lissa mes cheveux.

— Les dieux nous protègent, Moutnedjemet. C'est le destin qui nous a réunis. Mes prières à Amon ont été exaucées.

Il m'embrassa et je me demandai s'il avait connu une autre femme ; elles ne devaient pas manquer à Qadesh. Il releva ma robe, et, dans le peu de chaleur que dispensait notre maigre feu, nous fîmes plusieurs fois l'amour.

À l'approche du matin, Nakhtmin se tourna sur le côté pour me regarder.

— Pourquoi pleures-tu ?

— Je suis heureuse.

Je me mis à rire, malgré la tristesse et l'amertume que je sentais au fond de moi.

— Tu croyais que je ne reviendrais pas ? s'inquiéta-t-il.

Ma robe en lin était étendue devant le brasero. Il m'enveloppa dans sa cape, et j'enfouis ma joue dans sa chaleur.

— On m'avait conseillé de t'oublier, chuchotai-je. Et ensuite, le poison…

Mon mari serra la mâchoire. Il était sur le point de dire quelque chose, mais la tendresse reprit le dessus.

— Nous aurons d'autres enfants, promit-il en posant la main sur mon ventre. Si puissants ou si nombreux qu'aient été les Hittites, ils n'auraient jamais pu me tenir éloigné de toi.

— Raconte-moi comment tu es parvenu à les vaincre.

Une nuit, les gardes nubiens d'Akhenaton lui avaient ordonné de monter, avec sept autres soldats, dans une barque en partance pour le front de Qadesh.

— Pharaon pensait nous envoyer au suicide, mais il avait surestimé les forces hittites. Elles sont éparpillées dans le nord, ce qui fait qu'ils n'étaient pas assez nombreux pour briser une défense bien coordonnée. Ils avaient choisi la ville, pensant qu'Akhenaton n'enverrait pas de soldats pour la défendre. Mais ils se trompaient.

— Il pensait que ceux qu'il envoyait étaient sacrifiés ?

— Les Hittites, eux, ne le savaient pas, pas plus que le maire de Qadesh. Nous avons sauvé l'Égypte d'une invasion hittite, dit-il, mais ils ne renonceront pas.

— La prochaine fois, il n'y aura personne pour sauver Qadesh, et, quand elle tombera, on ne pourra plus arrêter leur marche sur le Mitanni et l'Égypte.

— Nous pourrions les arrêter maintenant.

— Akhenaton ne le fera jamais.

J'imaginai Akhenaton avec ses sandales blanches et sa cape immaculée à la bataille.

— Akhenaton le Bâtisseur, dis-je avec mépris. Pendant que les Hittites marchent vers le sud, les soldats d'Égypte sont occupés à meuler des pierres pour la ville éternelle à la gloire d'Aton.

— En entrant dans la ville, les soldats étaient stupéfaits de voir l'effigie de ta sœur sur chaque temple, avoua-t-il. Son image est partout.

— Elle entend rappeler au peuple qui gouverne l'Égypte, dis-je.

— Certains affirment qu'elle se croit supérieure à Amon lui-même.

Je restai silencieuse ; voyant que je ne dirais rien contre elle, il soupira.

— Quoi qu'il en soit, je me réjouis que nos enfants puissent labourer la terre, pêcher dans le Nil et marcher dans les rues sans que l'on s'incline devant eux comme s'ils étaient des dieux. Ils seront humbles.

— Néfertiti ne me pardonnera jamais si j'ai un fils.

— Tout cela est terminé, maintenant.

— Tu te trompes. Tant que Néfertiti vivra et que nous resterons sœurs, ce ne sera jamais fini.

Le lendemain, le soleil était déjà haut dans le ciel quand nous quittâmes notre paillasse. Dehors, il y avait de l'agitation.

— Ce sont des soldats ? m'inquiétai-je.

Nakhtmin avait l'ouïe plus fine.

— Il doit s'agir de Djedefhor et d'Ipu, d'après le bruit.

Tout à coup, je me remémorai le bavardage incessant de ma servante. Nous nous habillâmes en hâte.

— Ipu ! m'exclamai-je en ouvrant la porte.

— Maîtresse !

Elle posa un panier.

— Quel endroit, cria-t-elle, c'est tellement vaste… Vous n'avez pas un aussi joli jardin, mais la vue…

Le panier se renversa, libérant un Bastet furieux qui s'avança, l'air blessé. Dès qu'il me vit, il bondit dans mes bras.

— Mon Bastet ! Le voyage sur le fleuve a-t-il été si terrible ?

Je le caressai sous le menton.

— Je ne vois pas de quoi il peut se plaindre. Djedefhor a pêché deux poissons et il les lui a donnés tous les deux.

Je me tournai vers Djedefhor.

Il s'inclina.

— Maîtresse.

Nakhtmin l'étreignit chaleureusement.

— Je n'avais pas encore eu l'occasion de te remercier, lui dit-il.

Puis, se tournant vers moi :

— J'avais demandé à Djedefhor de veiller sur toi pendant que j'étais au loin.

Je mis ma main devant ma bouche, et Ipu étouffa un petit rire.

Djedefhor haussa les épaules.

— Ce n'était rien. Juste quelques voyages au village.

— Quelques voyages ? Tu es venu tous les jours !

Je regardai Nakhtmin, le cœur débordant d'amour. Je m'approchai de Djedefhor et lui pris les mains.

— Merci, dis-je.

Djedefhor rougit.

— Cela a été un plaisir, Maîtresse.

Puis il étudia la maison.

— Vous avez trouvé un bel endroit.

Il passa la main sur les murs lisses.

— Une vraie construction. Pas en brique crue, ni en *talatat*, ajouta-t-il.

— Oui. C'est une vraie ville, en calcaire et en granit, répondis-je.

Nous déchargeâmes les paniers arrivés en barque, et passâmes l'après-midi à étendre des tapis et à laver du linge. Des voisins regardaient par notre fenêtre, curieux de savoir qui emménageait dans la maison destinée à la fille du maire.

Ipu leva les yeux au ciel.

— C'est la troisième personne qui cherche une vache perdue. Tous les habitants de Thèbes ont-ils égaré leur vache aujourd'hui ?

J'éclatai de rire, tout en étalant des coussins sur la loggia. Quand sonna l'heure du départ pour Djedefhor, nous restâmes sur la rive à lui faire des signes. Je passai le bras autour de la taille de Nakhtmin, et lui demandai si nous le reverrions.

— Djedefhor ? Bien sûr.

J'hésitai.

— Tu n'appartiens plus à l'armée de Pharaon, Nakhtmin.

— Le vent soufflera, les sables tourneront. Akhenaton ne sera pas toujours pharaon.

Je me raidis entre ses bras.

— Ce n'est pas dirigé contre ta sœur, petit chat ; personne n'est immortel.

— Ma famille a toujours été sur le trône d'Égypte.

Nakhtmin serra les lèvres.

— Oui, et c'est bien cela qui m'inquiète.

Nous regagnâmes la maison et je le suivis dans la loggia.

— Que veux-tu dire ?

— Si les Altesses royales venaient à mourir, quel serait le dernier prétendant au trône ? Akhenaton n'a ni frères ni sœurs légitimes.

Il me regarda.

— Il n'y a que toi, petit chat.

Rien que moi. Je frémis à cette pensée. Si quelque chose arrivait à Néfertiti, si Akhenaton mourait, le nouveau pharaon devrait avoir un lien avec le trône pour légitimer son titre. Il devrait épouser quelqu'un de lignée royale. Et quelle femme royale serait en âge de se marier, si quelque chose arrivait maintenant ? Certainement pas les filles de Néfertiti, qui étaient des enfants. Seulement moi.

— Tu n'y as jamais pensé ? demanda-t-il.

— Bien sûr, mais pas...

J'hésitai.

— Jamais sérieusement.

— Si Akhenaton meurt sans avoir un fils, personne ne sera mieux placé qu'un de ses généraux pour prendre les rênes de l'Égypte, expliqua Nakhtmin. En ce moment même, des rumeurs doivent circuler, insinuant que je t'ai épousée en vue de m'emparer du trône d'Égypte.

Je le regardai attentivement.

— C'est le cas ?

Il me prit dans ses bras.

— À ton avis ?

Sa bouche descendit le long de mon corps ; je fermai les yeux.

— Je croirais plutôt que c'est par amour.

J'empêchai ses mains de continuer, et nous nous retirâmes dans notre chambre.

Ipu savait qu'il ne fallait pas nous déranger.

Pendant le premier mois à Thèbes, nous profitâmes de notre vie paisible au bord de l'eau. Nous écoutions les mouettes qui cherchaient de la nourriture dans le sable, le son grave des cloches au cou du bétail qui broutait l'herbe des rives du Nil. Nous allions au marché choisir des paniers pour notre nouvelle maison, heureux de notre anonymat. Malgré mes robes de lin et mes bijoux d'or, je ne différais guère des filles de prêtre ou de scribe, avec leurs bracelets en argent et en verre qui tintaient à leurs poignets.

Par deux fois, des hommes en tenue de soldats d'Amarna vinrent voir Nakhtmin pour s'entretenir avec lui à voix basse. Chaque fois, ils s'inclinèrent très bas devant lui, bien qu'il ne fût plus général.

— Voici le lieutenant Nebut, dit Nakhtmin lors de la seconde visite.

Le lieutenant abrita ses yeux du soleil avec la main et sourit.

— Sais-tu qu'à Amarna on ne parle que de ton mari ?

— Pour notre sécurité, il vaudrait mieux qu'on n'en parle pas trop.

Le lieutenant acquiesça.

— Bien sûr. Aucun des hommes n'a oublié ce qui est arrivé à Horemheb.

Il baissa la voix.

— Mais la rumeur court que Pharaon ne devrait finalement pas l'exécuter.

Je jetai un coup d'œil à Nakhtmin.

— Que feront-ils alors ?

— Ils garderont les hommes en prison, répondit mon mari.

— Oui. Jusqu'à ce que le peuple oublie. Depuis un mois, on manifeste devant les portes du palais. Les gardes de Pharaon refoulent les gens, mais ils reviennent sans arrêt. Sa propre ville s'est retournée contre lui.

Sa voix devint un chuchotement à peine audible.

— Le soir de mon départ, il a décrété que tout homme manifestant contre lui serait considéré comme un traître. Ils ont déjà mis à mort une douzaine d'hommes.

Nakhtmin secoua la tête.

— Maintenant, les gens stationnent en silence devant les portes.

J'imaginai la fureur d'Akhenaton, regardant depuis la fenêtre des apparitions la foule en colère, avec Panahesi qui lui susurrait des platitudes à l'oreille.

— Il sera bientôt obligé de trouver une solution, prédit Nakhtmin.

— Sans aucun doute, renchéris-je. Pharaon décrétera un jour de célébration à Aton. Il fera jeter de l'or depuis ses chars, et le peuple oubliera.

Le lendemain, on décréta un jour de célébration à Aton.

Tous les habitants de Thèbes descendirent dans les rues ; à notre tour, nous déambulâmes en ville pour voir les festivités. Danseurs et acrobates se pressaient sur le quai, côtoyant les marchands qui vendaient des poissons-chats et des faisans rôtis. Des hommes rendaient hommage à l'effigie du soleil au sommet d'un pilier.

— Je me demande ce que pensent les dieux, dit Nakhtmin en regardant des femmes faire des offrandes au soleil.

Les festivités durèrent jusque tard dans la nuit ; de notre villa au-dessus du Nil, nous entendions les chants et le tintement des cloches. Nous nous endormîmes bercés par les braillements de la beuverie. Voilà comment on distrait le peuple, pensai-je. Du vin et du pain gratuits, une journée sans travail, et d'un seul coup Horemheb n'est plus qu'un nom enfoui dans le sable.

Le lendemain, un messager arriva en provenance d'Amarna.

— De la part du vizir Aÿ.

Je pris connaissance du rouleau, puis allai au jardin pour le lire à haute voix à Nakhtmin.

— Des nouvelles d'Amarna, dis-je avant de dérouler le papyrus.

J'espère que cette lettre te trouvera en bonne santé, Moutnedjemet, et que tu as eu la sagesse de préserver ton nouveau mari des commérages du village, et des femmes aux puits. Inutile de te dire à quel point tu manques à ta mère. Mais un vent de rébellion souffle sur la ville, une rébellion silencieuse qui ronge Pharaon. Seule la reine Neferneferou-Aton-Néfertiti parvient à le calmer.

— Reine Neferneferou-Aton-Néfertiti ? répéta Nakhtmin.

— Parfaites sont les Beautés d'Aton, dis-je, incrédule.

Si les Hittites nous envahissaient, ni toi ni Nakhtmin ne seriez en sécurité. Akhenaton n'est pas idiot. Au premier signe d'un véritable soulèvement, il exécutera Horemheb et enverra des hommes à Thèbes. Ne croyez pas qu'en vivant loin de la cour vous êtes en sécurité. En cas de soulèvement, Udjai vous préviendra, et vous devrez fuir à Akhmin. Ne nous écris pas, n'envoie rien à la ville de Pharaon jusqu'à ce que cette vague de troubles se soit calmée. Ce sont de simples précautions, petite chatte, mais, même si ton cœur appartient à ton mari, ton devoir demeure envers ta famille si Akhenaton devait être déchu.

Nakhtmin leva les yeux en entendant cela.

— Ton père ne mâche pas ses mots.

Je laissai tomber le rouleau sur mes genoux.

— Il tient seulement à être honnête.

20

1347 av. J.-C.
Le 1er de Méchir

Aucun soulèvement ne se produisit à Amarna, contrairement à ce que prédisaient les messages de mon père. Horemheb avait été oublié, et le peuple acceptait les lourds impôts à la gloire d'Aton, dans tout le royaume. Les gens mangeaient moins, travaillaient davantage, et de plus en plus de femmes devaient se procurer de l'acacia et du miel. Moins de bouches à nourrir, cela signifiait moins de nourriture à acheter. Mais tandis qu'ils voyaient monter les constructions d'Akhenaton, pilier par pilier, les gens se réunissaient en secret pour prier Amon. À Thèbes, nous installâmes notre propre sanctuaire sous une charmille de jasmin. L'été s'acheva, puis vint l'automne. Ma sœur devait bientôt arriver à terme. Un jour que j'étais assise à côté d'Ipu, en train de lui expliquer comment utiliser les herbes venues de l'étranger, le message attendu arriva enfin.

Je pensais à voir le sceau de mon père sur le rouleau, avec ses deux sphinx cabrés, le symbole de la vie éternelle entre leurs griffes. Mais c'était ma mère qui écrivait.

Le mois de Méchir est arrivé, et ta sœur te réclame à Amarna. Malheureusement, elle ne peut pas garantir la sécurité de Nakhtmin. Horemheb est toujours en prison, et le vœu le plus cher de Pharaon est qu'il meure de sa belle mort. Ton père lui a dit que, s'il osait le toucher, il y aurait une guerre civile. Mais cela n'aura plus aucune importance si Néfertiti donne naissance à un prince. Ton père lui aussi demande que tu viennes. Il t'enverra la barque royale.

— Tu dois y aller, dit Nakhtmin. C'est ta sœur. Qu'arriverait-il si elle mourait en accouchant ?

J'eus un mouvement de recul. Néfertiti était forte, elle était tenace. Elle ne mourrait pas.

— Mais tu ne peux pas venir. Si on te voit et qu'il y a un soulèvement, Pharaon te fera tuer.

— Je resterai ici en attendant ton retour. Emmène Ipu. Tout se passera bien ici. D'ailleurs, il y a la question de notre tombeau.

Effectivement. Nous étions mariés maintenant et devions commencer la construction de notre tombeau. Je ne voulais pas choisir le site de ma chambre funèbre. Je préférais le laisser décider sans moi de l'endroit où nous reposerions éternellement dans les collines de Thèbes. Il pouvait choisir un affleurement rocheux près des pharaons d'Égypte endormis, dans la vallée proche de mes ancêtres et des siens. Je regardai mon mari, et une bouffée de tendresse m'envahit. Il attendait ma réponse.

— J'irai, lui dis-je.

J'embarquai avec Ipu sur la barque royale assez tôt pour échapper aux regards des voisins ; ils auraient voulu savoir pourquoi la barque était là, qui allait voyager à bord, et où elle allait. Nous remontâmes le fleuve pendant des jours.

Les choses avaient beaucoup changé au cours des huit mois qui s'étaient écoulés depuis mon départ de la ville de Pharaon dans le désert. J'étais maintenant une femme mariée, avec une maison, j'avais des moutons et des poules, je ne vivais plus dans l'ombre de Néfertiti. Je n'avais plus à aller chercher son linge ou à lui préparer un jus de fruits pour m'assurer de son amour. Nous étions sœurs, cela devait suffire.

Ma mère et mon père nous accueillirent dans le grand hall ; quand ma mère me vit, elle poussa un cri strident, leva les mains en l'air et couvrit mon visage de baisers.

— Moutnedjemet.

Mon père sourit et m'embrassa tendrement les joues.

— Tu as l'air en bonne forme.

Il se tourna vers Ipu.

— Toi aussi.

— Raconte-nous tout ! s'exclama ma mère, qui voulait savoir cent choses à la fois.

Comment je vivais, comment était ma villa, et si, là-bas, le Nil était haut en cette saison de germination. Thoutmès, apprenant que j'étais arrivée, entra et me salua en s'inclinant profondément.

— La femme qui fait jaser tout Amarna, dit-il avec un grand sourire. Et Ipu, la meilleure esthéticienne de Thèbes. Tout le monde voudra te voir, prédit-il.

Ipu éclata de rire.

— Quoi ? Ils n'ont aucun autre sujet de commérage ?

— Seulement l'arène de Pharaon.

J'interrogeai mon père du regard.

— Son dernier cadeau au peuple, dit-il d'un air accablé.

— Mais il n'y a plus d'ouvriers en réserve.

Mon père haussa les sourcils.

— C'est pourquoi il a engagé des Nubiens.

— Des étrangers pour travailler aux côtés des soldats ? Ce sont peut-être des espions !

— C'est possible, dit mon père tandis que nous nous dirigions vers la salle d'audience. Mais Panahesi a su convaincre Akhenaton qu'il pourrait avoir son arène plus rapidement et à un meilleur coût s'il engageait les Nubiens.

— Et tu l'as laissé faire ? Tiyi non plus n'a pas pu l'en empêcher ?

Ma mère et Thoutmès se regardèrent.

— Tiyi a été bannie du palais, dit mon père. Elle habite dans ta villa.

— Comme une prisonnière dans la ville de son propre fils ?

Il acquiesça.

— Panahesi a convaincu Akhenaton que sa mère était dangereuse et que, si l'occasion lui en était donnée, elle reprendrait le trône.

— Et Néfertiti ?

— Que peut faire Néfertiti ? demanda mon père.

En arrivant à la salle d'audience, il me mit en garde.

— Ne sois pas surprise en entrant.

Les gardes ouvrirent grand les portes, s'inclinant très bas devant nous, et le héraut annonça nos noms.

Les serviteurs portaient des pectoraux en or, avec des bandeaux ornés de lapis et d'or aux poignets. Les femmes, assises comme des statues autour du trône de Néfertiti, étaient vêtues de robes en filets de perles, sans rien en dessous ; elles jouaient de la harpe, écrivaient des poèmes et semblaient s'amuser beaucoup. L'Amarna de Pharaon, qui était presque achevée, resplendissait comme un joyau. Je pénétrai dans la salle avec le sentiment d'être une étrangère.

— Moutny !

On aida Néfertiti à se mettre debout, et quand elle descendit de l'estrade, un chemin s'ouvrit devant nous dans la foule. Je sentis le parfum familier de ses cheveux, et réalisai soudain à quel point elle m'avait manqué. Au-dessus de nous, Akhenaton s'éclaircit la voix.

— Sœur, s'exclama-t-il, quel plaisir de te voir…

— C'est toujours un plaisir d'être dans la ville de Pharaon, dis-je.

— Est-ce pour cela que tu es partie si vite ?

La cour devint silencieuse.

— Non, Altesse.

J'affichai mon plus beau sourire de cour.

— J'ai fui parce que je me croyais en danger. Mais quand je me retrouve ici dans les bras de ma sœur, ce genre de sentiment n'a plus de raison d'être.

La fureur enflamma le visage d'Akhenaton, mais le regard que lui jeta Néfertiti le cloua sur place. Je n'étais plus la jeune fille qui s'était enfuie à Thèbes. J'étais maintenant une femme mariée.

Les conversations reprirent dans la salle d'audience. Néfertiti m'embrassa.

— Tu n'as rien à craindre, promit-elle. C'est ma maison. Notre maison, corrigea-t-elle.

Elle me prit par le bras, et, sous les yeux de la cour, nous nous dirigeâmes vers la porte à double battant. Ma sœur appuya sa joue contre mon épaule ; je sentais le regard d'Akhenaton nous transpercer le dos.

— Je savais que tu viendrais. J'en étais sûre, dit-elle.

La cour nous suivit dans le hall, tandis que mon père s'entretenait avec Pharaon.

— D'après les nouvelles, les Hittites sont dans le Mitanni, Altesse.

Akhenaton ne voulait rien entendre.

— Tout a été réglé ! lança-t-il d'un ton sec.

Néfertiti se tourna alors vers Pharaon : son visage se détendit, et il se mit à rire nerveusement.

— Ton père pense que j'ai sous-estimé la puissance hittite.

Nous entrions dans le grand hall.

— Mon père t'aime, dit Néfertiti d'un ton sévère. Il veut protéger notre couronne.

— Pourquoi pense-t-il alors que je suis moins puissant que le roi Suppiluliuma ? gémit Akhenaton.

— Parce que le roi Suppiluliuma est avide, alors que toi, tu te contentes d'une vie au service de ton peuple et de la gloire d'Aton.

Ils montèrent sur l'estrade, et je repris mon ancienne place à la table royale auprès de mon père et de ma mère. Kya regarda mon ventre :

— Pas encore pleine ?

Je recommençais à m'habituer à mon sourire de cour.

— Non, mais toi non plus, à ce que je vois.

Je baissai la voix.

— On dit que Pharaon ne vient plus dans ta chambre que deux fois par *renpet*. C'est vrai ?

— Ne l'écoute pas, se hâta de dire une des suivantes de Kya. Viens.

Elles se précipitèrent pour aller accueillir des invités de l'autre côté du hall.

— Parle-nous de Thèbes, insista ma mère gaiement.

— Et d'Udjai, ajouta mon père.

Je leur racontai qu'Udjai avait beaucoup grossi.

— Non, il a toujours été imposant, dit mon père. Et maintenant, c'est un propriétaire terrien.

Il hocha la tête d'un air approbateur.

— Il s'est fait une bonne vie. Et les enfants ?

— Il en a trois, répondis-je. Son épouse est originaire du Mitanni. Elle cuisine la perche avec du cumin, et Bastet éternue chaque fois qu'il revient de leur jardin.

Ma mère se mit à rire. J'avais oublié combien c'était agréable.

— Et ta maison ?

— J'en suis propriétaire.

Je souris avec contentement.

— Elle m'appartient à moi seule. Nous avons créé un jardin et espérons une récolte à Pachons.

Nakhtmin m'a promis de surveiller les plantations jusqu'à mon retour. Ipu m'a aussi installé une pièce pour travailler.

Ma mère me prit la main à travers la table, et la serra, pendant qu'une agréable musique retentissait autour de nous.

— Tu es bénie des dieux, dit-elle. Chaque fois que je pleure, ton père me rappelle que tu as ce que tu as toujours voulu.

— C'est vrai, maman. Je regrette seulement que nous soyons si loin de vous.

Pendant qu'elle macérait dans son bain, je massai la plante des pieds de Néfertiti avec de l'huile de noix de coco et étalai de la crème sur ses petits talons rugueux.

— Tu te promènes pieds nus toute la journée ? lui demandai-je.

— Quand je peux, reconnut-elle en s'étirant le dos.

Une énorme baignoire en cuivre avait été installée dans les chambres royales ; l'eau du bain était parfumée de lavande.

— Tu ne peux pas t'imaginer ce que c'est de porter un enfant.

Nos regards se croisèrent, et elle se redressa aussitôt.

— Ce n'est pas ce que je voulais dire.

Je continuai à lui frotter les pieds.

— Cela fait huit mois que nous essayons, dis-je.

Elle regarda ma taille.

— Non, je crois que je n'aurai jamais d'enfant.

— Tu n'en sais rien, répondit Néfertiti d'un ton énervé. Cela dépend d'Aton.

Je préférai ne pas discuter. Elle reposa la tête sur le rebord de la baignoire et soupira.

— Parle-moi plutôt de Thèbes. Que fais-tu toute la journée ?

J'allais répondre quand nous fûmes interrompues par des cris d'enfants. Quelqu'un courait derrière eux.

— Méryt-Aton, Maket-Aton !

Ma sœur se mit à rire, et les deux petites filles se jetèrent dans ses bras mouillés. C'en était fini de mon récit. La gouvernante, elle, ne riait pas ; elle s'inclina rapidement en entrant dans la chambre de Pharaon.

La main sur sa mèche de devant, la cadette pleurait.

— Méryt m'a tiré les cheveux, gémit-elle.

— Je ne l'ai pas touchée. Il ne faut pas la croire !

Je reposai le pied de Néfertiti, et les deux enfants cessèrent de se disputer pour me regarder avec de grands yeux intrigués. L'aînée s'approcha de moi pour m'examiner avec la même assurance qu'avait Néfertiti à son âge.

— Tu es notre tante Moutnedjemet ?

Je souris à Néfertiti.

— Oui, c'est bien moi.

— Tu as les yeux verts.

Elle continua à me dévisager, se demandant visiblement si je lui plaisais ou non. Puis Maket-Aton se remit à pleurer.

— Que se passe-t-il ? demandai-je à la petite princesse.

Je lui ouvris les bras, mais elle préféra continuer à se cramponner à la main de sa mère.

— Méryt m'a tiré les cheveux, sanglota-t-elle.

Je regardai Méryt.

— Tu ne ferais pas une chose pareille, n'est-ce pas ?

Elle battit des paupières.

— Bien sûr que non, protesta-t-elle en jetant un regard charmeur à sa mère. Sinon, maman ne nous laisserait pas monter.

Je regardai Néfertiti.

— Sur le char, précisa-t-elle.

— À deux et à trois ans ? Maket-Aton est trop petite...

La gouvernante, qui était restée près de la porte pour surveiller les petites filles, me jeta un regard approbateur.

— Balivernes, dit Néfertiti tandis qu'une servante l'aidait à sortir du bain et l'enveloppait d'un peignoir. Elles se débrouillent aussi bien que n'importe quel garçon de leur âge. Pourquoi les en empêcherait-on ? Simplement parce que ce sont des filles ?

Je la regardai, abasourdie.

— Parce que c'est dangereux !

Néfertiti se pencha vers Méryt-Aton.

— Tu as peur d'aller sur le char dans la nouvelle arène ? lui demanda-t-elle.

Le parfum de lavande flottait dans la chambre.

— Pas du tout.

L'aînée des princesses secoua la mèche noire qui tombait sur son front, et sa queue-de-cheval forma une boucle sous son menton. C'était une jolie petite fille.

— Tu vois ?

Néfertiti se redressa.

— Ubastet, emmène les enfants pour leurs leçons.

— Non, maman.

Méryt-Aton courba les épaules en signe de désespoir.

— Nous sommes obligées ?

Néfertiti posa ses mains sur ses hanches.

— Que préfères-tu : être une princesse, ou bien une paysanne sans éducation ?

Méryt se mit à rire.

— Une paysanne, dit-elle d'un air malicieux.

— Vraiment ? s'étonna Néfertiti. Sans chevaux, sans peintures, sans bijoux ?

Méryt-Aton se dirigea en traînant les pieds vers la porte, mais elle s'arrêta sur le seuil, en quête de consolation avant de partir.

— Nous irons à l'arène ce soir ? supplia-t-elle.

— Cela dépendra de ton père.

Dans la garde-robe royale, Néfertiti leva les bras. La servante allait lui chercher sa robe quand elle l'arrêta.

— Pas toi. Moutny.

Je pris la robe de lin et la lui passai par-dessus la tête, vaguement jalouse de la façon dont elle lui moulait le corps, malgré sa grossesse.

— Tu les laisses monter en char le soir dans l'arène ? Y a-t-il quelque chose que tu leur refuses ?

— Quand nous étions enfants, j'aurais donné la moitié d'Akhmin pour vivre la vie que j'offre à mes enfants.

— Quand nous étions enfants, nous étions plus humbles, dis-je.

Elle haussa les épaules et s'assit devant son miroir. Ses cheveux avaient poussé. Elle me tendit sa brosse.

— Tu le fais tellement mieux que Merit…

Je fronçai les sourcils.

— Tu pourrais m'écrire de temps en temps, lui dis-je en commençant à lui brosser doucement les cheveux.

— C'est toi qui as choisi de t'enfuir avec un soldat. Pas moi.

Mes doigts se resserrèrent sur la brosse ; Néfertiti écarquilla les yeux.

— Moutny, tu me fais mal !

— Pardon.

Elle s'enfonça de nouveau dans son fauteuil d'ébène.

— Ce soir, nous irons à l'arène, décida-t-elle. Tu n'as pas encore vu le joyau suprême de cette ville.

— Je pensais que c'était toi.

Elle ignora ma remarque ironique.

— Je crois que je l'ai réussi, Moutny. Je crois avoir construit quelque chose qui restera jusqu'à la fin des temps.

Je m'arrêtai de la coiffer.

— Rien ne dure éternellement.

Elle étudia son reflet dans le miroir, et sourit effrontément.

— Pourquoi ? Tu crois que les dieux vont me punir pour avoir montré trop d'ambition ?

— Je n'en sais rien, répondis-je.

Au milieu d'une foule de gardes bruyants et de chars ornés de joyaux, nous empruntâmes la voie royale en direction de l'arène. D'une largeur incroyable, elle traversait la ville comme un long ruban blanc. Thoutmès, aussi important qu'un vizir, était monté dans mon char ; je le surpris qui me regardait dans la lumière déclinante du soir.

— Tu ressembles davantage à ta sœur que dans mon souvenir, dit-il. Les mêmes joues, les mêmes lèvres... mais pas les mêmes yeux.

Il continua à me dévisager.

— Tu n'as plus le même regard.

— Mes yeux ressemblent à ceux de mon père : ils sont prudents et rusés.

Je regardai devant moi.

— Et Néfertiti ? demandai-je. A-t-elle changé depuis ton arrivée à la cour de Memphis ?

Le chariot de Néfertiti nous précédait. Sa couronne brillait dans le crépuscule, et sa grande cape argent flottait dans le vent.

— Non, la reine est toujours la même, dit Thoutmès avec fierté.

Toujours la même enfant gâtée, pensai-je. Mais le peuple semblait l'adorer. Les gens, massés dans les rues, scandaient son nom, jetaient des fleurs de lotus à ses pieds. À mesure que la nouvelle de sa présence en ville se répandait, leurs chants devenaient plus forts, plus fervents. Ses gardes nubiens mirent alors leurs chars en cercle autour d'elle et repoussèrent la foule déchaînée à l'aide de leurs boucliers.

— En arrière, criaient-ils, en arrière !

Mais les Égyptiens continuaient à s'écraser le long de la voie royale, suppliant ma sœur d'intervenir auprès d'Aton pour qu'il leur apporte le bonheur.

— Nous t'en prions, Majesté ! criaient-ils.

Je regardai Thoutmès.

— Est-ce toujours ainsi ?

— Toujours, noble dame. Ils iraient à pied jusqu'aux carrières d'Assouan pour elle. Ils se postent aux portes du palais, juste pour la voir passer devant les fenêtres de sa chambre. Chaque statue à Amarna est un autel à sa gloire.

— Elle est devenue une déesse ?

— Celle du peuple.

— Et Pharaon ?

Il avait disparu au milieu de ses gardes nubiens.

Thoutmès se pencha vers moi.

— Je le croirais volontiers jaloux, dit-il. Mais elle reporte l'amour du peuple sur lui ; c'est grâce à elle qu'ils chantent ses louanges.

Les chevaux tournèrent brusquement dans l'entrée de l'arène et le bruit s'atténua aussitôt. Je retins mon souffle : l'endroit était plus grandiose que tout ce que j'aurais pu imaginer. Thoutmès me tendit le bras pour descendre du chariot.

— Regarde la couronne.

Il attira mon attention vers le sommet de l'arène, où se dressaient des sculptures à l'effigie de Néfertiti et d'Akhenaton, les bras tendus vers les rayons d'Aton.

Je restai bouche bée.

— C'est toi qui as réalisé tout cela ?

— Sous la direction de Maya. Et en sept mois seulement.

Les statues en grès avaient été peintes et dorées ensuite, et leurs mains jointes formaient le sommet de l'arène. Cette construction magnifique était digne de rivaliser avec les temples de Thèbes. Quand nous entrâmes, le silence de la nuit régnait sur l'enfilade de colonnes. Puis nos voix vinrent troubler la quiétude du lieu et notre cortège remplit bientôt l'arène.

— Qu'en penses-tu ?

Néfertiti guettait ma réaction.

— C'est magnifique, lui dis-je. Thoutmès a beaucoup de talent.

La cour était représentée sur les murs de l'arène, en train de conduire des chars et de porter des coups aux Hittites ; je cherchai en vain Kya et le prince Nebnefer. Ma sœur les avait déjà effacés d'Amarna. Elle n'ignorait pas que prononcer le nom des morts permettait de les faire revivre : le jour où les dieux reviendraient en Égypte, ils ne trouveraient aucune trace de l'existence de Kya.

— Est-ce qu'on l'emmène voir les nouveaux chevaux ? demanda Méryt-Aton avec empressement. Ils sont assyriens.

Akhenaton nous conduisit aux écuries ; là, Néfertiti parut satisfaite de constater ma stupéfaction. J'imaginai toutes les lettres que mon père avait dû écrire pour obtenir tant de races.

— Voici la paire de chevaux venus d'Assyrie, dit Néfertiti en me les montrant. Akhenaton les a achetés pour Méryt-Aton et pour Maket-Aton. Et maintenant, qui sait ? Bientôt, il nous en faudra peut-être un troisième pour notre fils. C'est bien l'arène la plus grandiose d'Égypte, n'est-ce pas ?

— Sa construction a dû mobiliser beaucoup d'ouvriers.

— Trois mille Nubiens.

— Vous n'avez pas craint qu'ils ne soient des espions ?

— Les Nubiens sont plus loyaux que la plupart des Égyptiens, dit Akhenaton avec mépris. Et ils ne sont pas seulement loyaux envers moi, mais aussi envers Aton. L'Égypte n'a qu'un seul dieu.

Il regarda Néfertiti.

— Le dieu qui nous a accordé les couronnes d'Horus.

Néfertiti semblait désormais exercer une emprise totale sur lui. Sur nous.

Elle appuya sa tête contre le bras d'Akhenaton et posa sa main sur son ventre.

L'accouchement se déroula aussi facilement que les deux précédents. À combien devrais-je encore assister avant de pouvoir franchir le seuil de mon propre pavillon de naissance ? J'aurais voulu partir juste après, mais je ne pouvais pas être jalouse du bonheur de ma sœur en voyant ce bébé contre sa poitrine.

C'était une troisième princesse. Elle avait mis au monde trois filles.

Le héraut proclama le nom de l'enfant. Ankhsenpa-Iten, ce qui signifiait *Celle qui vit pour la gloire d'Aton*. Devant les larmes de joie d'Akhenaton, je me demandai en quoi il méritait plus un enfant que Nakhtmin.

— À quoi penses-tu ? demanda ma mère.

Je regardai Néfertiti entourée par sa famille, Akhenaton, Méryt-Aton, Maket-Aton, et maintenant la petite princesse Ankhsenpa-Iten. Tous nommés d'après le dieu du soleil, leur dieu.

— Tu peux t'en douter, répondis-je en serrant les lèvres.

Mon père et Tiyi arrivèrent derrière moi et m'embrassèrent tendrement.

— C'est moi qui viens de mettre au monde un enfant ! s'exclama Néfertiti. Elle s'est contentée de rester assise et de regarder.

Tiyi me jeta un regard, puis se dirigea vers la nouvelle princesse d'Égypte.

— Par Osiris, dit-elle, elle a le teint de Moutnedjemet. Et la même forme d'yeux.

Ma mère et mon père se précipitèrent vers le lit pour vérifier, mais je restai paralysée, trop bouleversée pour réagir.

— C'est vrai ! s'exclama ma mère.

Néfertiti me sourit avec fierté.

— Viens voir. Elle te ressemble.

Pharaon parut s'inquiéter en me voyant me pencher au-dessus de son troisième enfant.

— Effectivement, dis-je en me relevant et en le regardant bien en face. On dirait ma fille. Si elle n'avait pas été assassinée.

— Il est furieux contre toi.

Les gardes s'étaient figés en voyant l'air courroucé de Néfertiti. Cela m'importait peu.

— Tant pis pour lui s'il est furieux !

Néfertiti s'assit.

— Tu n'aurais jamais dû dire cela ! dit-elle d'une voix haut perchée. Personne à Amarna ne pourra jamais croire une chose pareille.

— Je crois plutôt que personne à Amarna n'est assez stupide pour vous dire la vérité. Mais moi, je ne mens pas. Je rentre chez moi.

— À Thèbes ? cria-t-elle.

Elle sortit de son lit en titubant, sans que je puisse l'en empêcher, et me saisit par le bras pour me retenir.

— Ne pars pas. Je t'en prie, ne pars pas, Moutny. Tu ne peux pas m'abandonner.

— Et pourquoi ?

— Je suis tellement vulnérable, dit-elle après quelques instants. Akhenaton ne va jamais voir Kya quand je suis enceinte. Maintenant, il va recommencer.

Elle n'avait toujours pas compris que je ne supportais plus de jouer les espions pour elle, d'entrer dans son jeu à tout moment, de tout vouloir comme elle. Je m'apprêtai à partir.

— Moutnedjemet, je t'en supplie !

Elle s'agitait tellement qu'elle finit par se prendre les jambes dans les draps.

— Je ne peux pas y arriver sans toi.

— Que fais-tu exactement ? demandai-je avec mépris. Tu ne laboures pas la terre, tu ne pêches pas dans le Nil, tu ne te bats pas pour empêcher les Hittites de nous envahir, comme le faisait Tiyi quand ce pays était véritablement un empire.

— Non ! Je joue le rôle de déesse pour le peuple ! Quand les soldats se révoltent, je deviens le sauveur de ce royaume et ils ne se calment que lorsqu'ils sont convaincus qu'Aton leur a assuré la prospérité par mon entremise. C'est moi qui tire les ficelles de cette mascarade, poursuivit-elle, les lèvres tremblantes. Seul père sait combien c'est pénible.

Elle ferma les yeux, et des larmes perlèrent à l'extrémité de ses cils.

— S'il te plaît. Reste avec moi. Quelque temps seulement.

— Ne compte pas sur moi éternellement.

— Juste quelque temps.

Dès que j'eus accepté de rester, Néfertiti mit tout en œuvre pour que je pense le moins possible à mon mari ; comme prévu, celui-ci était occupé à préparer notre tombe et à sculpter nos effigies dans la pierre pour que les dieux puissent nous reconnaître quand ils reviendraient. Elle s'efforça d'être gaie, me couvrit de louanges, m'inonda de cadeaux : pendants en émeraude assortis à mes yeux, bracelets en or pour mes chevilles, jusqu'à des perles en turquoise pour mes cheveux épais et brillants, seul avantage que Néfertiti m'enviait. Chaque matin, nous allions en char au temple d'Aton, où elle rendait hommage au soleil, tandis qu'Akhenaton agitait le sistre en l'honneur du saint des saints.

— Tu ne peux pas rester là à ne rien faire pendant que nous nous recueillons, me réprimanda Néfertiti.

Mais Pharaon n'osa pas protester devant mon refus : quand il avait rendu visite à Kya trois soirs de suite, c'est moi qui avais calmé la mauvaise humeur de Néfertiti, joué au senet avec elle, lu des histoires, bercé la précoce Méryt-Aton. Debout dans l'ombre fraîche des colonnes, je restai à les observer. Je refusais de rendre hommage à un disque dans le ciel. Mes propres statuettes d'Hathor et d'Amon, venues d'Amarna, étaient restées enfouies dans mes bagages, et c'est devant elles que je m'inclinais tous les matins.

— Que vois-je ?

Une voix résonna soudain à travers le hall vide.

— La sœur de la grande épouse royale ne vénère pas Aton ?

Panahesi sortit de l'ombre.

— Aton est le dieu de l'Égypte, poursuivit-il.

Le vizir Panahesi ne m'impressionnait plus : il était seulement le père de la deuxième épouse du roi.

— Tu crois donc en un dieu sans visage ? lui demandai-je.

— Je suis le grand prêtre d'Aton.

Mon regard s'attarda sur ses bijoux. Il lut dans mes pensées et s'approcha de moi.

— Tu sais que Pharaon a rendu visite à Kya trois nuits de suite, chuchota-t-il. Il est allé chez elle tout de suite après la naissance de la princesse. Kya est persuadée qu'elle est enceinte. Et ce sera un fils, comme la dernière fois.

J'observai son visage fourbe.

— Comment sais-tu qu'elle est enceinte ? Une femme ne peut pas en être certaine avant deux mois, même trois.

Panahesi regarda en direction de la cour où Néfertiti et Akhenaton se prosternaient.

— J'ai reçu un signe, dit-il avec un sourire narquois.

Mon père me conseilla de ne rien dire à Néfertiti des propos de Panahesi.

— Elle se remet de la naissance. Ne l'ennuie pas avec des commérages. Elle a suffisamment de préoccupations avec la guerre qui s'annonce au Mitanni contre les Hittites.

— Mais Akhenaton est allé voir Kya trois nuits de suite, protestai-je.

Mon père ne semblait pas attacher à cela la moindre importance.

— Et alors ! Il faut bien qu'il s'assure une descendance mâle. Si Néfertiti ne peut pas avoir de fils, il devra bien trouver une solution.

Je regardai mon père avec horreur.

— Cela n'a rien à voir avec un manque de loyauté, dit-il. C'est la façon d'agir des dieux.

Il posa la main sur mon épaule pour m'apaiser. Je remarquai alors le grand nombre de rouleaux étalés sur la table, attendant des réponses. Beaucoup portaient le sceau du Mitanni.

— Y aura-t-il une guerre au Mitanni ? dis-je.

— Avant la fin du mois.

— Que se passera-t-il ?

— Si l'Égypte ne leur envoie pas de soldats en renfort, le Mitanni tombera et nous suivrons.

Nous savions tous deux que le moment était critique. Notre armée n'était pas prête ; la majorité de nos généraux avaient été jetés en prison ou bannis. Notre longue histoire, pas plus que notre richesse, n'empêcherait pas une armée puissante de nous écraser.

Je retrouvai Néfertiti dans le petit appartement qu'Akhenaton avait fait construire pour les princesses. Pharaon était là, et ils se disputaient. En me voyant à la porte, elle me fit signe d'entrer.

— Demande-le-lui, ordonna-t-elle.

Akhenaton me jeta un regard haineux.

— Demande-le-lui ! répéta Néfertiti en haussant le ton.

Akhenaton protesta : il ne voyait pas la nécessité de me demander combien de nuits il avait passées avec Kya, dans le palais du Nord. Elle passa devant moi et se dirigea vers la porte, Akhenaton sur ses talons.

— Attends ! Je passerai la nuit prochaine avec toi, promit-il.

— Je l'espère bien ! répondit Néfertiti d'un ton cinglant. Aurais-tu oublié que tu es leur père, à elles aussi ?

Elle désigna du menton Méryt-Aton et Maket-Aton, qui s'étaient arrêtées de jouer avec leurs peintures pour regarder la scène.

— Je n'y retournerai plus, dit Akhenaton pour se faire pardonner.

— Irons-nous à l'arène ce soir ? demanda-t-elle, certaine de sa réponse.

— Oui, et nous emmènerons Thoutmès, dit-il.

— Bien.

Son regard s'adoucit.

— Nous irons aussi ? demanda Méryt-Aton.

Pharaon la prit dans ses bras.

— Bien sûr, ma petite princesse. Tu es la fille de Pharaon. Pharaon ne va nulle part sans ses petites chéries.

Les membres de la famille sortirent l'un après l'autre. Néfertiti insista pour que je me joigne à eux pour aller en ville, mais je refusai.

— Je suis fatiguée.

— Tu es toujours fatiguée, protesta-t-elle. On croirait que tu es la reine, à voir ta façon de te traîner.

Puis elle se mit à rire et passa son bras autour de ma taille.

— Je plaisantais.

— Qui te masse les pieds, qui te prépare ton jus de fruits, qui te brosse les cheveux ?

— Tu as seulement dix-huit ans. Comment seras-tu à quarante ?

— Probablement morte.

Elle plissa ses yeux noirs.

— Tais-toi. Tu veux qu'Anubis t'entende ?

— Je croyais que seul Aton existait.

Quinze jours plus tard, ma sœur se mit à hurler.

— Des festivités ? En quel honneur ?

L'accès de la salle d'audience avait été réservé à notre famille.

— Des festivités en l'honneur du second enfant de Kya, marmonna Akhenaton.

Néfertiti lança son sceptre à travers l'estrade et il rebondit bruyamment sur le sol carrelé. Elle explosa de rage.

— Autrement dit, non seulement tu dîneras au palais du Nord ce soir, mais tu y coucheras aussi ?

Akhenaton baissa la tête.

— C'est un festin en son honneur, je ne peux pas refuser. Mais c'est toi la reine d'Égypte.

Il lui tendit la main.

— Tu es la bienvenue, évidemment.

Un instant, je crus qu'elle allait accepter. Mais elle se leva brusquement et passa devant lui. Les portes s'ouvrirent et elle quitta la salle en me jetant un regard impérieux.

— Vas-y ! me dit ma mère.

De l'antichambre donnant sur la fenêtre des apparitions, Néfertiti contemplait Amarna. Les temples d'Aton s'élevaient au loin, avec leurs colonnes montant la garde dans le crépuscule. Elle m'entendit approcher.

— C'est moi qu'ils veulent, dit-elle.

Je m'approchai pour voir de quoi elle parlait. En bas, de riches étrangers, portant des turbans ornés de joyaux, avaient le regard braqué sur le palais, comme s'ils distinguaient sa silhouette à la fenêtre, malgré le peu de lumière.

— Ils l'aiment grâce à moi, dit-elle.

— Il doit rejoindre Kya, répondis-je. Il lui faut des fils.

Elle se retourna brusquement.

— Et tu crois que je suis incapable de lui en donner un ?

Je me rapprochai pour regarder la ville avec elle.

— Penses-tu qu'il cesserait de t'aimer ?

— Il m'adore, dit-elle d'une voix passionnée. Peu importe que Kya soit enceinte. Il y va ce soir parce que Panahesi l'a appelé. Il s'imagine que Panahesi lui est loyal.

Elle se redressa.

— Et pendant que père trime comme un esclave pour obtenir des bateaux et éviter la guerre, Panahesi parle à l'oreille d'Akhenaton, comme si c'était Aton lui-même. Il a de plus en plus d'influence.

— Plus que père ?

— Certainement pas. J'y veille.

Du haut de sa fenêtre, elle observait les gens sans être vue : ils traversaient la ville, chargés de paniers remplis de grains, empruntant des routes qui serpentaient comme des rubans blancs.

— Seule Hatshepsout a eu autant d'influence que moi. D'ailleurs, Kya n'est pas reine. Elle pourrait avoir cinq fils… et ne jamais être reine.

La colère reprit Néfertiti.

— Au fond, je devrais y aller, dit-elle. Je devrais assister à ce festin et lui gâcher son plaisir.

Père entra soudain dans l'antichambre.

— Viens, Néfertiti !

Il attira ma sœur à l'écart et ils se mirent à parler à voix basse. Pendant ce temps, je m'amusai à suivre du doigt les peintures ornant les murs. Je me demandai comment réagirait Nakhtmin en voyant à quoi avait servi l'or des temples.

Thoutmès avait reproduit de mémoire les portraits des membres de ma famille, dont le mien. Une scène représentait mon père recevant des colliers en or de Pharaon, ce qui n'était jamais arrivé dans la réalité. Néfertiti avait un bras autour de sa taille, l'autre bras posé sur les épaules d'Akhenaton ; on voyait également les deux princesses, et un troisième enfant était esquissé dans les bras de la nourrice. Tiyi et moi nous tenions un peu à l'écart, vêtues de pagnes. Nos bras n'étaient pas levés vers Aton, comme ceux des autres personnages. Je remarquai que Thoutmès avait accentué le vert de mes yeux. Notre famille était représentée partout à Amarna, tandis que l'absence de Panahesi et de Kya était manifeste. Si le palais du Nord venait à être détruit, leurs tombeaux resteraient le seul témoignage de leur existence.

— Tu viens ? demanda Néfertiti.

Je regardai autour de nous.

— Où est père ?

Néfertiti haussa les épaules d'un air espiègle.

— Parti pour affaires, dit-elle.

— Que se passe-t-il ?

— Nous nous rendons au festin.

— C'est cruel.

— Le pouvoir est cruel, répliqua-t-elle. On verra laquelle de nous deux l'exercera.

Ma sœur se regarda dans le miroir.

— Je veux être aussi belle qu'Isis, ce soir. Divinement belle.

Sa robe en filet épousait ses seins et collait à son dos. L'argent sur ses cils et sur ses cuisses reflétait la lumière des flambeaux. Elle avait remplacé sa couronne par des perles en argent qui bougeaient au moindre de ses mouvements. Pour peu, j'aurais eu pitié de Kya. Mais elle ne manquait pas d'habileté non plus. D'ailleurs, si Néfertiti ne donnait jamais de prince à Akhenaton, et que le fils de Kya monte sur le trône, notre famille devrait s'incliner devant elle. Cette pensée me consola pendant l'épreuve de l'épilation et la séance de maquillage. En outre, l'idée que nous devions servir un homme comme Panahesi était insupportable. Je secouai ma tête couverte de perles : il n'en était pas question.

Les suivantes de Néfertiti l'attendaient dans la cour à ciel ouvert, tout en bavardant et en gloussant comme des gamines. Quand nous nous retrouvâmes au milieu d'elles, j'eus l'impression que nous étions des gouttes de pluie argentées dans un champ de lotus en fleur. Puis elles se dispersèrent et je m'aperçus que je n'en connaissais aucune : c'étaient les filles des scribes et des prêtres d'Aton, dont le rôle était de distraire ma sœur. Une cohorte de gardes avait surgi des écuries. Un lieutenant saisit la main de Néfertiti et l'aida à monter sur son char. Elle lui prit le fouet des mains.

— Tu vas conduire le char ? m'exclamai-je.

— Bien sûr. Au palais du Nord ! cria-t-elle.

Néfertiti fit claquer le fouet, le char s'élança en direction du grand fanal blanc qui se dressait dans la nuit. Les gardes se bousculèrent pour la suivre et j'entendis les rires des femmes qui la prenaient en chasse.

— Pas si vite ! criai-je, terrorisée à l'idée de verser.

Le vent couvrit mes paroles ; le chariot se dirigeait à toute vitesse vers le nord.

— Notre dernière heure est arrivée !

Ma sœur se tourna vers moi, triomphante.

— Quoi ?

Aux portes du palais, elle retint les chevaux.

Je fus sidérée par la grandeur du palais de Kya : ce bastion blanc, dont le reflet frémissait dans les eaux du Nil, était un magnifique témoignage d'amour. Chaque colonne, sculptée en forme de fleur de lotus, s'élançait vers le ciel comme pour embrasser Aton. De la vaste ouverture ménagée dans la façade à colonnes, on découvrait les cours et les jardins illuminés par les torches. Quand ils nous virent, les gardes de Kya se ressaisirent en hâte pour nous saluer.

— Majesté, nous n'étions pas au courant de ton arrivée.

— Annoncez-nous, ordonna-t-elle.

Les serviteurs en pagne doré se précipitèrent vers le hall tandis que nous progressions à pas lents entre les lampes à huile posées sur les marches de calcaire. Des invités s'inclinèrent devant nous avant de se remettre à chuchoter entre eux. Quand nous atteignîmes le grand hall, les joueurs de trompette se regroupèrent.

— Reine Néfertiti et dame Moutnedjemet, annonça le héraut.

Un brouhaha salua notre entrée. Les suivantes de Néfertiti, qui marchaient sur nos talons, se mirent en quête de nourriture et d'un siège digne d'une reine. Avec nos colliers en argent et nos perles qui reflétaient la lumière, nous éclipsions les autres femmes de l'assistance. Kya se retourna brusquement et se mit à parler à son mari pour détourner son attention, mais il ne quittait plus ma sœur des yeux, fasciné par ce poisson d'argent scintillant dans un bassin illuminé.

— Qu'on me conduise à la table d'honneur, dit Néfertiti.

On nous mena à la table d'Akhenaton et de Kya. Néfertiti s'assit au bout de la table, séparée d'eux par les dames d'honneur de Kya. Jamais je n'aurais eu le courage d'entrer ainsi dans la cage aux lions.

Panahesi, assis à la droite d'Akhenaton, devint rouge de colère. C'était le festin de Kya, mais c'était Néfertiti qui menait la danse, pour le plus grand plaisir de l'assistance. Kya n'avait plus aucune marge de manœuvre : dans toute autre circonstance, ses suivantes auraient dédaigné ma sœur. Mais ici, dans le palais du Nord, et en présence d'Akhenaton, aucune n'osait s'y risquer. Elles s'employèrent donc à se montrer aimables, à raconter des histoires, à échanger des commérages. Plus le vin coulait, plus chacun s'amusait, et plus la fureur de Kya s'accentuait.

— Que se passe-t-il ? s'inquiéta Akhenaton.

Kya lui jeta un regard noir de sous ses cils.

— C'est mon festin, pas le sien !

— Je te le revaudrai, promit-il, certain que Néfertiti ne pouvait pas l'entendre.

— Oui, mais comment ? demanda-t-elle d'une voix aiguë.

Akhenaton détourna enfin son regard de ma sœur. Celle-ci, la tête rejetée en arrière, riait à une plaisanterie de Thoutmès.

— Je te ferai sculpter par Thoutmès, dit-il.

— Et si nous avons un autre fils, dit Kya, poussant plus loin son avantage, sera-t-il reconnu comme ton héritier ?

Je me penchai pour entendre sa réponse.

— Ce sera à Aton d'en décider.

À Aton et à notre famille, pensai-je avec un sentiment de triomphe.

Quand le festin prit fin, le visage de Néfertiti accusait la tension créée par la situation qu'elle avait engendrée.

— Reste avec moi jusqu'à son retour, dit-elle, une fois dans sa chambre, sur un ton qui n'admettait aucun refus.

Je m'allongeai près d'elle et lui caressai les cheveux pour la réconforter.

— Les Hittites sont aux portes du Mitanni, et pendant ce temps je m'efforce de récupérer mon propre mari.

Elle bouillait de rage.

— Elle ne peut pas avoir un autre fils.

— Ce sera peut-être une princesse.

— Pourquoi est-ce que je ne peux pas avoir un fils ? gémit-elle. Qu'ai-je fait à Aton ?

Ou plutôt qu'as-tu fait pour provoquer la colère d'Amon ? pensai-je à part moi.

— Tu prends bien ton miel ?

— Avec de la mandragore.

— Tu t'es rendue aux temples ?

— D'Aton ? Bien sûr.

Mon silence dut lui paraître éloquent.

— Crois-tu que je devrais aller trouver Taouret ? demanda-t-elle à voix basse.

— Cela ne peut pas faire de mal.

Elle hésita.

— Tu viendras avec moi ? Akhenaton ne le saura pas.

— Nous irons demain, promis-je.

Elle me serra la main tendrement, puis se retourna, tira les couvertures sur sa poitrine et s'endormit bientôt. Je restai éveillée, me demandant où nous allions pouvoir trouver un sanctuaire dédié à la déesse hippopotame de la Naissance.

Le soleil n'était pas encore levé, le lendemain, quand Merit m'apporta la réponse. D'après elle, plusieurs femmes du village gardaient leurs propres statuettes de Taouret pour leurs filles, quand celles-ci allaient s'accroupir sur les briques rituelles pour mettre leur enfant au monde. Akhenaton dormait encore quand les porteurs emmenèrent notre palanquin couvert en haut des collines, vers les villas cossues.

Malgré l'heure matinale, le soleil était déjà chaud. En contrebas, la ville endormie prenait des reflets de cardamome et d'or. J'écartai les rideaux et respirai une odeur de pain aux dattes qu'une femme devait préparer en même temps que du vin aux épices.

— Ferme les rideaux, ordonna Néfertiti d'un ton sec. J'espère que ce ne sera pas long.

— C'est toi qui as voulu venir, protestai-je.

— Tu as déjà prié Taouret ? demanda-t-elle.

Je compris où elle voulait en venir.

— Évidemment.

En haut de la colline, les porteurs posèrent le palanquin ; une servante vint nous accueillir.

— Majesté, dit-elle en s'inclinant très bas, ma maîtresse t'attend dans la loggia.

Nous gravîmes les marches en hâte. Une femme vêtue d'une belle robe vint nous accueillir.

— Merci d'honorer mon humble demeure. Je suis dame Akana.

Néfertiti n'écoutait pas : elle cherchait des yeux la statue de Taouret.

— Notre déesse est par ici, chuchota dame Akana en nous regardant d'un air inquiet. Bien cachée.

Elle nous mena dans une pièce à l'arrière de la villa, dont les stores en roseau étaient baissés. Sur les murs blancs, des peintures de couleurs éclatantes représentaient la déesse hippopotame.

— Beaucoup de gens conservent des effigies semblables chez eux, Majesté, dit alors dame Akana pour se justifier.

Seuls les sanctuaires publics avaient été interdits. Simplement, les gens les cachaient.

— Je vous laisse, dit dame Akana. Si vous avez besoin de quoi que ce soit, n'hésitez pas à appeler.

Néfertiti se retourna, comme si elle sortait d'un rêve.

— Merci.

— Veux-tu que je m'en aille également ? demandai-je.

— Non, je veux que tu pries avec moi. Merit, laisse-nous l'offrande et ferme la porte.

Merit déposa l'encens et les fleurs de lotus sur un tabouret, puis se retira à la suite de dame Akana. Nous restâmes seules dans la pièce. La déesse hippopotame nous souriait, son gros ventre en ébène poli tournant au bleu dans la lumière du soleil qui filtrait à travers les stores.

— Commence, suggéra Néfertiti. Elle te connaît.

J'allai m'agenouiller devant la déesse, des fleurs de lotus à la main.

— Taouret, murmurai-je, je viens te demander de m'accorder un enfant.

— Nous sommes ici pour moi, rectifia Néfertiti.

Je lui jetai un regard sévère par-dessus mon épaule.

— Je viens également de la part de la reine d'Égypte.

Je posai les fleurs de lotus aux pieds de Taouret.

— Je te supplie de la rendre fertile.

— De lui donner un fils, précisa Néfertiti.

— Tu ne peux pas prier toi-même ? protestai-je.

— Non, elle risquerait de ne pas m'écouter !

J'inclinai de nouveau la tête.

— Je t'en prie, Taouret. La reine d'Égypte a besoin d'un fils. Elle a été bénie de trois princesses, et maintenant elle demande que tu lui envoies un prince.

— Et pas à Kya, laissa échapper Néfertiti. S'il te plaît, fais en sorte que Kya n'ait pas un fils.

— Néfertiti ! criai-je.

Elle me regarda sans comprendre.

— Quoi ?

Je secouai la tête.

— Allume l'encens.

Elle s'exécuta et nous restâmes à contempler la déesse hippopotame nimbée de fumée : elle semblait nous regarder avec bienveillance, malgré le vœu méchant de Néfertiti. Je me levai au bout de quelques minutes, suivie par ma sœur.

— Toutes tes prières sont du même genre ? lui demandai-je.

— Que veux-tu dire ?

— Peu importe. Partons.

Le lendemain matin, un messager surgit dans la salle d'audience.

— La grande épouse Kya est souffrante.

Je pâlis en me remémorant la prière de Néfertiti. Mon père m'observait.

— Hier… commençai-je.

Il m'interrompit d'un geste.

— Va chercher ta sœur et Pharaon à l'arène !

Je revins avec Akhenaton et Néfertiti. Celle-ci insista pour savoir ce qui s'était passé, et je ne trouvai rien d'autre à lui répondre que ses prières avaient été exaucées.

La salle d'audience avait été évacuée. Mon père se leva en nous voyant arriver.

— Ce messager apporte des nouvelles pour Pharaon, dit-il.

Le messager s'inclina profondément.

— Ce sont des nouvelles en provenance du palais du Nord, annonça-t-il. La grande épouse Kya est souffrante.

Akhenaton se figea.

— Est-ce grave ?

Le messager baissa les yeux.

— Elle saigne, Altesse.

Akhenaton ne réagit pas. Mon père s'approcha de lui.

— Tu devrais aller la voir, suggéra-t-il.

Akhenaton se tourna vers Néfertiti.

— Va et assure-toi que la grande épouse guérira, dit-elle.

Cette magnanimité parut le surprendre.

— Elle aimerait certainement que tu en fasses autant pour moi, ajouta-t-elle avec un sourire angélique.

J'admirai son habileté ; quand Akhenaton fut parti, je m'inquiétai aussitôt.

— Que se passe-t-il ?

Néfertiti enleva son manteau.

— Taouret a exaucé ma prière, exactement comme tu le lui avais demandé.

Mon père fronça les sourcils.

— Rien n'est encore fait.

— Elle est malade, dit Néfertiti. Elle va certainement perdre l'enfant.

Je la regardai, horrifiée, mais Néfertiti sourit.

— Peux-tu m'apporter un jus de fruits, Moutnedjemet ?

Je restai figée.

— *Quoi ?*

— Va lui chercher du jus de fruits, dit mon père.

Ils devaient vouloir parler sans témoin.

— De la grenade ! cria Néfertiti au moment où je franchissais les portes.

— Que s'est-il passé ? demanda Ipu en se levant. Pourquoi a-t-on renvoyé tout le monde ?

— Allons voir Tiyi à mon ancienne villa. Trouve-moi un char.

Notre trajet se passa dans le silence. À l'arrivée, je constatai que la maison n'avait pas changé : la vaste loggia et les colonnes étaient d'un blanc éblouissant dans le soleil, contrastant avec les bleuets qui poussaient à proximité.

— Elle a planté du thym, observa Ipu.

Une servante vint nous ouvrir et nous introduisit dans cette maison qui avait été la mienne. On avait ajouté des tapisseries dans le hall, ainsi que plusieurs fresques murales montrant des scènes de chasse. *Voilà tout ce qui reste à la reine mère d'Égypte après une vie de règne*. Nous entrâmes dans la loggia et la reine s'avança pour m'embrasser. On lui avait annoncé notre visite.

— Moutnedjemet.

Ses lourds bracelets s'entrechoquèrent ; je remarquai son pectoral en or serti de perles.

— Tu as maigri, remarqua-t-elle en reculant pour m'observer. Mais tu parais plus heureuse.

Je pensai à Nakhtmin.

— C'est vrai. Je suis beaucoup plus heureuse.

Une servante apporta du thé et nous prîmes place sur de gros coussins rembourrés de duvet. Ipu, qui faisait maintenant partie de la famille, fut invitée à rester avec nous, mais elle demeura silencieuse.

— Raconte-moi, dit ma tante d'un ton joyeux.

Elle aurait probablement aimé tout connaître dans le moindre détail de ma vie à Thèbes, de mon jardin, de ma villa. Mais je préférai lui parler de l'accouchement de Néfertiti et de la grossesse de Kya. Puis je lui racontai le festin et la maladie de Kya.

— On dit qu'elle va perdre l'enfant.

Tiyi me regarda d'un air soupçonneux.

— Mon père est incapable de faire tuer un enfant, me hâtai-je d'ajouter.

— Pour la couronne d'Égypte ?

Elle s'enfonça en arrière dans ses coussins.

— Pour la couronne d'Égypte, tout est possible, même le pire. Demande à mon fils.

— Ce serait agir contre Amon, protestai-je. Contre les lois de Maât.

— Crois-tu qu'on ait pris cela en considération quand tu as été empoisonnée ?

Je tressaillis.

— Mais il y a Nebnefer.

— Le pauvre ne voit son père que de temps en temps, quand il peut échapper à la vigilance de Néfertiti. Crois-tu vraiment qu'Akhenaton laissera son fils régner ? Lui qui, mieux que tout autre, sait de quelle traîtrise un fils est capable ?

Nous fûmes interrompues par le héraut de ma tante. L'homme âgé inclina le buste.

— Une lettre de l'ex-général Nakhtmin. À dame Moutnedjemet.

Je regardai Tiyi. Les serviteurs appelaient encore mon mari « général ».

— Pourquoi cette lettre est-elle arrivée ici ? dis-je en essayant de contenir ma joie.

— Un messager a appris où tu te trouvais et il est venu.

Il s'inclina avant de prendre congé. Je me mis à lire sous le regard attentif de ma tante.

— Nos tombes sont terminées. Elles ont été sculptées, et on a commencé à les peindre.

Ma tante me fit signe de continuer.

— Et le jardin ?

Je souris. Elle était devenue une passionnée de jardins. Je parcourus le parchemin pour voir s'il y était fait mention de mes plantes.

— Tout va bien. Le jasmin est en fleur et la vigne porte déjà des grappes alors que nous ne sommes même pas encore en Pachons.

En levant les yeux, je lus sur le visage de Tiyi son regret de ne pas avoir une vraie maison à elle. Il me vint alors une idée.

— Tu devrais quitter Amarna et revenir à Thèbes.

Ma tante resta silencieuse un long moment.

— Je ne quitterai jamais Amarna, répondit-elle. Je ne retournerai à Thèbes que dans mon cercueil.

Je la regardai, atterrée.

Elle se pencha vers moi.

— Ce n'est pas parce que je ne suis plus au palais que j'ai perdu tout pouvoir là-bas, me dit-elle sur le ton de la confidence. Ton père et moi veillons soigneusement à ce que notre influence passe inaperçue.

Elle sourit tristement.

— Panahesi a réussi à retourner Akhenaton contre moi. Mais il ne parviendra jamais à écarter ton père de l'Égypte. Jamais, tant que Néfertiti sera reine.

J'observai Tiyi : où trouvait-elle la force de résister comme elle le faisait ? Comment pouvait-elle rester à Amarna et agir dans l'ombre, tandis que son fils occupait le trône ?

— C'est relativement facile, dit-elle, comme si elle avait entendu ma question. Un jour, tu le comprendras peut-être.

— Où étais-tu ?

Néfertiti traversa la chambre en quelques enjambées.

— Dans ma villa.

— Tu n'as plus de villa, dit-elle d'un ton de défi.

— Je rendais visite à Tiyi.

Ma sœur tituba comme si je l'avais frappée.

— Pendant que j'attendais des nouvelles, tu rendais visite à Tiyi ? Sachant Kya malade, continua-t-elle en haussant la voix, tu m'as abandonnée ?

Je me mis à rire.

— Pardon ? Tu avais besoin d'un soutien pour affronter la terrible nouvelle de la maladie de Kya ? Savoir qu'elle risquait de perdre son enfant ?

Elle resta immobile. Jamais je ne lui avais parlé ainsi.

— Qu'est-ce que c'est ?

Elle regardait le rouleau que je tenais.

— Une lettre.

Elle me l'arracha des mains et se mit à la lire.

— C'est une lettre de mon mari !

Je la lui repris.

Son visage s'assombrit.

— Qui l'a apportée ici ?

— Je n'en sais rien.

— Quand est-elle arrivée ?

— Pendant que tu étais avec père.

Je compris alors subitement ce que ses questions signifiaient.

— Pourquoi ? m'exclamai-je d'une voix tremblante d'indignation. Il en est arrivé d'autres ?

Elle se tut.

— J'en ai reçu d'autres ? criai-je. Tu me les as cachées ? Nakhtmin est mon mari !

— Et moi, je suis ta sœur !

Nous nous défiâmes du regard.

— Je viendrai dîner. Après, je repars pour Thèbes.

Elle s'avança vers moi.

— Tu ne sais même pas ce qui est arrivé à Kya…

— Je m'en doute. Tu l'as dit. Elle a perdu l'enfant.

— Panahesi soupçonnera quelque chose.

— Sans aucun doute. Mais tu devras le surveiller, seule.

— Tu ne peux pas me quitter ! cria-t-elle.

Je me retournai pour lui faire face.

— Pour quelle raison ? Personne d'autre n'oserait ? Tout le monde est trop subjugué par ta beauté ? Au moins cinquante femmes à la cour sont prêtes à te suivre partout. Demande à l'une d'elles de veiller sur toi.

Comme promis, j'assistai au dîner ; Néfertiti en profita pour mettre ma loyauté à l'épreuve en me demandant d'aller lui chercher un certain fruit au fin fond des cuisines. Je me levai alors et demandai à la servante la plus proche d'apporter à ma sœur une assiette de jujube.

— Il y a peut-être du poison ! cria-t-elle. Je veux que ce soit toi qui y ailles !

Je la regardai avec insistance, puis traversai rapidement le grand hall, furieuse. Quand je revins, elle était entourée d'une foule de jeunes femmes. Elle rejeta la tête en arrière et sourit en me voyant apporter le plateau de fruits.

— Merci, Moutny.

Les femmes s'écartèrent pour me laisser passer.

— Tu es la meilleure des sœurs dont on puisse rêver, ajouta Néfertiti. Où sont les musiciens ?

Elle tapa dans ses mains.

— Musique !

Tandis que les jeunes filles regagnaient leurs places, je m'assis à côté de ma mère, au pied de l'estrade. Les serviteurs apportèrent de la gazelle rôtie.

— C'est sa façon de te prouver son amour, constata ma mère.

— En me réduisant en esclavage ?

La musique ne tarda pas à retentir. Néfertiti applaudit l'entrée des danseurs, vêtus de robes de couleurs vives, avec des bracelets ornés de clochettes. Quelques dames observaient la façon dont Néfertiti buvait et tenaient leur tasse comme elle, entre le pouce et l'index.

— Combien de temps dois-je encore rester ? demandai-je.

Ma mère fronça les sourcils.

— Jusqu'à ce que la danse s'achève.

— J'ai appris que tu avais rendu visite à Tiyi, dit mon père.

— Je lui ai raconté ce qui était arrivé à Kya ; elle n'était pas du tout surprise.

Néfertiti regarda dans notre direction et me fit un signe.

— Elle te réclame, dit mon père.

Je me levai : Néfertiti tapota une chaise inoccupée sur l'estrade, qui était réservée aux invités.

— J'espère que tu ne parlais pas à père de Kya, dit-elle d'un ton menaçant.

— Bien sûr que non.

— On ne parle plus de cette affaire.

— Comme de son enfant.

Néfertiti écarquilla les yeux.

— Fais attention à ce qu'Akhenaton ne t'entende pas, prévint-elle.

Akhenaton se retourna alors pour voir de quoi nous parlions. Elle lui sourit.

— Regarde ce festin, dit-elle en se tournant vers moi. Je l'ai fait uniquement pour qu'il ne pense plus à elle.

— Que tu es bonne ! répondis-je.

— Pourquoi es-tu autant fâchée contre moi ? s'énerva-t-elle.

— Parce que tu mets ton *ka* immortel en danger et que tu n'obéis pas aux lois de Maât. Et pour quoi ?

— Pour la couronne d'Égypte, répondit-elle.

— Quel vizir peut encore croire que Kya n'a pas été empoisonnée ?

— Ils se trompent, dit-elle avec assurance. Je ne l'ai pas empoisonnée.

— Alors quelqu'un l'a fait pour toi.

La musique marqua une pause. Néfertiti afficha un grand sourire pour faire croire à Akhenaton que nous parlions de choses banales, entre sœurs. Quand la musique reprit, elle se pencha vers moi.

— Je veux que tu écoutes ce que racontent les suivantes de Kya, dit-elle.

— Pas question. Je retourne à Thèbes. Je t'avais prévenue avant la naissance d'Ankhsenpa-Iten que je partirais.

Je descendis de l'estrade.

— Si tu me quittes, tu ne pourras jamais revenir ! lança-t-elle en se penchant en avant.

Toute la cour tourna alors les yeux vers moi.

— Choisis ! cria-t-elle.

Mon père, assis à la table royale, affichait un visage imperturbable, bien décidé à ne pas prendre parti dans cette querelle, alors que ses deux filles avaient le mauvais goût de se chamailler en public. Je pris une profonde inspiration.

— J'ai fait mon choix en épousant Nakhtmin, répondis-je.

Néfertiti s'enfonça dans son trône.

— Pars, chuchota-t-elle.

Puis elle se mit à hurler.

— Pars, et ne reviens jamais !

Les portes du grand hall se refermèrent derrière moi.

Quand je revins dans ma chambre, Ipu était déjà au courant de ce qui s'était passé.

— Partons, Maîtresse. Nous embarquerons ce soir sur la première barque royale. Les bagages sont prêts.

Mes coffres étaient sur le lit. Mais j'étais encore sous le choc : je venais d'être bannie.

Soudain, ma mère apparut.

— Moutnedjemet, réfléchis, supplia-t-elle.

Mon père se tenait à la porte comme une sentinelle.

— Aÿ, je t'en supplie ! Dis quelque chose à ta fille.

Il ne voulait même pas essayer de me convaincre de rester.

J'allai vers ma mère et pris son visage entre mes mains.

— Ce n'est pas comme si je mourais, maman, je retourne simplement auprès de mon mari, dans ma maison, à ma vie à Thèbes.

— Ta vie est ici !

Elle se tourna vers mon père, qui lui prit la main.

— Respecte son choix. Une de nos filles veut atteindre le soleil, alors que l'autre se contente de profiter de ses rayons dans son jardin. Elles sont différentes, c'est tout.

— Jamais elle ne pourra revenir, gémit ma mère.

— Néfertiti changera d'avis, promit-il. C'est gentil d'être venue, petite chatte.

J'embrassai mon père, puis serrai ma mère dans mes bras pendant que les serviteurs enlevaient les coffres et les posaient en équilibre les uns sur les autres.

— Nous viendrons deux fois par *renpet*, promit mon père. J'en profiterai pour organiser une rencontre avec le roi du Mitanni.

— Si Akhenaton te le permet.

Mon père ne dit rien. Je savais qu'il n'en ferait qu'à sa tête. Puis j'entendis un bruit et me retournai : deux petites filles me regardaient furtivement de derrière les colonnes. Je leur fis signe de venir.

— Tu pars ? demanda l'aînée.

— Oui, Méryt-Aton. Veux-tu m'accompagner au quai pour me dire au revoir ?

Elle acquiesça, puis se mit à pleurer.

— Je veux que tu restes.

J'étais touchée par sa réaction : nous nous connaissions seulement depuis un mois.

— Tu n'as même pas vu tous mes chevaux. Je voulais te les montrer tous.

Je me baissai pour lui embrasser le front.

— Je reviendrai les voir un jour, promis-je.

— Mon temple aussi ? sanglota-t-elle.

— Ton temple aussi, lui dis-je, étonnée de la savoir si gâtée.

Son propre temple à Aton ? Quelle sorte de reine cette petite fille deviendrait-elle si on lui accordait tout ? Comment apprendrait-elle la retenue ou la patience ?

Je descendis avec ma mère vers le quai et, le départ approchant, je me mis à pleurer. Que nous réservait l'avenir ? Je pouvais mourir en accouchant, et ma mère, succomber à l'une des multiples épidémies qui sévissaient près du Nil. Tandis que nous nous tenions les mains, je me reprochai de l'avoir déçue, de ne lui avoir apporté que du chagrin.

— Pardon, lui dis-je. Si j'avais été une meilleure fille, j'aurais épousé un homme selon le vœu de Pharaon et je serais restée près de toi. Je t'aurais donné des petits-enfants à faire sauter sur tes genoux. Au lieu de cela, je n'ai cessé de te causer de la peine.

— Tu as vécu la vie qu'Amon t'avait destinée. Il n'y a rien à regretter.

— Mais tu restes seule, protestai-je.

Elle se pencha vers moi pour que mon père n'entende pas.

— Chaque nuit, je me console en pensant que, de mes deux filles, c'est à toi que l'éternité sourira. Même sans richesses, ni enfants, ni couronne.

Elle m'embrassa sur le front ; mon père, ému, me regarda saluer de la main Amarna, ce joyau que ma famille avait fait sortir du sable. Avec son éclat factice et ses richesses, elle n'était qu'une piètre rivale de Thèbes. En la quittant, j'éprouvai malgré tout un sentiment de perte : c'était ce que ma famille léguerait à la postérité, et plus jamais je ne la reverrais.

21

Thèbes
Le 14 de Pharmouti

Mon mari m'attendait sur le quai quand la barque arriva au port. Il m'emmena à la maison et me fit m'allonger sur le lit. Les murs, d'un blanc terne à notre arrivée, étaient maintenant éclairés par des scènes de rivière et des carreaux en faïence.

— Qui a fait tout cela ? lui demandai-je.

— Un peintre de la ville. Il l'a réalisé en trois jours.

J'admirai son travail. On ne pouvait pas le comparer avec celui de Thoutmès, mais l'ensemble était charmant, les couleurs, subtiles.

— Raconte-moi.

Je lui retraçai la naissance d'Ankhsenpa-Iten, puis l'histoire de Kya et enfin mon bannissement d'Amarna. Il me prit dans ses bras et me serra contre lui.

— Je me demande ce que tu as, petit chat, qui obsède à ce point les gens. J'ai pensé à toi chaque jour en me demandant quel plan concevrait ta sœur pour me faire assassiner, et, une fois débarrassée de moi, te marier à quelqu'un d'autre.

— Nakhtmin ! m'écriai-je.

— Tu es tout pour elle, constata-t-il.

— Et toi, tu es tout pour moi. Néfertiti le sait. Si elle entendait que l'on trame quoi que ce soit contre toi, elle arrêterait la main de Pharaon...

— Elle a tellement de pouvoir ?

— Tu devrais voir les gens dans les rues. Ils feraient n'importe quoi pour elle.

— Et pour lui ?

— Je ne sais pas.

Il me caressa la joue.

Nous passâmes l'après-midi à faire l'amour. Plus tard, Ipu nous apporta un repas composé de figues et d'amandes avec des tranches de poisson, et du pain d'orge frais. Tandis que nous mangions, Nakhtmin me décrivit notre tombe dans les collines de Thèbes et le soin que lui avaient apporté les ouvriers pour qu'elle soit à la fois belle et solide.

— J'ai retrouvé les ouvriers que Pharaon avait renvoyés avant d'aller à Memphis. Ils proposent désormais leurs services aux plus offrants. Pharaon a été stupide de ne pas les emmener.

— Pharaon se montre souvent stupide, dis-je.

La porte s'ouvrit alors en grinçant ; Nakhtmin saisit son couteau. Je me mis à rire.

— Ce n'est que Bastet ! Viens ici, gros minet.

Nakhtmin fronça les sourcils.

— Regarde comme il a grandi !

Je pris Bastet sur mes genoux et il se mit à ronronner, enchanté de l'attention que je lui portais.

— Je m'étonne qu'il ne m'en veuille pas de l'avoir abandonné.

— Il a fait des crises pendant que tu étais loin.

Je regardai Bastet.

— Tu n'as pas été sage, petit minet ?

— Demande à ton fourreau en lin préféré.

— Tu as déchiré mon beau fourreau ?

Les oreilles de Bastet s'aplatirent contre sa tête, comme s'il savait de quoi je parlais.

— Cela m'étonnerait qu'il te comprenne, dit Nakhtmin.

— Il sait parfaitement qu'il a saccagé mon fourreau préféré.

— Peut-être cela t'incitera-t-il à ne plus quitter la maison, dit-il d'un ton taquin.

Nous nous enveloppâmes dans nos couvertures légères, et Bastet se blottit au pied de notre lit. Puis je décrivis Amarna à Nakhtmin, le palais du Nord, l'arène dont la construction avait mobilisé mille hommes. Une fois la nuit tombée, nous allâmes nous asseoir sur le balcon pour regarder la lune se lever sur le Nil. Sur l'autre berge, de vastes demeures brillaient de tous leurs feux, éclairées par des centaines de lampes.

— Comment peut-il penser qu'Amarna sera un jour aussi magnifique que cet endroit ? demandai-je.

Je remerciai Amon d'être en vie, assise à côté de l'homme que j'aimais, sur un balcon dominant la plus belle ville d'Égypte.

Quand je retrouvai mon jardin, le lendemain matin, je pus constater que la mandragore avait été parfaitement arrosée, et les hibiscus, soignés. Ipu elle-même se montra impressionnée par les talents de jardinier dont Nakhtmin avait fait preuve pendant notre absence.

— J'étais certaine que les mauvaises herbes auraient tout envahi, me confia-t-elle.

En nous entendant rire, Nakhtmin voulut connaître la raison de notre hilarité.

— Tes prouesses au jardin, c'est tout ! dis-je.

Je repris tout naturellement le cours de ma vie à Thèbes. Le Nil coulait abondamment, les oiseaux chantaient, les hérons s'accouplaient et Bastet rôdait dans la maison comme s'il était le maître de l'Égypte.

Ipu et moi nous rendîmes au marché afin d'acheter du poisson pour Bastet, et je constatai une nouvelle fois à quel point Thèbes était magnifique. Le rose des collines et le doré des rochers prenaient toute leur intensité dans la lumière matinale. Entre les étals, des femmes âgées disposaient leur marchandise ; elles mâchaient des noix de bétel, bavardaient avec leurs voisines. Le soleil d'hiver se reflétait dans la rivière à l'endroit où des porteurs enlevaient dans de lourds filets les cargaisons des navires marchands. Les hommes nous regardaient avancer à travers la foule : ils me remarquaient d'abord, avec mes bijoux en or et en argent, puis leur regard s'attardait sur Ipu, qui balançait les hanches et souriait à leurs plaisanteries.

Paser, le menuisier, voulut savoir si Pharaon était satisfait de la boîte qu'il lui avait fabriquée dix-sept ans auparavant.

— Elle est toujours bien en vue dans sa chambre, assura Ipu.

Le vieil artisan battit des mains de plaisir.

— Vous entendez cela ? Une œuvre de Paser le menuisier dans le palais du rivage.

Ipu jubilait de son mensonge. Paser se pencha en avant.

— J'aurai pu travailler dans les tombes. Je parie qu'ils m'auraient embauché si j'étais allé à Amarna ; j'aurai pu sculpter un *ouchebti* pour le voyage de Pharaon dans l'Après-Vie.

— Qu'aurait fait ta fille sans toi ? demanda Ipu.

— Elle aurait pu venir aussi, dit-il.

Puis il poussa un profond soupir.

— Hélas, ce sont des rêves de vieillard.

— Pas si vieux que ça, protesta Ipu.

Le menuisier lui adressa un grand sourire.

Nous nous éloignâmes et je rappelai à Ipu que nous étions venues pour le poisson de Bastet.

— Allons jusqu'à l'étal de Rensi, dit-elle. Il a toujours le meilleur poisson.

— C'est pour Bastet. Cela m'étonnerait qu'il fasse la différence.

Ipu me regarda.

— Ce *miaou*, il sait tout.

Elle se dirigea d'un air décidé jusqu'au dernier étal du marché, puis s'arrêta soudain en voyant un jeune homme à la place de Rensi. Il était grand et bien bâti, avec des mains trop fines pour un poissonnier.

— Que puis-je pour vous, dames ?

— Où est Rensi ? demanda Ipu.

— Mon père passe deux mois à Memphis pour affaires. Je tiens son étal jusqu'à son retour.

Ipu mit les mains sur ses hanches.

— Rensi ne m'a jamais dit qu'il avait un fils.

— Et mon père ne m'a jamais dit qu'il avait d'aussi jolies clientes.

Il nous regardait toutes les deux, mais il était clair que son compliment s'adressait à Ipu.

— Nous voulons des perches. Des perches fraîches. Rien qui aurait été pêché il y a deux jours et frotté de thym.

— Crois-tu vraiment que je vendrais du poisson d'hier ?

— Je ne sais pas. Le fils de Rensi a-t-il aussi bonne réputation que son père ?

Il lui tendit un bol en bois rempli de perche déjà préparée.

— Prends ça : tu me diras si ce n'est pas le meilleur poisson de Thèbes.

— Elle ne pourra pas vous le dire, dis-je d'un ton laconique. C'est pour un *miaou*.

Le garçon regarda Ipu comme si elle était folle.

— De la perche pour un chat ? s'indigna-t-il.

Il tendit le bras pour récupérer son poisson.

— Tu l'as vendu, s'exclama Ipu. Trop tard !

— C'est le meilleur poisson de toute la ville !

Il me regarda, espérant trouver une alliée.

— Il est destiné au plus beau *miaou* de Thèbes, promit Ipu.

— Tu ne peux pas donner de la perche à un chat !

— Comment t'appelles-tu ? demanda-t-elle.

Le marchand de poissons fronça les sourcils.

— Djedi.

— Eh bien, Djedi, quand ton père reviendra, dit-elle en glissant le poisson enveloppé sous son bras, ma maîtresse que voilà te recommandera à lui.

Il regarda partir Ipu, bouche bée, puis se tourna vers moi.

— Je l'avais déjà vue. Est-elle toujours aussi impertinente ?

Je souris.

— Toujours.

Une pareille chaleur n'était pas de saison en Pachons ; je me mis à ôter les feuilles fanées et à enrichir la terre avec des coquilles d'œuf. Notre maison se remplit de fleurs de canna et d'hibiscus, en avance de plusieurs mois ; mais quand je me penchai pour cueillir les fleurs de lotus, je pensai à Néfertiti et un immense sentiment de tristesse m'envahit. Dans ma colère, j'avais refusé de lui demander pardon ; j'imaginais maintenant ma mère assise seule dans sa chambre, tandis que mon père se réfugiait dans la bibliothèque pour mandater des espions et écrire des parchemins afin de déterminer l'avance des Hittites au royaume du Mitanni. J'étais assise sur mon balcon quand Ipu s'approcha.

— Tu l'as voulu ainsi, Maîtresse.

J'acquiesçai avec tristesse.

— Je le sais.

— Ce n'est pas la première fois que tu les quittes, observa Ipu, ne comprenant pas ma détresse.

— Jamais de cette façon. À présent, nous sommes séparés à cause de Néfertiti. Ma mère aura beau s'inquiéter, et mon père avoir besoin de moi si elle devient difficile, je ne serai pas là.

Je regardai par le balcon. Tout serait différent si j'avais des enfants, pensai-je. Je serais en train de m'occuper de mon fils ou d'apprendre à ma fille comment cultiver la terre. Jamais je ne prendrais de nourrice. Ils seraient tout à moi. Ils seraient tout pour moi. Et je ne ferais pas de différence entre mes filles. Malheureusement, je n'étais pas celle bénie par Taouret. La déesse avait choisi de sourire à Néfertiti.

— Viens.

Ipu essayait de me distraire.

— Allons au marché regarder les cracheurs de feu.

— En plein soleil ?

— Nous nous mettrons à l'ombre.

Nous nous rendîmes au marché pour la deuxième fois en sept jours, et nous perdîmes dans la foule. Nous n'avions rien à acheter, mais le marchand de poisson d'Ipu réussit à nous trouver. Tout en soufflant pour dégager ses cheveux de ses yeux, il nous tendit deux paquets enveloppés dans du papyrus.

— Pour les plus belles dames d'Égypte, dit-il.

— C'est très aimable.

Ipu regarda les poissons.

— La sœur de la grande épouse royale ne peut pas accepter de nourriture de la part d'étrangers.

Elle lui redonna le poisson et il fit semblant de s'en offenser.

— Qui te dit que je suis un étranger, gente dame ? Je t'ai déjà vue ici deux fois. Et avant que tu ne quittes Thèbes, je t'avais vue une autre fois. Tu ne m'avais peut-être pas remarqué, un homme ordinaire, un célibataire comme moi, mais moi, je t'avais remarquée.

Ipu le regarda, stupéfaite.

Je me mis à rire.

— Tu laisses Ipu sans voix, dis-je. C'est nouveau.

— Ipu, répéta le marchand de poisson d'un air songeur. Celle qui est amicale.

Il lui redonna le poisson.

— Prends-le. Il n'est pas empoisonné.

— Si c'est le cas, je reviendrai de l'au-delà pour me venger.

Djedi éclata de rire.

— Ce ne sera pas nécessaire. Ce soir, je mangerai du poisson provenant de la même pêche. Mais peut-être reviendras-tu demain pour me dire comment tu l'as trouvé ?

Ipu rejeta ses cheveux par-dessus son épaule d'un air provocant et ses perles s'entrechoquèrent.

— Nous verrons.

Au premier virage après le marché, je me tournai vers Ipu.

— On dirait que tu l'intéresses ! m'exclamai-je.

— C'est un simple marchand de poisson, dit-elle d'un ton dédaigneux.

— Pas seulement : regarde ses bagues en or.

— Peut-être est-il pêcheur.

— Avec des bijoux de cette valeur ? Je croyais que tu voulais un mari avec du bien ? Et si c'était celui-là ?

Nous nous arrêtâmes au bas du chemin menant à mon jardin : Ipu devint sérieuse.

— Je t'en supplie, n'en parle à personne, dit-elle.

Je fronçai les sourcils.

— Qui par exemple ?

— Toutes ces femmes qui viennent acheter vos herbes…

Je reculai d'un pas, vexée.

— Je ne me prête jamais aux commérages.

— Je veux prendre mes précautions, Maîtresse. Il pourrait être marié.

— Il a dit…

— Les hommes disent tellement de choses.

Je remarquai une étincelle dans ses yeux.

— Je veux simplement être prudente.

Je n'accompagnai pas Ipu au marché le lendemain ; en la voyant partir, je fis remarquer à Nakhtmin qu'elle était nettement plus élégante que d'habitude.

— Tu crois qu'elle va le voir ? demanda-t-il en me serrant contre lui.

— Évidemment ! Nous avons tout ce qu'il faut comme viande, et aucun besoin de poisson. Pour quelle autre raison irait-elle ?

Je souris : Ipu était enfin amoureuse.

Dès que la nouvelle de mon retour à Thèbes se fut répandue, des femmes réapparurent à ma porte. La majorité des demandes concernaient l'acacia et le miel, mélange que les femmes de Thèbes n'osaient pas réclamer à leurs médecins. Des servantes arrivaient discrètement chez moi, dès l'aube, dans le plus grand anonymat, avec des bourses pleines de deben en échange desquels leurs maîtresses espéraient s'assurer que des rendez-vous galants ou des mariages malheureux ne produiraient pas d'enfant.

Les femmes venaient aussi parfois chercher des remèdes pour guérir des verrues ou cicatriser des plaies dont elles ne voulaient pas dévoiler la cause et que je ne leur demandais d'ailleurs pas de m'expliquer. Une d'entre elles me montra ses bleus.

— As-tu quelque chose susceptible de les dissimuler ? chuchota-t-elle.

Ces bleus enflés sur son bras maigre ne me disaient rien qui vaille. Je traversai la pièce tapissée d'étagères par Nakhtmin, où je rangeais mes bocaux et mes fioles en verre, pour aller consulter mon registre.

— Tu es venue ici il y a six mois chercher de l'acacia et du miel. Maintenant tu veux quelque chose pour couvrir tes bleus ?

Elle acquiesça.

Sans rien dire, je me dirigeai vers l'étagère en cèdre poli où se trouvaient mes huiles.

— Si tu attends un peu, je vais te préparer un mélange d'huile de romarin et de jaune d'ocre. Il faudra que tu en appliques plusieurs couches au pinceau.

Elle s'assit près de ma table pour me regarder écraser la poudre avec le pilon. Sa carnation demandait un jaune cuivré. Quand j'étalai ma préparation sur son bras, je constatai avec fierté que le bleu disparaissait complètement. Elle paya avec un deben de cuivre. Voyant l'or qui ornait son cou, je lui demandai si cette richesse compensait le sort qui lui était réservé.

— Pas toujours, me répondit-elle.

Des servantes arrivèrent tout au long de l'après-midi, certaines que je connaissais, d'autres non. Quand la maison redevint calme, je sortis voir Nakhtmin dans la cour extérieure de notre villa, là où le fleuve projetait des reflets bleu et argent entre les colonnes. Torse nu, il transpirait sous le soleil brûlant. Quand il se retourna, il vit que je l'observais et me sourit.

— Toutes les clientes sont parties ? demanda-t-il.

— Oui, mais je n'ai pas vu Ipu depuis ce matin.

— Peut-être s'est-elle prise d'une passion subite pour le poisson.

J'éprouvai un sentiment étrange le soir où je me retrouvai en train d'aider Ipu à s'habiller pour aller dîner avec Djedi. Celui-ci ne possédait pas un bateau marchand, mais trois. Je la coiffai de ma plus belle perruque, dont chaque tresse était entourée de fils d'or et parfumée de lotus. Elle portait une tunique droite, avec ma cape doublée de fourrure, et aux pieds, mes sandales en papyrus tressé. Quand je la regardai dans le miroir, je pensai à Néfertiti, et à toutes les fois où je l'avais aidée à s'habiller pour un dîner. J'embrassai Ipu et lui souhaitai bonne chance à l'oreille ; puis elle partit. Si elle se marie, je n'aurai plus personne, sauf Nakhtmin, pensai-je égoïstement. Chaque nuit, devant mon petit autel dédié à Taouret, je plaçais de l'huile, mais, à chaque nouvelle lune, le sang arrivait. J'avais vingt ans, et pas d'enfants. Peut-être n'en aurais-je jamais. Et désormais, je n'aurais même plus Ipu.

Brusquement, je rougis, horrifiée de m'apercevoir que je pouvais penser comme Néfertiti.

Ipu avait préparé du pain et du fromage de chèvre dans la cuisine.

— Ipu dîne avec le marchand de poisson, dis-je à Nakhtmin.

Il étudiait un rouleau dans la loggia, absorbé.

— De quoi s'agit-il ? demandai-je en lui apportant une assiette.

— Une pétition de la part des hommes de la ville, dit-il avec gravité.

Il me la tendit. Cela venait des hommes de Thèbes. Je reconnus quelques-uns des noms qui avaient occupé des postes importants avant la mort de l'Ancien. Des vieux amis de mon père, et d'anciens prêtres d'Amon.

— Ils veulent que tu prennes le contrôle d'Amarna ! m'exclamai-je, stupéfaite.

Nakhtmin resta silencieux, le regard fixé au-dessus du balcon en direction du Nil.

— Nous devons le montrer à mon père tout de suite…

— Ton père est au courant.

Je m'assis et l'observai à la lumière qui passait sous les stores en roseau.

— Comment peut-il être au courant ?

— Il sait tout. Il surveille tout. Si des hommes en armes ne sont pas venus ici pour me trancher la gorge, c'est parce qu'il a donné l'ordre qu'on me laisse la vie sauve. Il peut être certain que je ne conduirai pas une armée contre Amarna : il sait que tu vaux plus pour moi que n'importe quelle couronne.

— Mais pourquoi mon père ne fait-il pas arrêter ces hommes ? Ce sont des traîtres !

— Seulement si je les poussais à se révolter. Jusque-là, ils restent des amis. Et si Amarna tombe et qu'Aton se détourne de l'Égypte, auprès de qui ton père pourra-t-il espérer obtenir de l'aide ?

Je compris soudain le sens de ses propos et levai les yeux vers lui.

— Toi. Tu pourrais compter sur la loyauté des partisans de l'Ancien.

Il acquiesça. Tout à coup, j'éprouvai un immense sentiment de respect pour mon père.

— Il se prépare au cas où Akhenaton périrait. Au cas où le peuple se retournerait contre lui. C'est pour cela que mon père t'a laissé m'épouser.

Nakhtmin sourit.

— J'espère que ce n'est pas seulement pour cela. Mais il n'y a aucun besoin de lui envoyer cela.

Il prit le rouleau et le froissa.

— Il sait parfaitement que je ne conduirai pas une révolte.

— Akhenaton, lui, ne le sait pas.

— Amarna est le seul centre d'intérêt d'Akhenaton. Toute l'Égypte pourrait s'écrouler, il suffit à son bonheur qu'Amarna reste debout.

Je sentis la chaleur me monter aux joues.

— Ma sœur ne laisserait jamais…

— Moutnedjemet, dit-il, ta sœur est la fille d'une princesse du Mitanni. Sais-tu qu'aujourd'hui le Mitanni a été attaqué ?

— Les Hittites l'ont envahi ?

— Et l'Égypte n'a rien fait, dit-il d'une voix sourde. L'histoire se souviendra de notre passivité. Si le Mitanni tombe, nous suivrons. S'il résiste, ce royaume ne nous pardonnera jamais notre indifférence, princesse du Mitanni ou pas.

— Néfertiti n'a jamais connu sa mère. Tu ne peux pas lui en vouloir...

— Personne ne l'accuse.

Dans le clair de lune, son visage avait pris un air solennel.

— Les guerres sur lesquelles nous fermons les yeux aujourd'hui risquent de nous aveugler pour l'éternité.

Une brise nocturne agita les rideaux. Il se leva.

— Veux-tu que nous allions nous promener ?

— Non, dis-je doucement, le cœur serré. Vas-y.

Il me prit par le menton.

— Amon veille sur nous. Nous ne nous quitterons jamais, quoi qu'il arrive au Mitanni ou à Amarna.

Il sortit. Dans ma chambre, je cherchai en vain le sommeil. Avec la chaleur, il était préférable de rester sur le balcon pour réfléchir. Quand Ipu revint, je me levai pour savoir comment s'était déroulée sa soirée. À vingt-quatre ans, elle ressemblait à une gamine radieuse. Les soucis me faisaient parfois oublier que nous étions encore jeunes, elle et moi.

— Regarde, gloussa-t-elle.

Elle tendit le bras pour me montrer un bracelet.

— Il me l'a offert. On aurait dit que nous nous connaissions depuis toujours, Maîtresse. Nous avons grandi près du même village, près du même temple d'Isis. Sa grand-mère était prêtresse, comme la mienne.

Je lui fis signe de venir s'asseoir près de moi dans la loggia, et nous bavardâmes jusque tard dans la nuit.

22

Le 14 de Pachons

— Une surprise t'attend sur le quai, chuchota Nakhtmin le lendemain matin, quand j'ouvris les yeux.

Je me redressai aussitôt, clignant des yeux à cause de la lumière.

— Qu'est-ce que c'est ?

— Lève-toi et va voir.

Je repoussai Bastet du lit et allai à la fenêtre ; je poussai un cri de joie en reconnaissant les étendards bleu et or de la barque de mes parents.

— Ipu, appelai-je tout en enfilant une belle robe en lin. Le vizir Aÿ et ma mère sont arrivés. Prépare la maison et sors du bon vin !

Ipu apparut à la porte de ma chambre.

— Qu'est-ce que tu fabriques ? Va chercher le vin ! criai-je.

Elle échangea un sourire complice avec Nakhtmin.

— C'est déjà fait.

Mon mari arborait un sourire de chat satisfait que n'aurait pas renié Bastet.

— Tu étais au courant ?

— Bien sûr, répondit Ipu allégrement. Cela fait plus de dix jours qu'il vous cache cette surprise.

Je reposai la chaîne en or que je m'apprêtais à attacher à mon cou et mes yeux se remplirent de larmes.

— Va ! me dit-il. Ils t'attendent !

Je sortis en courant pour accueillir mes parents, heureuse comme une petite fille. Le visage de ma mère s'illumina en me voyant.

— Moutnedjemet ! s'exclama-t-elle en me prenant dans ses bras. Comme tu as bonne mine !

Elle fit un pas en arrière pour mieux me regarder.

— Tu n'es plus aussi maigre. Et la maison… !

— C'est une belle villa, approuva mon père, qui admira les tuiles en faïence et les collines environnantes.

La maison se reflétait dans le Nil éclaboussé d'or par le soleil levant. Tous les riverains étaient déjà aux fenêtres : ils avaient reconnu le bateau aux couleurs royales et se demandaient qui était arrivé en ville.

— Ipu ! Accroche une feuille de papyrus à la porte disant que je ne recevrai personne aujourd'hui ! criai-je.

Les serviteurs restèrent à bord du bateau tandis que je conduisais mes parents à travers les jardins. Mon père salua Nakhtmin solennellement.

— Dis-moi ce qui se passe à Thèbes, dit-il.

Je n'avais pas besoin de rester à les écouter ; j'étais au courant. Pendant qu'ils discutaient dans la loggia, tout en mangeant de l'oie rôtie et en buvant du vin épicé, ma mère et moi étions assises au jardin. Ma mère regarda le Nil, au pied de la colline, faisant la comparaison de la ville avec Amarna.

— Ici, cela semble plus riche, dit-elle.

— Thèbes est plus ancienne, avec moins de brillant et de précipitation.

— Oui. Tout va vite à Amarna, reconnut-elle.

— Et comment va Néfertiti ?

— Toujours aussi forte.

Toujours ambitieuse.

— Et mes nièces ?

— Les filles d'Isis ne seraient pas plus gâtées. Aucun cheval n'est assez grand, aucun char trop majestueux.

— C'est une mauvaise façon de les élever.

— Néfertiti ne veut rien entendre.

Ma mère baissa la voix, bien que nous fussions seules dans le jardin.

— Tu as appris pour le Mitanni ?

— Oui, dis-je en fermant les yeux. Nous ne leur avons envoyé aucun renfort, je suppose.

— Aucun, murmura-t-elle. C'est la raison de la visite de ton père.

— Il n'est pas venu pour me voir ?

— Si, bien sûr, mais aussi pour parler avec Nakhtmin. C'est un héros aux yeux du peuple, et un précieux allié pour nous. Tu as bien choisi ton mari.

— Alors maintenant il peut nous aider ? demandai-je avec amertume.

Je regrettai aussitôt le ton de ma voix. Ma mère, qui ne savait pas faire semblant, accusa le coup, mais dit néanmoins :

— L'Égypte aura besoin de lui si le règne d'Akhenaton vient à s'écrouler.

— Et par Égypte, tu veux dire notre famille.

Elle posa sa tasse et me prit la main par-dessus la table.

— C'est ton destin, Moutnedjemet. Le chemin vers le trône d'Horus a été tracé longtemps avant ta naissance, avant celle de Néfertiti. C'était le destin de ta grand-mère, et de sa mère à elle, et de sa mère encore avant. Tu peux l'accepter ou bien le laisser te poursuivre jusqu'à ce que tu tombes d'épuisement.

Je pensai à mon père dans la loggia, qui complotait avec Nakhtmin, essayant de le persuader de nous faire revenir à Amarna.

— Néfertiti sera toujours reine, continua ma mère. Mais elle a besoin d'un fils pour s'assurer que Nebnefer ne règne jamais sur l'Égypte.

— Elle n'a que des princesses.

— Il y a encore de l'espoir, dit ma mère d'une voix étrange.

Je me penchai vers elle.

— Ne me dis pas qu'elle est…

Ma mère acquiesça.

— Trois mois après Ankhsenpa-Iten ?

Celui-là serait certainement un garçon ; Nebnefer serait oublié, et notre famille sauvée. Néfertiti était donc enceinte d'un quatrième enfant. *Quatre*.

— Oh, Moutnedjemet, ne pleure pas.

Ma mère me prit dans ses bras et j'enfouis mon visage contre sa poitrine.

— Tu n'es pas déçue, maman ? Tu n'es pas déçue de ne jamais avoir de petits-enfants ?

— Chut…

Elle me caressa les cheveux.

— Peu m'importe que tu aies un enfant ou dix.

— Mais je n'en ai aucun. Et Nakhtmin, ne mérite-t-il pas d'avoir un enfant ?

— C'est aux dieux d'en décider, dit ma mère. Ce n'est pas une question de mérite.

J'essuyai mes larmes. Au même moment, Nakhtmin et mon père sortirent dans le jardin, le visage grave.

— Demain soir, nous allons rencontrer d'anciens prêtres d'Amon, dit mon père.

— Chez moi ? m'exclamai-je.

— Le Mitanni a été incendié, dit Nakhtmin.

Je regardai mon père, horrifiée.

— Dans ce cas, ne devrais-tu pas être à Amarna ? Le roi du Mitanni va demander des soldats. Sûrement maintenant…

— Non. Mieux vaut que je sois ici, en train de prévoir ce qui se passera quand il n'y aura plus d'Amarna.

Je tressaillis.

— Néfertiti est au courant ?

— Elle sait ce qu'elle veut bien savoir, répondit mon père.

La nuit suivante, quand la lune ne fut plus qu'un mince croissant, les serviteurs de mes parents déplacèrent la longue table de la cuisine pour la mettre au milieu de la loggia extérieure. Ipu la couvrit d'une belle nappe en lin et posa dessus notre meilleur vin. Elle alluma le brasero et inséra des bâtonnets de cannelle entre les charbons. J'avais mis ma plus belle perruque et mes boucles d'oreilles les plus élégantes. Nakhtmin alla se poster au pied de notre colline pour attendre les invités. Des hommes, dont j'avais, enfant, entendu prononcer les noms avec le plus grand respect commencèrent à arriver, vêtus de capes avec des capuchons et chaussés de sandales dorées. Leurs têtes chauves brillaient dans la lumière des lampes à huile. Ils s'approchaient de la porte en silence et s'adressaient à Ipu en lui transmettant les salutations respectueuses d'Amon.

— Combien seront-ils ? demandai-je.

— Une cinquantaine, répondit mon père.

— Il y aura des femmes ?

— Huit ou neuf, tout au plus. Ce soir, la plupart de nos invités sont d'anciens prêtres d'Amon. Ce sont des hommes puissants, ajouta-t-il d'un air entendu, qui officient encore dans des sanctuaires cachés.

Leur arrivée se passa sans cérémonie. Quand mon père estima que tous étaient arrivés, il alla lui-même chercher Nakhtmin. Assis sur un coussin, les jambes en tailleur, il prit alors la parole.

— Vous me connaissez tous : je suis le vizir Aÿ. Vous connaissez également l'ex-général Nakhtmin.

Mon mari inclina la tête.

— Voici ma femme.

Ma mère sourit discrètement.

— Et ma fille, dame Moutnedjemet.

Les visages se tournèrent vers moi en silence, s'efforçant de capter mon regard dans la lumière vacillante. Quand j'inclinai la tête, elle me parut lourde et encombrée par la perruque. Je savais qu'en cet instant ils me comparaient à Néfertiti : ma peau sombre avec son teint blanc, mes traits communs avec ses traits délicatement ciselés.

— Nous savons tous que le Mitanni a été envahi, continua mon père. Les Hittites ont traversé l'Euphrate et soumis Halabé, Kish, Nia, Arahati, Apina et Qatna. Personne ici ne peut croire que l'Égypte enverra des soldats au roi Tushratta du Mitanni. Ces villes sont perdues.

Mal à l'aise, les hommes changèrent de position sur leur siège.

— Mais Pharaon s'abrite derrière le traité qu'il a signé avec le roi hittite.

Des voix s'élevèrent dans la loggia.

— Vous avez parlé de rébellion, dit Nakhtmin en s'adressant aux hommes qui regardaient mon père avec inquiétude. Le vizir Aÿ est avec nous. Il veut combattre les Hittites, il veut libérer le général Horemheb, il veut retourner vers le grand dieu Amon… mais l'heure de la révolte n'a pas encore sonné.

Un chœur de protestation retentit, et une dizaine de têtes rasées se levèrent, visiblement en colère.

— Je n'ai aucun désir de devenir pharaon, pas plus que ma femme d'être reine.

— Dans ce cas, donnez le pouvoir au vizir Aÿ, dit un des hommes.

Mon père se leva.

— Ma fille est reine d'Égypte, répondit-il. Le peuple d'Amarna la soutient. Et moi aussi je la soutiens.

— Oui, mais qui soutient Pharaon ? cria un autre homme.

— C'est à nous tous de le faire. C'est lui qui donnera un héritier à l'Égypte. La reine, annonça-t-il, porte à nouveau un enfant.

— Nous devons espérer que ce sera un fils, ajouta Nakhtmin doucement.

— L'espoir ne nous a menés nulle part, lança l'un des hommes, qui portait deux boucles en or à chaque oreille.

On voyait qu'il portait un vêtement bien coupé.

— Du temps de l'Ancien, j'étais grand prêtre à Memphis. Quand l'Ancien embrassa Osiris, j'espérais retrouver mon temple. J'espérais ne pas devoir louer mes services comme scribe pour me nourrir, mais mes espoirs ont été déçus. J'ai la chance d'avoir économisé et d'être un homme frugal. Mais tous les hommes ne peuvent pas en dire autant.

Il fit un grand geste de son bras couvert de bracelets.

— Quel Égyptien aurait pu prédire ce qui est arrivé depuis la mort de l'Ancien ? Une nouvelle religion, une nouvelle capitale. La plupart des hommes ici ont tout perdu. Je te rappelle, vizir, que nous ne manquons pas d'appuis. Nous avons des fils dans l'armée, des filles dans le harem que Pharaon néglige. Nous espérions que ta fille apporterait du bon sens à l'Égypte, mais nous sommes fatigués d'attendre.

Il s'assit.

— Il te faudra cependant attendre, lui dit mon père simplement. Une telle réunion s'apparente à une trahison, continua-t-il en baissant la voix. Envisager de destituer Akhenaton est encore plus dangereux. Renverser un pharaon risque de créer un précédent. La reine d'Égypte veille sur son peuple.

— Oui, mais à Amarna. Qu'en est-il de Thèbes ? demanda l'ancien grand prêtre.

— L'heure de Thèbes viendra, promit mon père.

— Quand ? dit une vieille femme en se levant. Quand j'aurai, moi aussi, embrassé Osiris ? Ce sera alors trop tard.

Elle retrouva son équilibre à l'aide de sa canne d'ébène, et scruta la salle.

— Sais-tu qui je suis ?

Mon père acquiesça respectueusement.

— J'étais la nourrice du prince Thoutmosis. Je m'en suis occupée jusqu'à sa mort. Et personne ici n'ignore ce dont j'ai été témoin ce soir-là.

Un mouvement d'inquiétude parcourut l'assistance.

— Un prince entouré de draps entortillés, continua-t-elle, un oreiller lacéré avec des marques de dents !

Je lançai un regard horrifié à mon père, mais il laissa la vieille femme poursuivre son récit.

— Akhenaton m'a jetée hors du palais de Malgatta dès que son frère a été enterré. Il aurait pu me tuer, mais il devait me juger vieille et inutile. Aujourd'hui, quelle famille voudrait engager la nourrice d'un prince égyptien défunt ?

Elle se rassit et un lourd silence retomba sur la loggia. Je retins mon souffle. La vieille femme venait d'accuser Pharaon de meurtre.

— Nous avons tous commis des actes qui pèseront lourd dans la balance d'Osiris, certains plus que d'autres, reprit Nakhtmin. Nous avons tous été lésés. Nous avons tous lutté pour subsister depuis la mort de l'Ancien, et nous sommes réunis ici pour nous souvenir que le destin est l'œuvre des dieux, et non celle des anciens prêtres d'Amon. Nous devons attendre que la reine mette un prince au monde : le vizir Aÿ le formera pour en faire un soldat digne de l'Égypte.

— Il faudra attendre quinze ans, s'écrièrent quelques-uns des hommes.

— Peut-être, concéda mon père. Sachez seulement que je suis avec vous et que ma fille, la reine

Neferneferou-Aton-Néfertiti, est aussi à vos côtés. Amon ne sera pas perdu éternellement pour l'Égypte.

Il se leva, signifiant que la réunion était terminée.

Nos hôtes encapuchonnés nous saluèrent respectueusement. Quand ils furent partis, je me tournai vers Nakhtmin.

— Crois-tu que cette réunion puisse prévenir une révolte ? murmurai-je.

— Ces hommes ne seront plus aussi pressés d'entrer en guerre contre Pharaon maintenant qu'ils savent qu'Amon n'est pas mort dans le cœur du conseiller le plus proche d'Akhenaton, répondit-il. Au fond, les Égyptiens sont un peuple patient. Le pire est passé. À présent, ils n'ont plus qu'à attendre le changement.

Nakhtmin posa la main sur mon épaule et la serra.

— Ne t'inquiète pas, petit chat. Ton père sait ce qu'il fait. Il voulait apaiser leurs craintes, leur dire que l'avenir n'est pas aussi sombre qu'il en a l'air tant qu'il est là pour y veiller. Et le fait de te voir là, toi, sa deuxième fille, avec un ex-général prêt à combattre les Hittites, leur a transmis un message important.

— Lequel ?

— Que tous les Égyptiens ne sont pas tombés sous le charme d'Amarna. Qu'il y a encore de l'espoir au sein de la famille royale.

Mes parents restèrent avec nous pendant tout Pachons ; quand l'heure de leur départ arriva, je m'efforçai de retenir mes larmes, même si je savais qu'ils ne reviendraient pas de sitôt.

23

1346 av. J.-C.
Peret, saison de germination

Nous apprîmes que Néfertiti venait de s'aliter au cours du premier mois de Peret. Mais, cette fois, je ne reçus pas l'ordre de venir. Si ma sœur mourait en couches, je ne serais pas là pour lui dire au revoir.

Nakhtmin me suivit dans mon atelier. Il s'assit sur le coussin orange destiné à mes clientes et me regarda prendre une boîte d'écorce de cannelle destinée à éloigner les poux et à parfumer la maison, pour une femme qui venait tous les dix jours à la même heure, la fille d'un scribe respecté qui avait les moyens de s'offrir ce genre de luxe en provenance du pays de Punt.

Nakhtmin m'observant toujours, je me retournai.

— Je te vois rarement au travail, dit-il. Je suis toujours dehors.

Sa peau était hâlée en raison des entraînements qu'il faisait avec des soldats locaux et contrastait superbement avec ses cheveux et ses yeux. À mes yeux, il n'existait pas d'homme plus beau. Il se leva et me prit dans ses bras.

— Je suis content que tu ne retournes pas à Amarna, admit-il en m'embrassant dans le cou. Tu me manques trop quand tu es partie.

Alors que nous attendions des nouvelles d'Amarna, ce furent d'autres nouvelles qui nous parvinrent un soir, tandis que nous nous promenions, Nakhtmin et moi, le long du Nil. Nous commentions la vaillance des soldats du Mitanni qui continuaient à se battre contre les Hittites alors que la moitié de leurs villes étaient perdues. Le reflet du soleil couchant scintillait sur l'eau ; un poisson sautait parfois et déchirait le silence de la nuit. Soudain, Ipu arriva en courant vers la rive, vêtue de sa plus belle robe. Elle nous montrait son médius.

— Je vais me marier ! cria-t-elle.

Nakhtmin fut le premier à la féliciter. Il embrassa ma femme de chambre et lui promit d'organiser en son honneur le plus grand festin de tout Thèbes.

Je lui pris la main pour examiner l'anneau : c'était une alliance en or massif qui avait dû coûter au moins trois mois de salaire.

— Quand te l'a-t-il donnée ?

— Cet après-midi !

Ipu avait les joues cramoisies.

— Je suis allée à son étal et il m'a donné un petit bateau qu'il avait façonné lui-même en disant qu'un jour nous naviguerions sur un bateau comme celui-là. Puis il m'a dit de regarder dans la cabine et je l'ai trouvée.

— Oh, Ipu ! Il faut que nous commencions tout de suite à prévoir le festin. Quand déménageras-tu ?

— À la fin de Tybi.

— C'est bientôt, m'exclamai-je.

Elle sourit.

— Je sais, mais je ne te quitte pas.

— Ce n'était pas ma…

— La maison de Djedi n'est pas si loin. Je viendrai chaque matin et repartirai le soir, à l'heure où il rentre de son étal de poissons, promit-elle.

Le mariage d'Ipu se tint le 10 de Tybi, un jour favorable. Ce soir-là, je lui fis revêtir la plus belle robe de Thèbes, je lui maquillai les yeux et lui prêtai un de mes pectoraux en or, incrusté de turquoise. Des boucles en faïence bleue ornaient ses oreilles, et ses cheveux étaient retenus en arrière par une fleur bleue du Nil. Des femmes vinrent lui appliquer du henné sur les mains et la poitrine. Quand Nakhtmin apparut à la porte de notre chambre, il siffla doucement.

— Voilà une mariée digne de rivaliser avec Isis, s'exclama-t-il.

Ipu se regarda dans le grand miroir de bronze poli.

— J'aurais aimé que ma mère puisse me voir, murmura-t-elle avant de poser le miroir et de lever le bras pour faire miroiter ses bijoux.

— Elle serait fière de toi, dis-je en lui prenant la main. Je suis sûre que son *ka* te protège.

Ipu ravala ses larmes.

— Oui, j'en suis sûre.

— Allons maintenant, Djedi t'attend.

Dans la nuit illuminée par les torches, des barques naviguaient sur le Nil. Trois cents personnes regardèrent les bateaux depuis notre cour, avec leurs voiles triangulaires qui formaient comme des papillons blancs dans l'obscurité. Je n'en revenais pas qu'elle connaisse tant de monde. Des lampes éclairaient l'allée menant au jardin, et les gens ne cessèrent d'aller et venir toute la soirée, apportant des cadeaux d'or et d'épices pour les jeunes mariés, embrassant le front d'Ipu et frottant son ventre pour le bénir. J'observai le déroulement de la fête avec des sentiments mélangés, des hauts et des bas, comme la balance d'Anubis.

— Tu aurais voulu avoir un mariage comme celui-ci ? me demanda Nakhtmin au cours de la réception.

Autour de nous, les tables étaient chargées d'oies rôties à l'ail, de fleurs de lotus baignant dans le miel et de bière d'orge. Le vin avait coulé toute la soirée, et des femmes dansaient sur des airs de flûte.

Je souris et lui pris la main. Elle était rugueuse, très différente de celle de mon père, mais j'aimais sa force.

— Je ne t'échangerais pas pour tout l'or de Thèbes.

Ipu et Djedi firent leur apparition, les cheveux couverts de fleurs, le visage radieux.

— Aux hôtes de ce festin ! cria Djedi par-dessus le vacarme.

Une centaine d'invités levèrent leurs coupes à notre santé, puis les musiciens entamèrent un air joyeux.

— Venez danser ! cria Ipu.

Nakhtmin et moi traversâmes la cour jusqu'à l'endroit où hommes et femmes battaient des mains et agitaient des sistres, en regardant les jeunes Nubiennes se plier en arrière et sauter en rythme, leur peau noire comme de l'ébène reflétant la lumière des torches.

De la rive opposée du Nil, on devait remarquer ces torches à la lumière dorée qui scintillaient comme des étoiles dans le ciel indigo ; elles éclairaient la villa appartenant à la sœur de la grande épouse royale. Les célébrations se terminèrent aux petites heures du matin, et des litières arrivèrent pour emporter les invités de marque vers leurs maisons au bord de l'eau. Quand la cour fut vide, je m'aperçus que c'était la première nuit que je passais sans Ipu.

Le lendemain matin, un serviteur arriva en provenance d'Amarna. Il me tendit un rouleau.

— Que contient-il ? demandai-je, trop impatiente pour le lire moi-même.

Je retenais mon souffle.

— La reine a mis au monde la princesse Neferou-Aton, dit le jeune homme. Toutes deux ont survécu.

Une quatrième princesse.

24

Le 7 de Thot

Durant les huit longs mois qui suivirent la naissance de la quatrième fille de Néfertiti, l'Égypte connut une terrible pénurie. Un vent chaud souffla sur la terre aride, qui brûla les récoltes et assécha le Nil, anéantissant toutes les espèces qui y vivaient. Le phénomène commença pendant la saison de Peret. Ce fut d'abord une brise chaude qui se leva pendant la nuit, au lieu de la fraîcheur du désert. Puis la chaleur gagna les zones d'ombre, jusqu'aux endroits les plus reculés, et l'on vit des vieillards descendre au fleuve sous le soleil implacable pour se mettre dans l'eau et s'éclabousser le visage.

Aux puits, les femmes ne se privaient pas de faire des commentaires ; devant les temples, les hommes murmuraient que, Pharaon ayant tourné le dos à Amon-Rê, le grand dieu de la vie avait déchaîné sa colère par une sécheresse qui avait tué la moitié du bétail de notre voisin et contraint les enfants des pêcheurs à mendier dans les rues. Seul Djedi semblait ne pas se plaindre de la famine ; pour lui, le moment était venu de hisser les voiles et d'aller à Punt pour en rapporter des trésors de bien plus grande valeur que n'importe quel poisson, comme l'ébène, la cannelle et l'or vert.

— Ipu n'est pas un marin, criai-je. Elle va mourir à Punt !

Ma réaction fit rire Nakhtmin.

— Djedi est un homme plein de ressources. Il engagera des marins, et des marchands investiront dans son expédition.

— Mais Ipu veut des enfants, protestai-je.

— Elle les aura à Punt.

Cette perspective me laissa sans voix.

— C'est son choix, me rappela-t-il, et tu devrais aller lui dire au revoir ce soir.

Le cœur lourd, je me rendis chez Ipu ; je perdais ma meilleure amie. Ipu ne m'avait pas quittée depuis que j'avais franchi le seuil du palais de Malgatta, et voilà qu'elle partait pour un pays étranger dont elle ne reviendrait peut-être jamais. Sans rien dire, je regardai celle qui était bien plus pour moi qu'une simple femme de chambre empiler des vêtements dans des paniers et envelopper des produits de beauté dans du papyrus.

— Je ne pars pas au bout du monde, protesta Ipu.

— Sais-tu seulement comment on traite les femmes à Punt ? Comment peux-tu savoir que ce n'est pas comme à Babylone ?

— Parce que des Égyptiens s'y sont déjà rendus.

— Des femmes égyptiennes ?

— Oui. À l'époque de pharaon Hatshepsout, Punt était gouverné par une femme.

— C'était à l'époque d'Hatshepsout. Et puis, tu n'as jamais vraiment navigué. Comment peux-tu savoir que tu ne seras pas malade ?

— Je prendrai du gingembre. Je serai prudente. Quand je reviendrai, je t'apporterai des herbes inconnues à Thèbes. J'explorerai les marchés pour toi pendant mon séjour là-bas.

J'acquiesçai, consciente qu'il valait mieux accepter l'inévitable.

— Promets-moi de faire attention à toi, et ne t'avise surtout pas de mettre un enfant au monde sur des briques étrangères sans moi !

Ipu se mit à rire.

Le lendemain matin, elle appareilla avec Djedi, à bord de leur navire bondé de marins et de marchands, pour un pays que nous autres Égyptiens imaginions aussi lointain que le soleil.

— Ce n'est pas aussi loin que tu le crois, me dit mon mari le lendemain, tandis qu'il affûtait ses flèches dans la cour. Elle sera de retour avant Akhet, prédit-il.

— Dans un *renpet* ? Mais que vais-je faire sans elle ?

Je m'assis sur la souche d'un palmier et continuai à m'apitoyer sur mon sort.

Nakhtmin me regarda, avec un petit sourire.

— Je suis certain que nous trouverons à nous occuper pendant qu'Ipu sera au loin.

J'avais l'impression qu'il se réjouissait de ne plus subir le bavardage incessant de ma servante pendant quelque temps.

Chaque mois mon sang revenait avec la lune.

Je fis pousser de la mandragore, j'ajoutai du miel à mon thé, je me rendis chaque matin en ville, au sanctuaire de Taouret, pour lui apporter les meilleures plantes de mon jardin. Je commençais à accepter le fait que je ne donnerais jamais d'enfant à Nakhtmin. Je n'étais plus fertile.

Nakhtmin ne me rejeta pas, comme l'auraient fait beaucoup de maris.

— Les dieux ont décidé que c'est la terre que tu rendrais fertile, se contenta-t-il de dire.

Il me caressa la joue.

— Je t'aimerai tout autant, que tu aies cinq enfants ou que tu n'en aies pas.

Mais je voyais une flamme briller dans ses yeux et cela m'effrayait. C'était seulement pour moi, pour ma famille, qu'il refusait de débarrasser l'Égypte d'un homme indigne d'être pharaon. Il ne mentionna jamais les lettres que lui envoyèrent des soldats de l'armée d'Akhenaton. Il me prenait dans ses bras, me serrait contre lui, me demandait si je voulais aller me promener au bord du fleuve, avant qu'il disparaisse.

— Les prêtresses parlent entre elles dans le sanctuaire, dis-je. Elles pensent que cette sécheresse est la conséquence des actes de Pharaon.

Nakhtmin ouvrit le portail du jardin pour que nous descendions jusqu'à l'eau.

— Il a négligé Amon et tous les autres dieux.

Sur les berges du fleuve, des enfants nus jouaient à la balle en riant sous le regard de leurs parents, qui s'abritaient sous des ombrelles. Les femmes nous saluèrent respectueusement.

— C'est extraordinaire ce que les Égyptiens peuvent tolérer avant de se rebeller, remarqua Nakhtmin.

Il se tourna vers moi dans le soleil couchant.

— Je te dis cela parce que je t'aime, Moutnedjemet, et parce que ton père est un grand homme, obligé de servir un pharaon irascible. Le peuple ne se soumettra pas toujours et je veux m'assurer que tu ne seras pas broyée dans la tourmente. Que tu seras prête. Promets-moi que tu ne prendras pas de décisions imprudentes. Le moment venu, promets-moi que tu prendras tes décisions en fonction de nous deux, et pas seulement de ta famille.

— Nakhtmin, je ne comprends pas de quoi tu parles…

— Tu comprendras. À ce moment-là, je veux que tu te souviennes de cet instant.

Je regardai le Nil au loin ; le soleil se reflétait sur le peu d'eau qui restait dans le lit du fleuve. Nakhtmin attendait ma réponse.

— Je te le promets.

25

1344 av. J.-C.
Akhet, saison de l'inondation

Mon mari ne mentionna plus jamais la promesse que je lui avais faite au bord du fleuve, et, avant même que je m'en rende compte, les saisons de Peret et de Chemou s'étaient écoulées. On annonça alors l'arrivée du bateau de Djedi au port. Je mis ma perruque et ma ceinture en lin la plus gaie.

Nakhtmin haussa les sourcils.

— On dirait que c'est la reine qui arrive.

Nous nous rendîmes au port en char : le bateau était aussi grand et impressionnant que dans mon souvenir. L'odeur de cumin grillé flottait dans l'air, et nous nous frayâmes un chemin à travers les gens agglutinés sur le quai. Beaucoup étaient venus saluer le retour de leurs parents. Plus de cinquante marins étaient partis avec Djedi en ce jour de Thot. À présent, leurs femmes se pressaient les unes contre les autres, avec des bouquets à la main et des fleurs de lotus dans les cheveux. Quand j'aperçus Ipu, je retins une exclamation. Elle était enceinte !

— Maîtresse !

Elle se fraya un chemin à travers la foule.

— Maîtresse !

Elle passa ses bras autour de mon cou, mais j'eus peine à lui rendre la pareille.

— Regarde, dit-elle avec un sourire en me montrant son ventre rond. Il t'a attendue.

— Combien de mois ?

— Presque neuf.

J'avais du mal à le croire. Ipu. Mon Ipu. Enceinte.

Elle se tourna vers Nakhtmin.

— J'ai pensé à toi pendant que j'étais loin. Sur les rives de Punt, les soldats portent des armes qui ne ressemblent en rien à ce qui existe en Égypte. Mon mari t'en a rapporté plusieurs modèles. Il y en a de toutes sortes. En ébène, en cèdre. Même un, dans un métal qu'ils appellent le fer.

Elle posa la main sur son ventre rond : elle paraissait en meilleure forme que jamais.

— Pourquoi ne rentrez-vous pas toutes les deux à la maison ? suggéra Nakhtmin. Je resterai ici pour aider Djedi et vous pourrez parler. Ce n'est pas l'endroit idéal pour une femme dans son neuvième mois.

J'accompagnai Ipu jusqu'à la maison qu'elle avait quittée près d'un an auparavant. En marchant, elle me parla d'un pays où les gens étaient plus noirs de peau que les Égyptiens, mais plus clairs que les Nubiens.

— Ils portent dans les cheveux d'étranges ornements en bronze et en ivoire. Plus la femme est riche, plus elle a de breloques dans les cheveux.

— Et les plantes ?

— Oh, Maîtresse, il y a des plantes comme tu n'en as jamais vu. Djedi en a rapporté un plein coffre pour toi.

J'applaudis des deux mains.

— As-tu demandé aux femmes de là-bas à quoi elles servaient ?

— J'ai presque tout noté, répondit-elle.

Comme nous approchions de sa maison, elle ralentit le pas. Elle regarda avec émerveillement la construction blanche à un étage, avec les fenêtres et les portes entourées de marron.

— J'avais oublié quel plaisir c'était de se retrouver chez soi, dit-elle en se tenant le ventre.

À cet instant, je fus envahie par un étrange sentiment de jalousie.

Un silence profond nous accueillit quand nous ouvrîmes la porte, comparable à celui que j'avais connu dans les tombes à Thèbes. Ipu regarda une à une les statues d'Amon, toujours au même endroit. À part une fine couche de poussière qui s'était déposée sur l'ensemble, rien n'avait changé. Sauf elle.

— Nous devrions remonter ces stores, dis-je enfin, et laisser entrer un peu de lumière.

Je commençai à les enrouler pendant qu'Ipu me regardait. Puis je me retournai.

— Qu'y a-t-il ? lui demandai-je.

Elle s'affala sur un banc, tenant toujours son ventre.

— Je suis si triste que ce soit moi qui aille bientôt sur les briques. Je voulais tellement que tu aies un enfant.

— Ipu, lui dis-je en la prenant dans mes bras, c'est la volonté des dieux. Il y a une raison à tout cela.

— Laquelle ? J'ai prié pour toi pendant que j'étais là-bas... une déesse locale.

— Ipu !

— Cela ne pouvait pas faire de mal, dit-elle avec un ton sérieux que je ne lui connaissais pas.

Tout en continuant à bavarder, nous commençâmes à faire le ménage, à dépoussiérer les tentures murales, à nettoyer le carrelage. Elle me raconta ses aventures sur le Nil. Ils avaient commencé par naviguer en amont jusqu'à Coptos, puis, après avoir laissé le bateau à un marin, ils avaient voyagé en caravane vers l'est, à travers le Wadi-Hammamët. Sur la côte,

Djedi avait acheté trois bateaux pour transporter les marchandises qu'ils avaient l'intention de rapporter ; ils avaient ensuite engagé d'autres marins et s'étaient embarqués pour leur voyage en direction du sud. Elle évoqua le jour où l'un des hommes avait failli se faire tuer par un crocodile quand il était allé nager, et le beuglement des hippopotames qui l'empêchait de dormir.

— Tu n'as jamais eu peur ?

— Djedi était là, ainsi que cinquante marins armés. Sur l'eau, il n'y avait rien à craindre à part les animaux ; au fur et à mesure que nous descendions vers le sud, il y en avait d'étranges... Des serpents longs comme cette pièce, des chats aussi grands que cette table.

— Plus grands que nos statues du temple d'Amon ?

— Beaucoup plus grands.

Elle me décrivit aussi les plantes magnifiques qu'elle avait découvertes et le bois de cannelle qu'ils avaient rapporté par caisses entières.

— Nous allions partout à pied. Il n'y avait pas de litières pour les femmes. Seulement des ânes. Et avec mon gros ventre, il me fut bientôt plus facile de marcher que de chevaucher.

Djedi lui avait permis d'aller sur les marchés étrangers, où des femmes vendaient des cosses de couleur foncée au parfum de gingembre et de citron, utilisées comme ingrédient dans les gâteaux au miel. Ipu avait vu des hommes adultes de la taille d'un enfant et de très grands animaux avec des taches qui mangeaient des feuilles en haut des arbres. Des femmes vendaient des épices sèches, du thé parfumé sur des marchés aux teintes dominantes jaune safran, basilic couleur de terre et rouge vif.

— Comme leurs vêtements.

— Les gens portent du rouge ?

— Seulement les riches, expliqua-t-elle. Ce n'est pas comme en Égypte, où les vêtements sont blancs.

Djedi revint du quai avec Nakhtmin ; des marins les suivaient, portant des malles remplies de marchandises. L'odeur de cèdre emplit la maison. Nous nous installâmes dans la loggia pour admirer les trouvailles exotiques et écouter les histoires de chacune. Certains coffres contenaient des cadeaux pour nous, parmi lesquels une boîte d'ivoire remplie de plantes qu'Ipu avait elle-même trouvées, et une caisse en bois avec des armes pour Nakhtmin. Ipu avait également rapporté une robe indigo à mon intention, et une ceinture incrustée d'ivoire pour Nakhtmin. Le reste était des objets pour la maison, et des bijoux pour l'enfant à venir, qui constituerait son héritage : de l'ivoire et de l'or du pays de Punt.

Nous fîmes un bon repas ce soir-là et veillâmes jusqu'au petit matin. Djedi s'amusa beaucoup à nous raconter encore et encore l'histoire du marin qui, après avoir mangé un plat local, n'avait pas pu quitter son trou dans le sol de la journée, puisque, à Punt, contrairement à l'Égypte, il n'y avait pas de toilettes. Seul le rire de Djedi pouvait faire concurrence à celui d'Ipu. Quand nous repartîmes, moi avec ma boîte de plantes, et Nakhtmin avec ses nouvelles armes, nous avions l'impression qu'ils n'étaient jamais partis.

En Égypte, il y a un proverbe : quand la bonne fortune vous sourit, elle le fait trois fois, une pour chaque œil d'Horus. Sa paupière supérieure, sa paupière inférieure et l'œil lui-même. Le lendemain du retour d'Ipu, enceinte de neuf mois, la sécheresse prit fin. Des pluies torrentielles tombèrent, qui vinrent grossir le Nil et creusèrent des flaques de boue dans nos champs. Le soir, pendant que Nakhtmin dînait près du brasero et que je bavardais avec Ipu, un messager arriva d'Amarna avec un rouleau portant le cachet de ma famille. Djedi, qui lui avait ouvert la porte, me le tendit, intrigué. Je supposai qu'il n'avait jamais vu le cachet d'un vizir ; en l'occurrence, une cire dorée, lourde, sur le papyrus le plus fin du delta. Je l'ouvris aussitôt et le lus à haute voix.

L'enfant à venir est maintenant très lourd pour ta sœur. Les prêtresses d'Aton ont l'espoir que ce seront des jumeaux, ou peut-être un prince. Mais elle est souvent malade et te convoque ici. Nakhtmin sera le bienvenu.

Ipu en eut le souffle coupé.

— Un cinquième enfant ?

Je savais ce qu'elle aurait aimé ajouter : seule une reine bénie des dieux pouvait être aussi fertile. Chaque année, Néfertiti était enceinte, qu'il pleuve ou non. Soudain, les larmes me montèrent aux yeux.

Nakhtmin reposa sa coupe.

— Petit chat, dit-il tendrement.

J'essuyai mes larmes, gênée.

— Il faut que tu viennes, lui dis-je. Mon père n'aurait jamais laissé ma mère écrire une telle lettre s'il pensait qu'il y avait le moindre danger pour toi. Viendras-tu ?

Il n'hésita pas longtemps en voyant mon visage plein d'espoir.

— J'irai, bien sûr. Nous partirons dès qu'Ipu se rendra au pavillon de naissance.

Je répondis aussitôt à ma mère et l'informai que nous partirions après qu'Ipu aurait accouché, pas avant quinze jours.

La réponse qui me parvint cinq jours plus tard était écrite de la main de Néfertiti.

Tu veux attendre la naissance de l'enfant d'Ipu alors que tes neveux, les futurs princes d'Égypte, sont sur le point de naître ? Tous les matins, je suis malade, et la nuit je ne peux pas dormir, mais toi, tu veux rester à Thèbes, sachant que je pourrais être morte en Athyr ?

J'entendais le ton accusateur de sa voix. Si elle mourait, et que je n'étais pas là pour la bénir, mon *ka* ne trouverait jamais le repos. Je continuai ma lecture.

Je sais que tu ne pourras jamais m'abandonner, surtout avec Anubis si proche de ma porte ; j'ai donc envoyé une barque. Dès son arrivée, elle te ramènera en toute hâte à Amarna. Et comme je sais que tu ne viendras pas sans Nakhtmin, lui aussi sera le bienvenu. Vous pourrez loger tous les deux dans les chambres d'invités, près de la salle d'audience.

J'écrasai le rouleau dans ma main.

— Cela recommence. Elle a envoyé une barque. Mais je ne partirai pas. Pas avant que l'enfant d'Ipu ait été béni.

Ipu secoua la tête.

— Cette fois, ta sœur a raison, Maîtresse. Dès que la barque arrivera, vous devrez partir. Si elle porte des jumeaux…

Nakhtmin acquiesça.

— Je n'ai pas besoin de te rappeler comment ma mère est morte, dit-il doucement. Et aucun de mes frères n'a survécu.

Il ne me restait plus qu'à retourner à Amarna, dans la ville dont j'avais été bannie.

— Et si l'accouchement d'Ipu se passe mal ? chuchotai-je.

Nakhtmin se retourna dans le noir. L'effigie de Taouret sculptée dans les colonnes de lit nous contemplait avec bienveillance dans le clair de lune.

— Tu sais ce que disent les médecins, Moutnedjemet.

Il me caressa le front du pouce pour dissiper mes soucis.

— D'après eux, Ipu accouchera dans les sept prochains jours. Mais ils peuvent se tromper.

Je me mordillai la lèvre en pensant à la barque de Néfertiti qui approchait de Thèbes.

— Et si la barque arrive et qu'Ipu n'est pas prête ?

Je restai éveillée, essayant d'imaginer comment retarder la venue de la barque. Néfertiti était à des mois de son accouchement. Elle pouvait attendre. Mais si l'enfant d'Ipu n'arrivait pas avant des jours et des jours…

Mon inquiétude fut de courte durée : le lendemain matin, Ipu se rendit dans le pavillon de naissance que Djedi avait construit à côté de leur maison. Toute la matinée, elle fut en travail. De l'autre côté de la porte sculptée, Nakhtmin réconfortait Djedi, pendant qu'Ipu se cramponnait à ma main et me faisait promettre de m'occuper de l'enfant, fille ou garçon, si elle ne survivait pas.

— Ne sois pas stupide, lui dis-je en dégageant son visage de ses cheveux épais.

Mais elle me le fit jurer. Heureusement, le soir venu, son épreuve était terminée : Djedi était le père d'un beau brin de fils.

— Regarde comme il est lourd ! dis-je en lui tendant le bébé emmailloté.

Ses cris vigoureux résonnèrent à travers la chambre.

— Comment vas-tu l'appeler ?

Ipu regarda les linges maculés de sang ; dehors, Djedi et Nakhtmin se congratulaient.

— Kamoses, dit-elle.

En attendant l'arrivée de la barque de Néfertiti, je passai les jours suivants avec Ipu. Je la regardai donner son bain à Kamoses, le bercer, guetter sa respiration quand il dormait. Je l'enviais. Et, bien qu'il ne fût pas un enfant facile, je sentais un désir monter dans mon ventre quand je le voyais téter le sein d'Ipu, son petit visage rayonnant de contentement.

Le soir, je retrouvais Nakhtmin. Nous nous couchions, et passions les nuits à essayer de concevoir notre propre fils. Au cours de notre dernière nuit à Thèbes, Nakhtmin repoussa les cheveux de mon visage.

— Même si nous n'avons jamais d'enfant, je serai en paix. Mais ce ne sera pas le cas pour toi, petit chat, je m'en rends bien compte.

Je m'efforçai de retenir mes larmes.

— Ne désires-tu pas un fils ?

— Ou une fille. Mais c'est un don des dieux.

— Je rêve parfois qu'un enfant viendra, dis-je.

Je tournai mon visage vers lui, et il essuya mes larmes.

— Tu crois que cela veut dire quelque chose ?

— Les dieux ont toujours une raison pour nous donner un rêve.

La barque arriva le lendemain, mais quitter Thèbes s'avéra encore plus difficile qu'avant. Tandis que nous agitions la main dans leur direction, Ipu et Djedi, restés sur le quai, se passaient Kamoses avec la fierté de nouveaux parents. Ils veilleraient sur notre maison pendant notre absence, s'occuperaient du jardin et nourriraient Bastet. Ipu servirait les femmes qui venaient chercher du miel et de l'acacia. Pendant neuf ans, elle m'avait regardée travailler avec mes plantes et j'avais promis de la payer généreusement.

Debout à la proue du navire, éblouie par le soleil levant, je me demandai combien de temps nous serions partis et dans quelles circonstances nous reviendrions.

Quand nous arrivâmes à Amarna, le soleil chaud de l'automne se couchait. Depuis le pont, je remarquai avec stupéfaction combien la ville avait grandi et comme elle semblait belle. Des litières nous attendaient pour nous transporter jusqu'au palais du rivage. En écartant les bandes de lin qui nous protégeaient du soleil déclinant, je remarquai que chaque nouveau temple ou sanctuaire comportait l'effigie de Néfertiti, que ce soit sur les portes ou sur les murs ; même les sphinx accroupis présentaient les traits de la reine. Elle avait remplacé Isis et Hathor sur tous les lieux publics, et sur les colonnes massives soutenant le palais, on voyait le profil d'Akhenaton à la place d'Amon. Quand les porteurs nous déposèrent après les portes fortifiées, Nakhtmin leva les yeux vers les piliers, puis contempla la ville.

— Ils se sont transformés en dieux.

Je posai mon doigt sur mes lèvres en voyant mon père approcher.

— Moutnedjemet, Nakhtmin.

Il donna une accolade chaleureuse à mon mari. Puis il vint vers moi.

— Cela fait trop longtemps, dit-il en baissant la voix.

— Presque un an depuis Thèbes.

Il sourit.

— Ta mère t'attend dans le pavillon de naissance.

— Néfertiti a déjà été emmenée au pavillon ?

— Elle est malade, dit-il doucement. La grossesse lui pèse beaucoup cette fois.

— À quatre mois ?

— Certains médecins pensent que ce serait plutôt six.

Le palais n'avait pas changé depuis mon départ. Ses colonnes en calcaire blanc s'élançaient toujours jusqu'au ciel, et dans chaque cour les jardins ensoleillés étaient en fleurs. Quelqu'un avait planté du myrte et du jasmin, lequel gagnait sur les jardins d'eau, trempant ses vrilles parfumées dans les bassins.

— Vous logerez ici, dit mon père après avoir traversé le grand hall.

Il désigna les chambres d'invités destinées aux diplomates étrangers et aux messagers.

J'eus un pincement au cœur, mais Nakhtmin acquiesça avec gratitude.

— Venez, dit mon père. Je vous emmène au pavillon.

Je jetai un coup d'œil à Nakhtmin.

— Mais alors…

— Nous sommes à Amarna, dit mon père d'un ton désabusé. Néfertiti permet à tout le monde d'entrer. Hommes, femmes…

Quand nous pénétrâmes dans le pavillon de naissance, un chœur de voix s'éleva tout à coup. Je regardai vers le lit où reposait Néfertiti. Akhenaton était assis, très droit, à son chevet, et regardait Nakhtmin d'un air soupçonneux. Nous fûmes aussitôt cernés par des fillettes rieuses qui voulaient voir leur tante Moutnedjemet et faire la connaissance de leur oncle Nakhtmin. En faisant le compte à rebours, je m'aperçus que Méryt-Aton avait déjà cinq ans. Son sourire me rappelait Néfertiti.

— Maman a dit que tu apporterais des cadeaux, dit-elle en tendant la main.

Nakhtmin haussa les sourcils et ouvrit son sac. Chaque cadeau était enveloppé dans du papyrus ; Ipu les avait étiquetés avant notre départ.

— Qui est Méryt-Aton ? demanda-t-il.

— C'est moi, dit l'aînée des princesses.

Après avoir pris son cadeau, elle présenta sa sœur à Nakhtmin.

— Voici Maket-Aton.

Elle montra une fillette grassouillette avec des cheveux bouclés.

— Nous avons un an de différence seulement. Et voici Ankhsenpa-Iten.

Méryt-Aton désigna une belle petite fille attendant patiemment son cadeau.

— Elle a deux ans. Et voici notre petite sœur, Neferou-Aton.

Le bébé vint vers nous d'un pas chancelant et chacune des petites filles reçut ses cadeaux. Il s'ensuivit un déballage pendant lequel ma mère vint m'embrasser. Puis la voix de Méryt-Aton retentit.

— Je n'ai jamais rien vu de semblable, déclara-t-elle comme si elle avait dix ans de plus. Maman, as-tu déjà vu ça ?

Néfertiti, dont elle s'était approchée, examina l'écritoire en ivoire que Nakhtmin avait sculptée sous la direction du tailleur de pierre qui travaillait pour notre tombe. Le nom des princesses y figurait en hiéroglyphes, et les deux écritoires destinées aux aînées comportaient des pinceaux et un creux pour de l'encre. Ma sœur parcourut de ses doigts les bords lisses et les pinceaux fins, et quand elle leva les yeux vers Nakhtmin pour le remercier, son regard avait changé.

— C'est superbe. Nous n'avons rien de tel au palais.

— Je veux les voir, ordonna Akhenaton.

Les petites filles apportèrent aussitôt les écritoires à leur père, qui les inspecta avec désinvolture.

— Nos ouvriers font mieux.

Nakhtmin baissa la tête respectueusement.

— J'ai travaillé avec un tailleur de pierre de Thèbes.

— C'est ravissant, insista Néfertiti.

Akhenaton se leva, le visage cramoisi.

— Méryt-Aton, Maket-Aton ! Nous allons à l'arène.

— Le général vient aussi ? demanda Méryt-Aton.

Akhenaton hésita sur le seuil de la porte. Il se tourna vers sa fille.

— Qui a dit que cet homme était général ?

— Personne.

Méryt-Aton avait dû percevoir la menace dans sa voix : mieux valait ne pas dire qu'elle avait entendu le vizir Aÿ l'appeler général.

— J'ai remarqué ses muscles et je me suis dit qu'il devait travailler dehors.

Akhenaton plissa les yeux.

— Pourquoi ne serait-il pas pêcheur ou peintre ?

La réponse de Méryt-Aton fut particulièrement remarquable, surtout pour une fillette de cinq ans.

— Notre tante n'aurait jamais épousé un pêcheur, dit-elle.

Tout le monde retint son souffle en attendant la réaction d'Akhenaton : après quelques instants, il se mit à rire et souleva Méryt-Aton dans ses bras.

— Allons à l'arène et je te montrerai comment un guerrier conduit son char. Avec un bouclier !

— Et moi ? cria Ankhsenpa-Iten.

— Tu as seulement deux ans, protesta Méryt-Aton.

— Tu viens aussi, décida Akhenaton.

Quand ils furent partis, mon père se tourna vers Nakhtmin.

— Veux-tu que je te mène à ton appartement ?

— Volontiers, répondit mon mari.

— Nous devrions prévoir plusieurs femmes de chambre pour s'occuper de vous pendant votre séjour.

Ma mère se leva pour les accompagner.

— Vous reviendrez pour le dîner ? demanda Néfertiti d'un ton plaintif.

— Bien sûr, répondit mon père.

J'approchai un tabouret du lit de Néfertiti.

— Ton mari est un bel homme, reconnut ma sœur. Rien d'étonnant à ce que tu préfères être avec lui plutôt qu'avec moi.

— Néfertiti, protestai-je.

— Des sœurs ne peuvent pas rester proches toute leur vie. Merit et moi sommes devenues amies, j'ai fait nommer son père vizir cette année. Il gaspillait ses talents en restant scribe.

Je la cherchai du regard.

— Elle est allée me préparer du jus de fruits. Elle en fait un délicieux, de jujube. Et elle ne veut pas se marier, précisa-t-elle.

Je soupirai.

— Comment te sens-tu ?

— Aussi bien que possible. Certains disent que ce pourrait être un garçon, d'après l'importance de mon ventre.

Ses yeux sombres brillèrent à cette éventualité.

— Mais d'autres disent que ce pourrait être des jumeaux. As-tu entendu dire qu'une femme ait survécu à l'accouchement de jumeaux ?

Je serrai les lèvres pour ne pas avoir à mentir.

— Jamais ? chuchota-t-elle avec effroi.

— Les jumeaux sont rares. Il doit exister des femmes qui y ont survécu.

— Quatre princesses, Moutnedjemet. Je crois que Nekhbet m'a abandonnée.

Sa voix était triste ; c'était la première fois qu'elle me confiait ainsi ses craintes. À qui d'autre pouvait-elle se fier ? Ma mère, qui lui assurerait que tout se passerait bien ? Notre père, qui lui dirait de penser au royaume ? Merit, qui ignorait tout des douleurs de l'accouchement ? Elle me prit la main. À cet instant j'éprouvai une terrible culpabilité de l'avoir laissée seule, en proie à ses peurs et à son ambition.

— Moutnedjemet, si je meurs au cours de cet accouchement, promets-moi de veiller à ce que Méryt-Aton devienne reine. Promets-moi que Kya ne deviendra jamais grande épouse.

— Néfertiti, ne parle pas ainsi…

— Je dois survivre à cet accouchement.

Elle tremblait.

— Je dois survivre pour voir mon fils régner.

Elle me regarda, les yeux pleins d'espoir, mais je ne pouvais rien lui promettre. Seule Nekhbet savait ce qu'il adviendrait. Seule Taouret pouvait le dire.

— Combien de mois reste-t-il ? préférai-je demander.

— Encore trois. Trois mois pour que cela soit terminé.

Jamais elle n'avait paru aussi pressée d'en avoir fini.

— Tu m'aideras, n'est-ce pas ?

— Bien sûr.

— Je pensais que tu m'avais abandonnée, dit-elle, les yeux pleins de larmes.

Elle s'était arrangée pour oublier mon bannissement, le sortir de sa mémoire afin de ne pas éprouver le moindre remords et de se poser en victime.

— Je ne t'ai pas délaissée, Néfertiti. On peut aimer deux personnes en même temps, comme toi tu aimes Méryt-Aton et notre père.

Elle me jeta un regard méfiant.

— Je resterai ici jusqu'à ce que tu accouches de tes fils, promis-je.

26

Peret, saison de germination

Quelques mois plus tard, les douleurs commencèrent à l'aube. Ma sœur n'avait jamais enduré un si long travail. Dans un coin de la pièce, les sages-femmes se regardaient avec inquiétude et discutaient entre elles des avantages de la rhubarbe et de la rue.

— Que disent-elles ? gémit Néfertiti.

— Que tu n'as jamais eu de telles douleurs.

Je mis la main sur son front pendant qu'elle s'agrippait aux bras de son siège d'accouchement.

— Maman ! hurla-t-elle. Où est père ? J'ai tellement mal !

— Poussez ! crièrent les sages-femmes en chœur.

Néfertiti poussa contre le siège rembourré, criant assez fort pour réveiller Anubis, et soudain ils arrivèrent.

Pas un enfant, mais deux.

— Des jumeaux ! crièrent les sages-femmes.

— Que sont-ils ? demanda Néfertiti en faisant un effort pour voir les bébés.

Les sages-femmes avaient l'air mal à l'aise. Puis l'une d'elles s'avança.

— Des filles, Majesté.

Les cris vigoureux des nouveau-nés retentirent. Néfertiti s'effondra dans le siège d'accouchement.

C'était la cinquième fois. Cinq fois pour six filles. Des pleurs et des cris de joie retentirent dans le pavillon. Ma mère tenait l'une des princesses en l'air.

— Ramenez-moi à mon lit, chuchota Néfertiti.

Elle n'était pas plus tôt habillée et recouchée qu'Akhenaton fit irruption dans la chambre de naissance.

— Néfertiti !

Voyant que sa femme était en vie, il chercha les enfants.

— Des jumeaux !

Akhenaton avait l'air triomphant. Mais cette accalmie fut de courte durée.

— Des fils ? se hâta-t-il de demander.

— Non. Deux superbes filles, dit l'aînée des sages-femmes.

Curieusement, cela ne sembla pas entamer sa joie. Akhenaton se précipita au chevet de Néfertiti.

— Quels noms leur donnerons-nous ?

Elle lui sourit, mais je savais que sa déception était amère.

— Setepenre, répondit Néfertiti. Et…

— Neferneferou-Aton.

— Non. Neferneferoure.

Le regard dur de Néfertiti signifiait qu'elle ne nommerait pas ses filles d'après un dieu qui lui avait donné six princesses. Je me demandai si Amon lui aurait donné un prince.

Akhenaton prit la main de ma sœur et l'appuya contre son cœur.

— Neferneferoure, concéda-t-il, nommée d'après la plus belle mère du monde.

Quand mon père apprit la nouvelle, il s'assit devant la chambre de naissance et demanda que l'on lui apporte à boire.

— Six filles, dit-il d'un ton incrédule. Il donne un fils à Kya, et à ta sœur, six filles.

— Il en est très fier.

Mon père leva les yeux.

— Il les aime peut-être plus qu'Aton, mais le peuple pensera le contraire.

Pendant que la nouvelle se répandait à Amarna, je me rendis dans les jardins pour chercher mon mari.

— Tu es au courant ? lui demandai-je en resserrant ma cape autour de mes épaules.

Ma respiration formait de la vapeur dans l'air froid du jardin.

— Il y en a deux ?

— Ce n'est pas tout, dis-je doucement. Ce sont des filles.

— Comment prend-il la nouvelle ? demanda Nakhtmin.

En regardant le bassin aux lotus, je me demandai soudain comment les poissons pouvaient nager par ce froid.

— Akhenaton ou mon père ?

— Ton père. Je me doute de ce qu'Akhenaton doit ressentir. Aucun fils ne risque de lui voler l'amour de Néfertiti. Aucun prince dont il devra se méfier quand il sera vieux. Panahesi a beau penser qu'il tient toutes les cartes, il ne sait pas à quel point Pharaon craint Nebnefer.

— Mais Nebnefer a seulement dix ans…

— Et quand il aura quatorze ou quinze ans ?

Je regardai les poissons monter à la surface de l'eau, à la recherche de nourriture.

— Tu serais jaloux d'un fils ?

— Jaloux ? dit-il en riant. Je ne pourrais pas espérer plus grande bénédiction. Bien sûr, ajouta-t-il, si cela n'arrive jamais…

Je lui pris la main et la serrai doucement.

— Mais si cela arrivait ?

Il me regarda attentivement ; je lui souris. Il se leva d'un bond.

— Tu es...

Il m'arracha au banc et me serra dans ses bras.

— Depuis quand le sais-tu ? Tu en es certaine ? Ce n'est pas... ?

— J'en suis déjà à trois mois. Je ne l'ai dit à personne. Même pas à Ipu. J'ai attendu pour en être sûre.

— Petit chat ! *Un enfant, petit chat.*

J'acquiesçai en riant.

— Pour Pachons.

— Un enfant de la récolte, dit-il d'un air songeur.

Rien n'était de meilleur augure qu'un enfant au temps des moissons. Nous restâmes un moment à nous tenir la main, le regard perdu dans le bassin. L'air ne semblait plus aussi glacial.

— Tu vas le dire à ta sœur ?

— Je le dirai d'abord à ma mère.

— Nous devrions le lui annoncer avant de rentrer à Thèbes. Elle voudra s'arranger pour être là avec toi.

— Si ma sœur ne me demande pas d'accoucher ici, dis-je.

Néfertiti en était parfaitement capable. Nakhtmin me regarda.

— Je refuserai, bien entendu. Mais nous devrions rester encore quelques mois, le temps de calmer Néfertiti.

— Faut-il toujours s'efforcer de calmer Néfertiti ? demanda-t-il.

Je regardai les poissons affamés ; je préférais lui dire la vérité, comme nous l'avions toujours fait dans ma famille.

— Malheureusement, oui.

Nakhtmin vint avec moi annoncer la nouvelle à ma mère. Elle était avec mon père dans le Per-Medjat et se réchauffait auprès du brasero pendant qu'il écrivait une proclamation destinée aux rois des nations étrangères, disant que le pharaon d'Égypte avait été béni par deux nouveaux héritiers.

Dès qu'elle vit le visage réjoui de Nakhtmin, ma mère comprit tout de suite pourquoi nous étions là.

— Aÿ, dit-elle, en se levant.

Surpris, mon père reposa sa plume en roseau.

— Quoi ? Qu'y a-t-il ?

— Je le savais !

Ma mère applaudit bruyamment et vint me prendre dans ses bras.

— Je savais que cela allait arriver !

Nakhtmin adressa un grand sourire à mon père.

— Nous allons avoir un héritier, nous aussi.

Mon père me regarda.

— Tu es enceinte ?

— De trois mois.

Mon père se mit à rire, ce qui était rare, puis il se leva pour me prendre à son tour dans ses bras.

— Ma fille cadette, dit-il en me relevant le menton. Sur le point d'être mère. Je serai grand-père sept fois !

Pendant quelques instants, je fus enfin celle de ses filles qui avait accompli quelque chose de louable. J'allais mettre un enfant au monde. C'était une part de leur chair et de leur sang, une part de nous qui durerait jusqu'à la fin des sables. Nous continuions à nous congratuler, quand la porte s'ouvrit ; Méryt-Aton entra.

— Que se passe-t-il ?

— Tu vas avoir un cousin, lui dis-je.

— Toi, tu es enceinte ? demanda-t-elle avec sa maturité habituelle.

— Parfaitement, Méryt-Aton.

— Tu n'es pas trop vieille ?

Tout le monde se mit à rire, Méryt-Aton rougit.

— Elle n'a que vingt ans, rectifia ma mère. Ta mère en a vingt-deux.

— Mais c'était sa cinquième grossesse, expliqua Méryt-Aton, comme si nous étions tous trop bêtes pour comprendre.

— Certaines femmes mettent plus de temps que d'autres pour concevoir un enfant.

— C'est parce que Nakhtmin est parti ? demanda-t-elle.

Un silence se fit dans la bibliothèque.

— Oui, dit enfin mon père, c'est parce que Nakhtmin est parti.

Méryt-Aton comprit alors qu'elle n'aurait pas dû dire cela et elle vint m'embrasser.

— Vingt ans, ce n'est pas si vieux, dit-elle d'un air docte. Tu vas le dire à ma mère, maintenant ?

— Oui, je vais aller le lui dire tout de suite.

Néfertiti était encore dans le pavillon de naissance. Je m'attendais qu'elle soit furieuse, qu'elle se mette à pleurer ou qu'elle en fasse tout un drame. Un enfant m'éloignerait d'elle. Je n'avais pas prévu sa démonstration de joie.

— À partir de maintenant, tu devras rester à Amarna ! cria-t-elle gaiement.

Évidemment, c'était une joie toute calculée. Ses suivantes me regardaient avec curiosité. Malgré la musique de la lyre, elles entendaient ce que nous nous disions.

— Néfertiti, dis-je brusquement, je rentrerai à la maison pour la naissance.

Ma sœur me jeta un regard blessé.

— Ta maison est ici.

— Si j'avais un fils, crois-tu qu'il serait en sécurité à Amarna ?

— Bien sûr. Si toutefois c'est un fils.

— Je resterai encore deux mois, promis-je.

— Et ensuite ? Tu partiras et tu emmèneras mère avec toi ?

— Ne t'inquiète pas. Mère ne te laissera pas seule. Même pour assister à la naissance de mon premier enfant.

Elle se mit à rire, gênée de s'entendre répondre cela devant autant de personnes.

— Moutny ! Ce n'est pas ce que je veux dire.

Elle s'installa plus confortablement sur les coussins ; elle disparaissait presque au milieu.

— Viens t'asseoir.

À présent, elle veut se réconcilier avec moi.

— Tu savais que demain il y aurait un festin ? demanda-t-elle. Il doit durer trois nuits. Thoutmès va sculpter un nouveau portrait de nous pour mettre dans le temple, pour que Panahesi ne nous oublie pas.

Chaque fois qu'il passerait devant l'autel d'Aton, il aurait sous les yeux Néfertiti portant l'aspic et la couronne, Néfertiti et ses six beaux enfants.

Elle baissa la voix.

— Panahesi est persuadé qu'après mes deux filles je n'aurai pas de fils. Il pense que la couronne d'Égypte ira à Nebnefer. Il se trompe.

— Comment vas-tu faire ?

— Je ne sais pas encore, reconnut-elle. Mais je trouverai un moyen.

Le troisième jour des festivités, Néfertiti claqua la porte de sa chambre, prise d'une fureur incontrôlable. Elle jeta sa brosse contre le mur si violemment que des carreaux se cassèrent.

— Je lui donne deux filles et maintenant il est avec Kya ?

Mon père donna l'ordre à une servante de ramasser les morceaux.

Nous attendîmes que la jeune fille ait terminé, tandis que Néfertiti continuait à fulminer. Une fois la porte refermée, mon père se leva.

— Contrôle-toi un peu, ordonna-t-il.

— Je viens de mettre au monde *deux* enfants, cela ne suffit pas ?

— Tu lui as donné six filles.

— Nous devons une nouvelle fois agir auprès d'elle…

— Certainement pas, dit mon père. C'est trop dangereux pour l'instant.

— Cette fois, Moutny peut le faire !

Mon père la regarda sévèrement.

— Ne mêle pas ta sœur à cela.

J'osais espérer que tout cela n'avait rien à voir avec la perte du deuxième enfant de Kya.

— Laissons cela entre les mains des dieux, dit mon père.

— Elle sera enceinte en moins d'un mois, chuchota ma sœur. Et si c'est un autre prétendant à la couronne ?

La panique la gagnait.

— Un seul peut trouver la mort, mais deux ?

— Alors nous devrons imaginer un autre moyen pour garder le trône. Six filles ou pas.

Sept jours plus tard, le 1er de Phaménoth, deux prêtres arrivèrent dans la salle d'audience.

— Majesté, nos prêtres ont eu une vision importante, annoncèrent-ils devant la cour.

Mon père et Néfertiti se regardèrent. Cette fois, ils n'y étaient pour rien.

Akhenaton se pencha en avant.

— Une vision ? demanda-t-il. Quel genre de vision ?

— Une vision concernant l'avenir de l'Égypte, murmura mystérieusement le vieux prêtre.

Voyant l'empressement avec lequel Panahesi bondit de sa chaise, nous comprîmes qu'il avait manigancé tout cela. Il attendait son heure depuis que Néfertiti s'était servie d'un rêve pour convaincre Akhenaton de le nommer grand prêtre et non trésorier.

— Pourquoi ne m'a-t-on pas parlé de cette vision ? cria-t-il avec emphase.

Le vieux prêtre s'inclina avec un grand geste de la main.

— Cette vision s'est produite ce matin seulement. Deux prêtres ont été bénis par une vision d'Aton.

Je regardai Panahesi, puis le deuxième prêtre, qui avait un gentil visage tout rond. *Pas un, mais deux prêtres*. Panahesi avait bien choisi ses comparses.

— Méfions-nous des faux prophètes, avertit Néfertiti depuis son trône.

Un brouhaha monta de la cour.

— Quelle était cette vision ? poursuivit Akhenaton.

Le plus jeune prêtre s'avança.

— Majesté, nous avons eu une révélation dans le temple d'Aton.

— Où exactement ? demanda Néfertiti d'une voix si dure qu'Akhenaton fronça les sourcils.

— Dans la cour, sous le soleil, Majesté.

De mieux en mieux.

— Nous honorions Aton avec de l'encens quand une lumière brillante apparut devant nous, et nous vîmes…

Le vieux prêtre l'interrompit.

— Nous avons eu une vision… de Nebnefer, ceint du pschent.

Panahesi s'avança avec empressement.

— Nebnefer ? Tu veux dire le fils de Son Altesse ?

— Oui, acquiesça le vieux prêtre.

L'assistance retint son souffle en attendant la réaction d'Akhenaton.

— C'est effectivement une vision très intéressante, dit mon père en haussant les sourcils d'un air entendu. Nebnefer portant la couronne d'Égypte.

— Les visions d'Aton ne mentent jamais, répliqua Panahesi.

— C'est vrai, reconnut mon père, Aton ne ment jamais. Et bien sûr, pas un seul, mais deux prêtres ont eu cette vision.

Panahesi paraissait mal à l'aise dans sa tunique de léopard, furieux de la tournure que prenaient les événements.

— Un fils pour régner sur le trône d'Égypte, continua mon père. Et avec la couronne que portait jadis son père. L'Ancien n'avait-il pas eu une vision semblable ?

La cour commençait à comprendre où il voulait en venir ; Akhenaton pâlit.

— Mais Nebnefer est loyal, ajouta aussitôt mon père. Je suis certain qu'il servira loyalement Son Altesse.

Panahesi n'avait pas prévu cela.

— Bien sûr que Nebnefer est loyal, bégaya-t-il. Cela ne fait aucun doute.

Akhenaton regarda mon père, qui se contenta de hausser les épaules.

— C'est un risque que prennent tous les pharaons avec leurs fils.

Akhenaton le savait mieux que quiconque. J'éprouvai un sentiment de victoire, le même que devait ressentir mon père chaque fois qu'il réussissait à prendre l'avantage sur son adversaire.

Kya devint rouge de fureur.

— Personne ne peut prouver que le prince est déloyal ! hurla-t-elle.

Akhenaton regarda en direction des prêtres.

— Quelle était la suite de la vision ? demanda-t-il.

— Dites-nous ! dit Néfertiti. Y avait-il une effusion de sang ?

Tous les regards se tournèrent vers les prêtres.

— Non, Altesse, répondit le plus jeune. Il n'y avait pas de sang. Pas de trahison. Seulement une grande lumière dorée.

Akhenaton regarda le vieux prêtre pour en avoir la confirmation.

— Oui, reconnut aussitôt le vieil homme. Il n'y avait aucune violence.

Panahesi s'inclina profondément.

— Altesse, je peux faire venir Nebnefer immédiatement. Tu pourras mettre sa loyauté à l'épreuve.

— Non !

Akhenaton regarda ses princesses, assises sur leurs petits trônes.

— Méryt-Aton, viens ici.

La petite fille se leva et alla s'asseoir sur les genoux de son père. La cour attendait.

— Tu te montreras toujours loyale envers ton père, n'est-ce pas ? lui demanda-t-il.

Méryt-Aton acquiesça.

— Apprends-tu aussi à tes sœurs à se conduire loyalement envers leur père ?

Méryt-Aton acquiesça à nouveau. Akhenaton lui sourit avec tendresse.

— La cour a-t-elle entendu ? dit-il d'une voix forte.

Il se leva et reposa Méryt-Aton.

— Les princesses d'Égypte sont loyales, déclara-t-il. Aucune de mes filles n'essaierait de me prendre ma couronne.

Kya jeta à Panahesi un regard désespéré.

— Majesté, commença Panahesi, le prince Nebnefer ne ferait jamais…

— Très bien, déclara Néfertiti, coupant court à la plaidoirie du vizir. Nous avons entendu la vision d'Aton ; cela nous suffit.

Elle renvoya les prêtres d'un geste, et la cour se leva en même temps pour prendre congé.

Kya s'approcha d'Akhenaton.

— Ce n'était qu'une simple vision, se hâta-t-elle de dire. Une lueur et la couronne sur la tête de Nebnefer. J'ai appris à notre fils à être loyal. Comme je le suis envers toi et envers Aton.

Akhenaton lui jeta un regard impitoyable.

— J'espère bien que tu es loyale. Le contraire serait stupide.

27

Amarna
Le 9 de Pachons

Le triomphe de notre père sur Panahesi n'empêcha pas Kya de se retrouver enceinte à la saison des moissons. Panahesi passait partout dans le palais en aboyant ses ordres, comme s'il avait déjà la couronne d'Égypte entre les mains.

On pouvait passer sous silence un fils, mais aucune nation ne pourrait ignorer deux princes, deux prétendants au trône. Si Kya mettait un deuxième fils au monde, son accession au trône deviendrait définitive.

Trop couard pour annoncer lui-même la nouvelle à Néfertiti, Akhenaton en chargea Merit.

— Assure-lui bien qu'aucun enfant ne supplantera jamais Méryt-Aton dans mon cœur. C'est notre fille adorée, l'enfant d'Aton.

Je l'observai pendant qu'il s'éloignait avec ses filles adorées : au moins, il était certain qu'elles ne se retourneraient jamais contre lui, comme un fils, comme lui-même s'était retourné contre son frère et son père. Il ne comprend rien aux femmes s'il est persuadé qu'elles sont incapables de la moindre fourberie, pensai-je.

Merit me regarda, interloquée.

— Comment vais-je le lui annoncer ?

Nous arrivions à la salle d'audience.

— Dis-le-lui simplement. Elle-même l'avait prédit ; ce ne devrait pas être une surprise.

À l'intérieur, Nakhtmin jouait au senet avec ma mère. Sur l'estrade, mon père travaillait avec Néfertiti ; pour une fois, ma sœur n'était pas entourée par les dames de la cour. Elles étaient toutes parties pour l'arène admirer Akhenaton.

— Tu es restée là ? m'étonnai-je.

— Je n'ai pas le temps d'aller à l'arène, dit-elle sèchement. Lui peut y aller quand il veut ; moi, je dois surveiller la construction des murs. Sinon, nous n'aurons aucune défense contre les Hittites, mais Akhenaton n'est pas intéressé par…

Elle s'interrompit et nous regarda d'un œil sévère, Merit et moi.

— Que voulez-vous ?

Je fis un signe de la tête à Merit, et mon père posa les plans sur ses genoux.

— Majesté, commença Merit, ce que j'ai à te dire ne va pas te faire plaisir.

Et elle ajouta, très vite, comme pour s'en débarrasser :

— On dit que Kya est enceinte.

Néfertiti ne réagit pas. Le silence nous parut interminable.

— C'est seulement le deuxième enfant de Kya, Majesté, continua Merit d'une voix hésitante. Tu as six princesses, et Akhenaton m'a demandé de te dire…

Néfertiti se leva en faisant tomber les rouleaux sur le carrelage.

— C'est toi que mon mari a envoyée pour me le dire ? hurla-t-elle.

Mon père se leva et s'approcha d'elle.

— Nous devons agir, dit-il. Qu'il montre à toute l'Égypte que Méryt-Aton est celle qu'il a choisie pour lui transmettre la couronne plutôt que Nebnefer.

— Comment ? demandai-je.

Personne ne me répondit.

— Comment allez-vous faire ?

Une lueur étrange illumina les yeux de Néfertiti.

— Comme cela a toujours été fait.

Akhenaton décréta un durbar en l'honneur de Néfertiti, une fête destinée à célébrer leur règne commun : cette annonce eut pour effet immédiat de la faire passer de l'état de femme jalouse à celui de reine triomphante. Néfertiti ne prononça plus un mot sur Kya. Nakhtmin s'inquiétait du trou qui allait se créer dans les finances en raison du plus grand durbar de l'histoire.

— Viens, Moutny, appela ma sœur joyeusement.

Sa garde-robe contenait plusieurs dizaines de coffres remplis de vêtements colorés. Des rasoirs à manche en bronze étaient éparpillés partout, et des pots de khôl négligemment renversés.

— Quelle perruque devrai-je porter ?

— La moins onéreuse, lui dis-je aussitôt.

Elle ignora ma réponse.

— Alors la courte.

Elle empila les autres perruques pour que Merit les range plus tard.

— Père a envoyé des invitations à tous les rois d'Orient, s'enorgueillit-elle. Quand les princes des plus grandes nations seront rassemblés ici, une annonce sera faite qui inscrira le nom de notre famille dans l'éternité.

— Que veux-tu dire ?

Néfertiti regarda au-dehors et contempla sa ville.

— C'est une surprise.

28

Peret, saison de la germination

Il nous fallut jusqu'à Tybi pour préparer la venue d'une douzaine de nations, avec princes et courtisans, reines de moindre importance et leur cortège, ainsi que des milliers de nobles du Mitanni et de Rhodes. Les soldats travaillèrent de l'aube au crépuscule pour tendre l'arène de tissu doré et pour parachever l'effigie d'Aton sur chaque lieu saint. Il fallait planifier les sept nuits de fête, préparer des chambres pour un millier de dignitaires, se procurer du vin. Le palais fut en effervescence pendant un mois ; mais tandis que chacun pensait que ce premier durbar depuis vingt ans célébrait le règne de Néfertiti et d'Akhenaton, notre famille, elle, connaissait la vérité.

Dans l'embrasure de la porte de Néfertiti, mon père la regardait choisir des sandales.

— Est-ce vrai ? demanda-t-il.

Une rumeur m'était parvenue selon laquelle Akhenaton avait rédigé, seul, une lettre pour le roi des Hittites, Suppiluliuma, conviant notre ennemi à venir admirer la somptuosité d'Amarna.

Mon père entra.

— Est-il vrai que ton mari va accueillir les Hittites ? Des Hittites, continua-t-il avec dédain, au cœur de notre ville ?

Néfertiti se redressa de toute sa hauteur.

— Parfaitement, répondit-elle. Qu'ils voient ce que nous avons construit.

— Et devons-nous aussi les laisser nous apporter la peste ? cria mon père. La mort noire, précisa-t-il. Allons-nous tolérer cela aussi ?

Il lui mit sous les yeux les rouleaux qu'il avait apportés. Elle les déroula d'un geste rageur et parcourut leur contenu.

— La peste est partout dans le nord, lui dit-il.

— Akhenaton le sait.

Elle repoussa les rouleaux.

— C'est encore plus stupide de sa part !

Ils se défièrent du regard.

— Tu sais ce que je suis sur le point de faire, dit Néfertiti.

— Oui. Tu es sur le point de faire entrer la mort dans cette ville.

— Tout le monde doit assister à l'événement. Tout le monde doit comprendre ce qui va se passer. Tous les royaumes orientaux !

Je comprenais la position de mon père : l'orgueil de la famille royale risquait de nous conduire à notre perte.

— Dans ce cas, invite plutôt le roi de Nubie, mais pas les Hittites, continua-t-il. Ne prends pas le risque de faire entrer la peste dans cette ville.

— Quand l'Égypte a-t-elle connu la peste pour la dernière fois ?

— Sous le règne de l'Ancien. Quand des soldats la ramenèrent du nord.

Ma sœur hésita.

— Akhenaton ne changera pas d'avis.

— Tu n'as jamais vu la mort noire, dit mon père en la regardant bien en face. Tu n'as jamais vu les membres du malade noircir, sa peau enfler par endroits et d'énormes pustules noires se former.

Ma sœur recula, mais mon père s'avança encore.

— Nous ignorons de quoi ils sont porteurs. Certaines maladies ne se déclarent qu'au bout de plusieurs jours. Il faut les arrêter.

— C'est trop tard.

— Ce n'est jamais trop tard !

— Il ne changera pas d'avis ! hurla Néfertiti. Les Hittites viendront, et ils disparaîtront dès la fin du durbar.

— Laissant quoi derrière eux ?

Néfertiti sourit d'un air suffisant.

— Leur or.

Mon père se rendit auprès d'Akhenaton, mais, comme Néfertiti l'avait prédit, il ne parvint pas à le faire changer d'avis.

— Pourquoi Aton laisserait-il la peste toucher cette ville ? C'est la cité la plus grandiose de toute l'Égypte.

Mon père alla voir sa sœur, qui lui suggéra de faire une dernière tentative. Ce qui provoqua l'hilarité de Panahesi.

— Personne n'a vu la peste en quinze ans, dit-il d'un ton moqueur.

— Elle sévit dans le nord, insista mon père. Près de Qadesh, des centaines de marins sont morts.

— Qu'y a-t-il, vizir ? Crains-tu que les Hittites ne voient combien cette ville est sans défense ? Qu'ils ne voient que Pharaon a besoin d'un fils courageux pour conduire ses hommes à la bataille ? C'est seulement une question de temps pour que Nebnefer soit proclamé héritier.

— Tu connais mal Akhenaton, dit mon père.

Peut-être était-ce cela, le grand secret de Néfertiti. Méryt-Aton serait déclarée héritière au début du durbar.

— Si c'est ta seule raison pour laisser les Hittites entrer dans Amarna, tu es encore plus stupide que je ne le croyais.

Ils arrivèrent de toutes les régions du désert : Nubiens, Assyriens, Babyloniens, Grecs. Les femmes originaires des contrées les plus reculées gardaient un voile sur leur visage alors que nous ne portions presque rien, sinon du henné sur nos poitrines et nos chevilles et des perruques perlées qui faisaient de la musique quand le vent chaud soufflait de l'ouest.

Les servantes papillonnaient autour de ma sœur, apportant une dernière touche à son maquillage, mettant sa couronne en place. Thoutmès, habitué à cette agitation et à ces soins attentifs, esquissa son portrait sur du papyrus pendant que Merit s'occupait d'elle.

— Tu ne veux pas me dire quelle est la surprise ? demandai-je. Tu es de nouveau enceinte ?

— Bien sûr que non. C'est encore plus important qu'un fils pour l'Égypte. Il s'agit de l'Égypte, dit-elle d'un ton rassurant.

Thoutmès lui adressa un sourire complice ; je me tournai vers le sculpteur d'un air soupçonneux.

— Tu sais ?

Je regardai de nouveau Néfertiti.

— Tu l'as dit à Thoutmès, et pas à ta propre sœur ?

— Thoutmès est obligé de le savoir.

Elle releva le menton.

— Il doit tout saisir dans le moindre détail.

Les trompettes retentirent alors, et Merit recula. Néfertiti était parée des joyaux les plus précieux d'Égypte. Même sa fille, qui avait hérité de sa beauté et personnalisait l'avenir du pays, ne pouvait rivaliser avec elle. Méryt-Aton s'avança vers sa mère.

— Est-ce que ce sera une bonne surprise, maman ?

— Cela concerne ton héritage aussi bien que le mien, promit-elle.

Elle prit sa fille par le bras et m'invita à les suivre. Derrière nous venaient Maket-Aton et sa sœur de cinq ans, Ankhsenpa-Iten.

— Où est Pharaon ?

— À la fenêtre des apparitions, répondit-elle.

De la cour intérieure du palais, on entendait déjà les acclamations ; quand nous arrivâmes à la fenêtre, mes parents discutaient âprement avec Akhenaton. Je retins mon souffle. En dessous de nous, deux cents autels avaient été érigés et décorés de myrrhe. Des milliers de prêtres étaient rassemblés autour, et sur chaque dalle sacrificielle un taureau était abattu et offert à Aton ; deux cents sacrifices, destinés à montrer l'ampleur de la richesse et la somptuosité du palais d'Amarna. Aucune dépense n'avait été épargnée pour ce durbar qui resterait dans l'histoire. Au cou des femmes nobles et aux chevilles des scribes brillaient cornaline, lapis et sanidine. Abrité sous des stores et des auvents, le peuple buvait, festoyait, levant parfois les yeux dans l'espoir de voir le dieu vivant qui lui avait offert ce spectacle. Les prêtres étaient recouverts d'or, des chevilles jusqu'à leur pectoral étincelant, et devant eux, sur l'autel le plus haut, se tenait Panahesi.

— Impressionnée ? demanda Akhenaton à côté de moi.

Je trouvai curieux qu'il me demande mon avis. Je regardai à nouveau la foule, et écoutai le brouhaha produit par les rires, la musique des harpes et le chant des hommes en hommage à Aton. Des odeurs de viande de taureau et de myrrhe montaient jusqu'au palais ; le vent était chargé de relents de bière.

— L'histoire s'en souviendra à tout jamais, répondis-je.

— Oui, à tout jamais.

Puis Akhenaton prit la main de Néfertiti et se montra à la fenêtre.

— Ce durbar est donné en l'honneur des plus grands pharaons d'Égypte, déclara-t-il.

Le peuple l'acclama.

— Pharaon Akhenaton et pharaon Neferneferou-Aton-Néfertiti !

— Qu'est-ce que ça veut dire ? demanda Méryt-Aton.

Néfertiti et Akhenaton se tenaient toujours à la fenêtre ; le peuple poussa un cri à assourdir les dieux.

— Qu'est-ce que ça veut dire ? répéta Méryt-Aton.

— Cela veut dire, lui répondit mon mari à ma place, que ta mère va devenir pharaon et corégente d'Égypte.

— Où est Tiyi ?

Je la cherchai dans la salle.

— Avec les émissaires du Mitanni, dit mon père.

— Et Panahesi ? demanda Nakhtmin.

D'un mouvement du menton, mon père lui désigna un homme, écarlate sous le coup de la colère. Panahesi cherchait en vain une issue pour sortir de la cour encombrée de prêtres et de milliers de dignitaires. Puis il leva les yeux vers la fenêtre des apparitions et aperçut le tableau parfait que formait notre famille.

Je m'écartai. À côté de moi, Nakhtmin secouait la tête, le regard brillant, essayant d'imaginer ce que cela impliquerait. Je l'avais déjà compris : plus personne, ni Kya, ni Nebnefer, ni Panahesi, ne pourrait désormais menacer notre famille.

— Moutnedjemet ! Méryt-Aton ! Venez, appela Néfertiti.

Nous nous avançâmes.

— Où est Nakhtmin ? demanda Akhenaton.

Il repéra mon mari au fond de la pièce.

— Toi aussi.

Mon père s'avança rapidement.

— De quoi as-tu besoin, Majesté ?

— L'ex-général doit se tenir à mes côtés. Le peuple verra ainsi que même Nakhtmin s'incline devant les pharaons d'Égypte.

Mon cœur battit plus vite, sachant que Nakhtmin allait refuser. Nos regards se croisèrent, puis mon père s'approcha de lui, posa la main sur son bras et lui chuchota quelque chose à l'oreille.

En voyant Nakhtmin à la fenêtre des apparitions, tous les hommes qui étaient en bas, soldats et roturiers dans un même élan, poussèrent un tel cri qu'Akhenaton lui-même recula comme s'il avait reçu un coup.

— Prends ma main ! cria Akhenaton. Comme cela, ils m'aimeront autant que toi.

Il leva le bras de Nakhtmin avec le sien, et, à cet instant, on aurait cru que le pays tout entier criait « Akhen-aton ». Nakhtmin était à sa gauche. Néfertiti à sa droite. Il se tourna alors vers sa reine-pharaon.

— Le pharaon Neferneferou-Aton-Néfertiti !

Les acclamations devinrent assourdissantes quand Néfertiti leva la crosse et le fléau, symboles de la royauté.

— Nous vous souhaitons la bienvenue au plus grand durbar de l'histoire, s'écria Néfertiti.

— Tous les soldats vont croire que tu t'es converti à Aton ! chuchotai-je à mon mari pendant la procession au temple.

— Pas du tout.

Il se serra contre moi.

— Ce ne sont pas des imbéciles. Ils savent parfaitement que je suis un fidèle d'Amon et que je suis aux côtés de Pharaon à cause de toi.

Les hommes défilaient avec leurs pagnes de soldats et leurs ceintures militaires.

— Ils savent aussi que c'est à cause de moi que tu n'es plus général.

— Horemheb est en prison ; j'y serais aussi si tu ne m'avais pas aimé.

Nous nous arrêtâmes dans une cour bondée de chariots étincelant d'électrum, de turquoise et de cuivre. Panahesi s'avança pour emmener Néfertiti vers le destin qu'elle s'était elle-même tracé. Ses lèvres esquissaient un sourire, comme si l'ascension de Néfertiti, plutôt que celle de son petit-fils, comblait ses vœux.

— Il devra se rallier à elle ou bien comploter contre deux pharaons, dit mon mari.

— Atteler son char au sien, aux dépens de sa fille, et de son petit-fils ?

Nakhtmin ouvrit les mains.

— Quelle importance…

Les chars nous emportèrent à travers l'esplanade des festivités jusqu'au temple, avec ses statues de Néfertiti et d'Akhenaton. Au son des trompettes, notre route s'ouvrit jusqu'aux portes.

— Tu as l'air triste, dit Néfertiti dans un rire mélodieux tandis qu'elle descendait de son char. Qu'est-ce qui ne va pas, Moutnedjemet ? Jamais nous ne vivrons une journée plus grandiose. Nous sommes devenus immortels.

Non. Nous vivons dans le mensonge. Les prêtres allaient l'entraîner vers le sanctuaire du temple pour la ceindre du pschent.

— Ces gens sont heureux parce qu'on leur a distribué du pain et du vin, dis-je à voix haute. Des Hittites sont entrés dans la capitale, Néfertiti. Comment savoir s'ils n'ont pas apporté la peste ?

Ma sœur tourna vers Nakhtmin un regard incrédule.

— Pourquoi veux-tu me gâcher mon triomphe ?

— Préfères-tu que je te mente, comme tout le monde le fera quand tu seras pharaon ?

Néfertiti resta silencieuse.

— Surtout, ne les touche pas, lui recommandai-je. Ne les laisse pas embrasser ta bague.

— Toucher qui ?

Akhenaton avait surgi derrière Nakhtmin.

— Les émissaires hittites, lui dit Néfertiti. Ne les laisse pas embrasser ta bague.

Akhenaton sourit avec mépris.

— Ils voudront plutôt m'embrasser les pieds quand ils verront ce que j'ai bâti.

Pendant tout le durbar, Akhenaton ne refusa rien à Néfertiti. Elle était sa grande épouse, son premier conseiller, son alliée dans ses projets, et maintenant pharaon. Et, pour que le monde ne puisse jamais l'oublier, nous nous rendîmes en bordure d'Amarna, où il fit ériger un pilier en l'honneur de son règne. Devant les émissaires de l'est, il ordonna à Maya de lire l'inscription qu'il avait composée pour sa femme, la reine-pharaon d'Égypte.

À l'Héritière, Grande Dame du Palais, Belle de Visage
Ornée des Doubles Plumes, Maîtresse du Bonheur,
Dotée d'immenses qualités, à la voix de qui se réjouit Pharaon,
La grande épouse du Roi, sa bien-aimée, la Dame des deux Pays,
Et maintenant Pharaon Neferneferou-Aton-Néfertiti,
Puisse-t-elle vivre pour Toujours.

Aucun pharaon n'avait jamais accordé à une femme la crosse et le fléau. Quand Néfertiti se présenta devant la foule pour la bénir, les gens se bousculèrent pour la voir.

— Ils m'aiment, s'exclama-t-elle au deuxième jour du durbar. Ils m'aiment encore plus que quand j'étais reine !

— Maintenant, tu exerces un plus grand pouvoir sur eux, lui dis-je.

— Je veux que le peuple se souvienne de ce moment à jamais.

Dans la lumière tamisée de sa garde-robe, sa peau avait pris une couleur de bronze doré.

— Moutny, va chercher Thoutmès. Je veux être sculptée exactement comme je suis maintenant.

Je traversai le palais en direction de l'atelier de l'artiste. Le durbar devait durer six jours et sept nuits, mais on voyait déjà des hommes saouls dans les rues et des femmes de dignitaires qui titubaient en rejoignant leur litière, puant l'huile parfumée et le vin. Thoutmès prenait du bon temps dans son atelier, entouré d'un groupe de jeunes filles et de beaux garçons. Ses yeux s'illuminèrent quand il me vit.

— Une sculpture ? dit-il, légèrement essoufflé. Je suis prêt dans un instant. Quand je l'ai vue au temple avec la crosse et le fléau, le cobra dressé sur sa couronne, je me suis douté qu'elle m'appellerait. Aucune reine n'a jamais porté cette couronne avec autant de grâce.

Puis il fit un grand geste.

— Tout le monde dehors !

Des femmes en pagnes perlés firent la moue et sortirent, leur coupe de vin à la main.

— Pourquoi les femmes t'aiment-elles autant ? demandai-je à Thoutmès quand nous fûmes seuls.

Il réfléchit un instant.

— Parce que je peux les immortaliser. Avec un bon modèle, je peux représenter Isis. Ainsi, quand les vents du temps l'auront effacée de la mémoire des hommes, son visage les contemplera toujours du haut des temples.

Je repensai aux propos de Thoutmès en allant chercher Néfertiti. Elle s'était changée, et je me demandai si l'histoire se souviendrait d'elle dans cette robe de lin si fine qu'elle en était transparente, avec de l'or massif et de la faïence brillant à ses poignets, ses chevilles, ses oreilles et ses orteils.

Nous traversâmes ensemble le palais, comme nous l'avions fait des années auparavant à Thèbes, la nuit où elle était allée rejoindre Akhenaton. La foule s'amusait et dansait dans les cours, mais, à l'intérieur du palais, tout n'était que silence et fraîcheur.

Dans l'atelier de Thoutmès, des coussins avaient été disposés pour Néfertiti, et un fauteuil à mon intention. Thoutmès s'inclina devant Néfertiti.

— Pharaon Neferneferou-Aton-Néfertiti.

Ma sœur sourit en entendant son nouveau nom.

— Je veux un buste, allant de mon pectoral à ma couronne, lui dit-elle. Avec le cobra.

Thoutmès inclina la tête d'un air approbateur et s'approcha pour examiner les rubis qui faisaient briller les yeux du serpent. Néfertiti s'installa sur les coussins.

— Je ferai le buste en calcaire, annonça-t-il.

Je me levai pour partir.

— Ne t'en va pas ! cria Néfertiti. Je veux que tu restes pour voir le travail de Thoutmès. Ensuite, nous irons au festin.

L'après-midi se passa ainsi. Malgré toutes les images que je gardais du durbar, mon souvenir le plus fort reste celui de Néfertiti penchée en avant sur son océan de coussins, ses yeux noirs comme des lacs d'obsidienne, avec les derniers rayons du soleil se reflétant dans le corail et les turquoises de son pectoral en or. Son visage était étonnamment paisible : elle était enfin certaine de ne jamais être abandonnée, sûre que, de par la crosse et le fléau de Pharaon, son souvenir passerait à la postérité.

29

Sixième jour du durbar

Le dieu à tête de chacal descendit sur l'Égypte alors que l'on dansait encore dans les rues et que des milliers de dignitaires étaient rassemblés dans le palais. Il se glissa d'abord la nuit par les ruelles, happant au passage des ouvriers dans la tombe de Pharaon, puis, gagnant en audace, il investit en plein jour le quartier des boulangers. Quand la panique eut enfin gagné le palais, plus personne à Amarna ne pouvait nier l'évidence.

Anubis était arrivé, la mort noire dans ses mâchoires.

Au sixième jour du durbar, mon père se rendit à la salle d'audience pour informer Pharaon. Les gens dansaient dans les cours surplombant la rivière.

— Majesté, dit mon père.

Voyant son air grave, Néfertiti cessa aussitôt de rire.

— Approche-toi, dit Akhenaton. De quoi s'agit-il, vizir ?

— On me rapporte que la peste sévit dans le quartier des ouvriers.

— Impossible ! dit-il avec agacement. Nous avons sacrifié deux cents taureaux à Aton.

— Onze ouvriers travaillant dans les tombes sont également morts.

Plusieurs dignitaires s'éloignèrent de l'estrade.

— Ce doit être les Hittites, murmura Néfertiti.

— Je suggère, Majesté, que vous vous mettiez en quarantaine dans le palais du Nord.

— Dans le palais d'une deuxième épouse ? s'écria Néfertiti.

— Non, nous restons ici, déclara Akhenaton avec fermeté.

Il parcourut la salle du regard. La perspective de la peste avait paralysé la cour. La musique jouait toujours dans les salles adjacentes, mais tout le monde se taisait.

— Majesté, intervint mon père, demande-toi s'il est bien sage de rester dans ce palais. Les Hittites devraient au moins être mis en quarantaine. Les gens venant du nord devraient être renvoyés…

— Personne ne sera renvoyé ! tonna Pharaon. Le durbar n'est pas terminé.

Entre-temps, les musiciens s'étaient arrêtés. Akhenaton se tourna vers eux.

— Continuez à jouer, ordonna-t-il.

Ils entamèrent immédiatement un air ; Panahesi s'approcha en hâte de l'estrade.

— Nous pourrions faire une offrande dans le temple, suggéra-t-il.

Akhenaton lui sourit, ignorant mon père.

— Très bien. Aton protégera cette ville.

— Fais au moins fermer les portes de la cité, implora mon père. Personne ne devrait entrer ni sortir.

— C'est vrai, nous devons fermer les portes, reconnut Néfertiti.

— Pour que nos invités croient qu'il y a la peste ?

— Ils le sauront tôt ou tard, dit mon père calmement. Le quartier des boulangers est également contaminé.

Soudain, les dignitaires se mirent à parler tous ensemble. Une vague de courtisans se pressa contre l'estrade pour savoir ce qu'il fallait faire et où aller. Akhenaton se leva de son trône, et mon père nous rassembla autour de lui, Tiyi, ma mère, Néfertiti et moi.

— Chacun doit regagner ses appartements, ordonna-t-il à la cour. Rentrez dans vos chambres et n'en sortez plus.

— C'est moi qui suis pharaon, et je dis que personne ne doit retourner à sa chambre !

— Suivez les recommandations du vizir ! s'écria Néfertiti.

Nous nous dirigeâmes rapidement vers les appartements royaux. Mais juste avant d'arriver, Akhenaton s'arrêta, refusant d'aller plus loin.

— Nous devons nous préparer pour ce soir.

La colère s'empara de Néfertiti, visiblement terrorisée.

— La peste est dans nos murs et tu veux préparer un festin ? Comment savoir qui sera atteint ? L'épidémie pourrait gagner tout Amarna !

— Voulons-nous que nos ennemis constatent notre faiblesse ? protesta Akhenaton. Que des problèmes viennent troubler notre célébration ?

Elle ne répondit pas.

— Dans ce cas, je préparerai le festin moi-même, et personne n'oubliera qu'il est venu ici pour la gloire d'Aton. C'est de cela que l'histoire se souviendra.

Néfertiti le regarda disparaître dans le grand hall. Ma sœur leva son regard vers les sculptures qui la représentaient, elle et sa famille, et ses yeux se remplirent de larmes.

— Ce devait être tellement magnifique.

— Tu as invité les Hittites sachant qu'ils étaient contaminés, répondis-je.

— Comment pouvais-je faire autrement ?

— Tu le voulais aussi.

Elle secoua la tête, sans que je sache si elle m'approuvait ou non.

— Le peuple nous rendra responsables, dit-elle en arrivant à ses appartements. Les gens blâmeront notre dévotion à Aton.

Elle ferma les yeux, imaginant déjà comment le drame allait se dérouler dans les rues d'Amarna et dans tout le royaume.

— Et si l'épidémie gagne le palais ? demanda-t-elle. Et si elle détruit tout ce que nous avons bâti ?

Ipu m'avait dit un jour que son père avait mis de la menthe pour empêcher les rats d'entrer dans la cave et qu'ainsi aucun de ses ouvriers n'était mort de la peste.

— Mets de la menthe et de la rue, lui dis-je. Mets-en autour de ton cou, suspends-en au-dessus de chaque porte.

— Tu devrais partir, Moutnedjemet. Tu es enceinte, dit Néfertiti en retenant ses larmes. Tu souhaitais tellement avoir un enfant...

— Nous ne sommes même pas sûrs que ce soit vraiment la peste.

Mon père me jeta un long regard avant d'entrer dans les appartements royaux.

— Cela ne fait aucun doute : c'est bien la peste.

Le festin eut pourtant lieu. Dans la nuit, au son des harpes et à la lumière des bougies de lotus, une centaine de danseurs vêtus d'or et d'argent se mirent à tournoyer. La tension était palpable parmi les invités, mais, sous les colonnes du grand hall d'Amarna, personne n'osa mentionner la peste. Un parfum de fleur d'oranger embaumait l'air entre les piliers ; dans la cour, les invités riaient à gorge déployée pour se rassurer. Nakhtmin m'apporta une assiette garnie de viandes de choix, que nous dégustâmes pendant qu'Anubis rôdait dans les rues. Des femmes flirtaient, des hommes jouaient au senet pendant que les serviteurs remplissaient sans cesse leur coupe de vin rouge. À la fin de la soirée, j'avais même fini par oublier la mort qui nous menaçait. Ce fut seulement le lendemain, quand une odeur douceâtre et écœurante parvint aux narines de plusieurs centaines d'invités, qu'on prit la peine de se rappeler ce qui se passait dans la ville.

Le messager, de retour, témoigna de ce qu'il avait vu devant la salle d'audience.

Pendant que nous faisions la fête, un millier de pauvres se décomposaient dans leurs lits.

— Fermez le palais ! cria Akhenaton.

Les gardes nubiens se précipitèrent pour isoler le palais de Pharaon du reste de la ville.

— Qu'adviendra-t-il des serviteurs partis en courses ? demanda mon père.

— S'ils ne sont pas revenus au palais, ils mourront dans les rues.

Nakhtmin se tourna vers moi.

— C'est notre dernière chance, Moutnedjemet. Nous pouvons retourner à Thèbes maintenant.

Je m'agrippai au bord de ma chaise.

— Et abandonner ma famille ?

— S'ils restent, c'est qu'ils l'auront choisi.

Mon père vint vers moi et posa ses mains sur mes épaules.

— Tu es enceinte. Tu dois penser à ton enfant.

Le bruit des marteaux retentit au loin. On condamnait les portes avec des planches, on fermait les fenêtres. Si l'épidémie parvenait à s'infiltrer, elle se répandrait dans toutes les chambres. Je couvris mon ventre de mes mains, comme si cela suffisait à protéger mon enfant. Je regardai mon père.

— Et toi, que vas-tu faire ?

— Akhenaton ne partira pas, dit mon père. Nous restons avec Néfertiti.

— Mère aussi ?

Ma mère prit le bras de mon père.

— Nous restons ensemble. Il est peu probable que la peste gagne le palais.

Mais elle semblait inquiète. Personne ne savait comment la peste se propageait, quelle maison elle atteindrait, quelle personne.

Je regardai Nakhtmin : il connaissait déjà ma décision. Il acquiesça en signe d'accord, et me prit la main.

— Elle pourrait gagner Thèbes de toute façon.

Nous nous rassemblâmes en silence dans la salle d'audience. Tous les dignitaires étrangers, que ce soit de Rhodes ou du Mitanni, avaient été jetés à la rue. Quelque trois cents personnes s'étaient réfugiées sous les colonnes massives. Kya et ses suivantes s'agitaient dans un coin pendant que Panahesi chuchotait à l'oreille de Pharaon. Personne d'autre ne parlait. Nous ressemblions à des prisonniers en attente de leur exécution.

Les servantes pleuraient. Un scribe, que j'avais souvent croisé dans les couloirs du Per Medjat, cherchait sa femme. Pharaon avait pris la décision de faire fermer le palais sans en avertir qui que ce soit. Peut-être était-elle allée au temple pour faire une offrande, ou bien se trouvait-elle avec sa mère âgée. Ils devraient maintenant attendre la fin de l'épidémie chacun de son côté, en espérant que l'autre serait épargné par Anubis ou, sinon, en souhaitant être réunis dans l'au-delà. Je serrai la main de Nakhtmin. Il plongea ses yeux dans les miens.

— Tu as peur ? lui demandai-je.

— Non. Le palais est l'endroit le plus sûr. Il domine la ville, loin des maisons des ouvriers. La peste devra franchir deux murs pour nous atteindre.

— Tu crois que la situation aurait été meilleure à Thèbes ?

— Il se peut que la peste se soit aussi répandue à Thèbes.

Je pensai à Ipu et à Djedi. Peut-être étaient-ils malades, enfermés dans leur maison, sans personne pour leur apporter à boire ou à manger. Et qu'en était-il du jeune Kamoses ? Nakhtmin me serra l'épaule.

— Nous prendrons tes plantes, et nous nous protégerons du mieux possible. Je suis certain qu'Ipu et Djedi sont en sécurité.

— Avec Bastet.

— Avec Bastet.

— Ce sont vraiment les Hittites qui nous ont apporté cette épidémie ? chuchotai-je.

— Servis par l'orgueil de Pharaon, dit Nakhtmin avec un regard dur.

Pendant que des milliers de gens mouraient à l'extérieur du palais, je dus gagner prématurément la chambre de naissance.

Le pavillon que ma sœur avait occupé étant à l'extérieur, des femmes se hâtèrent de remplir une chambre avec des représentations du soleil destinées à me protéger. Quand les douleurs commencèrent, Néfertiti me glissa une image de Taouret dans la main pour que je la cache sous mon oreiller. Les sages-femmes demandèrent du *kheper-wer* et du basilic pour m'aider à pousser. Plus tard, quand elles demandèrent des clous de girofle, je sus que cet enfant était un cadeau de Taouret et qu'il n'y en aurait pas d'autre.

— Il arrive ! crièrent les sages-femmes. Il arrive !

Je cambrai le dos pour donner une ultime poussée. Quand mon fils décida enfin d'entrer dans le monde, le soleil était presque couché. Rien n'était de bon augure : c'était un enfant de la mort, un enfant du soleil couchant, un enfant né en plein chaos. Au-dehors, les fêtards mouraient dans les rues : cela commençait par une haleine à l'odeur de miel, puis des ganglions apparaissaient sous les aisselles et à l'aine, qui devenaient bientôt noirs et purulents. À l'intérieur du palais, les sages-femmes me mirent mon enfant dans les bras.

— Un fils ! Un fils en bonne santé, Maîtresse, dirent-elles.

Il poussa alors un cri suffisamment fort pour déranger Osiris, et ma sœur sortit précipitamment de la chambre de naissance pour dire à mon mari et à mon père que la mère et l'enfant se portaient bien.

Je caressai la touffe de cheveux noirs sur la tête de mon fils, et l'appuyai contre mes lèvres. C'était doux comme du duvet.

— Comment vas-tu l'appeler ? demanda ma mère, alors que Nakhtmin se précipitait dans la chambre.

— Baraka, dis-je. *Bénédiction inattendue*.

Pendant deux jours, je me laissai aller au bonheur de la maternité, sans penser à rien d'autre. Nakhtmin ne quittait pas mon chevet, guettant d'éventuels signes de fièvre ou un début de toux chez le petit Baraka. Il alla jusqu'à interdire à toute servante d'avoir le moindre contact avec nous, au cas où elle aurait été porteuse de la peste. Le troisième jour, quand il estima que je pouvais quitter mon lit, il ordonna que nous soyons relogés dans notre chambre, où il pourrait nous protéger des allées et venues des courtisans.

Le spectre d'Anubis hantait chaque visage. Les serviteurs se glissaient dans les couloirs en silence ; seuls les pleurs de Baraka troublaient la tranquillité du palais. Néfertiti ayant ordonné que notre chambre soit décorée de perles dorées, la couleur de la peau lumineuse de mon fils, les femmes de la cour avaient pris des perles de leurs chevelures pour les enfiler. Cela les avait occupées un moment, maintenant que nous étions prisonniers dans le palais. Méryt-Aton, Maket-Aaton et Ankhsenpa-Iten avaient peint des images gaies en bas des murs. Des perles pendaient dans chaque coin et en travers des poutres en bois. De la myrrhe avait été répandue sur les braseros ; son parfum capiteux remplissait la chambre quand j'y entrai. Ma sœur regarda Baraka : l'espace d'un instant, je crus voir une lueur de ressentiment dans ses yeux. Mais quand elle s'aperçut que je l'observais, elle m'adressa son sourire le plus éclatant.

— Je t'ai trouvé une nourrice qui s'en chargera quand tes trois jours seront passés.

J'avais pensé l'allaiter moi-même.

— Qui est-ce ? demandai-je.

— Heqet, la femme d'un prêtre d'Aton.

— Tu es certaine qu'elle n'a pas la peste ?

— Bien sûr.

— Mais comment savoir que son lait est bon ?

— Tu n'as pas l'intention de le nourrir toi-même ? Tu veux avoir les seins jusqu'au nombril quand il aura trois ans ?

Je regardai mon fils, avec sa bouche toute ronde et son visage béat. C'était mon unique enfant, je n'en aurais pas d'autre. Pourquoi ne pas le nourrir, jusqu'à la fin de l'épidémie, au moins ? Qui sait ce que pouvait contenir le lait de la nourrice, alors que tant de personnes mouraient ? Mais que se passerait-il si je m'épuisais à le nourrir ? Si la peste gagnait le palais, aurais-je assez de force pour la combattre ? Baraka n'aurait plus de mère. Nakhtmin resterait veuf avec un fils à élever.

Néfertiti ne m'avait pas quittée des yeux.

— Envoie-moi Heqet, dis-je. Je m'arrêterai de nourrir Baraka dans deux jours.

Du bout de mon doigt, je dessinai son petit nez.

— Je comprends pourquoi tu as fait cela cinq fois, Néfertiti.

Ma sœur plissa le front.

— Tu sembles y trouver plus de plaisir que moi.

— Tu as toujours paru heureuse, pourtant, protestai-je.

— Parce que j'étais encore en vie, dit Néfertiti sans ménagement. Et je recommencerais volontiers, uniquement pour avoir un fils.

Elle contempla Baraka.

— Heureusement, maintenant, je n'en ai plus besoin. Je suis pharaon, et Méryt le sera après moi.

Je me redressai brusquement sur mes coussins, arrachant un cri aigu à Baraka.

— Père le sait ?

— Bien sûr. Qui d'autre voudrait-il que ce soit ? Nebnefer ?

Je pensai à Kya et à Nebnefer, de l'autre côté du palais. La cour d'Amarna dans son ensemble – sculpteurs, prêtres, danseuses, tailleurs – était venue se réfugier dans le palais, s'entassant dans les chambres autour de la salle d'audience. Toute personne influente ou ayant un emploi au palais avait obtenu la permission de rester, mais le ravitaillement allait finir par manquer.

— Que ferons-nous si la peste dure plus longtemps que les vivres ? demandai-je.

— Nous en ferons venir d'autres, répondit Néfertiti avec désinvolture.

— Ne te crois pas obligée de mentir pour m'épargner. La plupart des serviteurs ne doivent pas être disposés à quitter le palais. Nakhtmin m'a dit qu'un messager était venu à la fenêtre hier soir pour lui annoncer la mort de trois cents ouvriers. Trois cents. Cela fait presque deux mille depuis le durbar.

— Tu ne devrais pas penser à cela, Moutny. Tu as un enfant...

— Je ne pourrai pas le protéger si je ne connais pas la vérité. Que se passe-t-il vraiment, Néfertiti ?

Elle prit une chaise près de mon lit. Ses joues étaient blêmes.

— Il y a des émeutes dans les rues.

Je retins mon souffle et changeai Baraka de position dans mes bras, si bien qu'il se mit à pleurer.

— Plus rien ne peut les empêcher de prendre la prison d'assaut et de libérer Horemheb, dit-elle. L'armée est en quarantaine. Il ne reste que quelques soldats...

— La peste se répandra dans les prisons. Si elle a atteint les tombeaux...

— Ils pourront le libérer, s'il n'a pas déjà succombé. Il prendrait alors la tête d'une révolte contre notre famille, et nous serions tous perdus. Sauf toi. Nakhtmin te protégerait.

— Cela n'arrivera pas, Néfertiti. Les dieux veillent sur toi.

Elle sourit avec amertume.

— Qu'allons-nous faire ?

Je regardai Baraka. Sa petite vie innocente pourrait s'arrêter avant même de commencer. Mais pourquoi les dieux agiraient-ils ainsi ? Pourquoi me donner un enfant après tant de temps pour me le reprendre ?

— Que dit père ?

— Il pense que nous devrions envoyer des messagers à Memphis et à Thèbes pour les prévenir.

— Tu ne les as pas encore prévenus ?

— Nous avons interdit la circulation dans les ports, protesta-t-elle. Personne ne peut partir. Les portes sont fermées. Si nous envoyons des messagers à

Thèbes, que penseront les gens, si peu de temps après le durbar ?

Je fixai les fenêtres condamnées.

— C'est contraire à toutes les lois de Maât de ne pas les prévenir, dis-je.

— Akhenaton refuse.

— Alors c'est à toi de le faire. Tu es pharaon maintenant.

Six hommes du palais furent payés en or pour aller porter des messages à Memphis et à Thèbes, et les informer de la situation désespérée qui régnait à Amarna : les Hittites avaient apporté la peste au durbar de Pharaon et on comptait déjà deux mille morts.

Il n'y avait pas assez de tombes pour tous les corps ; même les riches étaient jetés dans des charniers, où ils demeureraient anonymes pour l'éternité. Certains survivants risquaient la mort pour placer des amulettes dans la terre auprès de leurs bien-aimés, afin qu'Osiris puisse les identifier. Je fis des cauchemars et me réveillai plus d'une fois en pleurant, au grand dam de Nakhtmin.

— Je rêvais qu'Osiris ne me trouvait pas, lui expliquai-je la première fois, que j'étais perdue pour l'éternité, que personne ne se souciait assez de moi pour inscrire mon nom sur ma tombe.

Mon mari me caressa les cheveux et me jura que cela n'arriverait jamais, qu'il risquerait tout pour me mettre une amulette dans la main avant que je sois enterrée.

— Jure-moi que tu ne le feras pas, suppliai-je. Jure-moi que si je mourais de la peste, tu les laisserais emporter mon corps, avec ou sans amulette.

— Sois certaine qu'ils ne t'emmèneraient pas sans une preuve de ton identité pour les dieux. Je ne le permettrai jamais.

— Pourtant, il faudrait bien que tu me laisses partir. Si je mourais, et que tu tombes malade ensuite, qui s'occuperait de Baraka ?

— Tais-toi.

— Amarna se meurt, Nakhtmin. Pourquoi le palais serait-il épargné ?

— Parce que nous sommes protégés ! Par tes plantes, par notre situation sur une colline. Nous dominons la peste.

— Et si le peuple pénétrait de force dans le palais et nous l'apportait ?

— Les soldats les combattraient ; ici, ils sont en sécurité et nourris.

Les pleurs de Baraka percèrent le silence du matin, et Nakhtmin se leva pour le prendre. Il regarda son fils avec tendresse et le posa avec précaution contre mon sein. Demain, notre fils aurait une nourrice.

— Néfertiti a envoyé un message à Memphis et à Thèbes disant qu'il y avait la peste ici, lui dis-je.

Il me regarda avec attention.

— Akhenaton ne l'aurait jamais fait. L'épidémie sera terminée quand il apprendra l'existence de ce message.

— Comment sais-tu qu'elle se terminera ?

— C'est toujours ainsi. La seule question est de savoir combien Anubis en emmènera avec lui avant de partir.

Je frissonnai.

— Néfertiti dit qu'il y a des émeutes dans les rues.

— Pourquoi t'a-t-elle dit cela ?

— Je voulais savoir. Je ne lui ai jamais menti, et elle sait que j'en attends autant d'elle. Tu aurais dû m'en parler.

— À quoi cela aurait-il servi ? protesta-t-il.

— Imagine ma surprise s'ils envahissaient le palais. Je ne saurais pas ce qui se passe. Je ne penserais peut-être même pas à cacher notre fils.

— Personne n'envahira le palais, dit Nakhtmin. L'armée de Pharaon stationne devant. Les soldats mangent la même nourriture que nous et sont protégés par les mêmes plantes. Akhenaton n'est pas assez stupide pour risquer de perdre son armée ou ses gardes nubiens. Nous sommes en sécurité.

— Et s'ils entraient avec Horemheb ?

À en juger par son expression, je compris qu'il avait déjà envisagé cette éventualité.

— Horemheb leur ordonnerait de t'épargner.

— Parce qu'il est ton ami ?

Nakhtmin serra la mâchoire. Il n'appréciait pas ce genre d'interrogation.

— Oui.

— Et Néfertiti ?

Il ne répondit pas.

Je baissai la voix.

— Et mes nièces ?

Il ne répondit pas non plus. À cet instant, un messager frappa à la porte, réclamant notre présence à la salle d'audience.

— Encore une partie de senet, murmura Nakhtmin.

Mais, cette fois, ce n'était pas le cas. Mon père nous avait convoqués pour nous annoncer que trois mille Égyptiens étaient morts.

— À partir de maintenant, faites provision de pain dans votre chambre, dit-il à ceux qui étaient rassemblés dans la salle. Ainsi que d'eau. La peste durera plus longtemps que nos vivres.

Une fois dans le hall, mon père se retourna pour contempler les trônes vides et les tables en ébène. Dans une heure, la salle serait remplie de danseurs, et Akhenaton ordonnerait aux émissaires de jouer au senet.

— Quel homme insignifiant ! dit-il doucement. Ils ont baisé ses sandales, comme il le désirait, et maintenant il regarde son peuple mourir à ses pieds.

Nous apprîmes que la mort noire était entrée dans le palais du rivage quand le cuisinier surgit en hurlant dans la salle d'audience, le visage ruisselant de sueur.

— Deux apprentis sont malades, cria-t-il. La mort est dans les cuisines. Cinq rats sont morts, ainsi que la femme du boulanger.

Les parties de senet s'arrêtèrent, les doigts du harpiste se figèrent.

Si le gros homme avait lâché Anubis dans le palais, le résultat eût été le même.

Nakhtmin me saisit par les épaules.

— Retourne dans notre chambre. Fais venir Heqet et l'enfant ; puis ferme la porte, et ne laisse entrer personne jusqu'à ce que tu m'entendes. Je pars chercher de l'eau fraîche.

Des femmes se mirent à courir, des hommes se précipitèrent pour sortir. Le regard de Néfertiti était plein d'effroi à la pensée de voir Amarna lui échapper. On entendit alors un bruit de verre cassé ; des gens essayaient de s'enfuir de la salle d'audience. La peste dans le palais signifiait une mort certaine pour tous ceux qui s'y trouvaient. Akhenaton se leva de son trône et cria que personne ne devait sortir. Mais la panique était désormais incontrôlable. Il se tourna vers Maya, au pied de l'estrade.

— Tu restes, ordonna-t-il.

Le visage de Maya devint gris. Sa ville, leur ville, autrefois un hommage à la vie, était maintenant un monument à la mort. Au milieu du tumulte, quelqu'un ordonna aux enfants de regagner leur quartier. Tout enfant de moins de seize ans devait trouver refuge dans la pièce la plus isolée du palais.

— Qui veillera sur eux ? Il faut que quelqu'un s'en occupe, dit mon père.

Le vacarme était trop fort. Aucun garde ne s'avançant, Tiyi s'approcha, blême mais calme.

— Je m'occuperai d'eux.

Mon père acquiesça.

— Donne l'ordre aux gardes d'obturer à nouveau les fenêtres, dit-il à Néfertiti. Qu'on tue ceux qui essaient de s'échapper. Ils mettent notre vie en péril.

— Quelle importance ? cria une femme. La peste est déjà dans le palais.

— Dans les cuisines, rectifia mon père. On peut l'arrêter.

Mais personne n'y croyait.

— Toi ! cria Akhenaton en désignant une femme noble qui venait de faire passer son enfant par une fenêtre brisée et s'apprêtait à le suivre.

Il s'empara de l'arc et des flèches d'un des gardes.

— Encore un pas, et je te tue.

La femme hésita : elle allait récupérer son enfant quand on entendit la vibration d'une flèche. Puis le silence retomba : la femme s'effondra en avant et son enfant se mit à crier. Akhenaton abaissa son arc.

— Personne ne quitte le palais ! hurla-t-il.

Il arma une deuxième flèche, la pointa vers la foule muette. Néfertiti s'approcha de lui et baissa son arme.

— Personne d'autre ne partira, promit-elle.

Les gens la fixaient, apeurés.

Akhenaton s'arrêta devant un prêtre, qui tomba à genoux en signe d'obéissance.

— Quiconque ouvre une fenêtre ou glisse un message sous la porte vers l'extérieur sera envoyé dans les cuisines pour y mourir. Gardes ! Tuez tous les cuisiniers et les apprentis boulangers. Personne ne doit être épargné dans les cuisines. Pas même les chats.

Il regarda l'homme qui avait apporté le message concernant l'avancée de l'épidémie.

— Commencez par lui.

Les gardes obéirent. L'homme qui hurlait fut traîné hors de la salle sans même pouvoir demander grâce. Les membres de notre famille se tournèrent vers Néfertiti.

— Que chacun regagne sa chambre, dit-elle. Toute personne présentant le moindre symptôme de la peste devra prendre un charbon de son brasero et marquer l'Œil d'Horus sur sa porte. Les repas seront servis une fois par jour.

Mon père lui adressa un signe d'approbation.

— Les serviteurs prendront la nourriture dans les celliers, continua-t-elle d'une voix plus assurée, et non dans les cuisines. Et personne ne devra quitter sa chambre avant que le palais n'ait été débarrassé de la peste depuis deux semaines.

Panahesi s'avança, soucieux de montrer qu'il était au centre des événements.

— Nous devrions faire un sacrifice, annonça-t-il.

Akhenaton acquiesça.

— Une assiette de viande, et une coupe du meilleur vin d'Amarna devant chaque porte, déclara-t-il.

— Surtout pas !

Je m'avançai rapidement vers l'estrade.

— Nous devons accrocher des guirlandes de menthe et de rue. Rien d'autre.

Akhenaton se tourna vers moi.

— La sœur de Pharaon est persuadée qu'elle en sait plus que le grand prêtre d'Aton ?

Néfertiti le regarda d'un air farouche.

— Elle connaît les plantes et suggère de la rue, plutôt que de la viande qui pourrit.

Akhenaton prit un air soupçonneux.

— Comment sais-tu qu'elle n'essaie pas de se débarrasser d'une sœur et d'un beau-frère ? Elle pourrait s'emparer du trône pour elle-même et pour son fils.

— Chaque porte devra avoir une guirlande de menthe et de rue, ordonna Néfertiti.

— Et le sacrifice ? insista Panahesi.

Akhenaton se redressa.

— Pour chaque chambre désireuse d'obtenir la protection d'Aton, dit-il d'une voix forte. Ceux qui veulent encourir la colère du grand dieu, ajouta-t-il en me regardant droit dans les yeux, s'en abstiendront.

La sortie de la salle d'audience s'effectua en silence. Tandis que la foule se dispersait, Néfertiti me prit la main.

— Que vas-tu faire ?

— Retourner auprès de Baraka, fermer ma porte et ne laisser entrer personne.

— Nous ne pouvons pas rester ensemble, n'est-ce pas ? demanda-t-elle. Mettre toute notre famille dans la même chambre serait trop risqué.

Sa peur était manifeste ; pour la première fois, elle resterait seule avec Akhenaton. Nos parents seraient dans leur chambre, pendant que Tiyi surveillerait les enfants.

— Il est possible que nous survivions tous séparément, lui dis-je.

— Comment peux-tu le savoir ? Tu pourrais être morte de la peste ; pour que je le sache, il faudrait qu'un serviteur me dise que l'Œil d'Horus est sur ta porte. Et mes filles…

Son corps menu parut se recroqueviller.

— Je serai seule.

C'était sa plus grande crainte. Je pris sa main et la posai sur mon cœur.

— Tout se passera bien, promis-je. Nous nous retrouverons dans quinze jours.

Jamais je ne lui avais menti auparavant.

Tandis que la mort noire gagnait le palais, Panahesi déposa des offrandes de viande salée à la porte de ceux qui souhaitaient la bénédiction d'Aton. Vêtu de ses robes de léopard, paré de ses anneaux en or massif, il parcourut les couloirs, suivi de jeunes prêtres qui psalmodiaient les louanges d'Aton de leurs voix haut perchées. Et pendant que les jeunes garçons chantaient, Anubis faisait des ravages.

Quand Panahesi arriva à notre porte, Heqet le chassa.

— Attends !

Quand je voulus ouvrir la porte pour lui parler, Nakhtmin et la nourrice poussèrent un cri.

— Je tiendrai un brin de rue devant moi, promis-je.

Je me retrouvai alors face à Panahesi.

— Vas-tu placer une offrande à la porte du quartier des enfants ? lui demandai-je.

Il repoussa sa cape de léopard et s'avança vers la porte suivante.

— Vas-tu placer une offrande chez les enfants ? répétai-je.

Il me toisa.

— Bien sûr.

— N'en fais rien. Surtout pas. Je te donnerai ce que tu voudras, suppliai-je.

Panahesi me regarda de la tête aux pieds.

— Et que pourrais-je attendre de la sœur de la grande épouse royale ?

— La sœur de Pharaon, répliquai-je.

Il fit la moue.

— Mon propre petit-fils dort là-bas. Crois-tu que je voudrais risquer la vie du seul prétendant au trône d'Égypte pour tuer six filles insignifiantes ? Dans ce cas, tu es aussi bête que je le pensais.

— Ferme la porte ! cria Heqet derrière moi. Ferme la porte, répéta-t-elle d'un ton suppliant tout en serrant contre elle nos deux fils.

Je regardai Panahesi disparaître dans le couloir avec ses bols pleins de viande, puis je refermai la porte et en comblai les interstices avec des brins de rue et de menthe.

Deux jours s'écoulèrent, pendant lesquels on ne vit pas le moindre signe de la mort noire dans les couloirs du palais, pas d'yeux charbonneux en signe de mort sur aucune porte. Puis, le troisième soir, alors que nous commencions à croire que le palais serait épargné, Anubis s'arrêta pour manger à chacune des portes présentant une offrande pour Aton.

À l'aube, les cris d'une servante percèrent le silence des couloirs. Elle passa devant les chambres royales en hurlant quelque chose à propos de l'Œil d'Horus.

— Un garçon près des cuisines ! cria-t-elle, terrifiée. Et le palefrenier en chef. Tous ceux qui ont placé une offrande à Aton devant leur porte. Deux ambassadeurs venant d'Abydos. Et un de Rhodes. La puanteur sort de leurs chambres !

— Que faisons-nous maintenant ? chuchotai-je, derrière notre porte close.

— Nous attendons, répondit Nakhtmin, en espérant que la mort frappera seulement ceux qui ont déposé des offrandes.

Quand les gens virent passer les charrettes destinées à transporter les morts en direction du palais, la fureur s'empara de la ville. Si le dieu de Pharaon ne protégeait pas sa cour, pourquoi protégerait-il la population ? Malgré le risque, les Égyptiens descendirent dans la rue, chantant des hymnes à Amon et détruisant les images d'Aton. Ils se massèrent contre les portes du palais, exigeant de savoir si le pharaon hérétique était toujours vivant. Je m'approchai de nos fenêtres barricadées et écoutai les cris.

— Tu entends comment ils l'appellent ? murmurai-je.

Heqet était terrorisée.

— Le roi hérétique, répondit-elle.

— Et tu entends ce qu'ils chantent ?

Nous perçûmes le bruit des marteaux et de la pierre qu'on fracassait. Ils étaient en train de défigurer les statues d'Akhenaton, en chantant leur désir de voir Amarna détruite.

— Brûlez tout ! Brûlez tout !

Je pris Baraka et le serrai contre moi.

À midi, quand le repas arriva, Nakhtmin ouvrit la porte et recula, sous le choc. Une servante différente était là, tremblante et en pleurs.

— Qu'y a-t-il ? demanda-t-il aussitôt.

— Les enfants, dit-elle, hors d'haleine.

Je tendis mon fils à Heqet et courus vers la porte.

— Que se passe-t-il ?

— Ils ont été contaminés ! cria-t-elle en nous tendant un panier. Tous les enfants ont été contaminés !

— Qui ? Qui a été contaminé ? hurlai-je.

— Les enfants. Les princesses jumelles sont mortes. La princesse Maket-Aton est atteinte. Et Nebnefer, Maîtresse…

Elle mit la main devant sa bouche, incapable de continuer.

Nakhtmin la prit par le bras.

— Il est mort ?

La servante chancela.

— Non. Mais atteint lui aussi.

— Donne-nous notre nourriture et ferme la porte, dit-il promptement.

— Attends ! suppliai-je. Et Néfertiti et mes parents ? Ont-ils l'Œil d'Horus ?

— Non, chuchota la jeune fille, mais notre pharaon préférera être morte quand elle apprendra que, de ses six princesses, il n'en reste que trois.

Je reculai, horrifiée.

— Elle ne le sait pas encore ?

La servante serra les lèvres, suffoquée par les sanglots.

— Personne d'autre n'a été informé, Maîtresse. Les serviteurs ont peur de lui.

D'Akhenaton. Je m'appuyai contre la porte : trois princesses, et bientôt le prince d'Égypte. Et avec la peste là-bas, qu'en était-il de Méryt-Aton et d'Ankhsenpa-

Iten ? Nakhtmin verrouilla la porte et Heqet se leva aussitôt.

— Nous ne devrions pas manger cette nourriture.

— La contamination ne passe pas par la nourriture, répondit Nakhtmin. Si c'était le cas, nous serions tous déjà morts.

— Quelqu'un doit isoler les survivants, dis-je.

Nakhtmin regardait en direction de l'endroit où était couché notre fils.

— Quelqu'un doit secourir Tiyi et Méryt-Aton, répétai-je. Et Ankhsenpa-Iten...

— Elle est perdue.

Le regard de mon mari était sombre.

— Mais elle est encore vivante ! protestai-je.

— Nous ne pouvons plus rien pour elle. Pour aucun d'eux. Si trois princesses sont déjà mortes, le quartier des enfants doit être isolé.

— Nous pouvons séparer ceux qui sont encore sains. Nous pouvons les installer dans des chambres différentes et leur donner une chance.

— Pharaon a ruiné leurs chances en invitant les Hittites, et en écoutant Panahesi ensuite, constata-t-il.

Nous sûmes à quel moment le reste du palais apprit que les princesses jumelles étaient mortes et que celle de trois ans, Neferou-Aton, et celle de huit ans, Maket-Aton, avaient été contaminées.

Les cloches sonnèrent dans les cours, et on entendit des cris. Des femmes pleuraient et suppliaient Aton de suspendre la malédiction qui s'était abattue sur le palais d'Amarna. Une servante vint nous dire que les gardes nubiens avaient été envoyés pour secourir les princesses restantes, ainsi que la reine ; pour Nebnefer, il était trop tard. Je refermai la porte ; les chants à l'extérieur n'avaient jamais retenti aussi fort.

— Ils savent que la peste s'est propagée dans le palais, dit Nakhtmin, et ils pensent que si les propres enfants de Pharaon ont été emmenés, ce doit être à cause de ses actes.

Les chants se succédèrent sans discontinuer pendant trois jours. Les Égyptiens en colère imploraient la clémence d'Amon et maudissaient le pharaon hérétique qui leur avait apporté la peste. Je m'approchai de la fenêtre et appuyai mon visage contre l'encadrement. Je fermai les yeux, bercée par les cris.

— Il ne sera jamais connu comme Akhenaton le Bâtisseur. On l'appellera le pharaon hérétique jusqu'à la fin des temps.

Je pensai à Néfertiti, seule dans sa chambre, apprenant que quatre de ses enfants étaient morts ; chaque fois que je regardais mon fils téter le sein de Heqet, les larmes me montaient aux yeux. La nuit, je le tenais contre moi et m'efforçais de profiter de l'instant sans penser à rien d'autre.

Pendant la journée, on entendait le bruit des charrettes de la mort, à l'extérieur du palais. Nous arrêtions nos parties de senet, nous demandant chaque fois quel corps allait être dénudé et enterré anonymement pour l'éternité, sans cartouche ni même un *ouchebti* pour dire à Osiris qui il était quand il reviendrait sur terre. Je suppliai les servantes qui nous apportaient notre nourriture de me fournir encore de la rue, mais d'après elles il n'y en avait plus dans le palais.

— As-tu vérifié dans les caves ? demandai-je à l'une d'elles. On peut l'avoir entreposée au milieu du vin. Regarde les barriques et lis les noms.

— Je regrette, Maîtresse, mais je ne sais pas lire.

Je pris une plume de roseau et de l'encre dans mon écritoire, et écrivis le nom de la plante au dos d'un de mes papyrus médicaux. J'hésitai avant de le déchirer, puis allai le donner à la femme dans le couloir.

— C'est la plante en question. Cherche ce nom parmi les barriques. Si tu la trouves, prends-en pour mettre sous ta porte. Apportes-en un maximum à ma sœur et à mes parents. Et le reste, pour nous. S'il y a une deuxième barrique, distribue le contenu aux survivants.

Elle acquiesça.

— Que te donne-t-on pour te promener dans ces couloirs de la mort ? lui demandai-je avant qu'elle s'éloigne.

Elle se retourna vers moi, les yeux hantés.

— De l'or. Chaque jour, on me paie en or, et je garde les bracelets dans ma chambre. Si je survis, cela servira à mon fils pour suivre une formation de scribe. Si j'attrape la mort noire, il en fera ce que bon lui semblera.

— Et où est ton fils ?

Son visage parut se détendre.

— À Thèbes. Il n'a que sept ans. Nous l'avons fait partir dès l'annonce de l'épidémie.

J'hésitai.

— Beaucoup de serviteurs ont envoyé leurs enfants à Thèbes ?

— Oui, Maîtresse. Nous pensions tous que vous en feriez autant, et que la reine…

Elle s'arrêta en voyant l'expression sur mon visage, inquiète d'avoir trop parlé.

— Merci, murmurai-je. Si tu trouves la rue, apporte-la-moi tout de suite.

Elle revint le lendemain avec un panier plein de plantes.

— Maîtresse ? appela-t-elle en frappant vigoureusement.

Nakhtmin entrouvrit la porte, juste assez pour voir son visage.

— Peux-tu dire à ta femme que j'ai trouvé les plantes et que j'ai suivi exactement ses instructions ? J'en ai mis sous ma porte, et j'en ai apporté un plein panier au vizir Aÿ.

Nakhtmin me fit signe de la main et je m'approchai à mon tour de la porte, sans l'ouvrir davantage.

— Et la reine ?

La femme hésita.

— Pharaon Neferneferou-Aton-Néfertiti ?

— Oui. Elle en a pris ?

La femme baissa la tête.

— Je comprends : pharaon Akhenaton a ouvert. Je veux que tu y retournes et que tu en mettes au-dessus de leur porte.

— Et si quelqu'un me voit ?

— Si on te demande quoi que ce soit, dis que tu agis sur ordre de ma sœur. Pharaon sera à l'intérieur. Il ne le saura jamais.

La femme recula, mais je lui pris le bras.

— Personne ne te démentira, promis-je. S'il demande à la reine, elle saura que c'est moi, et dira qu'elle en avait donné l'ordre.

La femme semblait hésitante ; je compris alors ce qu'elle attendait.

— Je n'ai rien à te donner.

Elle regarda le bracelet que je portais, un cadeau de Néfertiti incrusté de turquoises. Je l'enlevai et le lui tendis.

— Promets-moi d'en mettre partout, insistai-je. Fais-en des guirlandes.

Elle mit le bracelet dans son panier.

— Bien sûr, Maîtresse.

Je ne revis plus la servante pendant sept jours. J'espérais qu'elle avait fait ce pour quoi elle avait été payée ; pendant tout ce temps, les cris redoublèrent dans les couloirs du palais. On entendait des femmes courir sur le carrelage. Dans leur délire, certaines frappaient aux portes fermées, et je pouvais imaginer leur terreur. Mais nos portes restèrent closes, et nous ne quittâmes pas nos chambres. Le huitième soir, une femme désespérée, dont l'enfant était mort, vint frapper chez nous, nous suppliant de lui ouvrir.

— Elle ne veut pas mourir seule, dis-je.

Je serrai Baraka étroitement, consciente que nos jours étaient comptés.

— Tu ne dois pas le serrer aussi fort. Tu vas lui faire mal, protesta Heqet.

La panique me gagnait.

— La nourriture va manquer. Nous allons mourir de faim si nous ne mourons pas de la peste. Et notre tombe n'est pas terminée ! Le sarcophage de Baraka n'a pas encore été sculpté.

Heqet écarquilla les yeux.

— Pour mon fils non plus, chuchota-t-elle. Si nous mourons, nous mourrons ici, anonymes.

Nakhtmin secoua la tête d'un air rageur.

— Je ne permettrai pas que cela arrive. À aucune de vous deux.

Je regardai notre fils.

— Prions Amon.

— Ici, dans le palais de Pharaon ? demanda Heqet, stupéfaite.

Je fermai les yeux.

— Oui, dans le palais de Pharaon.

Quand le soleil se leva, le lendemain, il ne semblait plus y avoir de nouveau signe de peste, plus de nouveaux yeux d'Horus. Nous attendîmes un jour, puis deux ; au bout de sept jours, alors que nous n'avions plus que du pain rassis à manger, les courtisans commencèrent à sortir de leurs chambres.

Je vis la servante qui avait risqué sa vie pour de l'or. Elle avait survécu à la mort noire. Elle enverrait son fils à l'école pour qu'il devienne scribe. Beaucoup d'autres n'eurent pas cette chance. Des mères meurtries sortirent en titubant de leurs chambres, des pères qui avaient perdu leur fils unique. Je vis Maya, courbé et plus frêle que jamais. La lumière avait déserté ses yeux. Bientôt, des rumeurs nous parvinrent selon lesquelles Pharaon était malade.

— De la peste ?

— Non, Maîtresse, me dit doucement la femme qui avait placé la rue sur la porte de ma sœur. Une maladie de l'esprit.

Les cloches retentirent dans le palais, appelant vizirs, courtisans et serviteurs survivants dans la salle d'audience. Dans cette pièce où des centaines de personnes s'étaient autrefois réunies, il n'en restait plus qu'une poignée. Je cherchai aussitôt mes parents.

— Maman !

Je me précipitai dans les bras de ma mère, en pleurs ; puis elle serra Baraka si fort contre sa poitrine qu'il se mit à crier. Néfertiti nous regardait de son trône. Son visage était indéchiffrable, mais elle tenait la main d'Akhenaton. À l'étage inférieur étaient assises Méryt-Aton et Ankhsenpa-Iten. De huit membres, sa famille se trouvait réduite à quatre, et la jeune Ankhsenpa-Iten semblait accablée par ce qu'elle avait vécu.

— Nous devrions quitter Amarna, murmura ma mère. Nous devrions quitter ce palais et retourner dans celui de Thèbes. Des événements trop terribles se sont produits ici.

Je les regardai l'un après l'autre.

— Autre chose que la peste ? Que voulez-vous dire ?

Nous nous éloignâmes de l'estrade pour ne pas être entendus.

— Le septième jour de la quarantaine, Pharaon a insulté le roi d'Assyrie.

— Le roi d'Assyrie ? répéta Nakhtmin.

— Parfaitement. Le roi a envoyé un messager exigeant trois trônes en ébène. Quand le messager arriva, il hésita voyant qu'il y avait la peste. Mais, ayant reçu des ordres de son roi, il pénétra dans la ville, et se rendit jusqu'au palais.

— Les gardes firent alors appel à Pharaon au lieu de ton père, et Akhenaton le renvoya, intervint ma mère. Avec un cadeau épouvantable.

— Quel genre de cadeau ? demanda Nakhtmin.

Mon père ferma les yeux.

— Le bras d'un enfant contaminé par la peste.

Je reculai d'un pas sous le choc ; Nakhtmin devint grave.

— Les Assyriens ont des milliers de soldats, dit-il.

Mon père acquiesça.

— Il ne fait aucun doute qu'ils se retourneront contre l'Égypte.

Ma mère était blême.

— Rester ici devient trop dangereux, dit Nakhtmin.

Il était temps de partir. Nous avions survécu à la mort noire. Amon risquait de ne pas se montrer aussi généreux quand les Assyriens envahiraient l'Égypte. Il me regarda.

— Nous ne pouvons plus rien faire.

— Attendez au moins l'enterrement, supplia Néfertiti.

— Nous partons ce soir. Les Assyriens sont aux portes de l'Égypte et ton armée n'est pas en mesure de les arrêter.

— Mais il y a les funérailles ce soir, insista-t-elle désespérément. Reste avec moi, chuchota-t-elle. Ce sont mes enfants. Tes nièces.

J'hésitai en voyant son regard.

— Qu'a-t-on fait des corps ? lui demandai-je doucement.

Néfertiti frissonna.

— On les a préparés pour l'incinération.

Je mis ma main devant ma bouche.

— Il n'y aura pas d'enterrement ?

— Elles ont été victimes de la peste, dit-elle.

Je pensai à Maket-Aton et à la petite Neferou-Aton, je vis les flammes s'élever autour de leur bûcher. Pauvres princesses d'Égypte.

— Nous partirons pour Thèbes tout de suite après, dis-je. Et si nos parents étaient raisonnables, ils viendraient avec nous et emmèneraient Tiyi.

Notre tante était malade, mais elle n'était pas atteinte de la peste. Elle souffrait du cœur. Elle avait surveillé le quartier des enfants où Anubis avait frappé. Elle avait vu ses petits-enfants mourir. Maket-Aton, Neferou-Aton, Nebnefer. Et d'autres aussi : les fils et les filles de riches marchands et de scribes. En allant lui rendre visite, j'avais eu du mal à retenir mes pleurs.

— Reste avec nous, l'avais-je suppliée. Tu ne veux pas aller planter ton jardin ?

— Bientôt, je cultiverai les jardins de l'éternité, m'avait-elle dit en me prenant la main.

À présent, c'était au tour de Néfertiti de s'obstiner.

— Père ne s'en va pas, dit-elle. Il ne me laisserait pas.

— Le peuple est en colère, insistai-je. Les gens meurent de la peste et ils en rendent leurs pharaons responsables. Ils pensent qu'Aton les a abandonnés.

— Je ne veux pas entendre cela.

— Alors tu l'entendras quand il sera trop tard !

— Je peux y remédier !

— Comment ? Quand le roi d'Assyrie ouvrira son cadeau, que feras-tu ? Crois-tu que les royaumes d'Orient n'ont pas eu vent de l'imprudence d'Akhenaton ? Pourquoi crois-tu qu'ils correspondent avec père plutôt qu'avec lui ?

— Il a des rêves de grandeur, Moutnedjemet. Il veut tellement être aimé…

— Comme toi.

— Ce n'est pas pareil.

— Non. Lui ferait n'importe quoi pour cela. Alors que toi, tu es rationnelle. Tu es la fille de notre père, et c'est pourquoi il te préfère.

Elle voulut répondre, mais je continuai.

— Et c'est pourquoi il restera ici avec toi, même si la ville s'écroule autour de lui. Même si nous devions tous périr. Mais cela en vaut-il la peine ? L'immortalité est-elle à ce prix ?

Elle ne répondit pas. Je m'éloignai.

Nakhtmin était avec Baraka dans le couloir menant à notre chambre.

— Heqet vient avec nous, dit-il. Aucune barque ne sort d'Amarna. Nous pouvons partir à cheval, puis trouver une barque en dehors de la ville. Nous éviterons les maisons des ouvriers. Nous nous dirigerons tout droit vers les portes, et les gardes nous laisseront passer.

— Nous ne pouvons partir avant la nuit. C'est la cérémonie de funérailles. Je sais ce que tu vas dire, mais elle ne peut pas y faire face seule.

— Il y aura un bûcher funéraire ?

J'acquiesçai.

— Pauvre petite Neferou-Aton…

Je regardai Baraka dans les bras de son père.

— Je ne sais pas comment elle peut supporter cela.

— Elle le supporte parce qu'elle est forte et qu'elle n'a pas le choix.

— Je ne pourrais pas le supporter, dis-je.

Il me releva le menton pour me regarder dans les yeux.

— Cela n'arrivera jamais. Je t'emmène loin d'ici, que tu le veuilles ou non.

— Après les funérailles.

Quand le ciel fut devenu noir, les cloches se mirent à sonner ; les prêtres d'Aton qui avaient survécu à la peste se rassemblèrent dans la cour du palais d'Amarna. Nous portions tous des guirlandes de rue. Un bûcher avait été dressé par des serviteurs inquiets : la peste pouvait se tapir derrière chaque pierre. Nous nous regroupâmes, le visage voilé.

Ma mère s'appuyait contre mon épaule, tandis que mon père se tenait à côté de Néfertiti, tous deux symbolisant la force et la résistance. Les cris de Kya étaient insupportables. Elle était proche de son terme, et je m'étonnai que dans son état elle ait pu survivre à la peste.

Panahesi se tenait près du bûcher, vêtu de sa robe de fonction, pendant que Néfertiti se cramponnait à la main d'Akhenaton.

— Tu crois qu'elles sont avec Aton ? demanda Ankhsenpa-Iten.

Elle avait changé : c'était maintenant une enfant maussade et renfermée.

— Oui. Certainement.

Mon mensonge me brûla les lèvres.

Elle tourna son regard vers les flammes, qui commençaient à gagner l'autre côté du bûcher. Les corps avaient été mis dans des draps de lin, saupoudrés de rue. Les flammes s'élevèrent vers le ciel, engloutissant les princesses. Les chairs grésillaient, dégageant une odeur âcre. Les vêtements du prince Nebnefer prirent feu, et le linceul autour de son corps se désagrégea, exposant son visage. Un cri s'éleva dans l'assistance, et Panahesi retint Kya. Akhenaton regarda alors ses deux femmes et quelque chose en lui se brisa.

— C'est la faute des adorateurs d'Amon ! hurla-t-il. Nous avons été trahis. Ceci est la punition d'Aton ! cria-t-il encore. Amenez-moi un char !

Ses gardes nubiens ne bougèrent pas.

— Je veux un char ! J'irai dans chaque maison et forcerai la porte à la recherche des faux dieux. Ils vénèrent Amon dans ma ville. Dans la ville d'Aton !

Il était devenu fou. La rage se lisait sur son visage.

Néfertiti le saisit par le bras.

— Arrête ! cria-t-elle.

— J'anéantirai les familles dont les maisons renferment des faux dieux, jura-t-il.

Il retira son bras violemment et, rejetant sa cape en arrière, sauta dans le char qu'on lui avait amené. Les deux chevaux hennirent nerveusement ; il leva le fouet.

— Gardes ! dit-il.

Mais ils ne bougèrent pas, trop apeurés. Il y avait la peste en ville, et personne ne voulait y risquer sa vie. Voyant que personne ne se joindrait à lui, il ordonna qu'on lui ouvre les portes.

— Elles resteront fermées ! tonna Néfertiti.

Les gardes regardèrent chacun des pharaons, se demandant auquel obéir. Soudain, Akhenaton lança les chevaux au galop en direction des lourdes portes de bois.

— Ouvrez les portes ! hurla Néfertiti, avant qu'il ne s'écrase contre elles.

Akhenaton n'avait pas ralenti. Les portes s'ouvrirent juste à temps pour laisser passer le cavalier sur son char en folie. Le pharaon d'Égypte disparut dans la nuit, tandis que les flammes se déchaînaient dans la cour, engloutissant le corps de ses enfants.

Néfertiti s'avança dans la lumière, tenant la crosse et le fléau dans sa main droite.

— Ramenez-le-moi ! cria-t-elle.

Les gardes hésitèrent.

— Je suis le pharaon d'Égypte. Ramenez-le, ordonna-t-elle en haussant le ton, avant qu'Amarna soit détruite !

Une servante, en pleurs, sortit alors en courant du palais, et toute la cour se tourna vers elle.

La jeune fille se prosterna devant Néfertiti.

— Altesse, la reine douairière est décédée.

L'hystérie gagna la cour, et mon père se rapprocha de Néfertiti.

— Il se peut qu'il revienne avec la peste, dit-il en hâte. Nous devons libérer les habitants du palais. Trouve des barques et fais sortir tout le monde de la ville. Les serviteurs resteront. Tes enfants...

— Ils doivent s'en aller, dit Néfertiti. Moutnedjemet peut les emmener.

J'étais stupéfaite.

— Non ! cria Méryt-Aton. Je ne t'abandonnerai pas, maman. Je ne quitterai pas Amarna sans toi. Je ne quitterai pas le palais, répéta Méryt-Aton à l'intention de mon père.

Il acquiesça.

— Alors envoie Ankhsenpa-Iten avec Moutnedjemet. Elles resteront à Thèbes jusqu'à ce qu'Akhenaton retrouve la raison.

Mon père regarda en direction du palais. Il ferma un instant les yeux.

— Maintenant, je dois aller voir ma sœur, dit-il.

— Qu'Osiris bénisse ton passage, Tiyi, murmurai-je.

Des femmes hurlaient, et des enfants couraient dans les couloirs en direction de la salle d'audience.

— Pharaon s'est enfui ! Pharaon s'est enfui ! cria une servante.

Ce cri se répercuta dans les quartiers des serviteurs, à travers les salles. Les gens s'appelaient depuis les fenêtres ouvertes, les bras pleins de vêtements et de bijoux.

— Les dieux ont abandonné Amarna ! Pharaon lui-même est parti !

Des femmes poussaient des enfants à travers la fumée âcre de la cour afin de gagner les quais. Elles emportaient des malles remplies de vêtements, laissant les hommes porter le reste des biens de la famille. Des serviteurs s'enfuyaient avec des courtisans et des émissaires. La folie s'était emparée de chacun.

Nous nous précipitâmes à l'intérieur du palais, mais Nakhtmin m'arrêta avant la salle d'audience.

— Nous ne pouvons pas laisser ta famille dans ces conditions, dit-il. Pharaon est parti. Quand les gens à l'extérieur du palais apprendront qu'il a disparu, ta famille sera en danger.

— Nous serons aussi en danger s'il revient. Il pourrait revenir avec la peste.

— Nous l'isolerons.

— Le pharaon d'Égypte ?

— Je ne t'aurais pas à mes côtés si ton père ne l'avait pas approuvé. Nous lui devons bien cela. Reste avec Baraka et Heqet, et sois prête à partir d'un instant à l'autre. Prends Ankhsenpa-Iten avec toi aussi. Je vais chercher ta sœur. Elle doit être prête à agir s'il revient.

Quand les gardes revinrent avec le roi, il était à moitié conscient, plein de sang, et brûlé à de nombreux endroits par le feu qu'il avait mis aux maisons de ses propres sujets. En le voyant, ce qui restait de la cour prit aussitôt les mesures nécessaires.

— Mettez-le dans la chambre la plus éloignée et fermez la porte à clé ! Donnez-lui à manger pour sept jours, et ne laissez entrer personne. Personne ne doit le laisser sortir, sous peine de mort.

Mon père veilla à ce que cette consigne fût rigoureusement appliquée ; à côté de lui, le vizir Panahesi restait silencieux.

— Ne va pas le voir, avertit mon père.

— Bien sûr, répondit Panahesi.

Quand Akhenaton comprit ce qui lui arrivait, sa porte était déjà fermée et barricadée. Ses cris résonnèrent bientôt dans tout le palais : il exigea d'abord d'être relâché, appelant Néfertiti, puis il supplia Kya de venir à son secours.

— Est-ce que quelqu'un surveille Kya ? demanda ma sœur.

Des gardes furent dépêchés chez Kya, qui se mit à pleurer en apprenant qu'Akhenaton était confiné dans sa chambre comme un prisonnier. Ce fut elle, le deuxième jour, qui fit savoir au palais par ses cris de terreur qu'Akhenaton toussait du sang et que des odeurs douceâtres de miel et de sucre filtraient de sous sa porte. Le troisième jour, la toux s'était arrêtée. Le quatrième jour, le silence était total.

Six jours s'écoulèrent avant que quelqu'un confirmât ce que nous savions déjà.

Le pharaon hérétique avait été livré à Anubis.

Quand Néfertiti apprit la nouvelle, elle se réfugia pour pleurer dans les bras de sa mère. Puis elle vint vers moi. Ce roi égoïste, ce dirigeant plein de défauts, avait été son mari.

— Nous devons abandonner cette ville, dit mon père en entrant dans la chambre avec Nakhtmin.

Néfertiti le regarda, terrassée par le chagrin.

— C'est la fin d'Amarna, murmura-t-elle. Quand nous serons morts, c'est tout ce qui restera de nous, et cela s'écroule déjà.

Son rêve, sa vision d'immortalité et de grandeur, allait être enseveli dans le sable et rendu au désert. Elle ferma les yeux, et je me demandai à quoi elle pensait. Sa ville en ruine ? Son mari rongé par la peste ? On lui avait rapporté que, dans les rues, des hommes incendiaient leurs propres maisons pour protester contre Akhenaton. Les statues le représentant étaient détruites dans toute la ville, son effigie altérée sur les murs des temples. Aux premiers symptômes de la peste, Néfertiti avait ordonné à Thoutmès de fermer son atelier et de fuir. C'était la seule mesure désintéressée qu'elle avait prise. Il ne restait plus rien à bâtir à Amarna. La cité avait été édifiée, et maintenant, on la détruisait.

— Les gens brûlent leurs maisons et le palais suivra si l'armée s'enfuit, avertit mon père. Nous devons enterrer Akhenaton.

Néfertiti se mit à sangloter.

— Panahesi a transporté son corps au temple, dis-je. Il célèbre ses funérailles en ce moment.

Nakhtmin se figea.

Je regardai mon mari, puis mon père.

— Il a transporté le corps au temple, répétai-je.

Nakhtmin se tourna vers mon père.

— Trouvez-moi Panahesi ! cria mon père à un groupe de soldats dans le couloir. Ne le laissez pas quitter le palais.

— Que se passe-t-il ? m'inquiétai-je.

— La trésorerie est à côté du temple. Panahesi n'est pas parti enterrer Akhenaton, dit Nakhtmin. Il est allé prendre l'or pour renverser ta sœur.

Mon mari se tourna vers Néfertiti.

— Tu dois laisser sortir Horemheb de prison. Libère le général, et les hommes le suivront. Sinon, tu risques que Panahesi achète l'armée avec l'or d'Aton. Si Kya porte un fils dans son ventre, l'Égypte entière sera perdue.

Néfertiti regardait fixement dans le vide, comme si elle ne nous voyait plus. Des larmes ruisselaient sur son visage. Puis elle ferma les yeux.

— Peu importe ce qui arrivera, dit-elle. Cela m'est égal.

Nakhtmin s'approcha d'elle et la saisit par les épaules.

— Altesse, pharaon Neferneferou-Aton-Néfertiti, ton pays est assiégé, et ta couronne menacée. Si tu restes ici, tu vas mourir.

Elle ouvrit les yeux, mais son regard était sans vie.

— Ils tueront Méryt-Aton ou la marieront avec Panahesi, et la vie d'Ankhsenpa-Iten sera terminée, dit Nakhtmin.

Néfertiti releva lentement le visage. Son regard se durcit.

— Fais-le sortir de prison.

Nakhtmin acquiesça, puis disparut dans le couloir.

Mon père se tourna vers moi.

— As-tu confiance en ton mari ?

La révolte gagnait les rues. Des Égyptiens s'emparaient de fourches et de faux, et de tout ce qui pouvait servir d'arme. Toutes les heures, un serviteur surgissait dans la salle d'audience, apportant des nouvelles. Des hommes avaient attaqué le temple d'Aton dans les collines. Ils marchaient sur le palais, réclamant le retour de leurs dieux, exigeant de rentrer à Thèbes et de brûler Amarna.

Kya était assise sur une chaise au pied de l'estrade, le visage ravagé. J'essayai d'imaginer ce qu'elle ressentait. Elle était la deuxième épouse d'un roi défunt. Son enfant n'aurait pas de père. Et si c'était un fils, il constituerait une menace pour la couronne de Néfertiti.

Seul Panahesi pouvait changer sa destinée.

Les portes de la salle d'audience s'ouvrirent alors : Nakhtmin entra, suivi d'Horemheb. La prison avait été rude pour le général. Ses cheveux lui tombaient sur les épaules, et une barbe noire ombrait le bas de son visage. Mais son regard était brûlant, animé par la détermination. Mon père se leva.

— Quelles nouvelles ?

Horemheb s'avança.

— La population a envahi le temple d'Aton. Et le corps de Pharaon a disparu dans les flammes. Ils ont également pris la trésorerie d'assaut. L'or est en sécurité, mais sept gardes ont été tués. Ainsi que le vizir Panahesi.

Un cri terrifiant retentit. Kya se leva, les cuisses rouges de sang. Horemheb s'avança vers le trône.

— J'ai été jeté en prison sur ordre de ton mari, Majesté.

— Je te réintègre à ton rang, général, se hâta de dire Néfertiti sans tenir compte des hurlements de Kya.

Plus rien ne comptait maintenant que le trône.

— Tu prendras le contrôle de l'armée avec le général Nakhtmin.

Mon mari retrouvait également son rang. Mais le sang de Kya coulait à flots.

— Ma boîte ! criai-je. Qu'on m'apporte mon achillée !

— Comment saurais-je que tu ne me trahiras pas ? demanda Horemheb.

— Et toi, comment savoir si tu ne me trahiras pas ? rétorqua Néfertiti.

J'envoyai des servantes chercher de l'eau et des serviettes.

— Le règne d'Aton est terminé, ajouta Néfertiti. Je te dédommagerai pour ce que tu as perdu. Je veux aller trouver mon peuple pour lui annoncer qu'un nouveau règne a commencé.

— Et les Hittites ? demanda Horemheb.

— Nous nous battrons, jura-t-elle, saisissant la crosse et le fléau. Nous les éliminerons des territoires de l'est.

En toute hâte, je roulai une robe de lin pour faire un oreiller pour Kya.

— Respire, lui dis-je.

La salle d'audience était maintenant presque vide. Sept serviteurs étaient encore là : les rares fidèles qui n'avaient pas fui vers Thèbes.

— Il faut la transporter dans une autre pièce ! criai-je.

Les serviteurs m'aidèrent aussitôt.

— Ne la laisse pas tuer mon enfant, chuchota-t-elle.

Kya me saisit la main avec violence pour me forcer à la regarder.

— Je t'en supplie.

Je savais à qui elle faisait allusion.

— Elle ne ferait jamais...

Je n'achevai pas ma phrase.

Les serviteurs la transportèrent dans une chambre d'invités et l'allongèrent sur le lit, avec des oreillers pour la soutenir.

— Nous n'avons pas de chaise d'accouchement, dis-je.

Kya poussa un hurlement et enfonça ses ongles dans mon bras.

— Élève mon enfant, supplia-t-elle.

— Non. Tu survivras, promis-je. Tu te rétabliras.

Mais je savais que ce n'était pas vrai. Elle était trop pâle, l'enfant arrivait trop tôt. Des gouttes de transpiration perlaient à son front.

— Jure-moi que tu l'élèveras, implora-t-elle. Toi seule peux le protéger d'elle.

Dans un flot de liquide, l'enfant naquit en hurlant. C'était un prince. Un prince d'Égypte. Kya regarda son fils : ses pleurs vigoureux résonnaient dans cette chambre d'invités vide, sans amulettes ni effigies de Taouret. Ses yeux se remplirent de larmes. On apporta un couteau pour couper le cordon. Kya retomba sur les coussins.

— Appelle-le Toutankhaton, dit-elle en me prenant la main.

Puis elle ferma les yeux ; son visage redevint paisible, ses traits s'adoucirent. Elle expira.

Une servante lava l'enfant, l'enveloppa dans une serviette de lin puis me mit le petit paquet dans les bras. Je regardai le garçon qui allait devenir mon fils, l'enfant de la pire rivale de ma sœur. Je le couchai sur sa mère pour qu'il connaisse le toucher de son sein et qu'il sache qu'elle l'avait aimé. Je me mis à pleurer pour Kya, pour Néfertiti et ses enfants, pour Tiyi, et pour le bébé qui ne connaîtrait jamais les baisers de sa mère. Je pleurai aussi pour l'Égypte, car je savais au fond de mon cœur que nous avions abandonné nos dieux et appelé cette mort sur nous.

On aurait dit qu'une tempête avait balayé le palais.

En quelques jours, les tentures avaient été arrachées, les armoires vidées, les réserves pillées. Tout ce qui ne tenait pas dans notre flottille resterait à Amarna, pour être récupéré ultérieurement par les serviteurs ou enfoui dans les sables du temps. Dans les profondeurs des caves, il restait de la bière, ainsi que quelques-unes des bouteilles favorites d'Akhenaton. Je pris les plus vieux vins pour Ipu et les entreposai avec mes herbes. Le reste demeurerait là, jusqu'à ce que quelqu'un entre par effraction dans le palais ou que les gardes, demeurés en arrière pour protéger les lieux, finissent par dévaliser les caves de Pharaon. Plus personne ne pourrait vérifier, et nul ne savait quand nous reviendrions.

Notre départ s'effectua sans cérémonie. Mon père tenait avant tout à ce que nous partions rapidement. Le pouvoir de Néfertiti était à la merci d'un éventuel usurpateur au sein de l'armée, d'un grand prêtre d'Aton ou d'un disciple d'Amon. Tout pouvait arriver, tout dépendait du soutien du peuple. Le peuple ne croyait plus en Amarna. Il voulait un retour aux anciens dieux, ce que mon père et Néfertiti lui accorderaient.

À la proue, Néfertiti regardait en direction de Thèbes, comme quand elle était jeune fille.

— Il faudra qu'une cérémonie ait lieu, dit mon père.

L'air était frais. Sur l'eau soufflait un vent vif.

— Une cérémonie ? répéta Néfertiti.

— Une cérémonie de changement de nom, expliqua mon père. Les princesses ne peuvent plus se permettre d'avoir Aton dans leur nom. Nous devons montrer au peuple que nous avons oublié Aton et que nous sommes revenus vers Amon.

— Oublié ? s'étonna Néfertiti, la voix cassée. Il était mon mari. C'était un visionnaire.

Elle ferma les yeux, en souvenir de celui qui l'avait couronnée pharaon de toute l'Égypte et lui avait donné six enfants.

— Je ne l'oublierai jamais !

— Cela doit pourtant être fait.

30

Thèbes
1343 av. J.-C.
Le 1er de Pachons

Devant les colonnes du temple, le soleil couchant éclairait l'allée de sphinx à tête de bélier, témoignage des splendeurs qu'Aménophis le Magnifique avait construites et que son fils avait voulu détruire. Les prêtres d'Amon à la tête rasée et la noblesse étaient réunis. Le grand prêtre d'Amon leva son vase ; je retins mon souffle en attendant que l'eau se déverse et lave le nom du pharaon qui avait failli détruire l'Égypte.

— Toutankhaton, au nom d'Amon, dieu de Thèbes, et notre père à tous, aux yeux d'Osiris, tu es maintenant Toutankhamon.

Nakhtmin maintint fermement la petite tête de Tout tandis que l'eau coulait sur lui. Il était encore trop jeune pour comprendre la signification de son nom. Néfertiti était à côté de ses filles.

Ankhsenpa-Iten s'agenouilla sur le sol et tendit son cou pour recevoir l'eau sacrée, et devenir ainsi Ankhsenamon. Puis, le grand prêtre demanda à la princesse Méryt-Aton de venir, mais Néfertiti s'avança à sa place.

— Non, dit-elle avec force.

L'assistance s'émut en comprenant son intention.

— Pas Méryt-Aton. Elle régnera avec moi. Elle sera mon consort, et un témoignage du passé. Nomme-la Méryt-Aton, reine d'Égypte, afin que les prêtres d'Aton sachent qu'ils ne sont pas abandonnés.

Néfertiti voulait-elle s'attirer les bonnes grâces des prêtres d'Aton, ou refusait-elle d'effacer le souvenir de son mari qui l'avait couronnée pharaon d'Égypte ?

Mon père retint son souffle : le grand prêtre s'efforça de sourire. Il prit un deuxième récipient, rempli d'huile, et le leva au-dessus de Méryt-Aton. La petite princesse s'avança avec une grâce étonnante pour ses dix ans, puis inclina la tête et reçut sa couronne.

Le grand prêtre hésita.

— Sous quel nom dois-je sacrer le pharaon d'Égypte ? demanda-t-il à Néfertiti.

La foule se tourna vers ma sœur, qui me regarda.

— Smenkhare, annonça-t-elle.

Forte est l'âme de Rê.

Néfertiti avait choisi un nom officiel sans aucun lien avec Aton, pour signifier clairement au peuple qu'il s'agissait d'un nouveau règne, un retour à l'époque où notre empire s'étendait depuis l'Euphrate jusqu'au Soudan, bien que maintenant il ne restât plus que l'Égypte et la Nubie. Akhenaton avait tout bradé : Cnossos, Rhodes, la vallée du Jourdain, Mycènes. Je vis Horemheb saluer Pharaon, et pensai qu'il n'en serait pas toujours ainsi. Un jour, l'Égypte redeviendrait grande.

Je regardai Nakhtmin.

— Tu ne vas pas retourner avec Horemheb combattre les Hittites ? lui demandai-je.

Il sourit à nos fils dans les bras de leurs nourrices.

— Non, petit chat. Il y aura assez à faire ici. Les soldats n'ont jamais été correctement formés sous Akhenaton : ils vont devoir être entraînés. Je le ferai ici. Horemheb devra trouver quelqu'un d'autre.

— Qui ? m'inquiétai-je.

— Ramsès, peut-être.

Mon mari me montra un soldat aux cheveux rouge feu, couvert de décorations.

— Il a commandé la forteresse de Silé et sera un jour vizir. J'ai combattu avec lui en Nubie. Il a l'intelligence d'un scribe, et c'est un valeureux soldat. Personne ne tire mieux que lui à l'arc.

— Sauf toi.

Nakhtmin sourit sans me démentir.

Ce soir-là, le pharaon Néfertiti promit au peuple de grandes victoires. Parée de l'éblouissante coiffe de vautour de Nekhbet, la grande déesse de la guerre, elle jura que l'Égypte récupérerait les terres que l'Hérétique avait abandonnées.

— Nous reprendrons Rhodes, Mycènes et Cnossos ! Nous marcherons jusqu'aux déserts de Judée pour récupérer les territoires qu'Aménophis le Magnifique avait annexés à l'Égypte. Et rien ne nous arrêtera avant que les Hittites soient chassés du Mitanni et qu'ils aient regagné leurs montagnes !

L'armée poussa des cris à en assourdir les dieux. J'étais la seule à pouvoir mesurer ce que son rôle de pharaon lui avait coûté : des rides nouvelles s'étaient creusées autour de ses yeux, et son regard était dur, comme celui de Tiyi en son temps. Ma sœur brandit le poing.

— Placée sous la protection d'Amon, l'Égypte ne peut pas échouer. Le règne du pharaon hérétique est terminé !

Les hommes l'acclamèrent comme si elle leur avait déjà accordé la victoire.

Ils avaient des boucliers neufs, forgés à partir de coupes provenant du temple d'Aton, et des lances à tête de pierre, fabriquées avec les centaines de sculptures qui avaient jadis orné les couloirs du palais du rivage. Mais quand Néfertiti leva les bras en signe de triomphe, je ne fus pas dupe. J'imaginai ses belles villas prises dans les sables, le palais déserté, les rideaux flottant au vent. La crosse et le fléau devaient lui peser. Pourtant, elle n'avait pas tout perdu. Ils pouvaient détruire Amarna, sa ville resplendissante dominant le Nil, ils pouvaient brûler ses statues dans leurs foyers, mais ils ne pouvaient pas l'effacer, elle. Elle pouvait toujours graver son nom sur les monuments de Thèbes.

— Nous en avons fini avec l'hérésie ! cria-t-elle. Amon, le grand dieu d'Égypte, est revenu !

Debout derrière les piliers, mon père acquiesça. Il avait écrit au roi d'Assyrie et lui avait envoyé sept trônes en or, pour compenser le bras contaminé par la peste. Le temps permettrait de savoir si cela suffirait, ou s'il y aurait aussi la guerre avec l'Assyrie.

Ma mère se tenait à mes côtés.

— Il ne reste que Méryt-Aton, murmura-t-elle. Il n'y aura jamais de prince.

— Il y a aussi Ankhsenamon, lui dis-je.

Nous regardâmes la princesse âgée de cinq ans se faufiler vers la fenêtre des apparitions. Elle avait la beauté racée de Néfertiti, sans le sérieux de Méryt-Aton.

Quand l'armée s'ébranla, forte de ses dix mille hommes, en direction du royaume du Mitanni, Nakhtmin me prit le coude.

— Tu ne pars pas ? me demanda Néfertiti de l'autre côté de la salle d'audience.

Ma sœur, qui tenait dans sa main la crosse et le fléau d'Égypte, symboles du pouvoir suprême, craignait toujours qu'on ne l'abandonne.

— Mes deux fils m'attendent sur l'autre rive.

— Mais tu reviendras, n'est-ce pas ? Tu viendras sans faute tous les jours ?

— Nous viendrons chaque soir, promis-je. J'amènerai Baraka et Tout pour qu'ils puissent grandir avec leurs cousines.

Elle fronça les sourcils.

— C'est aussi mon fils, Néfertiti, ajoutai-je. Il n'est pas plus prince d'Égypte maintenant que Baraka ou Nakhtmin.

Néfertiti préféra ne rien ajouter.

— Je compte sur toi, répéta-t-elle.

Assise devant la fenêtre donnant sur les grands jardins, Heqet chantonnait doucement pour bercer Baraka et le petit Toutankhamon. Nous entendant arriver dans le chemin, elle se précipita dans la loggia pour nous accueillir.

— Une femme nommée Ipu est venue, Maîtresse. Elle a laissé ceci.

Heqet désigna une petite boîte sur la table.

— C'est quelque chose de nouveau qu'elle a trouvé. Elle pense que ce serait utile pour le jardin.

J'ouvris le couvercle en bois et découvris à l'intérieur une fleur rose parfaitement épanouie, encore attachée à sa racine : je caressai ses longs pétales délicats et lisses, à la texture de lin tissé très fin, admirant sa couleur subtile, de la teinte du soleil couchant. Quel bonheur c'était d'avoir mon jardin, ma maison, ma famille, de pouvoir sortir au soleil, sentir la terre chaude sous mes mains, et la vie en gestation sous mes pieds…

La porte peinte était ornée d'un bateau sculpté.

— Maîtresse !

Le cri de joie d'Ipu retentit dans la rue.

Elle avait les joues plus rebondies, avec des cheveux qui lui tombaient maintenant sous les épaules. Une petite voix plaintive s'éleva derrière elle : Kamoses attendait dans les bras de son père. J'étais sidérée de voir combien il avait grandi.

— Quel bel enfant !

— Il a un plus d'un an maintenant. Mais c'est un tel plaisir que je suis prête à recommencer.

Elle posa sa main sur son ventre, et sourit.

— En Mesore.

— Oh, Ipu… m'exclamai-je.

Elle recula d'un pas pour me regarder, et son visage s'éclaira d'un sourire radieux.

— Cela fait si longtemps, Maîtresse.

Elle m'étreignit, puis me fit entrer chez elle.

— Sois la bienvenue, dit Djedi.

Il avait l'air en pleine forme, et particulièrement heureux. L'épidémie de peste était restée circonscrite à Amarna, mais je préférai ne pas chercher ce que cela pouvait signifier.

— Kamoses est superbe. Il a ton nez, dis-je à Ipu.

— Et les yeux de Djedi. La sage-femme prétend qu'il sera riche.

— Comment le sait-elle ?

— Son premier cri était *nub*.

J'éclatai de rire.

— *L'or ?* Rien que cela. Oh, tu m'as manqué, Ipu.

— Je peux t'assurer que tu lui as également manqué, dit Djedi, tout sourire. Elle parlait sans arrêt de toi.

— C'est surtout d'Amarna que tout le monde parlait. Personne ne comprenait ce qui se passait. D'abord un durbar, puis la proclamation d'un corégent, puis la peste. Est-ce vrai, continua-t-elle en baissant la voix, que Pharaon a envoyé un bras au roi d'Assyrie ?

J'acquiesçai.

— Dis-moi tout. Je veux savoir.

Je lui racontai donc le durbar et le couronnement de ma sœur, puis la mort noire et le cadeau d'Akhenaton. Je lui décrivis la mort des filles cadettes de Néfertiti, la mort de Nebnefer, et enfin celle de Tiyi. En entendant mon récit de la chevauchée d'Akhenaton à travers la ville, Djedi remit Kamoses dans son berceau.

— Pharaon était devenu fou de rage, dis-je.

Les mots me manquèrent pour décrire le regard d'Akhenaton devant le bûcher où brûlaient ses enfants, au cœur de la ville qu'il avait construite pour Aton.

— Quand nous avons appris que les barques ne pouvaient plus quitter Amarna, nous avons pensé qu'il n'y aurait pas de survivants. Que vous péririez, toi et Nakhtmin.

Je l'étreignis.

— Nous n'avions aucun moyen de savoir si l'épidémie s'était répandue. C'était effrayant pour nous aussi.

Quelque chose frotta alors contre ma jambe et une grosse masse sauta sur mes genoux.

— Bastet ! m'exclamai-je.

Je regardai Ipu.

— Un soir, il m'a suivie depuis l'atelier et n'est plus jamais reparti. Tu peux le reprendre maintenant, ajouta-t-elle après un instant d'hésitation.

— Certainement pas. Il faut que tu le gardes. Sans toi, il serait mort comme les autres chats du palais.

— Ils ont abattu les minets ?

— Tous les animaux vivant dans le palais ont été mis à mort.

— Où ont-ils enterré les corps ? demanda Djedi.

— Des chariots sont venus les chercher.

— Sans amulettes ? chuchota Djedi.

— Et sans qu'on ait prévu de tombes ? cria Ipu.

— On les a jetés dans des charniers. Des fosses creusées dans la terre et recouvertes de sable.

Le soir, il faisait encore chaud quand nous nous dirigeâmes, à pied, vers ma maison. Ipu voulut que je lui raconte une nouvelle fois comment j'avais promis à Kya, sur son lit de mort, de m'occuper de son enfant. Kamoses, plutôt turbulent d'habitude, se tut pendant mon récit, comme si lui aussi était captivé par cette histoire.

— Rien ne s'est passé comme je l'avais imaginé, dit Ipu. L'Égypte est sens dessus dessous. Et tu élèves un prince d'Égypte.

— Pas un prince d'Égypte, insistai-je. Seulement un petit garçon.

À Thèbes, notre vie prit bientôt un rythme paisible. Des hommes vinrent de toute la ville voir Nakhtmin et lui raconter ce qui s'était passé à Thèbes pendant qu'Amarna était ravagée par la peste. Puis ils essayaient de le persuader de revenir dans l'armée, lui faisant valoir qu'il perdait son temps à instruire les soldats alors qu'il aurait pu être à Rhodes, en train de mener des hommes à la victoire. Les soldats stationnaient devant notre maison et hochaient la tête en me jetant des regards accusateurs.

— C'est le meilleur général de l'armée de Pharaon, dit Djedefhor. Les hommes ne comprennent pas pourquoi il ne revient pas. Ils me supplient d'intervenir auprès de lui. Horemheb est dur. Les hommes préfèrent de beaucoup Nakhtmin.

Je repensai aux paroles de mon père. *As-tu confiance en lui ?* Je le regardai au loin instruire les soldats de ma sœur. Sa musculature puissante se dessinait sous son pagne, son front perlait de sueur.

— Ils devraient être satisfaits de savoir qu'il fait des hommes de leurs fils.

— Mais que vas-tu faire loin de la cour, et lui loin des combats ? s'inquiéta Djedefhor avec le plus grand sérieux.

— Nous vivrons une vie tranquille. Plus tard, Nakhtmin enseignera à nos fils comment devenir soldats ou scribes.

— Vos fils ?

— Il ne faut pas oublier Tout.

Les deux garçons jouaient dans le jardin, à l'ombre d'un vieil acacia, sous le regard attentif d'Heqet.

— Le fils de Kya, dit-il, un prétendant au trône.

— Jamais, répondis-je. Il sera élevé ici, loin de la cour. Méryt-Aton sera le prochain pharaon.

Je comprenais son inquiétude : l'Égypte avait besoin d'un prince, il y en avait toujours eu un, il y en aurait toujours.

— Tu es au courant de l'accord qui a été pris avec les prêtres d'Aton ? demanda-t-il simplement.

— Qu'ils disposaient de quinze jours pour se débarrasser de leurs robes et endosser les vêtements d'Amon ?

— Oui. Certains ont refusé.

— Mais ils n'auront nulle part où aller.

— Ils pourront se réfugier chez les fidèles d'Aton. Ils sont nombreux, Maîtresse. Ce sont des enfants qui n'ont jamais connu Amon et des fidèles contraints de quitter Amarna après l'incendie de leurs maisons. Ils pourraient être une source de problèmes.

Ce soir-là, je me rendis dans la bibliothèque du palais, où un jeune scribe me guida vers mon père. Il me tournait le dos, tenant à la main une liasse de papyrus réunis par un lien de cuir.

— Père ?

— Moutnedjemet, dit-il, il me semblait t'avoir entendue.

— Que fais-tu ?

Il posa la liasse.

— J'étudie des cartes d'Assyrie.

— Sept trônes n'ont donc pas suffi ?

— Non. Ils se sont alliés avec les Hittites.

— Akhenaton a causé des dommages irréversibles. Comment Néfertiti a-t-elle pu le laisser faire ?

— Le rôle de ta sœur a été bien plus important que tu ne le penses. Elle l'a occupé pendant que ta tante et moi traitions les affaires de l'Égypte. Elle a soustrait de l'or du temple d'Aton pour que nous puissions nourrir l'armée et payer des rois étrangers pour qu'ils restent nos alliés. La loyauté a un prix.

— Akhenaton n'a jamais payé l'armée ?

— Non. C'était Néfertiti.

— Comment est-elle parvenue à cacher l'or ?

— Elle faisait croire qu'il était destiné à des projets pour Aton. Il ne s'agissait pas d'une poignée de deben en cuivre mais de coffres pleins d'or.

— Qu'en est-il des prêtres d'Aton, maintenant ? D'après un soldat, ils pourraient poser des problèmes à Néfertiti.

— Si elle persiste à vouloir les rencontrer.

— Seule ?

Ma voix résonna dans tout le Per Medjat.

— Et contre mon avis.

Il n'était même pas la peine que mon père me demande de l'influencer ; à vingt-sept ans, Néfertiti était une femme responsable, et un roi.

— Mais pourquoi veut-elle les voir ?

— Je n'en sais rien, soupira-t-il. Peut-être a-t-elle le sentiment de leur devoir quelque chose.

— Peut-être espère-t-elle les convaincre d'arrêter de tuer les prêtres d'Amon.

— Cette rivalité n'aura pas de fin. Pour eux, Aton est le dieu de l'Égypte alors que le peuple croit au pouvoir d'Amon.

Je m'appuyai contre le mur.

— La guerre ne cessera donc jamais ?

— Jamais. C'est pourquoi il faut te réjouir de pouvoir vivre en paix dans ton jardin. Peut-être ta mère et moi viendrons-nous nous y réfugier, quand les problèmes de Thèbes deviendront trop lourds.

— Ne le sont-ils pas déjà ?

— Si, dit-il avec un sourire triste.

31

1335 av. J.-C.
Akhet, saison de l'inondation

Baraka banda ses muscles et, dans un éclair rouge et or, la flèche atteignit la cible placée à l'extrémité de la cour.

— Bien, jugea Nakhtmin.

Baraka hocha la tête d'un air satisfait. Avec ses épaules larges et sa masse de cheveux coupée à ras dans la nuque, il ressemblait à son père. À neuf ans, il en paraissait onze ou douze.

— À toi maintenant, dit Baraka, laissant la place à Ankhsenamon.

— Je parie que je m'approche plus du centre que Tout, dit-elle. Pendant que tu étais en train d'étudier, je m'exerçais avec Nakhtmin.

Elle banda l'arc de son bras frêle.

— Prends ton temps, conseilla Baraka.

La flèche siffla et alla se ficher très près du centre de la cible : Ankhsenamon poussa un cri de joie. Baraka mit ses mains sur ses oreilles.

— Bravo, dit Nakhtmin. Tu deviens un excellent soldat, Ankhsenamon. Ta mère va bientôt devoir me laisser t'entraîner avec mes élèves.

— J'aimerais devenir soldat !

Nakhtmin me regarda par-dessus la charmille. On ne pouvait imaginer enfant plus différente de son père.

— Viens, fanfaronna-t-elle. Retournons au palais à la rame, et allons montrer à ma mère ce dont je suis capable.

— Crois-tu que cela plaira à la reine ? s'inquiéta Baraka.

Ankhsenamon rejeta en arrière sa mèche de jeunesse. Dans deux ans, elle la raserait et deviendrait une femme.

— Quelle importance, ce que pense Méryt-Aton ? Elle passe ses journées à déchiffrer des parchemins et à réciter de la poésie. Elle ressemble à Toutankhamon.

Cette accusation ne plut pas à Tout.

— Je ne suis pas comme la reine ! protesta-t-il. Je vais tous les jours à la chasse.

— Tu récites aussi de la poésie, dit-elle pour le provoquer.

— Et alors ? Notre père écrivait de la poésie.

Baraka se figea, et Ankhsenamon mit sa main devant sa bouche.

— Ce n'est pas grave, intervint Nakhtmin.

Nakhtmin sourit à notre fils.

— Si nous allions voir ta mère pour lui montrer de quoi tu es capable ? Elle doit nous attendre.

Le soleil était presque couché. C'était l'heure de rentrer. Pendant que deux serviteurs ramaient pour nous faire traverser la rivière, Ankhsenamon se pencha dans la barque.

— Tu n'aurais pas dû parler ainsi de père.

— Laisse-le tranquille, dit Baraka.

Elle serra la mâchoire.

— Je parie que Moutnedjemet n'aurait pas approuvé.

— Approuvé quoi ? demandai-je avec un sourire candide.

Les trois enfants tournèrent les yeux vers moi.

Ankhsenamon prit un air supérieur.

— Le fait de parler du roi hérétique. Je suis sûre que tu n'aurais pas été d'accord. Ma mère dit qu'il ne faut pas en parler, surtout en public, et que c'est à cause de lui qu'il y a une rébellion en Basse-Égypte. S'il n'avait pas abandonné les dieux et instauré les prêtres d'Aton, il n'y aurait pas de combats dans le nord, et nos prêtres de Thèbes ne risqueraient pas de se faire attaquer la nuit ou d'essuyer une rébellion.

— Ta mère a dit tout cela ? s'étonna Nakhtmin.

— Parfaitement.

Ankhsenamon me regardait toujours fixement, dans l'attente de ma réponse.

— Peut-être vaudrait-il mieux ne pas parler du pharaon Akhenaton en public, reconnus-je.

Ankhsenamon jeta un regard entendu à Toutankhamon.

— Toutefois, il n'y a aucun mal à se remémorer le bien qu'une personne a fait.

Ankhsenamon ne me quittait pas des yeux. Nakhtmin haussa les sourcils, curieux de savoir ce que j'allais dire.

— Il écrivait de la poésie, expliquai-je, hésitante. Il était également habile au tir à l'arc. C'est peut-être de lui que vous tenez vos dons.

— Ma mère aussi est habile avec un arc, avança Ankhsenamon.

— C'est vrai, mais Akhenaton était particulièrement rapide.

Tout à coup, je revis la femme dans la salle d'audience, essayant de sauver son enfant de la peste en s'enfuyant. Je frissonnai. Ankhsenamon se pencha vers moi comme si elle voulait me poser une question de la plus haute importance.

— Mon père était-il vraiment un hérétique ?

Mal à l'aise, je cherchai une nouvelle place sur mon coussin, préférant éviter le regard de Nakhtmin.

— C'était un croyant fervent en Aton, dis-je avec prudence.

— Est-ce pour cette raison que mère veut rencontrer les prêtres d'Aton, bien que le vizir Aÿ prétende que c'est dangereux ? Est-ce parce que notre père croyait en Aton et qu'elle se sent coupable ?

Je croisai le regard de Nakhtmin.

— Je ne sais pas, répondis-je. Je ne comprends pas pourquoi elle persiste à vouloir les voir alors que tout le monde essaie de l'en dissuader. Peut-être est-elle triste.

— Pour quelle raison ?

— Pour avoir été déçue par Aton, alors qu'Amon est le grand dieu de l'Égypte, déclara Baraka.

Malgré les protestations de ses vizirs et les mises en garde de mon père, Néfertiti tenait à rencontrer les prêtres d'Aton.

— Je vais tout arranger, promit-elle un jour qu'elle se promenait sur les nouveaux remparts entourant Thèbes.

Son visage, autrefois d'une beauté délicate, s'était durci avec l'âge. Elle venait d'avoir trente et un ans.

— Mais si aucune solution n'est possible ? demandai-je. Ce sont des criminels. Ils veulent le pouvoir et sont prêts à tuer pour le reprendre.

— Je ne tolérerai pas de discorde en Égypte.

— Il y aura toujours des conflits.

— Pas dans mon Égypte ! Je leur parlerai.

Elle se cramponna aux remparts et regarda par-delà le Nil. Le soleil baignait les pierres récemment taillées dans la chaleur de Mesore. De là, on voyait toute la ville : ma villa de l'autre côté du Nil, les immenses statues représentant Aménophis l'Ancien ; le temple d'Amon, et des centaines de sculptures royales.

— À quoi bon discuter ? Ces hommes ont tué des prêtres d'Amon, dis-je. Ils devraient être envoyés aux carrières.

— Je suis la reine du peuple. Tant que je suis la souveraine, la paix doit régner dans ce pays.

— À quoi serviront vos réunions ?

— Peut-être pourrai-je les convaincre de se tourner vers Amon et de renoncer à se battre.

Néfertiti me jeta un coup d'œil de côté pour voir si je l'écoutais.

— J'ai tellement de rêves, Moutnedjemet. Je rêve d'une Égypte qui s'étende à nouveau depuis l'Euphrate jusqu'au Soudan. D'un pays où Amon et Aton pourraient cohabiter. Demain, je dois rencontrer deux prêtres d'Aton. Ils réclament un temple...

— Néfertiti, protestai-je.

— Je ne peux pas les autoriser à utiliser les temples d'Amon. Mais qu'ils aient leur propre temple, pourquoi pas ?

— Après, ils en voudront davantage !

Elle se tut, perdue dans la contemplation de Thèbes.

— Je ferai la paix avec eux, jura-t-elle.

Je me précipitai dans le Per Medjat. Surpris, mon père leva les yeux vers moi.

— As-tu vu Néfertiti ? demandai-je.

— Elle est dans la salle d'audience, avec Méryt-Aton.

— Non. Thoutmès l'a vue avec deux prêtres d'Aton. Elle m'avait promis de me retrouver dans le grand hall, mais elle n'y est pas.

Nous nous précipitâmes en direction du grand hall. L'heure des pétitions était passée. Les gardes du palais se mirent au garde-à-vous en nous voyant faire irruption dans la salle.

— Trouvez Pharaon ! hurla mon père.

Une dizaine d'hommes se précipitèrent dans le couloir, appelant Néfertiti.

Un sentiment de malaise m'envahit, comme jamais auparavant.

Nakhtmin nous rejoignit.

— Que se passe-t-il ?

— Néfertiti a disparu. Thoutmès l'a vue en compagnie de deux prêtres d'Aton.

Voyant la crainte sur mon visage, il s'élança hors du hall, ordonnant aux hommes de fermer les portes du palais.

— Que personne ne sorte ! hurla-t-il.

Ankhsenamon s'approcha alors de nous en compagnie de Toutankhamon.

— Qu'est-ce qui se passe ? Qui a disparu ?

— Néfertiti et Méryt-Aton. Allez dans la salle d'audience et n'en sortez plus.

Je pensai à la fenêtre des apparitions : Néfertiti y emmenait parfois des messagers pour leur montrer la ville. Les enfants hésitaient.

— Allez ! ordonnai-je.

Je traversai le palais en courant. Ma perruque me faisait transpirer et des gouttes de sueur coulaient dans mes yeux. Je l'arrachai et la jetai sur mon passage.

— Néfertiti ! criai-je. Méryt-Aton !

Où pouvaient-elles être ? Je tournai dans le couloir menant à la fenêtre des apparitions et ouvris la porte.

Le sang s'était déjà répandu sur le carrelage.

— Néfertiti ! hurlai-je.

Ma voix résonna dans tout le palais.

Je la pris dans mes bras et la serrai contre moi, mais elle était froide. L'instant d'après, mon père et Nakhtmin me rejoignaient.

— Fouillez le palais ! hurla Nakhtmin. Je veux que l'on fouille toutes les chambres ! Les armoires, les coffres, les caves !

Il vit le couteau par terre et ne put que constater la profondeur de la plaie dans le flanc de Méryt-Aton.

— Akhenaton ! criai-je pour qu'Anubis puisse m'entendre.

C'étaient *ses* prêtres, *sa* religion.

Mon père essaya de me séparer de Néfertiti, mais je résistai. Il s'agenouilla près de moi, et nous berçâmes ensemble notre reine, ma sœur, sa fille, la femme qui avait régi nos vies pendant trente et un ans.

Ma mère arriva en courant ; Ankhsenamon et Toutankhamon la suivaient, malgré mes consignes.

— Au nom d'Amon... chuchota ma mère.

Il était trop tard : les enfants avaient vu le crime que les prêtres d'Aton avaient commis.

— Faites attention ! criai-je.

Que pouvait-il se passer maintenant ?

Ankhsenamon s'agenouilla auprès de sa sœur de quinze ans, qui venait d'être brutalement arrachée à la vie, et lui caressa le visage. Elle me regarda, et Toutankhamon ferma les yeux de Méryt-Aton.

Je serrai encore un peu plus étroitement le corps de Néfertiti, comme pour faire revenir son âme en moi.

Le règne de Néfertiti avait pris fin. Elle avait quitté l'Égypte.

— Chut, chuchota Nakhtmin à mon fils. Ta mère est souffrante.

— Je peux lui apporter une camomille ? demanda Baraka.

— Oui.

Mon mari s'approcha de mon lit, puis il déposa son épée et s'assit à côté de moi.

— Moutnedjemet, dit-il doucement. Petit chat.

Il me caressa la joue.

— Je regrette, petit chat, mais je t'apporte de mauvaises nouvelles. Je ne veux pas que tu l'apprennes par quelqu'un d'autre... Le corps de ta sœur a été profané. Des prêtres d'Aton ont envahi la morgue et essayé de le détruire.

— Je veux la voir ! criai-je.

— Surtout pas.

Il me retint par le bras.

— Les dommages sont...

Il hésita.

— Considérables.

— Son visage a été touché ?

— Et sa poitrine.

Les endroits où résidaient les *ka*. Ils avaient essayé de détruire son âme. Ils avaient voulu la tuer morte, après l'avoir tuée vivante !

— Mais pourquoi ? hurlai-je en trébuchant hors de mon lit. Pourquoi ?

— Les embaumeurs vont y remédier, me promit-il.

— Comment peuvent-ils l'arranger ? Elle était si belle !

Je m'effondrai dans ses bras.

— Tellement belle...

— Les embaumeurs savent comment faire ; ce soir, ils la mettront en secret dans son tombeau. Un nouveau sarcophage a déjà été fabriqué. Tout pourra utiliser le sien un jour. Il sera le prochain pharaon.

Notre Tout ? Âgé de neuf ans ?

— Mais comment Osiris reconnaîtra-t-il son visage ? demandai-je en sanglotant.

— Ils ont ses statues d'Amarna. Ils graveront son nom sur les murs de sa nouvelle tombe. Osiris la trouvera sans le moindre doute.

Je ne pouvais plus m'arrêter de pleurer. Je regardai Nakhtmin à travers mes larmes, comprenant enfin ce qu'il venait de me dire.

— Et la cérémonie funéraire ?

— Ce soir. Ton père et le grand prêtre d'Amon iront seuls. C'est trop dangereux. Ils pourraient la trouver et la détruire une nouvelle fois.

Il me prit dans ses bras.

Le peuple pleura sa mort dans les rues. Elle était leur reine, leur pharaon. Elle leur avait rendu Thèbes, elle avait reconstruit les temples d'Amon. Devant la fenêtre des apparitions, je regardai la foule qui s'écrasait contre les grilles, les couvrant d'amulettes et de fleurs. Certaines personnes étaient affolées, d'autres venaient en silence. Mon cœur était lourd comme de la pierre.

Néfertiti n'était plus là.

Son armée avait été victorieuse à Rhodes et à Lakisa, mais plus jamais elle ne porterait la coiffe de Nekhbet et ne lèverait les bras pour saluer le peuple. Je n'entendrais plus son rire, ne verrais plus ses yeux se plisser en signe de mécontentement.

— Moutnedjemet, dit mon père.

Je ne me retournai pas.

— Moutnedjemet, nous nous réunissons dans le Per Medjat. Tu dois venir maintenant. C'est à propos de Toutankhamon.

Comme je ne répondais toujours pas, il s'approcha.

— Elle a été enterrée avec soin, dit-il d'une voix triste. Avec toutes les statues d'Amarna et les richesses de Thèbes.

Je le regardai : il avait terriblement vieilli, mais il lui restait encore l'Égypte à gouverner. L'Égypte serait toujours là, avec ou sans Néfertiti.

— Le temps devrait s'arrêter. Qu'allons-nous faire, maintenant ?

— Nous allons préparer une nouvelle ère pour l'Égypte, dit-il. Nous nous réunirons dans le Per Medjat dès que tu seras prête.

32

Peret, saison de la germination

Le roi Toutankhamon gravit les marches menant aux trônes d'Horus avec la princesse Ankhsenamon à ses côtés ; je vis mon père lui chuchoter quelque chose à l'oreille comme il l'avait fait avec Néfertiti.

— Ton père exerce une nouvelle fois un pouvoir occulte, remarqua Nakhtmin.

— Aujourd'hui, c'est au profit de notre fils.

Je saisis la main de mon mari. Une brise légère, embaumant le lotus et la myrrhe, dissipa la chaleur estivale.

— Je n'y échapperai jamais…

— Aux trônes d'Horus ?

Nakhtmin secoua la tête.

— Apparemment pas. Mais ce sera différent, cette fois. L'Égypte prospérera et il n'y aura aucune rébellion sous le règne du pharaon Toutankhamon.

— Comment le sais-tu ?

— Parce que je suis ici et parce que Horemheb vaincra les Hittites et reviendra victorieux pour la gloire d'Amon. Dans quinze ans, Aton aura été oublié.

Je frissonnai en pensant à la ville de Néfertiti enfouie sous le sable, balayée par les vents du temps. Tout ce pour quoi elle s'était donné tant de mal avait échoué. Heureusement, il y avait Ankhsenamon. La petite fille sur l'estrade ressemblait à sa mère ; j'éprouvais un sentiment étrange à la perspective d'occuper le même siège que sous le règne de Néfertiti. Quel souvenir garderait cette enfant de sa mère ? Elle avait les mêmes yeux sombres, le même cou élancé. Je me demandai quelle histoire elle et mon fils écriraient ensemble sur les piliers de l'éternité.

Remerciements

En premier lieu, j'aimerais remercier mon père, Robert Francis Moran, pour m'avoir inculqué la passion de l'histoire. Tu as été mon plus grand champion et mon plus ardent défenseur ; tu me manques au-delà des mots. Je regretterai toujours que tu n'aies jamais vu *Néfertiti* publié, et j'espère que, de là où tu es maintenant, tu sais que le livre est paru. Je voudrais aussi remercier ma mère, Carol Moran, pour avoir été mon amie la plus proche, ma meilleure confidente et mon soutien en toutes choses. Sans toi, *Néfertiti* n'aurait jamais vu le jour. Ta gentillesse et ton amour sont pour moi une source perpétuelle d'inspiration.

Je ne peux oublier non plus mon mari, Matthew Carter, dont la disponibilité a rendu possible l'écriture de ce livre. Tu as été mon premier éditeur et mon supporter bien-aimé. Merci d'avoir tellement cru en moi et d'avoir si bien supporté mes longues heures de travail.

L'écriture n'est pas une entreprise solitaire, une fois le travail terminé et le produit final envoyé dans le monde. J'ai une dette immense envers mon agent, Anna Ghosh, qui a cru suffisamment en moi pour patienter pendant que j'écrivais *Néfertiti*. Merci, Anna, pour tout. Danny Baror a été un agent formidable pour l'étranger : grâce à lui, *Néfertiti* a été traduit en plus de treize langues, et ce n'est pas fini. Et, envers Allison McCabe, mon éditeur, qui a grandement contribué à faire de ce roman ce qu'il est, j'ai aussi une dette immense. Tu as un sens du détail sans égal. Travailler avec toi a été un véritable plaisir. J'ai tout particulièrement apprécié tes photos d'Audrey. Que celui qui est sans conteste le plus beau lévrier italien de New York règne longtemps.

Malgré toute l'aide merveilleuse que j'ai reçue depuis que j'ai écrit *Néfertiti*, devenir écrivain n'est pas quelque chose d'abstrait. La plupart des auteurs, en se penchant sur leur passé, comprennent les événements de la vie et les expériences qui les ont forgés, et à propos desquels ils écrivent parfois. Pour cette raison, je suis infiniment reconnaissante au musée d'Histoire naturelle de Los Angeles et à ses cours d'été de sciences pour les enfants. Ces cours ont été l'élément déclencheur de mon intérêt pour l'histoire, que mon père et mes professeurs ont ensuite nourri. Je suis également reconnaissante au Pomona College et à Claremont Graduate University pour m'avoir permis de partir en Israël découvrir un champ de fouilles archéologiques, ce qui m'a donné l'idée d'écrire de la fiction historique.

Dans ma carrière universitaire, j'ai rencontré des professeurs qui ont été une grande source d'inspiration : Gayle Hauser, Ed Le Vine, Kenneth Medina, Ernestine Potts et l'incomparable Martha E. Andresen.

Enfin, je voudrais témoigner de la chance que j'ai d'avoir des amis et une famille qui ont cru en ma carrière d'écrivain : Robert William Moran, Tracy Carpenter, les Armstrong-Carter, ma famille Markstein, ma famille Moran, Cathy Carpenter, Judy Indig, Bobbie Kenyon et Barbara Ballinger... pour n'en citer que quelques-uns. Collègue auteur, M. J. Rose, tes conseils en matière d'édition ont été inestimables. Et à tous mes merveilleux professeurs assistants, sans lesquels je n'aurais jamais eu le temps d'écrire – Monica Castaneda, Cynthia Castellanos, Jésica Castillo, Dilery Lovillo et Catherine Perez – mille mercis.

9203

Composition
NORD COMPO

Achevé d'imprimer en Espagne
par ROSÉS
le 7 mars 2010.

Dépôt légal mars 2010.
EAN 9782290014677

ÉDITIONS J'AI LU
87, quai Panhard-et-Levassor, 75013 Paris

Diffusion France et étranger : Flammarion